大唐诗人行

薛易 著

王维、李白、杜甫们的诗意江湖

北京联合出版公司

引　言

在中国人心中，大唐是一个永恒之梦。它璀璨如星汉，奔腾如江海，凌厉如朔风，飞扬如蛾眉，清冷如月光，滚烫如颈血……

作为梦，大唐似乎可以穷尽所有形容词以修饰，也并不为过。只是，跟所有的梦一样，它混杂了理想、妄想、空想以及不可避免的误读。而当我们每走近一步，每深入一分，都会看见更多历史深处斑驳的铜锈与明灭的血迹。

唐诗是这个梦的最好载体。它代代流传，告诉我们这个梦确乎存在过，它是如此迷人，至今仍触手可及。那一个个诗人的名字，如一座座山峰，矗立于世人的心头。那一首首诗篇，如一条条河流，奔涌于华人的血脉。

唐诗之美，是与大唐气象血肉相连、与唐代历史紧紧缠绕的，然而传承中它却往往被割裂开来。这让唐诗变成了一本本单纯的启蒙读物，一道道非对即错的考试题，一批批可供拆解赏析的文化标本，一处处最常用、也最廉价的装潢设施。

对唐诗而言，这也许是一种唐突。对我们来说，也不失为一种遗憾。

也许，活生生的唐诗，终究要去活生生的大唐寻觅。

策马扬鞭路上，且吟几句杜诗：

　　暗水流花径，春星带草堂。检书烧烛短，看剑引杯长……

I

目　录

引言 I

上　卷

第一章　谁是唐诗第一人 3
　　　　李世民和十八学士 4
　　　　虞世南的柔，魏徵的刚 12
　　　　英主与心魔 19

第二章　神童组合　笑傲悲歌 31
　　　　江东布衣骆宾王 32
　　　　"绮错婉媚"上官体 41
　　　　幽忧少年卢照邻 49
　　　　愿作鸳鸯不羡仙 58
　　　　春天剑客王勃 69
　　　　海内存知己，天涯若比邻 80
　　　　红顶神童杨炯 86
　　　　剑匣胡霜影，弓开汉月轮 94
　　　　落霞与孤鹜齐飞 103

宁为百夫长，胜作一书生 109
王杨卢骆排座次 115

第三章 孤独的"诗祖" 123
陈子昂十八岁入学 124
吾爱鬼谷子，青溪无垢氛 131
进士的"起步价" 137
权力的选择题 143
告密总动员 150
祥瑞与鲜血，总相伴而行 157
郭大侠与《宝剑篇》 163
前不见古人，后不见来者 172
终古立忠义，感遇有遗编 177

第四章 淡出个盛唐来 187
襄阳与洛阳 188
孟浩然的爱情时光 196
海上生明月，天涯共此时 201
龙池跃龙龙已飞 209
欲济无舟楫，端居耻圣明 216
春江潮水连海平 222
吾爱孟夫子，风流天下闻 229
微云淡河汉，疏雨滴梧桐 235
遑遑三十载，书剑两无成 240
人事有代谢，往来成古今 248

下 卷

第五章 诗佛与诗仙 261
  玉蟾离海上，白露湿花时 262
  遍插茱萸少一人 269
  大鹏一日同风起 275
  咸阳游侠多少年 279
  已将书剑许明时 284
  送君南浦泪如丝 288
  郎骑竹马来，绕床弄青梅 293
  我心不说君应知 300
  长相思，在长安 308
  我心素已闲，清川澹如此 314
  拔剑四顾心茫然 322
  君不见黄河之水天上来 327
  大漠孤烟直，长河落日圆 334
  一回花落一回新 339
  江流天地外，山色有无中 344
  行到水穷处，坐看云起时 350
  我辈岂是蓬蒿人 356
  无奈宫中妒杀人 363
  我本不弃世，世人自弃我 373
  无战是天心，天心同覆载 383
  安能摧眉折腰事权贵 390
  仙郎有意怜同舍 395
  几日同携手，一朝先拂衣 402
  君不能学哥舒，横行青海夜带刀 407

III

白眼看他世上人 413

燕山雪花大如席 423

弃我去者,昨日之日不可留 429

西出阳关无故人 436

山河天眼里,世界法身中 441

凝碧池头奏管弦 448

为君谈笑静胡沙 458

九天阊阖开宫殿 470

朝辞白帝彩云间 476

一生几许伤心事 484

红豆生南国,春来发几枝 489

第六章 盛世的诗圣 499

检书烧烛短,看剑引杯长 500

朝扣富儿门,暮随肥马尘 504

但使残年饱吃饭 511

感时花溅泪,恨别鸟惊心 518

有客有客字子美 529

万里桥西一草堂 537

不堪人事日萧条 544

白日放歌须纵酒 548

窗含西岭千秋雪 552

飘飘何所似,天地一沙鸥 557

白帝城高急暮砧 561

无边落木萧萧下 567

亲朋无一字,老病有孤舟 573

落花时节又逢君 577

上　卷

第一章　谁是唐诗第一人

　　唐朝是世界文化史上精英荟萃的时代。大唐诗人星罗棋布、高峰迭起，若论谁为第一，恐将陷入永无休止的争论之中。那么，不妨换一个问题：谁是唐诗第一人？

　　《唐才子传》中，将"六帝"排在了最前头，"六帝"当中居首的是唐太宗李世民。其中写道：

> 以太宗天纵，玄庙聪明，宪、德、文、僖，睿姿继挺，俱以万机之暇，特驻吟情，奎璧腾辉，衮龙浮彩，宠延臣下，每锡赠酬。故上有好者，下必有甚焉者矣。

　　也就是说，除去太宗之外，还有玄宗、宪宗、德宗、文宗、僖宗。他们都在处理国事之余，也用心作诗，且诗都写得不错。当然，这不是说"六帝"能超过其他唐代诗人，而是"上有好者，下必甚焉"。既然皇帝喜欢写诗，天下自然写诗成风。

　　几乎所有中国人都知道，李世民是一位千古名君。而对历史稍熟悉一点的人还知道，他堪称一代"战神"。那么，作为诗人的李世民到底是一种怎样的存在？他是如何"天纵"？又是如何影响了唐诗接近三百年发展进程的呢？

李世民和十八学士

武德四年(621),是大唐成立后的第四个年头。

十月强劲的朔风从北方高原吹来,掠过枯黄无际的西域草原、赭黄苍凉的关中平原,吹入深邃如海的长安城。

这座都城继承自隋朝首都大兴城,北临渭水,南依终南山,总体地势较平坦。渭水南岸又从东到西依次罗列白鹿、乐游、凤栖等丘原,东部比西部略高。长安城外部由长方形夯土城墙环绕,内部呈正南正北整齐布局,周围河道纵横,有渭、泾、沣、涝、潏(yù)、滈(hào)、浐、灞八条河流,号曰"八水绕长安,八原昌大兴"。

二十三岁的秦王李世民,在他新落成的天策府中微微一笑,吟了一首诗:

萧条起关塞,摇飏下蓬瀛。拂林花乱彩,响谷鸟分声。
披云罗影散,泛水织文生。劳歌大风曲,威加四海清。

——李世民《咏风》

这首诗不知是李世民何时所作,但从"林花"和"谷鸟"所对应的季节看,显然不是即兴赋诗。只是,这丝毫不影响他即兴吟诗。特别是吟到最后两句,眼前浮现起汉高祖刘邦的身影,瞬间更是心情大好。

此时,李世民的身份还是唐高祖李渊的二皇子。李渊称帝后,封李世民为尚书令、右翊(yì)卫大将军,晋封秦王。此后又因其立下不世之功,专门在诸王公之上为他新设了一个官位——天策上将。另外,还封其为司徒、陕东道大行台尚书令,增加封邑两万户,允许李世民在府中设官署办公。

如此荣耀,普天之下几乎无人能及。

作为整个大唐最红、最能打的皇子,李世民也被无数双眼睛紧紧盯着。很多人都想知道:如今不打仗了,李世民要干点什么呢?

一个消息随着朔风传遍了长安城:秦王李世民要搞文学了!

于是,朝野议论纷纷:

"什么?秦王搞文学?他懂文学吗?"

"懂不懂重要吗?人家可是秦王,还不想搞什么就搞什么!"

"此中必有蹊跷——"

"蹊跷个头!摸摸你的头在哪儿!不想要了吗?"

李世民依旧在笑,笑容里散发着谜一样的魅力。

关于他的魅力,无论在正史、野史,还是唐代的文学典籍中,都到了恍若神话的地步。

这里顺便一提,在关于唐代的正史中,《旧唐书》成书于后晋,距离唐亡时间较近,保留了不少原始材料,权威性较高,但避讳也比较多。《新唐书》与《资治通鉴》均成书于北宋,年代上距离唐代较远,混入了一些野史、笔记等不那么靠谱的材料,但综合性更强,尤其是后者。由于修史者的背景、立场等各不相同,史书记载所呈现的差异耐人寻味。

史书称,李世民生下来就没有哭。在他四岁时,有一个书生拜见其父李渊,当时李渊尚在隋朝为官,李世民也还不叫"世民"。书生对李渊说:"公贵人也,且有贵子。"又见了二儿子,说:"龙凤之姿,天日之表,年将二十,必能济世安民矣。"说完告辞。李渊怕书生口风不严,赶忙派人追杀,但书生已经像一缕青烟般消失了。于是,李渊把书生当成神仙下凡,给二儿子起名"世民"。

后来的唐传奇《虬髯客传》中,也有两处描写了李世民少年时的绝世风度：一处是"不衫不履，裼（xī）裘而来，神气扬扬，貌与常异"，另一处是"精采惊人，长揖而坐。神气清朗，满坐风生，顾盼炜如也"。

前者是李世民一身休闲服，从容见客，后者则是下棋时的非凡气度。于是，杀人如麻、睥睨天下的英雄虬髯客，看了李世民两眼，就"见之心死"，慨叹"真天子也"，自知非其敌手，不再奢望逐鹿中原，改赴海外争雄。

这些高人都没有看走眼。李渊非但有"贵人之相"，而且贵不可言。五十三岁那年，他在长安逼迫自己拥立的小皇帝杨侑（yòu）禅位，当上了皇帝。李世民也早早崭露头角，只不过到二十三岁为止，他最突出的成就并非"济世安民"，而是行军打仗。

在史书中，李世民被写成了一个"战神"级的人物。

比如，十七岁时，他就解救过当时的皇帝——隋炀帝杨广。当时，杨广出巡雁门，一向对隋朝称臣的突厥始毕可汗，突率大军数十万来袭。隋炀帝吓得大哭。

少年李世民领兵前往，敲锣打鼓，虚张声势，惊退始毕可汗，救了杨广。这一次，李世民有没有见到杨广，史书并未记载。但值得一提的是，这可能是李世民长大后，与杨广会面的唯一机会，此后两人再未有机会相见。

当然，李家世代为关陇贵族，跟隋炀帝从来都不是"外人"。李渊的母亲，乃是隋文帝杨坚皇后独孤伽罗的亲姐姐。论辈分，李渊是杨坚的外甥，也是杨广的表哥。李世民则应该叫杨广一声"表叔"。

只是，在权力的游戏中，亲戚实在算不了什么。

那时，隋朝的江山岌岌可危。杨广虽然只是隋朝第二个皇帝，但他那不断膨胀的野心、不停分泌的荷尔蒙、不受约束的想象力以及不接地气的执行力，已经将他父母苦心经营的大隋家底，快给败光了。

他频繁发动战争，西征吐谷浑、三征高句丽；他大兴土木，在前人基础上疏浚大运河，营建东都洛阳并长留于此；他巡行天下，并在各地营造行宫……这一切都与其父杨坚勤俭立国的风格迥异，也给他本人打上了"史上著名昏君"的标签。

正史称，就在杨广疯狂败家时，十九岁的李世民"逼"着自己父亲造了反。

当时，李渊任太原留守，镇守隋朝北边门户。李世民认为造反时机已到，"天予不取，反受其咎"，但李渊迟迟不肯动手。情急之下，李世民使出阴招：杨广在晋阳有一座行宫，正位于李渊辖区内，李世民便与晋阳行宫总管裴寂合谋，趁李渊酒醉后，让宫女色诱了他。留宿皇宫是死罪，李渊只好起兵，当年攻破首都大兴城，次年即皇帝位，并将大兴更名为"长安"。

李世民兄弟四人，他排行老二，大哥李建成，三弟李玄霸，四弟李元吉。李玄霸就是后人小说中天下无敌的李元霸，但正史中，他非但不是大力神，还是个短命鬼，在李渊造反前就去世了。

在李渊夺取天下的过程中，有很多关键战役都是李世民领兵打的。他多次身先士卒，仅带数骑侦察敌情，与敌将在阵前答话也是家常便饭，且多次遭围攻遇险而不死。总的来说，就是既能运筹帷幄，又是孤胆英雄。作为最重要的军事统帅，他东征西讨，先后荡平薛举、宋金刚、刘武周、窦建德、王世充等各路势力，立下了大唐第一功。

武德四年七月，李世民带着俘虏的王世充、窦建德返回长安。史书记下了这无比荣耀的一幕：

> 世民被黄金甲，齐王元吉、李世勣（jì）等二十五将从其后，铁骑万匹，甲士三万人，前后部鼓吹，俘王世充、窦建德及隋乘舆、御物献于太庙，行饮至之礼以飨之。

全长安的人都看在眼里：秦王此战，功盖天下。

天策府中，灯火通明。李世民大摆筵席，转眼酒过三巡。

"殿下，世人肯定会问：秦王何以会在宫城内设置这座文学馆？"齐地口音浓重的房玄龄说话了。

"房考功以为如何呢？"李世民平静地反问。

"其实，世人有何疑问倒也不重要。重要的是陛下跟太子怎么看——"

李世民轻轻一抬手，没让房玄龄继续说下去。

他扫了一眼大厅中的这十八人：大行台司勋郎中杜如晦，记室考功郎中房玄龄、于志宁，军谘祭酒苏世长，天策府记室薛收，文学褚亮、姚思廉，太学博士陆德明、孔颖达，主簿李玄道，天策仓曹李守素，王府记室参军事虞世南，参军事蔡允恭、薛元敬、颜相时，宋州总管府户曹许敬宗，太学助教盖文达，军谘典签苏勖。

这十八人来自大江南北，身份复杂，此刻职位的分布看起来也比较凌乱，这跟李世民兼职太多有关系。但毫无疑问的是，他们大部分都追随李世民鞍前马后，即便没有上阵杀敌，也曾出谋划策，起草檄文露布，堪称一流智囊团。

"此馆名为'文学馆'，自然是因为殿下雅好文学，想让大家一同切磋，写出更好的诗文来。"开口说话者声音苍老，但抑扬顿挫，颇为悦耳，正是虞世南。

李世民笑着点了点头，静静听着。

在这"十八学士"当中,论文学,虞世南首屈一指。他已经六十四岁了,自幼生长于江南的陈朝,其诗歌早年便受到宫廷诗大师徐陵和江总的青睐。他还曾出任隋朝的秘书郎,也为隋炀帝写过诗,声名显赫。

但虞世南并没有把话说下去,他自顾自地饮了一杯酒后,便住了口。

"下官以为,这文学馆非秦王殿下不能设也!"声音柔媚甜腻,众人不看也知道是许敬宗。只听他道:"殿下本就写得一手好诗,这大唐文武百官哪个不知、谁人不晓?只不过因戎马倥偬,这些诗并未完整而有序地保存下来罢了。加之殿下武功震古烁今,一时掩盖了文名。别的不说,去年殿下扫平刘武周,《秦王破阵乐》响彻天地,歌曰:'受律辞元首,相将讨叛臣。咸歌《破阵乐》,共赏太平人。'哪个不说是好诗?"

这许敬宗乃是杭州人,时年三十,在十八人中年龄较小,诗文却有不小的名声,不久前刚被李世民招至麾下。众人见他一开口,说不了三句话便开始拍马屁,免不了心生嫌恶。再说这《秦王破阵乐》在军中流传已久,到底为谁所写,一直并无定论,可算集体创作,怎么就变成秦王自己写的了呢?

但许敬宗并没有停下来的意思,继续道:"其实,坊间传言又哪里作得准?譬如,坊间说秦王乃白面书生,殊不知殿下美则美矣,却是壮冠虬髯,天资神武,当年李密初见殿下,便惊为天人,叹道:'真英主也!'而今,我们这些做属下的,更应该竭尽所能,对得起文学馆这块招牌,要让大唐天下的百姓都知道,我们秦王殿下,不仅是'武王',也是'文王'!"

这番话,众人听了甚是恶心。虽然民间确实不知道李世民是个"大胡子",但许敬宗不该拿李密来说事。毕竟,他曾是李密在瓦岗军时的亲信手下,如今李密已死,且未得善终,拿故主的私事来讨好李世民，着实有些无耻。

一片沉默之中，忽听有人拍了几下巴掌，大叫："说得好！"

众人循声望去，竟是平时话最少的杜如晦。他不动声色，一张黑脸兀自道："殿下就是武王、文王！"

众人听出这话里有话，心里都是一惊。

谈文论武倒无所谓，但周文王苦心立国，周武王伐纣自代，俱是一代君王伟业。将李世民比作君王，可不是大逆不道？

特别是，眼下李世民功盖天下，隐隐有压过太子李建成之势。而且，有道士曾称李世民将为"太平天子"，"争储"流言不胫而走，兄弟二人的矛盾日渐明朗化。齐王李元吉与太子共同进退，甚至连李渊也对李世民有了防备之心，形势微妙得紧。

原本，李世民在军中声望更盛，手下也集聚了一批良将谋臣，但回到长安后，兵权已然上交，剩余力量终归有限。而李建成在长安经营已久，手下不仅有魏徵、裴矩等诸多名士，还招募了大批勇士，号曰"长林兵"，力量明显占优。在李渊有意支持李建成的情况下，天平已经明显偏向了那一端。

此次设立文学馆，李世民本来就有表示偃武修文之意，想让李渊和李建成放心，以免兄弟矛盾激化。但此刻许敬宗有意无意间这么一撩，杜如晦又如此斩钉截铁地附和，眼看这把火就要扇起来了。

李世民的脸色变了。

房玄龄站起身来，缓声道："杜司勋、许户曹，你二人说的是什么酒话，每人罚酒三杯，当场赋诗一首！"众人纷纷嚷着罚酒。

杜如晦哈哈一笑，一仰头喝干一杯。许敬宗皱起眉头，抿了一小口。众人看不过去，逼着他又喝了三杯。

这宴席也就乱了。

李世民本就好酒，酣饮数杯，胸中豪气干云，抬手佩刀出鞘，当场飞舞起来。一时间，刀光闪烁，满堂俱笼罩于一片青霜之下。且听他放声吟道：

骏骨饮长泾，奔流洒络缨。细纹连喷聚，乱荇绕蹄萦。水光鞍上侧，马影溜中横。翻似天池里，腾波龙种生。

——李世民《咏饮马》

十八学士望着刀光中的秦王，听着他所吟诵的诗，心头滋味各不相同。然而，没有人可以否认，此刻的秦王身上有一股蓬勃之气。这气，如春风、如烈焰、如奔雷，能令万物生、万夫狂、万法空。或许，这就是少年之气、王者之气。

十八学士恍惚间明白，他们的生生世世、子子孙孙，都将与眼前的"少年"紧紧联系在一起。

十八学士写诗到底是什么水平？从今天的史料来看，这十八人中，仅三人有一首以上的诗得以传世。这三人分别是：虞世南、褚亮和许敬宗。

在历史上，十八学士主要被看作李世民的智囊团。五年后，即武德九年（626）六月初四，身处"争储"劣势之中的李世民，果断发动"玄武门之变"。他先在作为宫城北门的玄武门内设下伏兵，然后亲率尉迟敬德、程知节（程咬金）等大将，一举斩杀了太子李建成和齐王李元吉。三天后，别无选择的李渊下诏册立李世民为皇太子。八月，正式传位于李世民，自己当上了太上皇。

十八学士中至少两人直接参加了"玄武门之变"——房玄龄、杜如晦。

二人素有"房谋杜断"之称，此前一直鼓动李世民先下手为强,但迟迟未获响应。李渊为削弱李世民的势力,将房、杜二人调离天策府,欲断其左膀右臂。政变前夕,李世民派心腹之人召房、杜回府,孰料竟遭二人拒绝。李世民当即表现出军事统帅的决绝:

> 王怒曰:"是背我邪?"因解所佩刀授之。谓曰:"即不从,可斩其首以来。"敬德遂往谕玄龄等,与入计议。

李世民大怒,将腰间佩刀解下交给尉迟敬德,还把狠话撂下:如果二人不从,就把他们的脑袋砍了,带回来见我!房、杜二人见到尉迟敬德,双双大喜,知道李世民心意已决,连夜回府,成为这场政变最主要的谋划者。在后来李世民所开创的"贞观之治"中,他们也都成为一代名相。

这十八学士几乎都成为大唐的政治和文学巨擘,其家族成长为新一代的文学世家。他们及其后人在接下来的三百年中,发挥着非常重要的作用。

而李世民也不会想到,"十八学士"中也有一人会成为祸根,在多年之后不仅参与戕害开国功臣,还差点葬送了他一手打下的大唐江山。

虞世南的柔,魏徵的刚

一个不会写诗的皇帝不是好偶像。

李世民的写诗生涯,大致可以用这样一句话来概括。

李世民写诗是认真的,其认真程度超出了绝大多数人的想象。李渊曾于武德四年(621)于门下省设修文馆,李世民即位后的第二个月，就将修文馆改名"弘文馆"，并于弘文殿聚书二十万卷，作为国家藏书之所，亦是皇帝招纳文学之士之地。这座弘文馆与秦王府文学馆前后相继，荟萃了大量人才，在唐初形成了浓郁的文化氛围。

每次写完诗之后，李世民都喜欢跟大臣探讨，尤其是小范围内的私聊。他私聊的对象主要是虞世南、魏徵、褚亮、李百药、上官仪等人。

垂緌（ruí）饮清露，流响出疏桐。居高声自远，非是藉秋风。

——虞世南《蝉》

《蝉》是虞世南的代表作之一。这首诗很出名，尤其是后两句流传千古。

然而，人们品咂时，又常常感觉好像哪里不对劲。这首诗的前两句很雅致，很工整，也很体面。"垂緌"是官帽打结下垂的部分，在此指代蝉的触须，"流响"则指代蝉的叫声。一形一声，无懈可击，但是读了却像没读一样。就像某些"网红脸"和香精茶，美则美矣，香则香矣，但毫无个性，一扭头就会忘了模样。而后一联，则透露出强烈的优越感，还有浓浓的说教味儿。

其实，这一问题并非只存在于这首诗中，也绝非只存在于虞世南一个人身上，而是直接牵涉到一个时代、一种审美。

在隋统一天下之前，南朝是文化中心。宋、齐、梁、陈偏居一隅，代代因袭。在文化上，南朝盛行的"宫体诗"，则是诗歌的主流。这种宫体诗，只谈风月不谈政治，极度追求修辞和平衡，过分讲求雅致与技巧，也让诗歌本身成为上流生活的装饰品。

而在隋统一天下之后，出身军事世家的隋文帝杨坚，把军事作风带入文化领域。他跟皇后独孤伽罗一生追求朴素，这种性格与审美，与宫体诗格格不入。

所谓"上行下效"，皇帝带头转文风，文风岂能不转？

于是，隋朝的诗风一度掉头，出现了不谈风月、不讲修辞，而专写道德与教化的"大转折"。

两种截然不同的风格，给当时的诗人造成了群体性"人格分裂"。虞世南更是一生历经陈、隋和唐三代，既深谙审美，又惯讲政治正确。而这首《蝉》就成了他人格分裂的典型代表——前半截是修辞，后半截是说教。

对于虞世南，李世民向来是高看一眼的。这种"高看"里，既有文学青年对于诗坛前辈的由衷仰慕，也有一种政治表率意味。比如，他说："虞世南于我，犹一体也。"听着都有些肉麻了。

作为老一辈诗人，虞世南对李世民并不总是言听计从。他知道皇帝此刻更看重的是什么，所以不会把自己局限在一个文学侍从之臣的身份上。比如，贞观七年（633），李世民刚写完一首宫体诗，兴致正高，就命虞世南和诗一首。虞世南当场拒绝，他说：

> 圣作诚工，然体非雅正，上有所好，下必有甚。臣恐此诗一传，天下风靡，不敢奉诏。

虞世南的说法很柔婉，但态度很明确。他先恭维李世民的诗写得好，接着就开始了劝谏行动，说陛下您自己写宫体诗不要紧，但这要是一流传出去，天下人都跟风而写，大唐的诗风可就坏了。所以，他不敢奉诏和诗。

这场面有点尴尬。

《唐诗纪事》里写下了这一幕。李世民赶紧给自己找了一个台阶下,说:"朕试卿耳。"不仅如此,他还重新写了一首诗,"述古兴亡",充作表率。

还有一次,李世民又写了一首诗:

贞条障曲砌,翠叶贯寒霜。拂牖(yǒu)分龙影,临池待凤翔。

——李世民《赋得临池竹》

他感觉自己写得不错,尤其是后两联,简直都有那么一点点骄傲了。于是,又命虞世南和诗一首。

虞世南这次没拒绝,当即写了一首:

葱翠梢云质,垂彩映清池。波泛含风影,流摇防露枝。龙鳞漾嶰(xiè)谷,凤翅拂涟漪。欲识凌冬性,唯有岁寒知。

——虞世南《赋得临池竹应制》

"应制"就是应诏命赋诗。只要留意一下,你就会发现,这俩字在唐代诗人笔下经常见到,离权力中心越近,出现频率就越高。后世的宋之问、沈佺期、张说、张九龄、王维等都写过不少应制诗。在短暂的时间里,李白的应制诗也非常密集,但很快就消失了。

在这首诗里,虞世南含蓄地给皇帝纠正了错误。

比如,写竹子时,"龙"和"凤"该怎么用。尤其是皇帝诗中前面那两句,"贞条障曲砌,翠叶贯寒霜",分明写错了。眼下明明不是冬天,你扯什么"贞条"和"寒霜"呀!

李世民当然不傻,看后一阵脸红,却也只好夸赞几声。

这样的文学交流,体验着实不佳。而给李世民"不佳"体验的,并非虞世南一个。另有一个典型代表,那就是魏徵。

可能大多数人都不知道,魏徵也是一位诗人。只不过,他的诗跟他在史书中留下的"人设"高度一致,都板着一张脸,似乎从来都没有笑过。

某次,李世民在洛阳宫里的积翠池与魏徵宴饮一番。喝得兴起,他赋诗一首:"……恣情昏主多,克己明君鲜。灭身资累恶,成名由积善。"这首诗本是咏君德的,但里面掺杂了一些佛教要素。当时,李世民对佛教的兴趣还不浓,但魏徵还是抓住机会,当场写了一首长诗,规劝皇帝要自重,不要在诗里乱说话。

李世民马上醒悟,说:"徵言未尝不约我以礼。"充分肯定了魏徵的谏言,但至于那一瞬间他心里真正想的是什么,就没人知道了。

将心比心,写诗还是为了快乐,即便写出来请人"批评指正",内心深处也不希望真的遭遇猛烈批评。所以,假如李世民周围全都是虞世南、魏徵这种人,见一首批一首,见一首劝一句,那他还会开心吗?还会主动交流"创作心得"吗?

当然,这种情况根本不可能出现。因为百分之九十九的官员,是不想从皇帝的难堪中获得成就感的。

比如,跟褚亮私聊时,李世民就是很惬意的。

褚亮是杭州人,他的名声比老乡许敬宗要好很多。作为秦王府"十八学士"之一,他的资历不浅,年纪轻轻就历尽坎坷,尝遍人间冷暖。

褚亮出身江南世家,十八岁时便以文名得到陈后主陈叔宝的召见。陈亡之后,他入隋为东宫学士。他的才华曾遭到隋炀帝杨广的嫉恨，被贬官，而后又流落到割据势力薛举的地盘。李世民扫平薛举父子势力之后，将褚亮招至麾下。

这里必须提到的是，褚亮有一个儿子比李世民大两岁，后来名声很大，他叫褚遂良。魏徵将褚遂良推荐给了李世民，理由是他的书法写得太好了，而李世民正是大唐最著名的书法爱好者。

褚亮写过一首咏花烛的诗，其中最后一联非常动人："莫言春稍晚，自有镇开花。"后来，李世民也写了一首：

焰听风来动，花开不待春。镇下千行泪，非是为思人。

——李世民《咏烛》

这首诗写得生动、形象、传神。只是，这四句怎么看都像是把褚亮的诗给扩写了。后世不少人指责李世民抄袭褚亮。然而，究竟是李世民抄袭，还是褚亮自愿献诗给皇帝，乃至直接代笔，这早已不得而知。因为，从这首诗的整体气韵看，李世民似乎抄也很难抄到这种水平。

这里需要说明一点，《唐才子传》把李世民排在"六帝"之首，说"太宗天纵"，绝不是奉承他，更不是讽刺他。李世民确实是有诗才的。只不过，在以他为核心所建立的这个宫廷诗人圈子里，他只能充当一个形式上的核心以及实质性的"酱油"角色。

他的尴尬不在于地位，而是错位。用历史的眼光来看，他的才华不仅与当时的圈子不适配，也与他自己的审美不匹配。

新丰停翠辇，谯邑驻鸣笳。园荒一径断，苔古半阶斜。
前池消旧水，昔树发今花。一朝辞此地，四海遂为家。

——李世民《过旧宅》其一

这是李世民所写的两首《过旧宅》中的第一首。可以看到，他写得非常用心，也非常用力，但就是看不见才华的影子。一直写到最后一联，才华才突然冒出来。

这一句，才是真正的李世民，是他独有的英雄气。只可惜，他并不懂得如何珍惜和使用这股气。

《帝京篇》是李世民非常看重的一组诗，共十篇，大约写于他即位后的第二年（另有研究认为这组诗写于贞观十九年，即645年）。

这一年，隋末群雄割据中的最后一支残存势力梁师都被消灭，全国统一宣告完成。在这组诗的序言中，二十九岁的皇帝旗帜鲜明地表达了自己的文学理想：

> 予追踪百王之末，驰心千载之下；慷慨怀古，想彼哲人。庶以尧舜之风，荡秦汉之弊；用咸英之曲，变烂漫之音。

这样的胸襟抱负令人赞叹，可悲哀的是，他注定只能播下龙种而收获跳蚤。

> 秦川雄帝宅，函谷壮皇居。绮殿千寻起，离宫百雉余。连甍遥接汉，飞观迥凌虚。云日隐层阙，风烟出绮疏。
> ——李世民《帝京篇》其一

这是十首诗中的第一首，也是最好的一首。然而，即便在这一首当中，最好的也只有开头两句。

"秦川雄帝宅，函谷壮皇居。"气魄极大，可越往下写越拘束。李世民真的太认真了，也用"认真"二字拴死了自己的诗魂。

时代和地位限制了李世民的想象力：他的内心沉迷于南朝的宫体诗，而他显然不具备那种技巧；他的身份使他不得不写教化诗，而内心又不愿接受这种约束。他本来可以而且只擅长做一个纵横无忌的豪放派，而他却偏偏喜欢并被群臣"捧"着，拈起了绣花针。

这样一种错位，造成了"诗人李世民"一生的遗憾。他的诗发生了巨大的分裂。这种分裂也摧毁了他的文学理想。

在写《帝京篇》的时候，李世民不会知道，在距离长安三千里外的江南水乡义乌，一个名叫骆宾王的男童将于三年后降生。而他长大之后，同样会以一首《帝京篇》名震长安。彼时，将是一个新的诗歌时代。

作为诗人的李世民，假如生活在后来的时代，也许就能更清楚地看见自己的才华，写出让自己、让后世更加满意的壮丽诗篇。

英主与心魔

当然，没有人能够否认，李世民是一代英主。

尤其是武功方面，即位后仅三年半时间，他就派大将李靖、李勣（即李世勣，因避讳而改名）灭掉了东突厥汗国。北方最大的威胁解除了，李世民被尊为"天可汗"——包括农耕与游牧民族在内的天下人共同的皇帝。

贞观四年（630）夏天，李靖将突厥颉利可汗押至长安。李世民将颉利可汗大骂一通，颉利"哭谢而退"。

接下来，史书记下了极具纪念性的一幕：

> 上皇闻擒颉利，叹曰："汉高祖困白登，不能报；今我子能灭突厥，吾托付得人，复何忧哉！"上皇召上与贵臣十余人及诸王、妃、主置酒凌烟阁，酒酣，上皇自弹琵琶，上起舞，公卿迭起为寿，逮夜而罢。

当时，李渊早已退位当了太上皇，但听说这个好消息后，他仍然在凌烟阁摆酒庆贺。李渊弹琵琶，李世民跳舞，用一场盛大的狂欢，来洗刷被突厥欺辱的往事，这种场面在中国历史上是绝无仅有的。随后，唐朝又派兵攻占西域诸国，势力直达葱岭以西，与波斯、印度相接。李世民的"天可汗"名副其实。

然而，如果认真研究一下史书，又会发现李世民一直生活在"两重心魔"之下。而这两重心魔也在某种程度上，促使李世民成了一个诗人、一个偶像。

第一重心魔是隋炀帝。

作为皇帝的隋炀帝无疑是个失败者，但作为诗人，他很有才华。李世民并不讳言自己欣赏这位表叔的诗。他曾在朝堂上公开赞扬杨广的诗，说："朕看隋炀帝的文集，看那些言辞语句，宛若听到了尧舜之言。可他为什么总干些桀纣之事呢？"

不妨先看两首杨广的诗：

> 寒鸦飞数点，流水绕孤村。斜阳欲落处，一望黯消魂。
> ——杨广《野望》

> 扬州旧处可淹留，台榭高明复好游。风亭芳树迎早夏，长皋麦陇送余秋。渌潭桂楫浮青雀，果下金鞍跃紫骝。绿觞素蚁流霞饮，长袖清歌乐戏州。
> ——杨广《江都宫乐歌》

一首五言，一首七言。如果不署名的话，人们大概率会认为这是唐代诗人的杰作。

杨广的诗，既有北方的刚健豪迈，又有江南的婉媚空灵，且将二者融合为一。

这是文学才华的体现，也与杨广的成长背景有关。他是一个既懂生活，又有权力的人。他十三岁就被封为晋王、并州总管，二十岁率军南下，扫平陈朝。也是在十三岁时，他娶了梁朝皇室后裔萧氏为妻。这种结合，当然首先是一种政治婚姻。杨坚为儿子娶萧氏为妻，是为了加强对长江沿岸的控制，而文化只是不经意间的副产品。因为这位萧妃的曾祖父，正是编选《昭明文选》《文章英华》的梁武帝长子萧统，乃执掌南朝文学法度之人。萧妃不仅有教养和文采，还是杨广的终身伴侣和红颜知己。在她的影响下，杨广深深懂得了南朝的审美，甚至学会了吴语。南北方不同的风格，在杨广身上产生了化学反应。

另外，杨广还有一项特殊的"禀赋"——他是一个性格暴虐的不肖子。即位之后，他便随心所欲地更改父亲所订立的制度，包括政治、经济等各个方面，文风更不在话下。他将杨坚所定的审美标准抛至九霄云外，而且以他动辄诛杀高官的作风，没有哪个大臣敢对他的写作风格指手画脚。

结果便是，杨广成了宫体诗的继承者和改造者，在当时独树一帜。

后人看到的是，杨广作品的风格和水平，都远远超越了他的时代。

在诗歌写作方面，杨广堪称李世民的偶像。而将李世民的诗和杨广的放在一起对比，结果总是残酷的。

虽然李世民对南朝审美也深度沉迷，可他对江南并无多少直观体验。他的战场一直都在江北，江南的大片土地，是他的堂兄李孝恭率领李靖打下来的。而他也缺乏杨广那样的"诗人气质"。甚至于,李世民二十三岁建立文学馆之前,都没有读过多少书。至于安心读书、写诗,更要到当皇帝之后了。

总之,单就文学领域而言,李世民比杨广是全面落后的。唯一能与之媲美的是豪情,可是这一点,李世民还不会利用。这不能不让他倍感焦虑。

他又能怎么办呢?

塞外悲风切,交河冰已结。瀚海百重波,阴山千里雪。迥戍危烽火,层峦引高节。悠悠卷旆旌,饮马出长城。寒沙连骑迹,朔吹断边声。胡尘清玉塞,羌笛韵金钲。绝漠干戈戢,车徒振原隰。都尉反龙堆,将军旋马邑。扬麾氛雾静,纪石功名立。荒裔一戎衣,灵台凯歌入。

——李世民《饮马长城窟行》

这首诗的题目来自汉乐府,历史上有不少相同题目的诗。光看李世民这一首的话,即便不能说好,也并不算差。

然而,假如读过杨广此前写的一首《饮马长城窟行示从征群臣》,就会觉得李世民这首诗似曾相识,即使不能说抄袭,至少也算借鉴模仿。

不仅如此,在李世民不少诗中,都能看见杨广的影子。

比如,杨广曾写过一首诗送给大臣杨素,其中有句子是:"疾风知劲草,世乱有诚臣。"而李世民后来的一首诗是这样写的:

疾风知劲草,板荡识诚臣。勇夫安识义?智者必怀仁。

——李世民《赐萧瑀》

当然，这样做的皇帝，绝非李世民自己，后世还有好几个。

杨广虽没有抄袭嫌疑，但据说曾因嫉妒而杀人。此前，曾先后在北齐、北周和隋朝做官的老诗人薛道衡，有一首描写思妇寂寞心情的诗，其中两句"暗牖悬蛛网，空梁落燕泥"，传诵一时。杨广看后很嫉妒，就找了个借口逼其自尽。薛道衡死前，杨广还说风凉话："更能作'空梁落燕泥'否？"

薛道衡之子薛收，后来成为秦王府"十八学士"之一，为推翻隋朝、平定天下出了一份力。他的子孙后代也成为大唐文人中的重要一脉。

另一重心魔是玄武门之变。

在这场政变中，李世民大获全胜，不仅斩杀了自己的两位亲兄弟，还把四弟李元吉的王妃杨氏纳为己有。于是，他与杨广又多了一重亲戚关系。杨广是他的表叔，也是岳父。

这里必须说的是，唐朝的皇室从来都不是纯粹的汉人血统。虽然他们自称陇西李氏一脉，可追溯到汉代名将李广，但史书能查询到的是，他们源于东部赵郡李氏中的"破落户"，其先祖中有两个人名叫"李初古拔""李买得"，可能是鲜卑族。他们的后人与汉人联姻，再往后又与突厥贵族独孤信联姻。而这位独孤信堪称"史上最牛岳父"，他有三个女儿被封或追封为皇后，其中两位嫁给一国之君，另一位生下了开国之君。长女嫁给了北周明帝宇文毓，四女嫁给了李渊的父亲李昞（bǐng），七女嫁给了隋文帝杨坚。而李世民的母亲窦皇后也有鲜卑血统，他妻子长孙皇后更是鲜卑贵族。所以，整个大唐皇室都有着"汉-鲜卑-突厥"血统。

这种说法虽然一直被大唐皇室刻意隐藏，但从不断涌现的"兄纳弟媳""子承父妻""父纳子妻"等匪夷所思的做法里，仍能看到游牧民族的习惯。

玄武门事变之后，李世民登上了皇位，但亲兄弟的鲜血也浇筑成一个铁一样的血迷宫，让他困在里面夜夜不得安睡。

穿过史册，世人看到的李世民光芒万丈。这光芒一半来自他的励精图治，另一半则来自他所营造的"人设"。他希望用这种光芒，驱散玄武门的那抹血色，殊不知血色早已入骨，也将在大唐皇室的基因中代代传承。

其实，关于李世民是实力派还是偶像派，历史学者们向来有分歧。综合而言，他就是一个一心走偶像路线的实力派，他与他的朝臣们共同上演的贞观大戏，成功入选了中国古代帝王政治的教科书。

这两重心魔又交织在一起。比如，李世民与杨广都是次子，又都通过害死兄长而上位。李世民非常担心世人把自己与杨广联系在一起。为了消除心魔，他采取了两大行动。

其一，修史。

历史是有力量的。唐朝之前各个朝代的史书，虽然也是在皇帝主持下，由史官利用国家档案编写而成，但其仍然属于史官私家著作的范畴。但到了唐朝，尤其是唐太宗时期，成立了专门的修史机构——史馆，修史成为一项官方任务。权力总是不拘一格的。人只要大权在握，就会把手伸向自己想要的一切。在过去，史官的一支笔有着极大约束力，青史的监督功能不容忽视，然而到了唐朝，事情开始起变化。从这一刻起，私家史变成了官方史。史馆不仅负责编修前朝史，也要随时编纂当代史。

在新组建的修史班子里，房玄龄、魏徵是主要负责人。虽然玄武门之变时二人所属阵营不同，但均为重要当事人，也最清楚李世民的底线。从贞观三年（629）开始至贞观十年（636）结束，梁、陈、北齐、周和隋等各朝（国）史书先后完成。在这些史书中，隋炀帝杨广被写成了一个彻底的反面典型。李建成、李元吉在建立大唐过程中的作用也被极大贬低，二人的形象被定性为"建成残忍""元吉凶狂""欲比秦二世、隋炀帝，亦不及矣"。

甚至连唐高祖李渊"建立唐王朝的功绩（也）被他的接班人精心地掩盖了"——在相关史书完成的前一年，李渊已去世，不会知道儿子将怎样涂抹他的功劳簿。

今天，我们看到的史书写着：李世民从十九岁开始，就成为建立大唐王朝的总策划，而大唐的开国皇帝李渊却总是浑浑噩噩、坐享其成。这在史上的开国之君中，可谓空前绝后的"奇观"。直至现在，学者们想为李渊写一本靠谱的传记，仍千难万难，因为大部分史料都已被他儿子的大臣所修改。当正史变得不"正"，这位开国之君注定只能面目模糊。

即便如此，李世民仍然对玄武门事变的记述不放心，与性格耿介的史官褚遂良不断发生摩擦。

其二，纳谏。

在后人印象中，纳谏是贞观之治中最鲜活的场景。魏徵为了天下百姓，一次次以劝谏的形式挑战皇帝的底线，而皇帝也总是能够包容，从善如流。这是一种被后世文人奉为"君臣共治"的理想模式。

这种场景极富感召力。这是李世民胸怀的体现。在某种程度上，也正是他的胸怀如海，外化为整个朝廷的气度，甚至为大唐气象奠定了基础。没有人可以否认，他是古来少有的明君。

但也要看到，李世民绝非完人。比如，他属于较为典型的表演型人格，有时候纳谏只是为了表演，而魏徵也在紧密配合。那一刻，两个人都是"演员"，相互搭档来制造美名。在这场大戏中，如果说唐太宗是最佳男主角的话，魏徵就是最佳男配，"水能载舟，亦能覆舟"是最佳台词，铜镜则是最佳道具。

这场大戏的指向仍然是隋炀帝。因为在世人印象中，隋炀帝已成为一个不听劝谏、嗜杀成性的暴君代名词，李世民反其道而行之，更容易打造明君"人设"。

贞观六年（632），李世民导演了一幕著名的盛世大秀。史书记载：

> 辛未，帝亲录系囚，见应死者，闵之，纵之归家，期以来秋来就死。仍敕天下死囚，皆纵遣，使至期来诣京师。
>
> 去岁所纵天下死囚凡三百九十人，无人督帅，皆如期自诣朝堂，无一人亡匿者。

李世民让死囚们回家，命其秋后回来领死，结果这些人全部准时回来。于是，李世民赦免了他们。这被当成皇帝感化罪犯的典型案例，但后世的欧阳修对此非常怀疑，认为君子都不一定会按约定去受死，何况是全部死囚？这实在太可疑了。明清时的大儒王夫之更是一针见血："古所未有者，必有妄也；人所争夸者，必其诈也。"

当然，任何人也不能否认，魏徵富有勇气，他所从事的是一项危险系数极高的工作。而在他狠怼李世民的时候，长孙皇后也起到了一定的缓冲作用。这位皇后出身将门，知大略、识大体，她与李世民是史上少有的著名而不奇葩的皇帝夫妻。

在玄武门之变之前，她曾亲自上场，激励将士，"左右莫不感激"。李世民即位后，长孙皇后衣带上时刻悬挂毒药，表示一旦李世民驾崩，她便服毒自尽，"誓死不当吕后"。

一次，李世民退朝回宫，嘴里念叨：一定要杀了那个乡巴佬。长孙皇后忙问原因，李世民恨恨地说，魏徵上朝时公然让自己下不了台。长孙皇后听后默默回到内室，换上皇后朝服向李世民行礼，她说："妾闻主明臣直。魏徵犯颜直谏，说明陛下是有道明君，此等幸事，岂能不郑重道贺？"这样的仪式感和恭维语，使李世民转怒为喜，成功保护了魏徵。

长孙皇后也有诗传世：

上苑桃花朝日明，兰闱艳妾动春情。井上新桃偷面色，檐边嫩柳学身轻。花中来去看舞蝶，树上长短听啼莺。林下何须远借问，出众风流旧有名。

——长孙皇后《春游曲》

囿于当时的审美，这位将门虎女、一代贤后的诗，也呈现出一派香艳气息。更令人叹惋的是，她虽比李世民小两岁，却比他早去世了十三年。假如她能再长寿一点，"贞观之治"的成色或许能更好一些。

长孙皇后去世之后，李世民陷入了悲伤，直至第二年仍郁郁寡欢。为了能让皇帝开心一点儿，朝臣们不断举荐出身名门的少女入宫。在这样的背景下，一个十四岁的女孩被送入宫闱。在此之前，她的父亲早已过世，她和母亲被父亲原配的子女赶出家门，前途一片黯淡。

入宫后，女孩的才华开始展露，并成功吸引了皇帝的注意。因她姓武，李世民为其赐号"武媚"。

这个女孩与李世民之间，有一个著名的故事。她入宫不久，李世民得了一匹烈马，名为"狮子骢"，此马雄健俊逸，但脾气暴烈，无人能够驯服。此时，女孩挺身而出：

妾能制之，然须三物，一铁鞭、二铁挝（zhuā）、三匕首。铁鞭击之不服，则以挝挝其首，又不服，则以匕首断其喉。

作为史上著名的爱马人士，李世民当然不允许她这样粗暴对待自己的宝马。但他还是很惊奇，这个女孩的豪气，颇对他的脾气。但他不会知道，在后来的日子里，这个女孩会给他的江山和家族带来怎样的浩劫。

李世民在位二十三年，大致可分前后两段。

前十年，他与大臣共同努力，开门纳谏，整个朝廷充满了新鲜的空气。同时，他还主持编纂律令，开办学校，完善军制等。这些制度虽然整体上未脱隋朝的窠臼，但成功让整个国家稳定下来。

而后半段时间，李世民有些累了，魏徵早早觉察出这种倾向，写了著名的《谏太宗十思疏》，希望皇帝体恤民力，在朝政上多用点心，但并未收到太多实效。

而且，在此后的岁月里，魏徵与李世民这段佳话也渐渐变得"不佳"。

魏徵死后，他推荐的侯君集造了反、杜正伦被罢免。而让李世民更恼火的是，他发现魏徵竟然把生前的谏言留了一份底本，还拿给了史官褚遂良看。这就等于为给自己争脸，而让皇帝没脸了。

李世民一气之下，取消了他最小的女儿衡山公主与魏徵长子的婚约，还下旨把魏徵的碑文磨掉，墓碑推倒。

贞观十九年（645），李世民亲征高句丽，想再次证明自己比隋炀帝更强。然而，这次战争的结果，是将士死伤两千人，战马损失十之七八。他深感后悔，长叹："如果魏徵还活着，他是不会让我打这场仗的。"于是，重新祭祀魏徵，为他立碑。

李世民还写了一首诗，以悼念一位名叫姜确的心腹爱将：

凿门初奉卫，伏节始临戎。振鳞方跃浪，骋翼正凌风。

未展六骑术，先亏一篑功。防身不足智，徇命有余忠。悲骖嘶向路，哀笳咽远空。凄凉大树下，流恸满深衷。

——李世民《五言悼姜确》

老了的战神按剑良久，迎风洒泪，如此一幕令人黯然神伤。

而李世民背后，是广阔辽远的大唐版图。在这片逐渐恢复生机的土地上，他的剑与诗都将流传下去，并作为一种传统，跨越千年，让无数士人拼尽一生的力气，苦苦求索。

又过了四年，李世民因病晏驾，庙号"太宗"，谥号"文皇帝"，后加谥"文武大圣大广孝皇帝"，葬于昭陵。

允文允武，十全十美。他可以放心闭眼了。

一代英主名垂史册。

第二章　神童组合　笑傲悲歌

　　王杨卢骆当时体，轻薄为文哂未休。尔曹身与名俱灭，不废江河万古流。

　　　　　　　　　　　　　——杜甫《戏为六绝句》其二

　　王勃、杨炯、卢照邻和骆宾王，"初唐四杰"名声煊赫。不过，要理解这个名号，还应将其分拆为"初唐"和"四杰"。

　　"初唐"是他们所处的时代。时间跨度从大唐建立到七世纪末，前后共包括六位皇帝：唐高祖李渊、唐太宗李世民、唐高宗李治、武周女皇武则天、唐中宗李显和唐睿宗李旦。这是一个国力逐步攀升的过程，文化也日渐兴盛，似乎就是一条通天大道。但这里面隐藏了一个问题：盛世之路一定是个人的幸福之路吗？

　　"四杰"中的每一个人都是天才，都有神童之誉，但他们绝非"少年天才组合"。因为年龄委实相差太大，甚至难称同一辈人。骆宾王比卢照邻约年长五岁，卢照邻又比王勃、杨炯年长十余岁。

　　"王杨卢骆"这一排名，并非依据年龄，那么依据的到底是什么？他们生活在后世称颂的大唐治世，一边获得美名，一边遭受鄙夷。"轻薄"是他们共同的标签，一位以知人善用而著称的官员直斥他们"浮躁浅露"，这又是为什么？他们都有鲜明的个性，以才华笑傲文坛，却一生沉沦下僚，郁郁不得志，甚至难求善终，其间又有着怎样的悲欢？

在"王杨卢骆"之前,世人眼中的诗人是皇帝和宰相们,高高在上,穿紫着绯,一呼一吸都有宫廷味,张嘴就是优越感。相形之下,四杰的官位实在微不足道,但他们却凭借一身飘零和绝世才华,让此前那些帝王将相的诗作低到尘埃里。

正是他们,让唐诗拔节而起,冲向新高度;也是他们,让后人看见了唐诗气象。

如果说李世民和虞世南们的诗是用金粉写的,那么初唐四杰的诗就是用生命来写的。在文学这杆大秤上,任你有何头衔,都无法虚报斤两。

江东布衣骆宾王

贞观二十一年(647)秋。长安城东,春明门外。

"骆宾王?名字挺响亮嘛。"满脸褶子的城门吏看了一眼递到手里的公验文书,又瞅了瞅眼前这个体格壮实的黄脸书生,轻声嘀咕。

"某姓骆,名宾王,字观光,江东义乌人。《易》曰:'观国之光,利用宾于王。'某来长安,只想用这一身本事辅佐君王。"黄脸书生朗声道。

"你们这些举子……"城门吏笑着摇了摇头,"早日高中啊!"

骆宾王接过文书,抬头看看"春明门"三个金光闪闪的大字,心头陡然生出一片豪情。

这是他生平第一次来长安。春明门乃长安东城墙的中门,连接着通往东都洛阳、北都太原的交通要道。城门两侧是清一色的铁甲卫士,气势凛然。来往官民络绎不绝,进城者皆靠左行,出城者靠右行。"入左出右",这是当朝宰相马周定下的规矩。

这一年,骆宾王十七岁,一个踌躇满志而又不知天高地厚的年龄。来长安之前的那个夜晚,做县令的父亲沉默不语,只有母亲反复叮咛,让他今后多个心眼,学会看别人眼色,把那几个在京为官的亲戚、熟人,挨个都拜访一遍。再去打听一下主考官的情况,看能不能早点结识……他满口答应,心里却不以为然:凭我这满腹诗书,自然能遇见识货的。待我取了功名,求个一官半职,还不如探囊取物一般?

他生于贞观之初,是在贞观之治中长大的一代人,对大唐有着无比坚定的信心。从小到大,他听到的一直都是好消息,比如:皇帝多么英明,既从谏如流又重用人才;皇帝和皇后多么俭朴,连宫殿都不舍得建,绸缎也不舍得穿;军力多么强盛,大破吐谷浑、高昌,四夷宾服,万邦来朝;政治多么清明,夜不闭户,道不拾遗,就算犯了罪的人也不会逃跑,而是自动到衙门领罪;体制多么创新,推行均田制和租庸调制,减轻了农户赋税劳役,天下百姓欢欣鼓舞……

生逢治世,他自觉无比幸运。虽然幼时也经常纳闷:为什么我们义乌骆家庄晚上家家户户都锁门,只有穷得叮当响、住在破庙里的才"夜不闭户"?"道不拾遗"更加不可能,平常就连丢一只鞋都会转眼之间就找不着了。尤其是"均田制",那么好的政策,为什么我们骆家庄就没实施呢?是不是宰相把这里给忘了?

只不过,与其他人不同的是,骆宾王从小就不会把这些问题说出来。这一方面是因为他的出身,另一方面则是因为他是个"神童"——神童怎么能有不明白的地方呢?

等到长大些,他开始明白:贞观之治是掺了水分的,成色远没有官方口径中那么足。当时,朝廷只对关中地区以及全国各大城市有绝对控制力。在大片乡村地区，真正发挥作用的仍是世家大族。像均田制之类政策并未在大唐全面推广，全国人口仅为隋炀帝大业前期的三分之一，比李渊统治时期也高不了多少，普通百姓只能勉强填饱肚子……但社会确实稳定下来了。最重要的是，百姓们都愿意相信，千古未有的明君李世民，会带领大唐走向盛世。虽然事实上，晚年的李世民并没有那么英明，但经历了隋末乱世之后，还有什么比"相信"二字更金贵的呢？

在"初唐四杰"之中，骆宾王出身最差，却也远非普通百姓。义乌骆氏先祖乃是三国时期的将领骆统，传到隋唐虽只剩下故事，但仍然算将门一脉，世代文武传家。骆宾王的祖父曾在隋朝任武职，父亲则是大唐河南道青州总管府博昌县令。

这里需要提一下，很多人习惯瞧不起县令，说其只是"七品芝麻官"。事实上，唐代的县令绝不是"芝麻官"，而是典型的中层文官。

唐代的县，根据所属区域、人口、经济等条件不同，分为赤、畿、望、紧、上、中、下七等。县的等级不同，县令品秩和前途也相差悬殊。其中，京都治下的县为赤县，县令为正五品上，而唐代的京都包括西都长安、东都洛阳和北都太原。京都附近的县为畿县，县令为正六品上。其余五等县主要根据人口、经济来划分，上县等级次于望县和紧县，县令为从六品上。中县县令为正七品上。下县县令为从七品下。县令之下设有县丞、主簿和县尉，均为"九品三十阶"的流内官。换句话说，都属大唐正式公务员编制。

骆宾王父亲所在的博昌县是个上县，其官品乃从六品上。他三十多岁做到这个级别，已属不易，应该是有才干的，也有前途可言。

骆宾王自幼便有"神童"之称。他从小在义乌骆家庄长大，跟祖父学习剑术,也在乡里读私塾。江南水乡以及家族文化浸染,使他的身上别有一种灵秀之气。七岁时,他对着村口池塘的一群大白鹅,脱口吟出了一首诗:

鹅、鹅、鹅,曲项向天歌。白毛浮绿水,红掌拨清波。
——骆宾王《咏鹅》

这首诗迅速传播开来。村里人只觉得可爱,但义乌县学里的博士听了则大吃一惊,赶紧托人转告骆家祖父:一定要好好留意,认真培养。

九岁时,骆宾王又写了一首诗:

忌满光先缺,乘昏影暂流。自能明似镜,何用曲如钩?
——骆宾王《玩初月》

这首诗传播得更快。如果说《咏鹅》像一缕清泉,只是灵光闪现的话,这《玩月》就像一把小刀,已然初露锋芒。

博士听后喟然长叹:"我苦读大半生,却也写不出这样的诗。老天爷真是不公平!"又一转念:"罢,罢,罢,我一老朽,跟人家神童有的比吗?"他禀明县令,将此诗与《咏鹅》一起,镌刻于义乌县衙前的照壁上,供全县人赏读。

一时间,义乌神童名动江东。

就在县令和博士纠结于要不要将这位神童提前破格收入县学时,骆宾王已经离开了义乌,北上至其父所任职的博昌县生活。

博昌地处齐鲁大地,历来藏龙卧虎,"稷下之学"影响深远,响马盗寇亦名动江湖。作为县令公子的骆宾王在这里度过了幸福的少年时光,他同乡里的游侠少年一起纵横驰骋,饮酒舞剑,也同几位江湖野老交友，怡然自得。人们从这位"官二代"兼"神童"身上，看到的是希望。而骆宾王自己也暗暗定下了一个小目标。

有次，几位少年一起畅想未来。在如此清平岁月里，他们都觉得未来一片光明，大家谈得兴起，只有骆宾王不说话。

有人说：宾王，说说你的鸿鹄之志吧！

他笑笑：宾王只想做宾王。

那人有些恼：你是瞧不起我，还是说废话呢？

他还是笑，不解释。

另一人接过话茬："'燕雀安知鸿鹄之志哉？'说的就是你！当朝中书侍郎马周，字宾王，清河郡茌平县人，以敢谏而闻名，有魏徵之风骨。咱们宾王想成为的是他——马宾王。人家可有一颗当宰相的心呀！"

如今，骆宾王终于踏入期盼多年的长安城，住进了紧邻国子监的宣阳坊中一处客栈。他是来应考的，想住得离考场近一点。客栈招牌写着"四方客栈"四个大字，甚是惹眼。房间虽略显逼仄，但价格很合适。长安物价高，父亲并未给他带太多钱来。

骆宾王定下心神，潜心苦读。可未过多久，便听到了马周去世的消息。他心中充满遗憾，却坚信只要有机会，自己定能继承马周遗志。而想要这样的机会，只能靠科举。

武德年间，李渊重用关陇贵族，官员构成主要是关陇贵族子弟以及自隋朝承袭下来的旧官僚。贞观年间，李世民重用了一批山东（崤山以东）的高门大姓，希望扩大自己的统治基础。但他很快就发现，这些高门大姓势力广、名望足，甚至压过皇族李氏，也对皇权形成了压迫。于是，他赶忙掉头，从民间选拔人才。他明白，那些毫无根基的寒素士人，会更好用，也更安全。

贞观年间，科举的常规路径包括秀才、进士、明经、明法、明书和明算六科。这六科之中,秀才科在唐初名望最高、标准最高,难度也最大。且当时规定,倘若被举荐的考生考不上,就会追究州郡长官的连带责任。于是,大多数州郡长官都不敢送举秀才科,应试人数越来越少,到后来高宗朝早期就停止了。但因为秀才的名头好,到玄宗之后,也被用来称呼及第的进士,乃至泛指读书人。

明法、明书、明算三科,分别选拔格式律令、文字书法、数理计算方面的专门人才,但及第者能做的官职有限、品阶也不高,在唐代文献中鲜有记录。出路最好、最受重视的是进士和明经两科。此后,又有了非常规、不定期的选拔人才路径,叫作"制举"。

据说,李世民对自己选拔人才的成果很满意。史书称,他曾"私幸端门,见新进士缀行而出",喜曰:"天下英雄入吾彀(gòu)中矣!"

"彀"乃箭的射程,比喻牢笼、圈套,显然不是个好词。但能入帝王之"彀",士人们是挤破头也愿意的。

因缺乏记载,骆宾王第一次所考科目不得而知,推测可能是明经。从家学与知识结构来看,明经很适合他。

明经科要求应试者熟读并背诵儒家经典,包括注疏。共考三场:第一场帖文,第二场口试,第三场试策文。这一科目的最大特点,是考验死记硬背的能力。"帖文"类似于填空题,"口试"类似于简答题,"试策文"类似于论述题。然而,最重要的是前两场,第三场一般只是走过场,在整个唐代文献中,并无一篇明经科时务策文流传下来。

骆宾王对儒家经典很精通。骆氏家传之学是《易经》,他在齐鲁又跟几位经学大师学习过,平时写文章作诗擅长用典故。比如,他在淄川写过一组咏物诗,其中咏秋露的诗是这样写的:

>玉关寒气早,金塘秋色归。泛掌光逾净,添荷滴尚微。变霜凝晓液,承月委圆辉。别有吴台上,应湿楚臣衣。
>
>——骆宾王《秋晨同淄川毛司马秋九咏》其四《秋露》

全诗通篇无一字提到"露",只是堆满了典故,看起来很华丽。

骆宾王自信满满。转眼便过了年,那次春闱,他前两场轻松过关,第三场也洋洋洒洒写了一篇长文。这位江东神童、齐鲁才子,自认为能一战成名。然而放榜那天,他把榜单从头看到尾,也没找到自己的名字。

他失魂落魄回到四方客栈,连续两天没有吃饭。客栈的胖掌柜敲开了他的门,端进来一坛老酒、一只蒸鸡、四碟菜蔬。眼前的书生神情呆滞,两眼通红,脸更黄了。

胖掌柜默默斟了两杯酒,自己抬手喝了一杯。骆宾王也默默喝了。胖掌柜继续满,二人继续喝。谁也没说话,就这样对饮了十余杯。

胖掌柜见骆宾王的神情放松了些,像一块冰略略化出了水渍。他微微笑了,轻声问:"骆公子,你可知道自己因何落榜?"

骆宾王摇了摇头。

胖掌柜道:"这客栈中也住着不少外地的举子。不少人都至少提前一年来长安,有的甚至提前两年就来了,你可知为何?"

骆宾王不语。

胖掌柜又道:"想来骆公子也是知道的。我们大唐行的是'公卷'制度,不但要有学问、会考试,还得有知名度,有王公大臣的推荐书……"

骆宾王知道,"公卷"是李世民定的规矩,考进士科,须

"行卷以求公荐"。而所谓"行卷",就是举子把字写在卷子上,一卷一卷送给那些硕学名儒、公卿将相,以求得他们的荐举。各地举子都要在长安奔走,想方设法结识达官贵人。假如送一次不成,还要送第二次、第三次,叫作"温卷"。有的还直接拜见考官,希望得到垂青。即便最终不成,至少也能混个脸熟。对于这种制度,骆宾王非常反感。朝廷既以科考取士,为何还允许以交际影响考试?这是何道理?

他沉声道:"考进士才要行卷,我考明经,何须如此?"

胖掌柜微微一笑:"公子说的是。但对考官多了解一下,总是好的。可公子来长安后,天天待在客栈里看书、饮酒,大门不出、二门不迈。"

骆宾王冷哼一声。

胖掌柜叹了口气:"骆公子自恃有才,可别人就无才吗?岂可小看了天下人!别的不说,人家都对考官很熟悉,而公子却连考官是何履历、有何好恶都不知晓,岂非自曝其短?老朽且问一句:此次试策文,考的是什么题目?公子又是怎么答的?"

骆宾王一愣,将试题和自己的文章缓缓说出。

胖掌柜点了点头:"公子好一篇雄文!若在平时定能高中,但遇到这位考官——唉!"接着,他一一指出,文章犯了考官哪些忌讳。原来,其中一处甚至提到了考官父亲的名讳,这是公认的大忌——能让人当众翻脸的那种。

对于考生来说,这是无心之失,但考官哪管这些?事实上,为了规避这一点,很多考生会提前打听考官的家谱,以便答题时避讳。

骆宾王倒抽一口冷气,久久无语。倒在这样一篇走过场的文章上,岂能无恨?他想起了母亲的叮嘱,那些话固然是母亲所说,却又何尝不是父亲的建议……

胖掌柜不再说话，默默添酒，二人继续对饮。一坛老酒渐渐见底，二人都有了醉意。

胖掌柜忽而笑道："骆公子，老朽知道你才兼文武，学富五车，只是内心太过纠结：你一方面想做官，出将入相，济世安民；另一方面心底里又瞧不起那些做官的，觉得他们畏畏缩缩，缺少人味儿，想要浪迹江湖，行侠仗义，是也不是？"

骆宾王大笑："正是，正是！"笑着笑着，忽然流下泪来，"前日收到家信，我爹病了……"

那年暮春，骆宾王顶着瓢泼大雨回到博昌，看见了卧床不起的父亲。大雪纷飞时，他在博昌父老的帮助下，安葬了父亲。母亲跟两个未成年的弟弟哭倒在一旁。

父亲虽为官多年，却两袖清风，并无多少积蓄，全家生计迅速成了问题，而故乡又远在千里之外。好在，母亲稳住心神，带着他开了十余亩荒地，把日子一点一点硬撑了起来。

骆宾王开始感受到一个字——穷。这个字，顺理成章，又抵死纠缠。

他要为父守孝，又要照顾母亲和弟弟。依照儒家惯例，父亲去世，须守孝三年——实际上是二十七个月，其间不做官、不婚娶、不应考。此外还有更详细的规定，比如，禁饮酒吃肉、禁听曲下棋、禁怀孕、禁分家产等。

科举之路，短期内走不通了。

次年，贞观二十三年（649）五月，一个噩耗震动了大唐及四夷万邦——李世民驾崩于含风殿，终年五十一岁。大唐百姓纷纷垂泪，他们无法想象，离开明君的日子将如何继续。

"绮错婉媚"上官体

守孝期满。骆家在博昌也挨不下去了。

尽日务农,骆宾王的手上结满了老茧,脸色也晒得黝黑,形象已近似农夫。

这段经历,使他深深懂得了民间疾苦,也更加明白自己不是种田的料。地里的收成总是不好,吟诗作赋哪能当饭吃?靠着邻居和旧交接济,骆家才不至于断炊,但早已吃不起白面,就连便宜些的粟米也不够充饥。这岂是长久之计?

这一日,一个锦衣人敲开了骆家大门。他叫韦超,乃骆宾王父亲生前好友,现任兖州瑕丘县令。骆夫人一见故人,两泪涟涟。韦超忙说,他此番前来,就是邀请骆家移居瑕丘,彼此也有个照应。骆夫人推辞一番,但想想确无他法,也就答应下来。

就这样,二十一岁的骆宾王到了瑕丘,开始了一段寄人篱下的生活。

瑕丘也是上县,韦超跟骆宾王父亲一样,同为从六品上,但韦家的日子阔绰多了。每次家宴,韦超都会邀请骆家人前往,席间赋诗是常规动作,骆宾王总能赢得满堂彩。有时,他也会写诗表达一下对韦超的感恩之情。韦超连连表示"谬赞""过誉",但那些诗总会不胫而走,连大街上的小孩都能熟练背出。骆家人一出门,就有小孩跟在身后,乱纷纷起哄:"'幸此承恩洽,聊当故乡春。'骆神童的嘴跟抹了蜜一样,真是太甜了……"

骆宾王满脸通红,他从未像此刻这般为"神童"二字感到羞愤。他月夜舞剑,将河畔一株杨柳的碧绿枝叶削去大半。但次日太阳出来之后,仍然要面对一家人的生计。

这是铁一般的现实。

这年冬天,韦超做媒,为骆宾王娶了妻。姑娘是一位将军之女，将军早先在幽州（今北京附近）带兵，现已亡故，妻女居兖州，薄有家资。如此，骆家人生活稍稍有了些保障，但骆宾王情形如同入赘，心事又增一重。

次年春日，骆宾王再赴长安，经亲友引荐，谋得了一个基层胥吏的差事。

在大唐，"九品三十阶"之内是流内官，而之外则只是不入流的胥吏。官与吏，入不入流，有天渊之别，还有"一日为吏，终身为吏"的说法。读书人第一步走不好，不仅影响前程，还可能给一生留下污点。

历经生活的磨砺，骆宾王早已不再是当年的轻狂少年。他当然不想做胥吏，只是实在没的选。他处事谨慎，遵守规矩，希望能凭借自己的才华崭露头角。可一个基层职事，哪里需要什么才华？他一干数年，依然看不见任何希望，深感蹉跎之痛，但也不愿回兖州寄人篱下。微薄的俸禄，他尽可能多地寄回家里，仅留下一点钱，平日买些劣酒喝。

骆宾王是不乏酒局的。长安的一大好处，就在于无所不包。只要你有才华，便能遇到欣赏你的人，无论多么卑微，都可以拥有自己的圈子。很多人喜欢骆宾王的诗，其中既有基层官吏，也有不法之徒，既有重情重义的酒家倡女，也有引车卖浆之流。骆宾王也喜欢跟他们一起玩，胸中那腔不羁之血日夜奔流，只有狂歌痛饮时，才能感受到生之热烈。

当时，上官仪乃是长安诗坛无可撼动的霸主。他早年曾出家为僧，还俗后于贞观初年考中了进士，而后一路青云直上。他的诗更是被称为"上官体"。

可以说，"上官体"的走红，是李世民一手造就的。

虽然贞观前期，李世民一再标榜写诗作文要节制、务实，但他真正喜欢的还是华丽辞藻。这种倾向在科举取士时，难免表现出来。而说一套做一套,也让李世民自己感觉别扭。到了贞观后期,虞世南、魏徵等喜欢劝谏的老臣一一作古,李世民便不愿继续委屈自己。于是,上官仪的诗,成为对皇帝审美趣味的精确呼应,李世民也沉浸在上官体"绮错婉媚"的柔波中,甘心做一条水草。

  步辇出披香,清歌临太液。晓树流莺满,春堤芳草积。风色翻露文,雪华上空碧。花蝶来未已,山光暖将夕。

——上官仪《早春桂林殿应诏》

  这首诗是"上官体"的代表作,也是宫廷应制诗中的经典作品,早已风靡天下。

  李世民去世之后,九皇子李治即位,是为唐高宗。上官仪继续受宠,直至拜相,授西台侍郎、同东西台三品。

  每逢重要节气,长安都要举行大规模诗会,居首者总是上官仪。骆宾王夹杂于众人之中仰望,感觉自己这江东神童、齐鲁才子,直如同草芥一般。"何年何月,我骆宾王也能有此等风光?"他轻声喟叹,心中隐隐又觉得不对:"上官体美则美矣,但也太虚情假意了,那算什么好诗?我何须写那种东西?"

  到底什么样的诗才算好诗呢?骆宾王陷入沉思,但还没等想清楚,他就卷入了一桩案件。

  某日,他遇见几位朋友被围殴,便仗义出手,将对方打得四散奔逃。他自己没当回事,但长安城中势力盘根错节,很快就有人诬告他赌输赖账,大闹赌场。他一再解释,但哪有人肯听?最终他虽未因此获罪,却丢了职事,还蒙上"落魄无行,好与博徒游"的恶名。

  回到兖州,骆宾王沉寂了一年多。就在这段时间,长安皇宫中发生的事件接连传到民间,每一桩都引来不少非议。百姓们听说,皇帝李治正宠幸一个姓武的女人,还想为她废掉原来的王皇后。

"这个女人侍奉过太宗皇帝,老子刚死就缠上了儿子。"

"据说,皇帝为了娶她,让她出家当了尼姑,可她在寺院里,还在研究媚术。"

"不久前,她掐死自己的亲生女儿,以此来嫁祸皇后……"

邻居们知道骆宾王刚从长安回来,纷纷跑来问他。

骆宾王岂敢乱说,只能闭门谢客。

他知道,很多事不能听传言,但有时传言又比所谓"真相"更真实。那个"姓武的女人"自然是武媚。只是,"武媚"这个称号来自李世民,是个爱称,民间更多称呼她"武氏",后来又变成"武后"。

对于她,骆宾王本无多少好恶,也不相信她当过尼姑。但她在后宫争权夺利中采用的恐怖手段,已远远超出常规"争宠"的尺度,这令他反感。

而令他愤怒的还不止于此,原本秦王府"十八学士"之一的许敬宗为了往上爬,一门心思攀附武氏,与一个叫李义府的人勾结,兴风作浪,陷害忠良。这哪里对得起太宗皇帝?

更过分的是,李世民生前最倚重的大将李勣,竟在关键时刻当了"墙头草"。

当年,李世民去世之前,把李治叫到病床前说:

> 汝于李勣无恩,我今将责出之。我死后,汝当授以仆射(yè),即荷汝恩,必致其死力。

李世民告诉李治,你对李勣无恩,他未必忠心为你办事。我现在就把他贬官，我死之后你再把他召回长安，加封为仆射（这个职位他惦记很久了），他一定对你感恩戴德，誓死效忠。

可见，李世民是把李勣当成"定海神针"传给李治的，为此不惜耍了个心机。李治也很对得起李勣，即位后立刻对其加官晋爵，不仅封了尚书左仆射，还使其成为实质上的宰相。

在讨论"废不废王皇后"这件事时，大唐元老长孙无忌、褚遂良等人都坚决反对，尤其是褚遂良，甚至用上了死谏的架势。

李治很生气，但不敢擅作主张。他悄悄来探李勣的口风，想听听军方最有影响力的人物对此事的看法。李勣回了一句：

此陛下家事，无须问外人。

这轻飘飘的一句话，起了一锤定音的作用。

李治下定决心，废了王皇后，立武氏为后。自此，长孙无忌、褚遂良等元老及大唐众皇族的命运被推入了深渊。李勣也因为这句话，在青史上留下了恶名，王夫之说他"始终一狡贼而已矣"。

那时，骆宾王不会想到，他的人生甚至后来的名声，竟会跟李勣的后人以及武氏紧紧绑定在一起。

妻子眼看着骆宾王两鬓冒出了白发，非常心疼。恰在这时，家中收到一封来自徐州的书信，写信者为道王府长史，邀骆宾王赴洛阳赏花。

其时正是早春，窗外鹅黄嫩绿，风光煞是喜人。距离牡丹花开，已无多少日子。

骆宾王对道王早有耳闻，知其名为李元庆，乃是高祖李渊第十六子、太宗皇帝的异母弟，也是李治的皇叔，现任徐州刺史。在长安时，他就听说这位道王喜读诗书。

妻子柔声道："洛阳距离兖州不远，骆郎正好可以去散一散心。再说，这徐州与青州、兖州同属河南道，定是那道王听闻骆郎才名，有心招揽你……"

骆宾王不语，握了握妻子的手，淡淡一笑。

相比于长安城，洛阳虽小了点，但繁华半点不输，且城市因水而建，处处流动着生气。如同诸多达官贵人一样，道王也在洛水之畔建有别业，别业中有一座大花园，遍植奇花异草。此次盛会，请来的文人雅士甚多。赏花后众人赋诗，骆宾王写了一首，竟拔得头筹。

一袭深绯色常服的道王府长史，向骆宾王含笑致意，延请他到王府任职。骆宾王恭敬道谢，他明白这一服色代表对方乃是四品官员。

大唐是以服色取人的时代。服色分为"紫绯绿青"，与官阶紧密相关。其中，三品以上服紫色；四品服深绯；五品服浅绯；六品服深绿；七品服浅绿；八品服深青；九品服浅青。

骆宾王只是一介白丁。去不去道王府，他尚未决定。连同自己那首夺魁的诗是不是好诗，他也不确定。那诗分明有"上官体"的味道，令他有些嫌恶。可如何才能脱出窠臼，他并不知晓。此刻，他只想离人群远一点。

骆宾王沿着洛水信步而行，不知何时，耳边传来诵读之声，略一细听，乃是一篇赋。他定睛望去，三丈外有一株巨大古槐，树下站立二位男子。一人三十有余，方头大耳，身形矮胖，脸上一派自负之气，腰间一柄黝黑宝剑。一人年约二十，身形颀长，面色温润，两眼幽深如洛河春水，身后背着一支青箫。

诵赋的正是那矮胖之人。骆宾王见其口若悬河，旁若无人，不禁点头赞许。那年少者面色如常，一直望向洛水，忽而转身看到骆宾王，展颜道："兄台请了。在下范阳卢照邻，字升之。敢问兄台尊姓大名？"

骆宾王一拱手："江东骆宾王，字观光。"

少年一揖到地："原来是七岁咏鹅的江东神童、齐鲁才子，小弟久仰观光兄大名，今日得见，三生有幸。"

骆宾王正想谦虚一下，忽见那矮胖者目光扫来，盯紧了自己腰间佩剑，问："你也会使剑？"

未等骆宾王答话，卢照邻先道："小弟先来介绍，这是我师兄员半千，齐州全节（今山东章丘）人。"

骆宾王道："好雄壮的名字！"

员半千怪眼一翻："好吗？改的！"

卢照邻笑道："观光兄莫怪。员师兄所言不虚，我二人俱是王义方先生的弟子。早年，恩师甚是欣赏师兄之才华，谓曰：'五百年一贤，足下当之矣。'遂改名'半千'。员师兄擅剑法，通兵法，乃栋梁之材。"

员半千正色道："恩师赐名之际，卢师弟尚未入门，这名字也不算错。倘若在他入门之后，我再改此名，那便言过其实了。"

骆宾王早就听说王义方乃当今大儒，精研齐鲁之学，又以敢言闻名于世，仕途几经沉浮，而今在朝中任侍御史。又见眼前这二人谈吐非凡，心中甚是欢喜。

三人谈了几句，颇为投机。卢照邻忽道："二位兄长，咱们喝酒去！"说罢，用手一指，但见古槐下系有一根缆绳，岸边泊着一叶小舟。三人跳上船去，泛到中流。员半千挽起袖子，呼哧呼哧，从船尾两侧的水中，拎上两大坛酒来。

卢照邻笑道："这是长安虾蟆陵的郎官清，在洛水中浸了许久，味道正佳。咱们今日一醉方休，如何？"

骆宾王顿生豪情，叫道："甚好！快哉！"

不料，员半千现出几分难色，轻声道："师弟，你那身子，能饮否?"

卢照邻又笑:"观光兄,小弟自号'幽忧子',一是喜欢庄子那句'我适有幽忧之病,方且治之,未暇治天下也';二是有些小恙在身。但今日与兄相逢,不喝他三杯,岂能尽兴?"说着,抹去泥封,各倒了一杯,谁也不等,兀自一口干了,"小弟先干为敬!"

这一杯饮下,便不知又饮了多少杯。骆宾王只觉压抑数年的心绪,忽然一下放松开来,喜悦如春草蔓延。而船在中流,四顾无人,更可放心言语,纵论天下。

论及诗时,卢照邻忽然吟了两首,问骆宾王感觉如何。

> 镂月成歌扇,裁云作舞衣。自怜回雪影,好取洛川归。
> 懒正鸳鸯被,羞褰(qiān)玳瑁床。春风别有意,密处也寻香。
>
> ——李义府《堂堂》二首

骆宾王道:"这两首诗貌似雅致,却有一股掩不住的淫邪气味,其心不正,自然不算什么好诗。即便比起那'上官体',也差了一大截。"

员半千道:"观光兄,此诗出自当朝宰相李义府之手。不久前,洛阳有一复姓淳于的女子因罪被关入大理寺监狱,李义府听说其貌甚美,便暗中指使大理寺丞毕正义将其释放,然后纳为姬室。大理寺卿段宝玄据实上奏,皇帝命专人审理,李义府担心事情败露,竟逼令毕正义自杀,以此灭口。此事上下皆知,然而李义府乃武后心腹,朝廷无人敢言。我恩师已决意参他一本,命我们来寻些证据。"

骆宾王闻言,对二人以及王义方更钦佩不已,又敬了几杯。

卢照邻分明有些醉了，嗓音嘶哑："观光兄，这些年我也读过你许多诗作，你可知，你的诗差了一点什么？"也不待他回答，继续道："小弟今日斗胆言之，兄就差了'任性'二字。九岁时，兄写'自能明似镜，何用曲如钩？'何其壮哉！然而年岁越长，屈己越甚，气象便越小。所以，兄虽不屑于'上官体'，却也跳不出来……"

听了这一番话，骆宾王如遭雷击。

卢照邻又站起身来，擎了满满一杯酒，晃晃悠悠："观光兄，且听我一曲，与兄做药引，如何？"

说罢，放声歌道：

若有人兮山之曲，驾青虬兮乘白鹿，往从之游愿心足。披涧户，访岩轩，石濑潺湲（yuán）横石径，松萝幂㠍（lì）掩松门。下空蒙而无鸟，上巉岩而有猿。怀飞阁，度飞梁。休余马于幽谷，挂余冠于夕阳。曲复曲兮烟庄邃，行复行兮天路长。修途杳其未半，飞雨忽以茫茫。山坱（yǎng）轧，磴连骞。攀石壁而无据，溯泥溪而不前。

向无情之白日，窃有恨于皇天。回行遵故道，通川遍流潦。回首望群峰，白云正溶溶。珠为阙兮玉为楼，青云盖兮紫霜裘。天长地久时相忆，千龄万代一来游。

——卢照邻《怀仙引》

幽忧少年卢照邻

酒，总有醒的时候，所以离别最好趁醉时，快乐也更完满一点。

卢照邻醒来之时，唯见小舟不系，任意泊在岸边，四下水流风生，斜晖随波漂荡。骆宾王已不知去处。

他抱住自己的头，用力晃了几晃，努力回想几个时辰前的情景，而后笑笑，叹一声。他想起骆宾王已回兖州去了，走前还说要赴徐州道王府任职。这一别，不知何日再见。

次日，卢照邻与员半千一起离开洛阳，返回长安，向老师王义方复命。

隋唐年间，范阳卢氏乃山东大姓，与清河和博陵两地的崔氏、赵郡李氏、荥阳郑氏并称为"山东四姓"。再加上太原王氏，便称为"山东五姓"。这些家族加上陇西李氏——大唐皇室认祖归宗之处，合称"五姓七望"。在整个唐代，这是第一等门第、第一等出身。

五姓之后，还有一些地方望族。比如：关中陇右地区的韦、裴、柳、薛、杜；晋代"衣冠南渡"迁至江南的王、谢、袁、萧；东吴故地的朱、张、顾、陆；代北鲜卑后裔的元、长孙、宇文、于、陆、源、窦……这些家族散落各地，都有一定名望。

早年，李世民对"山东四姓"颇多腹诽，不愿让其名望凌驾于皇室，于是专门命几位大臣编撰了一部全国氏族谱，名为《氏族志》。然而，第一版《氏族志》交稿时，李世民勃然大怒。因为，他发现博陵崔氏竟被排在第一位，而皇族李氏只排第三。于是他命令重编，还明确指示，氏族排位要按照其成员在大唐朝廷中的官职来定。贞观十二年（638），《氏族志》审核过关，全国二百九十三个姓氏重新排座次，在这种情况下，皇族李氏才得以居首，崔氏排在第三。

即便如此，"四姓"盘根错节，威望仍重。别的不说，在李世民最为倚重的大臣中，至少有房玄龄、魏徵和李勣三人与"四姓"通婚。就连李治原配王皇后，也出身太原王氏。

作为范阳卢氏子弟，卢照邻的父亲和祖父虽未做高官，但家境颇为殷实。卢照邻十岁便远赴扬州，跟随大儒曹宪学习，崭露头角；而后又师从王义方，神童之称闻名遐迩。他自己也有"屠龙之志"，自云："既而屠龙适就，刻鹄初成，下笔则烟飞云动，落纸则鸾回凤惊。"希望能大展拳脚，成就一番功业。

但是，卢照邻很早就发现，家族中不少人都有一种怪病。这使他小小年纪便产生了一种悲剧意识，感觉人生无常。十七岁时，他写过这样一首诗：

浮香绕曲岸，圆影覆华池。常恐秋风早，飘零君不知。
——卢照邻《曲池荷》

如今，二十一岁的卢照邻将遭遇他人生的第一次打击。

显庆元年（656），王义方上书弹劾李义府强占民间女子，逼死朝廷命官。朝堂之上，李义府还要狡辩，被王义方怒叱三声，才怏怏退下。皇帝李治明知弹劾属实，却不追究李义府之罪，反责王义方"毁辱大臣，言辞不逊"，将其贬为莱州司户。由从六品下的侍御史，贬为正八品下的外州小官，可谓前程尽毁。

卢照邻替恩师含冤抱屈，心中更是愤愤不平：假如皇帝如此是非不分，忠奸不辨，天下还有什么公道可言？做官又有什么意义？

王义方是个明白人。离开长安之前，他将所有弟子召集在一起，不许他们跟随自己赴莱州，因为那会严重影响他们的仕途。他反复开导卢照邻，还跟当时的名臣来济打好了招呼，直到这位得意门生情绪稳定之后，他才放心上路。

卢照邻素来敬佩来济。来济乃隋朝名将来护儿之子，来家向来都是硬骨头。

当年隋末权臣宇文化及发动政变，在洛阳弑杀隋炀帝，来护儿誓死不屈，被宇文化及杀死，同时被杀的还有他三个已成年的儿子。来济因年幼逃过一死。长大后，他在大唐任通事舍人，位列从六品上。

当年，太子李承乾因谋逆被废。在如何处理自己儿子的问题上，一世英明的李世民没了主意。他连问数声，重臣们无人应答。他们知道，李承乾虽然很混蛋，但到底是李世民的亲骨肉。可话又说回来，李世民是个在乎亲骨肉的人吗？谁知道他想不想开杀戒？所以，还是不说话为妙。

李世民见无人搭腔，既迷茫又恼火，这时，来济说话了，他主张留李承乾一命："陛下上不失作慈父，下得尽天年，即为善矣。"于是，李世民废李承乾为庶人，留其一命，同时任命来济为吏部考功员外郎。这一官职仍是从六品上，品阶并未提升，但"掌贡举"，即担任科举考试的主考官，是"员外郎之最望者"，也是大唐官僚系统中最重要的职位之一。

其实，李义府也是李世民所看好的人。当时，李世民看中了李义府所写一首咏乌鸦的诗（这要命的审美），亲自提拔他做了监察御史。晚年，李世民又将来济和李义府任命为太子李治的东宫僚属，"俱掌文翰，时称'来李'"。

李治即位后，来济先是任中书侍郎兼弘文馆学士，监修国史，很快又升任宰相。不过，他跟多数大唐元老一样，反对"废王立武"。而当李治坚决立了武后，来济隐隐感觉到，自己的好日子快要到头了。

卢照邻见到的来济是个身穿紫袍、面容平静的老人。他并未多说什么，却已通过吏部的关系，为卢照邻谋好了一个职位——赴襄州任邓王府典签。

襄州，即襄阳。邓王名叫李元裕，乃唐高祖李渊第十七子，也是一位皇叔,现任襄州刺史。典签,负责王府中的文学事务,位列从八品下。

卢照邻拜谢而出,走在宽广的朱雀大街上,只觉得心中苍凉。他怎么舍得离开长安?这里是大唐心脏,距离理想最近的地方。然而早慧如他,又岂是不晓事的?从来济闪烁的话语间,再结合师父义方的遭遇,他明白一场政治风暴即将席卷这座大都市乃至整个大唐。来济也是希望他尽量躲得远一点。

正在犹豫是否赴襄州时,他收到了一封来自徐州的信。写信的正是骆宾王,自言已在道王府安定下来,担任从九品下的录事,一个最底层的小官。信中还说,感谢他当日点拨,自己近来在写诗上有了不少心得——

卢照邻胸中一股暖流涌动,心道:"襄州,去便去吧,正好想看看汉江了。"

邓王李元裕比道王李元庆小一岁,一个为李渊第十七子,一个为第十六子,紧紧挨着,彼此关系也好。

这里顺便一提,有人奇怪:李渊不是只有四个儿子吗?怎么又出来那么多儿子?

答案是:晚年生的。

其实,每个人都有爱好,皇帝亦然,特别是到了晚年。就像李世民年轻时虽喜欢宫体诗,可为了形象,还得装一装。等他到了晚年,就懒得装了。李渊年轻时喜欢女色,还跑到隋炀帝行宫里玩乐,当了皇帝后自然更放得开了。李元庆和李元裕就是这时候出生的。而玄武门之变后,李世民抢班夺权,被迫做了太上皇且已六十岁的李渊更是无所事事,一门心思投入到"爱好"之中。据史料记载,李渊的子女不少,共有十七个儿子和十八个女儿。所以,李治的皇叔和皇姑特别多。

在襄阳，卢照邻以其绝世才华迅速征服了邓王府。当时很多场合都要用骈文，卢照邻的骈文常常秒杀对手，邓王对他极其爱重，说："此吾之相如也。"不过，卢照邻对于做司马相如那种御用写手，并无太大兴趣。他依旧在思索自己的人生使命。

在许多个夜晚，他望着汉江中的月光，想到骆宾王幼时所写的月亮，忧伤汩汩而出。

江水向涔阳，澄澄写月光。镜圆珠溜彻，弦满箭波长。沉钩摇兔影，浮桂动丹芳。延照相思夕，千里共沾裳。

——卢照邻《江中望月》

这首诗写得四平八稳，却情意绵绵。他内心是宁静的，这宁静的忧伤包裹着一颗晶莹诗心，如秋天的露珠，皎洁而又易逝。

岁月如流水，转眼又三年。这三年，卢照邻的日子波澜不惊，大唐却已江山变色。

显庆元年元旦，就是武氏被册立为后的第二年，其子李弘被立为太子。此前王皇后提议所立的太子李忠被废。显庆二年（657）春，在"废后"事件中反对得最坚决的褚遂良首先遭到沉重打击，被外放到偏远的桂州任都督。桂州，即桂林，在大唐历史上，这是无数被贬谪官员的一个中转站。随后，武后又指使许敬宗和李义府诬告来济和另一位高官韩瑗，给他们安上连同褚遂良一起谋反的罪名。褚遂良被贬到更南边的爱州（今越南境内），一年后含冤离世；来济被贬为台州刺史；韩瑗则被贬为振州（今海南三亚）刺史，终身不许回京。

显庆四年（659），李世民最信赖的大臣、长孙皇后的亲哥哥、皇帝李治的亲舅舅长孙无忌被诬谋反。李治一开始流着眼泪不忍心处理，但被许敬宗一番添油加醋劝服了。李治将长孙无忌发配黔州（今重庆彭水），并逼其自杀。

当年秦王府"十八学士"之一的于志宁，在"废后"事件中一言不发，拒绝表态。这样含混的态度，仍难逃被贬出京——当然，他保住了性命，成为寥寥无几能平安退休的元老……连番动作之后，朝中元老们几乎被清理干净，武后终于可以自由呼吸了。

在卢照邻看来，这段日子里唯一能算得上喜讯的，是李义府被贬官。武后的政治铁腕开始展露：她利用中下级官员的野心来打击朝中高官，谁帮她，她立刻给予丰厚回报；然而，只要某人对她失去用处，她立刻就会弃之如敝屣，或贬或杀，毫不留情。

这一日，卢照邻又收到骆宾王的一封信，激动得双手一阵颤抖。

信中称，道王任期将满，不久后将转任沁州刺史，想趁调动之机向朝廷举荐、提拔骆宾王。他命骆宾王写一纸"自叙状"，向朝廷"自叙其能"，好转呈吏部，以备审核之用。毕竟，王府中的官职也是需要经过吏部任命的。

说起来，这"自叙状"本是贞观年间传下来的惯例，本意是避免埋没人才。但像众多行政制度一样，时间一久便会走样，"自叙"变成了"自夸"。道王显然是一片好意，骆宾王也很想升官，但他耻于自夸，几经思量，终于拿定了主意。

他写了一篇《自叙状》，但写的是：

> 伏奉恩旨，令通状自叙所能。某本江东布衣也，幸属大炉贞观，合璧光辉，易彼上农，叨兹下秩。于今三年矣。然而进不能谈社稷之务，立事寰中；退不能扫丞相之门，买名天下……

一番谦虚后，笔锋陡转，结尾处六个大字："斯不奉令。谨状。"

卢照邻读了随信寄来的这份《自叙状》，哈哈大笑，拍手称快："固执己见，不从流俗。这才是观光兄的风格！以此心入诗，何愁无好诗？"

只是笑过之后，他又隐隐有些担心，骆宾王此状一出，不仅惹道王不悦，也是自断前程，这一生怕是要沉沦下僚了。

"唉！沉沦下僚的又岂止是观光兄，我不也是一样？"他长叹一口气。

在邓王府这三年，他虽备承关照，却也只被当成一个写应酬之辞的文学官。他瞧不上司马相如，但自己的地位比司马相如还差了十万八千里，这让他深感郁闷。好在邓王给他的时间很自由，允许他四处游历，加之王府藏书甚多，可做解忧之用。大唐官员一般任期为四年，眼看邓王在襄州四年将满，自己还要跟着继续混下去吗？

果然，没过几日，邓王召见卢照邻。平时，邓王视卢照邻为"布衣之交"，二人对坐本是常事，但这一次，邓王屏退左右，只与卢照邻私聊。

邓王说，自己数月后将转任兖州刺史，因此问问卢照邻的打算。卢照邻沉吟不语。邓王点了点头，虽未明言，却也暗示：此时离开王府，未尝不是一件好事。因为武后对大唐宗室盯得很紧，近来皇族动辄得咎，倘若不称职，便会被问责；而称职的话，又会受猜忌。

他建议卢照邻赴长安应考，皇帝和武后都重视科举，没有科举出身，日后恐难有前程可言。而卢照邻凭借自己的才华，再加上邓王的推荐书，定可金榜题名。闻听此话，卢照邻心中感激，深深一拜。

早春时节，卢照邻打马回到了长安，为次年的春闱做准备。其时，满城柳絮纷飞，他看着这座熟悉的都市，心中思绪如海。

长安是整个天下的魔力之都。一个人但凡在长安住过，无论他日后走向哪里，长安都会永远住在他心中。

宽五十丈的朱雀大街自南至北，将长安分为两部分，道旁是高大的槐树。城中有南北向大街十一条，东西向大街十四条，除宫城、皇城和东、西两市之外，共有一百零八坊。各坊之间，街道也极为宽阔。

长安的格局是"东贵西富、南虚北实"。整座城以朱雀大街为界，街东五十四坊连同东市，归万年县管辖，多贵族；街西五十四坊连同西市，归长安县管辖，多富豪。宫城、皇城及中书、门下等政府机构，还有皇子、重臣的宅邸，都集中在北部。南部多为平民百姓居住。最南端比较荒凉，即便城墙里面的部分，也空空荡荡，当时仍作为农田耕种。

卢照邻信马由缰，一直走到宣阳坊。此处紧邻国子监和科举考场，与东市也只一街之隔，可谓闹中取静，他就在此寻了一处客栈，住了下来。

这家店名为"四方客栈"，店面不算太大，却是一座高楼。店中赶考的士子不少，但卢照邻是从八品下的王府典签，而绝大多数举子都是白丁，官民之间有着根本的区别。这样的身份，使他鹤立鸡群。

而且，依大唐惯例，举子就算考中了进士、明经，也很难立刻做官，还须经吏部铨试。过了吏部这一关，开始也只能做个九品小官。相形之下，卢照邻的起步已高出太多。他的一袭青色常服分外惹眼，客栈的胖掌柜很客气，任他选了一间顶楼的上房，房间略窄小，但视野极好。如此便安顿下来。

卢家在长安颇多亲族故旧，卢照邻虽不愿走动，必要的礼法却不能少。

这年三月三，卢照邻应邀赴城南曲江参加了一场诗会。

这里顺便一提，曲江不是江，而是一个巨大的湖泊。传说当年大兴城（即长安）建成后，隋文帝杨坚做了一个梦。他梦见有一条龙从天而降，落于白鹿原汉文帝墓前，因枯渴而挣扎不已。于是，他连夜召见大兴城的设计者宇文恺。

皇帝关心的事，当然是大事。梦是不是呢？说是就是。

宇文恺赶紧说，因为城中缺乏大型水泊，才会有此"渴龙受困"之梦。他立即修改设计方案，在城东南角地势较低处进行挖掘，形成湖泊，又引浐水入湖，改湖名为芙蓉池。唐灭隋之后，沿用了汉代曾经用过的"曲江池"之名，将此湖命名为曲江。此处便成为长安士人和女子们的游春之地，也是文人雅士聚会赋诗之处。

这次诗会上，卢照邻见到了传说中的上官仪。此时，上官仪虽尚未拜相，却已是御前红人——他也早已听说过卢照邻。卢照邻还写了一首诗，上官仪很欣赏，连称后生可畏。对此，卢照邻笑笑，施了一礼。

愿作鸳鸯不羡仙

当其他举子忙着行卷的时候，卢照邻却是悠闲的。邓王的荐书以及王义方弟子的身份，已足够他打通关节。

卢照邻极少出门，大多数时间，他都推开窗子，望向外面的风景。

向东，可见东市之繁华，有肉行、铁行、笔行、酒肆、毕罗肆等临路商铺，亦有琵琶名手、卖胡琴者和杂戏艺人等，人群往来如流水。相比于西市，东市虽在热闹程度上逊色了些，但此处靠近太极宫等宫殿，无数权贵出没其间，自是冠盖如云。

向北，则是另一番景致，那里是闻名大唐的花街柳巷——平康坊。坊中聚集了整个长安的名妓，她们的客人有达官贵人、富商大贾，但最主要的还是进京赶考的士子。这些青年拿着家里供应的大量钱财，在长安这座物欲横流的城市中求学、摸索，一个个精力旺盛的身体里，孤寂和欲望逐日疯涨。

平康坊给了他们最直接的诱惑和刺激，也给了他们最迅捷的爱情与色情。有钱时，这里是温柔乡，卿卿我我，你侬我侬；没钱时，这里是阎罗殿，割肉刮骨，一刀两断。

这里是人生悲欢的高度浓缩版，每一天都在上演着郎情妾意、生离死别。

卢照邻就这样望着，从早到晚。白天，累了他就躺下来，任窗户大开，外面汹涌的闹市声响涌进来，充满了整个房间。晚上，他总是睡不着，便拿出那管青箫，坐在窗前幽幽咽咽地吹。宵禁后的大街很静，箫声可以传得很远。有时，他也站在窗前看月亮，从月在中天一直看到西沉，直到黎明前的天青色把整个房间都染透。

渐至暮春时节，长安城飘满了甜腻的槐花香。槐花如一片黄云，在万千行人的头顶上缀着，直熏得人心浮动。卢照邻心头始终有一股惆怅，虽然早有医生叮嘱他不许喝酒，但他还是忍不住让掌柜送一坛酒来。

他喜欢在午后饮酒，饮到六七分醉时，便下楼满城走。有时去东市转，有时也去平康坊。大街上尽是妖童艳女，平康坊更是红袖遮天。他从不停步，走着，笑着，看着，就这样太阳落山了，宵禁鼓敲响了，他也随着退潮般的人群回到客栈，向胖掌柜要些吃食，坦然迎接夜色降临。

不知何时，卢照邻开始留意到一个穿红衣、戴帷帽的女子，她也常在街上匆匆奔走,孤身一人。有次宵禁后,这女子也到四方客栈来,怀抱着一只玉石琵琶,在店里独自弹奏,面前放了一只讨钱用的锦袋。卢照邻通晓音律,一听便晓得是高人,足以技压东市那些个"琵琶国手",且曲调多翻塞外之音,一股悲怆分外动人。有士子听了落泪,纷纷把钱投入袋中,那女子也不摘帷帽,颔首而已。

卢照邻心想,她定是遇到了难处,于是取出十贯钱,请胖掌柜送去。又叹一口气,取出青箫,向着月光,吹了一曲《苏武牧羊》。这一夜,他睡得甚是安稳。

此后,卢照邻不再出门。他喜欢站在高处,寻那红衣女子的身影。他看见,她白天是不卖唱的,而是在寻觅什么,有时在皇城外逡巡,有时在大街上跟人打探。她常常碰壁,伫立街头,茫然无着,但很快又恢复斗志,动起了脚步。只有宵禁之后,她才抱了琵琶,在宣阳坊中的各个客栈间游走……

这一夜,卢照邻正要睡下,忽听敲门声。开门时,竟是红衣女。她拎了一坛酒,一只食盒,琵琶负在身后。

卢照邻稍一迟疑,还是请她进来。

红衣女欠身施礼:"妾冒昧来访,惊扰卢君了。"

卢照邻笑道:"卢某聆听雅音多日,早就想结识姑娘。"

红衣女道:"妾今日前来,只为一件事。"

卢照邻静静听着,透过她帷帽上的粉红轻纱,盯着那一双妙目。

红衣女又道:"妾说一个故事,卢君为妾写一首诗。不知可否应允?"

卢照邻点了点头:"请!"

"妾姓郭,本太原郭氏。"红衣女说着将食盒打开,里面有碗筷酒具,四色菜蔬,又伸手去抹那酒坛的泥封。

卢照邻赶忙抢过，自己开了酒，心道："太原郭氏，也是数得着的名门望族，她怎会流落至今？"

红衣女道："家父本在京城为官，他一心报国，想建功立业。四年前，程知节为葱山道行军大总管，出征西突厥阿史那贺鲁，家父任掌书记。大军势如破竹，眼见胜利在望。此时，行军副总管王文度忌妒前军总管苏定方所立大功，便谎称自己手中有密旨，不许程知节下令追敌，贻误战机。后来，王文度还唆使程知节屠城，致使出征功败垂成。"

"唉！这一战我也听说了。程知节便是程咬金，老将军出征时已六十七岁，虽未老糊涂，但作为太宗朝为数不多的元老，眼下逢事也难免会有众多顾虑。这一战，几乎葬送了一世英名，当真可叹！回朝之后，他被免职。按说那王文度矫诏，本应处斩，奇怪的是竟然只判了个免职除名，很快被再次起用，着实可恼！"卢照邻说完，又问："令尊可曾受牵连？"

红衣女长叹一口气："家父并未随军归来，听说他因为执意劝程咬金进兵，而被王文度那奸贼害死了！然而，朝廷却说他无故失踪，还要降罪于我家……妾为寻父到过天山，半年前又来到长安，就是想探一点消息、讨一个公道！"说着，忽然摘了帷帽，露出艳若桃李的一张脸，眼泪大颗大颗落下来。

卢照邻从未与女子深夜独处过，眼见她生得极美，又哭得伤心，心中更是慌了，不知如何是好。

正当他手足无措时，红衣女停住哭泣，擎起了一杯酒："来，卢君，我们饮酒吧！"说完一饮而尽。

卢照邻缓过神来，心中悲愤无以言表，便一杯复一杯，陪红衣女饮酒。

也不知饮了多少，红衣女弹起琵琶，卢照邻吹箫，合奏了不知几曲。他眼前一片澄澈，似乎看到了天山的月光，于是研墨铺纸，挥笔写了一首诗：

> 梅岭花初发，天山雪未开。雪处疑花满，花边似雪回。因风入舞袖，杂粉向妆台。匈奴几万里，春至不知来。
>
> ——卢照邻《梅花落》

作为一个才子，卢照邻很少怀疑自己的才华。但对于命运，他并无多少信心，也不认为人生把握在自己手中，尤其是在这海一般的长安城。

"我叫紫烟。"她嫣然一笑。

"好名字。"他赞一句。

"我知道你和你的诗，"她说，"我也要让全长安的人都知道——"

他也笑，想再看看她的样子。宿醉后的眼皮异常沉重，等他努力睁开眼，只看到一抹红影闪过，消失在门廊。

她并未食言。三天之内，平康坊所有的倡家都在唱这首《梅花落》。作为长安中上阶层最重要的交际场之一，平康坊向来都不缺乏传播力，从这里开始，卢照邻的大作转眼便传遍了整个都城。

他知道她是怎样做到的。他亲眼看见她怀抱琵琶，连续走进平康坊三十六座彩楼，激起了数万声赞叹。每一家鸨母都央求她留下来，她却挥一挥衣袖，只带走了一半赏钱。

"你以前从不踏入平康坊的。"他缓声道。

"以前不敢，怕钱好赚，前脚迈进去，后脚就出不来了。"她说。

"为何现在敢了？"他笑道。

"敢了，就是敢了。"她面色平静。

十数天后,整个长安又流传着卢照邻的另一首边塞诗:

> 虏骑三秋入,关云万里平。雪似胡沙暗,冰如汉月明。
> 高阙银为阙,长城玉作城。节旄零落尽,天子不知名。
>
> ——卢照邻《雨雪曲》

四方客栈内也在传同样的内容。尤其是当士子们知道这两首诗的作者就是住在顶楼的那位青衫人时,更是议论纷纷。

卢照邻心中感激,有几分得意,却也行止如常。他知道,相比于恩师王义方,自己这点浮名算得了什么?恩师名震天下二十载,还不是被皇帝一句话就贬到莱州去了?

他有满腹话语想对紫烟说,她却突然没了踪迹,像一滴水落入了大海,像一朵花卷入了风中。他四下里去寻,又哪有半点消息?他尽日站在窗口眺望,看见槐花落了满地,槐叶从嫩绿变成浓荫,叶子又寸寸变黄、片片零落。

那是从小到大,他所经历的最闷热的一个夏天,满耳朵里灌满了蝉鸣,从早到晚都在呼喊一个人的名字。

临近中秋,他死了心。想起远在千里之外的父母,心里有些牵挂,但到底是在外面漂惯了的人,只要一壶酒,便可慰乡愁。

黄昏时,酒杯刚端起来,他就看见了她:一袭红衣,盈盈笑着,面带风尘之色。她不说话,他也不问,两个人相对坐着,只有月亮倏忽升起来。

中秋那日,紫烟雇了一辆马车,载着她与卢照邻往城南曲江偏僻处行进。

他笑道:"我们又不是没有脚,曲江不远,走着应该就到了。"

她轻哼一声:"你以为车是载你的?"

"莫非不是?"

她努一努嘴。车厢一角放着四个大青瓷瓶,每瓶足有十余斤,还有吃食若干。

"这是常乐坊中新到的康居葡萄酒,这是韩家樱桃毕罗、曲府的驼峰炙、鹿脯……"她一边说着,一边将物事逐一摆在一张波斯毯上。

眼前是碧沉沉的曲江,四下是绿油油的青草。卢照邻笑着叹一口气,上午的秋阳照在脸上,浑身上下说不出的舒泰。他打一个呵欠,懒懒躺倒在地,口中想道声谢,却只说出两个字:"紫烟……"

紫烟也坐下来:"卢君,我们也不必去凑什么热闹,今日便作诗饮酒如何?"

二人离得很近,卢照邻闻到她身上的那缕幽香,心中一荡,忙坐起身来。紫烟将二人的酒杯倒满,殷红的葡萄酒注入灿烂的琉璃盏,翻涌若少年鲜血。

他笑道:"紫烟啊,这大好时光,莫说是酒,便是取我之血,与你共饮,也是惬意的。"

紫烟嗔道:"说什么胡话呀?来,我们喝酒,趁着今日有酒——"

二人便对饮起来。

紫烟取了一片驼峰炙递给卢照邻,又与他分食一张樱桃毕罗。烤得焦黄的毕罗上,一颗颗樱桃红艳如初。

卢照邻叹道:"你看春日的樱桃到了秋日的饼中,依旧鲜嫩,若我死时,也能如少年般模样,那该多好。"

"哈哈,身为女子,这话不该由妾来说吗?"紫烟大笑,"卢君,也该作诗了吧?"

卢照邻道:"我吟两句,你便与我共饮一杯,如何?"

紫烟叫声"好",又道:"妾也舞上一回。"

卢照邻左手持箫,右手执笔,信手挥毫。刚写完两句,紫烟早已斟满了酒,二人对饮一杯,她尚未起身,只见卢照邻又写。紫烟知他诗意如潮,便一心在旁,与他斟酒研墨。但听他吟道:

长安大道连狭斜,青牛白马七香车。玉辇纵横过主第,金鞭络绎向侯家。龙衔宝盖承朝日,凤吐流苏带晚霞。百尺游丝争绕树,一群娇鸟共啼花。游蜂戏蝶千门侧,碧树银台万种色。复道交窗作合欢,双阙连甍垂凤翼。梁家画阁天中起,汉帝金茎云外直。楼前相望不相知,陌上相逢讵相识?借问吹箫向紫烟,曾经学舞度芳年。得成比目何辞死,愿作鸳鸯不羡仙。比目鸳鸯真可羡,双去双来君不见。生憎帐额绣孤鸾,好取门帘帖双燕。双燕双飞绕画梁,罗帷翠被郁金香。片片行云着蝉鬓,纤纤初月上鸦黄。鸦黄粉白车中出,含娇含态情非一。妖童宝马铁连钱,娼妇盘龙金屈膝。御史府中乌夜啼,廷尉门前雀欲栖。隐隐朱城临玉道,遥遥翠幰(xiǎn)没金堤。挟弹飞鹰杜陵北,探丸借客渭桥西。俱邀侠客芙蓉剑,共宿娼家桃李蹊。娼家日暮紫罗裙,清歌一啭口氛氲。北堂夜夜人如月,南陌朝朝骑似云。南陌北堂连北里,五剧三条控三市。弱柳青槐拂地垂,佳气红尘暗天起。汉代金吾千骑来,翡翠屠苏鹦鹉杯。罗襦宝带为君解,燕歌赵舞为君开。别有豪华称将相,转日回天不相让。意气由来排灌夫,专权判不容萧相。专权意气本豪雄,青虬紫燕坐春风。自言歌舞长千载,自谓骄奢凌五公。节物风光不相待,桑田碧海须臾改。昔时金阶白玉堂,即今唯见青松在。寂寂寥寥扬子居,年年岁岁一床书。独有南山桂花发,飞来飞去袭人裾。

——卢照邻《长安古意》

头十六句吟过,八杯已饮干,卢照邻面色更白,紫烟却从脸到颈已是酡红。

吟到"楼前相望不相知,陌上相逢讵相识",她抬眼看他,但见他两眼茫然,如同罩了水雾,雾蒙蒙、湿漉漉,只觉一阵心疼——她与他,此刻坐得再近,也隔了千山万水。

再听他吟"借问吹箫向紫烟,曾经学舞度芳年",又是一阵惊喜。她笑,他也笑。

又听他吟"愿作鸳鸯不羡仙",二人眼中皆含泪,脸上却依旧笑着。一个吹箫,一个起舞,倒映在曲江之中,飘飘欲仙。

一曲舞完,卢照邻继续吟道:"比目鸳鸯真可羡,双去双来君不见。生憎帐额绣孤鸾,好取门帘帖双燕。"然后,笔锋转了再转,批判锋芒夺鞘而出,先写长安城中四处飘荡的肉欲之气,又写大臣贪赃枉法、权贵飞扬跋扈,而一切终究如浮云,万事到头一场空。

全诗写完,二人也饮完了三十四杯。卢照邻已醉倒不起。紫烟却是号啕大哭。

她想起自己这三年来的寻父之旅以及为父申冤的经历,历经坎坷,受尽冷眼,又焉有公道可寻?卢照邻这首长诗,可谓呕心沥血之作,又何尝不是替她申冤?她自幼饱读诗书,深知如此佳作古来少有,心中已然替他拟好了诗名。

卢照邻醉了一日一夜,方才悠悠醒转。第二天的太阳已经沉下去,凉意从窗外透进来,脑袋里的一个声音告诉他:紫烟又走了。只剩一张宣纸压在案上,写满了隽秀小楷,起头四个大字:"长安古意"。

卢照邻自然不知，他这首《长安古意》在诗歌史上具有划时代意义，其上承鲍照，下启盛唐，在体制、规模、技巧等方面都为此后的"新七言歌行体"打下了基础。

但如同他所想的一样，平康坊中又唱起了他这首新诗，用不了几日，《长安古意》又将风靡长安。但他心中早没有了往日的得意，他只是不明白：在她那副瘦小的身体里，何以盛得下如此多的酒和秘密？他明明已对她吐露心声，她为何仍走得如此决绝？

卢照邻不再下楼，胖掌柜也颇识趣，从不来打扰。只一日，胖掌柜在送酒菜时提了一句："卢君，那首《长安古意》是您写的？"他"嗯"了一声。胖掌柜想说什么，但终于没有开口，摇了摇头，掩门出去了。

又过了十余日，卢照邻没等来紫烟，却等来了万年县的衙役。衙役不由分说，将他锁了便走，在客栈门口上车，还蒙了他的头。待到眼前再有光亮，已在监狱之中。

他一介书生，几时见过这等阵仗？心里早慌作一团，隔了半日才缓过神来。他知道，万年县廨便在宣阳坊中，县狱定然也在此处，从车行时间也能判断，这里定然离客栈不远。他问狱卒自己所犯何罪，却哪有人理他？就这样，卢照邻在狱中稀里糊涂待了约一个月光景，眼看天气渐寒，又被放了出来。

有二人在门外等他，一个是四方客栈的胖掌柜，另一个身穿绿袍，乃是邓王府中的录事参军，姓刘。三人回到客栈，刘参军并未多言，只说他写的诗得罪了朝中一位权贵，多亏邓王出面斡旋，方才化解了这次凶险。

卢照邻明白，刘参军官品为从六品上，比自己高出不少。但他此刻心中恼怒，脱口问道："到底是谁陷害我？"

刘参军缓声道："王爷交代过了，那权贵是谁，暂可不问，但谁帮了卢君,却是要说明的。此次直接出面的,并不是王爷,而是上官少监。"

卢照邻一惊:"秘书少监上官仪?"

刘参军点了点头,说邓王已经为卢照邻在益州谋好了一个职位,让他不必再等明年春闱,即日起就要离开长安,越快越好。

卢照邻恨意难消,却也只得答应。

益州地处西南要冲,辖地千里,对大唐举足轻重,专设有益州大都督府,其治所在成都。蜀中气候温和,四季有不谢之花、长青之草。成都为西南第一大城市,构造颇似长安与洛阳,商业繁荣,尤其是蜀锦畅销天下。卢照邻对益州并不陌生,任邓王府典签期间,他就曾入蜀游历,现任益州大都督府长史乔师望,他也是见过的。

乔师望乃是一位驸马都尉,娶了李渊第九女庐陵公主。他一生能征善战,深受李世民信赖,曾任首任安西都护,晚年到益州任职。他有一个儿子名叫乔知之,虽然年幼,却痴迷于诗文。此前,卢照邻游历至此,乔知之便向他请教过诗文,对他极为服膺。

益州大都督向来由亲王遥领,但真正管事的是大都督府长史,所以,乔师望手握实权。邓王让卢照邻入蜀避祸,显然也是用了心的,卢照邻十分感念。

严冬时节,卢照邻抵达益州。自此,他便在都督府中任职,寒来暑往,又是三年。

这一年,乔师望将调任润州(今江苏润州)刺史,他提前向吏部推荐卢照邻为新都县尉。

新都县由成都府下辖,属次畿县,县尉为正九品下。相比于原来从八品下的王府典签,显然是降了格。卢照邻难免失落,但他也知道,这在当地已是不错的职位了。

这年初春,他正单衣试酒,忽然有人来到身前,正是紫烟。她红衣如故,脸上却沧桑了许多。他猛地站起身来,将她紧紧拥在胸怀。院子里,一树杏花怒放。

春天剑客王勃

没有人知道命运今后的狰狞面目,所以有些时候,你会把幸福当成虚度时光。

卢照邻在蜀中写了很多诗,诗里有他的岁月静好、现世安稳。他与紫烟一起,游历名山大川,拜访名人隐士,吟诗作赋,啸傲林泉。

在成都相如琴台前,他挥笔写下:

闻有雍容地,千年无四邻。园院风烟古,池台松槚(jiǎ)春。云疑作赋客,月似听琴人。寂寂啼莺处,空伤游子神。

——卢照邻《相如琴台》

这首诗作有着卢照邻性格中的宁静与忧伤。他回想数年前自己还在邓王府被称作"相如"的日子,感到似乎已过去了许久。现在身处西南一隅,除了紫烟之外,他什么也没有。这让他时常感觉恍惚。

只有很少的时候,他才觉得自己尚有前途。比如,偶遇襄州旧识张柬之的那天。

张柬之四十岁了,也在蜀中做一名县尉,羁縻下僚,家徒四壁,却好学如故,那股志气令卢照邻折服。他还专门写了一首诗赠予张柬之。从那些句子里,能看出强烈的不甘心。诗中有句曰：

> 鹏飞俱望昔，蠖屈共悲今。谁谓青衣道，还叹白头吟。
>
> ——卢照邻《酬张少府柬之》（节选）

"少府"乃是对县尉的称呼，而卢照邻本人也被称作"卢少府"。

转眼，他已在蜀中待了九年。

这时的大唐早已是武后的天下。就在卢照邻入蜀那年，皇帝李治苦于目眩头重，不能视物，对于百官奏事，有时会请武后决断。但随着身体迟迟不能康复，他干脆将政事全部委于武后。麟德二年（665），曾发生一件大事，许敬宗告发上官仪与宦官王伏胜，勾结废太子李忠，一起图谋叛逆。然而，民间都在传，上官仪是被冤枉的，许敬宗的告发是武后背后指使。因为此前一年，李治对武后的威福自用一度忍无可忍，曾命上官仪草诏，欲废武后为庶人，不料谋事不密，被武后发现。李治又悔又怕，便把责任推到了上官仪头上，说："上官仪教我。"于是，已做了三年宰相的上官仪被满门抄斩。

卢照邻喟然长叹，他虽不佩服"上官体"，却感念上官仪的旧恩。

他也知道，骆宾王已不在道王府任职。道王李元庆已于麟德元年（664）去世。很快，邓王李元裕也跟着去了，这两兄弟都只活了四十一岁。他写了一首千字长诗悼念邓王。

麟德二年秋，在武后力主之下，李治封禅泰山，同时向天下求贤。赋闲在家的骆宾王为生计所迫，自荐于州府，又经州府荐举，最终考过了制举，被授为太常寺奉礼郎，从九品上。虽然依旧是小官，却总算又回长安任职了。

九年间，卢照邻也曾进京一次，但不巧骆宾王不在，便只到宜阳坊走了一遭。

这些年，大唐频频对外用兵，捷报频传，尤其是灭了高句丽……但卢照邻并不觉得兴奋。县尉是最靠近百姓的基层官，做县尉越久，他越懂得百姓的辛劳。朝廷所谓的赫赫武功，哪一样不是百姓的血汗和性命换来的？

总章二年（669），一代名将李勣死了。在此之前，卢照邻的恩师王义方也死了。

这年秋日，重阳将至，卢照邻应邀前往梓州（今四川三台）玄武山赴一次诗会。这玄武山层峦叠嶂，险峻多姿，但对于早已看遍蜀山的他来说，并无多少惊艳之处。倒是山中有一处道君庙、一眼圣泉，他很想去看看。近年来，他的兴趣已从儒学转至黄老之学，名利之心愈发淡了，就连参加一些诗会，也感觉兴味索然。

山顶平阔处，遥遥看到人群聚集，他心知自己这次又来得迟了，却依旧缓步而行。依稀有吟诵声随风入耳：

九月九日望遥空，秋水秋天生夕风。寒雁一向南去远，游人几度菊花丛。

——邵大震《九日登玄武山旅眺》

这吟诗声远远传来，卢照邻便已知是以"九月九日"为题，题目应景却老套，诗也无甚新意，料是本地老儒所做吧。这样想着，又听见一个年轻的嗓音：

九月九日望乡台，他席他乡送客杯。人情已厌南中苦，鸿雁那从北地来。

——王勃《蜀中九日》

这声音如此清亮，诗意却如此凄凉。以北来鸿雁反衬南中人情，客中送客，离愁更愁，却也点到即止，不落流俗，人群中随即传来一片喝彩声。卢照邻眼前一亮，不觉加快了步伐。隔了还有十余丈远，他便吟道：

九月九日眺山川，归心归望积风烟。他乡共酌金花酒，万里同悲鸿雁天。

——卢照邻《九月九日登玄武山旅眺》

人群又是一阵喝彩，人们纷纷扭转头来。为首一个胖大汉子放声笑道："好诗，好诗！卢少府，快来快来，今日与你争锋之人到了！"

卢照邻认得此人乃是名士邵大震，他拱了拱手，目光却被旁边的一个少年深深吸引。此人年约二十，一袭白衣，双目灼灼，剑眉若飞，脸上略有愁容，却掩不住一股孩子气。少年腰间是柄华丽的长剑，这剑又反过来平添了他的孩子气。一见卢照邻，少年的愁容转作笑意，笑意轻盈，似乎整个世界在他眼中就是一个游戏。

"仆乃龙门王勃，久仰卢少府的《梅花落》《长安古意》，今日得见，三生有幸。"少年说着，长揖到地。

"莫非是龙门王子安？"卢照邻喜出望外，还礼之后便携了他的手，"我此前到长安，除去观光兄之外，就想见一见你。今日终于得偿所愿。"

"'观光兄'是何人？"

"骆宾王，字观光，江东神童、齐鲁才子，现为太常寺奉礼郎。你们还未相识？"卢照邻有些奇怪，旋即明白：骆宾王多年来沉沦下僚，跟王勃根本就不可能在同一个圈子。

"小弟也有耳闻,回京之后,一定前去拜会。"王勃恭敬道。

邵大震笑道:"二位神童相会于玄武山上,如此盛事,焉能无酒?"他挥一挥手,早有人搬出了整坛的美酒,摆好了数席美馔。

剑南烧春清醇甘洌,王勃叫一声"好",仰头干了一杯。他与卢照邻一见如故,相谈甚欢。二人并不谈诗,只随口道来,便觉说不出地投契。

从王勃身上,卢照邻看到了春天般的气质,宛如故乡的萧萧白杨,峭拔疏朗,生机盎然,这让卢照邻很开心,仿佛又看到了希望。若说张柬之呈现出的是一种老而弥坚的修炼之力,那王勃则是一种青春的明丽自然,是来自生命本身的能量。

在王勃看来,卢照邻给他的感觉却是两个字:憔悴。

那是一种从内到外的憔悴,此时他不过三十五岁,神色却分明已是四十多岁的人,似乎有什么不明之物附在他身上,大口大口吮吸着他的元气,让他早早便坠入了生命之秋。

王勃实在忍不住,一把抓过卢照邻的手,屏息为其把脉,惊道:"卢兄,你这身体,实在不宜饮酒……"

卢照邻一笑:"我知道。"

"那……"

"那又有何用?那又何妨?"

王勃又惊又痛,不知如何是好。酒宴依旧进行,他本不善饮,更不善推辞,不知不觉便醉倒了。

王勃是懂医术的。他十岁曾拜长安名医曹元为师,学了五年医术。然而,他诊得出卢照邻的病,却医不了卢照邻的命。一个念头在他心中翻腾——若由师父曹元亲自出马,能否医好卢照邻呢?

他心里也没有底,只有把这件事记下来,等回长安时再说。

很快，卢照邻便回新都去了。而看不见人，王勃也就暂时不再担忧。

他本就不是一个喜欢担忧的人。从小到大，他都觉得天下没有什么过不去的坎。他虽非出身皇室或王公之家，也并无多么煊赫的权势或财富，但有两件东西给他底气，令天下豪奢之家望尘莫及：一件是家族的名望，另一件则是他自己的才华。在大唐，若将二者合而为一，便能铺就一条通天之路。

王勃，字子安，家居绛州龙门，为太原王氏一支。太原王氏乃山东望族，而王勃一家更是望族之中的旗帜。

王勃的祖父王通，人称"文中子"，虽只活了三十三岁，却是隋末唐初一代大儒。王通早年西游长安，上书隋文帝杨坚，奉上《太平十二策》，深受隋文帝赞赏。然而，王通仕途并不顺利，很快便回乡著书讲学。其弟子有薛收、杜淹、陈叔达、魏徵等，房玄龄、李靖、温彦博等也曾问道于他。在整个隋末唐初，王通在学界影响极大，上承"开皇之治"，下启"贞观之治"，其弟子、友人纷纷出将入相，冠冕如云，世称"河汾之学"。

王勃的从祖父王绩，字无功，号"东皋子"，乃著名田园诗人兼酒鬼。"无功"二字是他自己起的，他的说法是：

> 王绩者，有父母，无朋友，自为之字曰无功焉。或问之，箕踞不对。盖以有道于己，无功于时也。

王绩自幼好学，博闻强记，十一岁游长安，拜见隋朝权臣杨素，在座公卿皆叹服，称之为"神仙童子"。而后，王绩中了诏举（制举）中的"孝悌廉洁科"，授秘书省正字。这秘书省正字虽仅为从九品下，却是入仕正途，堪称美职。至此，王绩就好像一株亭亭玉立的树苗，只须照常生长，就能成为栋梁之材。然而就在这时，他开始长歪了。

王绩感觉这一切太无聊，在朝廷羁绊又多，于是请求出任六合县县丞。六合县，属淮南道广陵郡，为紧县，县丞为从八品下。六合县丞跟秘书省正字比起来，品秩虽然高了一些，前途却差太远了，这就等于主动放弃了大好前程。

可是，在六合县丞这一岗位上，王绩也没有好好干。当时，天下大乱，县衙忙成一锅粥，王绩却只顾饮酒不管公务，很快便被弹劾。"网罗在天，吾且安之！"他扔下这样一句感叹，以生病中风为由，"轻舟夜遁"，像三哥王通一样回乡隐居了，隐居地便在东皋。

历史的篇章切换入大唐。武德年间，朝廷征召前朝官员。王绩因为家贫，只好出来应征，被任命为门下省待诏。弟弟王静很奇怪：平时只爱喝酒的哥哥，怎么会在这个比之前更无聊的岗位上坚持下来了？便问原因。王绩的答案是："良酝可恋耳！"原来，按门下省惯例，官员每日供给美酒三升。王绩留下来，完全是看酒的面子。

光喝酒不干活，这怎么行？很快有人向门下省主官陈叔达告状。陈叔达一听，吩咐道："今后不许再给王绩三升酒了！"告状人一听，咧嘴笑了。不料，陈叔达又补充了一句："三升酒哪能留住王学士？要加到一斗！"

告状人赶紧闭了嘴。于是，王绩有了新称呼："斗酒学士"。

陈叔达为何这么惯着王绩？实际上，他本是王通的弟子，论辈分要叫王绩"师叔"。再者，王绩这样的名士在朝为官，本身就是一块金字招牌，利于求贤。于公于私，酒都得管够。

贞观初年，王绩因病罢官，病好后再次被朝廷征召。当时，太乐署中有个名叫焦革的底层官员善于酿酒，于是，王绩请求出任太乐丞。太乐丞是太乐署主官太乐令的副手，从八品下。因不合乎品秩，吏部一开始不同意，但王绩坚决请求，说这个岗位才是自己的真爱，吏部也就勉强同意了。后来，焦革去世，其妻仍坚持给王绩送酒。但一年后，其妻又死。王绩仰天长叹："老天爷，就不能让我喝个痛快吗（天不使我酣美酒邪）？"于是，弃官而去。

可见，王绩作为酒鬼的一面连同他的任性，都是掷地有声的。他为何当官不积极呢？史书并未直接给出答案，只是讲了一个故事：朋友杜之松做刺史时，曾邀王绩前去讲"礼"。王绩却说：

吾不能揖让邦君门，谈糟粕，弃醇醪也。

你看，自己生命中到底什么更重要，他清楚得很。王绩是一个高度逻辑自洽的人，虽然心中也有深深的寂寞和悲哀，但他把这些都成功地交给了酒杯。一个肯与酒做朋友的人，总能活得轻松一点。

有人问：唐初，除了以李世民为核心的宫廷诗人群，还有其他诗人吗？当然有，而且最杰出的代表就是王绩。不妨看他的一首诗：

东皋薄暮望，徙倚欲何依。树树皆秋色，山山唯落晖。牧人驱犊返，猎马带禽归。相顾无相识，长歌怀采薇。

——王绩《野望》

与李世民、虞世南、魏徵以及上官仪等人的诗相对照，这首《野望》分明是另一种存在。它既不雅致，也不香艳，甚至连道理都没有讲。它源于自然，充满野趣，不讨好任何人，却章法谨严，格调高古。"树树皆秋色，山山唯落晖"一联，写物即写心，寂寞、苍凉，却又别具生气。在整个唐初，王绩的诗堪为翘楚。

这是另一种审美维度，直追魏晋高风，很容易让人想起两百年前的一位诗人——陶渊明。而在对偶句的使用上，王绩则受六七十年前的诗人庾信的影响。

王绩是深爱陶渊明的。他的诗名虽远不及陶渊明，酒量却要大不少。所以，陶渊明是"五柳先生"，他是"五斗先生"。

王绩的朋友吕才在为《王无功文集》所作的序言中写道：

（绩）晚岁醉饮无节……或乘牛驾驴，出入郊郭。止宿酒店，动经岁月，往往题咏作诗。好事者录之讽咏，并传于代。贞观十八年，终于家。

如此行事风格，是否已经有了盛唐"饮中八仙"的影子？

王勃出生时，王通和王绩都已去世多年，但这一切都作为家学传承下来。

王勃之父王福畤继承的主要是王通一脉。王绩也整理收集过王通著作，教过王福畤等侄子们。但在王氏家族中，王绩一直是作为反面典型的存在，被认为是"纵心败矩"，评价很低。

在经学方面，王勃深受父亲影响；在文学方面，他学得最多的却是王绩。但即便如此，在王勃所有文章中也从未提到过王绩的名字。

从小到大，他都是一个"乖孩子"。

六岁时，王勃就能写一手漂亮文章。九岁时，他读了大儒颜师古晚年所注的《汉书》，认为其中有不少瑕疵错漏，便写文章一一指出，题为《指瑕》。小小蒙童指摘一代鸿儒，或应被斥为狂妄，但王家这种门第，是天生就可以平视王侯的。

王福畤深谙赏识教育之道。他的儿子王勔（miǎn）、王勮（jù）和王勃均有才名，一位名叫杜易简的朋友称他们为"三珠树"。另外两个儿子王助、王劼也有文名。

这位杜易简也是有家学的。他的儿子叫杜审言，字必简，"文章四友"之一。

王福畤的一大爱好就是夸儿子，不光在家里夸，出门也夸。朋友韩思彦忍无可忍，说："晋代王济有马癖，君有'誉儿癖'，你们王家的癖太多了！"王福畤微微一笑，随便找了个儿子把文章呈上来。韩思彦看后大吃一惊，忙改口："有儿如此，的确可夸！"

王勃学医术，本是出自一片孝心。而在跟随师父采药的过程中，他年纪轻轻便领略到了山川之秀、草木之灵。加之平时便修习《易经》，将经学、文学、医学、阴阳等融会贯通，令同龄人望尘莫及。所以，王勃虽少年成名，诗文却并不盛气凌人，而是亲切生动。即便在抒情时，也是壮阔明丽，有一种庄严的节制。

与骆宾王和卢照邻不同，王勃出生时李世民已去世，懂事时武后就已掌权。所以，王勃对武后并不反感，对贞观元老们的凋零也并无什么感受。他听着东征高句丽的故事长大，呼吸着大唐开放而恣意的空气，心里想的是这样的江山一定会千秋万代，永世流传。

王勃也开始上书自荐。但他并不心急，寄出文章作为行卷之后，便出门远游了。

这次出游是"探亲游"。父亲王福畤时任六合县令。六合也是王绩此前担任县丞之地。在黄河岸边长大的王勃，第一次看见波澜壮阔的长江，内心深受震撼。随后，他一路南下，走了不少地方，也写了一些诗。

此时的他心思明净，即便写起艳曲，也是一派天真：

江南弄，巫山连楚梦。行雨行云几相送。瑶轩金谷上春时，玉童仙女无见期。紫露香烟渺难托，清风明月遥相思。遥相思，草徒绿，为听双飞凤凰曲。

——王勃《江南弄》

王勃行卷的对象是右相刘祥道。刘祥道本人并无多少事迹流传，如果不是王勃这篇文章，恐怕绝大多数后人都不会知道他。这就是历史的逻辑。面对岁月，纵是高官又如何？古来公卿将相如过江之鲫，又有几人留下姓名？反倒是文章堪为千古事。

"右相"，即中书令。隋唐实行三省六部制，但"三省"与"六部"绝非并列关系。三省指中书省、门下省和尚书省。六部只是尚书省的六个分支机构。

"三省"的主官品阶也不一样。中书省主官为中书令，正三品；门下省主官为侍中，正三品；尚书省主官为尚书令，正二品。但因李世民即位前曾任尚书令，此后为避讳，尚书令基本空缺，后来该职位被取消。尚书省原来的副职左、右仆射，成为实质的主官，为从二品。中书省副职为中书侍郎，门下省副职为门下侍郎，两个职位为正四品上，大历二年（767）后改为正三品。

六部主官为尚书，正三品，副职为侍郎，其中吏部侍郎为正四品上，其他各部侍郎为正四品下。

将中书令改称"右相"，是武后做的事。她不仅喜欢改官员称呼，还改官名。先是将中书省、门下省分别改为西台、东台，后来又改为凤阁、鸾台。

更过分的是，武后还喜欢改年号。此前，唐朝皇帝一生只用一个年号，李渊用武德，李世民用贞观。而受武后影响，唐高宗李治当了三十多年皇帝，却用了十四个年号。武后本人则用了十八个年号。所以，唐朝其他皇帝在位时，大都可用年号说事，但李治和武后在位时，年号一团乱麻。在整个初唐时期，如果你对某个年号全无印象，大概率就是他们夫妻在位阶段。

武后为什么喜欢改年号呢？有人说，是因为女人善变——这当然是性别歧视。或许，她就是图个新鲜。再或许，她是想变个权力的魔术，让天下笼罩在她的审美当中，也让人们忘了她已掌权多少年，懵懵懂懂中似乎感觉已是天荒地老了。

海内存知己，天涯若比邻

行卷是有规定程序的。王勃将文章寄给刘祥道，显然不合程序。但当刘祥道读了这篇《上刘右相书》后，程序就已经不重要了。

刘祥道极为震撼。一个十四五岁的孩子，竟写出了这样的文章，除了"神童"二字，还能说什么呢？尤其是文中写道："借如勃者，眇小之一书生耳，曾无击钟鼎食之荣，非有南邻北阁之援。"有才却谦虚，俊朗又雄强，日后定成大器。

但刘祥道考虑到王勃年龄太小，远未到科举年龄，就把自荐书压下了。直到两年后，他才与另一位大臣皇甫公义一起，向李治和武后举荐王勃。此前，他还预先送了一份王勃所写的《乾元殿颂》进宫，作为铺垫。

对王勃，刘祥道真是用心了。事实上，骆宾王也曾给刘祥道上书，以求汲引，但根本没有一丝回音。没办法，门第就是这样自带光环。

李治、武后看了王勃的文章后大喜。在随后举行的幽素科考试中，王勃轻松过关，被授为朝散郎，从七品上。对于一个十七岁少年来说，这是破格录取，而再对比一下骆宾王的仕途，更会明白,这是多么不同凡响的起步。

顺便一提,"幽素科"是制举的一种。制举在高祖武德年间就有,到高宗时期则成为常设的考试。但与进士、明经等常科不同,制举的考试科目和时间都不固定,完全是根据当时的政治需要所设。而所谓"政治需要",你懂的,有时就是皇帝一时兴起。据后人统计,整个唐代,制举名目至少有六十三种。而且,制举是"天子自诏",即名义上的天子亲试,又称廷试或殿试。制举及第者,就是所谓"天子门生",出身最好。中了进士、明经等,还需要再经铨选才能授官,中了制举,则可以立刻授官。当然,制举考试也不是谁都能参加,参加者必须是知名之士,需要由州府或五品以上达官显贵荐举。

当然,王勃被封的朝散郎只是散官,有官品而无实职。王勃不想到此为止,又向武后的外甥贺兰敏之自荐。贺兰敏之时任兰台太史,兰台即秘书省,兰台太史即秘书监,是多年前魏徵所任之职。只是,贺兰敏之虽然长得帅,但水平很差,还是个著名淫棍。他没有搭理王勃。

还是刘祥道与皇甫公义再度出手相助。二人都曾担任过"检校沛王府长史",便举荐王勃为沛王府侍读。在唐代中前期,"检校"官职虽非正式拜受,却有权行使该职权,相当于"代理"。

沛王是谁?他叫李贤,乃皇帝李治第六子,武后次子。李贤也是早慧之人,比王勃小五岁,容貌俊秀,才思敏捷,深得李治的喜爱。

经过了严格面试,王勃成功入选。在沛王府的日子,是王勃平生最得意之时。他着绿袍,带长剑,不仅教李贤读书,还同他一起巡游。他看到的是宫殿的富丽堂皇和皇家的巍峨气象。虽然他不懂政治,但在世人眼中,他已经是一个政治新星,走到哪里都熠熠生辉,成为无数人想要结交的对象。王勃也敞开胸怀,接纳这目不暇接的社交和浮华。

作为大唐的权力枢纽,长安是一场声势浩大的流水席,不时有人进出。王勃凭着一颗赤诚之心,交游、送别、写诗,忙得不亦乐乎。

在他此时的送别诗中,有两首流传甚广,一首给韦兵曹,一首给杜少府。

> 征骖临野次,别袂惨江垂。川霁浮烟敛,山明落照移。鹰风凋晚叶,蝉露泣秋枝。亭皋分远望,延想间云涯。
> ——王勃《饯韦兵曹》

> 城阙辅三秦,风烟望五津。与君离别意,同是宦游人。海内存知己,天涯若比邻。无为在歧路,儿女共沾巾。
> ——王勃《送杜少府之任蜀州》

"兵曹"即兵曹参军,"少府"即县尉,都是基层官员。而"韦"和"杜"都是著名士族。长安俚语曰"城南韦杜,去天尺五",说的就是长安城南的韦家和杜家,离天只有一尺五寸。可见,王勃所在的是一个名门高第的圈子。因为年轻,他官品尚低;但也因为年轻,他觉得未来有无限可能。

这两首诗,从前一首的"鹰风凋晚叶,蝉露泣秋枝",看得出王勃功力已深,用笔老道。而后一首更是名扬千古,"海内存知己,天涯若比邻",无须赘言。

妙还妙在后一首诗的开头和结尾一句。当时上官仪刚被满门抄斩,但以"上官体"为代表的宫廷诗依旧盛行,赞美长安宫阙是一大主题。而此诗首句便离开长安之庙堂,直抵蜀地之江湖。在当时宫廷诗的送别中,结尾每每都是要流泪的。但此诗尾句偏不流泪,拒作"儿女"之态。可以说,一首诗脱尽宫廷气。

十八岁的王勃为整个长安诗坛吹进了一缕强劲的新风。也有人想起了数年前卢照邻享誉长安的诗句,那似乎还是昨天的事,又似乎已经隔了大半生。

总章元年(668),李治幸九成宫,王勃献《九成宫颂并序》,又作《九成宫东台山池赋》呈东台侍郎张文瓘(guàn)。当年十二月,唐军平定高句丽,李治祭拜于南郊,王勃又献上《拜南郊颂》。

"颂体诗"的代表人物本为许敬宗,此类诗中充满歌功颂德之气。王勃对"颂体诗"并不反感,一方面,他就是在这种文体影响下长大的;另一方面,他与当时的很多年轻人一样,多余的荷尔蒙无处释放,就是发自身心地想歌颂大唐、歌颂盛世、歌颂李治和武后……歌颂令他们盲目,也令他们快乐。

此时的王勃不会明白,所谓盛世,除了国泰民安等笼统描述之外,主要是"一个人没有摊上事"时的感觉,而一旦摊上事,"盛世"就会消失得无影无踪,连声"再见"都不会说。甚至于,它会变成一种无处不在的压迫,让你无处可逃。

在世人眼中,只要不出意外,王勃定会青云直上。但"意外"已经在路上。

总章二年(669)五月,沛王府石榴似火。十五岁的沛王李贤跟比他小一岁的弟弟周王李显约好,次日要举行一场斗鸡比赛,两个小孩都痴迷于此。当晚,爱好文学的李贤心生一计,他召来王勃:"子安,速速为我写一道檄文,明日场上,定要力挫周王之鸡!"

王勃心里觉得好笑,但沛王有命,岂能不从?再说写这种东西,还不信手拈来?于是他挥手写了一篇《斗鸡檄》——此文后来被称为《檄英王鸡》,但其实,当时李显仍为周王,改封英王，是八年后的事。第二天，斗鸡场上，檄文一出，果然力压周王。

王勃完全没当一回事，但这纸檄文辗转传到了李治手中。李治对王勃的文笔自然是欣赏的，可这篇文章让他勃然大怒，尤其是读到"两雄不堪并立""见异己者即攻"……他不禁拍案而起，命人火速传王勃入宫。

李治把檄文扯得粉碎，狠狠摔在地上，怒吼："一觞一咏，足以肇乱！"他身体本已虚弱，此刻更头晕眼花，嘶哑道："王、子、安！你这是蓄意要挑拨诸王关系吗？"

王勃跪在地上，既害怕又迷茫，他完全不知道皇帝是怎么了。为什么平日温和如春风的李治，会突然间变得如此癫狂？莫非，他着魔了不成？需不需要自己来救治？……

接下来，王勃被赶出皇宫，又被赶出了沛王府，连同行李一起被扔了出来。

这是彻底的扫地出门。

王勃像一个被吓坏了的孩子，此后几天都没缓过神来。他暂时找了一个客栈住下，不知道自己做错了什么，也不知接下来该干些什么。

长安，是没有秘密的。数日内，王勃激怒皇帝，被赶出沛王府的消息就传遍了整个城市。一时间，流言四起。

有人含糊其词：还能是什么原因？马屁拍在马腿上了呗！

有人含沙射影：怕是王子安歌颂皇帝太多，让许相爷嫉妒了，他就是那么个人，这不，向皇后告黑状了。

有人含血喷人：我看那王子安就是个娘娘腔，别是把沛王给带坏了——陛下岂能不怒……

圈子里很热闹，只是再也没有人来找王勃，个个都避得远远的。

这一日，王勃在客栈独自饮酒，不觉多喝了几杯。再添酒时，他劈手抓住了掌柜的衣襟："你且说说，我为何会到今日的地步？"

掌柜一张胖脸笑了笑，眼角皱起深深的纹路，轻声道："子安先生，当真要我说？"

王勃用力点了点头。

掌柜叹口气："你还是太年轻了——"

王勃望着掌柜，一脸茫然。

掌柜道："武德四年，我爹在长安开了这家'四方客栈'，那时我才四岁。武德九年六月初四发生了一件事——你自然也是知道的，那就是玄武门……太宗皇帝那时……那年我九岁，至今清楚记得长安死了很多人。我爹说这叫兄弟阋墙，输了的没命，赢了的人也会挨骂终生。太宗皇帝努力了一辈子，总算跟当日的恶名扯了个平……"

王勃听着这些旧事，不知道跟自己有什么关系，也只好静静往下听。

"你知道太宗皇帝当初为何立当今圣上为太子？"

"李承乾悖逆被废，今上自幼仁孝，深得太宗喜爱。"

"呵呵，非也！当年，长子李承乾被废后，有两位皇子最有可能被立为太子，一个是二皇子魏王李泰，一个是三皇子吴王李恪，二人均智勇双全，也早已明争暗斗。其中，李泰是长孙皇后所生，李恪是杨妃所生——杨妃原为李元吉的妃子，玄武门之变后，太宗皇帝将之纳入后宫。到底是魏王还是吴王，整个长安官场都在观望。谁知，此时一个人的话让事情发生了变化。"

"谁？"

"长孙无忌。他说，既不能立魏王李泰，也不能立吴王李恪，而应该立九皇子晋王李治。为什么？他说了两点原因：第一，魏王和吴王此时就已水火不容，以二人的性格和能力，倘若有一个即位，另一个绝不肯善罢甘休，'玄武门之变'就可能重演。而晋王仁孝，若由他即位，魏王和吴王都能保全性命。第二，晋王虽不善开拓，却善于守成，贞观之治已经让大唐走在了正确的道路上，守成更有利于大唐的长治久安。"

"此话虽然有理，但谁不知道晋王也是长孙皇后之子？他一即位，长孙无忌作为皇帝舅父，更容易操控国政。"

"嘿嘿，只是人算不如天算，长孙无忌想不到，半路里杀出来一位武后……他自己反而为此丢了身家性命。"

"那跟我王勃又有什么关系？"

"你的《斗鸡檄》中写'两雄不堪并立''见异己者则攻'，在今上看来，岂不就是挑拨兄弟关系？他怕的是给下一场'玄武门之变'埋下种子！"

"啊？"王勃惊得目瞪口呆。他摸了摸自己的脑袋，莫非皇帝还手下留情了？

红顶神童杨炯

政治是一条蛇，有自己的行动逻辑。它喜欢听人唱颂歌，却不会因为你唱颂歌而不咬你。

不懂政治的王勃，因为戳到了政治的痛处，而永远丧失了政治前途。对他来说这是一种悲哀，对文学来说却是莫大的幸运。他的一支妙笔终于无须再为颂歌而动，他的笔下也开始有更多的生命与自然。

长安让王勃初次体会到了世态炎凉，他决定离开这块伤心地。去哪里呢？回乡吗？他深感无颜回乡，而是想到了一个地方——蜀地。

王勃为什么去蜀地？史书并未记载。但唐代诗人入蜀，已成为一种传统。以初唐四杰为例，卢照邻已在蜀中，王勃正在路上。此后，骆宾王、杨炯也将步其后尘。蜀地的山川有一股无形的魅力招引着他们。

这年六月，王勃出散关，过凤州，一边游览，一边赋诗，不觉已入剑阁。他想起不久前自己还送别杜少府，转眼此身已在蜀中，当真造化弄人。只不过，巴山蜀水，青峰竞艳，丹壑争流，让他颇为喜爱。虽一时尚难纵情于山水，愁绪也被稍稍遮盖了些。

王勃名声在外，在长安虽受冷遇，蜀中士绅却将其奉为上宾。在绵州（今四川绵阳）一场宴席上，他遇见了一位故人，此人名叫薛曜，字昇华。

王薛两家可谓世交。当年，薛曜的曾祖父薛道衡向隋文帝杨坚举荐过王通。而他的祖父薛收乃是王通弟子，与王绩一向交好，为"秦王府十八学士"之一。但因薛收英年早逝，李世民对其子薛元超非常照顾，李治也是如此。于是，薛元超二十八岁就出任中书舍人，与上官仪同掌诰命，负责起草诏书，四十一岁任东台侍郎，仕途极为顺畅。但上官仪事发后，薛元超因与其有文字之交，被武后罢官流放嶲（xī）州（今四川西昌）。薛曜作为薛元超的儿子，跟父亲一同被流放。和王勃一样，他这次到绵州，也是出来散心的。

其时正是秋日，伤心人对伤心人，二人借酒浇愁，双双大醉。醒来后，二人又同游绵州，极为相契。离别时，王勃写了两首诗送给薛曜，其中一首是这样的：

送送多穷路，遑遑独问津。悲凉千里道，凄断百年身。

心事同漂泊，生涯共苦辛。无论去与住，俱是梦中人。
　　　　　　　　　　　　　　——王勃《秋日别薛昇华》

　　这首诗是王勃一生写得最惨的诗之一。用词向来节制的他，这里却用了一连串的"送送""遑遑""悲凉""凄断"……结尾处句式也是他的惯例，此前有"同是宦游人"，此后还将有"俱是越乡人""俱是倦游人"等。

　　与薛曜分开之后，王勃继续在蜀中游历。在梓州，他遇见了慕名已久的卢照邻，二人一见如故，谈得异常畅快，但卢照邻很快便回新都去了。王勃心头怅惘，异乡漂泊，迎送也多，渐渐看淡了离别，心头不再悲伤，只剩无边无际的苍凉。

　　乱烟笼碧砌，飞月向南端。寂寂离亭掩，江山此夜寒。
　　　　　　　　　　　　　　——王勃《江亭夜月送别》

　　王勃认为自己看透了人生，殊不知这正是年轻人幼稚的表现。人生无常，岂是你随随便便就能看透的？
　　他走走停停，入蜀转眼已快两年。到成都时，盘缠已经用尽。怎么办呢？
　　他决定募捐，洋洋洒洒写了两篇《为人与蜀城父老书》，说自己代人求助。然而，成都作为唐代旅游胜地，居民早已见惯了各种乞讨套路。人们对这两篇文章很喜欢，只是没人肯捐钱。
　　王勃很沮丧：难道我的文章就这么没有感染力吗？
　　好在，他的文章打动不了百姓，却可以打动官员。附近一座县城刚响应朝廷号召，修建了一所文庙，尚缺名人作赋。县令专程跑到成都，把王勃接过去，请他为文庙写一篇文章。王勃很开心，一口气给县里的几个景点都写了文章，拿到一笔钱，解决了盘缠问题。

这件事让王勃找到了一条"卖文之路",此后他再也没有遇见过缺钱的难题。

他的文章太美,求者甚多,于是"金帛盈积,心织而衣,笔耕而食"。他写文章时,无须冥思苦想,只要先酣饮一番,然后上床蒙头而卧,等睡醒之后,就能信笔挥洒,一字不改,人称"腹稿"。这也是后人所说"打腹稿"的源头。

在蜀中,王勃时常想起诸葛亮,幻想自己有朝一日能像他那样建功立业。这日,春光明媚,他作了一篇《春思赋并序》,其中写道:"仆本浪人,平生自沦。怀书去洛,抱剑辞秦。""此仆所以抚穷贱而惜光阴,怀功名而悲岁月也。"

而旅居时间越久,他越想念长安。他明白,只有回到长安,才能看见"功业"的影子。

咸亨二年(671)十月,李治下诏求贤,开设制举考试,遍寻民间"明达礼乐之士"。王勃闻讯大喜,匆匆给卢照邻写了一封信,约他到长安一同应考,然后马不停蹄返回家乡龙门,继而赴长安,落脚在四方客栈。他一连写了几份自荐书,还未等到消息,却有一个人先找上了门。

"子安兄,跟我干一件大事吧!"来人晃着两条长腿,一开口就是浓重的关中腔。王勃打眼望去,但见此人身高六尺五寸(合今日一米九多),骨骼峥嵘,头发稀疏,脸色微黑,嘴上虽叫得亲热,神情却甚是倨傲。

王勃早先便认识此人,他叫杨炯,华阴人,乃弘农杨氏一支,也是关陇贵族子弟。早年,薛元超曾专程介绍他俩相识。王勃在沛王府任职期间,二人也在社交场上时常遇见,偶尔赋诗作文,少不了客套一番,但王勃不喜欢杨炯脸上那种夸张的傲气。在他看来,如此夸张,只能说明内心虚弱。

杨炯与王勃同龄,略小几个月,也是一个神童。但跟骆宾王、卢照邻以及王勃不同的是,杨炯是一个"红顶神童"。他十岁时通过了大唐朝廷举行的神童科考试,次年待制弘文馆,成为这一著名皇家文学机构中的一员。

所谓"神童科",也是唐代常设的科目之一,在所有科举中排在末等。按照规定,应试者必须是不满十岁的儿童,考试方式主要是念书背经。及第者可以终身豁免徭役。

当时很多人认为,杨炯起点不错,假如发展顺利的话,前途不可限量。可谁能想到,这一"待制"就待了十六年。二十七岁时,杨炯才又考过制举,终于候补上了秘书省校书郎,正九品上。当然,这是后话。

当杨炯来找王勃时,他自己正在"待制"过程中。听到"干件大事",王勃双眉一扬,淡淡地问:"杨兄,你且说说是什么事?"

杨炯嘿嘿一笑:"我先带你去见一个人。"

二人穿街过坊,一路走到城南,敲开了一个小院的门。开门的是一黄脸汉子,四十来岁,身高约五尺五寸,比王勃尚矮了半头。杨炯拱手道:"见过骆奉礼。"那汉子还礼:"杨学士、子安先生,二位好。"

王勃心中原本怪杨炯卖关子,此刻听说对方姓骆,脑子里立刻想起一人,喜形于色道:"兄台可是骆宾王、观光兄?"

骆宾王爽朗一笑:"骆某仰慕子安先生已久。二位快请进!"

屋内陈设颇为简陋,骆宾王略显刻板、木讷。这样一来,杨炯那一脸高傲便更加刺眼。王勃不去管他,开口便说自己刚从蜀中归来,已与卢照邻相识。骆宾王听说卢照邻,脸上顿时全是牵挂之情,二人就此谈了开来,接着又聊起诗文,越说越投机。杨炯本有不少话说,但开始时插不上话,后来也就不愿再说,只在一旁听着。

骆宾王在太常寺任奉礼郎,官职卑小,但此时诗名已经渐渐起来。特别是一年前,他投笔从戎,成为大唐第一位从军出塞的诗人,更是声名鹊起,不少人都成为他的拥趸。上官仪被问斩后,长安诗坛一直缺乏领军人物,如今,有些小规模诗会已开始推举骆宾王作为首领。此前王勃在长安时,风头之盛一时无两,骆宾王自然认得他。而王勃到底年轻,眼睛从未关注过圈子之外的事。就在人们认为王勃能填补上官仪空缺时,发生了《斗鸡橄》事件……

听王勃说已给卢照邻写信,约他在长安相会,骆宾王大喜,邀王、杨二人赴坊中酒肆共饮。王勃自然开心,不料杨炯一口回绝。到得门外,王勃一脸悻悻,杨炯却道:"子安,休怪我莽撞,我跟那骆宾王也不熟,这是初次登门拜望。本以为他是仕宦人家出身,不想穷酸至此,怎可与我等共谋大事?"

王勃闻言大怒,转身便走。任凭杨炯千呼万唤,再未回头。

杨炯心中恼恨:"你王子安过去是从七品、穿绿袍,而今却只是一介白丁,凭什么给我脸色看?终有一日,我——"

他一时也没想好自己日后能够怎样,只是狠狠地跺了跺脚,恨恨而去。

从小到大,杨炯最恨别人瞧不起自己。他虽出身于弘农杨氏,但父亲很早便去世了,他沦为大家族中的可怜孩子。家族中人同情他,却也瞧不起他。

他自幼发奋苦读,成为家族藏书室里最小的常客,早早便背诵了大量典籍,也在十岁时成功搭上了"神童科"的末班车。他在考试时所展现出的背诵能力,让考官大吃一惊。他待制弘文馆,让杨家满门刮目相看。但随着待制时间日久,神童的光芒日渐褪色,族人的赞誉也开始变味,"神童"二字渐渐变成了讽刺。

弘文馆设有学士，但门槛很高。史书称："武德后，五品以上曰学士，六品已下曰直学士。"出于礼貌，一般人也会把待制称作"学士"，但所有人都知道，杨炯非但不是五品，甚至连从九品都算不上，因为他根本就不是官。

族人们称呼杨炯时，常常叫他："杨——学士！"先扬后抑，故意顿一下，然后笑两声，时刻提醒他，"你哪里是什么学士，只是个毕不了业的学生罢了。"

杨炯恨得咬牙切齿。他决心要干一件轰动整个大唐文坛的事，也给自己谋一个前程。在这件大事中，他当然是主角，另外三个人也已选定，正是王勃、卢照邻和骆宾王。

干一件什么样的大事呢？

杨炯想到的是"献礼"，不是给皇帝李治，而是给武后。他早已经看明白，眼下这大唐虽然还挂着李氏的招牌，实质却早已是武后的底子。只要能哄武后开心，他就有机会改变命运。

可是献什么"礼"呢？

当然不是什么奇珍异宝。第一，杨炯搜集不到；第二，也无甚新意。必须献别人拿不出来的东西，就像当年司马相如向汉武帝献"汉大赋"，得是既新鲜而又独一档的东西。

杨炯早已给卢照邻写了信。他很清楚，自己写诗不如王勃，名声也比不上对方，能支配的家族能量更有天渊之别。王勃是这个组合中的关键，但又不能让其太过显眼，抢了自己的风头，最好能以自己为核心做一个整体包装，把王勃纳进来，使之成为不可分割的一部分。再找一个既有实力又没前途的人来制衡王勃，此人便是卢照邻。最后，拉一个像骆宾王这样有口碑、有影响却没地位的人进来。四人合一，就是一个新组合，名曰"四杰"。

这个组合的核心目的，将是一场献给武后的文学运动。为了显示出这场文学运动的时间之长、影响之大，杨炯把开始时间向前推了十年，即龙朔元年（661）。那年，武后刚刚实际掌权，而杨炯自己也开始待制弘文馆。他认为这样就能把自己捆绑在武后的战车之上，一路滚滚向前、飞黄腾达。为了解决自己当时还只是个十一岁孩子的问题，他把运动的发起者定为卢照邻。至于卢照邻那年实际上干了些什么事，他并不关心。他想：十年前的陈芝麻烂谷子，有谁在乎呢？

这是杨炯的如意算盘。

他认为计划很完美，但没想到自己寥寥几句话，就让王勃拂袖而去，一时有些愣神。而且，按照之前的约定，卢照邻此刻本应已经出现在长安了，却迟迟不见踪影。但杨炯并不着急，想想自己已在弘文馆等了十年，还有什么不能等的呢？眼下要做的，是先放些风声出去，让世人在印象中先把四人捆在一起。

当时，朝廷掌管铨选人才的是吏部侍郎裴行俭，他与王勃本是老乡，出身将门。裴行俭之父裴仁基乃隋朝大将，曾率军攻打瓦岗军，后投降李密，因谋刺王世充而被杀。裴行俭之兄裴行俨乃著名猛将，即后世小说中"裴元庆"的原型，他与父亲裴仁基一同被杀。而裴行俭本人也是一代名将，战功赫赫，同时工于书法，尤擅草、隶。

宰相李敬玄与裴行俭一起主持铨选。而在此前，他们都已经读过杨炯、卢照邻、骆宾王和王勃四人的诗文。李敬玄赞不绝口，但裴行俭只说了一句话：

士之致远，先器识而后文艺。勃等虽有文才，而浮躁浅露，岂享爵禄之器耶！杨子沉静，应至令长，余得令终为幸。

他认为王勃等人虽有文采，但不会有什么大出息，唯有杨炯日后可能主政一方。以裴行俭此时的身份，这句话一出口，几乎等于给王勃等三人的前程提前画上了句号。

剑匣胡霜影，弓开汉月轮

王勃的行卷很快见效，然而获得报名资格之后，他并未如期应考。

裴行俭很纳闷，一打听，王勃竟然病了，不免心中惋惜。派人再去问，却很快收到王勃写的一篇《上吏部裴侍郎启》。这是一纸夹枪带棒的谴责书，提醒他选人不要光看文章，还得有真才实学才行。这明显是反话，是对裴行俭之前说他们"浮躁浅露"表达不满。裴行俭很气恼："这王子安真是狂生，太不识抬举了！"

王勃久候卢照邻不至，眼看时光飞逝，又是一年。某日，他收到虢州一位名叫陆季友的朋友写来的信，称当地多灵药仙草，愿跟王勃做同僚，一起研究医药。虢州，即弘农（今河南灵宝）。曾学医五年的王勃被打动，又想起卢照邻所患之病，万一在虢州能找到治病之方呢？于是，他又上书裴行俭，求补虢州参军。

裴行俭又气又笑，但他气量并不狭窄，将王勃之请上报武后。武后欣赏王勃的文章，对此前《斗鸡檄》之事也不再计较，当即准了。

这里说说"参军"这一职位。其原本属于军事系统，全称"参谋军事"，到唐朝时成为各州府常设的文官。参军分三种：第一种参军前面冠有职名，主要包括司功参军、司仓参军、司户参军、司兵参军、司法参军、司士参军六种，统称为"判司"，在州府中与尚书省六部相对应。而在下辖各县，也设有六曹，由县尉分管，与州府判司相对应。判司品秩依照州府级别而定，各州分为辅、雄、望、紧、上、中、下这七个不同级别，各地判司品秩也不同。比如，虢州属于望州，陆季友任司法参军，从七品下。第二种参军未冠职名，无具体工作，哪里需要可前去"救火"，这种参军级别较低，从八品下，王勃所求虢州参军就是这一种。前两种参军均为基层文官。而第三种参军名为"录事参军"或"司录参军"，级别明显高于前两种，为中层文官。

王勃欢天喜地去了虢州，谁知扑了个空，陆季友刚刚调任别处，但他也只能待在那里了。

再说骆宾王，他此前出塞又是怎样一番经历呢？

咸亨元年（670）四月，吐蕃大举进犯西域，攻陷西域白州等十八个羁縻州，又与于阗（tián）联手攻陷龟兹拨换城，逼大唐撤销安西四镇。一向对西北不太关注的李治也无法再坐视不理。他以名将薛仁贵为逻娑道行军大总管，以阿史那道真、郭待封为副将，领兵五万，西征吐蕃。

此时，骆宾王在奉礼郎任上已满四年，深觉乏味。他四十岁了，胸中那腔英雄气压抑多年，不想就此消磨下去，于是主动请缨，要求随军出征。那年，曾经"三箭定天山"的薛仁贵已是五十七岁的老将，他不知道骆宾王是谁，也对文人没什么兴趣，只是听说骆宾王既能写诗也会剑术，上战场不至于拖累别人，才答应下来。

此次出征，大军兵分两路：薛仁贵、郭待封率一半人马先行，直指吐蕃重兵屯驻的乌海；阿史那道真率领后军，西行收复安西失地。骆宾王即在阿史那道真军中。

骆宾王从军的消息，在长安诗坛引发了不小的轰动。因为大唐建国五十多年来，不少诗人都写有边塞诗，但他们都是靠想象或听别人的描述来写诗，要说真正从军出塞的诗人，骆宾王还是第一个。

长安的朋友们来为他送行，不少年轻文人也加入其中。骆宾王看着眼前一张张面孔，心想：是时候改变一下了。在他为了那点微薄俸禄而蹉跎的岁月里，一批又一批年轻人已经成长起来。

比如，一个名叫李峤的年轻人为骆宾王写了一首诗，题为《送骆奉礼从军》。那诗写得潇洒，意思也好。骆宾王心潮翻涌，向朋友们一叉手，飞身上马而去。

他太渴望建功立业，军队出发不久，便写了这样一首诗：

平生一顾重，意气溢三军。野日分戈影，天星合剑文。
弓弦抱汉月，马足践胡尘。不求生入塞，唯当死报君。

——骆宾王《从军行》

此诗慷慨激昂，热血沸腾。阿史那道真虽是胡人，不会写诗，却也知道这诗不错，命人用大字抄写百余份，分发各营，以振军心。骆宾王颇为兴奋，一路上又写了许多。

就在骆宾王满心希望通过军功改变命运时，薛仁贵和郭待封所率主力部队却陷入了困境。其实，薛仁贵很清楚，他面临的几乎是一场"必败之战"。大唐国力虽然强盛，但李治向来不重视西北战场，致使吐蕃势力坐大，近年来更是吞并了吐谷浑。此次出征，大唐未战已落下风。其一，兵力不足，五万兵难敌蓄谋已久的吐蕃大军；其二，开战时已是八月，"胡天八月即飞雪"，寒冷多变的天气加上高原反应，越往后越不利于唐兵作战。所以，薛仁贵只能不走寻常路，以求速战速决。他率军经过青海湖以南的大非川时，看到地形险要，便命副将郭待封率兵两万守护粮草辎重，并于大非岭凭险置栅，构筑工事，作为可攻可守之地。等阵地稳固后，再火速增援前军。

而薛仁贵亲率五千精兵，昼夜兼程袭击吐蕃。这番突袭果然奏效，大败吐蕃军，占领乌海城，待援兵到达便可决战。然而，郭待封自恃出身将门，不服薛仁贵管制，非但没有在大非岭构筑工事，还擅自率后队押辎重前行，进军迟缓。吐蕃抓住战机，先派兵二十万围歼郭待封军，将其击溃，缴获粮草辎重。而后又聚兵四十万，围攻薛仁贵军。薛仁贵久候援兵不至，独木难支，只能退守大非川。到了大非川发现既无寨可守，又无粮草供应，全军陷入绝境。无奈之下，薛仁贵只得与吐蕃统帅论钦陵议和。这也成为大唐开国以来对外作战最大的一次失败，此后大唐在西方战场对吐蕃开始丧失优势。回长安后，薛仁贵、郭待封和阿史那道真都被免死除名，贬为庶人。

薛仁贵战败的消息传来，西征军震恐，一片愁云笼罩全军。骆宾王也痛心疾首，但这样的大事绝非他这种小人物左右得了的。

朝廷下令退兵，而返回长安的名录中，并无骆宾王的名字。因为他是自愿从军，朝廷对他并无安排。而骆宾王也暂时不想回去，他索性留在塞外，继续体验这不一样的天地。冬去春来，他的笔与足迹一起，遍布天山南北。

次年，骆宾王才返回长安。他向吏部侍郎裴行俭上书行卷，并附了一首诗，写了在塞外的见闻和感想，也意在求官。诗中写道：

三十二余罢，鬓是潘安仁。四十九仍入，年非朱买臣。纵横愁系越，坎壈（lǎn）倦游秦。出笼穷短翮，委辙涸枯鳞。穷经不沾用，弹铗欲谁申。天子未驱策，岁月几沉沦。轻生长慷慨，效死独殷勤。徒歌易水客，空老渭川人。一得视边塞，万里何苦辛。剑匣胡霜影，弓开汉月轮。金刀动秋色，铁骑想风尘。为国坚诚款，捐躯忘贱贫。勒功思比宪，决略暗欺陈。若不犯霜雪，虚掷玉京春。

——骆宾王《咏怀古意上裴侍郎》

这首诗既有岁月蹉跎之沉痛，又不乏别开生面之佳句，裴行俭大为赞赏。但是，骆宾王此行寸功未立，且主将均已获罪，提拔是不可能了。裴行俭只能让他继续做奉礼郎。

骆宾王内心不甘，但又眼前无望。好在，没过多久，他便看到了另一个机会。

咸亨三年（672）春，剑南道姚州（今云南姚安）部落发生叛乱，李治以太子左卫副率梁积寿为姚州道行军总管，率军平叛，骆宾王再次请缨从军。这一次进军西南，骆宾王又写了大量诗作和一系列军中文书，其中流传下来的有两道露布，分别为《兵部奏姚州破逆贼诺没弄杨虔柳露布》和《兵部奏姚州破贼设蒙俭等露布》。

"露布"乃是一种传递军事捷报的旗帜，上面写有文字，便于通报四方。相比于其他人所写文书，骆宾王的露布明显高出好几个层次，大大提振了军心。由此，他也在军中收获了大量读者。

成功平叛后，骆宾王经由巴蜀返回长安，途中赴成都探访卢照邻。在成都友人处，他得知卢照邻已卸任新都县尉一年有余，据说早已北上。于是他又到新都，辗转打听到卢照邻此前住处。敲开门，只见一白衣女子，二十多岁，不施粉黛，双目如冰，听说来者是骆宾王，便请他进了门。到得堂前，泪堕如珠。

骆宾王不明缘由，看她哭得悲切，更加心惊。正待安慰，女子却已收住泪水，自言姓郭，名紫烟，与卢照邻相识于长安，在蜀中相守十年，虽未拜堂成亲，却与夫妻无异。二人也颇恩爱，只是没有子嗣。一年多前，卢照邻离家北上长安，出门不几日，紫烟便发现自己有了身孕，满心欢喜盼着卢照邻归来。谁知卢照邻这一去竟再无消息，紫烟苦守十月，诞下一子。正勉力支撑时，忽有消息传来，说卢照邻已在洛阳娶妻，她只觉五雷轰顶。又想起卢照邻在蜀十年，始终不与自己成亲，更是既怒且怨。而此时，婴儿也染上重病，未满月便夭折了。紫烟如丧魂魄，对卢照邻恨得切齿，想问问他为何如此负心薄情……

她听说，骆宾王此前曾替一位名叫王灵妃的女道士写诗，痛斥道士李荣对她负心薄幸，此诗哄传一时，其中几句天下闻名："此时空床难独守，此日别离那可久。""春时物色无端绪，双枕孤眠谁分许。"现在，紫烟也想请骆宾王再写一首诗，替自己主持公道。

骆宾王心存疑虑，心想：卢照邻一向重情重义，这怎么会是他的行径？

但又一转念，名门子弟多纨绔，向来自视高人一等，谁又知晓他心里在想些什么？当夜，骆宾王辗转难眠，义愤难平，提笔写了一首长诗。全诗共三十二行，其中有句云：

> 柳叶园花处处新，洛阳桃李应芳春。妾向双流窥石镜，君住三川守玉人。此时离别那堪道，此日空床对芳沼。芳沼徒游比目鱼，幽径还生拔心草。流风回雪傥便娟，骥子鱼文实可怜。掷果河阳君有分，货酒成都妾亦然。莫言贫贱无人重，莫言富贵应须种。绿珠犹得石崇怜，飞燕曾经汉皇宠。良人何处醉纵横，直如循默守空名。倒提新缣成慊（qiè）慊，翻将故剑作平平。

——骆宾王《艳情代郭氏答卢照邻》（节选）

这些句子痛斥卢照邻朝三暮四、移情别恋。"比目""飞燕""醉纵横",让人想起那首著名的《长安古意》以及曾经共饮的那些酒和往事。结尾处又写道:"情知唾井终无理,情知覆水也难收。不复下山能借问,更向卢家字莫愁。"无尽的无奈与无助,读罢全是悠悠之恨。

紫烟接过这首长诗,向骆宾王深深一拜。她不再流泪,只看了一眼墙上那久也不弹的琵琶,决心让这首诗传遍天下,就算他卢照邻去了天涯海角,也休想逃过"负心汉""薄情郎"的谴责。

骆宾王回到长安,只觉从未有过的孤独。但恰在此时,仕途忽然有了起色,在裴行俭举荐之下,他升任长安县主簿,从八品上。为官近二十年,终于从九品熬到八品,这又是一种怎样的辛酸?

长安县主簿品秩虽然不高,却也是天子脚下的地方官,责任不小。骆宾王决定尽职尽责,做些成绩出来,也好对得起裴行俭的栽培。

这一日,衙役给他送来一首诗:

> 君不见长安城北渭桥边,枯木横槎卧古田。昔日含红复含紫,常时留雾亦留烟。春景春风花似雪,香车玉舆恒阗咽。若个游人不竞攀,若个倡家不来折。倡家宝袜蛟龙帔,公子银鞍千万骑。黄莺一一向花娇,青鸟双双将子戏。千尺长条百尺枝,月桂星榆相蔽亏。珊瑚叶上鸳鸯鸟,凤凰巢里雏鹓(yuān)儿。巢倾枝折凤归去,条枯叶落任风吹。一朝零落无人问,万古摧残君讵知。人生贵贱无终始,倏忽须臾难久恃。

——卢照邻《行路难》(节选)

骆宾王大喜。此诗视当下的宫体诗为无物，直抒胸臆，纵横捭阖，发千古之思，作者不是卢照邻还能是谁？他忙追问写诗之人在何处，衙役答：在宣阳坊的四方客栈。

骆宾王当即上马赶去，依稀想起自己二十多年前初到长安，正是住在此处，不觉一阵唏嘘。那胖掌柜已不认得骆宾王，骆宾王也无暇叙旧，只说要找卢照邻。掌柜前头引路，到拐角处一间客房前，陡然停了下来，面带犹豫之色："骆主簿，卢君说过，不见生客。"骆宾王道："我乃卢君故人。"掌柜又道："卢君重病，只怕会传染……"骆宾王愣了一下，立刻推开了门。

房内窗户紧闭，一人头戴帷帽，黑纱遮盖面目，身形极瘦，静静坐着，袍子穿在身上松松垮垮。骆宾王怔在当场，隔了一会儿方道："升之，果然是你吗？"

卢照邻道："观光兄，你见过紫烟了，她还好吗？"

骆宾王怒道："升之，你另结新欢，弃她于不顾，她还能好吗？你说，你为何如此？"

卢照邻半晌无语，起身打开窗子，缓缓摘下帷帽，一边说话一边转过身来："观光兄，你看我这副样子，还能跟紫烟厮守吗？"

骆宾王瞠目结舌。

眼前的卢照邻半边脸结满了鳞片状的硬痂，另一半脸也开始扭曲，恍若树皮一般。只有两只眼睛还有生气，此刻泪水正汩汩而下："观光兄，'君不见长安城北渭桥边，枯木横槎卧古田'，这'枯木'二字，用得还好吧？"

骆宾王也泪如雨下，忙上前扶卢照邻坐下，轻声问："你所患何病？"

"此病名为'麻风'。"卢照邻长叹一声，慢慢讲起。

原来，卢家世代受麻风病困扰。卢照邻幼时，族中就有医者说,他成年后也会得麻风病,让他清心寡欲,尤忌饮酒,或可得尽天年。卢照邻十岁出门访名师,既是为求学,也是为求医。可他本是至情至性之人,一时兴起便要饮酒,心中虽知禁忌,却并未严格执行。他在蜀中十年,一直未与紫烟成亲,就是担心自己万一哪天病发,害她早早守寡。遇见王勃后,他本已决心赴长安之约,却发现自己已经病发,只得慌忙离开新都。

到长安后,卢照邻抱着侥幸心理,在秘书省著作局任职过几日,想等自己安定下来之后,再与骆宾王联系。谁知,身上的病已遮掩不住,只好到长安城西太白山上的一处道观治病。半年前,他服下了一位道长苦心修炼的玄明膏。那药对治病有益,但他的容貌已经坏了,身体也越来越弱……此次入长安,就是想趁着还能走动,与骆宾王再见一面。

骆宾王闻言大恸,他怎么都想不到卢照邻竟悲苦至此,不知如何安慰他。又想起自己所写的那首《艳情代郭氏答卢照邻》,定然狠狠刺痛了这位挚友的心。

卢照邻讲述完了,面色平静,笑道:"观光兄无须自责,你那诗写得极好。紫烟本是极要强之人,倘若一直郁郁,怕是活不了几年。兄能帮紫烟出一口气,让她畅快许多,小弟该当好好感谢才对。想我一介废人,还在乎那名声做什么?"

骆宾王心如刀绞。又听卢照邻道:"还请观光兄替我转告杨炯,卢照邻已废,若他定要拉我充数,也由得他。再说,能与观光兄和王子安比肩,我自然深感荣幸。只恨我是做不了什么了——"说罢,又长长叹了一口气。

次日,卢照邻返回太白山,骆宾王一路相送。长安城外,四野麦苗已开始返青。草木如此,只是人这一生,又如何枯而复荣?

落霞与孤鹜齐飞

过了月余,骆宾王的心绪刚平静下来,又有噩耗传来——母亲去世。他赶忙辞官,回乡安葬母亲。就在操办丧事的过程中,他听到了另一个消息:王勃杀人了。

那个文弱少年王子安,虽平素喜欢佩剑,自称"燕国剑士",但其实连只鸡都不敢杀。他怎么会杀人?对此,史书称:

> 勃恃才傲物,为同僚所嫉。有官奴曹达犯罪,勃匿之,又惧事泄,乃杀达以塞口。

寥寥数字,矛盾之处甚多,让人难以理解。

说王勃"恃才傲物,为同僚所嫉",并不意外。可他为何会藏匿有罪的官奴?这"曹达"又是何人?尤其怪异的是,王勃为何先冒险收留曹达,而后又畏罪杀了他,进一步导致自己被判死罪?

骆宾王闻讯极为震惊。虽不知详情,但多年沉沦下僚,他对底层官场中的彼此倾轧早已了然于胸。他大致猜想:王勃很可能被算计了。

出身名门的王勃,此前短短的仕途都是在长安王府中度过,哪里知道地方官场的阴狠毒辣?虢州参军一职虽仅从八品下,在他看来不值一提,但在当地却是很多人一辈子都达不到的高度,不知有多少人嫉恨。二十四岁的他,自认为可以在虢州采采药、写写诗,有一搭没一搭地混日子,却不知这样的生活方式背后,也要有高超的为官技巧或强硬的后台做底子。否则,哪有那么多只当官不干活的好事?

在这一事件中,王勃那种把什么都当游戏、率性任侠,可关键时刻又扛不住压力的书生性格暴露无遗，也因之而惹上大祸。

骆宾王身为长安县主簿，对唐律了如指掌，他知道自己断然救不了王勃。不过，王勃被执行死刑的可能性也不大。因为在整个大唐中前期，死刑复核程序都极其繁杂，从立春至秋分，其间都不能执行死刑。即便在秋冬季节，在断屠月、禁杀日、皇帝致斋期间和官吏休假日等，也不能执行死刑，这样算来，一年当中能执行死刑的日子所剩无多。更何况，在皇帝登基、改元、立皇后、立太子、出现灾情、祭天等情况下，都要大赦天下。据史料记载，在唐朝不足三百年的历史上，全国性的大赦就进行了一百七十四次。而李治又是史上改元最多的皇帝之一，所以除了不在赦免范围内的特殊罪犯之外，一般的死刑犯都是死不了的。

果然不出骆宾王所料，不到一年，李治再次下诏改元。自此，李治称天皇，武后称天后。

王勃遇赦，死里逃生，他父亲王福畤却因此受到株连，自雍州司功参军贬为交趾（今越南境内）县令，一贬数千里。雍州，即后来的京兆府。可以说，其父本是有前程可盼的，但如今前程尽毁，南方又向来被视为"瘴疠之地"，此去生死未卜。父亲临行前，将祖父王通的遗稿留给了王勃，命其继续整理。王勃哭得一塌糊涂，却又有何用？

古人云："大孝必畏辱亲之险。"王勃把"孝"字看得极重，他悔恨交加，在家乡龙门潜心整理书稿，也写了不少诗文。这是他成年之后难得坐下来的日子。虽然年纪尚轻，但他已经在人生过山车上好好体验了一番，对眼前的盛世、对世态炎凉，都有了很多体会。他试着把这一切做一番梳理，写到文章中去。

当然，他不会知道，此时的积淀也是在为日后的千古名篇做准备。

手头的工作告一段落之后，王勃向朝廷写了一篇《上百里昌

言疏》。同以往那些富丽堂皇的颂文不同,他的这篇文章中充满了深情与自责。疏中写道:

> 今大人上延国谴,远宰边邑。出三江而浮五湖,越东瓯而度南海。嗟乎!此皆勃之罪也。无所逃于天地之间矣。

这是因牵连父亲而向朝廷谢罪。此刻,他对自己的政治前途已不再关心,只希望能让父亲少受一点苦。而从"出三江而浮五湖,越东瓯而度南海"一句中,已隐约能看到《滕王阁序》开头句式的影子。更惊人的是,疏中还写道:"追思罪戾,若投水谷。"这是怎样的一语成谶?

王勃决心南下交趾,去探望父亲。一路行到吴越,见三三两两的采莲女,一边采莲一边放歌,歌声清越,直入心魂。他坐在旁边,感叹人间美好。可又听路人说起,这些采莲女的丈夫都在塞外从军,是生是死,全不知晓,她们唱的都是相思曲。王勃心头掠过悲风,挥笔写了一篇《采莲赋》,又写一首《采莲曲》诗,其中有句云:

> 采莲歌有节,采莲夜未歇。正逢浩荡江上风,又值徘徊江上月。徘徊莲浦夜相逢,吴姬越女何丰茸!共问寒江千里外,征客关山路几重。
>
> ——王勃《采莲曲》(节选)

从中可以看出,他的诗在明媚与壮阔之外,又添了几分博爱与苍凉。

上元二年(675)九月初九,王勃抵达洪州(今江西南昌),适逢滕王阁修葺一新。此楼乃李渊第二十二子滕王李元婴于贞观年间任洪州都督时所修。李世民怒其大兴土木、不恤民力，将其调至他处。而此际的洪州都督姓阎，重新修葺滕王阁是为自彰政绩，同时他还怀了一个小心思——想让自己的女婿好好露一回脸，赚些名声，以后在仕途上也好有所发展。

重阳节这天，阎都督召洪州附近的文人墨客齐聚滕王阁，大摆筵席。府吏呈出纸笔，请众人当场为滕王阁写一篇文章，选取最佳者铭刻于阁上。对于阎都督的心思，当地名士都心知肚明，谁也不敢抢他女婿的风头，免得为日后种下祸胎。而且，就算有人想写，也难免考虑到阎家女婿早就拟好文章，自己临场发挥，哪比得上人家深思熟虑？所以，府吏拿着纸笔挨个问了快一圈，也没人敢接过去。阎家女婿坐在末席，眼见纸笔就要到自己面前，摩拳擦掌，按捺不住，心中大叫："今日正是我扬名之时！"

恰在此刻，门外飞来一声清亮的嗓音："将纸笔来，王勃在此！"

众人俱一愣神，但见一白衣书生款步而来，向阎都督一叉手："我乃龙门王勃，字子安，今日躬逢盛饯，愿献文章一篇，与诸君助兴！"

人群先是鸦雀无声，继而齐声叫好："王子安，龙门神童，快快写来！"阎都督大怒，却也不好说什么，只能起身离席，到后面去了。

王勃哈哈一笑，到就近席上随手取酒，连饮三杯，而后提笔在手，落笔如飞，一篇雄文铺陈而出——

却说阎都督虽在后堂，心里却仍牵挂着文章，命人不时来报。听了王勃的开头："豫章故郡，洪都新府。"阎都督一声冷笑："老生常谈。"再有人报："星分翼轸，地接衡庐。"阎都督哼了一声："用典而已。"又有人报："襟三江而带五湖，控蛮荆而引瓯越。"阎都督开始沉吟不语。此后，不断有人报来句子，阎都督只剩不停点头。报至"落霞与孤鹜齐飞，秋水共长天一色"，阎都督一跃而起，拍手叫道："此天才也。"重回席间，瞪大眼睛看着王勃写文。

文章写完，阎都督爱不释手，大笑道："子安先生落笔如有神助，足以令滕王名垂千古，连阎某也要沾你的光了！这洪都风月，江山无价，都要感谢君之妙笔！"众人开怀畅饮，阎都督又重重赏赐了王勃。这日，王勃痛饮一番，出门前又题了一首诗：

滕王高阁临江渚，佩玉鸣鸾罢歌舞。画栋朝飞南浦云，珠帘暮卷西山雨。闲云潭影日悠悠，物换星移几度秋。阁中帝子今何在？槛外长江空自流。

——王勃《滕王阁》

诗为《滕王阁》，文为《滕王阁序》，诗文一体，连同九月初九的这场盛宴，一同名垂千古。带着七分醉意，王勃继续南下，一袭白衣自此消失于世人的目光里。

骆宾王守孝完毕，回长安谨慎为官。数月前，太子李弘猝死，坊间传闻是被武后所毒杀。李治第六子、武后次子李贤被立为太子。这李贤，正是此前王勃所教过的沛王。

王勃所作的《滕王阁序》及诗传至长安，瞬间倾倒无数人。骆宾王读罢也赞叹不已。此时，他正要给吏部侍郎裴行俭上书，希望再次得到提拔，至于内容也胸有成竹，他还决意呈上一首长诗，题目就叫《帝京篇》，直追太宗当年的诗意。在他心中，太宗皇帝一直都在那里。

这日，天气晴朗，骆宾王展纸在案，提笔疾书，顷刻诗成。

他静静坐着，看着官廨外的一棵老槐在春阳下吐露新绿，心中默默念道："长安，长安——"

这首《帝京篇》长达九十八句，共七百一十二字。开篇借用太宗当年套路，用词熠熠闪光，行文用汉赋笔法，融入大量生僻典故，波澜壮阔，极具气势。到第二十九行，意境陡转：

> 且论三万六千是，宁知四十九年非。古来荣利若浮云，人生倚伏信难分！始见田窦相移夺，俄闻卫霍有功勋。未厌金陵气，先开石椁（guǒ）文。朱门无复张公子，灞亭谁畏李将军。相顾百龄皆有待，居然万化咸应改。桂枝芳气已销亡，柏梁高宴今何在？春去春来苦自驰，争名争利徒尔为。久留郎署终难遇，空扫相门谁见知。当时一旦擅豪华，自言千载长骄奢。倏忽抟（tuán）风生羽翼，须臾失浪委泥沙。黄雀徒巢桂，青门遂种瓜。黄金销铄素丝变，一贵一贱交情见。红颜宿昔白头新，脱粟布衣轻故人。故人有湮沦，新知无意气。灰死韩安国，罗伤翟廷尉。已矣哉，归去来！马卿辞蜀多文藻，扬雄仕汉乏良媒。三冬自矜诚足用，十年不调几邅（zhān）回。汲黯薪逾积，孙弘阁未开。谁惜长沙傅，独负洛阳才？
>
> ——骆宾王《帝京篇》（节选）

这首《帝京篇》一出，便在长安引发轰动。此诗辞采华赡，格律谨严，"当时以为绝唱"。它击中了无数人对贞观年代的怀念，也让骆宾王的诗名得到几何级增长，尤其是赢得了世家勋旧们的认可。多年以后，人们将这首诗与卢照邻的《长安古意》并称。

裴行俭对《帝京篇》赞不绝口。当时，门下省新设一官职，为详正学士。因门下省一度被改称"东台"，此职也被后人称作"东台详正学士"。裴行俭便举荐骆宾王担任此职。

宁为百夫长，胜作一书生

这年，流放巴蜀多年的薛元超被召回长安，任中书侍郎、同中书门下三品，成为宰相。骆宾王欢欣鼓舞，他知道王勃与薛家乃是世交，薛元超拜相，王勃的机会终于来了。可能用不了多久，王勃就可重返长安。可他等了又等，只等来了王勃的死讯。

关于王勃之死，《旧唐书》曰："渡南海，堕水而卒。"《新唐书》记载："度海溺水，痵（jì）而卒。"两者的区别在于一个"痵"字，意为"因惊恐害怕而心动、气不定"。简单来说：王勃要么是溺水而死，要么是因溺水而吓死。但无论如何，他的的确确是死了。

骆宾王泪如雨下，他不确信自己哭的究竟是王勃还是青春——王勃还那样年轻……

杨炯也在大哭。他心里很清楚，他哭的是一种物伤其类的痛感，同时，王勃之死对他而言也并非坏事。在他所谋划的那场文学运动中，一个死了的王勃甚至比活着的更好——不会再惹事了，也不会再反对了。

不久前，杨炯结束了他十六年待制弘文馆的生涯，通过制举，候补上了秘书省校书郎，正九品上。他的仕途终于迈出了第一步，这一过程可谓艰难，却也是入仕之正途。校书郎和正字一样，都堪称美职。

借着骆宾王的《帝京篇》和王勃的死讯，杨炯又将那场文学运动推广了一番。此前,王勃返乡著书时,杨炯曾专门去探望过一次,因此结识了王勃家人。此次,王勃的兄长王励与亲友一起着手整理《王勃集》,杨炯欣然应允为文集作序。

卢照邻重病,王勃早逝,骆宾王觉得这个冬天奇寒入骨,可他不知道更冷的日子还在后头。此前在长安县主簿任上时,骆宾王为偿还葬母的债务,曾预支了一笔俸禄。这笔钱虽有违法度,但已提前向上司说明,也得到了许可。然而,这年突然有人以此为借口,弹劾骆宾王贪污公款。上司缄口不言,骆宾王百口莫辩,横遭牢狱之灾。

四十六岁的骆宾王悲愤交加。开头数月,他只是感觉冤枉,后来渐渐明白:卢照邻、王勃都曾入狱,假如入狱已成常态,只能说明社会病入膏肓,喊冤又有何用?

在狱中,骆宾王写了三首诗、一篇赋。诗为《宪台出絷(zhí)寒夜有怀》《幽絷书情通简知己》和《在狱咏蝉》,赋为《萤火赋》。其中,以《在狱咏蝉》流传最广:

> 西陆蝉声唱,南冠客思深。不堪玄鬓影,来对白头吟。露重飞难进,风多响易沉。无人信高洁,谁为表予心。
> ——骆宾王《在狱咏蝉》

这首诗写得痛心而孤苦,字字皆是血。首联第一句写物,第二句写人;颔联人、物并举;颈联又写物;尾联再写人。人与物分分合合,彼此交融。而诗之前还有三百零二字的序,将心中块垒一一倾吐,序文之末却言"非谓文墨,取代幽忧云尔"。其情更在文字之外。

骆宾王在狱中被关押了两年多,听鸟鸣蝉声,看风起雪落,头发白了一半。直至调露元年(679)六月,李治再度改元大赦天下，他才获得赦免。

这年，东突厥阿史德温傅、奉职二部叛乱，李治和武后以裴行俭为定襄道行军大总管，率程务挺等大将，统兵三十余万，兵分三路，前往平叛。大唐历次讨伐突厥，兵威从未如此之盛。此次出征，裴行俭力邀骆宾王为军中掌书记，但骆宾王拒绝了，此时的他对长安官场已绝望，一心归隐。

裴行俭颇为惋惜，动用自己在吏部的人脉，为骆宾王谋了一个职位——临海丞。临海县（今浙江临海）属上县，县丞为从八品下。骆宾王深深谢过，临海县距其故乡义乌不远，他本就打算将父母遗骨一并迁回故土。裴行俭也算仁至义尽了。

离开长安时，又有诸多朋友前来相送。包括宋之问、沈佺期、崔融等多位文坛新秀。其中，宋之问曾多次登门拜访过骆宾王。其父宋令文与骆宾王一度同为详正学士，任左骁卫郎将，曾出使吐蕃。宋家乃虢州人士，本无显赫门第家世，但宋令文自幼好学，交友重义，"富文辞，且工书，有力绝人，世称三绝"，由此获得入仕机会。二人均为草根出身，且都文武双全，这使得骆宾王与宋令文走得颇为紧密。宋令文有三个儿子，三人各得父之一绝。宋之问是长子，所擅正是文辞；次子宋之逊，擅书法；老三宋之悌，有勇力。

上元二年（675），宋之问进士及第，迈过了最重要的一道门槛。但他很清楚，自己虽然有功名，可真想靠文辞出人头地的话，还需要有一个高水平的圈子。

初时，骆宾王对这个谦恭好学的小伙子也颇为喜爱、悉心指点，但他很快就发现宋之问有着极强的功利心，且为求名利不择手段，于是便注意与其保持距离。而宋之问何等聪明，也意识到骆宾王难以显贵，给自己的帮助也很有限，就把精力转向了其他人。

告别长安后，骆宾王并未直接南下，而是与妻子前往幽州探亲，路过易水，他写了一首诗：

此地别燕丹，壮士发冲冠。昔时人已没，今日水犹寒。

——骆宾王《易水送别》

这首五绝言简意赅，已非骆宾王往日风格。他的心境如此萧瑟，一如流不尽的易水。当年，荆轲刺秦虽未成功，但拼死一搏名垂千古。而我骆宾王这庸碌、匆忙而又潦草的一生，后人又将如何评说？

这日，卢照邻想起十二年前与王勃在梓州玄武山联袂赋诗，喟然长叹。

五年前，他在太白山接连听到王勃去世和骆宾王入狱的消息，悲痛不已。在此之前，他一直幻想能治好病，再度入朝为官。而两位友人的遭遇，将他的梦击得粉碎。

三年前，又传来父亲去世的消息。卢照邻泪流不已，直至呕血，竟将前日所服的玄明膏丹砂尽数呕了出来，致使病情进一步加重。他情知自己此病再难好转，只希望有生之年能回故乡看看，便决然上路，谁知行到洛阳，便走不动了，只好先迁至嵩山一带的东龙门山，继续调养。在那里，他写下了著名的《五悲文》，诉说人生苦难。此文堪称世上最悲惨的文章之一，纵铁石心肠之人，读罢也会落泪。此后，他徙居阳翟具茨山下。

此时，卢照邻病得更重，双腿不能走路，一只手也已残疾。母亲变卖家产，为他在具茨山下买了数十亩田园。卢照邻动弹不得，只爱听潺潺水声，家人便从附近的颍河引来流水，环绕田园一周，又植林木。他听着水流风动，想起在蜀中的日子，夜夜泪下阑干。

这年腊月,落了第一场雪。雪停的时候,月亮出来了。卢照邻又想起当日在长安,紫烟携酒来访,心头升起一丝甜蜜。冷月下,那袭红衫彻夜飘拂……

次日一早,有敲门声,继而门被推开,一位黄衫女子站在门前。抬眼望去,正是紫烟。卢照邻不知是真是幻,笑道:"十一年不见,正想你,你就来了。"

紫烟眼含泪水,颤巍巍伸出手来。卢照邻连忙伸手止住她,道:"莫向前,传染的。"紫烟并不停步,径直到床前坐下。他伸手抚摸她的衣服,发现上面绣着祥云,竟是道袍。

卢照邻落下泪来:"紫烟,你何苦如此?"

紫烟轻声道:"你不要我,我自然也不要你了。"

二人静静坐着,都知道不是梦中。梦中,哪有这般痛彻心扉?

成为秘书省校书郎的杨炯,在藏书楼里又度过了五年时光。这五年,他想尽一切办法出头,包括:以王勃为由头,与中书侍郎薛元超拉近关系;想方设法宣扬"四杰"的诗歌主张;还专门写了一篇文章,把一位太常博士驳斥了一通……

这一时期,杨炯终于写出了有自己风格的诗。

烽火照西京,心中自不平。牙璋辞凤阙,铁骑绕龙城。
雪暗凋旗画,风多杂鼓声。宁为百夫长,胜作一书生。
——杨炯《从军行》

跟骆宾王不同,杨炯并未真正从过军,但他这首《从军行》收获了更响的名声,尤其是最后两句,名垂千古。

若以诗论"四杰",王勃是一个丰神如玉的公子,卢照邻是一个横绝四海的才子,骆宾王像一个穿越古今的汉子,而杨炯则有一副震天动地的嗓子。

杨炯的诗就像扯着嗓子喊出来的。它是如此直白,如此直抒胸臆,甚至可以直接作为征兵口号。当然,也可以换个好听的词,叫作"刚健"。公道点说,对于大唐气象的形成,杨炯也是有贡献的。

> 赵氏连城璧,由来天下传。送君还旧府,明月满前川。
> ——杨炯《夜送赵纵》

开耀元年(681),三十二岁的杨炯终于等来了机会。这年,薛元超升任中书令,兼太子左庶子。他举荐杨炯为詹事司直,充崇文馆学士。詹事司直为太子东宫僚属,正七品上。相比于原来正九品上的秘书省校书郎,詹事司直不仅品秩大幅提升,职责也更为紧要,负责"掌弹劾宫僚,纠举职事"。以七品官充任崇文馆学士,更是特殊的恩典。

然而,此时东宫并不安稳。一年前,原太子李贤刚刚被废为庶人,流放巴州,李治第七子、武后第三子李显被立为太子。倘若太子动辄获罪,詹事司直又焉能免祸?但这是将来的事了,杨炯还顾不上为将来担忧。

彼时,《王勃集》编纂完成,杨炯拿出了早已写好的序文。这篇《王勃集序》写得漂亮,一经面世便传诵一时,也成为杨炯一生最著名的文章。文章追溯王勃的家世以及他短暂的一生,对其评价极高,但真正着力之处却是杨炯谋划的这场文学运动。他写道:

尝以龙朔初载，文场变体，争构纤微，竞为雕刻。糅之金玉龙凤，乱之朱紫青黄，影带以徇其功，假对以称其美，骨气都尽，刚健不闻。思革其弊，用光志业。薛令公朝右文宗，托末契而推一变；卢照邻人间才杰，览青规而辍九攻。知音与之矣，知己从之矣……长风一振，众萌自偃，遂使繁综浅术，无藩篱之固；纷绘小才，失金汤之险。积年绮碎，一朝清廓，翰苑豁如，词林增峻。

龙朔，乃李治在公元661年至663年使用的年号。杨炯直言，"四杰"所致力改革的对象就是"龙朔文场变体"，因其"骨气都尽，刚健不闻"，具体指向的是以上官仪为代表的"上官体"诗和以许敬宗为代表的颂体文。上官仪早已被问斩，许敬宗也死了十年，杨炯可以放开胆子写。而且，他还把另一个人拉进了队伍，那就是"薛令公"薛元超。"令公"是对中书令的尊称。杨炯把他写进《王勃集序》，一方面因其位高权重，可极大增强己方的力量；另一方面因薛王两家为世交，双方都不好明确表示反对。就这样，这篇序文被当成了"四杰"的行动纲领，名垂千古。而值得注意的还有，整篇文章都没有提到骆宾王的名字。

王杨卢骆排座次

就在杨炯认为自己的仕途就要起飞时，薛元超却中风了，不能言语。同年，五十五岁的李治在洛阳驾崩，太子李显即位，薛元超带病前去奔丧，并获准退休。一年后，薛元超病逝。杨炯失去了最有力的靠山。

不仅如此，这年，一片照亮大唐的野火从扬州点燃——李敬业造反了。

李敬业是谁？他是李勣的孙子。文明元年（684），武后废李显为庐陵王，立第四子李旦为帝。同时，她让李旦居于别殿，不得参预政事，自己临朝称制，总揽朝政。当时，武承嗣、武三思等武氏子弟大权在握，横行无忌，大唐宗室人人自危，功臣勋旧如坐针毡。

李敬业和弟弟李敬猷均被贬官，他们与唐之奇、杜求仁等，一起在扬州聚会，商讨共举反武大旗。为了让大旗举得更高，口号传得更远，他们迫切需要一位文坛领袖加入。此时，早已弃官不做的骆宾王恰好在扬州。李敬业早年在蜀中就曾见过骆宾王，知道他既有一支如椽巨笔，又有满腔热血，在军中还不乏影响力，便亲自劝说其参加反武活动。骆宾王虽然对李勣很不佩服，但还是被说动了。一生郁郁不得志的他，热切希望改变现状。他想把武后拉下马来，让李氏皇族重续贞观之治。于是，骆宾王加入叛军，担任艺文令，并写了一篇《代李敬业传檄天下文》，此文后来又被称为《讨武曌檄》。

武曌，是武后给自己起的名字。这个"曌"字此时是不存在的，在李敬业造反五年之后，这个字才会被造出来。

这篇檄文堪称史上最强，杀伤力极大。东汉末年，陈琳骂曹操的《讨贼檄文》虽然也写得够狠，但传播力远不如《讨武曌檄》。檄文的鼓动力，加上李勣在军中的人脉，叛军迅速聚兵十万。

东都洛阳，皇宫之中，武后缓缓展开了这纸檄文。侍臣战战兢兢，不知武后将何等震怒。谁知当武后读到"蛾眉不肯让人，狐媚偏能惑主"，仅微笑而已；读到"一抔（póu）之土未干，六尺之孤安在"，方才不悦道："宰相之过也。人有如此才，而使之流落不偶乎!"

这一幕为后世所盛传。从中既能看出骆宾王行文之狠辣绝伦,亦能读出武后之气量如海。即便在被痛骂之时,她依然能欣赏骆宾王之文才。这不得不让人遐想:倘若宰相真能慧眼识人,骆宾王是否会有不同的结局呢?

在扬州,骆宾王踌躇满志,他盼望旌旗所指,所向披靡。五十四岁的他登上城楼,写了一首诗:

城上风威冷,江中水气寒。戎衣何日定,歌舞入长安。
——骆宾王《在军登城楼》

只是,骆宾王想不到,他所倚仗的李敬业只是一个无能鼠辈,既无战略眼光,也不通兵法。李敬业放弃了北上直取洛阳的大好时机,而选择了以金陵(今江苏南京)为目标的苟且之道。同武后所掌控的举国之力相比,扬州不过是弹丸之地,难以争锋。倘若李敬业北取洛阳,还能利用天下人对大唐宗室的旧情,或可一战而胜;而南下金陵则等于选择割据,直接违背了民意。不仅如此,李敬业又分兵攻打润州,自弱其势,已是必败之局。武后派兵三十万,将李敬业一举剿灭。李敬业本人为部下所杀,传首洛阳,满门抄斩。武后更是下诏,追削李敬业祖辈官爵,包括李勣在内都被"发冢斫棺,复姓徐氏"。

那么,骆宾王下落如何?史书有两种说法:

一种是兵败被杀。《旧唐书·骆宾王传》称:"敬业败,(骆宾王)伏诛。"《旧唐书·李勣传》称:"敬业奔至扬州,与唐之奇、杜求仁等乘小舸,将入海投高丽。追兵及,皆捕获之。"此处没有说骆宾王在里面,但也无法排除。《新唐书·李勣传》称:"敬业与敬猷、之奇、求仁、宾王轻骑遁江都,悉焚其图籍,携妻子奔润州，潜蒜山下，将入海逃高丽，抵海陵，阻风遗山江中，其将王那相斩之，凡二十五首，传东都，皆夷其家。"这里记载详细，说骆宾王不仅在江中被斩，还被传首洛阳，株连全家。

另一种是从此失踪。《新唐书·骆宾王传》称："敬业败，宾王亡命，不知所之。"另有史料称，骆宾王兵败投水，生死不明，尸首难寻，也就以"投江而死"上报了之。

说法不同，骆宾王的结局也就成了谜。

徐敬业（即死后被"复姓徐氏"的李敬业）造反，杨炯也受到株连。为什么？因为杨炯有一个关系疏远的堂叔名叫杨神让，此人参加了徐敬业的叛军，杨炯因此被贬为梓州司法参军。梓州为下州，司法参军为从八品下。从詹事司直到梓州司法参军，他感觉自己坠入了深渊。

梓州位于蜀中，十六年前，卢照邻、王勃在此相遇，联手赋诗，而今杨炯又被贬至此，这是怎样一种缘分？

杨炯大叫冤枉：一方面，那杨神让一家发达时，不仅没提携我，还鄙视我，为什么他们犯了罪，我要跟着倒霉？另一方面，我宣传了很多年"四杰"组合，难道就要把我贬到他们到过的偏僻之地吗？

当然，喊冤是无用的。杨炯只好流着泪离开了洛阳。

垂拱四年（688），具茨山下，五十四岁的卢照邻写完了他的《释疾文》三篇。在他最后的文字里，已经没有了《五悲文》的沉痛，只剩下对苦难的承受。

他在序言中写道："余羸卧不起，行已十年，宛转匡床，婆娑小室。未攀偃蹇桂，一臂连蜷；不学邯郸步，两足铺匐。寸步千里,咫尺山河。"这样的句子,于别人是夸张,于他却是事实。

关于自己的一生不得志,他分析:"及观国之光,利用宾王,谒龙旗于武帐,挥凤藻于文昌。先朝好史,予方学于孔墨;今上好法,予晚受乎老庄……盖有才无时,亦命也;有时无命,亦命也。"可见,他接受了命运。而"有才无时""有时无命"又写尽了多少士人之悲?

他还写道:

> 停剑兮怀旧友,天外兮思故乡。愿一见兮终不得,侧身长望兮泪浪浪。遥兮远,山谷萦回兮屡转,状若登蓟门兮望胡苑;断兮连,井邑丘墟兮知几年,又似登陇首兮见秦川。木叶落兮长年悲,红颜谢兮鬓如丝,王孙来兮何迟迟……

红颜何在?卢照邻凄然一笑。

紫烟就在身旁,她知道卢照邻已经做出了决定。

七年前,她曾远行千里,受尽折磨,想尽办法,终于请出一百余岁的"药王"孙思邈为卢照邻治病。孙思邈开出的方子很快见效。只是,老先生已然太老,没过多久就仙逝了,卢照邻这病也就无望了。

> 东郊绝此麒麟笔,西山秘此凤凰柯。死去死去今如此,生兮生兮奈汝何……

墓坑是早已挖好了的。卢照邻躺在里面,静待死亡。然而,等了整整一日,死亡仍未降临。

紫烟只好将卢照邻背回屋里。他极为虚弱,却仍笑道:"好想回长安曲江之畔呀!"

紫烟含泪点了点头。

卢照邻却摇了摇头:"好不了了——这里虽无曲江,却有颍水。好想再跟你饮一坛酒,我们赋诗、起舞、沉醉……"

紫烟从墙上取下青箫,默默递给卢照邻。卢照邻左手持箫,放在唇边。他右手残疾,已无法随音律按箫孔,紫烟便替他来按。二人心意相通,箫声呜咽,并无迟滞。

一曲奏罢,卢照邻已疲惫不堪,勉强笑道:"当日,我们同吃樱桃毕罗……我说,真希望我死之时,仍能如少年般模样。现在看来,是不成了。"

紫烟抱着卢照邻,眼泪簌簌而下。门外,春水正绿,万竹婆娑。

史书记下:"(卢照邻)病既久,与亲属诀,自沉颍水。"有诗文二十卷及《幽忧子》三卷流传于世。

长寿元年(692),也是武曌称帝、改国号为周之后的第三年,杨炯被任命为盈川县令,从六品上。此前,他在梓州司法参军任上满四年,而后回到洛阳,与文坛新锐宋之问一起,在宫中的习艺馆为官。盈川乃新设立的县,杨炯是首任县令——他终于可以主政一方了。

当时,一个名叫张说(yuè)的年轻校书郎与杨炯关系不错,送行时,他向杨炯赠言:"君居百里,风化之源。才勿骄吝,政勿烦苛。"委婉劝他戒骄戒躁,施政别太严苛。

这张说年方二十六岁,浓眉大眼,体魄雄伟,个头跟杨炯差不多,却明显壮了一圈。在此前的"贤良方正科"制举考试中,张说的策论获评"天下第一"。

顺便一提,依唐代惯例,制举及第大致分五等,但第一、二等向来空缺，第三等就是甲科，又称敕头，也称状元。第三等所授的大都是美职，称"优与处分"。第四、五等称为乙科或乙第，所授官职略差，称"即与处分"。所以，张说中的应是第三等。

杨炯也知道张说见识不凡，但他素来自视甚高，把人家的好心提醒当成了"小辈无礼"。于是，眉头一拧，扬鞭便走。

不得不说，张说看得很准。到任后，杨炯果然为政残酷，一不顺心就用板子将平民和小吏暴打一顿，动辄打死人。同时，他还喜欢到处题字，把辖区内各景点都题上了自己的字。本以为能传下美名，却只留下了笑柄。

一年后，杨炯去世。他活了四十三岁。

关于四杰的排名，杨炯曾公开表示："吾愧在卢前，耻居王后。"态度耐人寻味。

十余年后，崔融、李峤、张说等人执掌文坛，都很看重"四杰"的文章。史书记下了他们的谈话：

> 崔融曰："王勃文章宏逸，有绝尘之迹，固非常流所及。炯与照邻可以企之，盈川之言信矣！"（张）说曰："杨盈川文思如悬河注水，酌之不竭，既优于卢，亦不减王。'耻居王后'，信然；'愧在卢前'，谦也。"

看来，他们都认同杨炯的说法。当然，这里有个前提，即他们讨论的范围是文，而不是诗。也就是说，"四杰"首先被看作骈文高手，其次才是诗人。

若就诗而论，杨炯或许只能排第四。

而用今天的眼光看，似乎又能读出弦外之音。

就像杨炯谋划"四杰"组合时所想的那样，他认为自己是核心。但现实中，王勃的出身、才华以及"河汾之学"背景，都远胜于他，人们认定了王勃要排第一。卢照邻久病在身，不会同杨炯计较。而骆宾王本来出身就差，此时更是"反贼"，最没有发言权。所以，"王杨卢骆"也是一种折中的排法。而"愧在卢前，耻居王后"，只是杨炯故作谦虚之态，实质则是另一句话——王勃，我不服！

景龙三年（709），武曌已去世四年，当朝皇帝为李显。

五十多岁的宋之问被贬为越州（今浙江绍兴）长史。他路过钱塘，游灵隐寺，于夜月下吟诗。吟完开头两句"鹫岭郁岧（tiáo）峣（yáo），龙宫锁寂寥"，便卡了壳，一圈又一圈在寺中徘徊。灯光昏暗处，有一老僧坐禅，见他苦吟，缓声道："何不接'楼观沧海日，门对浙江潮'？"宋之问大喜，很快完成此诗。全诗当中，老僧一联最佳。

次日清晨，宋之问寻访老僧，对方却踪影全无。他又打听老僧是何许人，答曰："骆宾王是也。扬州兵败后，其流亡天下，数日前至灵隐寺，如今又不知往何处去了。"

宋之问大吃一惊。

这是野史对骆宾王最后的记载，算来，他已七十八岁矣。

第三章　孤独的"诗祖"

在大唐诗史上，陈子昂是个非常独特的存在。

他的名声并不响亮，却拥有一个极为霸气的称呼——唐之"诗祖"；他长得既不高也不帅，性格还不好，史书称其"褊躁无威仪"，却能赢得无数长安少女的崇拜；他仕途不顺、官职不显，却极度关心朝政，一次次冒着杀头甚至灭族的危险直言上谏；他是武则天非常看重的人，多次获其褒奖，却在老家被一个县令逼至绝境……

他瘦小的身躯里聚集着宇宙洪荒般的能量。对唐诗而言，"四杰"是旧有宫体诗的参与者与反叛者，而陈子昂则是旧形式的扫荡者与新精神的注入者；"四杰"的价值在于破坏，而陈子昂的意义在于建设；"四杰"写出了生命之光辉，而陈子昂书写的则是天道。

他对道家了然于胸，看问题直见性命，也因此而不顾性命。他将儒家散于血脉，昂然立世，于刀刃之上为万民请命，承续古风，与时代审美为敌。他风尘仆仆，被过重的行囊压垮了身躯。他踽踽独行，一行脚印写下万古悲歌。

在那个时代，陈子昂是寂寞的。而在他身后，李白、杜甫、韩愈等大唐最好的诗人，都给予他至高无上的评价。

诗人元好问对他的评价来自一个典故：当年，越王勾践灭吴，复国成功，论功行赏范蠡为第一，便用等量黄金为范蠡铸就金身。元好问认为，对整个唐诗发展而言，陈子昂的功劳正如同灭吴之范蠡。

　　　　沈宋横驰翰墨场，风流初不废齐梁。论功若准平吴例，合着黄金铸子昂。

　　　　　　　　　　　　——元好问《论诗三十首》其八

陈子昂十八岁入学

　　武周延载元年（694），杨炯去世一年后，被酷吏关入洛阳大牢的陈子昂，又想起自己十八岁初次进入射洪乡学时的那一幕。

　　那日，阳光正好，金华山青草芬芳，乡学教授的胡子翘得老高，像一小撮开败了的梨花。他的眼睛通红，因得知王勃的死讯而刚刚流过泪，轻声问道："伯玉，你可知道王子安？他去年在交趾坠海而亡了——"

　　伯玉是陈子昂的字。他知道教授正伤心，却也只能摇摇头。

　　教授一愣，继续问："那你可知道卢照邻？"

　　陈子昂又摇了摇头。

　　教授的眼睛瞪起来："骆宾王呢？"

　　陈子昂沉默了。

　　教授大怒："这是我大唐当今名声极响的三个人，且都曾来过我们梓州，前两个老夫还见过，与他们一同赋诗，那日，可真是观者如云呀！你居然一个都不知道——那你说，你都读了些什么书？"

　　陈子昂低声道："夫子，学生之前不曾读书。"

　　教授怒道："陈子昂，你十八岁才来乡学，是为了消遣我吗？气死我了！你爹呢？"

陈子昂还是入了乡学。教授看的是他爹的面子。

大唐虽早在武德七年（624）就下发诏令，让州县及乡设置学校，但是乡学并无政府固定办学经费，其运作主要是靠个人资助和学生的束脩——学费。而陈家正是乡学的主要赞助者之一。

陈家本为蜀中大族，颇为豪富，以儒传家，又兼世代修道，好纵横之术。整个射洪县无论官民都要买陈家几分面子，乃至乡民间有了矛盾，并不诉诸官衙，而是让陈家决断。陈子昂之父陈元敬，在当地更是一个人物，不仅长得雄壮，还有侠义之风，某年当地闹饥荒，他"一朝散万钟之粟，而不求报"。陈元敬早年也曾参加科举，明经及第，被授予文林郎，从九品下，属文散官。但他不愿为官，便隐居于射洪武东山下。

陈子昂自幼丧母。继母虽待他极好，却也不便管束，而父亲又是那种万事都看得开的人。所以，他读不读书，就成了完全随缘的事。

身体方面，陈子昂并未继承父亲的基因，他干枯瘦弱，但骨子里有一股刚烈之气。像大多数小地方的纨绔子弟一样，他被县里的混混们捧成了"老大"，也经常打架斗殴，好勇斗狠，尤其喜欢赌博，一直晃荡到了十八岁，都没进过学堂的大门。史书称：

> 子昂十八未知书，以富家子，尚气决，弋博自如。它日入乡校，感悔，即痛修饬。

十八岁的陈子昂为什么突然想要上学了呢？史书并未交代原因，但万事自有因果。

那是仪凤元年（676），吐蕃犯边，高宗李治派两路兵马出征。一路是以周王李显为洮州道行军元帅，率工部尚书刘审礼等十二总管；另一路是以相王李轮为凉州道行军元帅，率左卫大将军契苾何力等。这个李轮是李显的弟弟，七年后他改名叫李旦。此次征战，两位王爷都只是挂名，并未随军出战。

战争却是实打实的。射洪距离前线不远，混混们多是府兵身份，平时为民，战时为兵，纷纷上前线去了。陈子昂专程为他们摆酒送行，把县城几家店里的剑南烧春喝个精光。但此时战场上，唐军对吐蕃已占不了任何便宜，一场仗打下来，混混们全部战死沙场。陈子昂闻讯痛哭流涕，这是他第一次知道战争的残酷性。想到"小弟"们为国捐躯，自己成了光杆老大，他由衷感觉到羞愧，再也没脸在街头混下去了。

接下来，他听从了一位大哥的建议：读书。

这位大哥姓郭，名震，字元振，以字行。所谓"以字行"，就是世人大多仅称呼某人的"字"，极少称"名"。

郭元振出身太原郭氏，乃名门望族，十八岁进士及第，授通泉县尉，正九品下。他身长七尺，仪表堂堂，是梓州有名的美男子兼才子。通泉紧邻射洪，作为地方政坛新秀，郭元振是陈家的常客。他比陈子昂只大三岁，向来看好陈子昂，每当别人将其当成败家子时，他总说："伯玉，野马也，一朝驯服，必为陈氏千里驹！"

这让陈元敬很开心。陈子昂更是个最怕被人瞧得起的人，也真心佩服郭元振。他不知道自己是不是"千里驹"，但郭大哥说读书好，那就一定要读。

这一读，就是三年。他从乡学里最受鄙视的学生，变成了一个连教授都佩服的才子。

这样的转变有点大。

这日，陈元敬宴请教授和郭元振。教授正色道："文林公，令郎真乃大才,让他去长安读太学吧。"

陈元敬笑了:"先生说哪里话?子昂才上几年学,还劳您多多教诲。"

教授赧然:"说来惭愧,老朽也不明白,为何伯玉只读了三年书,却远远超过其他读十几年书的学生,连老朽也自叹弗如,文林公家中莫非真有仙丹不成?"

郭元振哈哈一笑:"依郭某愚见,府上确有仙丹。伯玉虽一直未曾读书,却自幼修道,对《道德经》《易经》等了如指掌,道家根基深厚,其纯正更远胜常人。而以道家之眼力,学三坟五典,更能直抵核心,通透无碍,不为腐儒所误,不受门户所惑,所以一日千里,进境如飞。"

教授大怒:"你说谁是腐儒?"

陈元敬哈哈大笑。

在陈子昂用功苦读的三年里,唐军又数次败于吐蕃,连统帅刘审礼都被俘身死。陈子昂几次三番想投笔从戎,都被郭元振劝止。

调露元年(679),二十一岁的陈子昂第一次走进长安城。虽然从未见过如此繁华之都市,但他从内到外都很淡定。囊中有钱,腹中有书,是他自信的底气。

在一家旅店安顿下来之后,陈子昂打算先去拜见一位叫乔知之的名人。乔家乃是世家勋旧,乔知之的父亲乔师望是一位驸马都尉,曾任益州大都督府长史。乔知之幼年跟卢照邻学过诗文,长大后文风典丽雅正,在长安文坛是响当当的人物。

此时,乔知之并未做官,而是在城南的曲池坊一处宅院中隐居。这里紧邻曲江,可谓闹中取静之地。宅院中陈设秀雅,陈子昂虽出身大富之家,但也明白,这里的排场气度,是他老家所不能比的。堂下坐一男子,三十岁上下,面如冠玉,体魄雄健。身后一碧衣女子端然而立,容貌甚美,不笑不媚,别是一种风致。

"你就是陈伯玉?"乔知之看着比自己矮一头的陈子昂,有些疑惑。

"某正是陈子昂,郭元振大哥嘱我来拜见乔先生。"陈子昂恭敬递上拜帖。

乔知之看了看帖子,笑道:"当年元振读太学时,我们便已交好。元振看中的人,自然不会错。他也早已给我寄了加急的信来。伯玉,你的诗写得很好。"

"啊?"陈子昂有些惶恐,他之前极少写诗,更没几人读过他的诗。此次出蜀路上写了几首,分别寄给了家人和郭元振。难道郭元振给乔知之寄来了?这下可真献丑了——正想着,忽听院子里有人朗声吟道:

日落沧江晚,停桡问土风。城临巴子国,台没汉王宫。荒服仍周甸,深山尚禹功。岩悬青壁断,地险碧流通。古木生云际,归帆出雾中。川途去无限,客思坐何穷。

——陈子昂《白帝城怀古》

陈子昂吃了一惊,但见吟诗者已到眼前,古铜脸膛,身形枯槁,拱手道:"幽州王适,见过伯玉兄。"陈子昂连忙还礼。未及开口,王适已携了他的手,对乔知之道:"知之兄,此子必为大唐文宗矣!"

听了"大唐文宗"四字,陈子昂张大了嘴巴。他怎么都想不到,自己的诗竟被抬高到如此地步。这王适是个妄人吗?

乔知之笑道:"伯玉,你不是想入太学吗?王适正是太学生,他与另一位学友王无竞并称'太学诗律二王',他们都喜欢你的诗。"

陈子昂连称"惭愧"。乔知之命人备酒。陈子昂初时还有些拘束,但几杯酒下肚,豪气渐生,三人纵论当今诗坛,竟多有不谋而合之处。乔知之比二人年长五六岁,见识最广,陈、王二人以兄事之。

乔知之坦言,若以陈子昂之学问、诗才,入太学本应毫无问题,但太学是有身份门槛的,只有从五品以上的官员子弟,或三品之上的高官亲戚,才有资格去上。

陈子昂闻言默然。他知道,自己三代之内,只有父亲是个从九品下的文林郎,比起从五品,可差了十万八千里。

王适叹一声:"都是些扯淡的规矩!"

乔知之笑道:"元振嘱我从中斡旋,寻些门路……"

陈子昂满面通红,深深一揖。

乔知之道:"我倒想到了一人,若她出面,定可成功。"

王适问道:"谁?"

"上官婉儿。"

上官,乃初唐诗坛三四十年来最显赫的姓氏,当年上官仪曾执牛耳二十年。即便在上官仪于麟德二年(665)被问斩之后,"四杰"也未完全跳出"上官体"的窠臼。

上官婉儿乃上官仪的孙女,也是三年来大唐天才少女的代名词。上官家被灭门时,她尚在襁褓,与母亲郑氏一起被发配入后宫为奴。母亲含辛茹苦将她养大,对她精心培养。她异常早熟,小小年纪便能吟诗作文,且谙熟后宫与官场生存法则。

两年前,十三岁的上官婉儿偶遇十二岁的太平公主,得其喜爱,被推荐给了武后。武后在闲暇之余,召见了这个仇人的孙女,当场出题考校。上官婉儿文不加点,须臾而成,且文意通畅,词风清丽。武后大悦,也不顾忌陈年旧账,当即禀明李治,免除了婉儿的奴婢身份,命其随侍左右。婉儿在武后身边学得极快,没过多久便开始掌管宫中诏命。她能一手写出优雅隽永的诗文,一手处理纷繁芜杂的政事,令人叹为观止。

王适听乔知之提起上官婉儿,笑道:"眼下这妮子炙手可热。她的诗倒也漂亮,只是我不喜欢。"说着,便吟了一首诗:

叶下洞庭初,思君万里余。露浓香被冷,月落锦屏虚。欲奏江南曲,贪封蓟北书。书中无别意,唯怅久离居。

——上官婉儿《彩书怨》

"依乔某之见,这首诗已不亚于其祖父上官仪,其中别有一种情思,似还胜出一筹。"

"坊间传言,小妮子倾慕太子殿下,知之兄以为是真是假?"

"嘘!这话岂是随便说的?长安人都知道,天皇的身子早就坏了,朝政一直由天后独揽。这两年天皇有意栽培太子,而天后不肯放权。天后与太子虽系母子,二人关系却越来越微妙了。只要是聪明人,谁会置身于二人之间?那不是取死之道吗?"

"唉,太子确实有才。他写的那首《黄台瓜辞》,我便很喜欢……"

陈子昂并未插言,只是静静听二人议论。他知道,当今太子乃是李贤,而在其之前,曾有两任太子先后被废、被杀。李贤那首诗,他也听郭元振讲过,诗曰:

种瓜黄台下,瓜熟子离离。一摘使瓜好,再摘使瓜稀。三摘犹自可,摘绝抱蔓归。

——李贤《黄台瓜辞》

满满都是凄惶之意。这样一个充满刀光剑影又钩心斗角、泯灭人性的长安，哪里有射洪老家好？我陈子昂何苦要来蹚这摊浑水呢？

吾爱鬼谷子，青溪无垢氛

既然陈子昂学问已经不错，郭元振为何还要让他入太学，而不从射洪当地报名科考呢？这里隐藏了一个问题，在唐代，不同途径、不同地区，考进士的难度是有差别的。

当时，科举考试的举子主要有两个来源：一个是生徒，一个是乡贡。生徒是面向学校的，主要是国子学、太学、四门学、弘文馆、崇文馆的学生，通过国子监内部选拔考试后，获取科举考试资格。乡贡是面向社会的，考生从各地报名，从县到州逐级考试，选拔出来再到京城参加科考。

陈子昂所在的射洪隶属梓州，地处偏远，无论是州里的学校，还是乡贡，每年分配的能参加科举的名额很少，而且即便到了长安，能考中的概率也极低。而太学直属于国子监，是专为科举考试培养人才的高等学校。作为太学生参加科考，及第概率就大大增加。而且，跟乡贡相比，国子监出身更好，也更有前途。

对于陈子昂来说，乔知之绝对是个贵人。在其举荐下，陈子昂不仅顺利入了太学，还很快成为长安文学圈子中的一员。

在太学，陈子昂听到了不少郭元振的故事。这位郭大哥当年竟是响当当一号人物，不仅诗文做得好，还重情重义，侠肝义胆。比如，十六岁入学时，郭家仆人用车拉来"资钱四十万"，以充学费和生活费。当时，恰好有人披麻戴孝，"卖身葬父"，郭元振连那人姓名都没问，就让其把整车钱物都拉走了，周围人都惊得目瞪口呆。有的还说，郭元振进士及第后，跑到偏远的蜀地去做县尉,是为了一个女人……陈子昂心道,下次回乡一定好好问问郭大哥。

这一日,道士司马承祯来到长安,登终南山。司马承祯乃东晋王族后裔,早年拜嵩山道人潘师正为师,此时已颇具名望。陈家世代修道,而今又有乔知之的面子,陈子昂顺利成为随同登山的数人之一,王适、王无竞等也在其中。

终南山是唐诗中的常客,又称"南山",也可泛称秦岭。众人脚步在山间一处茅庐外停下。一位白衣少年临风恭敬而立,其人极清瘦,脸上有一种与年龄极不相称的沧桑之气。

王适在陈子昂耳边低语:"这是卢藏用。"

陈子昂心中一动,他早听说过这个名字。卢藏用,字子潜,与大名鼎鼎的卢照邻一样出身范阳卢氏。其叔祖曾任刑部尚书,父亲为魏州司马。不仅如此,卢藏用年纪轻轻便中了进士,然后与兄长一起入终南山隐居,成为著名隐士。听说数日后,他还要随司马承祯一起,东入嵩山学道……

卢藏用作为此间主人,将众人引入茅庐。稍一安顿,他便向陈子昂长揖道:"这位莫非就是从剑南射洪来的陈伯玉兄?"

陈子昂连忙还礼。

王适抢先道:"子潜兄,伯玉的诗你可读过了?"

卢藏用微微一笑,吟道:

吾爱鬼谷子,青溪无垢氛。囊括经世道,遗身在白云。
七雄方龙斗,天下久无君。浮荣不足贵,遵养晦时文。舒可
弥宇宙,卷之不盈分。岂徒山木寿,空与麋鹿群。

——陈子昂《感遇》其十一

陈子昂吃了一惊，连称"惶恐"，看来乔知之没少替自己传播。他本想再谦虚几句，卢藏用却已转向别处，同其他客人攀谈起来。

陈子昂轻轻踱出院门。初秋的终南山天高云淡，草木萧疏，随处点染的黄绿色看得人心中一片冷寂。他自幼修道，早就听说终南山乃天下闻名的道场，此次前来却觉得有些失望——这里稍嫌热闹了些，隐士们的眼睛也远不如蜀中的修道者纯净。长安，这天下最大的名利场，让靠近它的一切都发生了变化，就连这终南山上的白杨树似乎也比别处争强好胜了一些，松树则是扭捏作态，让人再也想不到"气节"二字。

正出神间，有人拍了拍他的肩膀，正是卢藏用。

"伯玉兄不喜欢热闹？"

"子潜兄，陈某想不通，你既已少年得志，为何还要隐居学道呢？莫非真的不想为天下苍生做点事？"

卢藏用闻言一愣。陈子昂知道，自己刚跟人家认识就问这种问题，确实冒昧。但他以为，卢藏用既然有志于修道，自然懂得"直指人心，见性修道"的道理，自己也就无须拐弯抹角了。

"伯玉兄真乃坦荡人也！"卢藏用微微一笑，"不知有多少人心里骂卢某惺惺作态，嘴里却只字不提，光说些敷衍奉承之辞，比伯玉兄差了十万八千里。只不过，兄说我'少年得志'，却是谬矣。"

陈子昂刚要接口，却听卢藏用又道："小弟知道，伯玉兄此来长安也是为了功名。那些年，我不知吃了多少苦，花了多少心思才中进士，但中了之后又如何呢？

"伯玉兄，大唐可不是及第就能做官的，还须经吏部铨试。做了官，才能脱下这身平民衣衫，叫'释褐'。早年及第者少，官员又缺，释褐倒也不难。可如今承平日久，中举者已经比官位多了，卢某便被吏部铨试挡在了门外，入仕无门呀。"

陈子昂闻言一怔，他自幼以豪气自负，家又多金，读书后便有报国之心，在其他方面用心极少，绝想不到对方小小年纪，心中竟有这些苦水。

卢藏用长叹一声："不怕伯玉兄笑话，我是人在终南，心向长安。兵法云'以迂为直'，我也只将此作为'终南捷径'罢了。这番随司马真人前往嵩山，也是听闻天皇天后不日将问道嵩山，但求一睹天颜，求个前程……"

"终南捷径？"陈子昂默念这四个字，心头泛起一丝苦涩。

陈子昂也想起一个故事：曾在贞观年间任宰相的杜淹，早年就玩过隐居邀名的花招。当时，他隐入太白山，隋文帝杨坚知道后很厌恶，干脆把他流放到了江南，后来遇赦才得以回来。"看来，这世道是真的变了。"

从终南山下来后，陈子昂潜心备考。

乔知之劝他多到各种场合走一走，争取用诗文博得朝中大员的举荐。陈子昂恭敬谢过，却并未行动。对于行卷，他有些抵触，只有实在推不掉的场合才会去，去了也很少说话。他知道，自己不会虚与委蛇，一开口便容易得罪人，在老家射洪也还罢了，但这里是"无风三尺浪"的长安。

一次，乔知之转来一张请柬，上书"左监门率府长史于"。陈子昂不知是谁。乔知之笑道："这位于长史名叫于克构，也是我大唐勋旧，他曾祖父你定然知道的，便是那'秦王府十八学士'中的于志宁。"

陈子昂自然听说过于志宁，其人曾位列宰相、监修国史。当年"废王立武"事件中，长孙无忌、褚遂良等坚决反对，而于志宁并未表态。这一关键时刻的"骑墙"，换来了平安退休，却也招致不少骂名。当然，陈子昂对武后并不反感，认为只要能国泰民安,就算"二圣临朝"也没什么大不了。看乔知之的表情,他知道自己这次又"推不掉"了。

在长安每多待一天,陈子昂都会更强烈地感觉到,这里是一个巨大的权力旋涡,把不同的人吸入其中,搅碎、混合、挤压在一起,个人的生死荣辱都变得微不足道,更不必提小小的喜怒了。就拿此番邀请他赴宴的"左监门率府长史"来说,虽只是个正七品官,却是太子东宫僚属,负责东宫诸门禁卫,责任和权限都不小。如今天下皆知李治的身体一日不如一日,武后权势日益膨胀,武氏子弟也疯狂攫取权力。皇权与后权有无冲突,普通百姓固然不知,但李治分明有意栽培太子李贤,在年初赴东都洛阳之前,他已下诏命太子监国,为日后传位做准备。这样一来,李贤与武后之间矛盾便尖锐起来。而让于克构这种功臣勋旧来环绕东宫,或许就是对李贤的保护措施。

在于家,陈子昂感受到一股热情。于克构似乎从陈诗中读到了某种"贞观气象",让他联想起遥远的家族荣耀。陈子昂也有些激动,便多饮了几杯,席间例行写了一首诗,其中两联"金弦挥赵瑟,玉指弄秦筝"、"日落红尘合,车马乱纵横",得到于长史的盛赞。

陈子昂当时也颇自矜,回客房后便写到了纸上。可次日醒酒再看,既惭愧又懊恼——字字不脱前人窠臼,这都写了些什么呀?

光阴荏苒,转眼便是第二年正月,春闱在即。

二圣皆在洛阳,陈子昂等太学生早早赶到东都,准备参加春闱。

当时,进士只考"时务策五道",而不考诗文。这是开国六十多年里进士科的考试内容。如此考试,本意是让举子关心时事,表达政治见解,但在实施过程中,高门大姓占尽优势。他们在政治方面所受熏陶，是寒门子弟无法比拟的。这一短板，仅靠苦读难以补齐。

这也并非陈子昂所长。

静待放榜的间隙，陈子昂又参加了一场雅集。主人名叫高正臣，官居卫尉少卿，从四品上。这是陈子昂此前绝少接触的高官。席上高朋满座，包括长孙家族的长孙正隐、王勃的大哥王勔等。陈子昂受到明显优待，他被邀请为整场雅集作序，这也让他清醒意识到，自己已经被功臣勋旧所接纳。这里面除了乔知之引荐之外，更多还是因为自己的诗风——迥异于当今流行的"上官体"，而更近李世民诗歌的风格。

宴会期间，陈子昂照例写诗。但他很清楚，自己所写的诗，就像其他官员一样枯燥、无聊。他已经明白，自己读书终究太晚，无论知识量还是写诗技巧，都比很多诗人差了一截，也没有那种把任何诗都写漂亮的天赋。自己的长处在于真情、真气和胆色，假如离了这些，不要说跟王勃、卢照邻等前辈相比，就是比上官婉儿，也差了十万八千里。

他隐隐担心，此次春闱真能考过吗？

果然，放榜那天，他从上到下看了三遍，也没找到自己的名字。

陈子昂悄然离开洛阳，回到长安。与朋友喝了几顿酒，流了几次泪之后，踏上了返乡之路。

途中，他听到不少消息。有的是捷报，比如，裴行俭用计大破西突厥，使西北暂且安稳下来；有的藏着隐忧，比如，远嫁吐蕃的文成公主刚刚薨了；有的让人震惊，比如，太子李贤因卷入谋反事件，被囚禁起来……

他心想："这世界到底怎么了？假如太子都无法自保，我这番落第又算得了什么呢？"

还未到故乡,他先在合州渡口与出门游学的弟弟不期而遇。陈子昂心事重重,与弟弟聊了几句便分开。等回过神来,越想越舍不得,忙命船夫掉头去追,终于在东阳追上。二人一番长谈,洒泪而别。陈子昂又写了一首诗:

> 江潭共为客,洲浦独迷津。思积芳庭树,心断白眉人。同衾成楚越,别岛类胡秦。林岸随天转,云峰逐望新。遥遥终不见,默默坐含噸。念别疑三月,经游未一旬。孤舟多逸兴,谁共尔为邻。
>
> ——陈子昂《合州津口别舍弟至东阳峡步趁不及眷然有忆作以示之》

写罢,他哑然失笑:"为何我在长安、洛阳,就写不出这种诗呢?"

进士的"起步价"

永淳元年(682)正月,长安城寒风呼啸。

刚刚结束了又一次春闱,街市现出几分懒散与放荡。无数应考的士子拥入平康坊,春天虽远未到来,春心却已急不可待。在放榜之前的日子,他们要好好享受这所剩无几的快乐。

与平康坊和东市相比邻的宣阳坊中,此刻正热闹非凡。坊中空地临时搭起一座高台,台下摆起百余张案几,案上有酒有菜。路人经过,只要有意,便可坐下饮用。

长安人本就爱热闹,平康坊与东市又是豪贵子弟、三教九流麇集之处,很快便聚起百千人。着绯穿绿的官员、白衣素服的士子、环佩叮当的贵妇人、酥胸半露的歌舞伎……个个伸长了脖子，一脸疑惑。

"有何大事发生？"

"听琴。"

"什么琴？"

"波斯国宝，价值百万！"

"弹琴者谁？"

"不知，只听说是个蜀人。"

"蜀人？吾只知司马相如与扬雄。"

正议论间，一辆马车停了下来。车中走下一妙龄女子，面罩轻纱，衣着素朴，身形俏丽，双手抱一琴匣。身后四名胡女，捧着金杯美酒，亦步亦趋，来到台上。

众人瞥一眼女子，均是一震，但心思俱在那琴上。到底是何古琴，居然价值百万，比那"绿绮""焦尾"又当如何？

琴在匣中。众人又怨那"蜀人"，怎来得如此之迟？

此时，有胡女伸手一指："弹琴者到了。"

只见一青年男子，身着白衣，相貌寻常，矮小瘦弱，正缓步而来。男子身后，再无他人——人们都以为听错了，那胡女倒是一脸肃然。

白衣男子径直上台。金杯酒满，妙龄女捧杯，朗声道："诸位，我等自波斯万里跋涉来到长安，就是想以此国宝会一会大唐高士。听闻陈公子乃一代国手，今日能亲聆雅音，可谓幸甚。"

白衣男子一饮而尽，轻轻打开琴匣，双手捧琴，向众人展示。

众人见他比台上的女子都矮了半个头，均想：他真会弹琴？我为何没听说有这么一个"国手"？看那胡琴，果然异于中原形制，长颈细腰，仅有四弦。琴上闪着幽光，一看便知历经日月，众人心知自己是弹不了的，不知那陈公子又将如何弹奏。

台下鸦雀无声。

陈公子将琴高高举过头顶。众人心道：他对古琴倒有敬意——只是也太恭敬了吧？这怎么不像在行礼？

众人正惶惑时，只听一声清脆的爆响，胡女嘶喊成一片："琴——""为何砸我们的琴？""快去报官！"

台下观众纷纷站起来，见那胡琴已被摔得粉碎。

众人大怒："小子，你疯了！""讨打吗？"有人撸起袖子，就要冲上台去。

白衣男子丝毫不乱，先向胡女们一揖到地，继而开口道："列位，我乃剑南射洪陈子昂，字伯玉，是来长安科考的士子。此琴价值百万，我定会照价赔偿。我与此琴无冤无仇，列位可知我因何碎之？"

众人听他谈吐，语音铿锵，字字有力，尤其是将赔款百万说得如此轻松，倒也别具气势，加之想一听究竟，便也都不再吵闹。

"列位啊，我大唐立国六十余年，一天比一天强盛。但这些年来，西北之突厥、西方之吐蕃，数为边患，东北之契丹，也蠢蠢欲动，身为大唐士子，岂能无动于衷？我陈子昂来自剑南，昔年吐蕃入寇，我幼时伙伴纷纷投军，捐躯于两军阵前。两年前，我赴洛阳应试，'再策'写下御边之计，人言我之诗风近于汉魏，有贞观遗风，与当下所流行的'上官体'之绮错婉媚，迥然不同，又无公卿举荐，恐难及第。某不信，果然落榜。今年又来应考，但恐再次无功。某之诗文、对策，字字皆心血，句句皆肝胆，一片赤心为国，却无人识得。倒是这一把胡琴竟价值百万，引得观者如云。某为我大唐士子不忿，怒而碎之，在此向诸位请罪，也向诸位奉上某之诗文、对策，是褒是贬，要夸要骂，悉听尊便……"

白衣男子早已泪流满面，说罢又是一揖到地。

早有数名伙计，在一位老掌柜带领下，将一摞摞文章分发给众人。人群中很快就传出喝彩声："好诗！""妙绝！""这才是男儿之诗，不像上官体那般娘娘腔！""这对策也好，大唐早该如此御边！"……

这白衣男子正是陈子昂。此番"怒碎胡琴"，虽系临时起意，却是一炮而红。他的诗被谱成了曲子，在平康坊中传唱。很多长安女子将他视为偶像。史书称："会既散，一日之内，声华溢都。"

《太平广记》记载了这一经过。《唐诗纪事》中亦引此事，稍有差异。有人疑惑：一把琴怎能价值百万？陈子昂又是怎么赔的呢？

这里需要说明，原文"百万"之后并无单位，但另有一句陈子昂的话"可辇千缗市之"。一缗为一千文，如此看来应为"百万文钱"。

那么在现实中，这笔钱到底是多少呢？对此，一般有两个衡量标准，一是购买力，一是工资水平。不妨大体算一下，陈子昂第一个官职是麟台正字，每月俸禄一千五百文钱。假如只算官俸的话，赚够一百万钱，不吃不喝大约需要五十六年。所以，假如没有超厚家底，他根本赔不起那把琴，当然也就不敢摔。这把琴，也算是他一生事业的"起步价"。

假如回到两年前，初入长安的陈子昂断然不会有这种动作。那时，他还有些拘谨，也比较谦卑。但与乔知之、于克构、高正臣等人的交往，使他有了一些信心。折戟洛阳，更让他多了几分激愤。

故乡是最好的疗伤处。返回射洪的那两年，陈子昂重新找回了少时的游侠气。除了继续修道外,他还与当地高僧晖上人交游,参悟佛法。再赴长安之前,父亲陈元敬为他送行时说了一句话:"儿子,你记住,我们陈家没什么权贵亲戚,但有三样东西:一有道,二有钱,我儿还有绝世之才。你只管大步向前,开山劈石去吧。"

二十四岁的陈子昂,真切感受到父亲话语的温暖,也更加懂得金钱可以给人底气。于是,他的诗中又多了一个意象——"千金子"。比如:

忆作千金子,宁知九逝魂。
——陈子昂《宿空舲峡青树村浦》(节选)

寄谢千金子,江海事多违。
——陈子昂《万州晓发放舟乘涨还寄蜀中亲友》(节选)

他的身体里重新蓄满了力量,俨然看见了自己的灵魂:"我还是那个多金无赖游侠儿,岂能让一场科考挫了锋芒?"

陈子昂住在宣阳坊中的四方客栈。

掌柜是个白发稀疏的胖子。对于陈子昂"怒碎胡琴"这番举动,胖掌柜咧嘴一笑:"这小子,比我之前认识的那些个书生,都灵光一些。"

陈子昂是被逼的。再入长安,他决意像其他士子一样不再拒绝行卷,可又能上书给谁呢?他想给偶像裴行俭上书,但裴行俭如今是礼部尚书,他这个太学生所在的国子监归礼部管辖,按规矩需要回避。他又以太学生身份直接给皇帝上书,但文章送入承天门后再无消息。还有人建议他上书给上官婉儿,他坚定地摇了摇头。

碎琴七日之后放榜，陈子昂没去看。他躺平望向房顶，心想：假如再落榜，又该何去何从？

日上三竿，胖掌柜敲开门："公子，中了。今后要叫您'进士公'了。"

乔知之设宴为陈子昂庆贺，王适、卢藏用等人俱在席间。酒过三巡，乔知之道："伯玉，你已金榜题名，为何还有点不开心呀？"

陈子昂并未回答，只是举杯向乔知之致谢，又向众人敬酒。

卢藏用一袭道装，缓声道："伯玉兄，莫非你担心像我一样，及第后却迟迟无法释褐吗？"

这一句不避己短，说得坦荡。众人一时沉默，心知卢藏用所言非虚。如陈子昂这般毫无根基之士，若想很快通过吏部铨试，确实不易。

陈子昂道："几天前，薛令公差人向我索要文章，昨日我已上书给他，希望他给我一个报国的机会。"

此时，薛元超为中书令，位高权重，且素有识人之明，一年前就是他向武后举荐了杨炯，倘若他肯替陈子昂说话，吏部不会不给面子。只是，他近来身体不好——

王适哈哈一笑："伯玉兄，我今年又落榜了。而今科考内容调整，你顺心如意，我可是倒霉了——你还不肯陪我一醉吗？"

众皆大笑。

此前，在永隆二年（681）八月，朝廷颁布新政，进士科加试杂文、帖经。杂文两篇，分别为铭和赋，考的是文采。帖经则是儒家经典的填空题。考试的顺序是：先帖经，后杂文，最后是策。一场不过便淘汰，三场都过，再看名次。

这是武后力主进行的科举改革，意在吸收更多寒门读书人进入政权，稀释高门大姓的占比，扩大统治基础。作为改革的受益者之一,陈子昂对武后心存感念。

这一年,关中的灾荒愈发厉害,米价大涨,斗米三百钱,遍地饥民。李治传旨就食东都,命薛元超以中书令兼户部尚书,留守长安,辅佐太子李显监国,全权处理关中政务。乔知之要随驾前往洛阳,卢藏用则继续去嵩山修道。

陈子昂终未等到薛元超的回音。他决意去实地考察西疆,拿出具有可操作性的抵御吐蕃之策来。这一去便是数月,他系统考察了西南边陲的山川地形、风土人情,还了解到封疆大吏虚报战功、贪赃枉法等一些墨迹。而了解越多,也越有信心,他心想:皇皇大唐,总还有人愿听真话、识真人吧。

其间,他顺路回了一趟故乡射洪,见了好友郭元振,又与晖上人对谈一番,临行留了一首诗:

紫塞白云断,青春明月初。对此芳樽夜,离忧怅有余。
清冷花露满,滴沥檐宇虚。怀君欲何赠,愿上大臣书。

——陈子昂《春夜别友人》其二

此诗显然不是写给晖上人的。然而,晖上人并不介意,他喜欢这位小友诗中的玄思与志诚,这样的青年着实可贵。

权力的选择题

这年秋天,吐蕃大将论钦陵率军入寇。

陈子昂急赴东都,渴望将自己的御边之策尽快呈报朝廷。然而,快是快不了的。裴行俭已去世,李治也深受眩晕和失明之苦,连一般大臣都见不着他的面了。

走在洛阳大街上，陈子昂觉得这里的风比长安还要凉些。

冬日，街上铺了一层细雪。陈子昂从城外踏雪而回，多年修道让他养成了早起的习惯，他喜欢空旷的田野、寂寥的山林。进城门时，忽听有人喊："伯玉！"扭头望去，不远处一人，五短身材，青色朝服，一口浓重的齐州（今山东济南）腔："伯玉，是你吗？你说巧不巧？在这里遇见了。"

陈子昂笑了。此人名叫崔融，字安成，齐州全节人，出身清河崔氏。二人曾在乔知之宴席上见过几次。崔融比他年长六岁，极擅考试，不仅进士及第，还连中制举，轻松释褐，后任东宫左春坊宫门丞，从八品下。崔融与李峤、苏味道、杜审言并称"文章四友"，颇有名声，却并无架子，初见陈子昂时，便夸奖了他的诗。

二人故地重逢，到街旁酒肆坐下。雪天，火炉旁，酒和朋友，困顿之日，还有什么比这个更暖心的吗？

听说陈子昂入仕无门，崔融轻叹一声："伯玉兄弟，眼下这世道不出仕也罢。你家世代豪富，娇妻美眷本来不愁。你看我这宫门丞已经混了四年，又有什么意思？"

陈子昂笑道："安成兄说笑了，你经薛令公举荐，一人身兼左春坊宫门丞、崇文馆直学士、太子侍读，当是前途无量。"

崔融凑到他耳边，轻声道："在历朝历代，这都算得上美职。可这四年间，我眼见李贤被废，多少东宫僚属被杀被贬？当年天皇天后巡幸嵩山，命我撰写碑文。凭此撰碑之功，加上薛令公为我保，我才未受牵连，得以再追随太子李显。而今，天皇连皇太孙都早早立下了，这可是史上未有之事——天皇重病在身，他不放心呀！你知道我这芝麻绿豆大的官，要担多大的惊、受多大的怕吗？"

陈子昂知他所言非虚。如今洛阳遍布武后耳目，在酒肆议论这些事,风险委实太大,赶忙换了个话题:"薛令公他老人家身体可好?"

崔融道:"薛令公早就中风了,不能言语。天皇执意召他来东都,可他哪能动弹得了?我此番前来,除了替薛令公述职之外,也是替他来请罪的。"

二人一边喝酒,一边聊些闲话。

当时,坊间传闻突厥余部又反,朝廷重新启用老将薛仁贵,拒敌于云州。突厥人看见唐军旗号,便问"大将是谁",答曰"薛仁贵"。突厥人不信:"听说薛仁贵流放象州,早就死了。"于是,薛仁贵摘下头盔。突厥人大吃一惊,纷纷下马拜倒,退兵而去。薛仁贵率军追击,一鼓作气,斩首万余级,擒获两万余人。

"安成兄,这一战是真的吗?"

"那还有假!薛老将军已六十八岁,这或许是他最后一战了……"

"壮哉!我陈子昂若能如此,纵然马革裹尸,也不枉此生!"

"唉,伯玉兄弟,别说了,咱还是喝酒吧。"

"喝!"

"我有三位兄长,李峤、苏味道和杜审言,他们各有各的味儿。李峤,字巨山,他的咏物诗乃是一绝,一身纵横塞北岭南,筑得了城,带得了兵,我看他有宰相之才。苏味道九岁能做文章,二十岁及第,曾跟随裴行俭西征,娶了裴侍郎的千金。'苏李'二人还是同乡。杜审言最有意思,作诗有才,但当官无运,这些年沉沦下僚,最是痴狂可爱……"

陈子昂暗笑:"他至少也是下僚,我又当如何?"这样想着,又多喝了几杯。

弘道元年(683),从春入秋,陈子昂一直卧病。身体偶尔好些,他就到嵩山住上几天。山中满眼苍翠,又有卢藏用等几位旧友，可作竟日之谈。卢藏用所建的茅庐临近李治行宫奉天宫，他隐居嵩山，倒比陈子昂在洛阳更了解宫中动向。

隆冬时节，李治奄奄一息，虽有名医以针灸续命，但终究无力回天。这年十二月，李治驾崩，是为高宗。

太子李显即位，武后升格为皇太后，太子妃韦氏成为皇后。而李显也迅速展现出他不擅长当皇帝的一面。此前，韦氏之父韦玄贞为普州参军，普州属中州，参军为正九品下。李显即位后，直接将韦玄贞擢升为豫州刺史，跃为从三品。

在唐代，官僚体系早已成熟，官员晋升有严格的步骤。即便是宰相之子，就算公认有才，一般也要以九品官开始入仕。因为，官职并非属于皇帝一个人，也属于整个官僚体系。所以，那些青春年少便成为三品高官的情况，只能出现在缺乏常识的虚构故事里。像韦玄贞这样的升官幅度，绝对是平步青云。

但对于"国丈"，李显仍然觉得不够意思，他还想任命其为侍中——门下省长官、传统的宰相职位。并且，他打算授予自己乳母的儿子五品官——这也是绝大多数官员一辈子也达不到的高位。对此，宰相裴炎不干了。他认为李显应该为国选材，而不是以官赏人。李显大怒。史官是这么记载的：

中宗怒曰："我以天下与韦玄贞，何不可！而惜侍中邪！"炎惧，白太后，密谋废立。

李显是真糊涂，后果很严重，几个月后，他被废为庐陵王。他是被羽林军"扶"下皇帝宝座的。

李显为何这么糊涂？从史书上看，他的智商的确不高。此外，他的妻子韦氏权力欲极强，而且很愚蠢，超常规提拔"国丈"一事少不了韦氏的影子。而此后，还有更大的"坑"在等着他。

随后，豫王李旦被立为皇帝，李旦长子李成器被立为太子。韦玄贞被流放钦州，当年一命呜呼。又隔一个月后，原废太子李贤被逼自杀。李旦虽当上了皇帝，武后却令其居于侧殿，不得干预政事，自此大权独揽。

武后的手段开始加码。当时，禁军中十余人于坊间饮酒，一人酒后提及"支持庐陵王"。话音未落，便有人去宫中告密。在座之人全部被捕下狱，说话之人被判斩首，其他人因未上报而被判绞刑，告密之人被封为五品官。

这是巨大的甜头，"告密之端自此兴矣"。

武三思、武承嗣等武氏诸子获得重用，着手诛杀李氏皇室成员。大唐江山摇摇欲坠。

这一年，徐敬业自扬州起兵，骆宾王作《讨武曌檄》，名满天下。

陈子昂决定给武后上书。

上什么书？乔知之带回的消息说，围绕李治灵柩下葬一事，朝中分歧不小。按常理，李治应归葬关中。他的陵寝早在即位之初就开始营建，名曰"乾陵"，这也是李治遗诏的意思。然而，遗诏同时称："军国大事有不决者，兼取天后进止。"最初，李旦批准了宰相裴炎的请求，下诏奉"灵驾西还"，但诏书被武后叫停。武后很生气，批评李旦不知国势艰危，岂能如此轻率处理"军国大事"。

李旦很害怕，群臣很纠结。

灵驾归葬算不算"军国大事"？看似勉强，却又不能说不算。因为在古代，对于普通人家来说，辗转千里运送一具棺木，往往都需要一笔巨款，轻易承受不起。对于皇帝来说更是如此，这意味着包括文武百官、禁军、外国使者等在内的一次大迁徙，涉及数十万人。沿途州县还要供奉香案火烛、人马粮草，不知多少百姓会因此而家破人亡。特别是关中地区尚未从水灾中恢复元气，长安养不起这么多人。

然而，拒绝"灵驾西还"，就是对先帝遗诏的公然违抗。加之朝中早有传言称，将朝廷设在洛阳，主要是迁就武后。因为此前武后在长安宫中害死了王皇后和萧淑妃，二人鬼魂不依不饶，逼得武后移居洛阳。还有人私下议论，武后不回长安，是要疏远关陇贵族，弃大唐基石不用，而在洛阳扶植自己的新势力，以便窃取皇位……

上升到这个"高度"，就到了一般人想劝都不敢劝的地步。劝"灵驾西还"，极有可能得罪武后，惹来杀身之祸、灭门之灾；劝"下葬洛阳"，则可能得罪皇帝、宰相以及心向李唐的群臣，日后从政步步险阻，乃至留下千古骂名。

李还是武，是一道要命的选择题。

陈子昂下定决心，深思熟虑之后，写了一篇《谏灵驾入京书》，通过正规渠道送入朝廷。跟以往那些泥牛入海般的上书不同，这篇文章迅速送入武后手中。之后，武后传旨：明日，召见陈子昂于上阳宫金华殿。

> 看朱成碧思纷纷，憔悴支离为忆君。不信比来长下泪，开箱验取石榴裙。
>
> ——武则天《如意娘》

此诗名为《如意娘》，乃武后年轻时所写。陈子昂反复吟咏，觉得此诗实属佳作，超过上官仪任何一首，也胜过上官婉儿。能写出这种诗的女人，到底是何等模样？

他对于武后一向并无喜恶，只希望百姓能过好日子。而眼下大唐正需要一个强力的统治者，像李显那样的糊涂皇帝万万不能再有。故乡梓州射洪有金华山，而今他却要上金华殿，这是武后有意安排的吗？想到这里，陈子昂心中充满了激动。

"你是陈子昂？说吧，上书所为何事？"金华殿上，一个浑厚、宽广的女声传来。

"梓州射洪县草莽愚臣子昂，谨顿首冒死献书阙下。臣闻先帝崩，将迁梓宫于长安，而关中无岁。臣以为不必奉灵驾西还，东都胜塏，可营山陵。"陈子昂朗声答道。

"你倒是敢说话，你可知这是杀身、灭族之事吗？"

"臣闻明王不恶切直之言以纳忠，烈士不惮死亡之诛以极谏。故有非常之策者，必待非常之时；得非常之时者，必待非常之主。然后危言正色，抗义直辞，赴汤镬而不回，至诛夷而无悔！臣以为杀身之害小，存国之利大，千载之迹，将不朽于今日！"

"嗯，那你抬起头来，详细说说吧。"

"遵旨。"陈子昂缓缓抬头。但见武后岿然端坐于大殿正中座上，面如满月，双眉如飞，一双凤眼光彩如电，虽然年已六十，但仍有几分姿色，可以遥想她当年写《如意娘》时的样子……他不敢再看，垂首将自己想法一一说出。先言关中百姓饥馁，承受不起朝廷迁徙；再言天子四海为家，并非一定要归葬故陵；然后言东都形胜，可以作为陵墓；最后言一旦盲目返回关中，可能丢失洛阳，危及天下。层层展开，话语慷慨，掷地有声。

武后看着陈子昂，心中一动：这个小伙子长得虽然差点，但蛮有那么一股劲头和一腔热血，也是个人才，日后还有用处。当即命上官婉儿拟旨，封陈子昂为麟台正字。

对此，史书称：

> 武后奇其才，召见金华殿。子昂貌柔野，少威仪，而占对慷慨，擢麟台正字。

"貌柔野"三个字值得揣摩。"柔"与"野"二字彼此矛盾，却一起出现。这大约就是陈子昂的独特气质。

陈子昂终于入仕了。"麟台正字"即"秘书省正字"，王勃的从祖父王绩曾任此职，从九品下，品阶虽低，却是入仕正途，堪称美职。很多高官都做过这一职位。而且，陈子昂是"御前释褐"，不经吏部，由武后直接任命，荣耀程度更是不一般。

陈子昂的人生似乎一下子步入了"正途"。乔知之、王适、卢藏用等朋友都来祝贺，酒也喝了不少，但他却有一种别样的清醒。

一股寒意如影随形，如利刃抵背。那是权力的锋芒，他知道，自己一起步便踏入了禁区——武李之争，接下来的路注定不好走。

告密总动员

《谏灵驾入京书》一夜之间传遍长安，又向五湖四海扩散而去——最高层的意思总能传得更广些，不管以什么方式。

陈子昂声名远播。不只朝中官员，就连客栈里的伙计以及大街上的行人，也换了一种异样的目光看他。

武后依旧下旨，命灵驾归葬乾陵，但不再举朝相送，只由皇室宗亲、元老重臣奉送。这意味着只有一支小小的送葬队伍，对关中和沿途州县影响很小。最关键的一点还在于，武后留守洛阳，足以稳定人心。而皇室和元老西归，更让朝中少了掣肘，武后的掌控力进一步增强。这一切，都拿陈子昂的一纸谏书做了由头。

二十六岁的陈子昂穿上了他的官服，不是淡青，而是浅碧。武后刚将八品及以下官员朝服改为碧色，所有旗帜一律改为金色。洛阳改称神都。百官及衙署也进行了一系列更名……这些改革幅度不大，却隐隐透出一个信息。人人心里都有数，但人人都不敢说。

很快，由武承嗣出面，奏请追封武氏祖先为王。异姓封王，在大唐是没有先例的。宰相裴炎立马反对，话说得很重："独不见吕氏之败乎？"直接比附了吕后。

然而，武后很决绝，将武氏五祖全部封王，祖妣皆封妃，还在老家建五代祠堂。不久，裴炎便因牵涉徐敬业谋反，遭下狱，在洛阳都亭驿被斩首。行刑之地位于洛阳交通要道，都亭驿更是大唐邮驿系统的中心，信息直通每一个州县。如此高调地处决宰相，威慑力可想而知。

一时间，群臣震悚，万马齐喑。

除了乔知之以外，原先交往的功臣勋旧都渐渐疏远了陈子昂。武氏一族却对他频频示好，比如，武后外甥、任太子司直的宗秦客就多次邀请陈子昂参加家宴。陈子昂开始时也不拒绝，希望多结交一些王公大臣，好让自己的治国方略能影响更多人，以便有所作为。然而，他很快就发现那些公卿对自己所言并不感兴趣，他们更喜欢喝喝酒，扯扯淡，听听小曲，看看美人。

席间，陈子昂也与一些诗人逐渐熟稔，比如宋之问、沈佺期、苏味道等。

其实，陈子昂与宋之问同属于卢藏用的"方外社交圈"。宋之问比陈子昂年长三岁，进士及第则早了九年。他唇红齿白，身材魁伟，仪表堂堂，从相识那天起，陈子昂就有意跟宋之问保持距离，因为二人站在一起，显得陈子昂更瘦小、更寒碜。好在，宋之问对他也没什么兴趣，总是围着乔知之转。那时，陈子昂将之理解为"识趣"。然而，在宗秦客的宴席上，宋之问却对他热情起来，种种照料，颇为贴心。这让陈子昂忽然明白，那不是识趣，而是势利。

一种若有若无的臭味暗暗袭来，令陈子昂一阵阵恶心。他发现，臭味来自宋之问那总是微笑上扬着的嘴角。

陈子昂寒暄两句，缓步走向苏味道。毕竟，苏味道并无味道。

垂拱元年（685），朝中气氛更为紧张。

扬州之乱平定后，武后并未像人们所期待的那样广施仁政，而是展开了新一轮的血腥清洗。镇守西北的名将程务挺被人诬告，屈死刀下。如此自毁长城，西北再次动荡。

陈子昂心中焦急，但他一个从九品下的麟台正字，不经召见根本无权面见武后——事实上，很多底层官员，是一辈子都无缘面圣的。

好在，武后并未忘记这个敢说话的小个子蜀人。这年冬天，她在金华殿再次召见陈子昂，赐纸笔，特许其上书言事之权，命其在中书省写奏章，上言天下紧要军国之事。

陈子昂心潮澎湃，提笔写下《上军国利害事》，分别从"出使""牧宰""人机"三个方面进谏，核心为休养生息、选用贤良。武后很赞赏。

到了夏天，陈子昂等来了一个期盼多年的机会。金微都督府（今蒙古国肯特省）都督仆固始叛唐，武后派大将刘敬同率军平叛，同时以乔知之为监军，陈子昂随军同行。

乔知之此时的官职是补阙，从七品上，属于上书言事的"谏官"。武后为方便他行使监军职能，又命其"摄侍御史"。侍御史虽然也是从七品上（后改为从六品下），却是宪职，有监察职能。

武后向来重视御史，这也是她命御史监军的一个典型案例。而自古监军都是皇帝的亲信。就此看来，她还是信任乔知之的。

乔知之很高兴，作为大唐功臣勋旧一族，他一直战战兢兢，此番能得武后信任，至少说明目前还是安全的——为了这一点，他没少对武氏一族示好。

此行，不光有乔知之、陈子昂，王无竞也一同前往。王无竞乃琅琊王氏一支，生长于东莱（今山东莱州），比陈子昂年长七岁，释褐也早了七年。只不过他中的是制举，如今也是麟台正字。他们随军一路向北，抵达居延海时已是秋日。陈子昂从未到过塞外，眼看着景物越来越陌生，一种兴奋感自心头升腾而起。

"居延"意为漂泊不定。居延海是一个游移湖，位置忽东忽西，忽南忽北，湖面亦时大时小，变化不定。昔年，汉击匈奴曾以居延海作为主要补给水源，如今此湖也处在前往金微都督府的交通要道之上。湖水深碧，白草茫茫，陈子昂想着古来那些大战，盼望此次出征也能建功立业。

一路之上，陈子昂写了不少诗。置身塞外，与自然少了阻隔，修道之心更为清爽；而去除平日遮掩之后，爱恨也来得更强烈。在张掖河畔，对于一种草的名字到底是"白棘"还是"仙人杖"，他甚至跟乔知之起了争执。乔知之深知他的秉性，不以为意，一笑置之。

但谁也没想到，此次北征很快便奏凯而还。仆固始的叛军见唐旗而作鸟兽散，陈子昂寸功未立。遗憾是真遗憾，但陈子昂也感到释然。他在诗中写道：

苍苍丁零塞，今古缅荒途。亭堠何摧兀，暴骨无全躯。黄沙暮南起，白日隐西隅。汉甲三十万，曾以事匈奴。但见沙场死，谁怜塞上孤。

——陈子昂《感遇》其三

战争太过残酷，若能兵不血刃，又有什么不好？他以一种跳出敌我的视角来看待战争，发出了与当时绝大多数边塞诗都不一样的悲音。

垂拱二年（686），神都洛阳进入了一种癫狂模式。

武后的行为越来越肆无忌惮。此前，她已下旨重修白马寺，并以僧人怀义为住持。此僧本名冯小宝，曾在洛阳市上卖药，生得体魄雄壮，相貌堂堂，且又能说会道，被千金公主的侍女收为男宠，后来，又被千金公主看上。

千金公主是谁？她本是唐高祖李渊的第十八个女儿，按辈分是高宗李治的姑姑，也算是武后的"姑婆婆"。然而她甘心做武后的"义女"。这辈分有点乱，但在大唐皇室眼中，辈分从来都不算个事儿。当然，千金公主也是"求生欲"使然——武后对大唐宗室太狠了，李治的长子、次子、三子、四子、五子、六子以及大部分孙辈都已被杀死，其中有的儿子还是武后亲生的。对那些远一些的宗亲是何手段，想想便令人不寒而栗。

如今，到了千金公主表"孝心"的时候了。她"入宫言曰：'小宝有非常材用，可以近侍。'因得召见，恩遇日深"。请注意，千金公主说的是"材"而非"才"。小宝"材大堪用"，一试得宠。武后为方便其出入禁中，命其落发为僧，法名"怀义"。又因其不是士族，"乃改姓薛，令与太平公主婿薛绍合族，令绍以季父事之"。至此，一个卖药小哥进阶为得道高僧，平日与洛阳的大德高僧们一同讲经论道。当然，薛怀义的派头更足，"出入乘厩马，中官侍从，诸武朝贵，匍匐礼谒，人间呼为薛师"。白马寺僧人也横行不法。一个名叫冯思勖的御史屡次弹劾薛怀义，被其随从打致重伤……对此，武后听之任之。

武后还广开告密之门，重用索元礼、周兴、来俊臣等一干酷吏，罗织罪名，大兴冤狱。按照当时的政策，只要有告密者，农夫也罢，樵夫也好，不管是何身份，官员都不能勘问，还必须提供驿马以及五品官级别的饮食，一路上好吃好喝好伺候，把他们顺顺利利送入皇宫。假如所告之事令武后满意，就能不按序列授予官职；即便上告不实，也不会追究。

有利诱而无惩治，这就是对全国进行了一场"告密总动员"。只要有一张告密通行证，就可以享受公费进京旅游。如此背景之下，来俊臣和万国俊共同撰写的《罗织经》成为大唐最畅销的书。无数人现学现卖，肆意诬告。而酷刑加身，又有几人能洗刷冤屈？于是，人人自危，道路以目。

武后还安排官员，专门掌管铜匦。铜匦有四个口：第一个口称"延恩匦"，用于自荐或上言改善民生之策；第二个口称"招谏匦"，用于对政府的批评；第三个口称"申冤匦"，用于对不公之控诉；第四个口称"通玄匦"，用于报告预兆、预言和密谋。任何人都可以将文字投入铜匦之中。官方口径是，铜匦体现了武后对黎民百姓的关怀，但实际上，它很快就变成了告密的专属利器。

陈子昂何尝不知，这一切都是武后的意思，目的是清除异己，为改朝换代做准备。在陈子昂看来，武后享乐没什么不对，想登基也没什么不好，龙椅上坐的是男是女并不重要，历史走到这一步冥冥中自有天意——只是，为什么搞得这么残忍、这么下作呢？

无人敢发声，但陈子昂敢。他给武后上《谏用刑书》，其中写道：

> 伏见诸方告密，囚累百千辈，大抵所告皆以扬州为名，及其穷竟，百无一实。陛下仁恕，又屈法容之，傍讦他事亦为推劾，遂使奸恶之党决意相仇，睚眦之嫌即称有密，一人被讼，百人满狱，使者推捕，冠盖如市。或谓陛下爱一人而害百人，天下喁喁，莫知宁所。

这是直指酷吏行凶乃武后纵容。满朝文武，人人咋舌。而武后的反应是"不听"。

不过，武后也是有规矩的。比如，她任用敢作敢为的苏良嗣为宰相。当月，薛怀义擅闯宰相办公场所，苏良嗣大怒，命人将其拖出去，扇了几十个耳光。整座长安城都认为苏良嗣死定了。然而，当薛怀义向武后告状时，武后说："阿师当于北门出入，南牙宰相所往来，勿犯也。"她让薛怀义以后走皇宫后门，别没事找事，对苏良嗣也依旧重用。

陈子昂渐渐明白，武后纳谏大多只是形式上的。她从来只听对自己有利的建议，对那些当面表达的批评声音，她既不采纳，也不追究。她的度量和理性远超常人，即便在公开寻欢作乐之时，也并不糊涂，行政方面的警惕性从未放松。她不昏不庸，且善且恶。她纵容小人，重用酷吏，却也明察善断，举贤任能。在她眼里，小人、酷吏和贤臣都是工具，只要为她所用即可。有时，忠心耿耿的贤臣被小人和酷吏害死，她也觉得惋惜，却并不多说什么。

在她眼里，天下人都是草，只有她是刀。

"天地不仁，以万物为刍狗，圣人不仁，以百姓为刍狗……"陈子昂一声轻叹。

大多数日子，他除了去麟台办公之外，极少出门。他在洛阳和长安都未购置房产，而是长年租住于客栈，空闲日子只是写诗、修道。

父亲陈元敬催他结婚。他推辞不过，便由父母在射洪老家寻了一户士绅之女，匆匆回乡成婚后，又返回洛阳。在他眼里，这天地间正酝酿着一场大动荡，他不知自己能走到哪一步。如同他在诗中所写：

> 微霜知岁晏，斧柯始青青。况乃金天夕，浩露沾群英。登山望宇宙，白日已西暝。云海方荡潏，孤鳞安得宁。
>
> ——陈子昂《感遇》其二十二

这是一种强烈的孤寂感，还有对于未来的不可知、不可测。这种感觉萦绕心头，但他并不愿隐居避祸，只想不屈己，不违心，直道而行。或许，这就是他所修之道。

祥瑞与鲜血，总相伴而行

垂拱三年（687）二月，武后下旨，兴建明堂——这始于陈子昂的提议。

明堂，即"明政教之堂"，本是一种起源于周代的制度，也指用于布政、祭祀的重要礼制建筑。唐太宗、高宗之世，曾屡次欲立明堂，但因大臣意见不一，终未开工。此前，武后也下旨问群臣："调元气当以何道？"陈子昂上书，力劝武后兴建明堂、大学，如此便可"和元气，睦人伦"。武后记在心里。

陈子昂的本意在于重教育、崇礼制，然而明堂一开工就"跑偏"了，变成了营建熏天权势的新地标、打造君临天下的新舞台。武后命薛怀义主持这一工程，拆毁了乾元殿，使用其基座和材料，动用数万劳役，建起了一座庞然大物。

次年年底，明堂完工，高二百九十四尺，基座三百尺见方，这一体量在世界木质建筑史上是空前的。武后将明堂命名为"万象神宫"，又在其北修建了更浩大的工程——天堂。史书称："于明堂北起天堂五级以贮大像；至三级，则俯视明堂矣。"（数字似乎经过了夸张。专家测算，"天堂"高达三百一十二米，是世界古代史上的最高建筑。对于木结构来说，是不可能实现的。）

在神都洛阳，众多庙宇、宫殿和公共工程陆续涌现。武后的宫廷仪仗也更加讲究，其规模与奢华程度，让长安旧制相形失色。武后又收揽人心，在全国财政告急的情况下，也会偶尔赐给全国的穷人、孝子孝女以及在战争中的丧子家庭一些酒、帛、牲畜和粮食，免除这一群体的欠税。商人受到越来越严苛的限制，朝廷不许其铺张，避免贫富差距过分凸显。有人在洛水中发现了一块白石，上刻"圣母临人永昌帝业"，献给朝廷。武后大喜，称之为"宝图"——不过，人们似乎都知道，这是武承嗣搞的把戏。武后又专门举行了一场极其盛大的仪式，在程序和礼仪上都高度模仿周朝，还"命诸州都督、刺史及宗室、外戚以拜洛前十日集神都"，随后给自己加尊号为"圣母神皇"。

陈子昂静静地看着：鼓动告密、滥施酷刑、营造地标、市恩于民、粉饰太平、自我神化……这是一整套的权力手段，将天下人玩弄于股掌之间，几时会图穷匕见呢？

他不想厕身其中，但终非袖手旁观之人。

这年冬天，武后听信武三思、武承嗣之言，欲发兵从雅州（今四川雅安）开山辟路，先灭羌人，再袭吐蕃。陈子昂数年前曾专门考察蜀地边防，深知雅州羌人向来忠于大唐，非但不是吐蕃的奸细，还是大唐西疆重要的屏障。武氏兄弟为迎合武后开边之欲，肆意诬陷，而一旦发兵，不仅会导致羌人被屠杀，也会为吐蕃入川打开通道，后患无穷。于是，他当即写了《谏雅州讨生羌书》，其中写道：

> 天下翕然谓之盛德者，盖以陛下务在养人，不在广地也。今山东饥，关、陇弊，而徇贪夫之议，谋动甲兵，兴大役，自古国亡家败，未尝不由黩兵，愿陛下熟计之。

这纸上书，有理有据，毫不留情，直指丛恿发兵为"贪夫之议"。武后览书之后，将武氏兄弟大骂一通，发兵之事就此作罢。雅州羌人死里逃生，陈子昂却自此成为武氏兄弟的眼中钉、肉中刺。

永昌元年（689）三月，武后又问陈子昂"当今为政之要"。陈子昂洋洋洒洒写了近三千字，共涉及八科内容。一直以来，陈子昂上书往往"言多切直"，总是恳切而直率，说话不绕弯子，然而这一次，他"辞婉意切，其论甚美"。

为什么委婉呢？是陈子昂改脾气了吗？非也。只因这次上书内容不同一般。

陈子昂此次上书要点在于："宜缓刑崇德，息兵革，省赋役，抚慰宗室，各使自安。"虽然只有一句话，却字字千钧。其一"缓刑崇德"，直指人人切齿的酷吏酷刑、恐怖统治；其二"息兵革"，直指武后近年来的穷兵黩武之倾向；其三"省赋役"，直指洛阳大兴土木，百姓赋税负担沉重；其四"抚慰宗室"，也是最敏感的一点，武后对大唐宗室的迫害愈演愈烈，诸王几乎到了不得不反的境地，一旦造反定会失败，也会导致生灵涂炭。此刻，武后已杀得血流成河，劝她放下屠刀，是一件何其凶险的事？

这四点，每一点都是雷区，他怎能不谨慎？

陈子昂明白，武后向他问政，心思却不在"政"上，而是有着言外之意。此前，他曾以《谏灵驾入京书》让她摆脱困境。这一次，她似乎希望自己再以一篇"劝进"雄文，帮她戳破那层羞于启齿的窗户纸。

当此关头，有人会抓住机会，投其所好，平步青云；有人会装傻，避重就轻，配合演一场纳谏的戏，如此不至于惹祸上身，更不会留下骂名。然而，陈子昂不做戏，不揣摩，不逢迎，不回避，武后让说便说。虽然他只是一个最基层的麟台正字，却也只愿听从内心良知，为天下苍生代言，纵使押上自己的前程，押上身家性命，他也在所不惜。

这年秋天，陈子昂迎来了一次升迁。他任期已满，由"将仕郎守麟台正字"牒补为"承务郎守右卫胄曹参军"。

大唐官制，分为职、散、勋、爵四个序列。其中，职官是指本职工作，分九品三十阶，麟台正字就是职官；散官分为文散官和武散官，主要标定官员等级，确定服色、地位、俸禄，将仕郎就是散官；勋官最初用于表彰军功，后泛用作礼仪待遇方面的额外优待；爵位主要是身份象征，依级别有一定的授田。

陈子昂的将仕郎和麟台正字均为从九品下，而承务郎和右卫胄曹参军均为从八品下，这说明他的职位和待遇都提升了三级。这一年，他三十一岁。

升迁之后，陈子昂再次谏刑。

要知道，酷刑是武后强化专制、清除异己的手段；也是武氏子弟发财致富以及扶摇直上的天梯；更是酷吏们最直接的饭碗。武氏兄弟和一干酷吏对陈子昂恨得咬牙切齿。他们知道，眼下还不能贸然朝陈子昂下手，因为武后对他还有期待，但已经着手收集他的诗文，以便日后罗织罪名，置其于死地。

先遭毒手的是乔知之。武氏兄弟很清楚，在陈子昂的洛阳社交圈中，乔知之是"带头大哥"，只要扳倒了他，陈子昂就会孤立无援。而且，乔知之作为大唐的功臣勋旧，拿他开刀，武后也不会有意见。再说了，武承嗣早就垂涎乔家一个名叫窈娘的爱妾，碍于以前跟乔知之素有往来，一直没好意思动手，这下终于等到了机会。于是，他马上派人去乔家，"借"窈娘来自己府上教姬妾们歌舞。窈娘进了他的门，就再也没能出去。

此时，乔知之任尚书左司郎中，从五品上，品阶不低，身居要职；但面对武承嗣的强"借"，还是不敢阻拦。眼见窈娘归来无望，他派人将自己写的一首诗悄悄送去给窈娘。

石家金谷重新声，明珠十斛买娉婷。此日可怜君自许，此时可喜得人情。君家闺阁不曾难，常将歌舞借人看。意气雄豪非分理，骄矜势力横相干。辞君去君终不忍，徒劳掩袂伤铅粉。百年离别在高楼，一旦红颜为君尽。

——乔知之《绿珠篇》

此诗写的是西晋大臣兼富豪石崇，有宠伎绿珠，美艳而善吹笛。后来，朝廷政变，宠臣孙秀欲抢绿珠，石崇不舍得，绿珠坠楼自杀而死。而后，石崇也被诛杀，夷灭三族。

乔知之善写艳诗，格调不高，但此诗真情流露，远胜平时。窈娘读罢死志益坚，将诗藏在身边，于武承嗣府中投井而亡——此诗后来流传甚广，特别是南宋洪迈将之拆成三首七绝，收入《万首唐人绝句》，大大促进了其流传。对于此诗，一种理解是乔知之一语成谶，此事堪为爱情悲剧；但也有另一种理解，有人推测他是道德绑架，生生逼死了窈娘，因而痛骂乔知之。

武承嗣从窈娘尸身上发现了这首诗，大怒，命酷吏将乔知之下狱。

陈子昂与窈娘颇为熟悉。从第一次在曲江拜会乔知之，他便见到了窈娘。她温柔贤淑，做得一手好菜，能歌善舞，尤擅琵琶与羯鼓，也会吟诗作对。乔知之是位公子哥儿，平日雅集欢聚，多是窈娘在背后操持。乔知之深爱窈娘，因二人身份相差太远，依唐律无法成婚，所以他干脆拒绝结婚，只与窈娘长相厮守。如今陈子昂听闻噩耗，眼泪流了一夜，更加担心乔知之的安危。

那夜，北风啸如狼嚎。

天明之时，陈子昂展纸写下《上大周受命颂表》一篇、《大周受命颂》四章。他知道，这两篇文章武后已经等了许久；但他不知道，此时能否救得了乔知之的性命。

大周天授元年（690），是一个在祥瑞和鲜血中度过的年份。

此前，武后有了一个响亮的新名字——武曌。"曌"是宗秦客造出的字，凭借这份功劳，他短暂进入了宰相行列。

这一年，东魏国寺僧人法明等献上《大云经》四卷，称武后乃是弥勒佛转世，当取代大唐统治这片国土。武后下旨"颁于天下"。

这一年，原太子李贤的两个儿子被"鞭杀"，数不清的李唐皇族被屠戮，"唐之宗室于是殆尽矣，其幼弱存者亦流岭南，又诛其亲党数百家"。

这一年，武后拒绝了三次让她称帝的请愿之后，认识到"天意不可违"。于是，皇帝李旦退位，武后庄严地成为大周圣神皇帝，定都洛阳。李旦成为皇嗣，被赐姓武。

女子在中国称帝，这是第一次和唯一一次。

郭大侠与《宝剑篇》

陈子昂写给武曌的颂文，也给他留下了骂名。

比如，王士禛在其《香祖笔记》中写道：

> 子昂五言诗力变齐、梁，不须言，其表、序、碑、记等作，沿袭颓波，无可观者。第七卷《上大周受命颂表》一篇，《大周受命颂》四章，曰《神凤》，曰《赤雀》《庆云》《旰颂》，其辞诡诞不经⋯⋯下笔时不知世有节义廉耻事矣。子昂真无忌惮之小人哉！

也有很多人为陈子昂鸣不平。比如，杜甫就曾写下："终古立忠义，感遇有遗编。"

作为清初文坛宗师、"神韵派"创始人，王士禛的确有资格评价陈子昂的诗。不过，即便就诗言诗，王士禛也未必欣赏陈子昂。陈子昂的诗以力度取胜，而王的"神韵派"特点恰恰是"无力"，也被人诟病为发"瘟"。如此天差地别，成见是难免的。

这一切，陈子昂岂会意料不到？但他从来都不是爱惜羽毛之人。他的文章也未能救下朋友——乔知之终被满门抄斩。

陈子昂病倒了。另一个噩耗又传来：继母去世。他赶忙辞官，拖着病体返回射洪。

故园依旧，父亲陈元敬却老了很多。陈子昂的妻子浑身缟素，三岁的儿子陈光也穿了孝服，好奇地望着他⋯⋯他泪如雨下，哭昏在灵堂。

安葬完继母，陈子昂一直在坟茔附近的茅庐中住着。好友郭元振时常来看他。这些年，郭元振依旧未获提拔，这个正九品下的通泉县尉，他已经干了十七年。

这超出了绝大多数人的想象，人们不能理解，为什么这个出身好又有才干的人，会一直停留在这个岗位上。但陈子昂理解。最初郭元振入蜀，绝非像传言那样为了女人，而是想实地考察蜀地边防和风土人情，以便找到更好的抵御吐蕃之策。然而，在任通泉县尉期间，他爱上了当地一个名叫薛瑶的女子，要娶其为妻。薛瑶本是新罗人，幼年曾出家为尼，还俗后做过婢女。而郭家乃名门望族，郭元振之父曾任四品以上高官，这让家族无法接受。且依唐律，郭元振也不能娶做过奴婢的女子，否则即属违法。

在这方面，郭元振与乔知之颇有相似之处，但郭元振要"刚"得多。他不肯让薛瑶受半分委屈，执意明媒正娶。在通泉县，县尉掌司法，郭元振自己说了算。所以，他坚持十几年不升迁。而以他的出身和能力，只要朝中吏部不下调令，就无人能动得了他。而就算有人能打通吏部关节，谁又看得上这穷乡僻壤的小小县尉？

陈子昂不能饮酒，但每次都会为郭大哥开一坛剑南烧春。郭元振自斟自饮，十分畅快。谈话间，陈子昂发现郭元振愈发胆大妄为。因不忍看百姓生活窘迫，郭元振便私自铸钱发给贫户。有的豪绅转卖奴婢牟利，他便假托购买，将人放走，却并不付钱……附近几个县的豪绅敢怒而不敢言，因为郭元振在此地当县尉着实太久，纵横黑白两道，连县令、刺史都不敢招惹他。

陈子昂轻声道："郭大哥，如今告密风行天下，当心别人去洛阳告你。"

郭元振哈哈一笑："好兄弟，我知道你有一副硬骨头，什么都不怕。我又怕他何来？这些宵小之辈，就让他们去告吧！"

说完，把满满一碗仰头喝干。陈子昂也不再劝。

悉心调养之下，陈子昂日渐康复。郭元振带来的一些消息，也让他心境好转了些。

因为武周改朝换代顺利，"民心已定"，武曌开始调整统治策略。这一天，凭借罗织罪名、迫害宗室而一路升官的酷吏周兴，被他的下属来俊臣请去。来俊臣向他请教逼供方法，周兴颇为自得地指点这位后辈："这很容易。取一口大瓮来，四周用炭火炙烤，令囚犯入瓮，那还不是问什么说什么吗？"来俊臣依样画葫芦，起身对周兴道："有圣旨，命我审兄，请兄入瓮。"周兴魂飞魄散，立马叩头服罪。武曌免了周兴的死罪，改为流放岭南。半路上，周兴为仇家所杀。不久后，另一著名酷吏索元礼也被诛杀。

这两个酷吏各自杀死过数千人，血债累累，民愤极大。处死他们，为武曌缓解了舆论压力，挽回了部分名声。古往今来，酷吏都是最冷静的人。想来他们也都明白，皇帝能借他们的手，就能借他们的头。"背锅"和被杀，注定是他们的归宿。不必谈什么冤枉不冤枉，这俩字不是为他们准备的。

当然，武曌留下了来俊臣这把屠刀。而彻底销毁他，还要再等六年。

武曌的另一举措是开始重用狄仁杰、李昭德等有才能的官员。这时的狄仁杰已六十二岁，他当然不是什么"神探"，此前做过基层官员、司法监察官员、财政官员、大州刺史，也曾遭遇贬谪，政治上极为成熟。天授二年（691）秋天，狄仁杰被封为宰相。史书记载，武曌与他曾有这样一段对话：

后谓仁杰曰："卿在汝南，甚有善政，卿欲知谮（zèn）卿者名乎！"仁杰谢曰："陛下以臣为过，臣请改之；知臣无过，臣之幸也，不愿知谮者名。"太后深叹美之。

武曌说："你在地方上政绩很好，可还是有人告你状，你想知道是谁告你吗？"狄仁杰赶忙请罪说："陛下觉得我有错，我就改；陛下觉得我没错，那就谢天谢地，我不想知道谁告我。"武后很满意。

不辩解，不埋怨，只服从，皇帝说什么就是什么。武曌就喜欢这种听话的人。

但即便如此，几个月后，狄仁杰还是被来俊臣诬告谋反。他先认了罪，而后想了办法通知儿子，找武曌鸣冤，这才勉强逃过一死，却还是被一路贬到底，成为彭泽县令——东晋陶渊明曾任此职。直到六年之后，狄仁杰才再次拜相。

说到武曌平生的爱好，换年号是一个，另一个就是换宰相、折磨宰相。在太宗李世民二十三年统治期间，被任命的宰相有二十一人，每人平均任期为七年。而武曌实际掌权二十一年，任命宰相多达六十六人，每人平均任期只有两年，还要兼任各种职务，频繁出京。而且，六十岁之下任宰相的少之又少。有八成宰相被降职、撤职、流放，甚至处死，一种朝不保夕的气息四处弥漫。

或许，当年高宗李治"废王立武"而遭宰相抵制的往事，给她留下了太大的心理阴影。所以，她大半辈子都在削弱相权，跟宰相斗，其乐无穷。

武承嗣发动了一场请愿，希望立自己为太子。武曌很惊奇——这个侄子怎么会有这种想法？长寿元年（692），她在李昭德等大臣劝告下，剥夺了武承嗣大部分政治权利。当然，对于亲儿子李旦，她也不时予以"重锤"，好提醒他和他的拥护者们，谁才是一国之主。比如，长寿二年（693），她就害死了李旦的两位宠妃，其中一位是李隆基的母亲。

长寿二年春，陈子昂丁忧期将满。这一日，他想起郭元振有段日子没来了。正纳闷间,只听见一阵急促的马蹄,继而便是脚步声,郭元振大步走进来。陈子昂吃了一惊,但见郭元振头发白了许多,二目通红,脸上还有泪痕,嘱他写一篇墓志铭。原来,郭妻薛瑶昨日在通泉县官舍患暴病而亡。

陈子昂心中悲痛,抱了抱郭元振,当日便将墓志铭写好,亲自送去通泉县。他知道,郭大哥要一连数月烂醉如泥了。

夏秋之交,陈子昂丁忧期满。他离开射洪,自忠州(今重庆忠县)下江陵,返回洛阳。临行前,赋诗一首送别亲友:

> 楚江复为客,征棹方悠悠。故人悯追送,置酒此南洲。平生亦何恨,夙昔在林丘。违此乡山别,长谣去国愁。
>
> ——陈子昂《遂州南江别乡曲故人》

从这首诗可以看出,在对故乡的依恋之外,陈子昂还表达了隐逸之情。虽然"隐"是道家的必修课,但陈子昂信奉的道近乎鬼谷子,乃战国策士之风,有着强烈的入世情怀。或许,他有一种先知先觉,已经感觉到此去洛阳凶多吉少。

三十五岁的陈子昂回到洛阳,获封右拾遗,从八品上。相比之前的右卫胄曹参军,升了一级。

拾遗和补阙,这两种官职都是武曌于垂拱元年(685)所设,均为谏官,职责是陪伴皇帝左右,提出各种建议和意见,还能举荐人才。品阶虽然不高,但地位清要,远胜于同级别的大多数职位。乔知之即曾任补阙。以陈子昂上书言事的风格,拾遗一职很适合他。唐代诗人中,很多人曾任这一职位,而最出名的三个是陈子昂、杜甫和白居易。

是武曌着意栽培陈子昂吗?事实上,纵观陈子昂一生,除去最初"御前释褐"之外,看不出丝毫被武曌提拔的迹象。武曌对他的关注度的确超过了绝大多数基层官员，但那是要借他的一支笔。武曌自有一个御用写作班子和智囊团，因这些人平时从后门入宫，人称"北门学士"，主要成员有刘祎之、刘懿之、周思茂、元万顷、范履冰等人，基本都获得重用。武曌从未想过让陈子昂加入"北门学士"班子，大概是因为看出这小个子蜀人有极为独立的人格。他那股认死理、不妥协、不怕死的劲头，注定很难为她所用。所以，她采取了一种欣赏却不关照的态度，让他在基层慢慢磨炼吧。

那几年，武曌使用官员的态度，是非常开放的。只要是主管部门举荐的人才，她不问贤愚，一律提拔。原本官阶较高的，试用为凤阁舍人、给事中；次一级的，试用为员外郎、侍御史、补阙、拾遗、校书郎。这也是官员试用制度的开端。因封官太多，当时有人编了顺口溜："补阙连车载，拾遗平斗量；欋（qú，四尺钉耙）推侍御史，碗脱校书郎。"讽刺性极强，但武曌并不生气。她虽用高官厚禄收买人心，但一旦发现其不称职，立马就会贬黜他们，甚至上刑杀头。史书称她：

> 挟刑赏之柄以驾御天下，政由己出，明察善断，故当时英贤亦竞为之用。

武氏子弟和来俊臣看出了武曌对陈子昂的态度。延载元年（694），他们罗织罪名，将陈子昂打入大牢。陈子昂虽然早就料到自己会有这一劫，但其真正来临时，还是感到悲怆。一入酷吏之狱，便是九死一生。他默默调整心态，静候命运降临。

然而，奇怪的是，一连数月都没有人审讯他。他心中疑惑，直到许久后才知道，是因为来俊臣犯了贪赃罪，被贬到同州（今陕西大荔）任参军去了。但是，在狱中，哪怕一个小小的狱吏，都可以轻易将他害死。他不抱幻想，尽日打坐，自问平生无愧于心，只是亏欠了老父和妻儿。

自秋入冬，寒湿入骨，狱中饭食又粗粝。陈子昂自幼养尊处优，几时受过这等苦楚？幸亏过去几年丁忧时，他养好了身体，否则绝熬不过这段日子。

转过年来，一个正月夜里，他忽见一片红光照亮夜空。阵阵热风袭来，狱中喊声一片，不知是何处起了火。一连数日，皆是如此。究竟是何处失火，为何这么久都扑不灭？他眼前一亮：一定是明堂、天堂。心头遂升起无穷快意。

暮春时节，有诏书来，命陈子昂出狱，官复原职。

暖风拂面，落花沾衣。在去四方客栈的路上，他想：到底是谁救了我呢？

"是不是苏味道？去年三月他升为凤阁侍郎、同平章事，有这个能力。我与他是旧交。"陈子昂坐在温软的榻上，喝了几杯"郎官清"，心情舒缓下来。

"'苏摸棱'吗？老朽虽在坊间，却也听说苏味道四十七岁拜相，就是因为他惯于阿谀奉承。最要命的是，他不以为耻，反以为荣，公开声称：'处事不宜明白，但摸棱持两端可矣。'一个名满天下的文人，居然说得出这种话，你认为他会救你吗？"客栈的老掌柜一张胖脸涨得通红。他身体还算硬朗，却也已大不如前。陈子昂入狱的这些日子，多亏了老掌柜给他送些衣物和饮食，此番出来，两人更有了近乎亲人的感觉。

"会不会是李峤？他也是'文章四友'之一，两年前被召回朝廷，任凤阁舍人。我对他素来景仰，可惜交往不多。"

"这位李公倒是有些担当，也有见识。但这世道呀，戴罪之人，人人避之不及，哪里还会援手？除非是至亲至交。你想想还有谁？"

陈子昂心中挨个点数：卢藏用、王适、王无竞、崔融、杜审言、司马承祯……这些友人要么人微言轻，要么身处方外，要么交情不到，根本不可能起什么作用。宋之问？那更是不可能的了。忽然想起乔知之，假如他还在——不禁黯然。

老掌柜微微一笑："陈拾遗，你可能还不知道，白马寺的大和尚薛怀义死了。"又放低声音，"听说，因为陛下最近宠幸了一个名叫沈南璆（qiú）的御医，大和尚吃干醋，就放火烧了天堂，又殃及明堂，把陛下的老脸一把火烧了个干净。陛下很生气，隔了半个月，就命人在瑶光殿前大树下，将大和尚乱棍打死了——你想想薛怀义当年又是讲经说法，又是领兵出征，那股嚣张劲儿……"

陈子昂也笑了。

恰在这时，外面有人大喊："伯玉，伯玉兄弟，你在哪里？"

陈子昂一听，这声音太过熟悉，还未转过神来，门已被推开，凛凛一条大汉立在面前，身长七尺，一袭碧衣，五绺长髯，正是郭元振。

陈子昂一跃而起，二人紧紧一抱。

"郭大哥，你怎会在这里？快来喝酒！"

郭元振哈哈大笑，喝了三杯。老掌柜喊自己的孙子过来添酒，又给郭元振换来了大碗。郭元振叉手道谢。

细说起来，陈子昂才明白，替自己向武曌鸣冤之人竟是郭元振。原来，他铸私钱、劫奴婢、"为祸乡里"之事终被告发。武曌很奇怪一个进士及第之人，何以如此无法无天，于是命人押其来洛阳。甫一见面，她先被郭元振雄伟的长相所吸引；再论及时事、吏治，特别是抵御吐蕃之策，郭元振滔滔不绝直陈弊端。他无法无天的风格，正合乎武曌不拘一格的性格，于是被她大为激赏，先为他免了罪，又封了官，那官正是陈子昂之前所任之职，右卫胄曹参军。

郭元振道:"我便乘机向陛下说起,你陈伯玉还身陷狱中,请她开恩。她似乎不知道这件事,说叫人去查。我便知兄弟你有救了——可惜我前几日被派了公干,没能接你出狱。兄弟你多包涵。"

陈子昂叫声"大哥",眼中含泪,紧紧握住郭元振双手。

郭元振顿了一顿,笑道:"伯玉,当日陛下问我是否作诗,我答:自然会作,否则这进士岂不成了假的?我当即写了一首,陛下看后大喜,还命人抄写了数十本,赐给了李峤等学士们。"

陈子昂笑中带泪:"你作的哪一首?写来共赏。"

郭元振起身,提笔在手,就在一面大墙上长枪大戟般写了一首长诗:

君不见昆吾铁冶飞炎烟,红光紫气俱赫然。良工锻炼凡几年,铸得宝剑名龙泉。龙泉颜色如霜雪,良工咨嗟叹奇绝。琉璃玉匣吐莲花,错镂金环映明月。正逢天下无风尘,幸得周防君子身。精光黯黯青蛇色,文章片片绿龟鳞。非直结交游侠子,亦曾亲近英雄人。何言中路遭弃捐,零落漂沦古狱边。虽复尘埋无所用,犹能夜夜气冲天。

——郭元振《宝剑篇》

这首诗墨气淋漓,剑气纵横,看得人血脉偾张,心潮狂涌,却也有一种英雄失路、零落天涯的苍凉。

陈子昂读到"何言中路遭弃捐,零落漂沦古狱边"时心道:这写的不是我吗?郭大哥还在用诗替我鸣冤。

他捧起郭元振的酒碗,满满倒了一碗,说声:"兄弟敬你,先干一碗。"自己一口气喝光,泪如滂沱。

郭元振纵声长啸，接连喝了三碗。

那边，老掌柜背了身去，悄悄低头拭泪。

前不见古人，后不见来者

次日酒醒，陈子昂向武曌上了一纸《谢免罪表》。除了谢不杀之恩以外，他还提出愿从军塞外，戴罪立功。

大唐的军事外交，在高宗李治时达到巅峰，甚至超越了太宗时代；而到武曌完全掌权后，战线过长、军费过重等问题开始显露出来，对外转为守势；此后，又随着财政日益吃紧，以及大将动辄被杀，军力渐呈衰退之象。武曌称帝之后，恐怖统治有所缓和，同时，突厥、吐蕃和西南诸部落开始陷入内讧，边境压力减小了些。就在武曌觉得可以喘口气时，大将王孝杰、唐休璟说服了她。长寿元年（692），二将率军击溃吐蕃军，在龟兹重建了安西都护府，西部暂时安定下来。

此时，一个新的威胁在北方崛起，那就是东突厥的默啜可汗。他于延载元年（694）率兵进犯，被击退。证圣元年（695），王孝杰再次将其击败。此后，默啜时叛时降，反复无常。

证圣元年，吐蕃请求和亲。武曌派郭元振前往吐蕃，顺便探探虚实。出行前，郭元振与陈子昂道别："兄弟，你等着看我扬名立万吧。"此番出使，郭元振见到了当年在大非川击败薛仁贵的吐蕃权臣论钦陵，折冲樽俎，收获甚多。回洛阳后，他告诉武曌，论氏一族在吐蕃已不得人心，当下应再派使者前去详细商谈和亲细节，暗中挑动其赞普（国王）与论氏一族的矛盾。只要吐蕃一乱，大周就可省下军费了。武曌大喜。

这一年，契丹部落起兵叛乱。其实，契丹人是纯属被逼：因为当地发生饥荒，但管辖那里的营州都督冷酷而又傲慢，不仅不帮助救灾，还"视酋长如奴仆"。契丹酋长李尽忠大怒，联合妻兄孙万荣一同起兵数万，斩杀营州都督。而后又用计击溃了武曌派去平叛的二十八将。

九月，武曌以同州刺史、建安王武攸宜为右武威卫大将军，充清边道行军大总管，率军讨伐契丹。又命右拾遗陈子昂为参谋，随军前往。武曌为节省军费，还下旨征集狱中囚徒和豪门家奴，想要组成一支"虎狼之师"，上前线平叛。陈子昂当即上书称：让罪犯和家奴上战场，"此乃捷急之计，非天子之兵。且比来刑狱久清，罪人全少，奴多怯弱，不惯征行，纵其募集，未足可用"。

这武攸宜乃是武曌的侄子，哪里懂得什么军事？武曌用他，只是不放心把统兵之权交给外人。当然，武曌也没把契丹真当回事。毕竟，此前她就曾派薛怀义担任大将军，率多位将军出征，也打了胜仗回来。

武攸宜初时很高兴，但从听说二十八将全军覆没那一刻就吓破了胆，迟迟不肯开拔。

十月，平叛大军尚未开动，李尽忠先病死了，部落改由孙万荣接掌。默啜可汗为向武曌示好，派兵偷袭契丹基地，将契丹叛军的家人和财产劫掠一空。后路被断，契丹人只能死命南下，还打出了让武曌还位李显的旗号，"河北震动"。

到了神功元年（697），武攸宜终于出兵。武曌也知道自己侄子是个什么货色——她先命名将王孝杰轻兵北上，这样大概率就不需要侄子丢人现眼了。王孝杰与搭档苏宏晖一起，在东硖石谷（今河北唐山附近）与孙万荣的大军遭遇。契丹兵多，峡谷又窄。王孝杰与苏宏晖定好战略，由他先率少量精兵突击，出谷之后列阵，再由苏宏晖率主力增援，这样就能迅速穿越山谷，在开阔地与契丹兵决战。苏宏晖满口答应。

王孝杰孤军深入，且战且进，出谷后刚摆好阵势，孙万荣就回军反击，四面合围。这本在计划之中，谁知苏宏晖临阵怯战，未率主力增援。王孝杰身陷重围，苦战之后坠谷而死。

中国古代战争史上，这种因搭档不靠谱而致使名将惨败的案例不少。其中，东硖石谷之战的王孝杰是一例，大非川之战中的薛仁贵是一例（那场仗王孝杰也在阵中，但还是无名小辈），宋朝陈家谷之战中的杨业是另一例。

东硖石谷之战，三十岁的张说恰好在苏宏晖军中，任节度管记（后改为掌书记）。他快马加鞭赶回洛阳，向武曌报告了王孝杰兵败的真相，以免苏宏晖"恶人先告状"。武曌追赠王孝杰为夏官尚书（兵部尚书），封耿国公，又派使者去幽州阵前斩杀苏宏晖。不过，使者还未赶到幽州，苏宏晖就已立功赎罪，免于一死。

武攸宜率大军进至幽州，听到王孝杰兵败身死的消息，吓得方寸大乱。

陈子昂在军中总揽文书工作，看到武攸宜畏缩不前，军纪混乱，万分焦急。他上书请求出塞，本想与郭元振一起北征，兄弟同心立功疆场。谁知，武曌倒将他派到了武攸宜麾下。他当然知道武氏诸子忌恨自己，古人云："将在外，君命有所不受。"武攸宜若寻衅杀他，自有一万种理由，连武曌也救不了。而且天意难测，谁知道武曌派他前来，是不是受够了他的谏诤，想借刀杀人？

武攸宜进不敢战，退又怕获罪，在幽州一停便是数月，粮草渐渐不支。雨季又来，将士整日泡在泥泞里，苦不堪言。契丹军在幽州周围大肆剽掠，武攸宜偶尔派人抵挡一下，但军心涣散，屡战屡败。

陈子昂心急如火,却还要经常写军书向朝廷表功,写露布激励将士。这一日,他忍无可忍,径直闯入中军大帐。武攸宜正在看美人歌舞,瞥见陈子昂,怒道:"你来做甚?为何不通报?"

陈子昂也不施礼,直陈己见。他虽口称武攸宜为"大王",但直指其统兵如儿戏一般,需要用行动洗刷耻辱,还自荐愿统兵万人为先锋,擒拿孙万荣。

武攸宜一声冷笑:"你一介书生,懂什么用兵?"

过了几天,陈子昂再次去见武攸宜。武攸宜大怒,直接命人将陈子昂轰了出去,还将其降为军曹,连文书也不让他写了。

当日,陈子昂心中悲愤,纵马驰骋,远远看见前方有一座土丘,颇多林木。到得丘下,只见旁边一块残碑,上面苔痕遍布,隐隐透出三个大字:"黄金台"。

陈子昂心中一动:莫非这便是千余年前燕昭王为招纳贤才所营建的黄金台?心下油然升起一股敬意。下马登丘,立身处有诸多大树,翳郁苍翠。还有些废弃亭台、残垣断壁,耳畔时有鸦声,绕树三匝。

他拴好马匹,信步上了一座废台。天色不云不雨,空中也无太阳,极目处一片萧瑟。因契丹人四处杀戮劫掠,周遭农夫早已逃个干净,这一季庄稼都没有人种,田地里俱是杂草。黄金台,这一古来无数士人梦绕魂牵的知音之地,而今却只剩下一片尘埃。在这里,看不到过去,也望不见人烟,连自己的心跳声也消泯于无。

他本是修道之人,讲求天人感应,当此际更觉此身渺渺茫茫,无所依傍,禁不住悲从中来,泪流满面,脱口吟道:

前不见古人,后不见来者。念天地之悠悠,独怆然而涕下！

——陈子昂《登幽州台歌》

这首诗没有丝毫雕琢与修饰，也全无解释之必要，只有喷涌的感情和巨大的悲怆感。这悲怆弥漫天地，也击中每一个读诗之人。这样的诗，即便跨越千年，也是唯一的。

泪水已干的时候，陈子昂回到了军营。当夜，他一口气写了七首诗，寄给远在洛阳山中的卢藏用。这些诗分别缅怀了燕昭王、乐毅、燕太子丹、田光、邹衍、郭隗等人，有生不逢时、壮志未酬之叹，但根本上还是四个字——知音难求。

王道已沦昧，战国竟贪兵。乐生何感激，仗义下齐城。雄图竟中夭，遗叹寄阿衡。

——陈子昂《乐生》

这是陈子昂笔下的乐毅。他所追寻之道，与乐毅之道相通，只可惜武曌又岂能与燕昭王相比？

武攸宜依旧屯兵不前，而军中再无陈子昂说话之地。这样又消磨了二十多日，契丹兵忽然败了。

这当然不是武攸宜的功劳。原来，默啜可汗再次偷袭了契丹后方。契丹军队溃退半路，又被武周前军截击，孙万荣走投无路，被手下奴仆所杀，剩余的契丹残兵投降了突厥。此后，默啜可汗在武曌绥靖政策之下变得更强，逐步称雄漠北，"拥兵四十万，据地万里，西北诸夷皆附之，甚有轻中国之心"。

终古立忠义，感遇有遗编

虽然实际并无功劳，但武攸宜还是一路奏凯。回到洛阳，陈子昂依旧做他的右拾遗。此番北征，让他对包括武懿在内的武氏一族更为失望，参政之心也更冷了。

这一年，来俊臣依旧罗织罪名，大肆杀人，王勃的兄长王勔、王勮和弟弟王助，都在一场冤案中因受株连而被杀。

这一年，苏味道改任天官侍郎（吏部侍郎），负责铨选人才。与其同属"文章四友"的杜审言终于获得机会，出任洛阳丞。洛阳县为赤（京）县，县令为正五品上，县丞则为从七品上，比一般的县丞、县尉高出几档。杜审言沾了苏味道的光。这里却有个故事：

> 苏味道为天官侍郎，审言参选，试判后谓人曰："苏味道必死！"人问其故。审言曰："见吾判即当羞死矣！"又谓人曰："吾之文章，合得屈、宋作衙官；书迹，合得王羲之北面。"其矜诞如此。

杜审言考完试就大喊：苏味道必死，看了我写的公文羞愧而死！他还说，自己的文章凌驾屈原、宋玉之上，书法力压王羲之，当真狂得可以。有人据此认为，杜审言是个妄人。其实，他只是跟老友开个玩笑而已——虽然过火了点，但老友也不介意。顺便一提，苏味道也是个知人善任之人，就是他发现了宋璟。

陈子昂就很喜欢杜审言，觉得他在疏狂之外，别有一种天真和耿介。在"文章四友"中，杜审言虽当官当得最小，但写诗堪称第一。他所擅长的领域不多，但在自己的领域，他是一位天才，总能写出令人惊叹的诗句。而且他还有个著名的孙子，那就是杜甫。

跟李世民、李治欣赏"上官体"诗歌不同，武曌喜欢的是一种新的七言歌行体，这与她的知识结构和性格有关。与李世民和李治相比，她对于南朝文学并没那么倾心，也不愿在耽于雕饰的"上官体"中转圈。新鲜明丽且又朝气蓬勃的七言歌行体，正好合乎她热爱铺张和略显豪放的性格。

七言歌行体虽古已有之，但大多语言朴实。到了卢照邻、骆宾王时期，才开始变得辞藻华丽，却充满了生僻典故，读着拗口，也比较难懂，对于武曌来说，门槛有点高了。于是，大唐诗歌界开始转文风，一批典型诗歌和诗人被推了出来，郭元振的《宝剑篇》正是其中之一。此外，武曌所重用的李峤，也是能将咏物诗与七言歌行体冶为一炉的高手。

武曌的审美与其出身有莫大关系。武氏一族虽非寒门，却也不是世家大族。她父亲武士彟（yuē）原本只是个木材商，后投资支持李渊起兵，押中了注，才开始做官。武曌的母亲出身弘农杨氏，给了她很好的教育，但这种教育还达不到太高层次。

武曌擢用中下层知识分子的选人方向，也与士族高官不同。无论裴炎、薛元超，还是刘祥道，这些出身名门望族的宰相，都只会欣赏王勃、杨炯等名门望族子弟。他们是不可能看上并提拔骆宾王、陈子昂等下层知识分子的。所以，多年前她看见骆宾王的《讨武曌檄》，第一反应就是责怪"宰相之过"，致使人才"流落不偶"。

当时，诗名最大的要数宋之问。有一次，武曌游龙门，命随从文人写诗，谁先写完便赐以锦袍。左史东方虬率先写完，将锦袍拿走。而宋之问也写完了，"文理兼美"，左右赞声一片。就这样，东方虬还没捧热乎的锦袍，顷刻间就被宋之问夺走了。这是大唐宫廷著名诗歌竞赛中，宋之问所获得的第一次胜利。另一次取胜要等到数年之后,输家是沈佺期,而裁判则将变成上官婉儿。

东方虬这个名字,看着挺有气势。武曌曾开玩笑说,它可以跟西门豹做对联。东方虬当日的那首诗早已遗失,具体写的什么,后人无从知晓。宋之问的《龙门应制》则流传下来,诗中展示了高超的技巧,是南朝审美与武曌兴趣调和而成的改良版。结尾处还以一句"先王定鼎山河固,宝命承周万物新",赞美了武周朝的正统性。

武曌自然高兴。而为了能讨武曌欢心,晋升"北门学士",进而有机会成为御用男宠,宋之问极尽歌颂之能事。比如,他专门写了一首七言歌行,结尾是这样的:

明河可望不可亲,愿得乘槎(chá)一问津。更将织女支机石,还访成都卖卜人。

——宋之问《明河篇》(节选)

诗中"织女"是谁,不言而喻。这已经很暧昧了。有记载称:

(武)后见其诗,谓崔融曰:"吾非不知其才,但以其有口过尔。"之问终身耻之。

武曌也欣赏宋之问的才华,但实在忍不了他的口臭。这一句话传得朝野皆知,宋之问为此羞愧了一辈子。

当时,还有一首七言歌行颇具代表性,题为《代悲白头翁》,作者是刘希夷。跟很多诗人一样,正史中并无他的记载,只有《唐才子传》和《全唐诗》等资料中有少许文字。刘希夷是个很可爱的人,"美姿容,好谈笑,善弹琵琶,饮酒至数斗不醉,落魄不拘常检"。如此美男子,在酒局上很受欢迎,再写一手好诗,就更是妙人了。

> 洛阳城东桃李花,飞来飞去落谁家?洛阳女儿惜颜色,行逢落花长叹息。今年花落颜色改,明年花开复谁在?已见松柏摧为薪,更闻桑田变成海。古人无复洛城东,今人还对落花风。年年岁岁花相似,岁岁年年人不同。寄言全盛红颜子,须怜半死白头翁。此翁白头真可怜,伊昔红颜美少年。公子王孙芳树下,清歌妙舞落花前。光禄池台文锦绣,将军楼阁画神仙。一朝卧病无人识,三春行乐在谁边?宛转蛾眉能几时,须臾白发乱如丝。但看旧来歌舞地,唯有黄昏鸟雀悲。
>
> ——刘希夷《代悲白头翁》

这首诗流传千古。据说,刘希夷是宋之问的外甥,二人同年中进士,年龄大概差不多。宋之问知道这首诗还没流传出去,想把"年年岁岁花相似,岁岁年年人不同"这一联据为己有。刘希夷当时答应,而后却又反悔并泄露了这一秘密。宋之问大怒,命人用土袋将刘希夷活活压死。

这是小说家的写法,当不得真。其实,这首诗被后人剽窃过多次,连林黛玉的《葬花词》中都偷了几句。

后来,宋之问确乎声名狼藉,但也不该把所有脏水都泼在他身上。

陈子昂是东方虬的朋友。听说东方虬因锦袍事件受辱,他专门写了一首长诗《修竹篇》相赠。这首诗的序言《修竹篇序》流传至今,让没有作品传世的东方虬在古代文学史上有了那么一丁

点儿地位。当然,更重要的是,这篇序言成为陈子昂创作理论的公开宣示。其中写道:

> 文章道弊五百年矣。汉魏风骨,晋宋莫传,然而文献有可征者。仆尝暇时观齐、梁间诗,彩丽竞繁,而兴寄都绝,每以永叹。思古人,常恐逶迤颓靡,风雅不作,以耿耿也。一昨于解三处,见明公咏《孤桐篇》,骨气端翔,音情顿挫,光英朗练,有金石声。遂用洗心饰视,发挥幽郁。不图正始之音,复睹于兹,可使建安作者,相视而笑。

他以东方虬的《孤桐篇》为切入点,直言自己推崇"正始之音、建安风骨",反对"齐、梁间诗,彩丽竞繁",担心诗这样写下去会"逶迤颓靡,风雅不作"。

此处,就差点上官婉儿和宋之问等人的名了。而事实上,陈子昂上追魏晋的诗风与武曌的审美也相隔千里。武曌欣赏他的文,对他的诗却实在无法共鸣。

圣历元年(698),陈子昂收到家信,父亲病了。

他当即请求辞官,回乡奉养老父。诏书下来,命他"以官供养"。这是特殊的恩典。因为按照唐朝制度,请长假就等于辞官,并无保留职位一说。很多官员一旦父母去世,丁忧期内无职无薪,一家人生计就成了问题。

回到射洪时,父亲陈元敬已一病不起。家中里里外外,俱是妻子操持。长子陈光十一岁了,次子陈斐也开始读书。陈子昂心中充满了对妻子的歉意,接下来的日子,他想好好尽一下对于家庭的责任和义务。

另有一个深层原因是,陈子昂觉得朝廷已不再需要自己了。

此前,来俊臣已伏诛。当时,来俊臣罗织成瘾,转而诬陷李旦、李显谋反,想借此窃取大权。他的疯狂,让太平公主和武氏子弟都感到害怕,一同上书揭发其行径。可武曌早已经上了恐怖统治的瘾,不愿杀来俊臣,自毁"屠刀"。的确,还有什么比恐怖统治更直接、更有效的呢?直至亲信大臣劝告,她才下定决心。来俊臣被斩首弃市之后,尸身很快就被人们分割、抢光。史书说,很多人吃了他的肉。

狄仁杰已经重新拜相。经其劝说,武曌放弃了立武承嗣或武三思为太子的想法。此后,武曌还将狄仁杰举荐的姚元崇(后为避讳李隆基"开元神武皇帝"尊号,改名姚崇)、张柬之、桓彦范、敬晖等人都委以重任。她不会想到,狄仁杰这位忠心耿耿、任劳任怨的老臣在下一盘大棋,已经为武周王朝挖好了坑。

郭元振日渐受到重用。在其离间计之下,吐蕃赞普与论钦陵关系进一步恶化,派兵杀了论氏一族两千余人,论钦陵兵溃自杀。论钦陵之弟赞婆、之子论弓仁也先后投降武周。郭元振奉武曌之命前去迎接,从此一路青云直上。

武曌越来越沉迷于享受。她为自己的两个男宠张易之、张昌宗兄弟专门设置了控鹤监(后改名奉宸府)。这里相当于武曌的一座行宫,里面塞满了各式各样的美少年。令人尴尬的是,该机构还有另一重职能,就是编辑大型诗歌选集《三教珠英》,李峤、张说、员半千、薛曜、沈佺期、宋之问、王适、王无竞等人皆名列其中,人称"珠英学士"——如此设置似乎也隐隐透露出在武曌心目中,文学到底居于什么位置。是记录时代,还是仅仅装点门面、粉饰太平,抑或只相当于"宠物"……一切不言自明。

这一切,远在蜀中的陈子昂都零星听到了消息。只是,他早已不再热心于此。

圣历二年(699),陈元敬去世。陈子昂再次筑庐守墓。

每日与家人一起吃饭,让他觉得心头温热。妻子言语不多,两个儿子也颇乖巧。他时常揽着幼子,望向满天群星。

夜晚独自在茅庐静卧,听着漫山遍野的风声,他想起父亲的一生和自己的半生。隐与仕,究竟何者为是,何者为非?遇与不遇,哪个是幸,哪个是不幸?就像父亲秉承陈家之道,终身不出山,守得全家安稳,还能救济一方百姓;而自己孤身挺一支笔,几次三番行于刀山,还曾下狱,几欲丧命。想替天下苍生代言,却又总被当权者利用,其中的功与过,谁人又能说清?

他的身体愈加羸弱。这些日子,他很少写诗,多数时间都在整理父亲的遗稿以及自己的诗集。他精心挑选了三十八首五言诗,编作一辑,名曰《感遇》。这些诗体现了他主张的"汉魏风骨",也凝聚着大半生创作思想。自幼修道的他,与天地万物相通感,将生命体验与历史进程相融合。他是受过牢狱之苦的,知道武氏诸子狼心不死,但笔下忍了又忍,还是掩不住批判锋芒。这片大地到处是歌功颂德之声,苍生似乎只是天命迭代的棋子,所有个体的悲欢都将被碾为尘埃。

> 本为贵公子,平生实爱才。感时思报国,拔剑起蒿莱。西驰丁零塞,北上单于台。登山见千里,怀古心悠哉。谁言未忘祸,磨灭成尘埃。
>
> ——陈子昂《感遇》其三十五

晖上人常来访他,他亦拖着病体回访。洛阳唯有卢藏用常写信来。佛与道,俱在心头滑过,而他只觉得孤寂。

长安二年(702),陈子昂正在茅庐中安坐,忽然闯进几个衙役,手持铁索,不容分说,将他锁起便走。

陈子昂大喝一声:"我乃八品京官,你们是什么人?安敢如此?"

领头人冷笑道："姓陈的，有人告你谋反，我等奉命拿你。多说无用，走吧！"

陈子昂心头一寒，想起八年前入狱的一幕——来俊臣不是早就死了吗？他知道，在"谋反"罪名下，官品是无用的，只得随众衙役一路来到射洪县衙。连县令都未见到，就直接被打入了大牢，一关便是月余。

妻子终于被允许探视，见丈夫头发皆已花白，瞬间泣不成声。她说，是新来的县令陷害他，理由则是他给父亲所写碑文中"青龙癸未，唐历云微"、"大运不齐，贤圣罔象"等句子，暗指武曌非正朔，也非圣明之君，所以给他定下了谋逆的罪名。听说，这县令名叫段简，早年未婚妻被来俊臣强娶。后来，来俊臣听说他还有美妾，又来威逼，段简就乖乖把妾也送了去……就是这么一个出了名的软骨头，刚来射洪就陷害陈子昂，还向陈家勒索二十万，说可用钱抵罪。

陈子昂轻轻摇了摇头。若段简从碑文中那几个字下手，附会文法，可说是"指斥乘舆""无人臣之礼"，依照唐律应属"十恶"，罪无可赦。以自己对官场的了解，一个小小的射洪县令怎敢贸然陷害他这地位清贵的京官？这背后定然是武三思等人的指使。那二十万勒索，不过是段简顺手牵羊罢了。武三思阴狠毒辣，算准了蜀地天高皇帝远，纵使郭元振闻讯去求武曌，也根本来不及……

妻子走后，陈子昂为自己卜了一卦：大凶。他知道要丧身于此了。

这一年，他果然死于狱中，终年四十四岁。

六十年后的冬天，五十一岁的杜甫来到射洪，步履蹒跚登上金华山，凭吊屈死的陈子昂。脚下涪江似练，远方雪岭皑皑，不远处道观飘来阵阵香火气息，道观后是一座早已倾颓的房屋。那是陈子昂曾经读书的地方。

杜拾遗提笔写下一首《陈拾遗故宅》,为陈子昂短暂的一生、也为心怀不甘的自己,画了一个感叹号:

拾遗平昔居,大屋尚修椽。悠扬荒山日,惨淡故园烟。位下曷足伤,所贵者圣贤。有才继骚雅,哲匠不比肩。公生扬马后,名与日月悬。同游英俊人,多秉辅佐权。彦昭超玉价,郭振起通泉。到今素壁滑,洒翰银钩连。盛事会一时,此堂岂千年。终古立忠义,感遇有遗编。

——杜甫《陈拾遗故宅》

第四章　淡出个盛唐来

没有人怀疑,盛唐是中国诗歌之巅。

如果说初唐的优秀诗人寥若晨星的话,那么盛唐就是繁星满天。如果说初唐诗人麇集两京,甚至局限于宫廷的话,盛唐诗人则遍布大江南北,声闻庙堂江湖。如果说初唐诗多用于游宴应景的话,盛唐诗则纵情于都市、大漠、江海、山林等一切地方。如果说初唐诗还只是作为社交工具或文章副产品的话,盛唐诗则是一种独立的艺术、外化的人格,可诉说一切心声。

只是,盛唐不是哪一天突然到来的。

就像没有李世民的"贞观之治"、李治的"永徽之治"、武曌的"女皇时代",就不会有李隆基的"开元盛世"一样;离开了"初唐四杰"、陈子昂、"文章四友"、"沈宋"等,也不会有后世王维、李白、杜甫、高适、岑参等人的横空出世、光耀千古。只是,文学所遵循的并非简单的因果关系,而是另一种更复杂的逻辑。

在这个过程中,孟浩然是个特例。他一直身处大唐主流诗坛之外,以旁观者的姿态,目击并参与了盛唐的来临。

他的人,高高瘦瘦,身着白袍,头戴玄帽,骨貌淑清,风神散朗,脸上总有淡淡的笑。他没有攻击性,态度也是真诚的,入仕无门使他惆怅,但他似乎不在意。对世上的一切,他似乎都有点不在意。他小心呵护着自己那颗心,那颗与天地融合为一的散淡诗心。

他的诗,清清淡淡,风仪落落,就像浸润了山水之灵气,脱口而出的一样,没有半分拗口与做作。他的诗是一缕风,而不是一座城,有扑面而来的清新,而无层层叠叠的谨严与堆砌感。甚至,他主动放弃谨严,只求一种淡,他的诗,淡得几乎快"看不见诗了"。

襄阳与洛阳

陈子昂去世那年,孟浩然十四岁。

襄阳,距长安东南一千里。汉江之滨,岘山脚下,北马南船,交汇于此。这里扼守南北咽喉,历来为兵家必争之地。

孟浩然生长于襄阳城郊的一个儒绅之家,其父没做过官,一直耕读传家。又因孟浩然自幼体弱,为帮其强身健体,父亲寻了一位高人,从小教他练剑。书与剑,使孟浩然在儒雅之外,也有几分侠气和刚烈。

在中国历史上,只要农民不造反,就很少记载农村的事。其实,当武曌在都城掀起腥风血雨,"官"不聊生之时,帝国广袤的农村却处于平静中。除去那些饥荒降临的地方,大多数乡村都获得了长足发展。武曌的高度集权和强硬,提高了行政效率,在农村所修建的灌溉系统,让土地更加丰饶。也正是农村的平静,使若干次叛乱都失去群众基础,游牧民族的袭扰也引不起太大波澜。农民这一在绝大多数时间都沉默的阶层,成为武曌恐怖统治的巨大基础。这一隐秘的现实,在历史上一直少有人提及。

而当武曌晚年沉迷享受时,农民的生活骤起波澜。因为,她所宠幸的张易之、张昌宗,不仅是美男子,也是吸血鬼。他们卖官鬻爵所带来的腐败问题,逐渐波及农村。当武后不再热心于政治，她靠高度集权所建立起来的政治体系也随之瘫痪。于是从上到下，人人痛骂"二张"。

长安三年（703），"二张"因多次遭宰相魏元忠弹劾，怀恨在心，遂诬陷其谋反。武曌将魏元忠下狱，命其与"二张"当堂对质。这个魏元忠极有威望，早年凭上书而引起高宗李治关注，能文能武，曾领兵平定徐敬业之乱。连陈子昂都是魏元忠的粉丝。

当时，张说担任凤阁舍人，"二张"逼其指证魏元忠谋反，张说一口答应。然而，次日朝堂上，张说直言魏元忠是忠臣，并直指"二张"逼自己做伪证。武曌命新晋酷吏武懿宗同审，张说拒不改口。按说，此时谁是谁非已经很明白，但武曌极力维护自己的男宠，而将魏元忠和张说贬官、流放。

这一事件使得朝中大臣反抗情绪更浓。人们彻底明白了：如果不除掉武曌这两个"宠物"，非但政治状况不会好转，每个人还都可能有杀身之祸。为缓和这种反抗情绪，武曌任用了一位素有威望的襄阳籍老臣张柬之为宰相。张柬之只比武曌小一岁，也快八十岁了，他中年时曾得卢照邻赠诗，晚年时又受到狄仁杰推荐，此刻依旧壮志在胸。

神龙元年（705）正月廿二，张柬之率领崔玄晖（wěi）、桓彦范等人，带左右羽林兵五百余人入玄武门，包围了武曌所居住的集仙殿，途中擒住张易之、张昌宗兄弟，并请来已被武曌召还复立为太子的李显。在集仙殿走廊上，"二张"被公开斩首。

武曌大惊，她披头散发出门来——史书中，她一生都以善于保养和精心打扮而著称，从未以这样的形象公开亮相。血腥的场景映入眼帘，两个心爱的小伙子都已人头落地。更可恨的是，此次政变的主要领导者，几乎全是她一手提拔起来的，其中还包括李义府的儿子。于是，她将正在发抖的太子以及其他政变者训斥一番，转身返回了自己的卧室。

至此，女皇时代画上句号，江山重新归于大唐。这场政变被称为"神龙政变"。

然而，历史总是令人尴尬，虽然统治者习惯以标签化处理问题，但真相从来都不是标签所能掩盖的。因为继任者缺乏武曌的才能和手段，重回大唐后的十余年，百姓非但没有过上幸福生活，生存环境还更加恶化。

糊涂的李显，继续着他的糊涂。只是他不知道，母亲当皇帝时，他的糊涂可以保命，而自己当了皇帝，糊涂却是要丧命的。他把权力完全交给妻子韦后，韦后则选择与自己的男宠武三思共享大权。于是，武三思轻而易举地报复了张柬之、桓彦范、敬晖、崔玄暐、袁恕己等五个带头发动政变的人。他怂恿李显先将他们破格封王，而后逐出都城。当年七月，张柬之被封为汉阳郡王，后任襄州刺史，远离了权力中心。

那个冬天，武曌崩于上阳宫，终年八十二岁，"去帝号，称则天大圣皇后"，归葬乾陵，与高宗李治合葬。至此，她才被称为"武则天"。

武曌死后，如何对她进行评价是一个难题。因为从血统上说，她是李显和李旦的母亲，是他们最亲近的人，但从皇统和国法上说，她改了国号和正朔，是无可争议的大逆不道。但皇家的事就是这样，无论平时怎么强调国法，到了最紧要时刻，国法只是人家一句话而已。做文臣的只能想尽办法，将皇家那些毫无底线的事讲圆，还得讲好，这真是一种悲哀。

崔融受命为武曌撰写《则天大圣皇后哀册文》。作为文坛宗师，他一直为朝廷的各种大型活动撰写公文，看似荣耀至极，却也浪费了宝贵的文学天赋。为了写这篇册文，围绕着如何措辞，崔融殚精竭虑，最终一病而亡，着实可叹。

那年春天，十七岁的孟浩然在憧憬美好的未来。和当地许多年轻人一样，他也喜欢标榜自己的偶像是张柬之。当然，他不知道，白发苍苍的一代名相几个月后就要回归故园。

孟家宅院位于襄阳城郭，岘山南麓，依山临水，号为"涧南园"。孟家虽非巨富，却也家境殷实，薄有田产。孟浩然自幼热爱山水，在读书练剑之余，常与弟弟孟洗然一起，爬到岘山上眺望。孟洗然很快就会厌倦，吵着要回家，孟浩然却不理他，而是望着山山水水出神。

孟洗然忍无可忍："哥，你整天游山玩水，就不觉得自己太不务正业了吗？"

孟浩然点了点头："你说得对。但你不觉得山山水水很美吗？"

孟洗然跺一跺脚，没好意思继续问：美，能当饭吃吗？

其实，只要他问出来，孟浩然就将无法回答。而且终其一生，他都无法回答。

暮春时节，孟浩然在清晨的鸟鸣声中醒来。他见窗户半开，院里落红满地，脱口吟出一首诗：

> 春眠不觉晓，处处闻啼鸟。夜来风雨声，花落知多少。
> ——孟浩然《春晓》

他把这首诗挥笔写下，便出门去了。父亲看后大为赞赏，一有聚会就吟给朋友听，这首诗很快便传诵开来。只是也有人说：诗是好诗，就是这"风雨"多了些。

的确，这一年由春至夏，襄阳一直在下雨。进入六七月，已经闹起了洪灾。孟家的宅院建在高处，一时无被淹之虞，但庄稼却眼见要绝收了。农民日日盼晴天，望眼欲穿。

八月，天仍未晴，新任刺史张柬之到了。这位襄阳父老心中的英雄，原本是回乡养老的——诏书命其"不知州事，给全俸"，即拿全额工资，不干具体工作。但张柬之到任时，正值汉水暴涨，眼看就有灌城之危，他果断担起抗洪重任。

抗洪救灾，最怕有权势者往后缩，只图自保，却把无权无钱的百姓推到最前方，不仅贻误时机，更会草菅人命。张柬之以法纪约束下属，即使亲朋旧故也绝不宽贷，迅速组织起抗洪力量。他还利用军营壁垒筑起堤坝，挡住了滔滔洪水，拯救了襄阳城。

雨终于停了，太阳升了起来。满城的父老仰望着自己的英雄。此刻，在人们心中，他救没救大唐已经不再重要，重要的是，他救了自己一家老小。

张柬之也是个诗人，他传下来的几首乐府诗带有南朝余韵，清而艳。

南国多佳人，莫若大堤女。玉床翠羽帐，宝袜莲花距。
魂处自目成，色授开心许。迢迢不可见，日暮空愁予。

——张柬之《大堤曲》

等到洪水退去，张柬之就将政务还了回去，整日居住在老宅中。那时人的寿命短，能活七十已然少有，八十岁的他想好好休息一下了。

张柬之喜欢看年轻人相互切磋，于是命人组织诗会，孟浩然就是在这种背景下走入张柬之老宅的。在那里，襄阳的文学青少年齐聚一堂，除孟浩然之外，还有张子容、辛之谔、王宣、吴悦、朱去非、王迥、丁凤等人，张柬之请他们饮酒、听曲。

孟浩然看着须发皆白的老相爷，他那衰老酡红的脸上，有自己对于外面世界的一切想象。周围少年欢声笑语，孟浩然无论如何都不会想到,眼前这些人,就是自己一生最主要的交际圈了。

饮了几场酒,就过去大半年。在武三思的进一步陷害下,张柬之被贬为新州(今广东新兴)司马,终老襄阳的梦想破灭。到新州后,张柬之"愤恚(huì)而卒",终年八十二岁。

在洛阳的诗人圈子里,清算也早已经开始。大唐帝国的著名诗人们,被一个一个从洛阳流放到边疆之地。

神龙元年,沈佺期、宋之问、杜审言等均遭贬逐,罪名基本都是"阿附张易之兄弟"。"二张"恶名昭彰,"阿附"斯文扫地,贬逐似乎理所应当。可是,当国家文学机构都掌管于"二张"之手,一般文人想要出头,哪能逃得了阿附之嫌?而且,"二张"当时的身份就是政府机构的代言人。即便骨鲠如陈子昂,也替张昌宗写过序文。将乱象归罪于道德是最简单的,但在惩罚个人之时,又该如何反思制度之恶?

沈佺期被贬驩(huān)州(今越南境内),在当时所有诗人中,他是被贬得最远的一个。他与宋之问同年进士及第,擅长写七言诗,也是七言律诗奠基人之一。早在多年之前,他就写过一首诗送给乔知之。

> 卢家少妇郁金堂,海燕双栖玳瑁梁。九月寒砧催木叶,十年征戍忆辽阳。白狼河北音书断,丹凤城南秋夜长。谁为含愁独不见,更教明月照流黄?
> ——沈佺期《古意呈补阙乔知之》

诗中写一位贵族少妇思念远征的丈夫,立意虽乏善可陈,却展示了超绝的驾驭能力。这首诗被后人视为初唐七律的"压卷之作"。颔联"九月寒砧催木叶,十年征戍忆辽阳",虽对仗不甚工整,但音节爽朗,气象阔大,将极不和谐的事物变得和谐,堪称千古名句。

沈佺期与宋之问同为重要的宫廷诗人,并称"沈宋",但其名声一直被宋之问压制。沈佺期精通音律,进士及第后曾任协律郎,他善于描写,思想丰富,且能控制文体,只是前期名利心重,表达矫揉造作,一味逢迎当权者。这一番贬逐,恰好治愈了他的毛病。当他离开宫廷一路向南,也就离开了宫廷诗的牢笼,思想真正插上了翅膀。

事实上,无论沈佺期、宋之问还是杜审言,他们的诗都在这次贬谪中得到了"进化"。

这年,在路过五岭中的大庾岭时,沈佺期想到杜审言虽与自己走不同路线,却也会路过大庾岭。于是,他写了一首诗:

> 天长地阔岭头分,去国离家见白云。洛浦风光何所似,崇山瘴疠不堪闻。南浮涨海人何处,北望衡阳雁几群。两地江山万余里,何时重谒圣明君。
>
> ——沈佺期《遥同杜员外审言过岭》

与此前的诗相对比,就会发现沈佺期此时的诗更深沉、更节制,还有了批判力度。

杜审言被贬峰州(今越南境内),比沈佺期距洛阳稍近一点。被贬前,他任膳部员外郎,从六品上,所以沈佺期称其为"杜员外"。相比于沈、宋,杜审言稍微冷静一点。因为在此之前,他有过被贬的经历,知道只要不死,总还有出头之日。路过湘江时,他写了一首诗:

> 迟日园林悲昔游,今春花鸟作边愁。独怜京国人南窜,

不似湘江水北流。

——杜审言《渡湘江》

虽然也有"悲""愁""怜",但仍不忘句法的优美和典雅。即便到此时,这个老狂生依旧很在意自己的姿态。

杜审言的五言诗造诣很高,他所写的五律在初唐诗人中堪称最具特色、影响最大,为盛唐的五律起到了奠基作用。不妨看一下这首诗:

独有宦游人,偏惊物候新。云霞出海曙,梅柳渡江春。
淑气催黄鸟,晴光转绿蘋。忽闻歌古调,归思欲沾巾。

——杜审言《和晋陵陆丞早春游望》

颔联极工,意境也美,生命力铺天盖地而来。写景状物高度浓缩,才华展露无遗。

宋之问被贬泷州(今广东罗定)。到达南方后,他一直无法面对现实,只能感叹:生活对我怎么就这么残酷呢?

不过,仅仅过了一年多,他就被召回。即将回到家乡时,他写了一首诗:

岭外音书断,经冬复历春。近乡情更怯,不敢问来人。

——宋之问《渡汉江》

这是一首佳作,既有高度的技巧,又有敏锐的描摹,俨然已经是盛唐诗的模样。这就是才华,不服气也不行。

关于这次返回,《旧唐书》称:宋之问是秘密逃回来的。他藏身于洛阳朋友家中,偶然听说朋友正密谋刺杀武三思,于是就派人去向武三思告密，致使朋友被杀。而他获得了免罪升官的机会，"由是深为义士所讥"。

正史的这段记载，足以让宋之问遗臭万年。恩将仇报，卖友求荣，这可比口臭严重多了。然而，后世研究者对照宋之问年谱发现，宋之问被冤枉了，这一故事根本与他无关，因为他是"遇赦北归"，而真正的告密者是他的弟弟宋之逊，就是继承其父"三绝"中书法之绝的那个。后来，宋之逊被列为武三思的"五狗"之一。

当然，在当时的政治环境下，宋之问除了"阿附"，似乎不易出头。他又先后阿附武三思、太平公主、安乐公主……直至李隆基即位后被贬官、赐死。那是后话。

孟浩然的爱情时光

年轻人爱做梦，那梦是冰做的，易化也易碎。有时候，明明什么都没发生，但自己嘴上说说，心里就信了。孟浩然最初的隐居，大约就是这种状态。

张柬之被贬，"愤恚而卒"，摧毁了孟浩然的价值观。这个襄阳少年不能理解，一个为大唐立下再造之功，又拯救了一方黎庶的老人，为何会被逼到绝境？就算市井无赖，也懂得感恩图报、尊老敬老，为何最高统治者却如此悖谬？他不知道，这样的朝廷还有哪里值得报效。还不如襄阳的山山水水，它们永远不负人半分。

那年的州府选拔考试，孟浩然没有去。他对书上那些教诲感觉厌烦，也不愿坐在书斋中。他常常一整天都在山中游荡，饿了就采些野果吃，吃得肚子咕噜噜直响，有些腹泻，但心里是安静的。

时任襄州刺史韩思复是个惜才之人,听说孟浩然因张柬之而弃考,不禁遗憾。消息传到孟家,孟老太爷受宠若惊,命孟浩然明年必须应考。

然而,孟浩然却动了隐居之心。他迷上了东汉末年的隐士庞德公。庞德公居于岘山南沔(miǎn)水中的鱼梁洲上,一生未进城府,忙时耕作,闲时弹琴。庞德公还有知人之誉,正是他称诸葛亮为"卧龙",庞统为"凤雏",司马徽为"水镜",给当地最有才的几个人贴上了恰当的标签。最后,他隐于鹿门山,采药而终。

"要是我也能去鹿门山隐居就好了。"孟浩然想。

少年的心里是没有柴米油盐的。父亲的态度很坚决,为避免争吵,他继续外出晃荡。

这一日,孟浩然在岘山林间漫步,忽而一阵急雨,满耳俱是潇潇声。撑伞转过一道山梁,那雨又细了,此时,远方飘来一阵歌声,如怨如慕,显是一位女子。孟浩然听惯了鸟鸣风声,闻得此曲,不觉痴了。快走几步,只见前方路上,一翠衫女子负手而行,昂然而歌。那仪态、那曲调,恍若仙子一般。她衣衫已湿,却浑若不觉。

孟浩然心下踌躇,不知是否该上前为她撑伞。若不去,山风清冷,莫凉着她;若去时,雨又极细,盲目上前太过唐突。他略一转念,就把伞收起,与她一同淋雨,心下也便坦然了。

二人一前一后,隔了二三十步。女子所唱之曲,孟浩然大多知晓,但此时只觉每一个字都唱到心里。他们就这样不疾不徐,一直走到水边。水边有舟,女子登舟解缆,向孟浩然一笑,在桨声中去得远了。

孟浩然扬一扬手,想问点什么,却张不开口。望着那山那水,暮色便降临了。

一连数日,孟浩然都到这片山林来。但那女子再未出现。

转眼秋色已深,襄阳城中黄叶飞。朋友见他,都说他瘦了。他笑笑,有一丝惆怅。

有朋友说,襄阳来了一个歌伎,才数月就红遍全城,问他要不要听。灯红酒绿之地,平素他是不去的,此时却未置可否,被拉了去。隔着重重人影,喧嚣声里,他一眼便看清台上歌伎竟是那山中女子。他精神振奋,话瞬时多了起来。朋友见他满脸通红,笑问:"浩然兄,你怎么还没喝酒,便醉了?"他微微一笑:"拿酒来……"

那日,他大醉而归。次日醒来,头重脚轻,却一头扎进林中,跑着上了山。目光及处,遍山黄叶流金,映得水中一片璀璨。山风呼啸,将幞头吹落,他满脑满眼俱是她的影子。那笑靥、那歌声,甜蜜中带几分烈性,一如此刻的山风,不羁如野马,甘洌如醇酒,入他袍袖,动他襟怀,便将他吹下崖去,他心里也是甘愿的。

他已经知道了她的名字——韩襄客。

此后,他每隔数日便去听一次曲,花去不少缠头之资。经过一个冬日,襄阳城起了不少流言:

"你知道那个才子孟浩然吗?"

"罢考的那个?"

"你知道他为何罢考吗?"

"听说是为张王爷鸣不平。"

"哼哼,他迷上了一个歌女,压根就考不上,罢考只是装装样子罢了……"

流言向来毒辣。孟浩然不理这些,只痴痴望着韩襄客。每次她秋波扫来,心头都一阵狂喜。

转眼已是初春。这日,他挤到台前,将一张花笺递给韩襄客,不敢看她眉目,转身便走。信上约她登岘山,落款是他的名字。

谁知第二天下起雨来。孟浩然从睁眼那一刻便开始懊恼,但还是早早上了山。春雨淅淅沥沥,他一步一滑,走到当日山梁处。却哪有人在?越往前行,心中越闷,索性把伞摔在地上,冒雨而行。一直走到渡头,仍四下无人,更觉体内空空,整个人如同宣纸做的,着了水便往下塌。

他站在那里,仰首淋了一阵雨,心头反而静下来。心道:即便她不来,这雨中青山,便看不得吗?

此时,汉水之上有琴声传来,一只小船缓缓行来。船上弹琴之人,不是韩襄客又是谁?他长长呼出一口气。韩襄客一笑,他便跳上船去。船中烧了炭炉,还备了酒食。那酒是宜城九酝,色如绿玉,一杯饮下满胸温热。韩襄客含笑看他,目光是温暖的。二人对面望着,不知何时雨已停了,日光斜照进来,只听桨声清亮,一声一声,划在心里。

当孟浩然沉浸于爱情中时,朝廷正急剧发生着变化。

韦后与她的男宠武三思一同掌握了局势,害死张柬之等"五王"后,更是气焰熏天。上官婉儿被封为昭容,为九嫔之一。二十二岁的安乐公主在政坛上非常活跃,作为韦后唯一活下来的子女,她从小便深受溺爱。她的丈夫则是武三思之子武崇训。

当年,安乐公主与武崇训结婚,车驾仪仗炫目一时。武三思请了李峤、苏味道、沈佺期、宋之问、张说、崔融、崔湜(shí)、郑愔(yīn)等人观礼,命其各赋一首《花烛行》。这个政治联盟,巩固了"武李"两大家族的关系,也不断孕育着阴谋诡计。

安乐公主恃宠骄恣,请求立自己为"皇太女",李显"虽不从，亦不谴责"。武三思则极力支持。按照计划，他打算先通过儿媳进行统治，再将皇位夺回武家。

在武三思和韦后看来，当时主要的政敌有两个：一是李旦，他是李显的亲弟弟，做过皇帝，如今被封为相王；二是太平公主，她是李显的亲妹妹。二者各自拥有大批支持者，尤其是后者，其能力和政治手腕都超过李显。

为了保证二者不插手政坛，韦后和武三思给予他们每人十万户的"实封"。这样的规格，远远超出了法律许可的范畴——按唐律，公主封邑的法定限额只有三百户。当然，武三思也为自己捞到了大量封赏，河南、河北等富饶之地的大部分赋税，都落入他私人囊中。

神龙二年（706）冬天，朝廷返回长安。这不是一次普通的迁移，而是意味着大唐李氏的真正回归。

但是，庆祝之声刚刚落下，皇宫里就发生了一场兵变。武三思和韦后拥立安乐公主为"皇太女"的声音太响，致使李显与另一个妃子所生的皇子——现任太子李重俊越来越焦虑。神龙三年秋天，李重俊在禁军将领李多祚的支持下，率三百禁军攻入武三思府邸，将武三思和武崇训当场斩杀，然后掉头攻向皇宫。李显、韦后和安乐公主逃入玄武门城楼。在城楼上，向来糊涂的李显如有神助，靠着一番演讲让叛军士兵倒戈，杀死了李多祚。李重俊也在逃走后被杀。随后，玄武门被改名为"神武门"，城楼则改名"制胜楼"。这番"父亲说死儿子"的大戏，在称颂声中落下帷幕。这年九月，改元"景龙"。

接下来，唐王朝在权力平衡中过了几年安稳日子。

新寡的安乐公主，迷上了武承嗣的次子武延秀，并很快再婚。这个武延秀容貌出众，曾被派往突厥和亲。这几乎是中国历史上绝无仅有的，毕竟，一般都是派真真假假的公主前往。当时，默啜可汗嫁女，武曌派武延秀前去迎娶。但默啜压根看不上武氏诸子，将其扣押下来，直到武曌派兵出击，武延秀才被放回。而武延秀就是靠着在突厥学会的才艺——突厥歌和突厥舞，俘获了安乐公主的芳心。

景龙二年（708），朝廷将昭文馆改名修文馆。昭文馆即从前的弘文馆，为避讳武曌长子李弘（谥号孝敬皇帝）的名字而改名。这一皇家文学机构设立了四位大学士，分别为李峤、宗楚客、赵彦昭和韦嗣立。李峤乃"文章四友"之一；宗楚客是武曌的外甥；赵彦昭留下的记载较少，并无什么拿得出手的诗；韦嗣立是韦后的亲戚。四人都有做宰相的经历。这也说明，选择修文馆大学士的主要标准，依然是政治地位，而非文学水平。

次一级有八位学士，分别为李适、刘宪、崔湜、郑愔、卢藏用、李乂（yì）、岑羲、刘子玄。最后一级是十二位直学士，分别为薛稷、马怀素、宋之问、武平一、杜审言、沈佺期、阎朝隐、韦安石、徐坚、韦元旦、徐彦伯和刘允济。

这份名单中，既有当时最知名的诗人，也混杂了各种政治势力。所以，在官办机构里，千万不要说什么"让文学的归文学"，因为机构本身就是文学与政治的杂交产品，就像你无法让一头骡子假装成一匹马一样。假如真努力去装，反而会变成笑话。

海上生明月，天涯共此时

此时的诗坛领袖仍是上官婉儿。她一直引领诗人们写应制诗和日常应景诗。一代名臣张说后来追述：

> 每豫游宫观，行幸河山，白云起而帝歌，翠华飞而臣赋，雅颂之盛，与三代同风，岂惟圣后之好文，亦云奥主之协赞者也。

其中的"奥主"即为上官婉儿，她策划了众多文学活动，也提携了不少寒微诗人，张说便是受益者之一。

其实，张说也以提携后进者著称。多年前，他因"魏元忠事件"被贬往岭南，途经韶州时，看见了一个年轻人的文章，"有如轻缣（jiān）素练"，能"济时适用"，令人大呼惊艳。他赶忙召见这个年轻人，一看果然相貌堂堂，气宇不凡。

这年轻人是谁？他叫张九龄，字子寿，韶州曲江（今广东韶关）人，时年二十六岁。

张九龄一族可追溯至晋代名臣张华，后迁居岭南，为当地大姓。张九龄之父曾任新州索卢县丞。在遇见张说的前一年，张九龄已考中进士，主考官为沈佺期。但没想到，接下来发生政治斗争：沈佺期属于张易之、张昌宗兄弟一派，"二张"在科考中收受贿赂，遭弹劾，他们在武曌庇护下平安无事，板子却打在了沈佺期头上。在那次"科场案"中，沈佺期被问罪，考试成绩作废，张九龄也沦为受害者。

张说对张九龄"一见厚遇之"，主动跟他通了谱系，视其为"族子"。这一段亲密关系，在很大程度上改变了张九龄的命运。其间，张九龄父亲去世，他丁忧三年期满后，再赴长安应考，又中进士，还考过了制举"才堪经邦科"，被授为秘书省校书郎，正九品上。

无论学识还是考试能力，张九龄都是出类拔萃的。他所出身的岭南，在当时被认为是化外之地，历代科举中极少有人及第。而张九龄二中进士，此后还二中制举（又中"道侔伊吕科"），成为所有岭南人的偶像。即便如此,张九龄一生都保持着低姿态,自认为岭南人卑微低下,比不上素有根基的中原人士。假如没有张说赏识,他大概率仍会终身沉沦下僚。

张九龄的诗也很好,足以打动张说。比如,这一首名垂千古:

海上生明月,天涯共此时。情人怨遥夜,竟夕起相思。灭烛怜光满,披衣觉露滋。不堪盈手赠,还寝梦佳期。

——张九龄《望月怀远》

此诗开头便是名句。此前,唐代诗人中写大海的不多,亲眼见过海的更少。而张九龄见过海,他一出手便写出海月皎洁,跨越时空,抒发感情。这首诗比以往绝大多数诗都单纯,只写了一种感动,而没讲什么大道理。这样的诗,远比那些讲道理的更有生命力。

论盛唐诗,张说与张九龄是无法忽略的两道山岭,他们一前一后,先后入相,扶持了众多寒微诗人。在写诗方面,他们上承陈子昂,接续汉魏风骨,为开启盛唐诗风做出贡献;而张九龄诗中的"和雅清淡"之风,还为孟浩然、王维等山水田园诗人开了个好头。

张说的诗名没有官名大,但他的诗也很有特点。比如,结束被贬、返回京城的路上,他为纪念一位故友写过一首诗:

旧馆分江口,凄然望落晖。相逢传旅食,临别换征衣。昔记山川是,今伤人代非。往来皆此路,生死不同归。

——张说《还至端州驿前与高六别处》

这首诗很深情，尤其是结尾，别具动人力量。相比沈、宋等诗人，张说在对偶方面能力欠缺，但整体气质毫不逊色，十多年后，仕途升沉又给了他更多体验，使他写出了更优秀的诗。

孟浩然结婚了。这场婚事并不顺利，但他"扛"了过来。

孟浩然的"扛"不是硬扛，他的性格从来都不够硬，却自有一种不妥协的劲头。就像他说不参加州府考试，就一直没去，任凭孟老太爷如何软硬兼施，他就是不去，这也导致父子感情出现了裂痕。而在他与韩襄客的恋爱问题上，父子二人发生了更激烈的冲突。

作为士绅，孟老太爷本无太大知名度，但随着孟浩然诗名渐起，孟老太爷在襄阳逐渐有了一些地位。孟浩然知道，父亲早就为自己的婚事做过打算，他要求的至少是门当户对，甚至想等自己科举及第后，娶一位高门之女。要让父亲接受韩襄客这种歌伎做儿媳，几乎是不可能的。

怎么办呢？孟浩然不知道。韩襄客已经回了郢（yǐng）州（今湖北钟祥附近）老家，她无论如何不能继续待在襄阳唱歌了，否则再红下去，恋情就捂不住了。

大半年过去，孟浩然相思难耐。他先说动了当地一位名士，请其到孟家说媒，却隐瞒了韩襄客是歌女这一事实，只说是郢州才女。孟老太爷勉强答应，觉得这也算父子和解的一个契机。

然而，纸里包不住火。发展到提亲环节，真相便瞒不住了。当孟老太爷知道儿子要娶一名歌伎时，气得差点吐血。他感觉自己沦为了整个襄阳的笑话，狠狠教训了儿子一顿。

孟浩然虽未顶撞父亲，却又到山中游荡去了。他一连数日没回家，在山间寻了一处山洞，晚上便睡在那里。孟老太爷置若罔闻，孟老夫人心疼儿子，却又不敢违拗丈夫，就命二儿子洗然给大哥送了些铺盖和食物。

孟浩然在山洞中住下来。初时，洞中颇难熬，潮湿、阴冷、虫蚁密布，然而住得久了，就别有一番况味。比如，万松之间的那轮秋月，若非夜半在山上看，断然不会这样美的；还有冬天的山风吹过洞口，真如龙吟虎啸一般……这便是自然之美。

这日清晨，孟浩然走出洞口，见石上树上都是白茫茫的雪，目之所及莹然如玉。他猛然想起韩襄客，她见了这雪定然欢喜，若唱上一曲"梅岭花初发，天山雪未开。雪处疑花满，花边似雪回"，那该多美……

一念及此，他立马收拾行李，向渡头奔去。而后乘船，直奔郢州。

三日后的黄昏，在郢州城南一处山坳中，他叩响了韩家大门。二人重逢，韩襄客泪流满面，孟浩然笑中带泪，向韩家父母见礼。韩家父母知道门户之别不易跨过，但见孟浩然一表人才，又是情深之士，也只有长叹的份儿了。

二人拜了天地，结为夫妻。院中有棵丁香树，二人在树下赋诗。孟浩然吟上句："只为阳台梦里狂，降来教作神仙客。"韩襄客接下句："连理枝前同设誓，丁香树下共论心。"

数月后，韩襄客有了身孕。孟浩然知道，必须带妻子离开娘家了，否则，村人们就会指指点点，太对不起妻子一家。他先带妻子到了襄阳城，在一处客栈住下，然后只身回涧南园见父亲。

孟老太爷见儿子回家，心中窃喜，但面上依旧冰冷。孟浩然不管父亲表情如何，只将已迎娶韩襄客一事坦然讲了出来。这下，孟老爷子从脸到心俱冷了，断然拒绝了儿子搬回来的请求，直言涧南园跟他这不肖子毫无瓜葛，今后也不会再给他一个铜钱。

孟浩然转身去向张子容、辛之谓等友人求助。朋友们凑了些钱财，帮他在鹿门山上建了几间茅舍。夫妻二人就此住了下来。

春风吹拂下，孟浩然揽着身怀六甲的妻子，看着鹿门山的桃花流水，心中不起一念。一切都是他所求，一切似乎又不是。在这天地间，他这一介草民，也只想做山间一棵草，还不行吗？

一支名为《桑条韦》的童谣唱遍了大街小巷。明白人都明白，这是韦后的伎俩。

当年武曌即位前，就先在民间散布了童谣《武媚娘》，然后上演了顺天应人、禅位登基的戏码。韦后也想依样画葫芦。李显当然不是明白人，听到《桑条韦》时，他还很开心。

武三思死后，韦后、安乐公主，乃至上官婉儿都愈加骄恣。她们不仅修建了大量豪宅、佛寺，还侵夺民宅，营造园林。史书记载，安乐公主有一件绝世无双的裙子，"直钱一亿，花卉鸟兽，皆如粟粒，正视旁视，日中影中，各为一色"。

钱是哪儿来的呢？除去封地赋税之外，另一个重要渠道是卖官鬻爵。当时，社会上充斥着大量非正式任命的官员，名叫"斜封官"，又称"墨敕斜封官"。这种官员任命状上的"敕"字，并非中书省的黄纸朱笔正封，而是白纸墨笔斜封。这种"斜封官"由皇室权贵任命，不经中书门下两省，让人们心中鄙视。当时，有个名叫李朝隐的吏部员外郎，刚直不阿，一连摘掉了一千四百多个"斜封官"的乌纱帽。朝野怨声载道，但他很硬气，"一无所顾"。

也有人表演硬气，结果演砸了。比如，当时的宰相崔湜、郑愔俱掌铨选，一边阿附权贵，一边收受贿赂，选官用人一塌糊涂。一次，崔湜的父亲收了别人的钱，而崔湜不知道，并未将那人录取。那人找到崔湜喊冤，于是出现这样一幕：

其人诉曰:"公所亲受某赂,奈何不与官?"湜怒曰:"所亲为谁,当擒取杖杀之!"其人曰:"公勿杖杀,将使公遭忧。"湜大惭。

那人说:你的人收了我的钱,为何不给我官做?崔湜很生气:谁收的?把他抓来,乱棍打死。那人一撇嘴:可千万别打死,那会让你"丁父忧"的!崔湜羞愧难当。

那年,关中又发生饥荒。当时朝廷在长安,为将山东、江淮等地的谷粮运到西边去,民间的牛累死了十之八九。群臣谏言李显去洛阳,减少运粮压力,但韦后家在长安杜陵,不愿东迁。她耍点心计就摆平了李显。此后有人劝东迁,李显便一口回绝:"岂有逐粮天子邪!"

很多人都盼着,李显要能硬气点就好了,但这些人注定要失望。比如,当时的宰相宗楚客依附韦后,陷害镇守安西的郭元振,幸亏郭元振派小儿子快马加鞭赶到长安向李显汇报实情,才逃过此劫。监察御史崔琬当众弹劾宗楚客,"潜通戎狄,受其货赂,致生边患"。按大唐惯例,大臣受弹劾,要"俯偻趋出,立于朝堂待罪"。可宗楚客无视规矩,怒形于色,自称一片忠心被诬陷。面对这种情形,李显的处理方案让人哭笑不得:他一不追究,二不生气,而是让崔琬和宗楚客当场结为兄弟,以此和解,互不计较。这硬生生把国事搞成了私怨,让满朝文武都惊呆了。自此,李显有了另一个名号——"和事天子"。

不过,就在李显第一次不想再当"和事天子"时,他的生命就走到了终点。

景龙四年(710)春天,连续有人上书称:"韦后、宗楚客将犯上作乱。"李显初时不听,将上书者杖杀。五月,一个名叫燕钦融的硬汉再次上言:"皇后淫乱,干预国政,宗族强盛;安乐公主、武延秀、宗楚客图危宗社。"李显很生气，召燕钦融上殿，当面诘问。燕钦融据理力争，不卑不亢。这次，李显沉默了。宗楚客很嚣张，传令让禁军将燕钦融当场摔死在殿前石上，还大呼称快。李显虽未追究，但变了脸色，"韦后及其党始忧惧"。要知道，这"忧惧"二字，自武曌退位后，已好多年没在韦后脑子里出现过了。

六月，李显驾崩于神龙殿。关于他的死因，说法不同。有人说是韦后的两个男宠跟安乐公主合谋，在给李显吃的糕点中下了毒；也有研究称，没有实据证明李显是被毒死的。但韦后确实隐瞒了他的死讯，这期间，她先让自己的亲戚占据军中要职，又将十五岁的儿子李重茂扶上皇位。这是当年吕后掌权的老套路。但韦后不会明白，无论吕后还是武后，都是她根本学不了的。一是因为她太蠢，二是她的敌人太强。

六月十二日晚，一个头戴金冠、身披金甲的青年率领玄武门禁军进行了一场夜袭。仓皇出逃的韦后、正在梳妆打扮的安乐公主，以及见风使舵打算改投主子的上官婉儿，都被一刀砍掉了头颅。这一抹胭脂血色，成为这个年轻人此生最辉煌的战绩之一。在后来的盛世中，这一幕也被无数次提及。青年的名字叫作李隆基，此刻二十六岁。

然而，假如认真分析一下就会明白，李隆基根本不可能是政变的主要谋划者。当时，他的职位只是卫尉少卿，掌管着部分兵器，这是他唯一的硬实力。然而，一场大政变所需要的钱和权力，他都没有。作为李旦的第三子，且母亲早已去世，他也没有前程可言。谁愿意把赌注押在他身上呢？

政变的实际操盘者只能是太平公主。两天后，这个神似武曌的女人在众目睽睽下把李重茂从皇位上拉了下来。刚刚被叫来的李旦，再次成为皇帝。此后，李旦又从群臣所请，立李隆基为太子。这年七月,改元"景云",这是李旦二度即位后所用的年号。

大权则落到了太平公主手中。整个大唐,无人敢说一个"不"字。

龙池跃龙龙已飞

皇宫地动山摇之际,却是孟浩然一生中最幸福的日子。

在襄阳城外的鹿门山,他过得很惬意。儿子仪甫已出生,愈长愈喜人。平时又有张子容、辛之谔、丁凤等好友往来,一同饮酒赋诗,颇为畅快。唯一的缺憾是断了收入来源,夫妻二人虽开垦了几块荒地,但收成不好,主要还是靠妻子此前的积蓄过活,日子颇为拮据。孟浩然并不太在意,他觉得困难只是暂时的。那时的心境,正就如他诗中所写:

> 吾与二三子,平生结交深。俱怀鸿鹄志,共有鹡(jí)鸰(líng)心。逸气假毫翰,清风在竹林。达是酒中趣,琴上偶然音。

——孟浩然《洗然弟竹亭》

那些日子,孟浩然也从鹿门山水中汲取了养分,写出了自己人生前期的代表作《夜归鹿门山歌》。

> 山寺钟鸣昼已昏,渔梁渡头争渡喧。人随沙岸向江村,余亦乘舟归鹿门。鹿门月照开烟树,忽到庞公栖隐处。岩扉松径长寂寥,唯有幽人夜来去。

——孟浩然《夜归鹿门山歌》

这是斜阳下的襄阳城郊，山寺、钟声、渡头、江村……萧散而又温暖。乘舟入山，明月高悬，温暖亦转为清凉。月光下，烟树参差，松径明灭，一个身影穿行其间。

"幽人"，这是孟浩然诗中的一个精灵。或许是他自己，或许是他的一重理想人格，与山水融为一体。转瞬间，他到了庞德公隐居处，穿越数百年岁月，两个灵魂合二为一。

这首《夜归鹿门山歌》的体裁是当时渐趋流行的七律，但从颔联和颈联看，又似是而非。颔联使用了对仗形式，颈联却又松散开来。

这也成为孟浩然今后诗歌的一个特点：总要在谨严的格局中透出一口气。这口气让他与其他诗人迥然不同，从一起步就偏离了主流审美。是孟浩然驾驭不了七律的典型格式吗？显然不是。或许，只因为他身处隐居状态。时人写诗，多为社交或者求官，只有严守规矩并自我表现，才有前程可言。而孟浩然对世人世事都无所求，他的诗是自己说了算的，他散漫，只是因为他自由。

不过，隐居并不意味着与世隔绝。比如，一次聚会中，孟浩然见到了一个人：五十余岁，一袭紫袍，容貌极丑，满脸乱蓬蓬的胡须，直如毛球一般。

孟浩然平时的交际圈以布衣人士为主，偶尔也有身着青衫的小官，绿衣往上便极少见了，穿紫袍者大约只有数年前的张柬之。眼前这紫衣人是谁？他怎会在这里？

紫衣人名为郑愔，一度官至宰相，掌铨选。但他绝非善类，最初就是靠阿谀来俊臣而开启仕途的，随后又攀附张易之兄弟，也曾受武三思指使陷害忠良……后来，他因受贿败露而罢相，流放吉州（今江西吉安）。在上官婉儿和安乐公主帮助下，改为贬官江州司马，但一直留居洛阳。

郑愔自视甚高。当时，李显的庶长子谯王李重福因韦后诬陷，而被贬为均州（今湖北丹江口）刺史。郑愔看中了李重福，把赌注押在他身上，打算助其起兵诛杀韦后，夺权称帝。不料，太平公主和李隆基抢了先手，等郑愔反应过来时，皇帝已经变成了李旦。于是，郑愔再度谋划，想打着李重福的旗号从洛阳起兵。

孟浩然在聚会中遇见郑愔，大约正是其与李重福相往来，收买人心之时。年轻的孟浩然哪里知道郑愔的用心，他对这位前宰相很客气，还为其写诗，称赞其琴技和酒量。

阮籍推名饮，清风坐竹林。半酣下衫袖，拂拭龙唇琴。
一杯弹一曲，不觉夕阳沉。余意在山水，闻之谐凤心。
——孟浩然《听郑五愔弹琴》

跟韦后一样，郑愔也是一个贪婪、无耻、愚蠢而又野心勃勃的人。景云元年（710），他勾结李重福在洛阳作乱，遭到洛州长史崔日知、留台侍御史李邕等人的有力抵抗，最终一败涂地。郑愔穿上女人衣服，想趁乱逃走，但那一脸胡子出卖了他。从被抓住的那一刻起，他就抖如筛糠，直至在东市被砍下人头。一同谋反的搭档看着郑愔的尸身，长叹一声："吾与此人举事，宜其败也！"

奉旨清查李重福谋反案的钦差正是张说。此刻，他官居中书侍郎，兼雍州长史。当时，洛阳数百人被羁押，审讯良久，迟迟拿不出结果来。张说奉旨前来，该杀的杀，该放的放，处理得干净利落。李旦很满意，赞道："知卿按此狱，不枉良善，又不漏罪人。非卿忠正，岂能如此？"

这一两年，朝中政治状况有所改善。比如，唐休璟和张仁愿等忠于大唐且有威望的官员控制了关键军职。郭元振被拜为宰相。一代名将薛仁贵的长子薛讷被任命为左武卫大将军兼幽州都督，而在此之前，薛讷的职位是"幽州镇守经略节度大使"。其实，薛讷就是后来小说中"薛丁山"的原型，至于"樊梨花""薛刚"等人物，纯属杜撰。《资治通鉴》称"节度使之名自讷始"，也就是说，薛讷是唐朝第一个节度使。而《通典》《唐会要》《新唐书》记载，第一个节度使是比薛讷任职晚一年的贺拔延嗣，其官为"凉州都督、河西节度使"，名称更加明确。但无论如何，那时没有人会知道，这个职位会让大唐此后二百年深陷于尾大不掉的困境之中。

再比如，姚崇、宋璟等官员得到重用，他们处理科举积弊成效显著。与之相关联的还有数千名斜封官的官职被罢免、诸公主府的官属被取消……

太平公主坐不住了，她的利益被严重触动。她判断，姚崇等官员们的主心骨是太子李隆基，于是将矛头直指太子。在此之前，她觉得这个侄子长得挺帅，也有能力，对他一直比较偏爱。考虑到他年纪还小，也并未插手立嗣之事。

但随着李隆基年岁渐长，太平公主感觉势头不对。很快便有流言传出："太子非长子，不当立。"同时，她将耳目渗透到太子身边，发现一点瑕疵就向李旦汇报。还有一次，她直接让宰相们上书，提议更换太子。众人大惊失色。只有宋璟当场驳斥："东宫有大功于天下，真宗庙社稷之主，公主奈何忽有此议！"

李隆基"深不自安"。他知道，大唐一直都有换太子的习惯，他不知道那位既没主见又缺乏担当的父皇，会不会把自己废了。

太平公主所说的"长子"，名叫李成器，比李隆基大六岁。此人精通音乐，尤其是龟兹乐，但并无"成大器"的抱负。当年也是他坚持不当太子，把机会让给了立有大功的李隆基。此时，三十二岁的李成器已经有了"宋王"等头衔，更加不想在政治风暴中掺和。他的淡定与自知，让太平公主少了可借力之处。

李隆基的支持者也开始行动。宋璟和姚崇密奏李旦，试图说服其将太平公主逐出长安，迁至洛阳，并将掌管禁军的皇子们罢黜兵权，给这场争端画上句号。李旦哀叹一声："朕已没有其他兄弟，只剩太平这一个皇妹，岂能远置东都？皇子就交由你们处置吧。"

于是，太平公主被迁至蒲州（今山西永济）。李旦又命太子监国，"六品以下除官及徒罪以下，并取太子处分"。要知道，各个领域掌管具体事务的官员，大都达不到六品，这意味着李隆基被赋予了不小的政治权力。

太平公主闻讯大怒。李隆基害怕了，向李旦上奏称，姚、宋二人"离间姑、兄，请从极法"。这几个字说得很重，意思也很复杂。"离间"二字，带着恶意。"姑"是指姑侄关系，"兄"则是兄妹关系，指的是李旦、李隆基和太平公主三人之间的纠葛，只不过给权力之争披上了感情外衣。"请从极法"，表态不护犊子，也是试探。李隆基这几句话，可能会置自己的左膀右臂于死地，他是真怕了。

好在，李旦并不糊涂，只是贬姚崇为申州刺史，宋璟为楚州刺史，其他并未追究。

看到这一幕，你是否觉得似曾相识？是不是想到了"玄武门之变"前夜的气息？当时，李世民与太子一党之间的矛盾眼看激化，李渊就把房玄龄、杜如晦调走。此后，还有细节可以体现两场政变的相似性，而这背后正是历史的逻辑。

太平公主立即派人取代姚、宋，斜封官也被重新恢复。景云二年（711），从春至秋，李隆基作"躺平"之态。他先请求要将太子让给李成器，未获批准；又请求将太平公主召回长安，这次李旦批了。当太平公主回到长安，七人宰相班子中有五个被换成了她的人，其中包括她的男宠崔湜。而另一个男宠慧范和尚也日益嚣张，逼夺民产毫不手软……一切又回到了旧时光。

延和元年（712），李旦觉得累了。这年夏天，恰有一颗彗星划过天空，他宣布让位于太子。在中国历史上，李旦是最没有权力欲的皇帝之一，也是没做太子而直接当上皇帝的特例。他看遍了血腥倾轧和人伦惨剧，一生"两度即位，三让天下"。他所坐的皇位令万人垂涎，但他只感觉到一种深入骨髓的厌倦。

太平公主表示反对，但为时已晚。她只能强行跟李旦达成协议，让其当"太上皇"，以便将高级官员任命权和死刑决定权继续抓在手中。这年八月，李隆基即位，改元"先天"。

当时，五十七岁的沈佺期为李隆基登基写了一首诗：

龙池跃龙龙已飞，龙德先天天不违。池开天汉分黄道，龙向天门入紫微。邸第楼台多气色，君王凫雁有光辉。为报寰中百川水，来朝此地莫东归。

——沈佺期《龙池篇》

这首诗虽然依旧是表现对皇帝的崇敬，但其形式非常大胆。前四句中用了五个"龙"字、四个"天"字，句式奇崛，光芒四射。明末金圣叹评此诗说："后来只说李白《凤凰台》乃出崔颢《黄鹤楼》，我乌知《黄鹤楼》之不先出此耶？"

据说，沈佺期曾赠诗张说，张说曰："沈三兄诗清丽，须让居第一也。"但就此诗来看，沈佺期的诗又岂是"清丽"二字所能概括得了的？

先天二年（713），一向行事稳、准、狠的太平公主变得焦躁不安。她明白，自己与新皇帝之间这种畸形的权力平衡，迟早会被打破。怎么办？史书称，从这年六月开始，她与宰相窦怀贞、崔湜及太子少保薛稷等人谋划在中药"赤箭粉"里掺入毒药，对李隆基下毒。这薛稷，乃是薛元超的侄子。

一场大乱正在酝酿中。气氛如此紧张，以至长安之外的官员也感受到了压迫。当时，曾任宰相的张说早已被排挤到洛阳任职，他派人将自己的佩刀献给李隆基，劝其当断则断。荆州长史崔日用也进京上奏，劝李隆基果断动手。亲信亦纷纷催促："事迫矣，不可不速发！"

双方都磨刀霍霍。七月，太平公主又策划了一场羽林军兵变。如果她能亲自带兵的话，这场兵变或许就成功了。可惜身为女子，她只能依赖别人，消息很快走漏。李隆基与岐王李范、薛王李业、郭元振以及龙武将军王毛仲、殿中少监姜皎、内给事高力士等人一起定下计策。李隆基秘密调集三百兵马，将叛军首领定点清除。窦怀贞逃入水沟，"自缢死，戮其尸，改姓曰毒"。薛稷也被赐死于万年狱。

李旦听闻此事，并未干预——事到临头，他也失去了干预的能力。很快，他公开表态：不再过问朝政。史书称：

上皇诰："自今军国政刑，一皆取皇帝处分。朕方无为养志，以遂素心。"是日，徙居百福殿。

李旦这当父皇的，当天就把宫殿腾出来了。这一刻，李隆基不会想到，四十七年后，他也要为自己的儿子腾出宫殿，而过程是那样不体面。

太平公主躲进了山中寺院，三日后出来，被赐死于家，"公主诸子及党与死者数十人"。

太平公主的儿子里面，有一个活了下来。他叫薛崇简，是太平公主早年与薛绍所生的次子，也是当年与李隆基一同清除韦后时的亲密战友。薛崇简曾多次劝说母亲，不要与李隆基为敌，却被狠狠抽了鞭子。鉴于此,他被特赦,免于一死。史书称,他被"赐姓李,官爵如故"。然后便销声匿迹了。

李隆基究竟对薛崇简怎样呢?只能说一般。后来,薛崇简墓志《大唐故袁州别驾薛府君墓志铭并序》被发现。其中显示,薛崇简很快就被送出长安,出为蒲州别驾——蒲州是他母亲待过的地方,又被安置于溪州(今湖南龙山)数年。谪居期间,其妻方城县主武氏(武三思之女)病逝。妻亡不久,薛崇简起复为袁州(今江西宜春境内)别驾。辗转中,他心情郁闷,当年九月去世,葬于黄山之原。

欲济无舟楫,端居耻圣明

长安改天换地,鹿门山的孟浩然也感觉到一丝颤抖。但那并非来自权力之争,而是离别之情。

好友张子容踏上了赴长安科考之路。临行前,张子容前来辞别。孟浩然送至柴门外,眼看着好友的身影一点点消失在山间。他写了一首诗:

> 夕曛山照灭,送客出柴门。惆怅野中别,殷勤岐路言。
> 茂林余偃息,乔木尔飞翻。无使谷风诮,须令友道存。
> ——孟浩然《送张子容赴举》

这首诗充满了不舍。对于外面的世界,特别是官场,他是有忌惮之心的。他希望张子容在权力纷争中善保其身,有空时记得多联系。

第二年春,喜讯传来,张子容中了进士。这一年中进士者达到了七十一人，如此多的人数在盛唐前后是极为少有的。

孟浩然很高兴，跟朋友们一起多喝了几杯。脸红耳热之际，有人笑道："子容兄能高中进士，若浩然兄前往，定然也能中的。"

孟浩然微微一笑。众人散去后，他心里有一点空。

这一年，李隆基将年号改为"开元"。扫平对手后，他急切希望迎来新气象。

鹿门山饭局中的老面孔渐渐少了。有的去应考了，有的还乡了，有的去塞外从军了——但也有新面孔加入，有僧有道。孟浩然依旧每次必到，每到必饮，每饮必醺。他酒量并不太大，但从不失态。实在喝醉了，他就出门到偏僻处吐一下，吐完立刻回家。他知道自己的量在哪里，再多一杯都不喝。他不想失了体面。

饭局上的他是渊博而又生动的。他几乎无所不知，所有话题都可以谈，谈得中肯而又有趣，时常令人捧腹，而他只是微笑。他态度温和，几乎不与人发生争执，却总在谈吐间令人折服。他的衣衫非常朴素，但总是一尘不染，白袍玄帽鹿皮靴，衬着高高瘦瘦的身躯、骨貌淑清的气质，简直就是"体面"二字的化身。

山中不闻朝中事。叶子生了又落，绿了又黄，不知不觉，几度春秋。

转眼已是开元四年（716），二十八岁的孟浩然决定去岳州（今湖南岳阳）拜见刺史张说。

张说怎么到了岳州呢？原来，政局稳定后，张说得到了李隆基的重用，被封为紫微令（中书令）、燕国公，赐实封三百户——这是他二度拜相。不过，李隆基同时还看中了姚崇的才干，每有军国大事问他，姚崇都能"应答如响"，而且，姚崇不结党，爱谏诤，这都是即位不久的李隆基所急需的。

但问题出现了，张说与姚崇不和。张说认为姚崇故作清高、道貌岸然；姚崇看不惯张说贪财受贿、拉帮结派。当李隆基提出让姚崇做宰相时，张说想方设法阻止，先让御史弹劾姚崇，又让宫中内臣推荐姚崇去京外任职。李隆基一一识破，不为所动，坚持拜姚崇为相。张说开始担心了，悄悄去岐王李范府中商量对策。

姚崇知道了这一消息。他展示了自己处理政事之外的另一特长——表演。

几天后，姚崇上殿奏事，腿稍稍有点瘸。

皇帝问：爱卿，你的腿是不是有毛病啊？

姚崇说：臣腿没病，臣有心病。

皇帝说：怎么了呀？你说说。

姚崇说：岐王是陛下的爱弟，张说是当今宰相。他这样坐车偷偷去王爷家里，真怕他一不小心做了错事。臣很担心……

这里，姚崇要了手段：他不主动说，而是等皇帝来问。因为主动说，就有挑拨君臣关系之嫌，且牵涉岐王李范，轻重不好把握。但皇帝问，就不能不答。这三言两语，就挑起了皇帝的心病——张说前面串通御史、内臣，后面又勾连皇室，既不讲规矩，手也伸得太长。而且，他这能量有点大呀！这还只是阻止皇帝用人，他日倘若有异心……

李隆基可是刚从血与火的权力斗争中杀出来的。脑洞开到这一步，就算张说再有功劳，也没有好果子吃了。没几天，张说就被罢相，贬为相州（今河南安阳与河北临漳一带）刺史，充任河北道按察使。不久，又贬为岳州刺史。

这一次，姚崇的确不厚道。但他的能力很快得以证明，他的施政纲领贯穿了整个开元时代初期，即便后来离开宰相岗位，他也推荐了能继续执行这一路线的宋璟来代替自己。这为开元盛世打下了很好的基础。

孟浩然拜见张说,是由一位僧人引见的。前往岳州的路上,他依旧有些纠结。他对张说非常景仰,这位前宰相的爱才之名四海皆知,在寒素士人心中一如山岳。但他这番前往,绝不仅仅是求见偶像,而是求官,可这又有违他一直以来的初心。

就本性而言,孟浩然是想继续隐居的,但眼下的日子有点隐不下去了。妻子的积蓄原本有限,这些年过去,早就见了底。他已不得不靠家中贴补。

朋友们也在议论,以前隐居是因为乱世,可如今政局平稳,吏治清明,朝廷也在求贤,为什么还不出仕呢?

其时正是八月,张说在洞庭湖边设宴。席间,一尾硕大的鲤鱼盛于金盘之上,日光下兀自摆尾。八百里洞庭烟波浩渺,一望无际,孟浩然只觉得身心激越。每个人脸上都带着笑容,眼前的张说更是高谈阔论,气势绝人,散发出超强的感染力。每次他放声大笑,连地面都要颤上三颤。两人差了二十二岁,谈起诗文来,却不乏共同语言。

孟浩然恭恭敬敬写了一首诗:

> 八月湖水平,涵虚混太清。气蒸云梦泽,波撼岳阳城。欲济无舟楫,端居耻圣明。坐观垂钓者,徒有羡鱼情。
> ——孟浩然《望洞庭湖赠张丞相》

张说对此大加赞赏,特别是前两联起笔不凡,气势横绝,开阔博大,却又极朴素,有《庄子·秋水》之神韵。孟浩然长揖道谢。

这是孟浩然最出名的诗作之一。那么,这首诗写得到底怎么样呢？

先要明确，这是一首干谒诗，相当于自荐信。前两联得到张说的夸奖并不意外，因为这就是根据张说的审美而写的。张说喜欢气魄宏大的诗，孟浩然就写宏大的，他自然有这种能力。但到了第三联，目的就显露出来。"欲济无舟楫"是希望张说能给个机会，如果说这一句结合上下文还算顺畅的话，那"端居耻圣明"就过于直白了。平时处事潇洒的孟浩然，到了求官这件事上却表现得有些笨拙。最后一联又空空落落，陡然削弱了第三联的感情。或许，这正是孟浩然心中纠结的显现。

整体而言，这称得上是一首好诗，但绝非孟浩然最好的诗。因为诗的前后两个部分是分裂的。

张说当然懂孟浩然的意思，但此刻他也处于人生低谷。十三年前被贬岭南时，他依旧坚信有出头之日，所以仍有余力提携张九龄，但这次被李隆基一贬再贬，他真有些失落了。这种情况下，他已无暇顾及孟浩然。

孟浩然看得明白，游览了一番三湘美景，便回襄阳去了。

次年，张说升任荆州大都督府长史。这一职位，是他托关系求来的。他知道，自己不能再次被贬了。古来多少名臣，贬了又贬，直至被贬死在蛮荒之地。如果能在此时反弹，仕途或许还有希望。

当时，张说的老对手姚崇已被罢相。原因是姚崇之子受贿，皇帝亲自过问，"下狱当死"。但姚崇仍一再营救儿子，皇帝很不高兴，后果可想而知。随后，苏颋（tǐng）和宋璟进入宰相班子。

张说托的正是苏颋的关系。苏颋，字廷硕，隋代名臣苏威的后人，精于著作，学识渊博，其父苏瑰曾任宰相。后来，苏颋也继承了其父"许国公"的爵位。张说虽只比苏颋大三岁，但跟他并无交情，而是同他父亲苏瑰较熟。此时，苏瑰已死，张说就写了题为《五君咏》的一组诗,其中一首正是写苏瑰。然后,在苏瑰忌日那天,张说派人将这首诗送给了苏颋。苏颋读罢泣不成声,深深感念。不久,他找到机会向皇帝诉说张说的忠心耿耿和劳苦功高,"不宜弃外,遂迁荆州长史"。

张说和苏颋,一个燕国公,一个许国公,俱有文名而地位显赫,后世将二人并称"燕许大手笔"。他俩这回是初次打交道,就结下了情谊。

张说止住颓势。按说荆州距离襄阳不远,孟浩然应该更有机会与他交往,但张说只在荆州停留了很短时间,就转任右羽林将军,兼检校幽州都督,被派去了幽州。

这是李隆基的一步棋。李隆基是非常重视军事的。即位后第二年,他就在骊山举行军事演习,并亲自擂鼓。当时,郭元振出班奏事,打乱了军演的节奏。李隆基大怒,下令要将郭元振斩首,多亏张说等人求情,才改为流放岭南新州。不久,念及旧功,将其特赦。

对李隆基而言,郭元振是立有大功的。此前扫平太平公主,郭元振以兵部尚书、同中书门下三品的身份带兵参与,其作用堪比玄武门之变中的尉迟敬德。李隆基拿军容不整说事,只是为给军界换血所做的一番表演,但郭元振实打实受了折腾。这一次,他身心俱遭重创,一代名将抑郁而亡,终年五十七岁。

幽州,地处东北前线,契丹、奚与突厥长为边患。此前长期镇守幽州的老将薛讷已经退休,朝中大员又无合适之人。张说虽然一直做文官,却有征战幽州的经历,加之素有威望,多谋善断,李隆基认定他是恰当人选。

而此番弃文从武,加上他对世态炎凉的体验,张说的写诗功夫突飞猛进。他在幽州所写的诗,境界超过了此前所有作品:

>　　凉风吹夜雨，萧瑟动寒林。正有高堂宴，能忘迟暮心？
>　　军中宜剑舞，塞上重笳音。不作边城将，谁知恩遇深！
>　　　　　　　　　　　　　　　——张说《幽州夜饮》

其中，最后一联向来有不同解释。有人说是向皇帝示好，有人说他借士卒之口抒发感叹，有人说他出言讽刺。但无论如何，作为诗人的张说，终于在知天命之年迎来了高光时刻。他的诗乃是"得江山助"。

春江潮水连海平

刚看见一点"舟楫"踪影，转瞬又消失在天际。孟浩然难免有些失落，却也不太当一回事，因为他心中仍是倾向于隐居的。

不知不觉，孟浩然已年过三十。而立之年的他，仍无"立"的迹象。除去读书、饮酒、吟啸山林之外，他偶尔也在诗中感叹一下清贫。

夏秋之际，襄阳城往往举行仪式，为进京赶考的举子们送行。孟浩然作为当地名士，时常受邀参加。看着那些年轻人满怀自信地启程，他心中五味杂陈。

为何不去科考呢？他有时也问自己。他不再为谁鸣不平，只是提不起兴趣来。人这一生，长也罢短也罢，鹿门山后埋葬了多少黑发白发，谁又比谁的人生更有意义？

开元九年（721）春，孟浩然北上洛阳访友人袁瓘，想寻一条入仕之路。袁瓘是他的同乡，好读书习剑，二人素来投契。据他所知，袁瓘时任左拾遗、司职谏官，也能举荐人才。谁料此行扑了个空，袁瓘因"坐事"被贬岭南。

这年冬天，孟浩然又南下再访袁瓘，到得岭南，才知袁已遇赦北还，并被授官为太祝，掌管祭祀祈福之事。左拾遗为从八品上，太祝为正九品上，官阶降了两级，岗位重要性也大不如前，但被赦免终究是喜讯。孟浩然写了一首诗对朋友表示祝贺，但"求推荐"是不可能了。

沿溯非便习，风波厌苦辛。忽闻迁谷鸟，来报五陵春。岭北回征帆，巴东问故人。桃源何处是，游子正迷津。

——孟浩然《南还舟中寄袁太祝》

从诗中，看得出孟浩然对朋友的挂念，也掩饰不住他自己的迷茫。

这一年，长安的新科状元是个年轻人，名叫王维，比孟浩然整整小了十二岁，写得一手好诗，名动天下。

同样是这年，战功赫赫的张说被召回长安。当时姚崇刚去世，宋璟和苏颋也失去实权。张说被封为兵部尚书、同中书门下平章事，第三次成为宰相。然后，又被派去边疆带兵。

这里有一个关于张说和姚崇的故事。据说姚崇弥留之际，对儿子们说："我与张丞相嫌隙太深。此人素来贪财，尤好服玩。我死之后，他来吊唁，你们要将我攒下的珍宝、玉带等罗列帐前。若张说一眼都不看，咱们满门上下恐怕要大祸临头。若他看了什么，你们就记下来，全都送给他，请他为我写碑文……"姚崇死后，张说果然来吊唁，并看了几件服玩，姚家诸子赶忙包好奉上，求写碑文。张说向来以写碑文而著称，没多久，碑文写好送来，盛赞姚崇一生功绩，传为佳作。不过，张说写完就后悔了，心道："姚崇害我如此之惨，我怎么还夸他？"忙派家丁去姚家取碑文，说"写得不好，再润色一下"，但家丁回报："碑文

已呈御览,连碑都刻好了,皇帝也已看过。"张说捶胸顿足,后悔不迭:

> 死姚崇犹能算生张说,吾今知才之不及也远矣。

这个故事流传甚广,连宋代的李清照也曾据此写下:"君不见当时张说最多机,虽生已被姚崇卖。"而故事其实源于唐人笔记《明皇杂录》,更像小说家言,正史并无记载。再说,倘若张说真是睚眦必报之人,一纸碑文怕是也保不了姚崇后人的安全。

就施政方针而言,张说与姚崇、宋璟的主要区别在于:张说是"文治",姚、宋是"吏治",路线不同而已。现在,已经打好基础的李隆基,决定切换频道了。

开元十一年(723),张说晋升为中书令,大权在握。而李隆基设立了一座"丽正书院",任命张说为修书使,主持其事。为什么设置书院?李隆基确是著名的文艺爱好者,但这不仅仅关乎文艺,甚至不只代表"文治",还有更多目的:

其一,聚拢人才,组建皇帝的私人智囊团。就像此前李世民的文学馆"十八学士"以及武则天的"北门学士"一样,丽正书院里就有太常博士贺知章、秘书监徐坚等人——这个班底后来成为"集贤十八学士"。

这里必须提一下贺知章,他是越州山阴(今浙江绍兴)人,能诗文,擅书法,嗜饮酒。有人觉得他跟李白同辈,其实他出道很早,年龄也大。他跟陈子昂生于同一年,三十九岁中状元,还中了制举中的"超拔群类科"。他的诗也写得很好,一首《咏柳》家喻户晓。

> 碧玉妆成一树高，万条垂下绿丝绦。不知细叶谁裁出，二月春风似剪刀。
>
> ——贺知章《咏柳》

贺知章的姑表弟陆象先，一度官至宰相，在其提拔之下，贺知章仕途平稳，曾任国子四门博士，迁太常博士，但一直未至太高级别。入选丽正书院时，他已六十五岁。这是他人生中一道重要关口。此后，他才真正显达，官至从三品秘书监，成为大唐重臣。

其二，修书以及修史。此前，李世民专门成立了史馆，但一个机构设置久了就会官僚化，指挥起来不那么灵便。就像"监修国史"，本是一项工作，到后来就成了宰相的一个荣誉头衔。宰相很看重这一荣誉。比如，薛元超就曾直言他平生有三恨：

> 始不以进士擢第，不娶五姓女，不得修国史。

张说曾被赐予"监修国史"的荣誉。事实上，李隆基与李世民一样，都有强烈的修史冲动。李世民有"玄武门之变"等一系列心魔，而李隆基也有不少要修的地方。自高宗以来，经历了女皇武曌、中宗李显、睿宗李旦，掺杂着韦后、太平公主等一系列乱象，皇室见不得人的地方多着呢，而李隆基也想好好突出一下自己英明神武的形象。这活交给谁干呢？张说是绝佳人选。他在文人当中极有威望，又是一系列历史事件的见证和参与者，有丰富的修史经验，同时，他还很懂变通，不像宋璟那样"死心眼"，修起史来还不得心应手？

两年后，皇帝在集仙殿设宴款待"中书门下及礼官、学士"，将集仙殿改名集贤殿。丽正书院也顺势成为集贤殿书院。这一次还从制度上对学士的品秩进行了明确,"其书院官五品以上为学士,六品以下为直学士"。张说依旧是负责人,皇帝想任命他当大学士,而张说坚决推辞了。

这期间,张说还做了一件事,"奏改政事堂为中书门下,列五房于其后,分掌庶政"。这是对宰相会议制度的完善,给三省分权打了一个制度补丁,也是对相权的强化。其实,进入开元时代之后,皇帝就逐步削减了宰相的数量。他的宰相班子通常只有两三人,其中一人起决定性作用,如此便于提升行政效率。当然,背后的提绳者只能是皇帝自己。

以张说为核心,聚集了一群诗人。其中,既有出身名门而放荡不羁者,也有来自寒族而才华横溢之士。张九龄自然是其中佼佼者,而王翰、王湾、孙逖等也堪为代表。他们的诗中展露出明显的盛唐气象。

> 葡萄美酒夜光杯,欲饮琵琶马上催。醉卧沙场君莫笑,古来征战几人回。
> 秦中花鸟已应阑,塞外风沙犹自寒。夜听胡笳折杨柳,教人意气忆长安。
>
> ——王翰《凉州词二首》

王翰这两首《凉州词》风格不同,前一首单纯,却见肝胆;后一首复杂,却见灵魂。而无论单纯还是复杂,都意在清除初唐诗那种表达定式。倘若再加上他本人那特立独行的生活方式,盛唐味道就更浓一些了。

王翰,出身太原王氏,先中进士,又中制举"直言极谏"和"超拔群类"两科。这样的出身,按说会前途无量,但王翰是个目空一切的浪荡子。刚中进士，他就做了一件极其离谱的事：

他把当时诗文知名的百余人分作九等，列了一个榜单，贴在吏部东街——这是天下举子云集之处。这纸榜单上，王翰把自己与张说、李邕并列为第一，其余人都排在后面。一时间，"观者万计，莫不切齿"。若不是他出身名门，有权贵撑腰，早就被法办了。

王翰还喜欢纵酒、游猎、狎妓、听曲、赏玩名马，"发言立意，自比王侯"，对同僚颐指气使。这样的做派格外招人恨，但很对张说的路子。张说重做宰相之后，以王翰为秘书省正字，又升其为驾部员外郎，从六品上。这是一个级别不低、有前途，还能跟马打交道的岗位，可见张说是多么照顾王翰。

但后来张说罢相，王翰的好运也就到了头，先被贬为汝州（今河南汝州）长史，再贬仙州（今河南叶县）别驾。王翰倒也想得开，从到任那天起，就跟当地浪荡子们接上了头，"日聚英豪，从禽击鼓，恣为欢赏"。诗人祖咏也是他的座上客。可是，王翰玩得嗨，朝廷不乐意，又贬其为道州（今湖南道县）司马。王翰就这样被贬死了，年仅三十九岁。

客路青山外，行舟绿水前。潮平两岸阔，风正一帆悬。
海日生残夜，江春入旧年。乡书何处达？归雁洛阳边。
——王湾《次北固山下》

王湾，进士及第，与张子容同榜。他的家族并不显赫，人生经历也不像王翰那样有戏剧性，但他的这首《次北固山下》（又名《江南意》，诗也有另一版本）在当时比王翰的所有作品都有名,也超过了绝大多数人——因为张说把"海日生残夜,江春入旧年"这一联亲手题写在政事堂上,当成了写诗的官方版范文。

只是,王湾在仕途上并未得到太多提携。他被选入丽正书院后,一直从事修书工作,对南朝齐、梁以后的诗文集进行详细编校。他是如此认真工作,以至影响了打造个人品牌。此后,他因编书之功,升任洛阳尉,仕途就此见了顶。

王湾的诗,充分凸显了五言律诗里颔联和颈联的力量,让人们看见了明丽的江南风光。这风光不同于长安洛阳,它打破了人们对南朝吴歌的刻板印象,呈现出无尽生命力。

两位王姓诗人,一个名门,一个寒门,张说采取了不同策略,为一个当后台,为另一个站前台。但无论如何,以权相之手来倡导盛唐诗歌风格,张说所做的已经很到位了。

这一时期,以长江中下游地区风光为主题的创作引起了越来越多人的关注。张若虚的《春江花月夜》是其中的杰出代表。

> 春江潮水连海平,海上明月共潮生。滟滟随波千万里,何处春江无月明?江流宛转绕芳甸,月照花林皆似霰。空里流霜不觉飞,汀上白沙看不见。江天一色无纤尘,皎皎空中孤月轮。江畔何人初见月,江月何年初照人?人生代代无穷已,江月年年望相似。不知江月待何人,但见长江送流水。白云一片去悠悠,青枫浦上不胜愁。谁家今夜扁舟子?何处相思明月楼。可怜楼上月裴回,应照离人妆镜台。玉户帘中卷不去,捣衣砧上拂还来。此时相望不相闻,愿逐月华流照君。鸿雁长飞光不度,鱼龙潜跃水成文。昨夜闲潭梦落花,可怜春半不还家。江水流春去欲尽,江潭落月复西斜。斜月沉沉藏海雾,碣石潇湘无限路。不知乘月几人归,落月

摇情满江树。

——张若虚《春江花月夜》

《春江花月夜》是乐府清商曲吴声歌旧题,据说由陈后主创制,隋炀帝杨广也写过这一题目。张若虚不仅用了乐府旧题目,诗中"游子思妇"的题材也是旧的,但他硬生生写出了新境界,让这首诗成为千古绝唱。全诗三十六句,四句一转韵,共九韵,每韵一小段。紧扣"月"字,以春、江、花、夜为衬托,描绘出了一个如梦似幻的江南。令人沉浸其中,足以忘情。

关于张若虚的史料极少,只知他是扬州人,曾任兖州兵曹。开元初年,张若虚与贺知章、张旭、包融并称"吴中四士"——他们家乡都在江南。《旧唐书·贺知章传》里,有对张若虚的寥寥几句记载。但这并不重要,真正的好诗,会写进世人心里。在后世追捧者眼中,《春江花月夜》是"诗中的诗,顶峰上的顶峰",甚至演绎出了"孤篇压全唐"的说法。

吾爱孟夫子,风流天下闻

孟浩然同样是江南风光的杰出书写者。当张说手握重权、主持丽正书院时,孟浩然为何没能得到一丝机会?

也许,是因为他不是进士。开元时代,这进身之阶越发不可少了。

也许,张说给过孟浩然机会。

这里牵涉一个问题:孟浩然几时到过长安?共到过几次长安?他的推荐人是谁?后人对此说法不同,且不同版本情节各异。孟浩然到长安求官的故事,俨然变成了一出以开元盛世为背景的"罗生门"。

《唐诗纪事》中有一段文字称,经过张说推荐,李隆基专门召孟浩然进京,让他吟诵自己的诗。于是,孟浩然吟了这样一首:

> 北阙休上书,南山归敝庐。不才明主弃,多病故人疏。白发催年老,青阳逼岁除。永怀愁不寐,松月夜窗虚。
> ——孟浩然《岁暮归南山》

这首诗的颔联对仗工整,但全诗有一股浓浓的怨气。李隆基听了很有意见。

> 帝曰:"卿不求朕,岂朕弃卿?何不云'气蒸云梦泽,波动岳阳城'!"因是故弃。

从常识来看,这段记述很有问题。孟浩然是想出仕的,而今有机会面见皇帝,为什么会选这首诗?他真的情商为零吗?之前,他给张说写诗,可是写得好好的呀。倘若他情商真有问题,以张说这种老江湖,会推荐他吗?

而且,就孟浩然的心态来说,此时他仍在仕与隐之间摇摆,并无这么浓的怨气。难道他专门酝酿出怨气到皇帝面前表演,以此来坑自己和张说吗?这说不通。

按照时间推测,孟浩然此次进京,应发生于开元十一年(723)他三十五岁时。他诗集中有一首题为《赴京途中遇雪》:"迢递秦京道,苍茫岁暮天。穷阴连晦朔,积雪满山川。"史书记载,这年冬天"自京师至于山东、淮南大雪,平地三尺余"。可能就是在这次进京,经张说引荐,孟浩然结识了张九龄。此时张九龄四十六岁，刚升任中书舍人，正五品上，已属要职。此前有几年，张九龄仕途一直不顺，因不被姚崇看好，还一度辞官回乡休养。张说重新入相后，他才开始直线上升。

初次入京，孟浩然开阔了眼界，也结识了新朋友。虽然入仕没有希望，但他心情尚可，还自秦入蜀，于蜀地游览了一番。然后顺流而下，自长江、汉水返回襄阳。

另有版本将张说推荐孟浩然的故事改成了王维推荐孟浩然，时间也改为开元十八年（730）秋。《新唐书》中采用了这种说法。彼时，孟浩然已过不惑，那是他二次入京——之后还有第三次。这些我们后面再详细说。

回襄阳后，孟浩然将家从鹿门山搬回了涧南园老宅，是父亲让他回去的。孟老太爷已经老了，儿子虽未达到他的期望，却毕竟是儿子，况且孙子已经长大，老人更舍不得看儿孙受苦。孟浩然也明白老人的心思，只是父亲仍对妻子抱有成见，又怎能真正和解？父子二人不再争吵，目光却隔了一条河，在同一个宅院里彼此遥望。

开元十三年（725）春，襄州刺史韩思复去世。韩思复曾先后做过两任襄州刺史，颇有政声，其墓碑由皇帝御笔亲题。孟浩然与当地官员一起，在岘山上为韩思复立起了碑。

春夏之交，孟浩然辞家远游，去看望千里之外的好友张子容。张子容中进士后，仕途并不如意，而今被贬作乐成（今浙江乐清）尉。孟浩然从襄阳出发，沿汉水至江夏，然后顺江而下，清风拂面，满眼风光次第而来。

这一路，他行得很慢。但凡遇见一处有些来历的村镇，都会停下来，买杯水酒喝。至于那些古镇、县城，则往往迁延数日。他在襄阳待得太久，外面的山山水水对他散发出别样的魅力。每到夜晚，他喜欢在陌生的屋檐下看星星，望着望着，就觉得自己化身为其中一颗,那古老的纹路,不知将命运引向何方。

沿途百姓都在讨论皇帝封禅之事。这一年,经过张说悉心筹划,皇帝体面地完成了封禅泰山的仪式,接续了他祖父高宗李治的"盛举",为盛世贴上了一个标签。百姓有的挑大拇指,为自己生在这样的时代而自豪;但也有的说:这是权贵们的把戏,他们封禅一次得花多少钱?咱们交的赋税就这样败光了。听说沿途无数人家因不堪供养,已经妻离子散、家破人亡。且不说这个,你家里还有多少余粮?等他们缺钱了,又会弄个新税种出来,那时你还能吃得上饭吗?你自豪个屁……孟浩然默默听着,心中翻滚如潮。

泊舟浔阳,遥望庐山,孟浩然写了一首诗:

挂席几千里,名山都未逢。泊舟浔阳郭,始见香炉峰。尝读远公传,永怀尘外踪。东林精舍近,日暮空闻钟。

——孟浩然《晚泊浔阳望庐山》

他喜欢用"挂席"来写水上行程。很久之后,他还曾到彭蠡湖(今鄱阳湖)中望庐山,写下:"太虚生月晕,舟子知天风。挂席候明发,渺漫平湖中。"那已是另一种心境。

而孟浩然不知道,就在这一年,有一个年轻诗人几乎跟他同时看见了庐山,并一连串写下数首诗,至少两首也用了"挂"字,但写的都是瀑布,其中一首很出名:

日照香炉生紫烟,遥看瀑布挂前川。飞流直下三千尺,疑是银河落九天。

——李白《望庐山瀑布》

冬天，孟浩然在润州与朋友一起登万岁楼，看到古堤上的柳树，不免想念家中的妻儿，于是寄回一封家书。

开元十四年（726）春，孟浩然在润州、金陵一带漫游。作为襄阳文化圈的代表人物，他早已名声在外，每到一处都少不了诗会和酒局。他并不拒绝，但还是更愿意在山山水水间晃荡。

这日，山间雅集。众人饮酒赋诗，孟浩然例行写了一首，因不想与众人周旋，便把精力放在了看山上。不知何时，一个青年站到身前，高高擎了一杯酒。孟浩然连忙起身，但见这青年一袭白衣，身形极高，比自己还高出半头，在一众文人中更显得鹤立鸡群。他哈哈一笑："孟夫子，来，喝一杯！"孟浩然微微一笑，两手捧杯，饮了一口。青年咕咚咕咚一口喝干，又哈哈一笑。但见他高鼻深目，眼睛里有一抹幽蓝，赫然有胡人血统。孟浩然也缓缓将酒喝干，再看对方脸上热烈的笑容，只觉得精神一振。

众人皆在赋诗，竞为佳句，只有这二人大口喝酒。他们站着饮了几杯，然后坐下，又饮了一坛，便箕踞躺卧。眼前青草连空，耳边水声潺潺，阳光打在脸上，青年白衣如云，杯中酒若琥珀，孟浩然只觉这是人生最惬意的时光。他知道自己已经喝多了，但今天并不想停下来。那青年更是酒量如海，一杯复一杯，口中滔滔不绝，似诗、似歌、似呓语，而孟浩然已听不清了……

这日过后，青年又随孟浩然在周遭游览。对于山水，他们都有一种痴迷，但青年更加痴迷的是酒，无论去往何处，都会带上一坛，渴时便饮，饮了便疯。夜宿山间望星空，孟浩然久久无语，青年喝了几杯，又手舞足蹈，以手指天，笑道："孟夫子，某，李十二，太白星也！"

这青年名叫李白，蜀人，比孟浩然年轻十二岁，二人就此结交。后来，他为孟浩然写了一首诗：

吾爱孟夫子，风流天下闻。红颜弃轩冕，白首卧松云。
醉月频中圣，迷花不事君。高山安可仰，徒此揖清芬。

——李白《赠孟浩然》

这首诗写得何其坦率，何其真诚，千载以来，散发出无穷魅力。李白写出了孟浩然的风流与浪漫、率性与闲适。这是最好的孟浩然。只可惜，这状态正悄然流逝。

孟浩然作别李白，南下赴杭州、会稽（今浙江绍兴一带）漫游，一路山水相随，颇为快意。岁末时节，他与张子容在永嘉上浦馆相逢，并随其返回乐成县。这一别十余载，孟浩然看见老友鬓间已星星点点，口中不说，心里却感叹。

张子容岂会不知他心意，笑道："还是襄阳好啊！我不知多少次梦回鹿门，找你喝酒，却总是酒还没上来，人便醒了……"

乐成地处东南，冬日温润如春。张子容便于中庭摆酒，两个失意的人，边饮边话这十年风雨。柏叶酒色泽苍翠，有歌女清唱《梅花》，孟浩然微笑倾听，杯中却不停歇。饮到月上中天，二人皆已大醉。

这年除夕，孟浩然便在张子容处度过，转过年来，却病倒了。届时张子容任期已满，即将赴京，等候吏部铨选，须好好收拾一番。孟浩然自觉对老友一家打搅甚多，归心愈切，写诗感叹："徒对芳尊酒，其如伏枕何。归欤理舟楫，江海正无波。"

身体稍稍好些，孟浩然便踏上归程，张子容一路送至永嘉。二人分别后，他心里又不急了，缓缓行至杭州，恰与张子容再度相逢。这一来，少不了又是一场大酒，作诗分道而别。

回到襄阳，孟浩然身心疲惫。每念及张子容所吐苦水，便觉得：仕途如此，又有什么意思。

新任襄州刺史独孤册对孟浩然颇为景仰，常请其到州府谈论事务，一同饮酒赋诗，孟浩然倒也不寂寞。

微云淡河汉，疏雨滴梧桐

转眼已是开元十六年（728），四十岁的孟浩然决意参加科考，应进士第。

为什么呢？——父母身体大不如前，孩子也渐渐大了，家中境况日益窘迫。与弟弟孟洗然分家后，孟浩然虽有些田产，但夫妻二人都不善经营。如此坐吃山空，何时才是个头？

州府的选拔，自然不在话下。这年夏天，他在外勾留了几日，回家后便听妻子韩襄客说，辛之谔去长安了。孟浩然一愣。妻子忙道："他来道过别了，不巧你不在。"孟浩然叹一口气："他去长安做什么？也不等等我。"妻子笑道："去献书，他写了一幅长卷，要献给皇帝。"

在唐代，除了科举之外，献书、献赋等也是入仕途径。有的文人不愿科考或认为科考无望，就会选择这些途径。辛之谔所选的正是献书。

孟浩然应考的途径是"乡贡"。在中唐以前，乡贡选拔的举子人数有严格规定。上州每年可送三人，中州可送二人，下州只可送一人。若有才行突出者，可根据具体情况略有增加。州府试一般于农历七月举行，乡贡举子在七月末上路，之前两三个月要进行各种准备。而农历五六月正是槐花盛开之时，所以有"槐花黄，举子忙"之说。

七月末，孟浩然与襄州的其他举子一起，踏上进京之路。

这时，张说已被罢相。此前的泰山封禅是他仕途生涯的巅峰，事后皇帝念及随行官员辛苦，下诏"内外官三品以上赐爵一等，四品以下赐一阶，登山官封赐一阶"。"登山官"即陪同皇帝登山的官员，赏赐最厚。然而，这些人选都是张说定的，主要是中书、门下两省官员以及他平时所亲信者。此前，张九龄曾苦劝张说别这样做，应尽量让内外官员雨露均沾，但张说不听。皇帝诏书一下，宫里宫外怨气冲天，张说成了众矢之的。

很快，高官们的弹劾奏章就递了上去。他们是一直受张说压制的户部侍郎宇文融、因张说干预而未得重用的御史大夫崔隐甫，还有野心勃勃想取张说而代之的御史中丞李林甫。奏章极为狠辣，直指张说勾引术士占星、徇私舞弊、收受贿赂，每一条都是大罪。皇帝不能不理，命另一位宰相源乾曜与御史台、刑部、大理寺进行"三司会审"，结果罪状大都属实。

按说，张说没救了。但他哥哥张光用了狠招，公然在朝堂上割下了自己的耳朵，为弟弟鸣冤。皇帝被淋漓的鲜血触动，派亲信太监高力士去牢里探视张说。史书称，高力士回来后，做了一番动情描述：

见说蓬首垢面，席藁（gǎo），家人以瓦器馈脱粟盐疏，为自罚忧惧者。力士还奏，且言："说往纳忠，于国有功。"

高力士说，张说披头散发，满脸污垢，坐在稻草垫子上，用瓦盆吃着牢饭，又惊又怕地等候处分；又说起张说对皇帝一片忠心，对国家立有大功……皇帝心里很不是滋味，便只罢免了张说的中书令，命其在集贤院专修国史。但政敌们岂肯罢休？他们深知，以张说的性格，假如再度掌权定然会狠狠报复。于是，他们编织罪名继续告状，一年后，张说被勒令退休。

当孟浩然再次见到张说时，他已经只剩"集贤院学士"这一个头衔。而此时,张九龄也远赴洪州出任都督。孟浩然只好在宣阳坊一处旅店中住下,安心备考。

过了些日子,孟浩然见到了辛之谔。他住在城南,二人异地重逢,同游曲江,不胜感慨。此时,孟浩然才知道,辛之谔为了此番进京已准备多年,他耗时十数载,创作了那幅名为《叙训》的长卷,以作求官之用。此时,长卷已献上,尚未有回音。孟浩然暗暗心惊:这位老友当真一片苦心。

次年春闱,孟浩然名落孙山。辛之谔陪他看榜回来,二人在旅店房间中坐下,久久无言。透过窗子,看得见不远处平康坊的灯红酒暖。天色渐渐暗了,他们才想起午饭都没有吃。

在一楼坐下,掌柜的温了酒。孟浩然默默各斟一杯,心头浮起一丝暖意。

辛之谔轻声问:"掌柜的,我们还没要酒,你莫不是上错了?"

掌柜的一脸平静:"今日发榜,年年此日,秀才们总要饮些酒的。"

孟浩然见掌柜的五十来岁,脸色微红,体格壮实,笑问:"你这是间老店了吧?"

掌柜的挺了挺胸脯,叉手道:"小店乃是祖业,武德年间便在此开门营业,如今已有百余年。小佬是第三代了。"

孟浩然点了点头,门外灯火阑珊处,店招迎风飘拂,上写:四方客栈。

又过数日,辛之谔见上书依旧杳无音讯,决定先回襄阳。孟浩然出城送他,还写了一首诗。他何尝不想还乡,只是不能两手空空回去罢了。

二月底,喜讯忽然传来。辛之谔所献长卷获得皇帝认可,吏部正式授其为长社尉。长社县(今河南长葛东)是一个望县,县尉为从九品上，以此释褐，算是不错的起点。孟浩然当即写信，将这一喜讯报知老友。他心中也受到激励，谁说上书不是一条好的求官之路呢？后面的日子，他忙于写诗作赋，献给朝廷，但全部泥牛入海。

好在，孟浩然并不孤独。数年前，他在南阳结识一位朋友，如今二人在长安重逢。此人名叫王昌龄，字少伯，本太原王氏一支，生于长安灞陵，时年三十二，比孟浩然小了九岁。

王昌龄个子不高，性情温厚，但颇具豪气，尤擅写诗。其边塞诗雄健沉着，闺怨诗含蓄婉曲，社交诗随手而作，常有妙笔。这样的能力是孟浩然所不具备的，除去之前见过的李白之外，他也从未见过这等天才。而王昌龄也对孟浩然一见倾心，在他眼里，孟诗如此散淡清幽，在大唐堪称独步。他二人还有不少共同点，比如，都从陶渊明诗中获益良多，都曾科考落第，且二人都隐居过、清贫过。孟浩然多年隐于鹿门山、涧南园，王昌龄则自幼在长安灞上渔耕。这样的经历，让他们都瞧不起那些"终南捷径"式的隐士们。

不过，二人当前境况并不一样。王昌龄已于两年前进士及第，虽然初次未通过吏部铨选，但很快就中了制举"高才沉沦草泽自举科"，补授秘书省校书郎，堪称美职。而孟浩然至今入仕无门，生活拮据。在这种情况下，几乎每次饮酒，都是王昌龄抢着付账。孟浩然过意不去，王昌龄却笑道："秘书省虽清淡，但喝酒还是够的，倘若日后穷了，再去襄阳找浩然兄……"

饮到酣处，王昌龄常纵声吟诗，无论在闹市酒肆，还是江湖草野，他都率性而为，声闻四方：

杀气凝不流，风悲日彩寒。浮埃起四远，游子弥不欢。
依然宿扶风，沽酒聊自宽。寸心亦未理，长铗谁能弹。主人就我饮，对我还慨叹。便泣数行泪，因歌行路难。

——王昌龄《代扶风主人答》(节选)

孟浩然微笑看着，有时眼眶湿润。他知道，眼前这个正九品上的小官，视周遭一切如草芥，只有"朋友"二字，在他心中重逾千金。

这年秋，秘书省举行了一场盛大诗会，长安著名诗人将汇聚一堂，联袂赋诗。在王昌龄大力推荐下，孟浩然也收到邀请。皇城壮阔，枪戟雪亮，戒备森严，令他极为震撼，也有些局促。好在王昌龄颇为贴心，笑呵呵一番周旋，让他放松下来。

不多时，灯光点起，秋月初霁，高大的梧桐肃然而立，树下是三三两两衣着鲜亮的客人。有的穿紫着绯，金银鱼袋甚是夺目；有的即便只是白衣，也将幞头或靴子做得颇为精巧——虽然今天他们最主要的身份是诗人，但其品阶、贫富仍一目了然。孟浩然只穿了寻常衣衫，他知道这里是长安而非襄阳，如此场合，是不可能给他出彩机会的。

联句开始，那是一幅数丈长的卷轴，由十数名侍女捧着，诗人们提笔而书，有的文不加点一挥而就，有的沉思片刻再缓缓落笔。不知何时，王昌龄将笔递到了孟浩然手中，笑而不语，眼睛里却是火一般的光芒。孟浩然提笔在手，用清瘦的字体写了一联："微云淡河汉，疏雨滴梧桐。"

王昌龄大声喝彩。人们围上来定睛观瞧，继而赞声一片。笔传给下一人，那人沉思半晌，缓缓摇了摇头，又将笔递给其他人……这样直至最后，竟无人肯再落一笔。

太子右庶子（正四品下）、集贤学士贺知章对孟浩然挑起大拇指，花白的胡子在明月下闪着青光。文人墨客竞相与孟浩然结识。这一夜，四十一岁的孟浩然名动长安。

当夜，王维也来了。他就在不远处，直到众人散去，才过来打招呼。王维也只穿了一袭白袍，脸上含笑，二目如星。他并未夸奖孟浩然的诗句，只是站着和他聊了一会儿天。

孟浩然是早就知道王维的。他八年前已中状元，而今看来依然年轻。长安城中，人们在不同的场合谈论王维的诗，脸上那种崇拜的表情如同仰望天上最耀眼的星星。而从王维诗中，孟浩然感受到了一种完美状态。这是诗人的极致，不管孟浩然想不想，都不可能达到，他对王维甚是服膺。王维说，他如今也是闲人一个，无官一身轻，只在大荐福寺跟随道光禅师学佛，欢迎孟浩然来喝茶。孟浩然答应下来，却一次也没去过。

长安城大，文人圈子里活动也多，但王维很少参加。偶尔遇见，二人也只闲聊几句，有时遥遥点一点头，便觉亲切。

遑遑三十载，书剑两无成

长安的冬天来了。

长安的冬天特别长，尤其是对孟浩然这种无钱的游子来说。天气渐渐冷下来，而他的冬衣还未做。献上的诗赋仍无回音，令他失望，但他也知道，自己所献诗赋不够好，而好的还没写出来。他无比沮丧，在内外交攻之下病倒了。

这日下午，他端着半杯酒在旅店一隅枯坐。掌柜的忽然捧了笔墨过来，恭敬道："浩然先生，小店昨日新刷了一面粉壁，可否请先生题一首诗？"

孟浩然苦笑一声，提笔在手："可是随我写？"

掌柜的笑道："那是自然，只怕先生不肯。"

孟浩然一言不发，大步向前，在墙上唰唰写下一首诗：

久废南山田，谬陪东阁贤。欲随平子去，犹未献甘泉。枕席琴书满，褰帷远岫连。我来如昨日，庭树忽鸣蝉。促织惊寒女，秋风感长年。授衣当九月，无褐竟谁怜。

——孟浩然《题长安主人壁》

这首诗写了滞留长安之苦，很是凄恻。不只有岁月蹉跎，更怵目的还是贫穷。此前，孟浩然虽也写过清贫，但那近乎一种哀愁，而今却是结结实实的"穷"。

以这首诗的内容，题在客栈墙上，论说并不合适。孟浩然写完之后，转身尴尬一笑："毁了你一面好墙，明日重刷吧。"

掌柜的也一脸愕然，张大了嘴，此刻才合上，但面色依然平静，连声道："先生说哪里话！这是一首好诗。先生此前能让王摩诘服膺，得此墨宝，还不是小店的造化？"

孟浩然轻叹一声，摇了摇头，缓步上楼去了。

黄昏时节，小二用托盘送了两贯钱来，说是题诗的润资："小本生意，不成敬意，先生莫怪。"孟浩然心头一热，眼眶有些发酸。

开元十八年（730），是孟浩然在长安的第三个年头。以他的处境和心境推测，那首《岁暮归南山》，可能就是此前年关所写。

关于孟浩然和王维的交往，《唐才子传》中有一个故事流传甚广：

维待诏金銮，一旦私邀入，商较风雅，俄报玄宗临幸，浩然错愕，伏匿床下，维不敢隐，因奏闻。帝喜曰："朕素闻其人，而未见也。"诏出，再拜。帝问曰："卿将诗来耶？"对曰："偶不赍（jī）。"即命吟近作，诵至"不才明主弃，多病故人疏"之句，帝慨然曰："卿不求仕，朕何尝弃卿，奈何诬我！"因命放还南山。

比起张说推荐孟浩然的版本来，这个故事增加了一些情节，比如"待诏金銮""伏匿床下"等，传播力更强。但这个故事也存在问题。此时王维诗名虽著，但无官无职，自己要见皇帝也绝非易事，更别提带孟浩然入宫了。而且正史里，王维一生从未"待诏金銮"。再说，以他的行事风格，即便显达之后，肯做这种事的概率也实在太低。

人生一世，知己难求。有时纵然遇见了，却也只能相知，不会相扶。这样的缺憾，就是人生。

或许，还有另一种可能：开元十一年（723），张说虽推荐了孟浩然，但后者并未见到皇帝。而这一次，他在张说处恰巧遇见了皇帝——此时，张说被重新启用为尚书右丞相、集贤院学士，这大约是孟浩然能面圣的唯一渠道了。

这里需要说一下，张说此时担任的"右丞相"，并不是宰相。

唐代的宰相制度比较复杂，但要讲明白这段历史，又不得不进行说明。在人们印象中，宰相是百官领袖，品秩比其他所有官员都高。但事实上，唐代的宰相只是一种使职，并无品秩，也无固定称号。简单说就是：只有"宰相"这个活，而没有固定行政级别，也没有固定岗位名称。

宰相所从事的工作是管理政府机构，其行政权仅次于皇帝，但品秩不一定高，从一品、二品、三品一直到五品官，都有可能成为宰相。这种情况在唐朝不同阶段的表现也不一样。在李渊时代，宰相人选是三省长官——中书省的中书令，门下省的侍中，尚书省的左、右仆射。此时宰相的称呼为"知政事"。在李世民贞观年间，宰相人选范围扩大，除三省长官之外，秘书监（魏徵）、御史大夫（杜淹）等也曾任宰相。此时宰相的称呼最多、最杂，包括"参议朝政""参议得失""专典机密""参预机务"等。贞观以后直至唐亡，一般不再让三省长官任宰相，而是用侍郎、尚书、御史大夫等其他人选。此时称呼其为"同中书门下三品""同中书门下平章事"或类似称号。

整体而言，宰相人选的官品越来越低，越来越方便皇帝安排"自己人"。这背后是皇帝与官僚系统的权力斗争。因为按照升迁规则，能做高官的都要在官场混迹多年，深谙各种明规则和潜规则，有种种利益掣肘，皇帝用起来并不得心应手。而皇帝又不能破坏整个升迁秩序——这是官僚系统的价值载体。所以，皇帝就逐步放权给小官，而让高官变成虚衔，只享厚禄而不管事。毕竟，皇帝选拔小官并不显眼，也不易招人非议，再给其戴上宰相"帽子"，就能做到"小官管大官"，将相权牢牢抓在自己手中。

具体操作是：皇帝先从基数巨大的基层官员里选人，再快速将其提拔为五品官，此过程一般不会遭遇太多阻力，也不会触动众多高官的利益。然后，直接使其变成宰相。假如皇帝用得顺手，就将其提拔为三省长官级别的高官。那时就水到渠成，纵使其他人有意见，也不便或不敢多说什么，因为宰相自己就会出手，清除障碍。假如皇帝用得不顺手，就果断将其免去职务，也不会引起多大风波。

比如，张说初次拜相时，实际官职是中书侍郎、同中书门下平章事，后来才升任中书令；姚崇拜相时，官职为兵部尚书、同中书门下平章事，后升任紫微令；张九龄拜相时，官职也是中书侍郎、同中书门下平章事，后升任中书令。

这一过程只涉及权力，不涉及官品，也与资历无关。如此操作之下，宰相的权力就直接来自"皇帝赋权"，而非来自官僚系统，这样就加强了皇权。这也是中国千年以来宰相制度演变的一条主线，后世虽称呼不同，但基本"换汤不换药"。

再回到张说，他此前被罢相，是指被罢免"同中书门下平章事"，剥夺了宰相权力。当然，中书令官职也一起被免。后来被任命的"右丞相"并非宰相，只是尚书右仆射，属虚衔——开元元年，朝廷曾改尚书左、右仆射为左、右丞相，天宝元年（742）复旧。

这里还需要注意，武后掌权时，一度将中书令改称"右相"，将门下省侍中改称"左相"，这也成为唐代官员的一种习惯称呼。但这与"左、右丞相"绝不是一码事，后者实际上属于尚书省。

彻底丧失希望的孟浩然只好离开长安。临行之前，他给王维留诗作别：

> 寂寂竟何待，朝朝空自归。欲寻芳草去，惜与故人违。当路谁相假，知音世所稀。只应守寂寞，还掩故园扉。
> ——孟浩然《留别王维》

满纸都是他的失落。从"知音"一句看得出他对王维的不舍，天才之间的惺惺相惜，也许真不用纠缠太多细节。

王维也很快写诗回赠：

> 杜门不复出，久与世情疏。以此为长策，劝君归旧庐。醉歌田舍酒，笑读古人书。好是一生事，无劳献子虚。
> ——王维《送孟六归襄阳》

"孟六"就是孟浩然，"六"是他在整个家族中的排行，而不限于亲兄弟姐妹。这是唐代的惯例。同理还有前面的"李十二"，"十二"是排行；后面的"王大校书"，"大"是排行。

此诗毫不见外，以老朋友的语气进行劝慰：还是回乡隐居好啊，不用再留在长安献赋，委屈自己了。在王维的诗里，这种风格并不多见。而遇见孟浩然时，正是王维一生最放达的时刻，他也更容易袒露心扉。

或许，熟知应试规则的王维看得非常透彻，孟浩然无论科举还是献赋，从一开始就注定不可能有结果。

就乡贡举子而言，不同地域通过科考的人数差异极大。以荆州为例，自大唐开国之后，能考上的人数就极其稀少。史料称：

唐荆州衣冠薮（sǒu）泽，每岁解送举人，多不成名，号曰天荒解。刘蜕舍人以荆州解及第，号为破天荒。

要知道，刘蜕及第是在大中四年（850），那是孟浩然参加科考一百二十一年之后的事情，即使那时考中，还被称为"破天荒"。

襄阳在荆州以北，情况应略好一些，但大体仍属同一地域，可以猜测其录取概率也很低。当然，这只能说明朝廷刻板印象如此，而与当地文化土壤无关。

而且，孟浩然的写诗方式，也决定了他难以考中。他写诗作赋，无论在结构还是叙事层次上，都不符合长安文学圈的审美习惯。一直生活在襄阳的他，没有受过京城诗歌旧秩序的约束，心里没有太多条条框框。他的诗散淡而自由，是一种"绿色产品"。出众的天分，独特的性情，使他能写出精妙绝伦的句子，让世上最高明的诗人赞叹。但是，当这些句子组成完整的诗或文章后，却往往异于主流审美，作者会被当权者视为异类，被认为缺乏修养。

孟浩然的作品，无法用应试的尺子来衡量，所以难逃出局的命运。换句话说，独特的经历和风格造就了他，也限制了他，使他只能徘徊于科举门外。

还是回乡去吧,留住那颗自由的心,还有什么比自由更宝贵呢?

二赴长安,铩羽而归,给孟浩然带来了巨大的创痛。无论是科考落第、献赋无果,还是面圣遭逐,都对他的自信心和期望值形成了毁灭式打击。

还乡途中遇到一场大雪,孟浩然写了一首诗:

> 我行滞宛许,日夕望京豫。旷野莽茫茫,乡山在何处。孤烟村际起,归雁天边去。积雪覆平皋,饥鹰捉寒兔。少年弄文墨,属意在章句。十上耻还家,裴回守归路。
>
> ——孟浩然《南归阻雪》

"裴回"就是"徘徊"。这首诗写得沉痛,特别是结尾处。他求仕原本就是为了让家庭摆脱经济困境,结果大把路费打了水漂,反而让家人陷入更深的泥淖。此时此刻,又如何面对家乡父老?

天寒地冻,望乡关而耻还家。这可是那个潇洒的孟浩然呀!人生艰难,大抵如此。

然而,到了南阳,终究是要回襄阳的。只是,当命运将"求仕"二字从人生行囊中拎出,他就注定隐不住了。此后,他的诗中会高频次出现一个词——"魏阙",也就是朝廷。

开元十九年(731)冬,孟浩然再次辞家,前往洛阳。他依旧想求一个官职,没有前往长安是因为这年十一月皇帝"驾幸洛阳"。在洛阳停留数月后,皇帝北巡太原,然后返回长安。

开元二十年(732)春,孟浩然在洛阳与储光羲相识。储光羲,润州延陵(今江苏丹阳)人,祖籍兖州,也是后人所称的山水田园诗派代表人之一。他于开元十四年（726）中进士，后辗转多地任县尉，仕途颇不得意，有隐居之心。

储光羲比孟浩然小十八岁，对这位前辈极为仰慕，二人相谈甚欢。孟浩然从这位小兄弟身上看到了一股侠气，他非常喜欢，于是写诗相赠：

> 珠弹繁华子，金羁游侠人。酒酣白日暮，走马入红尘。
> ——孟浩然《同储十二洛阳道中作》

这大约也是储光羲一生所收到的最好的赠诗。

在洛阳，孟浩然又病倒了。他在朋友李十四的庄园中养病，其间写了一些诗，留下"年年白社客，空滞洛阳城"之叹。开元二十一年（733）夏，他自洛阳赴长安。此行见到了不少朋友，但他无心交际。而这一次，孟浩然自始至终都没能得到面圣的机会，因为两年前，张说已经病逝，终年六十四岁。

这年秋天，孟浩然在一片苦雨中离京东行。出潼关时，他给王昌龄写了一首诗《初出关旅亭夜坐怀王大校书》，诗中有句曰："烛至萤光灭，荷枯雨滴闻。"也许，他听见了自己梦碎的声音。

这一次，孟浩然决定不回襄阳，而是由洛阳经汴河，南下吴越，放情于山水与酒杯之中。

> 遑遑三十载，书剑两无成。山水寻吴越，风尘厌洛京。
> 扁舟泛湖海，长揖谢公卿。且乐杯中物，谁论世上名。
> ——孟浩然《自洛之越》

此次漫游，山水依旧，心中却空空荡荡。桨声悠悠，他的诗中也多了一种哀愁。这哀愁，不是愁云，而是像黄昏时的雾霭，很轻很淡，却无时无刻不笼罩着他。

> 移舟泊烟渚，日暮客愁新。野旷天低树，江清月近人。
> ——孟浩然《宿建德江》

这是他笔下的越中风景。相比于此前所见，更清、更静，也更寂寞。在越州，他与朋友痛饮一番，畅游镜湖、剡（shàn）溪。直至第二年暮春，才返回襄阳。

人事有代谢，往来成古今

连年漫游后，孟浩然的心终于平静下来。然而此时，他却得到了一个做官的机会。《新唐书》称：

> 采访使韩朝宗约浩然偕至京师，欲荐诸朝。会故人至，剧饮欢甚，或曰："君与韩公有期。"浩然叱曰："业已饮，遑恤他！"卒不赴。朝宗怒，辞行，浩然不悔也。

"采访使"是官名，乃地方大员。开元二十一年（733），李隆基重新调整行政区划，将全国划分为十五道，次年，于每道设采访使。襄阳所处为山南东道，韩朝宗被任命为襄州刺史兼山南东道采访使。而韩朝宗之父，正是原襄州刺史韩思复。当年孟浩然罢考时，韩思复正在任上。后来，孟浩然也曾参与为韩思复立碑。这些事，韩朝宗都记在心头。到任后，他与孟浩然走得很近，孟浩然也写诗称颂韩朝宗，希望其提携自己。

开元二十三年（735）正月，李隆基下诏，命全国"五品以上清官都督刺史"各推举一名人才,对该人才的要求也很高,"其才有王霸之略、学究天人之际、智勇堪将帅之选、政能当牧宰之举者"。"指标"下到各地,韩朝宗心中的合适人选正是孟浩然。

孟浩然欣然答应。身边几乎所有人都认为,这次他终于看见了前程。谁知,比前程先来的,是一场大酒。

就在与韩朝宗所约时间将至时,一位"故人"来访,孟浩然特别开心,又约了几位好友一起喝酒。这酒喝得很大、很欢乐。席间有人提醒:别忘了,你跟韩公有约。孟浩然大喝一声:这酒喝都喝开了,还管那些干什么?于是继续喝,最终也没赴约。韩朝宗大怒,不再等他,直接进京去了。

这件事并非后人编造。距孟浩然所处时代不远,且为同乡的王士源,也在他所写的《孟浩然集序》中记下了这件事,其中有几个词很值得注意,比如"剧饮欢甚""叱"。在史料中,这是温文尔雅的孟浩然一生仅有的一次横眉怒目。这场大酒,彻底终结了他做官的希望,但他"不悔也"。

有人据此说孟浩然喝酒犯浑、太不靠谱。真是如此吗?《孟浩然集序》中称:

> 浩然文不为仕,伫兴而作,故或迟;行不为饰,动以求真,故似诞;游不为利,期以放性,故常贫。名不继于选部,聚不盈于担石,虽屡空不给,而自若也。

自此可见,孟浩然平时就是个特别"真"的人,他不虚伪、不掩饰,所以行为看起来有点荒诞。他交朋友不是为了利益,也不计较利益,只要谈得来、玩得好就行,所以日子比较清贫。从中也能看出,孟浩然写诗作文,不是像王勃那样吐金泻玉、倚马千言，而是有了真情实感才能写好。或许，这也是他难以通过科考的一个原因。

对于进京求官，四十七岁的孟浩然真的丧失了兴趣。当然，这事对不住韩朝宗，却也只能对不住了。后来，韩朝宗调任洪州刺史，孟浩然写诗相送，深深表达了留恋与赞美。

再回头看，那位"故人"究竟是谁呢？他居然能让孟浩然如此高兴，以至连前途都不顾了。对此，史书并未记载。有人据史料推测，那人可能是李白。这年，李白赶到襄阳，以诗文干谒韩朝宗，希望其能将自己引荐给朝廷。韩朝宗拒绝了。李白失望之余，找孟浩然喝酒。他的疯劲，也激起了孟浩然身上的狂气，于是上演了"非常态"的一幕。当然，这也只是推测。

这件事之后，孟浩然应朋友之邀，第三次赴越中游历。他打算从扬州南下，路过江夏时，又遇见了李白，二人同游黄鹤楼。这也是两位诗人人生中最后一次会面。临别之际，李白写诗相赠：

> 故人西辞黄鹤楼，烟花三月下扬州。孤帆远影碧空尽，唯见长江天际流。
>
> ——李白《送孟浩然之广陵》

孟浩然并没有一直闲着。新任山南东道采访使宋鼎来襄阳之后，孟浩然去其府中做了一名幕僚，赚取报酬养家。

开元二十五年（737）春夏，四十九岁的孟浩然收到一份来自荆州的官方文书，署名"荆州大都督府长史张"。这纸聘书，来自张九龄。

张九龄怎么到荆州了呢？答案是：被贬来的。

在仕途上，张九龄是有过巅峰期的。开元十九年（731）夏，他被皇帝调回京师，而后不断升迁，并于开元二十一年冬拜相，在宰相位置上干了三年，后被罢相，改任尚书省右丞相。开元二十五年四月，被贬为荆州大都督府长史。

张九龄是张说一手提拔起来的。在张说过世后，他也跻身宰相之列。二人先后手握重权，都常年草拟诏书，扶持了众多寒微文人。张说扶持的是张九龄、王翰、王湾等，张九龄扶持的则是王维、崔颢、卢象等。

张九龄所坚持的同样是"文治"，谏官出身的他仗义执言，秉公守则，绝不徇私枉法，也不阿附权贵……对于这些特点，皇帝都一再表示赞赏，但最终记住的却是他另一个优点——长得帅。即便在张九龄离职后，每当宰相推荐人才，皇帝都还会问一句："风度得如九龄不？"

张九龄罢相的直接原因，是遭到李林甫暗算。

李林甫是中国古代史上最著名的权相之一，是个小人、狠人、恶人。他是高祖李渊叔伯兄弟长平王李叔良的曾孙，虽属宗室，却关系疏远。他小字哥奴，做过街头混混，不学无术，写文章须找人代笔。他也曾经闹过不少笑话，比如，不认识杕（dì）字，读成了杖。还有一次，别人生了男孩，他去道贺时，将"弄璋之庆"写成了"弄獐之庆"——等于祝孩子长大后当驯兽师，惹来一片嘲笑。但当他的权力越来越大，就再也没人笑他了。

李林甫没文化，但不是草包。他精于权谋，极善揣度人心，还擅长在李隆基身边安插耳目，刺探情报，用尽一切手段讨其欢心。他又通过宦官，跟李隆基的宠妃武惠妃搭上关系。有了这些便利，他进言奏事，乃至中伤同僚，无不合乎皇帝心意。而且，他精通音律，能画几笔丹青。其父李思诲是画家，伯父李思训更是著名的"大李将军"——曾任右羽林卫大将军、右武卫大将军，开创青绿山水、金碧山水一派。有了这样的基础，李林甫跟皇帝并不缺少共同语言，也越来越得宠信。

　　此前李林甫就暗算过张说，此时他与张九龄同为宰相，便一直盘算着如何下手。《新唐书》称："李林甫无学术，见九龄文雅，为帝知，内忌之。"你看，长得帅也会惹祸。

　　在权斗方面，文人底色的张九龄根本不是对手，他很快便萌生退意，写了一首诗：

> 海燕何微眇，乘春亦暂来。岂知泥滓贱，只见玉堂开。绣户时双入，华轩日几回。无心与物竞，鹰隼莫相猜。
> ——张九龄《咏燕》

　　据说这首诗是写给李林甫的。诗中自比"海燕"，而以李林甫为"鹰隼"，这是张九龄的咏怀，也是示弱，表示无心参与权斗。《明皇杂录》记载了一个故事：

> （张九龄写诗）以贻林甫……林甫览之，知其必退，恚怒稍解。九龄洎（jì）裴耀卿罢免之日，自中书至月华门，将就班列，二人鞠躬卑逊，林甫处其中，抑扬自得，观者窃谓一雕挟两兔。俄而，诏张、裴为左右仆射，罢知政事。林甫视其诏，大怒曰："犹为左右丞相耶！"二人趋就本班，林甫目送之，公卿以下视之，不觉股栗。

　　故事把张九龄和另一位宰相裴耀卿比作兔子，而李林甫是大雕。"一雕挟两兔"，活脱脱写出了李林甫的嚣张。很快，张九龄在右丞相的位置上再次被贬，一路贬到荆州。而荆州长史这一职位，也是张说被贬时做过的。这一年，张九龄六十岁。

　　对于政治家张九龄来说，这是一次失败，但对于诗人张九龄来说，却是一次新生。他在荆州待了三年，写出大量诗篇。其中，《感遇十二首》堪称其一生的代表作。

兰叶春葳蕤，桂华秋皎洁。欣欣此生意，自尔为佳节。谁知林栖者，闻风坐相悦。草木有本心，何求美人折！
——张九龄《感遇十二首》其一

远离政治核心的张九龄，终于写出内心的想法。而无论从感遇诗的题目还是写法上，都能看出他受了陈子昂的影响。只不过，陈子昂诗中常有一种悲怆，或为不遇，或乏知音，而张九龄表达的主要是一种直面命运的淡然。与陈子昂相比，无论年龄、官阶还是视野宽度，张九龄都占优势。他已经看过了世界，一切不过如此。

当然，从另一个角度看，与陈子昂相比，张九龄也输在了淡然上。陈子昂乃学道之人，写诗重"气"，加之年轻，力道足；而张九龄已老迈，心如止水，自然难以抗衡。

到了荆州，孟浩然在张九龄幕府中担任从事。

"幕府"是什么呢？其原意是指将帅办公之处，在唐代指各道大员的衙署。各道长官之下，设有两套职官系统。一套是州县职事官系统，由中央委派。其中，刺史及五品以上的上佐（别驾、长史、司马）由中书门下委任；五品以下的"判司簿尉"由吏部委任。另一套是使职幕职系统，由地方大员自行辟署。府主对于幕府人事拥有绝对话语权，尤其喜欢聘用当地有名望者。而且，在待遇方面，幕职人员的报酬，一般会高于州县政府的俸禄。张九龄虽说只是荆州大都督府长史，并非都督，却是有很大实权的。扬州、益州、并州、荆州及后来的潞州，并称"五大都督府"，其都督一般由亲王遥领，其长史为从三品（初为从四品上），乃实际主政者。

　　张、孟二人相差十一岁，经历也有天壤之别，但对文学的热爱和对彼此的敬意，使他们相处融洽。在整个大唐，他们大约是风度最好的两个老头。二人经常写诗唱和，偶尔也登山临水。孟浩然称之为"忘形之交"。

　　深秋的夜晚，孟浩然温一壶酒，想念家中的老妻，也回想自己这大半生。年轻时，天天喝酒，却很少喝醉。年纪大了，不常喝了，却连独酌也会醉倒。梦里，一会儿是襄阳城、鹿门山，一会儿是孤舟上、大海边……醒来时，枕上湿了一片，檐外晨星寥落。他似乎听到一缕清歌，从城外江上传来，悠悠荡荡，若有若无。

　　　　木落雁南度，北风江上寒。我家襄水曲，遥隔楚云端。
　　　　乡泪客中尽，孤帆天际看。迷津欲有问，平海夕漫漫。
　　　　　　　　　　　　　　　　——孟浩然《早寒江上有怀》

　　第二年夏天，孟浩然背部生疽（jū），疼痛难忍，向张九龄请辞。张九龄虽然不舍，却也只能派人一路小心侍候，将孟浩然送回襄阳家中。孟浩然这一病便是数月，其间，王昌龄也来到了襄阳。

　　此行，王昌龄是被贬岭南，路过襄阳。为何被贬呢？

　　从王昌龄的履历看，他的仕途很不如意。前面已提过，他进士及第后未能通过吏部铨选，直至考过了第一次制举，才被任命为秘书省校书郎。而校书郎期满之后，一直未获得新的任命。为此，他向时任吏部侍郎的李林甫上书，称吏部选官不该只看文墨，还应关注更多方面的才华，还说因未被授官，自己日子过得很苦，并献上《鉴略》五篇。没想到，此番上书非但没起到积极作用，还引起李林甫的反感。

贵族出身的李林甫，对文人本就缺乏好感，尤其讨厌那些自认为读书多，就什么都懂、什么都敢说的文人。王昌龄苦候无果，只好再次参加制举考试，考中后被任命为汜水尉。这意味着，他不仅没被提拔，还比此前的校书郎降了两级。至于后来为何流放岭南，史书并未记载，王昌龄自己在诗中说是"得罪由己招，本性易然诺"，而从朋友赠诗的内容来看，他是被冤枉了。

无论如何，孟浩然与王昌龄此次相见，一个卧病在床，一个前路未卜，心情都好不了。孟浩然写诗安慰了对方一番，二人洒泪而别。

一年后，皇帝大赦天下，王昌龄遇赦，开始北还。孟浩然闻讯大喜，随后，他的病也渐渐好转。

深秋时节，他跟韩襄客连同几位朋友一起登岘山，眼前黄叶满山，万木萧疏。他想起当年自己遇见襄客后，就这样一路奔上山来，那年少时的狂喜呀……如今看看身边人，俱已白头。他心中感慨，写了一首诗：

人事有代谢，往来成古今。江山留胜迹，我辈复登临。
水落鱼梁浅，天寒梦泽深。羊公碑尚在，读罢泪沾襟。

——孟浩然《与诸子登岘山》

这首诗起句极高，将千古一网打尽，而且，整体读下来，感觉起句又极自然，如水流花开、长天落日，无半分刻意与矫情。如此不走寻常路，只有"熟透了"的孟浩然才做得到。

岘山之上有羊祜庙。数百年前，荆州、襄阳一带乃晋、吴两国对峙的前线，晋国名将羊祜在此镇守。他与吴国名将陆抗亦敌亦友，这段交往堪称佳话。羊祜将荆襄治理得很好，他去世后，百姓在岘山上为他立庙树碑。每当人们登岘山，"望其碑者，莫不流涕"，是以此碑又称"堕泪碑"。如此名将风流，江山胜迹，让平凡人等显得何其卑微。孟浩然思之感之，不觉落泪。

转过年来，孟浩然一直在数日子。他知道王昌龄北还，快要路过襄阳了。然而，暮春刚过，他先等到的是张九龄去世的消息。这年五月七日，张九龄病逝于韶州曲江老家，终年六十三岁。此前，其抱病回乡扫墓，谁知竟一去不还。

不久，王昌龄到了襄阳。张九龄是王昌龄在秘书省时的上司，也是故友，孟王二人俱怀悲痛，追忆往事，不胜唏嘘。不过，他们都有洒脱的一面，重逢终归是喜事，特别是王昌龄躲过一劫，也该好好庆祝一番。

孟浩然在涧南园设宴，取出珍藏多年的宜城九酝，烧了满桌山珍江鲜。王昌龄挥杯剧饮，久未饮酒的孟浩然也喝了半坛，吃了些江鲜。此前，妻子一再叮嘱他：莫忘医嘱，不可饮酒，不可食鲜，以免背疽复发。孟浩然只淡然一笑，他自觉已经痊愈，又想：身处江边，年过半百，倘若有美酒而不能饮，对江鲜而不得食，那活着还有什么意思？

如此，一饮便是几日，"相得欢甚，浪情宴谑"。

那天，将王昌龄送出襄阳后，孟浩然在城边站了许久，眼看一轮落日从天边坠下。当晚，他背疽复发，不治而亡，终年五十二岁。

那年冬天，王维赴岭南为朝廷选拔人才，自长安路过襄阳，写诗凭吊孟浩然：

故人不可见，汉水日东流。借问襄阳老，江山空蔡州。

——王维《哭孟浩然》

南行至郢州，王维又在一座亭子上为孟浩然画了一幅像，此亭遂改名"浩然亭"，又曰"孟亭"。这幅画流传后世，张说次子张垍（jì）为其题识曰：

　　襄阳之状颀而长，峭而瘦，衣白袍，靴帽重戴，乘款段马——一童总角，提书笈负琴而从——风仪落落，凛然如生。

这就是王维眼里的孟浩然。

这一年，大唐境内共有一千五百七十三个县，全国户数为八百四十一万两千八百七十一，全部人口为四千八百一十四万三千六百零九。长安和洛阳每斛米价不到二百钱。经过一百多年的积淀，唐代的在籍人口和经济终于全面超越了隋代大业年间的水平。史书称：

　　开元二十八年，天下无事，海内雄富，行者虽适万里，不持寸刃，不赍一钱。

一个盛世已经来临。

下 卷

第五章　诗佛与诗仙

　　论盛唐诗，世人开口必言"王孟""李杜"，这自然是有理由的。王维、孟浩然被当作"山水田园诗"代表人物；李白、杜甫有交游，有彼此相关的多篇作品传世。

　　然而，一个不容忽略的事实是，孟浩然比王维大了十二岁，李白又比杜甫大了十一岁。所以，谈论"王孟""李杜"时，所说的其实并非同一代人。

　　假如把王维与李白放在一起，却会发现诸多奇异之处：

　　他们都是大唐诗人中最杰出的代表：一个作诗、行事遁入禅宗，半生不娶妻，世称"诗佛"；一个好谈神仙，晚年还受了道箓（lù），痴迷炼丹甚至因此而中毒，世称"诗仙"。

　　他们的作品都是唐诗中的"天才之作"：一个精于格律、音律、绘画，在各种艺术规则中游刃有余，在所涉猎的每个领域都达到极致，作品是典范中的典范；一个视艺术规则为无物，开山劈石，大道通天，让当时的大人物目瞪口呆，也让后世的模仿者叹为观止。

　　他们都努力用一支妙笔来改变个体命运：一个单刀直入，通过行卷、科举、隐居、求引荐，得以步步高升，跻身高官之列；一个剑走偏锋，浪游、隐居、入赘、四处干谒，屡屡受挫，贫病交加。

　　他们都生长于盛世，并目击了盛世衰退：一个在"大一统"以及权臣当道的现实中，但觉世事如尘，唯有心中开花；一个思想停留在列国争锋时代，无数次碰壁，无数次撕裂，沉迷于理想、幻境，不能自拔。

他们都经历了乱世余生：一个虽受伪职却成功"洗白"，名利双收，而名利于他只是"身外之物"；一个有心报国却沦为叛国，虽逃过一死，却被生存苦苦相逼。

他们是如此不同，却又出生在同一年，死亡时间也相差不多，也有共同的朋友。但是，他们一生几乎没有任何交往。

而回到人生的起点，他们最大的差别在于：一个出身高门；一个出身"贱民"。他们所经历的，就像一个经过"折叠"的大唐。

将这两位天才的人生与诗歌相对照，能更好地看清"盛世"的那一张真面目。

玉蟾离海上，白露湿花时

开元三年（715），风陵渡口。一个十五岁少年凝望着脚下的滚滚黄河，心头涌起一股强烈的冲动，想破开喉咙大吼几声。

这冲动酝酿已久。他无数次预想这一刻——离开故土时的悲伤以及对外面世界的狂想，将是何等剧烈。然而此刻面朝黄河，那冲动只来了片刻，旋即消散在朔风中。他轻叹一声，攥紧了手中的包袱。包袱有些重，压得肩头生疼，里面是母亲给他准备的饼、腌菜，还有一本《金刚般若波罗蜜经》，连同整个家庭的希望。

他叫王维，字摩诘，河东蒲州人，太原王氏一脉。其父王处廉官至汾州司马，从五品下，很早便去世了。母亲姓崔，出身博陵崔氏一族，门第比太原王氏还略高些。崔氏深谙因材施教之道，五男二女长大后各有所擅。王维和弟弟王缙自幼饱读诗书，又极守孝道，在家族中小有名气。特别是王维，九岁便能写文章。身为家中长子，他从小就被教育要上进，承担着光耀门庭以及养家的重任。

王维也无数次鞭策自己。看着母亲在日日操劳间急速衰老下去，他无比心疼。半夜合上书卷，他总会悄悄到佛堂去看下，此时母亲一般正在轻诵《金刚般若波罗蜜经》，神情安详，油灯下，似有佛光环绕着她。他明白，这是属于母亲自己的片刻。他默念一句"阿弥陀佛"，转身回房去。

过黄河西行数日，骊山映入眼帘。再往前走，只见一座巨大土丘。随行老仆王平说，那是秦始皇墓。王维一怔，停步整了整衣服，心道：原来始皇帝归身于此。他耗费了无数财力、人力，折腾了自己和百姓那么多年，到头来也没长生不老，还不是跟那些他所藐视的黔首一样，化为尘土。只不过，他的坟堆高大些罢了。这样想着，王维写了一首诗：

古墓成苍岭，幽宫象紫台。星辰七曜隔，河汉九泉开。有海人宁渡，无春雁不回。更闻松韵切，疑是大夫哀。

——王维《过始皇墓》

讽刺完了千古一帝，少年王维继续赶路，没有往回再看一眼。

进了长安城，主仆二人先在一处客栈住下，又去拜访王家和崔家的各门亲戚。几天后，他们通过亲戚关系，低价租下了城南一处空闲小院，就此长住下来。

长安城物价虽高，但房租并不贵，尤其是城南一带。原因是官员们平生仕途大都辗转各地，但一旦有了钱，还是会在长安购置宅院，宅子空置率很高，租金自然上不去。

院子里有几株桂花树，其时离花期尚远，碧油油的枝丫掠过书房窗户，王维时常望一眼，心头有一丝期盼。

这一日，老仆王平牵了一匹白色马驹进来。王维放下笔，见那马驹一色纯白，神采飞扬，缓声问："这么漂亮的马驹，怕是不便宜吧？"

王平笑了笑："趁着还没长成，便宜些。"

王维又道："倘若在蒲州买，会更便宜吧？"

王平笑着看他："大公子，这马驹生在长安，也是见过世面的，咱们以后用得着……"

蜀中，昌明县（今四川江油）青莲乡，红日初升。金灿灿的油菜花田里，一位白衣少年正在读书，朝着太阳的方向，书声琅琅："北冥有鱼，其名为鲲。鲲之大，不知其几千里也。化而为鸟，其名为鹏……"

忽然，有人从身后飞奔而来，大叫："李十二，别念了，随……随我来！"

白衣少年并未回身，只道："吴指南，你莫吵，待我读完书再说。"

那叫吴指南的少年皮肤黝黑，说话有点结巴："李十二，你家，搬来了新邻居，是一个……大……大……大美……美女……"

白衣少年立刻爬起来。这一起身，比吴指南高出了半个头。他双眸射出饿虎般的光芒，两手抓住伙伴肩头："什么邻居？什么美女？你可当真？"

吴指南也不理他，扭头就跑。白衣少年捡起书本，大踏步跟上。

白衣少年名叫李白，在家族中排行第十二，今年十五岁。他家在青莲乡是首屈一指的富户，父亲李客经商多年，几个兄长也在各地行商。但从李白记事起，父亲就只让他读书，从未让他碰过生意。李客还专门为他请了一位先生，可教不了多久，先生就请辞，说："这孩子太聪明，简直是文曲星下凡，没法教。"李客心中一动，作为一个成功的商人，他深谙"一流营销讲故事"的道理，于是将儿子的字改为"太白"，还编了妻子梦见太白星后生下李白的故事，又给了先生一笔赏钱，让他好好传播这个故事。此后，不断有先生登门，又不断拿钱离开，李白的才名就这样传遍了整个昌明县。

这是李客一生所讲的最成功的一个故事，不仅让李白信了，也将让越来越多大唐文人相信，甚至被写入了史书：

> 李白，字太白，兴圣皇帝九世孙。其先隋末以罪徙西域，神龙初，遁还，客巴西。白之生，母梦长庚星，因以命之。

所谓"兴圣皇帝"，即十六国时期的西凉开国国君李暠（hào），陇西成纪人，他自称是飞将军李广的十六世孙。作为李暠的"九世孙"，李白也应是李广的后人。众所周知，大唐皇室自称是陇西李氏后人，可追溯至李广。这样算来，李白还与大唐皇室同宗，甚至是当时诸多皇族的长辈。

这是真的吗？

从史料看，这很可能也是李客讲的故事，连同他的整个家谱都是编造的。李白五岁那年跟随李客入蜀，父子都有一双碧眼，这是无法遮掩的，谁都能看出他们有胡人血统。李客也承认自己全家是从西域迁回来的——因先祖在隋末获罪，被流放西域。他自称"李暠后人",让人虽无从查证,却也难以反驳。因为西凉是早就亡了的,年代久远,谁又能证明不是呢?这跟大唐皇室自称陇西李氏后裔是一个道理。皇帝能讲故事,百姓自然也能。

非独李客,在唐朝这样做的大有其人,所以姓李的特别多。往后,李白会遇见数不尽的"亲戚",他们大都有着一官半职,点缀在李白曲折的人生轨迹上。

此刻,李白已走得热汗直冒,但还是晚了。他只看见一个身着黄衫的窈窕身影,迈入东邻那座古老院子的门槛,一拧腰,吱嘎嘎关上了门。

那夜,李白辗转反侧,脑海里全是那位新邻居的背影。东邻的院子多年没人住了,他和吴指南曾翻墙过去看过,院子里一片尘土,花坛中野草丛生,屋檐上都是蛛网。想到那一袭明黄的衫子在蛛网间游走,他心中也如有一只野兽在乱动。

窗外月光如水,李白无心睡眠,搬了个胡床,在院中坐下。月光下,几丛杜鹃开得正盛,李白心道:花开在这儿也是徒然,哪天我给移到隔壁去,也让她少一些寂寞。这样想着,耳边听到一阵琴声,如山间流水,风入松声,比他平日所闻高明多了。

李白心花怒放,脱口吟了一首诗:

玉蟾离海上,白露湿花时。云畔风生爪,沙头水浸眉。
乐哉弦管客,愁杀战征儿。因绝西园赏,临风一咏诗。

——李白《初月》

长安,曲江,暖风如醉,游人如织。眼下正值游春赏牡丹的最好时节,公卿仕女云集曲江,四下都是衣冠华车,如同一座流动的大花园,空气里尽是脂粉味儿。

大道旁的柳荫下，王维和老仆王平在石墩上坐着。

"这才是盛世长安哇！"王平叹一声。

王维微笑着，他有一种同龄人少有的沉静。这源于秉性，也来自日复一日的训练。

"大公子，你知道我们为什么来这里看人，而不去看花吗？"

王维笑而不语。待到王平第二次问时，他才淡淡地说："我看的是大唐风貌。"

王平点了点头："夫人说，游春赏花，是人风度最好的时候。她最喜欢的就是展子虔的《游春图》，里面每一个人都有风度。夫人素来注意培养公子小姐们的仪态，但她很清楚，真正的风度不是教出来的，而是由内而外的。夫人说，大公子属于长安，也只有长安才能教得了公子。"

王维沉默着。一根柳条拂过眼前，他摘下一片柳叶，放进嘴里轻咂，一股新鲜的苦味溢满全身。

李白汗湿衣襟，却并不停歇，一口气将杜鹃栽好。吴指南帮着培了几铲土。

院子里寂然无声。扭头看时，那黄衫女子正望着檐角出神，发髻上一支玉簪映着日光。吴指南叫一声："李十二，这花也移完了，还不快走，要……要……要留下喝酒不成？"

黄衫女微微一笑："两位辛苦，且饮一杯茶。"

廊下一张几，茶是刚煮好的。李白捧杯在手，清汤素水，啜一口，自是一种春意。茶碗是个鎏金银碗，底部卧着两只鸳鸯，还有一只不知名的小兽，纹路绵绵，颇有几分神秘感。

"敢问姑娘，这是什么茶？"

"明月，出自硖（xiá）州，你这胡儿也懂茶？"

"谁是胡儿？我叫李白，乃大唐国姓。我家行商的，所做生意便有茶叶，什么剑南蒙顶石花、江陵南木、洪州西山白露……一应俱全，只是这明月，还未饮过。姑娘这茶碗讲究得很——"

"昨夜吟诗的可是你？"

吴指南嘿嘿一笑："这周遭十里八乡，除了他，谁……谁……谁还半夜吟诗？"

黄衫女点了点头，望着李白，微笑道："我听那诗似宫体，虽颇体弱，然短羽褵（lí）襹（shī），已有凤雏态。"

李白平时作诗，常遭吴指南及一干伙伴笑话，而今听这美貌女子一本正经赞许，又见她目光如水望向自己，便一阵脸红，心里乐开了花。

吴指南叫道："姑娘，有……有……有我们在，这昌明县，今……今后绝不会有人欺负你！"

黄衫女一笑："当真？"

吴指南指了指李白，又举了举自己黝黑的拳头："李十二的剑，吴指南的拳！"

"啊，你会剑法？"黄衫女望向李白。

"不会，"李白昂起头，不动声色，"但我会斩人。"

此日之后，他常来东面院子。黄衫女并不多言，总焚起一炉香，自己读些道书。李白也携书来，却很少看，只在院里踱步，心头雀跃，作些诗赋。

转眼已到六月，这日李白到时，黄衫女正在饮酒，便也满了一碗给他，酒碗即是当日饮茶的那只鎏金海兽水波纹银碗。他喝一口，叫声"好酒"。

黄衫女莞尔："你这小孩，懂什么酒？"

李白哈哈一笑："姐姐饮的酒，自然是好酒。我喝着这酒，比剑南烧春多了些甜腻。"

"这是金陵春,你若喜欢,便多喝几碗,这里还有长安虾蟆陵的郎官清……"

又喝了几碗,李白只觉头晕耳热,黄衫女也已面色酡红。

"姐姐叫什么名字?我问过几次,你总也不说。"

"你叫我明月就好。唉,我等生如草芥,命若流萤,名字又有什么重要?什么胡的汉的、忠的奸的、真的假的,便是那些帝王将相,嘴里也未必有实话。若说那江山,又是谁的江山?还不转眼成空!不如饮两杯酒,看一枝花……"

二人都有几分醉了,话说到哪里,便是哪里。

李白看她笑容,听她言语,只觉心中甜蜜,又有些恍惚。

不知何时,抬头看她,却见她两泪涟涟,泪珠大颗大颗落进酒碗。

遍插茱萸少一人

开元五年(717),长安,桂花开了。

王维每天都到桂花树下站一会儿。下雨天也是如此。

不远处的曲江边,也有大片桂花,但王维极少出门。他更喜欢待在院里,他相信:哪怕只对着一朵花,心中也可以有世界。

秋雨淅淅沥沥。老仆王平隔着雨,望向窗前的王维。这位十七岁的公子读书时的样子,神似他深夜念佛的母亲。他比同龄人沉静太多,神情有时恍若老僧。也许,夫人真不该让他来长安,可又有什么办法呢?

秋雨声中,桂花落尽。天气晴时,已是九月。

重阳这天,王平一早出门,买了些茱萸回来。王维拈起两枝,给王平和自己发髻上各插了一枝。王平咧嘴笑了,叹道:

"这西市真是无所不有哇,我们蒲州老家的茱萸,这里居然也有的卖。"

太阳渐高,王平抱着一葫芦酒啜着。王维搁笔,桌上是他刚写的一首七言绝句:

独在异乡为异客,每逢佳节倍思亲。遥知兄弟登高处,遍插茱萸少一人。

——王维《九月九日忆山东兄弟》

十七岁的王维并未想到,他这一次抒怀,竟成就千古名篇。

细读之下,会发现这首诗有些怪异。王维不止写了自己的思乡之情,还描绘出兄弟们登高西望长安、怀念自己的场景。对于感情,他展现了极强的控制力,在"倍思亲"的感情高峰,突然宕开一笔,镜头一切,凄凉加倍。短短四句诗,跨越时空,连接物我,也引发了所有人的共情。这样的技巧令人惊叹。

次年春来,王维主仆二人去了一趟洛阳,说是赏牡丹,其实别有用意。此前,李隆基移驾东都,整个朝廷一同东迁。王维要接近达官贵人,只能去洛阳,也借机走动一下那边的亲戚。

自打父亲去世后,王维家境愈渐衰落。而亲戚这种关系,虽说有血缘因素,但那血到底是淡了。当境遇相差太大时,亲戚也不是你想走就能走的。而且,洛阳比长安商业气氛更浓,人情冷暖也就更强烈一些。王维懂得这个道理,他将自己的出场安排在了一场牡丹花会上。花会上照例要赋诗,王维并未赋牡丹,而是拿出了一首七言歌行:

洛阳女儿对门居,才可颜容十五余。良人玉勒乘骢马,侍女金盘脍鲤鱼。画阁朱楼尽相望,红桃绿柳垂檐向。罗帷送上七香车，宝扇迎归九华帐。狂夫富贵在青春，意气骄奢剧季伦。自怜碧玉亲教舞，不惜珊瑚持与人。春窗曙灭九微火，九微片片飞花琐。戏罢曾无理曲时，妆成只是熏香坐。城中相识尽繁华，日夜经过赵李家。谁怜越女颜如玉，贫贱江头自浣纱。

——王维《洛阳女儿行》

此诗一举夺魁。人们更震惊的是，它出自一位十八岁少年之手。

无论从意象、用典，还是音律上看，这首诗都是高度成熟的。开头四句有宫体诗余韵，显示此诗是有来源、有根基的。而"侍女金盘脍鲤鱼"有声有色，读之若环佩叮当。再读下去，又有卢照邻《长安古意》的感觉。结尾两句"谁怜越女颜如玉，贫贱江头自浣纱"，借西施自比，显示出巧妙的用心，指向另一重寓意——求仕。这使得整首诗变成了公开的"行卷"，向世人宣告了少年王维的出道。

梓州郪（qī）县城外，长平山上。十八岁的李白在晨光中舞剑，一袭白衣裹在剑光之中，愈加飘逸。

一路剑法练完，李白抹一抹额上的汗水，山上草木葱茏，他眼前浮现明月的影子——这路剑法就是她教给自己的。一年前，明月忽然消失，从此音讯全无。

不久前，父亲带他来到长平山，拜一位名叫赵蕤（ruí）的隐士为师。初次来时赵蕤不在，二番入山才见到其人。李白开始颇不以为然，然而住下后才知他确实是高人。赵蕤并不教他背书，而是每日与他对谈一次，纯以机锋相对，几番交谈，便将他此前所学一切击得粉碎。这激起了李白的好胜心，他日日在书房中苦读，却依旧毫无招架之功。

这日，赵蕤交给李白一部《长短经》，是他自己的书，由师娘亲手抄写，尚未公之于世。李白回去一看，只觉石破天惊，云垂海立。这部书专谈王霸之学，出入诸子百家、三教九流，却又将一切冶于一炉。里面从不论善恶是非，只讲计谋和治国方略，乃至行军之法。李白的热情被点燃了，他昼夜苦读，又隔三岔五与赵蕤对谈，全盘接受了书中的思想。

赵蕤夫妇修道多年，在长平山深居简出，可一旦民间遭遇传染病，他们便会下山布施汤药。因此，在周围百姓眼中，他们是神仙一流的人物。如今，赵蕤也喜欢上了天资聪颖的少年李白，便教他习剑、弹琴、书法、医药以及炼丹术等。

这是李白生命中一段单纯而快乐的时光。两年光阴过去，他的身形更加健硕，也树立起经世报国的远大理想。他以管仲、鲁仲连、晏婴、张良、诸葛亮等历史人物为偶像，希望自己也能像他们一样辅佐明主，成就一番霸业。

但李白似乎忘了，如今早已不是列国争锋的乱世，而是李唐铁桶一般的江山，开元盛世正徐徐铺展。

开元八年（720），早春之夜尤为清冷。春闱放榜之日，王维彻夜未眠。四更已过，月光从窗口照入。

老仆王平在昨日宵禁前便出去候榜了。王维没有去，但他能够想象，此刻礼部南院东墙外的"榜墙"处，已经里三层外三层挤满了寒门举子。人们隔着棘篱伸长了脖子，等待金榜贴起。而在长安城内的无数宅院、歌馆、酒肆中，富贵人家备好了佳肴酒果、服玩车马，只待佳音一到，便大力庆贺。

在绝大多数人眼里，王维中进士已是十拿九稳的事。因为在前一年，他刚刚拿下了京兆府的"解头"，即京兆府第一名。

京兆府"解头"非比寻常。在开元之前，举子以出身于国子监为荣，当年陈子昂去读的也是国子监中的太学。但后来，科考则是"以京兆为美"。王维提前数年来长安，在很大程度上就是为了谋求京兆举子的身份。且不说京兆府"解头"，便是前十名也被称为"等第"，及第概率很高。倘若这十人中有几个落第，京兆府还可以向贡院发公文，请考试官答复其落榜原因。

王维中"解头"，凭的当然是学识和才华，同时，也与他在长安的美名有关。在此之前，他已成为岐王李范的座上宾。他的《西施咏》《李陵咏》《桃源行》等诗篇在长安风行一时。

岐王是李隆基的兄弟，也是著名玩家，工书法，他对王维在诗歌、书法、绘画、音乐等方面的卓越才华毫无抵抗力。在岐王介绍之下，王维迅速打开局面。当时，其弟王缙也到了长安。史书称：

> 昆仲宦游两都，凡诸王、驸马、豪右、贵势之门，无不拂席迎之。宁王、薛王，待之如师友。

这样的待遇，是其他举子想都不敢想的。这也是王维多年修炼，以及母亲崔氏苦心培养的结果。

岐王李范、薛王李业，是皇帝的弟弟；宁王李宪（即李成器）、申王李成义，是皇帝的兄长；豳（bīn）王李守礼，是皇帝的从兄。这五王跟李隆基关系异常亲密，他们都是在武曌恐怖统治下长大的，能活下来已属幸运。他们从小一同吃苦，长大后又一同在权力斗争中磨砺：李宪曾将太子位让给李隆基；李范、李业等都在铲除太平公主的政变中，助过李隆基一臂之力。自即位以来，李隆基对五王"素友爱，近世帝王莫能及"。李隆基在兴庆坊赐予五王宅院，人称"五王宅"，兄弟们比邻而居，常一起宴饮、斗鸡、打球、游猎，累了困了，便大被同眠。他们也都爱好音乐，有时一起演奏，俨然皇家乐队……这也使五王的话语权很大。王维与他们交游，科考时自然会成为加分项。

关于王维中"解头"，还有一个故事。王维向岐王表示自己志在"解头"，岐王说："这个我说了不算，得问九公主，但听说九公主已将'解头'许给张九皋了。"见王维失落，岐王心中不忍，便出了个主意。他让王维带上诗稿，穿上戏服，怀抱琵琶，混在一个戏班里，随自己一起去见九公主。席间，王维唱了一支新曲《郁轮袍》，而他本人的风度也令公主惊艳。史书的说法是"妙年洁白，风姿都美"，想想都让人着迷。

岐王在旁美言，王维又呈上诗稿，公主读罢大惊："这些诗我都会背了，以为是古人佳作，是你写的吗？"于是令王维更衣落座。谈起"解头"已许张九皋，公主笑称无妨，自会为王维争取。于是，王维便中了"解头"。

这个故事很精彩，《唐才子传》等书中也写了，但其实是杜撰。故事中的张九皋，是张九龄的弟弟，早在十多年前就明经及第，已为官多年，怎会又跑来参加乡贡选拔？"九公主"应为睿宗第九女玉真公主。她虽是皇妹，却在十六岁时，就与姐姐金仙公主一起被度为女道士，此时地位还不如岐王，岐王哪用得着来求她？不过，故事虽经不起推敲，却也从侧面反映了行卷制度下权贵对于科考的巨大影响。

五更已过，鸡鸣入耳。王维知道，此时放榜的禁鼓和钟声应该已经敲响了，只是这里距离贡院太远，听不见声音。金榜也已贴起，吏员们正大呼及第者姓名，王平正在侧耳倾听。也许用不了多久，他就能回来报喜了吧。

王维又默念了一遍《心经》，倚着门框坐下来。朝阳已经入户，王平还未回来。

大鹏一日同风起

进入新都地界,离成都越来越近了。李白心中一阵激动。

二十岁,这是他第一次独自出远门。他知道新都,卢照邻曾在此做过县尉;但他更期待的还是成都,那可是西南最大的城市。都说"扬一益二",扬州富甲天下,益州紧随其后,在那里应该能看到大唐气象吧?

前行不远是一处驿站。李白见车马甚众,一打听,原来是新任益州大都督府长史苏颋正在此休息。不久前,苏颋刚被罢相,改任礼部尚书,又出镇益州。宋璟与他同时罢相,他们的继任者是源乾曜和张嘉贞,一年后,张说将会被重新起用。

而姚崇、宋璟、苏颋等人的离任,也代表着李隆基第一个统治阶段的结束。这一时期,君臣推心置腹,共谋国是,将此前的烂摊子一一收拾,巩固了统治。在姚宋接力之下,政府进行了一系列改革,改善了财政,并对军事进行改组。李隆基本人表现得很节俭,他对外采取防御战略,控制军费;对内跟皇室成员也很亲密,兄弟关系融洽……这些都为"开元盛世"打下了基础。而现在,三十六岁的李隆基,要换一种活法了。

李白当然不知道这些,他只知近在咫尺的是"燕许大手笔"中的许国公苏颋,这是行卷的好机会,他要将自己的《明堂》《大猎》两篇赋献给苏颋。文章递进去不久,李白便获准谒见。

苏颋很高兴,此次出任益州大都督府长史,在别人看来是外放,但他却认为是皇帝对自己的重视。这些年,西南愈发重要,而作为素有文名的官员,刚入境就有士人投谒,也是件很有面子的事。于是,他以布衣之礼接见李白,还向众人夸奖了李白的文章:

> 此子天才英丽，下笔不休，虽风力未成，且见专车之骨。若广之以学，可以相如比肩。

这话大体意思是：文笔不错，挺能写呀。火候欠点，假如继续学习的话，会跟司马相如有一拼——说得很场面，表达了对后辈轻率而浮浅的鼓励。

李白很开心，但开心之后再无下文。

不过，对少年李白来说，开心就足够了。他不操心太多事，而是打马去逛成都府了。

宁王宅里，王维正襟危坐。这已不是他初次来此，但进士考试落第之后，他比以前更加约束言行，生怕被人看低了。

以京兆府"解头"落第，是极少发生的事。此中有何缘故？他不知道，也没打听。他明白，如果岐王想告诉他的话，应该早就说了。不说，便有不说的道理——也许是不方便，也许是根本没当回事。毕竟，在这些王爷眼里，进士又算个什么呢？

宁王身旁坐一女子，纤白明媚，始终垂首不语。席间，岐王把王维叫到门外，轻声说，今日前来，正是为了那女子。她本是东市一卖饼人的妻子，宁王爱她美貌，给了卖饼人许多钱财，将她迎入王府。整日锦衣玉食，百般呵护，但那女子一次也未笑过，脸上常带泪痕。宁王为此闷闷不乐，便邀兄弟们前来，一起想办法。

"摩诘，你可有主意？无论如何，让她一笑便可。"岐王问。

王维摇了摇头。他心中涌起一丝苦涩。这女子与他的处境竟有几分相似，明明不喜欢权贵的酒宴歌席，却既不敢说，也不敢拒绝。他自己尚有所求，而那女子又是何辜？

回到座位，宁王让王维作一首诗，赠那女子。王维深知，宁王比岐王还要显赫，岂敢不从，当即挥笔写下：

莫以今时宠，难忘旧日恩。看花满眼泪，不共楚王言。
——王维《息夫人》

宁王先是一愣，随后将诗的意思对那女子讲了：息夫人本是春秋时息国君主之妻，楚王灭息国，将她占有。她虽在楚宫生了两个孩子，却一直默默无言，不和楚王说一句话。

那女子站起身来，向王维深施一礼，退去后堂。

宴罢，宁王留下岐王和王维，说他已让那女子回东市家里去了。王维连忙请罪，宁王叹了口气："你何罪之有？还要谢你点醒本王。"又摇一摇头，说："她走时，笑着谢我，真是好美——你们莫走，陪我再饮几杯！"

岐王闻言大喜。这日之后，王维与诸王走得更近，写了不少游宴应酬之诗。

转眼夏去秋来，诸王聚会渐渐少了，似有事情要发生。

果然，当年十月，李隆基下诏，约束诸王，严禁其与群臣结交。两名京官因与岐王一起饮酒赋诗，被贬出长安；还有一位驸马在与岐王宴饮期间"私挟谶纬"，被流放岭南，并被强令与公主离婚；薛王妃的弟弟甚至因故被乱杖打死……五王都是经历过大风浪的，一见李隆基变脸，连忙前去请罪。对此，李隆基矢口否认，还指天发誓："吾若有心猜兄弟者，天地实殛（jí，杀死）之。"而对周围人，李隆基的说法是：我们兄弟没什么问题，只怕别有用心之人瞎掺和。

王维不是官员，但他很明白，该离诸王远一点了。加之科考时间又快到了，向尚书省报到后，他便足不出户。偶尔，朋友綦（qí）毋潜会来找他聊聊天。

綦毋潜，字孝通，虔州（今江西赣州）人。他比王维大几岁，也写得一手好诗。他佩服而且羡慕王维，也想进入岐王的圈子，但终究只是边缘人。与王维聊聊科考，探听一点消息，他觉得稍微安心些。

次年春闱，王维名列进士头名，状元及第。綦毋潜却落第了。王维写诗送其还乡。那时，王维还想不到，这一生，他要送走多少失意人。

李白畅游成都，司马相如的琴台、扬雄的草玄堂、诸葛亮的武侯祠，他都去瞻仰过了。他想象着偶像们光辉的样子，心想：我也要成就大业。

他本想再去拜见苏颋，但住进大都督府中的苏颋，跟在路上遇见的那个文坛前辈，好像是截然不同的两个人。衙门深似海，一介草民，根本进不去门。

李白有些恼火，不再理苏颋，而去拜见另一位文坛前辈。此人名叫李邕，现任渝州（今重庆）刺史，其父李善曾注《昭明文选》。

李邕少年成名，经由李峤推荐后，被武曌封为左拾遗，以过目不忘和敢于谏诤而著称。因与张柬之交好，韦后和武三思当权时，李邕遭到贬逐。李隆基掌权后，李邕被召回长安，而后擢为户部郎中。但姚崇不喜欢李邕，认为他性格急躁，为出位而不惜弄险，便寻了个理由将其贬为括州（今浙江丽水）司马。宋璟入相后，认为李邕有才略、善文辞，只是"性多异端，好是非改变"，大用会坏事，不用又可惜，于是上奏，改任其为渝州刺史。这是宋璟的公道之处，也帮了李邕一把。

急匆匆赶到渝州，李白立即去刺史衙门行卷。他将近来学习民间歌谣后而写成的几首新诗递了上去，本以为很快就能进门，谁知直到日落也无消息。他只好在附近客栈住下，隔了七八日又去"温卷"，仍无回音。

就在李白要走时，一位复姓宇文的县尉来到客栈，为他带来了渝州特产桃叶书简，并婉转告知，虽然李邕对他的诗不感兴趣，但自己很喜欢。李白颇受打击，写了一首诗对宇文少府表示谢意，又给李邕留诗一首：

大鹏一日同风起，扶摇直上九万里。假令风歇时下来，犹能簸却沧溟水。世人见我恒殊调，闻余大言皆冷笑。宣父犹能畏后生，丈夫未可轻年少。

——李白《上李邕》

这首诗后来成为千古名篇。深受道家影响的李白，以庄子的大鹏自况，自陈胸襟抱负。当时，无论从李白的身份、资历，还是年龄来看，直呼李邕的名字，都是很无礼的。其中"闻余大言皆冷笑"尤为刺眼。

这是初生牛犊不怕虎，也是李白的性格使然。

如同一只大鹏鸟，他刚刚舒开羽翼，振翅飞向云霄。无穷的宇宙招引着他，风霜雨雪雷霆霹雳也将一一安排。

咸阳游侠多少年

开元九年（721），王维光芒万丈。

作为新科状元，在这个春天，他是整个大唐的国民偶像。他的才华早已征服了权贵阶层，而今他的诗更是一纸风行。每写一首，万人传诵。

这也是父亲去世之后，王维最放松、最惬意的一个春天。十数载寒窗苦读，三四年卑微行卷，还有那些侍奉权贵游宴的日子……这一切终于有了最好的结果。

内心深处，王维是有点社交恐惧症的。身处众人中的那些从容，是他刻苦修习来的，也有才华做底子。但平日里，若让他选的话，他宁可尽日待在那座宅院中。

只有这个春天，他将内心放平，即便身处人群，也不用小心翼翼，只需享受那种被簇拥的热切感。很多豪门子弟拉他一起饮酒、游猎，鲜衣怒马，招摇过市。微醺中，王维听他们讲述那些不着边际的梦想，以及来自边关真真假假的消息，胸中有一股热血涌动。他命店家取来纸笔，挥笔写下了一组诗。

新丰美酒斗十千，咸阳游侠多少年。相逢意气为君饮，系马高楼垂柳边。

——王维《少年行》其一

这组《少年行》是王维所有诗中，最具少年感的作品。整组诗共四首，结构谨严，且有次序，每首可独立存在，整体也能连成一幅少年游侠图。

这是第一首，写的是群像，少年游侠相逢聚饮，一杯酒便结为知交。后三首写的是个体，分别写出征塞外、武艺超群、战功卓著。侠气、志气、胆气、贵气，逐一写来，栩栩如生。这是王维的才华、笔力，以及画功的绝佳体现。

这组诗迅速传遍了长安所有的酒肆，不仅为少年游侠们所追捧，也让王维的名声传到了大唐军中。人人尽歌王摩诘。

两次干谒都失败了，李白的事业还未起头。花光盘缠后，他回到了家乡。

李客了解到儿子的情况，笑着摇了摇头。他当然相信李白的才华，但对其在成都和渝州的表现并不满意。他认为李白太幼稚了，完全不懂如何跟官场中人打交道。这当然不能怪儿子，只能怪自己——谁让儿子生在商贾之门而非士大夫之家呢？他想寻一寻门路，让儿子得到更多锻炼。

在唐代社会体系中，商人属于贱民。李客虽是富户，但与官府打交道并无任何优势。好在，苏颋对李白"天才英丽，下笔不休"的评语，很快便传遍了昌明县。在李客疏通下，县令同意让李白去县衙帮忙。

在县衙，李白的身份相当于实习生。一者，李家不缺这份工钱；二者，不会让李白被打上"吏"的标签，这标签不利于李白的前程。

这段实习经历对于李白熟悉官场规矩，确实起了一定作用。日后，他将频繁与官府中人往来应酬。但以李白的性格，混迹县衙绝对不是什么享受。对于县衙的官员们来说，李白出众的文采有时确实可发挥妙用，但大多数时候都会让他们灰头土脸。一直以来，他们都是百姓眼中博学多识、出口成章的才子，但在李白的映衬之下，他们那点才华如同皓月之下的萤火，可以忽略不计。而且，李白还是一个商人之子，他凭什么拥有这样的才华？

可想而知，这段经历并不快乐，李白自己绝少提起。宋代洪迈在《容斋随笔》中有一句话，恰可描述这种情形：

大贤不偶，神龙困于蝼蚁，可胜叹哉！

王维释褐了。经吏部铨选，他被授官为太乐丞，从八品下。就品阶而言，太乐丞作为释褐之官，已然不低。"九卿清望官，以太常寺为首"，唐代太常寺下有太乐署，掌管邦国祭祀享宴所用乐舞，主官为太乐令，从七品下，太乐丞是副职。初唐时王绩曾任此职，但他是奔着喝酒去的。作为皇家音乐机构的管理者，这是个专业性很强的岗位。王维被任命该职，也许是被当成了专业人才。放眼整个大唐诗人群体，王维在音乐上的修养首屈一指，他祖父曾任太常寺协律郎，正八品上，所掌管的正是音律（"七律奠基者"沈佺期也曾任这一职位）。历任太乐丞中还有一人是郑虔，是杜甫的好友，后面将会提到。

王维有一点沮丧。他虽自幼修佛，对功名利禄不太热衷，但作为年轻人，终究有一片报国之心。眼下，入了这太乐署的门，便要与伶人为伍，前途似乎不甚光明。但转念一想：当今皇帝是古来少有的文艺爱好者，这说不定是一条捷径呢？

他依旧住在城南宅院中。弟弟王缙来了长安，开销添了不少，此处距皇城是远了一些，上班要多走些路，但也只能如此。如今俸禄尚未拿到，等有点积蓄，再考虑搬家的事吧。

在太乐署，王维过得还算顺心。顶头上司太乐令刘贶（kuàng）多才多艺，其父刘知幾是武曌时期的史官。令王维欣喜的是，他所管理的伶人和乐工中，不乏李龟年、雷海清等大师级人物。王维与他们交流，获益良多。而从伶人、乐工们的眼睛里，他还看见了远超其他人的钦佩与赞许，那是知音才有的目光。

王维刚刚适应太乐署的节奏，就发生了一件事。在一次宴会上，喝醉的岐王执意要看"五方狮子舞"，伶人们哪敢得罪他，只好遵命。这"五方狮子"是指青、赤、黄、白、黑五色狮子，按当时制度，"黄狮子舞"只有皇帝才能看。众人以为，这黄色仅为五色之一，或不违规。再说备受尊崇如岐王，谁又会追究这个呢？谁知，皇帝闻讯大怒，将刘贶流放发配。刘知幾因为替儿子申辩，也被贬为安州（今湖北安陆）别驾，死于当地。王维则受到株连，被贬为济州（今山东茌平西南）司仓参军。

刚刚踏入仕途便遭贬谪，这对王维不啻一声霹雳。接旨之后，他感觉一阵眩晕，许久，才站起身来。

昌明县西三十里，匡山大明寺，李白在晨曦中舞剑。

僧人们刚做完早课，纷纷停下围观。有人拍手赞叹，也有人哂笑不已：这胡儿舞的是什么东西？快歇歇吧！

李白大怒，把剑向哂笑者一指：你管我？

僧人们笑着散去。

李白此时并不信佛，他住在大明寺只为散心。昌明县衙，他再也不去了。他甚至不想再见那些邻居，他们总当面奉承背后讥笑，看自己的目光就像看一只三条腿的公鸡。

李客是大明寺的施主，还帮寺庙理财，所以李白在寺中比较自由。他听说匡山顶上有一道观，观中有一老道，修为极高，便想去拜访，看看老道与师父赵蕤比起来，谁更强些。

匡山山势高耸，峰可入云，是以又名"戴天山"。这日李白一路攀登，穿越农舍、溪水和竹林，路经几株野桃花，到得峰顶，果见一座道观。只是老道下山去了，李白失望而归。隔几日，再次上山，那老道依然不在。他心中怅惘，在观外松树下，吟了一首诗：

犬吠水声中，桃花带露浓。树深时见鹿，溪午不闻钟。野竹分青霭，飞泉挂碧峰。无人知所去，愁倚两三松。

——李白《访戴天山道士不遇》

按当时审美，这首诗有些不合规矩。一般来说，诗总会先描写景象、点明场合，而此诗开头就是"犬吠"，很突兀，与当时寻访隐士总要先铺垫一番静气的习惯大相径庭。但这就是少年李白。他或许真像苏颋所教训的那样，需要"广之以学"，但自负天才的他，根本不把规矩当一回事。

"这诗是你写的？"一个清亮的声音传来。

李白转身，见一年轻道士，年纪与自己相仿，个头也差不多，仪表堂堂，眉宇间有一股清气，顿生好感。

道士姓元，名丹丘。李白知道，北魏皇室拓跋一族改汉姓为"元"，元氏多名门望族。看丹丘这番气质，应是名门子弟。二人一番畅谈，相见恨晚，就此订交。

那时李白不会想到，丹丘日后将会改变他的生命轨迹；而丹丘也不知道，他的姓名会因李白而家喻户晓。

已将书剑许明时

开元十二年（724），济州一处村居，王维站在院中。和煦的春风吹着头顶的柳树，丝丝碧绿，万条飞舞。

他被贬为济州司仓参军已三年。济州为紧州，设司仓参军一人，从七品下，掌管租调、公廨、仓库等仓谷事物。相比于原来从八品下的太乐丞，品阶有所提升，但与清贵的京官比起来，却是实打实的贬谪。

他还记得刚离开长安时，是怎样一种幻灭感。依大唐律令，贬官当日就必须上路，老仆王平匆忙收拾了几件行李，带着王缙和几个朋友去城外送他。王缙两泪涟涟，王维还轻声安慰，让王平留下来照顾他，又对朋友们挥一挥手，便迈步走了。

行出半日，长安已远，王维心中疼痛起来。他不明白，皇帝何以将他贬官。他可是新科状元呀，他的才名传遍长安，怎么会因为一次舞狮子就被赶走呢？再说，黄狮子也不是他让舞的，他是副职，说了也不算。这一贬出长安，可能就前途尽毁了……

他不停写诗，路过陕州、郑州、荥阳、滑州等地，都写了诗。从这些诗中，看得出他从绝望、悲戚到愁苦，再到渐渐定住心神的变化。

几十个日夜过去，济州到了。这是一片陌生的土地，整个州仅有五个县。百姓尽日劳作，脸上皆是淳朴之色，没有人认识他。在他们眼中，他只是诸多参军中的一个。

一千多个日夜过去，王维已与同僚们打成一片，也习惯了被称作王司仓。他从小就潜心修炼的那种风度，此时消失殆尽，连同长安口音也褪去许多。同僚们年龄普遍比他大，家境也比较富裕。在地方州府能做上判司的，大都要四五十岁，是有头有脸的人物。

王维经常与他们一同游玩、饮酒，有时也去几个隐士那里做一番郊游。王维会写诗赠给他们，从适宜的角度献上赞美。比如，他给一位归隐的官员写诗：

宝剑千金装，登君白玉堂。身为平原客，家有邯郸娼。使气公卿坐，论心游侠场。中年不得意，谢病客游梁。

——王维《济上四贤咏》其二《成文学》

全诗朗朗上口，充满了精巧的客套话，足以令人开心。他也写诗赠给顶头上司济州刺史，这被视为最珍贵的礼物。

王维常常感觉厌倦。这时，他会想想王勃，那个和他一样富有才华且年少成名的"长辈"，想他在做虢州参军期间，有过怎样惨痛的经历。

二十四岁的李白决心辞别家乡，闯荡天下。

李客大力支持，不仅给了一大笔盘缠，还让仆人十八岁的儿子做书童，随他一起出门，李白当即给书童取了名字，叫"丹砂"。

主仆二人心花怒放，打马出了昌明县。丹砂感慨说，忘了给老爷和父母磕个头，好好告个别。李白说，大丈夫志在四方，有什么好道别的，再说，我们胯下有马，江中有船，哪天想回来还不简单？

少年的心哪里知道，这一别，就一生一世再也没能回来。

道路一旁是匡山，李白随口吟了一首七律，名为《别匡山》。诗中大部分句子乏善可陈，但结尾一联很好："莫怪无心恋清境，已将书剑许明时。"

这是李白的一次明志。在今后人生遭遇困厄时，他无数次想到匡山脚下的自己，那个倚马抒怀的少年，是何等志气鲜洁。

这一日，二人路过峨眉山。李白想起师父赵蕤曾说起，峨眉山有一高僧，法号怀一，师承晖上人，与陈子昂乃是故交，便上山寻访。

怀一年近七十，慈眉善目，听李白问起陈子昂，淡然一笑。又读了李白所呈上的诗文，微微点了点头。他命弟子去侧室取来一个黄绫包裹、一张碧玉古琴。包裹打开，里面是泛黄的书卷，上书《陈拾遗文集》。

李白心下一颤，但见卷首字迹清秀，笔力老道，其间写道：

> 昔尝与余有忘形之契，四海之内，一人而已。良友殁矣，天其丧予！今采其遗文可存者，编而次之，凡十卷……

落款"范阳卢藏用"。原来,陈子昂冤死之后,卢藏用为他写了祭文,在第一时间对其成就做出了评价,并且撰写别传,编次文集。虽然正史中说卢藏用借终南捷径投机,得势后如何奢侈放纵,最终因阿附太平公主被杀,但对好友陈子昂,他是尽心尽力的。

陈子昂"感遇诗"天下闻名,但其十卷文集看过者不多,李白更是从未见过。他抬头望向怀一,怀一笑而不语。

李白静下心来,一读就是月余。

陈子昂的诗文给了他极大震撼。之前,赵蕤传授于他的多是纷杂的王霸之道,《长短经》之精要不在知识,而在于思辨力和穿透力。但赵蕤毕竟终身未曾从政,这些只是他的理论。而陈子昂的文章是在酷吏横行的刀光剑影中写就的,一笔一画都有着以命相谏的架势。这部文集捧在手中有千钧之重,李白感佩之余,也想:假如易地而处,我能有陈拾遗的勇气吗?

李白能感觉到,陈子昂给他的诗注入了一种新东西,也坚定了他的济世报国之心。

另一个收获是琴技。那张碧玉古琴是陈子昂的遗物,隐居射洪时,他曾以此自娱。怀一弟子名为仲濬(jùn),三十多岁,琴技超绝。李白也曾跟随赵蕤学琴,有了一定基础,在仲濬指点下,琴技又有进境。

告别之日,怀一命仲濬送李白出山门。仲濬抱琴送客,于山间弹奏一曲。李白深深感念,在琴声之中下山去了。多年之后,他想起这一次离别,写过一首诗:

  蜀僧抱绿绮,西下峨眉峰。为我一挥手,如听万壑松。
  客心洗流水,余响入霜钟。不觉碧山暮,秋云暗几重。

——李白《听蜀僧濬弹琴》

送君南浦泪如丝

开元十三年（725），早春，王维终于有了一件开心事。他的好友祖咏不仅进士及第，还凭科举考试中的一首诗而一举成名。

祖咏，洛阳人，与王维相识多年。其先祖曾在北魏做刺史，此后虽世代为官，但已沉沦下僚，其父为低级武官。祖咏自幼爱写诗，有才名，走的是"苦吟"路线。

此时，诗已成为科举考试中的一部分。之前，在武曌推动下，进士科加试杂文、帖经。其中杂文两篇，分别为铭和赋。开元年间，诗成为杂文环节中的一部分。而祖咏的这首诗，正是科举开始考诗歌的最早记载，有里程碑意义。

科考时，主考官可以随机命题。那日，考官眼望着南方，想象着终南山顶的皑皑白雪，定下题目《终南望余雪》。祖咏很快便交了卷，诗曰：

终南阴岭秀，积雪浮云端。林表明霁色，城中增暮寒。
——祖咏《终南望余雪》

这首诗并不符合规定。科举考试对于诗是有严格要求的，限用五言六韵。简单说，就是写五言诗，六个韵脚，十二句话，总共六十个字。而祖咏的诗，无论韵脚还是字数，都不够。于是有人质疑，祖咏却只答了两个字："意尽。"

这是何等骄傲的回答！

而这首诗也极为切题，炼字精准，有色有感，加上这两个字的回答，征服了考官。于是，祖咏金榜题名。这是祖咏才华和胆量的绝佳体现，当然也有运气成分——他遇到了一位既懂审美又有气度，还敢于担责的考官。假如欠缺任何一点，试卷都要作废了。

大唐是属于诗的时代。开元之后,诗在科举中扮演着越来越重要的角色。可是,为什么像孟浩然、杜甫这样优秀的诗人还是考不中进士呢?像杜牧、李商隐等诗人虽然考中,但考试时的诗也默默无闻。其中很重要的原因就是,考试的规矩太多,重重束缚之下,即便天才也难以当场写出好诗来。纵观整个大唐,应试诗中能与祖咏作品相媲美的只有一首,那就是二十六年后的《省试湘灵鼓瑟》——"省"即尚书省。作者是钱起,后来他成为王维的小友。

善鼓云和瑟,常闻帝子灵。冯夷空自舞,楚客不堪听。苦调凄金石,清音入杳冥。苍梧来怨慕,白芷动芳馨。流水传潇浦,悲风过洞庭。曲终人不见,江上数峰青。

——钱起《省试湘灵鼓瑟》

这是一首精彩的五言诗,更是应试诗中的绝品。全诗如此之工,诗意如此之美,令人叹为观止。传说钱起是得了"神助",才写出来的。特别是最后两句,苏东坡词中也曾化用。

王维给祖咏写信,寄诗给他,还算着日子,约定了二人相会之期。因祖咏在家族兄弟中排行第三,王维称呼他"祖三"。祖咏家贫,自幼体弱多病,受人冷眼,而今终于扬眉吐气。王维的诗中充满了深情:

结交二十载,不得一日展。贫病子既深,契阔余不浅。仲秋虽未归,暮秋以为期。良会讵几日,终自长相思。

——王维《赠祖三咏》(节选)

这年，王维的顶头上司换了人，裴耀卿任济州刺史。

裴耀卿字焕之，出身河东裴氏，他父亲在武曌时期为官，曾因手段不够狠而被贬官。裴耀卿从小就有神童之誉，中童子举，三十三岁任长安令。长安县在天子脚下，非同一般，县令乃正五品上。这是一个极难干的活儿，因为遍地都是手眼通天之人。但裴耀卿展现出了非常强的能力和手腕，他在税收政策上进行改革，增加了富户份额，减轻了百姓负担，并严防欺瞒，宽严得当，取得了过硬的政绩。

对于王维，裴耀卿素有耳闻，比较尊重，但不看重。因为，他正面临着一件大事，比吟诗作赋重要多了。

这一年，李隆基将开启他的封禅之行，济州正处于行程轨迹上。按照惯例，官员们当然会表示荣幸，千方百计来赞美皇帝、称颂盛世，这也是他们加官晋爵的机会。但对于沿途的百姓来说，却很可能意味着一场浩劫。一方面，数以万计的封禅人员，一连串的奢华庆典，会像蝗虫过境一样，将州县财政积蓄扫荡一空；另一方面，主政官员还会为了讨好皇帝以及随行的权臣，而深度盘剥百姓，落下多年饥荒。在历史上，每当皇帝的宠臣提起封禅时，总有骨鲠官员表示反对，就是因为看到了这些危害。

李隆基不会再等了。也许，在重新起用张说为宰相的那一刻，他就打好了算盘。经过十几年的"不折腾"，大唐江山早已稳固。李隆基过够了节俭生活，他要用封禅来宣告盛世来临，然后享受天下人赞美。

裴耀卿到任后的第一天，就查阅了济州的账簿和库房。他发现以现有财政根本无法应对封禅队伍，于是下令临时增加了部分赋税，提前着手做准备。就这样，当封禅队伍到来时，济州得以比较稳妥地应对过去。百姓虽然也有怨言，但并未出现家破人亡的事件。

看着车轮滚滚的皇帝车辇,还有浩大的封禅的队伍,王维发现自己内心并不激动。这样的感觉,在四年前他是无法想象的。倘若彼时见此盛大场面,他会立刻写一篇大赋,极尽所能歌颂,自信不亚于司马相如。而此刻,他只觉得漠然。作为济州司仓参军,他比任何人都更加清楚,官仓里的钱粮是如何倾泻而出的。这一切,全都是百姓血汗。

这年冬天,祖咏赴任途中经过济州,在王维这里留宿。二人抵足而眠,说了一夜的话。

三日后,祖咏上路。王维不舍,又骑马相送,直送出两百里,到达齐州附近。分别时,王维眼泪纵横,调转马头行了许久,泪水依旧不干。

送君南浦泪如丝,君向东州使我悲。为报故人憔悴尽,如今不似洛阳时。

——王维《齐州送祖三》

从长安被贬的那天,他也没流这么多泪。而今,他只觉得孤独。

峨眉山月半轮秋,影入平羌江水流。夜发清溪向三峡,思君不见下渝州。

——李白《峨眉山月歌》

这首诗写李白舟中所见,有眼前之景,也有心中所忆。轻舟将发未发之际,山月欲圆未圆之时,人随月影,月影随波,一路渐行渐远,一缕幽思,散于江水之上。

李白正怅然，吴指南笑道："哈哈，李十二，你是在想东邻的那个明月姐姐吧？你不必不舍，她或许早已不在蜀中，这天下之大，何处不能相逢？"

李白也不回头，只道："你可有她消息？"

吴指南擎了酒壶，给李白满满倒了一杯："李十二，我觉得她这人可不简单！你看她身着道袍，却不乏妩媚之气——嘿嘿，咱先喝个痛快，说不定今夜便能梦见她。"

李白笑道："你又胡说八道。"

船行至江陵，这是山南东道第一大州荆州的州治所在，先秦时楚国郢都即在此地。李白带丹砂四处访古，吴指南却独来独往。李白知他囊中少钱，便将钱袋丢在客栈，任由他取。吴指南依旧每日空手出门，归来时却总能喝得醉醺醺。

荆州风物与蜀地截然不同。四处游走间，李白对当地民歌产生了浓厚兴趣，将其融入诗文，诗句便又多一重摇曳之姿。

这一日，李白正在酣睡，却被人一把揪起。朦胧中，只见外面天色尚暗，吴指南满口酒气，显是刚刚宿醉归来，嘴里嚷道："李十二，穿上衣服，快跟我走……"

李白心中恼怒，作势挥拳要打。吴指南又是一笑："我且问你，司马承祯道长正在荆州，你要不要去见？"

李白闻言大喜。赵蕤曾多次跟李白提起过司马承祯，他乃是东晋王室后裔，与卢藏用、陈子昂素有交往，多年前就已名满天下。不仅如此，他所在的上清派师门传承中，还隐藏着另一条入仕的门径。

当年，作为上清派茅山宗祖师的陶弘景，人称"山中宰相"，常以布衣身份干预南朝朝政。陶弘景的传人王远知，曾为秦王李世民传授道法，还山隐居后，人称"王法主"。王远知的传人潘师正，隐居嵩山，高宗李治对其极为礼重。潘师正的传人便是司马承祯，从武曌到睿宗李旦，再到李隆基，都向其咨以国事。开元九年（721），李隆基还遣使迎司马承祯到东都洛阳，请其授以法箓，尊其为道首，呼为"道兄"，命其校正《道德经》。

可以说，司马承祯所在的门派，深谙以退为进、以隐干政的秘诀。而这种不能向外人透露的套路，正是既无门第又无出身的李白所急需的。

李白忙叫醒丹砂。赶到司马承祯所住道观时，天色仍早，门外却已围了不少百姓。

大唐以道教为国教，百姓信徒众多，州县官员也想来混个脸熟，于是，司马承祯到江陵后，一直未得清净。这日他感觉厌倦，明言不见客，但看了李白的名刺，又翻了翻其诗文，还是点了点头。

这是年逾古稀的道教尊师与初出茅庐的毛头小子之间的一次会面，具体细节无从知晓。不过，李白据此写了一篇《大鹏遇希有鸟赋》（后改名《大鹏赋》），将司马承祯比作大鹏，自比为"希有鸟"，双方进行了一番精彩对谈。这篇赋脱胎于《庄子·逍遥游》，就像李白绝大多数文章中的自述一样，闪耀着才华，却也充满了夸大与玄虚，让人难辨真假。

无论如何，这次交谈让李白与司马承祯建立了交往，拉近了他与道教的感情，也为他日后的前程埋下了一处伏笔。

郎骑竹马来，绕床弄青梅

开元十四年（726），春日，王维在返回长安的路上。

在济州司仓参军任上，他做了四年多，任期早已满了。裴耀卿已于去年调任宣州刺史，那是货真价实的升迁。王维很清楚，自己跟人家是没法比的，只能老老实实等着吏部铨选的消息。而对于犄角旮旯的岗位来说，所谓规矩，就是没有规矩可讲。好在，他总算等到了消息。

行至汜水畔，正值寒食节，望着游春的人们，王维只觉心中空空荡荡，吟了一首诗：

> 广武城边逢暮春，汶阳归客泪沾巾。落花寂寂啼山鸟，杨柳青青渡水人。
>
> ——王维《寒食汜上作》

到得长安，弟弟王缙和老仆王平仍居于原处。亲人重逢，几多感慨。不久，王缙中了制举"高才沉沦草泽自举科"，入仕之门已打通。

这一年，綦毋潜终于进士及第，同榜还有储光羲、崔国辅等，这让王维感到欣慰。

王维也听到另一个消息：岐王李范的病越来越重了。他心中五味杂陈。当年如果没有与李范的交往，他不可能高中状元。但同样，假如李范不发酒疯，也就不会有"黄狮子案"，自己的仕途也不会如此坎坷。

金陵城南，秦淮河畔，李白一脸憔悴。来到金陵已半年多，他刚刚经历了一场大病。

此前，李白与丹砂、吴指南从江陵顺流而下，行至岳阳，登岳阳楼，游洞庭湖。

八百里洞庭，喑呜叱咤，气象万千。李白带着吴指南、丹砂，日日纵酒，四处食鲜，甚是欢乐。一夜暴雨突降，雷电交加，三人宿于湖畔一座破庙中。吴指南随身带有酒和烧鸡，分了一半给李白。正饮酒听雷,吴指南忽叫胸痛,李白以为他又胡闹,初时不以为意。不多时,吴指南弯腰在地,抽搐不已,黄豆大的汗珠滚个不停。李白忙为其把脉,但觉脉象紊乱,越来越弱,不禁大惊失色。荒郊野外,又值暴雨,能去哪里抓药?不到半个时辰,吴指南竟死在当场。

次日雨停,李白买来棺木,拣高处将吴指南葬下,又种下三棵小松,以便将来寻找。他向好友起誓,日后定然再来,携其尸骨还乡。

顺江东下,至江夏,登黄鹤楼。李白心中怅惘,正欲赋诗,忽见楼中墙上已赫然题了一首,署名为崔颢:

昔人已乘黄鹤去,此地空余黄鹤楼。黄鹤一去不复返,白云千载空悠悠。晴川历历汉阳树,芳草萋萋鹦鹉洲。日暮乡关何处是?烟波江上使人愁。

——崔颢《黄鹤楼》

身处丧友之痛中的李白,被这首诗瞬间击中,他深深沉浸于诗境中,无法自拔。那个半亲切半嘲弄喊他"李十二"的吴指南,再也不会回来了。

此刻,他完全没有了写诗的冲动。对于这首《黄鹤楼》的作者,他心中满是赞许,但也有几分不服。纵使此时不题诗,他日终究要与其一较短长。

这里讲一下崔颢,其生年不详,于开元十一年(723)进士及第,成名已久。他年少时是个玩家,《河岳英灵集》说:"(崔)颢少年为诗,名陷轻薄,晚节忽变常体,风骨凛然……可与鲍照并驱也。"《唐诗纪事》对崔颢则有差评,说他"有文无行"。《唐才子传》称他:"行履稍劣,好蒱博,嗜酒,娶妻择美者,稍不惬即弃之,凡易三四。"大抵就是好赌、好酒、好色。

《河岳英灵集》成书时间距崔颢生活时代不远,按说比较靠谱。但崔颢传下来的诗有数十首,其中并无浮艳轻薄之作——也可能是少年之作被删除或者遗失了。从风格看,这首《黄鹤楼》应该不是他青少年时期的作品。

李白与崔颢似无直接交往。不过,崔颢与李白一样,都跟李邕有过交往,且都被拒绝。《唐国史补》称:"崔颢有美名,李邕欲一见,开馆待之。及颢至,献文,首章曰'十五嫁王昌'。邕叱起曰:'小子无礼!'乃不接之。"《新唐书》沿用了这种说法。从时间上分析,这应是崔颢进士及第之前的事。或许,李邕就是讨厌"十五嫁王昌"这种南朝宫体风,先后拒绝崔颢和李白,都是因为这个。

李白继续东行,过浔阳,登庐山,行至当涂,远远看见天门山横跨大江,心中一动,写了一首《望天门山》。

> 天门中断楚江开,碧水东流至此回。两岸青山相对出,孤帆一片日边来。
>
> ——李白《望天门山》

秋末,李白抵达金陵。此时的金陵其实仅为江宁县,但人们习惯沿用旧称。因此地曾为南朝都城,隋唐两代都刻意加以贬抑,使之在行政上隶属润州,其繁华程度也远逊于扬州。不过,金陵格局仍在,古迹众多,仍是文人墨客所青睐之地。

一路之上,李白当饮则饮,当睡则睡,游山玩水,看着都很正常。丹砂以为公子早已经将吴指南之死放下,谁知一到金陵,他就病倒了,在客栈高烧数日,昏睡中一直喊吴指南的名字。

丹砂这下慌了,遍请名医,终日侍药。李白的烧渐渐退了,但整个人如痴了一般，两眼神采全无，也不吃饭，终日只要饮酒。丹砂不知如何是好，他知道公子通晓医术药理，哪用得着自己饶舌？但这样一日日熬下去，身子终究会垮的。

客栈掌柜给丹砂出主意：你们公子是太伤心了，不如给他找点乐子，秦淮河畔多风月之地，说不定能治好他呢？于是，丹砂便带李白去秦楼楚馆。李白果然喜欢，很快便乐在其中，出手也豪气，妓女们都喜欢他。只是，他依旧饮很多酒，日日沉醉，醉罢有时痛哭，有时写诗，有时一边痛哭一边写诗，眼泪与笔墨齐飞，成为妓馆中的一道奇观。

一连数月皆是如此，丹砂暗暗心惊。出门前，李客给了他们一大笔盘缠。此外，还带了万贯"飞钱"——唐代的存单，可到各地"柜坊"（钱庄）兑现。这些钱本是让李白带给沿江做生意的几个亲兄弟的，然而，到金陵三个月后，盘缠就已花光，李白又花做生意的钱，且无收手的意思。丹砂给李白算了算账，李白笑笑："原来还剩那么多呀？"

冬去春来，李白依旧憔悴，只是眼中渐渐有了光彩。

金陵城南，两座山岗间有一平地，名曰长干，秦淮河自旁边流过。这日，主仆二人在此漫步，不远处有男女结伴而行，亲昵而不失纯真。李白忽然想到少时跟吴指南一起，到明月院子里种花的情景，笑了一笑，眼泪却流了下来。丹砂的心一下提了起来，怕公子痴病又犯，却听他吟道：

妾发初覆额，折花门前剧。郎骑竹马来，绕床弄青梅。同居长干里，两小无嫌猜，十四为君妇，羞颜未尝开。低头向暗壁，千唤不一回。十五始展眉，愿同尘与灰。常存抱柱信，岂上望夫台。十六君远行，瞿塘滟滪堆。五月不可触，猿声天上哀。门前迟行迹，一一生绿苔。苔深不能扫，落叶秋风早。八月蝴蝶来,双飞西园草。感此伤妾心,坐愁红颜老。早晚下三巴,预将书报家。相迎不道远,直至长风沙。

——李白《长干行》其一

王维依旧在长安等待。在唐代,吏部铨选的效率很差,就像中进士后无法立刻被安排官职一样,很多官员任期满了也不能马上获得新职位。大多数人都要等,有的甚至一等多年。因长安花费高,有的官员甚至等破了产。

岐王李范去世了。这也代表着李隆基此前所组建的皇家乐队彻底解散,要再等十一年,他才能找到自己的最佳音乐拍档——杨玉环。

这一年,在崔隐甫、宇文融和李林甫的联手弹劾之下,张说被罢相。张九龄也被调任外官。李隆基重用贵族出身的技术官僚,而疏远科举出身的文官,这种倾向露出了苗头。

一日,李白在秦淮河畔听到了一缕琴音,顿时怔住了。

秦淮河畔不缺丝竹声,但这琴音与众不同。李白几乎可以确信,这就是他少年时明月所奏的琴音。

她来了。她在这里。她在等我吗?

循声望去,是一座小宅,院门紧闭,琴声若隐若现。倾耳听时,声音又消失了。

他就这样望着,一直到天黑,那门终未开启。如是等了三日,宅院依旧终日闭门。

李白彻夜不寐,命丹砂前去打听。午时,丹砂回来,说院内有一名妓,名唤段七娘,只接贵客,一日之费或达十万钱,有时旬日方接待一人。

李白大喜,命丹砂即刻去安排。丹砂撇了撇嘴,心道:公子真是败家子，这样下去，钱很快就要花光了，怎么跟老爷交代？

但钱花出去，就有了回音。两日后的黄昏，李白走进院门。

院中竟一片荒芜，无任何花木，仅有一婢，金陵口音，手脚利落，向她打听段七娘，却一问三不知。屋内简约，一处帷幔将内外隔开。一位黄衣女子于帐内施了一礼，便坐下弹琴。

李白在外听着，眼圈一红，颤声道："明月姐姐……我寻得你好苦！"

琴声错杂，顿了一顿。女子并不抬头，继续抚琴。

"明月姐姐，吴指南去年死了，我想你也快想疯了。"

帷帐拉开，一张明艳的脸映入眼帘，不是明月又是谁？她却偏偏道："公子认错人了，妾乃段七娘。我听这秦淮两岸，都在唱公子的《长干行》《白纻辞》《杨叛儿》……今日有缘得见，实乃三生有幸。"

李白两目垂泪，兀自凝望。段七娘嫣然一笑："李公子有伤心事，我们饮酒如何？"

于是便饮酒。

段七娘酒量颇豪，李白身体本弱，渐渐不支。

"明月姐姐，你为何不与我相认？"李白眼泪又滴下来。

"唉，李公子，你说是，便是，如何？"段七娘叹一口气，伸手轻抚他的头发，笑道："听你诗中道'博山炉中沉香火，双烟一气凌紫霞'，公子也是，那个……过来人了吧？"

李白脸上一红，又饮几杯，便醉倒了。

次日醒来已是中午，李白头痛欲裂，而段七娘已不知去向。他紧紧抱住头颅，不知昨夜一切是真是幻。但枕畔确有一缕幽香。

他呆呆坐着，有三分恼恨，七分惘然。这屋子已被认真打扫过，案上摆着现成的笔墨纸砚，似乎就是等他题诗用的。他跟跄上前，挥笔写下：

> 罗袜凌波生网尘，那能得计访情亲。千杯绿酒何辞醉，一面红妆恼杀人。

——李白《赠段七娘》

我心不说君应知

开元十五年（727），春，淇水之滨。王维在城郊幽静处寻了个住所。

去年秋冬，他接到吏部文书，赴卫州（今河南北部）任职。具体职位史书并未记载，可能依旧是州府判司。他对工作全无热情。为了几缗俸钱、几斗禄米，这辈子都要在各地奔波，做些鸡零狗碎之事，这样想想都觉得沮丧。

淇河边上是青山，王维时常到山间走动。他喜欢鸟语花香，远胜衙门中的一切。

扬州客栈里，李白再次病倒。要命的是，他不仅病了，还穷了。

去年金陵那夜之后，他再未见过段七娘，四下打听，全无消息。数日后他便离开了金陵。丹砂发现，公子眼神中的痴态消失了，那股蛮劲儿也渐渐回来。主仆二人又向东游历，逢着诗会，便去扎上一头。这一路，李白结交了不少朋友，其中便有孟浩然。李白比孟浩然小十二岁，却感觉与他前所未有地亲近。他知道孟浩然早已成名，可交往起来却如山风扑面，坦荡、无间、清新。二人结下一段友情。

在扬州，李白大开眼界。所谓"扬一益二"，李白到过益州，再来扬州，仍很受震撼。

扬州位于长江与邗（hán）沟交汇处，所有南方运往京洛的商品都经此地。这是大唐帝国最大的水上转运中心，盐、茶叶、木材、宝石、药品、丝绸等应有尽有。发达的商业，带来了海量的人流，也让城市充满蓬勃生机。

与长安、洛阳的整齐划一不同，扬州的建筑有着各种各样的不规范。金碧辉煌的楼宇间，混杂着五花八门的小铺，犬牙交错。运河两旁，帆樯林立，给人带来极大视觉冲击。而种种无序之中，又遵循着同一种逻辑——钱，似乎一切布置都是为了方便人们把钱花出去。每年春天，都有无数名门子弟来扬州游玩，有的乐不思蜀滞留于此，还有的花钱太多以至破产，沦为乞丐。

李白仍旧参加各类诗会。每遇到落魄的名门子弟，他都接济一笔钱。丹砂劝过几次，但毫无效果。钱这样一笔笔花出去，他赢得了多金、仗义的名头，诗名也逐渐流传开来。

丹砂认定了李白是败家子，但他不会明白，出身于偏远蜀地商贾之家的李白，必须给自己打造一个人设，以便顺利进入名士圈。而除去诗之外，李白唯一可利用的资源就是钱了。此前在金陵，他已经给自己贴上了"风流"的标签，那也是名士所喜闻乐见的。

然而，李白虽然知道得失，却并不精于算计。对于人生，他只有一个大体方向。他懂得努力去做，但爱热闹、好大言，又过于自负和放纵，这样的性格，使他做事常常走了样。在扬州，他就高估了自己的身体和钱包，致使病倒之后，困于客栈。

转眼入秋，一天凉似一天。因无钱付房费，李白已经从上房搬到了角落里最小的一间，丹砂则只能在马棚过夜。而那些在酒场上与他称兄道弟的人，自然不会来看他。

这一夜，李白想起了赵蕤，便为他写了一首诗，感慨自己至今一事无成，"古琴藏虚匣，长剑挂空壁"。这是他在人生中第一次感到沉痛。而今后，这种感觉会无数次噬咬他的心，尤其是没钱的时候。

睡至半夜，李白忽然醒了。月光照进来，他有些想家。

床前看月光，疑是地上霜。举头望山月，低头思故乡。

——李白《静夜思》

这是宋刊本中的诗句，与今人所熟知的"床前明月光"文本不同，后者乃明清时流变而来。今人古人，望的是同一轮月亮，起的可是同一种乡愁？

山上有一庵堂，已久无人住，房屋多倾颓，仅观音堂剩两三间，王维常去转转，拜拜观音。

这一日，他在门外遥见人影一闪，心下好奇。走近了，见庵内晾晒着些衣物，似是女子所用，忙转身退出来，心中却想：这荒山野岭的，一个女子怎敢住在这里？看那些绫罗绸缎，也不是贫民用得起的，莫非是狐仙？

王维素来信佛，此念一起，自己先笑了。

次日再来，院中空了，观音堂的门却是半掩的。王维心知有人住了，转身缓步出来。上午的日光白亮，山风吹拂，有说不出的惬意。他舒展了一下双臂，便欲下山。

"公子是卫州衙门中的参军吧？"一个女声在背后响起。

王维一惊，转过身来，见一女子，二十多岁模样，身着黄绫道袍，手持碧玉拂尘，容颜甚是妍丽。他微微一揖，并不说话。

那女子端详了他一番，笑道："是我冒昧。公子一身浅绿，乃七品服色，如此年轻且有闲，我能想到的便是州府判司。敢问公子尊姓大名？"

"在下王维，字摩诘。"

"想不到荒山野岭，居然得遇状元公，小女子何其有幸！"那女子笑着施了一礼，又道："怪不得有如此风度！"

经她一赞，王维既不好意思，又有些吃惊，心道：我中状元是多年前的事了，她一个女道士怎会记得？莫非早就知道我在卫州，还常来这座山……

他是见过大阵仗的人。岐王宅里冠盖云集，而他曾任职的太乐署，更是美女遍地。那些时候他都应付自如，但在这个女子面前，竟有几分局促。这种感觉让他有点恼火，缓声问道："敢问炼师如何称呼？"

"炼师"是对女道士的尊称。那女子笑道："妾姓李，公子是太原王氏，我乃陇西李氏。"顿了一顿，缓步走到两丈外的一棵树下，又道："其实姓王姓李，又有什么重要？我从南方来，这一座山上，我最喜欢的是这种红豆树，你叫我红豆好了。"

"红豆炼师，下官有礼。"王维叉手道。

二人都笑了。

李白所欠的房费终于结清，身体也好了起来。帮他付账的是扬州的一位县尉，名叫孟荣，李白称他孟少府。

孟荣为人坦荡，喜欢李白的诗，此番雪中送炭，李白很是感激。二人结交渐深，孟荣对李白明言，无论财力还是社交圈子，自己都帮不了李白什么。不过，假如李白想谋出路，他倒有一个办法。

距扬州约七百里，有一地名为安陆，乃安州州治所在地。安陆许家世代为名门望族，早年，其先人许绍与高祖李渊有同门之谊，为大唐创建立下大功。其子许圉（yǔ）师曾在高宗时期任宰相，王勃、卢照邻等曾向其上书求汲引。如今，许家虽已衰微，但仍不失为地方高门。许家有一独生女，年过二十五，尚未出阁。许太公为了女儿婚事操碎了心，但女儿执意只嫁有文才之人，媒人踏破门槛，也仍无人入她的眼。孟荣认为，凭李白的才华，若肯上门入赘，定能马到成功。许家不仅有钱，还跟安州都督府往来密切，若安州都督肯举荐李白，入仕之门便可洞开……

李白听着便觉厌烦。当时，男子平均婚龄约为二十六七岁，女子则为十七八岁。李白年龄正好，许小姐却已属大龄。更重要的是，他此前从未想过婚事。但他思来想去，当下似乎确无其他路径可走，也只好答应下来。

李白到达安陆，没想到迎面撞上了一位故人——道士元丹丘。自戴天山一别，二人已数年未见，异地重逢甚是开怀。眼下，元丹丘就住在安州都督府中，他跟都督马正会为世交。而李白谈及来意，免不了一阵脸红。

元丹丘不动声色，将李白介绍给马都督，又请马都督做媒，为李白撑起了脸面。许小姐早已读过李白的诗，并无异议。婚事竟然就这样定了。

这一年，李白二十七岁。决定婚事的那几天，他喝得大醉，还写了一首诗，题为《代别情人》，其结句为："覆水不可收，行云难重寻。天涯有度鸟，莫绝瑶华音。"

从题目看，这是他替别人所写的一首情诗。替何人所写不得而知。也许，题目只是个幌子。李白写的就是自己，他要跟过去的岁月、过去的人，并不决绝地道一声再见了。

由秋入冬，王维几乎日日上山来。

他与红豆早已熟稔，每日都会说几句话。他们都不是多话的人，但那几句就能让他一天都有好心情。

山上更加冷了。王维常常拎些粮米、菜蔬和木炭上去。红豆的房间令他惊讶。她的生活用品很少，但每样东西都极精致，这让周围的一切显得更加荒凉。她的床头挂了一柄剑，看起来已有百年历史。她请王维喝一种不知名的茶，味道很淡，但喝过就忘不了。

有时，王维也拎酒过去。红豆随手做点小菜，自有天然之味。

他酒量小，只饮几杯，有时说一点衙门里的事，有时什么都不说。红豆在一旁打坐，似听非听，静默却不疏远。那身影，让他想起母亲。

腊月里，天降大雪。王维背了一大包袱东西，又上山来。红豆笑他："看你这样子，跟个樵夫似的，哪还像个状元？"王维笑笑，很快便出门去，冲她挥一挥手："雪一化，我就上来呀！"

瘦削的身影一点点消失在雪里。红豆默默看着，眼角有些湿。

转过春来，草木蔓发。王维这日上山，见红豆已脱下棉袍，换了一件红色单衣，更显身姿窈窕。他静静看着，有些呆了。红豆也不理他，自顾忙前忙后，张罗了一桌菜肴。

王维有些诧异，却见红豆擎了一坛酒来，抹去封泥，笑道："这是陈年的会稽花雕。当地人生了娃儿，都埋下一坛酒。若是女娃，便在嫁女时喝，叫女儿红；若是儿郎，便在中举时喝，叫状元红。想想七年前的今日，可是你金榜题名之时？"

王维心头一热。红豆倒酒，浅红色的酒泻入白螺杯中，更映得素手如玉。他有心去握一握，终究还是忍住，只捧起一杯酒，向红豆深施一礼，仰头喝下。红豆也回敬一杯。

王维很快便醉了。红豆备好纸笔，请他写一首诗。王维哈哈一笑，挥笔写下：

> 北阙献书寝不报，南山种田时不登。百人会中身不预，五侯门前心不能。身投河朔饮君酒，家在茂陵平安否。且此登山复临水，莫问春风动杨柳。今人昨人多自私，我心不说君应知。济人然后拂衣去，肯作徒尔一男儿。
>
> ——王维《不遇咏》

写完之后，掷笔于地，放声大哭。

红豆笑笑，自己饮了一杯，凝眸看他直哭得涕泪横流。她轻叹一口气，也不说话，将王维揽在怀中。

那哭声渐渐成了抽泣。

她看着"不遇"二字，又是一笑。她知道，王维作诗向来节制，行事向来谨慎。他总是冷静、微笑，有苦也不说。他太懂事了，懂事得甚至不像个才子，而内心深处，他又极柔弱，真让人心疼……这首诗怎么看都不像王维所写，更像出自另外一个人的手笔。

"拂衣去"，这天下虽大，你又能到哪里去呢？

王维紧紧抱着她，发出了鼾声。

李白从未想过自己会娶一个什么样的妻子。然而，妻子已经在他生活中了。

许氏夫人通晓诗书，性情淑均，自有一种坚强独立。她与李白的结合，很难说是一见钟情，而是建立在彼此妥协基础之上的。但因为妥协前的千挑万选，也就有了那么一点知音的意思。

对她来说，这样的婚姻，不知是理想实现了，还是理想破灭了。

但是，李白的诗，她是发自内心喜欢的，那种如江海一般汹涌四溢的才华，简直闻所未闻。李白的人也风趣，有着极其少见的天真，骨子里还有些野蛮。这些要素聚合在一起，使他的身上散发着一种高贵而又性感的气质。实在无法想象，这样的人竟然出自商贾之家。

婚后不久，许家便出了家务问题。一个堂兄出来争家产，许氏夫人不愿理他，李白更是不屑一顾。夫妻二人带了丹砂和一个名叫红藁的贴身侍女，搬去了城外北寿山脚下一处别业，图个清静。

一如许氏夫人所料，李白是个非常爱热闹的人。但像大多数婚姻一样，一个人的热闹，会直接造成另一个人的冷清。他与安州官员日日饮酒应酬，鲜少待在家中。即便回到家，也总是烂醉如泥。

但入仕之路并未因此而打开。也许是因为李白太过不拘小节，也许是那个堂兄处处栽赃陷害，结果便是他一直都没有得到荐举。

唯一庆幸的是，许氏夫人跟李白感情非常好。他为她写了不少诗，比如，郊游泡汤时，他赞美妻子"气浮兰芳满，色涨桃花然"——她自然是开心的。

这天夜里，许氏夫人醒来，发现李白不在身边。她起身下床，见房门虚掩，李白独坐于屋檐下，痴了一般望着月亮，手中攥着一壶酒。

她默默坐在他身旁。月光如水，洒在二人身上。

片刻，李白一声轻啸，吟了一首诗：

日色欲尽花含烟，月明如素愁不眠。赵瑟初停凤凰柱，蜀琴欲奏鸳鸯弦。此曲有意无人传，愿随春风寄燕然。忆君迢迢隔青天。昔时横波目，今作流泪泉。不信妾肠断，归来看取明镜前。

——李白《长相思》

吟罢，一跃而起，向妻子哈哈笑道："你看我这一首如何？"

许氏夫人轻轻握起丈夫的手，柔声道："李郎，君不闻武后之诗乎？'不信比来长下泪，开箱验取石榴裙。'"

传说，那是武后早年在长安感业寺中，感慨岁月蹉跎之诗。

李白此时心中所想的正是长安，在安陆羁縻日久，求仕无门，令他深感抑郁。这一下被妻子点中心事，既欢喜，又爽然自失。

果然相门之女。她，到底是懂他的。

长相思，在长安

开元十八年（730），长安，王维在城南旧宅中读经。

弟弟王缙早已释褐，一有俸禄，他便单独租房居住。王缙与王维性格不同，他是一个很会享受生活的人，受不了兄长那种简朴日子。王维便让老仆王平也跟着去了。

长安的朋友们已听说，王维两年前就在卫州成了亲，妻子也是一位名门之女，出身陇西李氏。婚后王维辞官，在淇上隐居一段时日后，便回长安来了。朋友们都想为王维庆贺一番，但均被婉拒，似乎没人见过他的妻子。

人们纷纷揣度：到底是个什么样的女人，能嫁给王维这样的绝世才子？她又有怎样的魅力，让王维执意将其藏在家中，而不与众人见面?

这神秘女子正是红豆。那日之后,王维做了平生第一件快意之事:他不管什么媒妁之言,而是直接向红豆求婚。红豆起初不应,但几番周折,二人还是在淇上拜了天地。

红豆让王维辞了卫州的官职,不用再为了那么点俸禄而受委屈。她拿出一笔钱来,让王维寄回蒲州奉养老母。王维又写了一封信,向母亲禀明妻子的情况,同时请求责罚。

淇上的日子,是王维一生最温暖的时光。在妻子呵护下,他渐渐恢复了元气。只是,他终究是要回长安的。他不知道,离开了长安,他这一生所学又有什么意义?

当王维提出回京时,红豆并未反对。但从她的眼睛里,他看到了几许黯淡。进入长安城的那一刻,红豆并未流露出一丝兴奋。

她的神情是漠然的,心中却翻江倒海。

三十岁这个夏天,长安如海,涌入李白的胸怀。

经由春明门大步走入长安,眼前景象,让李白立刻就想喝一大碗酒。紫绯绿青各种服色的官吏,香雾云鬓各式风姿的女子,布满了一条又一条大街。高鼻深目的胡商、身着日本裘的倭人、面如黑炭的昆仑奴……都不紧不慢地走着。他感受到一种从未有过的舒坦。在别处,人们看见他略带碧色的眼睛,总要多瞧两眼,但在长安,没有一个人留意他。

他虽然刚刚来到这里,却感觉好像回到了家。

四下张望,视野开阔。西北方是皇城的飞甍(méng),三省六部居于其中;正北是开元年间建起的兴庆宫,花萼相辉楼和勤政务本楼的黄瓦丹墙赫然可见,两年前皇帝就已正式在此听政,号称"南内";南面遥遥望见慈恩寺的大雁塔;西南是小雁塔……

李白心旷神怡，向西又走过一个坊，便是人潮汹涌的东市。他随便进了一家酒肆，喝了十几碗康居葡萄酒，又吃了些羊肉毕罗，心中极为畅快。

微醺中，他到了西侧的宣阳坊，走入一家客栈。那客栈门头不大，但一进门便看见一首诗，名为《题长安主人壁》，落款是孟浩然，写得甚是凄恻。

李白又惊又喜，忙问店家"孟夫子"是否住在此处。掌柜的施了一礼，缓声道："孟先生——啊，孟夫子之前住在这里，可惜未能考中进士，今年春天回襄阳去了。"

"啊呀！"李白心中惋惜，叹一口气。店家忙道："孟夫子说，他还会再来长安。"然后，把孟浩然此前在京城的经历简短一说。

李白点了点头，心想这掌柜的也算仗义，便在孟浩然住过的那个房间住下来。

此来长安，李白依旧是想求人引荐。许氏夫人有一远房表侄名叫许辅乾，在朝廷担任光禄卿。光禄卿为九卿之一，从三品，已是高官，但职责主要在于掌管皇宫膳食之类，并无用人之权。李白打算通过他结识其他政要，谋求出路。而这中间，拐了几道弯。

此时，许辅乾正忙于准备千秋节大小事宜。什么是"千秋节"？这是李隆基在前一年刚定下的节日，他采纳了张说的提议，将自己的生日——每年八月初五——定为"千秋节"，普天同庆。对于光禄卿许辅乾来说，这是天大的事。不过，他在百忙之中还是抽出时间，将李白引荐给了尚书省左丞相张说。

按说，以张说提携年轻人的热情，以及他对于诗文的审美水平，李白遇到他就等于遇见了知音。可遗憾的是，此时张说已不是宰相,且抱病在身,接待李白的是其次子张垍。

张垍是驸马都尉,娶了李隆基第八女宁亲公主,官职是卫尉卿,从三品。

当一袭紫袍的张垍站在面前,李白只觉一股贵气扑面而来。在李白眼里,张垍是一位不折不扣的贵公子,他与自己年龄相仿,却已官居三品。其父张说文学泰斗的声望,加上其本人的驸马身份,令李白充满好奇。

而张垍对李白的感觉是复杂的:一方面,他极端轻视李白的出身,商贾之子、赘婿……这样的人也配出现在我面前?另一方面,他又为李白的文采所震惊,深知其比自己高出了好几个档次,这令他妒火中烧。

张垍眼珠一转,打定了主意,答应将李白引荐给玉真公主。

这玉真公主,就是传说中替王维争解头的贵人,其喜欢文学、爱与文人交往的性格闻名朝野。李白大喜,回到客栈,便写了一首《玉真仙人词》,将公主比作可腾云驾雾、呼风唤雨的神仙,以备干谒之用。

> 玉真之仙人,时往太华峰。清晨鸣天鼓,飙欻(xū)腾双龙。弄电不辍手,行云本无踪。几时入少室,王母应相逢。
>
> ——李白《玉真仙人词》

深居简出,是红豆的要求,绝非王维之意。

王维不会勉强妻子,但到长安之后,他发现妻子的状态发生了明显变化。原本已脱下许久的道袍,她又重新穿回身上。她依旧是温婉的,但话越来越少。有时彻夜打坐,有时在月光下舞剑,那剑法并不美,有着凛凛杀气。

是杀气。王维分明感觉到,红豆身上生出了一股恨意。

这恨意,为谁而生?

红豆的身世是一重谜,她不说,王维自然不问。偶尔,在她打坐时,他会轻轻拥着她。他知道,对于修炼这是极不相称的。但他感觉到了红豆身上的那股寒意,他只想温暖她。

更多时候,他觉得无能为力。他虽然曾经是状元,现在却无一官半职,连生活都靠着红豆的积蓄。她莫非有什么深仇大恨未雪?他又怎么帮得了她?

就性格而言,王维本就不是那种富于热情之人,一直都是红豆呵护和温暖他。如今,红豆冷了下来,比他还冷,房间里有两块冰,气氛都要冻住——他不知该如何是好了。

案头上,有一本《金刚般若波罗蜜经》,那是当年离家时,母亲放进他包袱里的。他忽然醒悟:应该去学佛,以佛祖之慈悲,定能解得了他的困境。

次日,王维便到位于开化坊的大荐福寺,跟随道光禅师学佛。大荐福寺离他住处很近,乃是著名皇家寺院,原为隋炀帝在藩旧邸,后为唐太宗李世民之女襄城公主宅、英王宅。高宗死后百日,武曌为祈福而在此建佛寺,并题写匾额。中宗即位后对其大加营饰,还于安仁坊西北隅修建佛塔,隔街与寺门相对。

王维道:"你抬头看得见那座佛塔,我便在塔下。"

红豆只是坐着,默然不语。

在终南山麓的玉真公主别馆,李白已等了十数日,仍然没见到玉真公主的影子。

非但没有公主,这里简直就是一座荒宅。当日,张垍的仆人将李白带来此处,已是夜晚,一切看不分明,只觉得到处是亭台楼阁,格外清幽。次日醒来,却见屋内虽陈设齐全,院内却一片萧条,画檐已生蛛网。送饭的是个老者,只送两三样寻常菜蔬,李白心有疑虑,想到玉真公主修道,饭菜素淡也属正常。但一连三天,顿顿如此,便忍受不了。一问才知,此地虽是玉真公主别馆,但公主极少来此地,平常仅有一对老夫妻看门。

"莫非张垍骗我?"他又一转念:以张垍的身份,骗我做什么?或许他听到了消息,公主这几天会来。

这样一纠结,又几天过去。他以前几乎日日宴饮,哪过得了这等日子?好在馆中藏书甚富,又多纸笔,便读书挥毫,静待公主。

这夜月华如水。李白月下舞剑,想起教自己剑法的明月来,如此荒宅,她最喜欢了。

转念又想到远在安陆的妻子,脸上便是一红。回到屋内,他在月光下写了一首诗:

> 长相思,在长安。络纬秋啼金井阑,微霜凄凄簟色寒。孤灯不明思欲绝,卷帷望月空长叹。美人如花隔云端!上有青冥之长天,下有渌水之波澜。天长路远魂飞苦,梦魂不到关山难。长相思,摧心肝!
>
> ——李白《长相思》

秋雨接踵而至,连绵十数日不绝。李白愁坐别馆,唯一安慰是身边有酒——他给了老汉一些钱,让他从山下买的,只是不敢将肉食带上来。

算来前后已月余,张垍依旧不见踪影。李白确信自己被耍了。这一日,他一边饮酒,一边给张垍写诗,总共写了两首。写第一首时,酒喝得少,比较隐忍,其中有句曰:"弹剑谢公子,无鱼良可哀。"自比为管仲、乐毅和冯谖,慨叹怀才不遇,知音

难求。但到了第二首,酒喝得一多,气就压不住了:

> 丹徒布衣者,慷慨未可量。何时黄金盘,一斛荐槟榔。
> ——李白《玉真公主别馆苦雨赠卫尉张卿二首》其二(节选)

这里化用了东晋末年名臣刘穆之的故事。刘穆之少时家贫,性放诞,爱饮酒,不修边幅,娶妻江氏,常在妻兄家蹭饭。某日,妻兄家里请客,江氏嘱咐刘穆之莫去,但他还是去了。饭后,刘穆之讨槟榔吃。江氏兄弟讥讽道:"槟榔消食,君乃常饥,何忽须此?"后来,刘穆之当了丹阳尹,权势极盛。他请江氏兄弟吃饭,妻子怕他报复,哭着求情。刘穆之叫她别担心,酒醉后,命人用金盘盛了一斛槟榔上来。江氏兄弟羞得无地自容。

李白这首诗,明显流露出对张垍的讽刺和不满:管你是什么驸马都尉、卫尉卿,我不爽了,就要骂你。

搁下笔,他大步走入了终南山的雨幕中。

我心素已闲,清川澹如此

开元十九年(731)春,终南山,李白在一间茅屋中弹琴。琴声悠远,他的心渐渐静下来了。

在此之前,李白去了长安西北的邠(bīn)州、坊州,待了几个月。为何去那里呢?简单说,就是缺钱。

李白入赘的许家,虽然不穷,但绝非豪富之家,尤其是搬到北寿山之后,家底已经薄了。此番从安陆来长安,李白并未带太多钱,为节省盘费,他连丹砂都没带出来。但长安消费高,以李白大手大脚的作风，钱袋很快便见了底。好在，他走到哪里都不缺朋友。有朋友给他指了一条路：邠州长史李粲爱结交文士，热情好客，出手大方。李白可以去那里上书求汲引，假如能得到他的推荐最好，即便不成，他也会给一笔盘费。

于是，李白向西北行，经武功，登太白山，到达邠州。

李太白登太白山，听来像半副对联，可惜人生不讲究对仗，那是命运的手笔。

太白山乃秦岭山脉最高峰，纵使是登山爱好者李白，爬起来也并不容易。他带着干粮和水，足足爬了两天才到达最高处。夜晚露宿山中，山风清冷，便裹一块毡子。仰观群星如沸，太白星炽然其间，一道道流星拖着长尾没于天际。

他心中亦悲亦喜，想起埋于洞庭湖畔的吴指南，他若有灵，定会随着自己登山，一路聒噪不止。还有不知身在何处的明月姐姐，天长地远，也只能各安其命。此时见星不见月，明月却一直在心间。

李白也喜欢白日登山的过程，随着步步登高，万物皆在脚下，心头烦忧逐渐放下，张垍之类宵小也抛在脑后。身边唯有自然，头顶只见白云。淋漓的汗水被冷风吹干，而他又元气满满。

> 西上太白峰，夕阳穷登攀。太白与我语，为我开天关。愿乘泠风去，直出浮云间。举手可近月，前行若无山。一别武功去，何时复见还。
>
> ——李白《登太白峰》

邠州属中州，州治在新平，长史为正六品上。李粲也是陇西李氏，李白称其为族兄，将诗文呈上。李粲看后大喜，对李白盛情款待，日日带他饮酒，但绝口不提引荐之事。

这一日，李白专门为李粲写了一首诗，对他好一番夸赞，且把自己写得很寒酸，"寒灰寂寞凭谁暖，落叶飘扬何处归"，摆明了求汲引的架势。李粲却已感觉厌烦，只写了一封信，将李白推荐给坊州司马王嵩。

李白心中郁闷，又写了一首《赠新平少年》，自比为韩信，"屈体若无骨，壮心有所凭"。他安慰自己，此时此刻所受的委屈，都是为了日后大展宏图。

坊州与邠州相邻，为上州，司马为从五品下。王嵩同样以好客闻名，但李白在坊州得到的依旧只有酒肉。他也给王嵩写诗求汲引，依旧未果。

坊州刚下过一场雪，返京路上，寒气袭人，李白的心更寒。他不明白，像李粲、王嵩这些官员，花起钱来很豪气，看着也很仗义，可为何不愿推荐他？这是为国荐才呀！他想起师父赵蕤，也萌生了隐居之心。

他不会想到，今后他将无数次在入世和出世之间切换。这苦恼，将萦绕一生。

王维的妻子去世了。朋友们从王缙口中听到了这个消息，尽皆叹惋。为何这般不幸？这位王夫人，他们连一面还未见过。

她真的存在过吗？

有人去拜访王维，想安慰他，却吃了闭门羹。王维已不见客，只有老仆王平隔几日会送些吃食过去，平日里，王维的大门总是关着。

一个多月后，王维终于推开门。他一袭白衣，神态决然，背行囊西出金光门，经由大散关，赴蜀地漫游。这条路也正是当年王勃所走之路。

三十一岁的王维，开启了人生第一次真正意义上的漫游。这一路山山水水，抚慰着他的灵魂，他将心头郁结一点点化开，化为诗文。比如：

> 我心素已闲，清川澹如此。请留盘石上，垂钓将已矣。
> ——王维《清溪》（节选）

李白又回到长安。在春明门附近一座酒楼上，他连喝了三天。

在邠州和坊州拿来的钱，不觉已花了一半。那又怎样呢？这些钱本就是他所厌恶的，还是花出去干净些。

只要脑子里不想求官，李白就是最可爱、最富于魅力的人。他饮酒时气吞长鲸般的气势、随意挥洒的诗篇，对绝大多数文人都是降维打击。而在盛世长安，谁又不自以为是文人呢？

于是，李白结交了形形色色的朋友，有县尉、参军等低级官吏，也有纨绔子弟和不法之徒。人们喜欢看他写诗，听他狂言，跟他碰杯。

这一日，李白与一群豪门子弟饮酒，在兴头上写了两首《少年行》，其中一首是：

> 五陵年少金市东，银鞍白马度春风。落花踏尽游何处，笑入胡姬酒肆中。
> ——李白《少年行》其二

众人大声喝彩，极尽欢愉。那天，李白不知自己喝了多少酒，又去附近的斗鸡场中赌钱，边赌边喝，任意而为。也不知过了多久，醒来时发现自己睡在客栈，而右眼已睁不开了，浑身也甚是疼痛。

李白意识到自己被打了。但被谁打了呢？他完全想不起来。

站在铜镜前，右半边脸高高肿起，他既恼火又羞愧，想找掌柜的问问。但又能问出什么？跟一群纨绔子弟纵酒斗鸡，酒后再打架，又有什么好奇怪的？

整整三天，李白都未出门。他独自在房间里醒酒，喝酒，再醒酒，一边喝一边想。等有了些头绪，不那么难看了，就要出门去：看我不斩了这些竖子的首级！

这样想着，提起笔来，又划拉了一首诗：

> 赵客缦胡缨，吴钩霜雪明。银鞍照白马，飒沓如流星。十步杀一人，千里不留行。事了拂衣去，深藏身与名。闲过信陵饮，脱剑膝前横。将炙啖朱亥，持觞劝侯嬴。三杯吐然诺，五岳倒为轻。眼花耳热后，意气素霓生。救赵挥金槌，邯郸先震惊。千秋二壮士，烜赫大梁城。纵死侠骨香，不惭世上英。谁能书阁下，白首太玄经。
>
> ——李白《侠客行》

起了头，便停不下来，不知不觉用了"信陵君窃符救赵"的典故，对侠士朱亥、侯嬴倾心赞美。写完，长叹一声：格老子的，这是什么世道，跟信陵君喝酒的是什么人？那是名震千古的侠士！为什么跟我喝酒的尽是些地痞流氓？

这样想着，李白抓起宝剑。掌柜的想拉他，他也不理，袖子一甩，大步出门。

酒楼上遍寻不见，又向北走了几个里坊，才在一处巷子里碰到。对方三人，见李白持剑赶来，不怯反笑，呼啸一声，各自拔剑上前。李白虽个头高出一截，但对方人多，他占不了丝毫便宜。而且，这一动手，他才发现自己平时所练的剑法根本没用，反而是对方剑招狠辣。李白猛然醒悟，这些纨绔子弟虽沉湎酒色，但都出身高门，自幼习武，还以门荫加入禁军，受过正规训练，自己根本不是人家的对手，再打下去还有性命之忧。此刻，他被人夹在当中，想跑都跑不掉，怎么办？

李白这几日连续饮酒，手脚本就酸软无力。又斗了几个回合，汗水涔涔而下，肩头一震，被人刺了一剑。他暗叹：我竟命丧于此——

危急关头，忽见一人纵马前来，身后是一队金吾卫士。金吾卫负责长安城的巡查警戒，那三人看了，扭头便走。李白缓过一口气，但见当先那人正是自己的朋友陆调，他在御史台任职，此前推荐自己去邠州的也是他。此番遇险让李白耿耿于怀，他称之为"北门之厄"，并对陆调非常感激，直到晚年还写诗提起。

又过几日，一位名叫王炎的朋友准备入蜀游玩。送别宴上，李白在座。有一红衣女子弹琵琶，其音铿锵，时而柔肠百转，时而裂石崩云，听得李白心潮狂涌。

王炎性格温和，对李白笑问："君是蜀人，却不知蜀中山水如何？"李白笑而不答，擎起一只巨杯，满满斟了，向王炎一举，仰头喝下。王炎也被激起豪气，与李白对饮三杯，开怀大笑。李白秉笔在手，挥毫泼墨，写下一首长诗：

噫吁嚱（xī），危乎高哉！蜀道之难，难于上青天。蚕丛及鱼凫，开国何茫然。尔来四万八千岁，不与秦塞通人烟。西当太白有鸟道，可以横绝峨眉巅。地崩山摧壮士死，然后天梯石栈相钩连。上有六龙回日之高标，下有冲波逆折之回川。黄鹤之飞尚不得过，猿猱欲度愁攀援。青泥何盘盘，百步九折萦岩峦。扪参历井仰胁息，以手抚膺坐长叹。问君西游何时还？畏途巉岩不可攀。但见悲鸟号古木，雄飞湍从绕林间。又闻子规啼夜月，愁空山。蜀道之难，难于上青天，使人听此凋朱颜！连峰去天不盈尺，枯松倒挂倚绝壁。飞湍瀑流争喧豗，砯（pīng）崖转石万壑雷。其险也如此，嗟尔远道之人胡为乎来哉！剑阁峥嵘而崔嵬，一夫当关，万夫莫开。所守或匪亲，化为狼与豺。朝避猛虎，夕避长蛇；磨牙吮血，杀人如麻。锦城虽云乐，不如早还家。蜀道之难，难于上青天，侧身西望长咨嗟！

——李白《蜀道难》

此诗一出，众人瞠目结舌。好大一会儿，喝彩声才响起。

王炎赞道："若将此诗化作琵琶曲，定能令英雄气短、壮士折腰！"那红衣女赶忙下拜，李白投笔在地，纵声长笑。

这是李白平生代表作之一。"蜀道难"本是古乐府题目，李白将多年来的思乡之情与这些日子在长安的愤懑注入其中，如群峰迭起，气势磅礴，又一唱三叹，回环往复，令人叹为观止。众人以往读卢照邻的乐府诗已觉震撼，此刻再读李白，更觉如天外飞仙一般。

过不多久，李白也背起包袱，准备离开长安。此番长安之行，他无疑是失落的，满脑子都是一个念头——怀才不遇。

出城那天，一幕场景加剧了他的不满。他看见一辆大车疾驰而过，车上一人二十多岁，身披五色斑斓衣，头戴一顶鲜艳红冠，精神抖擞，目下无人。众人连忙让路，车轮腾起的灰尘呛得人直咳嗽。众人议论纷纷：

"这是谁呀？穿的是什么玩意儿？"

"你看像什么玩意儿，就是什么玩意儿！"

"鸡？"

"神鸡童贾昌，你连他也不知道？他肯定是赶去兴庆宫伺候皇帝,谁敢挡他的车呀!"

李白一下子明白过来。李隆基喜欢斗鸡,专门设立了鸡坊,从长安搜集千只雄鸡,又从禁军中挑选五百人,专职训练斗鸡。这五百人中,训鸡最有天赋的就是贾昌,他颇得李隆基宠爱,人称"天下第一神鸡童",连很多大臣都不敢得罪他。

读书竟然不如斗鸡?李白越想越气,立刻写了一首《古风》,讽刺贾昌。写完更加愤懑,一个声音在他胸中大叫:为什么?凭什么?"大道如青天,我独不得出!"

王维依旧在蜀地漫游。旅途中,他看见众人聚在一起斗鸡,叹了口气。

蜀人爱斗鸡,这种习俗早已有之,陈子昂当年便是其中一员。但自从开元来,"上有所好,下必甚焉",斗鸡越发流行。王维听说,长安市上最贵的一只斗鸡,卖到了二百万钱。

神鸡童贾昌,王维是认识的。当年皇帝封禅泰山时,曾命贾昌带三百笼斗鸡随行。路过济州时,贾昌专门来见王维,商量三百笼鸡的饲养问题。在王维印象中,贾昌"忠厚谨密",完全没有宠臣的嚣张。对于鸡,他有一种发自内心的爱,几乎为每一只鸡列出了食谱。他宁可自己不吃、不睡,也会把每一只鸡都照顾好。这种专业精神,让王维都有一点佩服,他相信,如果贾昌会作画的话,一定也能把鸡画得独步天下。

王维也见过贾昌一个人抹眼泪。一问才知,他的父亲刚刚去世,而因为要照顾斗鸡,他不能回乡安葬父亲……

当别人感慨自己不如斗鸡童的时候,斗鸡童的父亲却也不如鸡重要。

这是怎样的盛世?在绝对权力下,也许每一个人,都只是不得已。

拔剑四顾心茫然

开元二十年（732）春，洛阳，天津桥上。李白凭栏远眺，满城风物尽收眼底。

离开长安后，李白乘舟顺黄河东下，来到战国时的梁宋故地。西汉时期，梁王曾在此治宫室，筑东苑，延揽天下人才，司马相如、枚乘等名士往来其间。九百年过去，梁园只剩一片荒芜。李白睹物思人，写了《梁园吟》。又游广武古战场，想起刘邦、项羽在此对峙，天下未定之时，多少英雄纵横驰骋。而今，自己空怀一腔热血，却毫无用武之地，心中一片凄怆。

冬日，李白抵达洛阳。游龙门山时，在山脚下一个酒肆，他听着伊水呜咽之声，不知不觉喝醉了。半夜醒来，见宝剑系在身上，油灯仍然亮着，寒气透过窗纸袭人。他索性推开窗子，风卷着雪花扑进来。

下雪了。李白精神一振，把窗户全开，顶着风雪站着。人冷下去，酒便醒了。

李白想起曹操、曹叡等人写过《苦寒行》——人家是帝王，我是商贾之子，身份天差地别。但傅说呢？他是奴隶出身，不也被重用，治国安邦吗？还有李斯，鹰犬一般之人，都能匡扶社稷。我为何只能在这龙门下叹息？

这样想着，泪水便涌出来。李白又想起诸葛亮，未出山之前，他"好为《梁父吟》"，但终究遇到了知音。

站了足足一个时辰，风小了些。李白关上窗子，提笔写了一首《梁甫吟》，试着鼓励自己：只要不断努力，机会总是有的，"君不见高阳酒徒起草中，长揖山东隆准公"、"张公两龙剑，神物合有时"。

次日醒转，已是中午，出得门来，但见漫山遍野，素裹银装。伊水也已冰封,天地之间白光闪耀。李白哈哈大笑,命人摆上酒席,他要饮酒励志。

又是一场大酒。

李白边饮酒边写诗,一开始豪气冲天,但酒饮得越多,越撇不开悲怆的调子。

金樽清酒斗十千,玉盘珍羞直万钱。停杯投箸不能食,拔剑四顾心茫然。欲渡黄河冰塞川,将登太行雪满山。闲来垂钓碧溪上,忽复乘舟梦日边。行路难,行路难,多歧路,今安在?长风破浪会有时,直挂云帆济沧海。

——李白《行路难》

王维从蜀地顺江东下,穿过三峡,而后北上,进入河南道境内。

这一日,他回到淇上,当年和红豆成婚时的院落,早已换了租客。他没有进门,只在外面站了一会儿。

山上那座庵堂更加破败,观音堂还在,门口杂草却有半人高。只有大门外的那棵红豆树依旧青翠。他轻轻抚摸树干,泪水簌簌落下。

接下来,王维去见了一个朋友,他叫房琯(guǎn),时任卢氏县令。卢氏是个望县,县令为从六品上。房琯比王维大四岁,早已成名。当年皇帝欲封禅泰山,他献上一纸《封禅书》,深得张说喜爱,上奏封其为秘书省校书郎,后调任同州冯翊县尉。但不久,房琯便辞了官,考中制举"堪任县令举",授卢氏县令。

见到王维,房琯极为热情。他与王维大谈佛法,派头十足,又劝王维早日重返仕途,免得辜负大好时光。他还说起如今淇上有一位隐士,名叫高适,写了一手好诗,正四处求汲引呢。

王维笑笑，拱手致谢。临行前，他写了一首诗，称赞房琯的政绩，重申自己隐居之心。然后，他前往洛阳，与几位朋友小聚，和储光羲等人写诗唱和。

这年春天，李隆基在洛阳。

李白每天脑子里想的都是行卷、求官的事，但行动只落实在了喝酒上。

早春时节，信安王李祎率军讨伐奚、契丹。李祎乃李世民的曾孙，吴王李恪的孙子。当年，李恪因牵涉"房遗爱谋反"案，被长孙无忌罗织罪名缢杀于宫中。神龙元年（705），李恪被平反昭雪。李祎在开元年间被封为信安郡王。他是宗室中极少能领兵打仗的人，曾于开元十七年（729）率军攻占石堡城，击败吐蕃，深得李隆基喜爱。

因为有个朋友在信安王军中，李白便写诗相赠。同时，一个念头在他心头掠过：为何不从军建功立业呢？

只是，想完也就完了。

那时，李白更愿意做的事情是：喝酒、赏花、看胡姬起舞……三十二岁的他，有一点怕老了。他写道："青轩桃李能几何，流光欺人忽蹉跎。君起舞，日西夕。当年意气不肯倾，白发如丝叹何益。"有时，也有一股戾气、杀气萦绕心头，他频繁写到杀人，在一个拟古题材中，写下这样的诗句：

> 西门秦氏女，秀色如琼花。手挥白杨刀，清昼杀雠家。罗袖洒赤血，英气凌紫霞。
>
> ——李白《秦女休行》（节选）

他喜欢这个秦女，她杀人的场景何其绚烂，而他脑中浮现的却是明月的模样。随着年岁渐长,他越来越明白,明月漠然的神情里,隐藏着一股深深的恨意。他不知道她恨的是什么,只是觉得她的样子很美。

他又写了一首《结客少年场行》,这也是古乐府题目,此前卢照邻曾写过一首同题的名篇。李白的诗是这样写的:

> 紫燕黄金瞳,啾啾摇绿鬃。平明相驰逐,结客洛门东。少年学剑术,凌轹(lì)白猿公。珠袍曳锦带,匕首插吴鸿。由来万夫勇,挟此生雄风。托交从剧孟,买醉入新丰。笑尽一杯酒,杀人都市中。羞道易水寒,从令日贯虹。燕丹事不立,虚没秦帝宫。舞阳死灰人,安可与成功。
>
> ——李白《结客少年场行》

也许这样的少年,才配得上那位秦女吧,而整个天下都将流传他们的游侠故事……这样一想,他又端起了酒杯。

随后,李白前往嵩山之南、颍水之畔,拜访友人元丹丘。

"名门"与"道士"两种元素结合在一起,使元丹丘声名日隆。二人携手同游,谈论修仙炼丹之法,一晃便是数月。

这当然是友谊。但元丹丘看得清楚,虽然李白如今声名不著,但以他的诗才,终会有名满天下的一天。假如李白为自己写一些诗,日后或许能有奇效。李白也爽快,一写便是好几首,其中有一首《元丹丘歌》,将朋友写成了神仙般的人物。

> 元丹丘,爱神仙。朝饮颍川之清流,暮还嵩岑之紫烟,三十六峰长周旋。长周旋,蹑星虹,身骑飞龙耳生风,横河跨海与天通,我知尔游心无穷。
>
> ——李白《元丹丘歌》

数日后，李白又经南阳、随州，结识了前宰相崔日用之子、礼部郎中崔宗之，还有道士胡紫阳等人。在一个夏日的傍晚，他返回了安陆，轻轻推开家门。

距离上次离家已三年。许氏夫人正在病中，李白看见桌子上放着一首诗，是妻子用小楷写的：

谁家玉笛暗飞声，散入春风满洛城。此夜曲中闻折柳，何人不起故园情。

——李白《春夜洛城闻笛》

他拥着妻子，笑问："这三年间，我专程为你写了十几首诗，为何偏偏喜欢这首？"

许氏夫人笑道："你那些诗，无非是哄我高兴罢了，有的还自问自答，真是调皮。算起来，还是这首即兴写得最好。"

两个人在黑暗中轻轻依偎，三年的苦水，默默在心头流过。

次日一早，许夫人从睡梦中被惊醒，只见李白提着宝剑正往外冲，丹砂和红荔二人拼命拦着。原来，李白离家期间，许氏夫人的父亲已过世，那个堂兄一直欺负这家人。李白回来后，许氏夫人没提这码事，但丹砂悄悄说了。李白哪里肯依，拔剑就要去杀人。许氏夫人赶忙拦下，好一番抚慰。那堂兄也听到风声，远远躲了出去，自此收敛许多。

接下来的一年多，李白在安陆度过。陪妻子过了几天正常生活后，他又开始整日饮酒。倘若真要找出与之前有何不同的话，那就是请客的次数少了。许家剩余的那百十亩薄田，已经支撑不起他的花天酒地。

春天里，他与山间野老对饮，高歌："两人对酌山花开，一杯一杯复一杯。我醉欲眠卿且去，明朝有意抱琴来。"夏日里，他喝得更加放肆,有时干脆脱光衣服睡在山中,身上落满细密的松针。

这段日子,许氏夫人还是感觉到了幸福。她的身体渐渐好了起来,次年,她与李白的第一个女儿降生,取名"平阳"。

君不见黄河之水天上来

开元二十二年(734)早春,大唐朝廷又一次从长安迁往洛阳。

这是被逼的。因为前一年雨水太多,庄稼歉收,关中地区谷价大涨,李隆基不得不带领大臣"就食东都"。这虽是大唐开国以来的传统,但在盛世背景下,还是令他有些尴尬。

于是,李隆基召见京兆尹裴耀卿,询问对策。一向干练且善于理财的裴耀卿,提出了解决方案。李隆基表示支持并充分授权,他任命裴耀卿为黄门侍郎、同中书门下平章事,充任江淮、河南转运使。

这个任命很讲究,裴耀卿被提拔为宰相,但核心工作不是管理官僚系统,而是利用河道转运粮食。他所负责的衙门,掌管着包括粮库、船队和陆运大车等在内的庞大系统。接下来的日子,裴耀卿对运粮体系进行了改革,极大提高了效率,来自长江、淮河沿岸的粮食被源源不断地输入关中。两年后,当朝廷返回长安时,洛阳作为大唐政治中心的地位被彻底终结,皇帝再也不用为吃饭问题前往那里了。

可以说,李隆基对裴耀卿的使用,是极具针对性的。而在此之前,宇文融也曾因替李隆基解决财政问题而被擢为宰相,但他性急多言,处事不慎,很快就因与信安王李祎的矛盾被罢相外贬。事实上,作为大唐的技术官僚,这也是难以摆脱的命运,当任务完成后，裴耀卿也被罢相，改任虚职。

在蜀中旅行时，王维想明白了很多事。他的诗文和绘画早已名动天下，当他愿意用一支笔来赚取酬金时，财务自由也随之实现。一年前，王维已经有了余钱来捐造一座阿弥陀佛像。

这年五月，张九龄被任命为中书令，这是皇帝对宰相信任的突出体现，也说明此前张说所带来的负面效应，至此已完全清除。

王维给张九龄写了一首诗《上张令公》，明确表示求汲引。这是他辞官多年后，第一次求人引荐。跟绝大多数自荐诗文相比，王维的这首诗更加矜持和优雅。他非常明白，张九龄本身就是个极其优雅而有风度的人。

因为没有立刻得到回应，王维前往嵩山隐居。当时皇帝身在洛阳，嵩山正是一个既能隐居，又能了解朝廷动向的所在。王维此次隐居比较高调，他的几首隐居诗都在洛阳流行且保持热度。其中，一句"迢递嵩高下，归来且闭关"，闲适而淡泊，令人叫绝。连同他写给蒲州老家弟弟妹妹的信，也被传诵一时："山中多法侣，禅诵自为群。城郭遥相望，唯应见白云。"跳出山外看山中，真是一幅高士修道图，境界堪比陶弘景的"山中何所有，岭上多白云"，而手法则与《九月九日忆山东兄弟》如出一辙。

第二年三月，三十五岁的王维被任命为右拾遗，从八品上。相比之前他所任的官职，右拾遗更加清贵。这也是王维一生仕途的转折点，张九龄的举荐起了决定性作用。于是，他再次献诗：

宁栖野树林，宁饮涧水流。不用坐梁肉，崎岖见王侯。鄙哉匹夫节，布褐将白头。任智诚则短，守任固其优。侧闻大君子，安问党与雠。所不卖公器，动为苍生谋。贱子跪自陈,可为帐下不?感激有公议,曲私非所求。

——王维《献始兴公》

"始兴公"即张九龄,这年三月,他的爵位被封为"始兴县子",四年后又加封"始兴县伯"。

在一些喜欢王维的人看来,这首诗里的一些句子是很扎眼的,比如:"鄙哉匹夫节,布褐将白头。""贱子跪自陈,可为帐下不?"如此激愤、如此卑微,真是他写的吗?

跟王维那些情感高度克制、只用白描的诗不同,这首诗中有强烈的感激之情,直接剖明心迹。这就是王维此刻的想法,毕竟,他赋闲太久了。当然,右拾遗隶属中书省,王维当时已经是张九龄的属官,诗句只是进一步表态而已。而且,在诗的最后,他表明:感激张九龄为国选才,而非出于私心。这就是王维,总那么四平八稳。

对于隐居,王维并不排斥,他一生大多数时间都处于半隐居状态。但同时,在他内心深处,并不觉得隐士有何高尚之处。不就是另一种生活方式吗?有何值得赞美的呢?

开元二十三年(735)春,襄阳。李白意兴扬扬,他认为自己入仕的机会到了。

这年正月,李隆基下诏,命全国"五品以上清官及军将都督刺史"各推举一名人才。他对该人才的要求很高,"其才有王霸之略、学究天人之际、智勇堪将帅之选、政能当牧宰之举者"。李白闻讯大喜:这样的高水平人才,不就是我吗?

李白到襄阳,是奔着韩朝宗去的。韩朝宗此刻身份是荆州大都督府长史兼判襄州刺史、山南东道采访使,他素有知人之明,此前曾举荐了李适之、崔宗之等俊才。而李白两年前已与崔宗之相识，有了这一重关联，他觉得自己的希望倍增。

为了接近韩朝宗，李白先找到了襄阳县尉李皓。因同出于陇西李氏，李白称李皓为从兄。读了李白的诗文后，李皓也愿帮忙。但一个小小的县尉，在韩朝宗这等高官面前，并无多少发言权。他只能给李白提供一次机会，在韩朝宗出席的集会上，帮李白入场。

当日，李白一袭白衣，从众人中站起，躬身长揖，以行卷的礼仪，向韩朝宗献上了自荐书，这就是著名的《与韩荆州书》：

> 白闻天下谈士相聚而言曰："生不用封万户侯，但愿一识韩荆州。"何令人之景慕，一至于此耶！岂不以有周公之风，躬吐握之事，使海内豪俊，奔走而归之，一登龙门，则声价十倍！所以龙蟠凤逸之士，皆欲收名定价于君侯。愿君侯不以富贵而骄之、寒贱而忽之，则三千之中有毛遂，使白得颖脱而出，即其人焉。白，陇西布衣，流落楚、汉。十五好剑术，遍干诸侯。三十成文章，历抵卿相。虽长不满七尺，而心雄万夫……而君侯何惜阶前盈尺之地，不使白扬眉吐气，激昂青云耶？……

这是一篇雄文，后来无数人将其当作范文来赏析，称其"不亢不卑，豪气如山"。但果真如此吗？单就文采而言，此文的确精彩绝伦，然而，作为自荐书却存在不少问题。文章通篇读下来，会觉得李白虽有才华，却用词浮夸、不稳重、不靠谱。

比如，开篇一句"生不用封万户侯，但愿一识韩荆州"，这句话恐怕不是天下人所说，而是李白自己编的。将韩朝宗比作周公、平原君，捧入云端，若在诸侯争雄之时，如此赞美自然受用。但在大一统的背景下，这么高的赞美却是大臣当不起、不敢当的。若对此坦然受之，一旦被人罗织罪名，就有培植个人势力、结党营私之嫌。夸人要夸得让人舒服，而不是让人难受，这是基本常识。

再看李白的自我介绍，"十五好剑术，遍干诸侯"，虽符合大唐尚武风气，却明显属于非主流。当然，以李白的出身，并无主流道路可走，剑走偏锋，也是不得已而为之。

按照朝廷当时的规定，倘若所荐之人名不副实，就要追究举荐者的连带责任。所以，在韩朝宗看来，举荐这样一个人风险很大。他之前举荐的李适之乃李世民的曾孙，崔宗之是宰相之子，是有身份可以背书的，而李白呢？再说了，此时此刻，韩朝宗心中早已有了合适人选。

此番受挫，对李白的打击很大。他在汉江边的酒楼上，连醉数日，写下《襄阳歌》以及一系列《襄阳曲》。

落日欲没岘山西，倒著接䍦花下迷。襄阳小儿齐拍手，拦街争唱《白铜鞮（dī）》。旁人借问笑何事，笑杀山公醉似泥。鸬鹚杓，鹦鹉杯。百年三万六千日，一日须倾三百杯。遥看汉水鸭头绿，恰似葡萄初酦（pō）醅（pēi）。此江若变作春酒，垒曲便筑糟丘台。千金骏马换小妾，醉坐雕鞍歌《落梅》。车旁侧挂一壶酒，凤笙龙管行相催。咸阳市中叹黄犬，何如月下倾金罍（léi）？君不见晋朝羊公一片石，龟头剥落生莓苔。泪亦不能为之堕，心亦不能为之哀。谁能忧彼身后事，金凫银鸭葬死灰。清风朗月不用一钱买，玉山自倒非人推。舒州杓，力士铛（chēng），李白与尔同死生。襄王云雨今安在？江水东流猿夜声。

——李白《襄阳歌》

酒醒了，李白又在客栈躺了一整天。然后，他与李皓道别，出城拜访孟浩然。

距离前一次相聚，转眼已是多年。四年前，二人虽同在洛阳，但没能碰面。那时，孟浩然正在养病，且二人所处并非同一个圈子。在洛阳这种大城市，错过太正常了。

在李白眼中，孟浩然衰老了很多。那个"红颜弃轩冕，白首卧松云"的孟夫子，如今头发是真的白了，腰身也佝偻了。虽然他喝起酒来还很有风度，但酒量明显变差了，很容易喝多，喝多了还失控。李白有些伤心，抢着先把自己灌醉了。

数日后，李白前往江夏，在一条江船上邂逅了一位身形威猛的老人。他叫宋之悌。

宋之悌是宋之问的三弟，是继承其父宋令文"三绝"中"勇力"的那个，也是做官做得最高的一个，曾任河东节度使、太原尹，从三品。但不久前，他因事被连坐，流放朱鸢（今越南境内），途经江夏。若在平时，以宋之悌的品阶，李白是很难结交的，但此刻他是戴罪之身，二人地位不那么悬殊，便有了对话的可能。

这一对谈，甚是投契。李白佩服宋之悌的武功，宋之悌欣赏李白的诗才，一个怀才不遇，一个生死未卜，结下一段友情。那时，李白不会想到，在遥远的未来，这段友情将关乎他的生死。

李白继续漫游，与孟浩然再次相遇，二人携手同登黄鹤楼，对着茫茫大江赋诗而别。

这年秋天，李白接到朋友元演的邀请，北游太原。元演是他此前在洛阳认识的朋友，一个典型的纨绔子弟，其父乃朝中高官，他本人在亳州做个挂名参军，整日四处游荡。不久前，元演的父亲调任太原尹，他要去省亲，约李白同行。

太原，乃是大唐北都，军事重镇。李白早就想去看看。二人在朔风中饮酒、放鹰、纵马驰骋,度过了接近一年光阴。这期间,李白也想争取得到元演父亲的举荐,但结果只是徒劳——这位高官很了解自己的儿子,顺便也看低了儿子的朋友。作为补偿,在李白离开太原时,元演的父亲赠送他一匹名马、一件貂裘,另附一笔丰厚的盘缠。

第二年秋天,李白途经洛阳,再次来到元丹丘的颍阳山居。在这里,一位名叫岑勋的隐士已等候他多时。岑勋也是元丹丘的好友,擅长诗文,多年后,他写的《大唐西京千福寺多宝佛塔感应碑》碑文,经颜真卿书写而流传后世。李白与岑勋一番长谈,极为畅快。元丹丘又带李白去看自己新得的巫山屏风和枕障,请他题诗。李白笑着,援笔立就,心思沉浸在屏风上的巫山十二峰中,久久不能自拔。

他想起自己二十四岁离家,出三峡,求功名,散千金,而今已三十七岁,功名又在何处?这些年,他去过了益州、扬州、长安、洛阳、太原……大唐最重要的城市,几乎走了一遍,然而所到之处,权贵冷眼,入仕无门——他想到清晨梳头时,揽镜自照,鬓上已有几丝白发,不觉悲从中来。

当日,元丹丘大摆宴席,李白一番痛饮,借酒浇愁,挥笔写下了他的绝世名篇:

> 君不见黄河之水天上来,奔流到海不复回。君不见高堂明镜悲白发,朝如青丝暮成雪。人生得意须尽欢,莫使金樽空对月。天生我材必有用,千金散尽还复来。烹羊宰牛且为乐,会须一饮三百杯。岑夫子,丹丘生,将进酒,杯莫停。与君歌一曲,请君为我倾耳听。钟鼓馔玉不足贵,但愿长醉不愿醒。古来圣贤皆寂寞,唯有饮者留其名。陈王昔时宴平乐,斗酒十千恣欢谑。主人何为言少钱,径须沽取对君酌。

五花马，千金裘，呼儿将出换美酒，与尔同销万古愁。

——李白《将进酒》

大漠孤烟直，长河落日圆

开元二十五年（737），长安。王维刚燃起不久的热情，再一次冷却下来。

此前，在大唐宰相三人班子中，有两人与王维关系不错。一个是张九龄，他的引荐者；另一个是裴耀卿，他在济州任司仓参军时的上司。而在前一年初秋，李隆基打算将朝廷从洛阳迁回长安，举行祭祖之礼，遭到张九龄和裴耀卿的反对，二人认为这会加重沿途百姓的负担。另一位宰相李林甫则坚决支持李隆基。当年十月，朝廷便迁回了长安，一个月后，张九龄和裴耀卿双双被罢相，分别改任尚书左右仆射。李林甫出任中书令。

罢相事件背后，有着错综复杂的原因。本来的三个宰相各有所长，是一个"调和班子"。但张九龄和李林甫在财政制度、行政改革、人才选拔乃至太子人选等方面，态度都截然相反。张九龄所代表的是科举出身的文人阶层，主张以道德治国，对皇帝犯颜直谏。而李林甫则是宗室后裔，精于权谋，极善揣摩皇帝心思。他早就知道皇帝对财政制度不满，便力主大刀阔斧改革，于开元二十四年（736）申请颁布《长行旨》，改变了财政预算模式，大幅提高了效率。

李隆基已经五十三岁，假如他再年轻一些，愿意自己解决问题的话，那么张九龄会是一个很好的助手。可现在，李隆基想撂下担子，好好享受了，而张九龄不具备独立解决问题的能力。同时，李隆基也厌倦了宰相班子日复一日的争吵，于是，他选择放权给李林甫。

大唐的天，开始变了。《资治通鉴》这样写道：

> 上即位以来，所用之相，姚崇尚通，宋璟尚法，张嘉贞尚吏，张说尚文，李元纮（hóng）、杜暹（xiān）尚俭，韩休、张九龄尚直，各其所长也。九龄既得罪，自是朝廷之士，皆容身保位，无复直言。

从张九龄罢相的那一刻起，王维的心便悬了起来。身为右拾遗，他虽品阶不高，却是皇帝的近臣，对于朝中形势的变化有着清晰的感知。李林甫已大权独揽，其他宰相彻底沦为陪衬，张九龄派系很可能遭到残酷清洗。这一时期，王维极其谨慎，生怕授人以柄，招致祸端。他所写的诗，主要是跟同僚唱和，写得工整、森严且华丽，极少流露感情。他还给程咬金的孙子媳妇樊氏写了两首挽歌，凄婉而又庄重。

罢相五个月后，张九龄被外贬为荆州大都督府长史，从此开始忧谗畏讥。

王维写诗遥寄张九龄：

> 所思竟何在，怅望深荆门。举世无相识，终身思旧恩。方将与农圃，艺植老丘园。目尽南飞雁，何由寄一言。
>
> ——王维《寄荆州张丞相》

这是他这段时间最深情的一首诗，表达了对张九龄的思念和感恩，也流露出隐居的想法。当然，这只是想法，在剩余的二十多年生涯中，这个念头一直萦绕在他的心头。

安陆，李白在树荫中读书，五岁的女儿平阳在一旁玩耍。

女儿又长高了一截，这让他很开心。他很愿意看着女儿慢慢长大，"且对一壶酒，澹然万事闲"，但他也惆怅于时光的流逝，"东风吹愁来，白发坐相侵"。

对于酒，他有了更深的依赖。宿醉后第二天，总是万念俱灰，对自己深感厌恶，觉得对不起妻子和女儿，但又能做些什么呢？他只能再喝一杯，缓解一下心头的抑郁。

> 三百六十日，日日醉如泥。虽为李白妇，何异太常妻。
> ——李白《赠内》

在他写给妻子的这首情诗中，充满了自嘲与惭愧，但并没有一丝悔改的意思。

这年夏天，王维以监察御史身份出使河西，被河西节度使崔希逸聘为节度判官。监察御史为正八品上，编制是十人，是很清贵的职务，相当于皇帝的耳目，也接近权力中心。关于监察御史的职责，史书称"分察百僚、巡按郡县、纠视刑狱、肃整朝仪"，也就是替皇帝来管官的，出使郡县是常规动作。对于被张九龄一手提拔起的王维来说，能在李林甫掌控下出任这一职位，着实令人意外。

为什么会这样呢？

或许，这正是李林甫专权且狡诈的另一种体现。与过去的宰相不同，李林甫对拾遗、补阙、御史等谏官是这样要求的：

> 今明主在上，群臣将顺之不暇，何用多言。君不见立仗马乎？终日无声，而食三品料；及其一鸣，即黜去。虽欲再

鸣,其可得乎?

简单说就是两个字:闭嘴。

直言进谏,本是谏官存在的意义,李林甫却明确要求他们像充门面的马一样,不嘶不鸣才有草料吃,一鸣就立刻走人。这是何等跋扈!

而王维赢在了政绩平庸上。无论在太乐丞还是州府判司岗位上,他都毫无政绩可言,即便在做右拾遗期间,也并未留下可供记载的谏诤。他的碌碌无为以及动辄便要隐居的姿态,让李林甫非常放心。同时,王维的诗名极盛。提拔这样一个人,既没有风险,又能显示自己无门户之见,何乐而不为?

以李林甫通音律、懂山水的知识结构,他也会欣赏王维的才华。而且,这个监察御史还是外派的,更加不用担心什么。

这其中的关节,王维懂得透彻。无论做隐士还是修佛,他一直都站在世界之外,冷眼旁观。当然,这次出塞,让他开阔了眼界,拓展了题材,对于创作生涯是很重要的。

河西节度使驻地在凉州(今甘肃武威)。崔希逸乃当时的名将,早年曾任万年县尉,后为宇文融提拔。在对阵吐蕃的战争中,他屡立战功,以从三品左散骑常侍的身份,出任河西节度使。

作为文官,王维乘车出行。他的车从长安都亭驿出发,一路西北而行。这条路是丝绸之路的东段北道,名曰"萧关道",经过邠州、泾州(今甘肃泾川北)、原州(今宁夏固原)等地,渡过黄河,抵达凉州。一路之上,眼前景色愈加开阔。黄河蜿蜒,落日西垂,他心中渐渐升起一股豪气,恍若回到了少年时光。

> 单车欲问边，属国过居延。征蓬出汉塞，归雁入胡天。大漠孤烟直，长河落日圆。萧关逢候骑，都护在燕然。
>
> ——王维《使至塞上》

这首五律是王维代表作之一，雄浑高古。尤其是那句"大漠孤烟直，长河落日圆"，写得边景如画，深得炼字之法，又极自然，也只有他这种丹青国手才写得出。

节度判官是节度使帐下属官，只是使职，本身并无品阶，俸禄由节度使衙门按照监察御史的规格发放——实际上要多出不少。而以监察御史出任节度判官，是当时比较通行的做法，也带有几分监军色彩。

崔希逸幕府上下对王维都非常客气。在河西，王维待了近一年，对于自己应该扮演的角色，他很清楚。他极少过问具体事务，而是把精力放在写诗作画上。

王维写了很多边塞题材的诗，有的写行军、作战、出猎，有的写戍卒、老将、离人，水准极高。跟唐代任何一位诗人相比，王维的边塞诗都绝不逊色。在乐师和歌妓们眼中，他的诗更如珍宝一般，因为绝对合乎音律，便于传唱。幕府上下，包括崔希逸在内的所有官员，都非常喜欢其诗。然而奇怪的是，士卒们听了反响却不太高。

这是为什么呢？王维笑笑，不说话。

> 居延城外猎天骄，白草连山野火烧。暮云空碛时驱马，秋日平原好射雕。护羌校尉朝乘障，破虏将军夜渡辽。玉靶角弓珠勒马，汉家将赐霍嫖姚。
>
> ——王维《出塞作》

这首七律向来备受推崇，开头两句气势极高，声若金石，全诗给人挥斥方遒之感，又自然缜密，含义无尽，有人称之为"古今第一绝唱"。

但用心体会的话，又将发现这首诗无法让人血脉偾张，其中每一句都在描绘，如画画一般，无强烈感情，显得"意浮而无物"。进而言之，身为作者的王维本身并未动情，也就使得读者难以共情，尤其是那些不注重文字之美的普通人。

他太超然、太冷静了，这也是他很多诗的"通病"。

一回花落一回新

开元二十六年（738）夏，王维回到了长安，继续做监察御史。

这年五月，崔希逸改任河南尹。因为每一任节度使都会聘用自己的判官，崔希逸调职，王维也就回来了。跟此前在河西相比，王维的日子冷清了许多。毕竟，在幕府中，节度判官还算个重要角色，而在长安，他只是十个监察御史之一。这是御史序列中的最低等级，往上还有众多的殿中侍御史、侍御史，以及数不尽的穿紫着绯的文武百官。

当然，王维并不当一回事。经过河西的历练，他已经能适应自己的角色——做一个看起来很忙，却又不说话、不做事，更不动心的监察御史。

这年春天，三十八岁的李白有了一个儿子，取名伯禽，乳名明月奴。对于这对儿女，李白有很高的期望值。女儿平阳，名字很可能来自高祖李渊之女平阳公主。那位公主极具传奇色彩，所组建并率领的娘子军,为大唐建国立下赫赫战功。儿子的乳名,则可能来自北齐名将斛律光,他的字是"明月"。当然,是否有更多含义,如今已不得而知。

有妻子和一对儿女环绕身边,李白觉得很幸福,却也有些惊慌失措——他不知该如何将家庭的重担挑在肩头。他决定继续远行,为自己找一条出路。

李白单人独骑,先北行至南阳,寻访崔宗之。当时,崔宗之因丁忧赋闲在家。而后,李白再到元丹丘的颍阳山居。随后又经下邳、淮阴,到达安宜,为当地的徐县令写了诗。如此频繁地访友并对陌生官员赠诗,是李白交际和筹集盘缠的重要方式。此时的大唐日益繁盛,地方官员大都舞文弄墨,愿意且有余力来赞助诗人。无数像李白这样的诗人,奔走在帝国广袤的土地上。

开元二十七年(739),李白重游扬州,距前一次至此,已过了十二年。扬州更加繁华了,数不尽的游侠少年招摇过市,白日纵马击球,晚上聚众赌博,挥金如土,鼓噪喧天。客栈里,李白对着酒杯默然不语。有那么一会儿,时光仿佛回到了从前。他闭上眼睛,把握这一刻的感觉,又连饮数杯,写了一首《少年行》:

> 君不见淮南少年游侠客,白日球猎夜拥掷。呼卢百万终不惜,报仇千里如咫尺。少年游侠好经过,浑身装束皆绮罗。蕙兰相随喧妓女,风光去处满笙歌。骄矜自言不可有,侠士堂中养来久。好鞍好马乞与人,十千五千旋沽酒。赤心用尽为知己,黄金不惜栽桃李。桃李栽来几度春,一回花落一回新。府县尽为门下客,王侯皆是平交人。男儿百年且乐命,何须徇书受贫病。男儿百年且荣身,何须徇节甘风尘。衣冠半是征战士,穷儒浪作林泉民。遮莫枝根长百丈,不如当代多还往。遮莫姻亲连帝城,不如当身自簪缨。看取富贵

眼前者，何用悠悠身后名。

——李白《少年行》

　　黄金买酒，平交王侯，是他喜欢的生活；然而贫病、风尘，却是眼前的现实。他明白，自己早已不是富家公子，却还有功名富贵可取，至于身后事，都由它去吧。

　　李白自扬州南下，继续漫游。行至江东，他为妻子写了一首《久别离》，想念她"云鬟绿鬓罢梳结，愁如回飚乱白雪"的样子。在吴中，他遇见一位获罪后遇赦的姓韦的参军，为其写了两首诗，其中一句是："相逢问愁苦，泪尽日南珠。"看似安慰韦参军，其实何尝不是他自己的心声。这样的愁苦与感伤，确乎是一个中年人了。

　　然而，李白又缺少中年人应有的圆滑。他听说杭州刺史李良也是陇西李氏，便前去拜访，献诗求汲引。恰巧李良游天竺寺，李白便一同前往。其间，众人赋诗，李白也写了一首，写得中规中矩，但所拟题目是《与从侄杭州刺史良游天竺寺》。李白是按照族谱来算的，自己比李良大一辈。但杭州是上州，刺史为从三品，乃货真价实的地方大员。李良的年龄史料虽未记载，但按惯例推测，能做到这一职位，年龄不会小于五十岁。以李白此时的年龄和身份，称呼对方从侄，是很难被接受的。

　　谁都知道，当时名门望族的族谱真假混杂，只能算个噱头，很多人对此并不执着。而且，在权力和利益面前，即便是铁板钉钉的辈分，多数人也未必敢论。此前，千金公主明明是武曌的"姑婆婆"，却甘心做其"义女"，就是天下皆知的例子。

　　可想而知，李白的献诗并无结果。李良带着两名官妓到会稽游玩去了，李白也只能走自己的路。他向西而行，经金陵、宣州、荆州，途中又给崔宗之、元丹丘等友人写诗。

这年秋天,李白在巴陵遇见了王昌龄。若论当时的诗名,王昌龄远胜于李白。甚至放眼天下,能比王昌龄更有名的诗人,也仅王维一人。

那时,江湖上流传着"旗亭画壁"的故事,王昌龄是主角之一。"旗亭",即酒楼。故事说,开元年间,王之涣、王昌龄和高适都以边塞诗而闻名。一日天寒微雪,三人同到酒楼小饮。忽见伶人十数人登楼聚会,乐器齐备,又有四位美人迤逦而来,"奢华艳曳,都冶颇极"。三人便暗中打赌,她们唱谁的诗最多,便推谁为第一。

很快,一女唱:"寒雨连江夜入吴,平明送客楚山孤。洛阳亲友如相问,一片冰心在玉壶。"这是王昌龄的《芙蓉楼送辛渐》,他笑着在墙壁上划了一道杠。

接着,一女唱:"开箧泪沾臆,见君前日书。夜台何寂寞,犹是子云居。"这是高适《哭单父梁九少府》中的前四句,被摘出来当作绝句。他也在墙上划了一道。

随后,又一歌女唱:"奉帚平明金殿开,且将团扇共徘徊。玉颜不及寒鸦色,犹带昭阳日影来。"这是王昌龄《长信秋词》中的一首。他笑吟吟划完第二道,按规矩,他已赢了。

此刻,王之涣脸上挂不住了,说:"刚才那几个唱曲儿的,都上不了台面。真正的阳春白雪之曲,岂是俗物敢近的?"又指着一名梳着双鬟发式、长得最美的歌女说,"如果她所唱不是我的诗,那我终生不敢与二位争衡;若是我的,你们就要拜我为师!"

果然,双鬟歌女开口便唱:"黄河远上白云间,一片孤城万仞山。羌笛何须怨杨柳,春风不度玉门关。"这是王之涣的《凉州词》。王之涣大笑:"田舍奴!我岂妄哉?"

这个故事出自唐代薛用弱所写的《集异记》,那是一部小说。

将三位边塞诗人放在一起，戏剧感很强，对此虽不可全信，但毕竟作者是同时代人，情节不会太离谱，分析一下也挺有意思。比如，王之涣是最终胜者，说话很嚣张，他最后骂的那句"田舍奴"，正是王昌龄和高适二人的痛处——王昌龄种过地，高适仍在种地。换作一般人，是要翻脸的，况且高适从来都不是个好脾气的人。他们为何反应不强烈呢？

其实，同王昌龄和高适相比，王之涣年长十岁左右，也成名最早，属于老一辈诗人。他出身太原王氏，自幼便有才名，以门荫入仕为衡水主簿，后遭人诬告，辞官归家。其行事任侠，"所从游皆五陵少年，击剑悲歌，从禽纵酒"。对于这样一位长者，王昌龄和高适恭敬些是应该的。而且，此时高适虽已经写出边塞诗名篇《燕歌行》，但他并不擅长写绝句，他的时代真正到来是十年后的事了。

对于王昌龄，李白素有耳闻，知道其人字少伯，其诗极具风骨，擅长以寥寥数笔引发情绪，勾画人物，并以画面升华感情，达到悲壮高古之境。李白尤其喜欢王昌龄写自己祖先李广的那首出塞诗，雄伟豪壮，洗练苍凉，令人神往。

> 秦时明月汉时关，万里长征人未还。但使龙城飞将在，不教胡马度阴山。
>
> ——王昌龄《出塞》

只是，对同辈诗人，李白不常表现出太多崇敬。他的夸赞主要是奔着官员去的，那也并非本心，而是应用文，目的在于求汲引。对孟浩然是个例外，那是李白年轻时发自内心的赞美。当然，对女性，他从来不吝赞美之词。

王昌龄比李白大三岁，他读了李白写孟浩然的诗后，倍觉亲切。二人把酒言欢，很是畅快。

对李白来说，王昌龄的经历就是一盆冷水——从各个角度证明了文采的无用。王昌龄不仅诗写得好，还是进士及第、二中制举，乃"天子门生"，可谓一等一的出身，这是李白终生都不可能有的。然而，王昌龄仕途极尽坎坷，如今正在流放岭南途中。这样的惨痛经历，与李白那些一飞冲天的偶像截然不同，其间复杂程度，也超出了他的想象。

二人在灯下喝了一夜的酒，就此交心，相互赠诗而别。

李白依旧相信，如同伏枥名马和匣中宝剑一样，自己终会有一鸣惊人的那天。

江流天地外，山色有无中

开元二十八年（740）春，安陆，干涩的风卷着漫天纸钱，伴随着哭号声四散开来。

许氏夫人去世了，这是李白一生最悲痛的时刻。如果说此前吴指南之死带给他的只是迷思的话，许氏夫人之死则让他陷入了深深的内疚和无尽的惶恐。

这些年，许氏夫人身体一直不好，而李白常年漂泊在外。他不仅没有给家庭做出什么贡献，对妻子也欠缺起码的照料。身为相门之女，许氏夫人是他的知音，却也堕入了最深层的孤寂。李白商贾之子的出身，四处求官不成的遭际，以及偏好大言的性格，都使得许氏夫人在家乡越来越孤独。但许氏夫人从未有一丝怨言，无论李白是否在家，她窗前的案几上总有他的诗，有的是他挥毫写的，有的是她听了外面流传的诗句自己抄来的。她白皙的脸上总是挂着笑容，尤其是病笃之际，更觉得他每一首诗都是为她而写……

八岁的平阳披麻戴孝,嘤嘤哭着,抱着三岁的弟弟伯禽,亦步亦趋走在父亲李白旁边。跟大多数同龄孩子比起来,她分明早熟了许多,看得出父亲已经不知所措了。丹砂和红藁早已成亲,他们替主人操办着一切。丹砂心中暗骂:公子平时那些酒友都去哪儿了?许家一直是安州的名门望族,但这几天吊唁的人就那么一丁点儿。

安葬完妻子,李白将安陆的房子和土地变卖,带着一对儿女和丹砂夫妇,将家迁至东鲁(今山东济宁一带)。

东鲁,即兖州,州治在瑕丘,是骆宾王居住过的地方。这里位于安陆东北一千多里。

这次迁徙给一对小儿女留下了惨痛记忆,他们眼望着故园和母亲的坟墓越来越远。

移家东鲁,李白的目的是拜师学剑。他想拜的师父名叫裴旻(mín),时任金吾卫将军,从三品;此后还升至左金吾卫大将军,正三品。

大唐是尚武之国,江湖上到处都是裴将军的传说。据说,裴旻北征时,有一次被奚族军队包围,箭如雨点四至,他孤身舞刀站于马上,敌箭皆迎刃而断。奚人大惊退去。裴旻还跟随信安王李祎屡立战功,曾参加石堡城一战,李隆基也赐书予他。另有故事称,裴旻镇守北平时,有猛虎出没为害,他带箭出猎,一日射虎三十一只。在山下休息时,有老人指着他所射之虎说:"将军所射者不是虎,而是彪。再往北有真虎,将军遇见必败。"裴旻不信,怒马疾行。果然,有虎自丛林中蹿出,个头虽小,却极生猛,据地大吼,裴旻战马受惊,弓箭坠地,侥幸逃得性命,自此再不射箭。

这一年,裴旻因为丁忧,正在东鲁闲居。李白想跟裴旻学剑，确实鲁莽了些，但并非一时冲动。一来，他发自内心热爱剑术，一向自命为高手，但此前在长安跟几个斗鸡徒交手，才知道自己水平有多差；二来，他有从军的想法，这些年写诗投谒，四处碰壁，假如能跟裴旻这样的绝顶剑士学好剑术，出塞杀敌，未尝不能封侯拜将；三来，裴旻是三品将军，倘若有了师徒之谊，他会吝啬那一纸荐书吗？

李白已是四十岁的人。在见裴旻之前，他先将儿女暂时安置下来，又去拜访一位在任城当县令的从叔，并为附近的瑕丘、金乡等几个县的官员写了赠诗，赞美对方的政绩和气度……如此一番周旋，也算在当地社交圈冒了个泡。

可是，想法跟现实是两码事。当李白带着诗文去拜见裴旻时，发现人家丝毫没有要教他的意思。当然，裴旻很客气，碰巧家中有客，便邀李白一同赴宴。

客人是位老者，年近六旬，一头银发，二目灼灼，怒视着每一个人。李白轻声打听，才知这就是御前画家吴道子，他是裴旻的好友，来此是为裴家作壁画的。他来了几日，把一面墙画了又刷、刷了又画，总不满意，一副气冲冲的模样，无人敢惹。

席间，吴道子一言不发，只不停饮酒。裴旻身处丁忧，不能饮，在一旁陪着。李白不敢插言，只是边饮边看。

突然，吴道子叫一声："将军，剑来！"

裴旻叹一口气，起身拔剑起舞，但见满堂飞花，寒星万点。每个人都感觉剑尖将触到自己衣襟，杀气扑面而来，不敢稍动。舞剑之人却分外从容，眼中非敌非友，不喜不怒，仿佛世间只有他一人。真是剑如雨疾，身似云闲……

倏忽还剑入鞘，裴旻面带笑意。吴道子叫一声好，奔出门去。众人跟着抢出，但见他提笔在手，在雪白的墙壁上挥洒起来，半个时辰过去，一幅壁画栩栩如生。

众人瞠目结舌。吴道子哈哈大笑:"吾取其剑意而已!"

当世两大高手联袂而成的杰作,却也留了一点遗憾——少了李白的诗。那时没有人能想到,这个冒昧跑来学剑的人会有什么出息。大约百年之后,文宗皇帝下诏:"以白(李白)歌诗、裴旻剑舞、张旭草书为'三绝'。"

当时,裴旻的侄子裴仲堪也在场。他告诉李白,裴将军已好久不舞剑了。他老了,也更明白自己真正爱的不是剑,而是上阵杀敌的刀。这样的剑法面对胡人铁骑毫无用处。"舞剑给人看又算什么呢?倡优吗?"

李白一时语塞。

裴仲堪又带李白游玩了几日,李白也写诗相赠,然后回家去了。

这年春天,长安道路两旁栽上了果树,点缀于青槐之间,开花结果时,显得更加热闹。这也是盛世的标签。

夏天,张九龄和孟浩然去世的消息陆续传到长安,王维一声长叹。

对于张九龄,王维有一种发自身心的感念。没有他,就没有自己的今天。张九龄被贬荆州的这些年,王维虽只写了一首诗,却是他这几年最深情的一首。

对于孟浩然,王维只觉亲切。有时他会想,如果自己没有生在太原王氏,或者小时候没有来长安,会过孟浩然那样的生活吗?

这年秋冬,王维晋升为殿中侍御史,从七品下。史书称,御史台置殿中侍御史六人,职责为"掌殿廷供奉之仪,有违者则纠察之"。可见,其所管辖的范围比监察御史窄了些,但级别上去了。当然,这一切跟王维关系并不大,因为他几乎不说话。

这次，王维接到了另一项任务——知南选，即去岭南地区负责官吏铨选。依唐制，六品以下官吏每年铨选一次，在长安和洛阳举行，由吏部和兵部负责。但考虑到岭南、黔中各郡县距离京洛路途遥远，缺官现象又很严重，经不起长途跋涉的折腾，于是每四年在当地举行一次铨选，由朝廷派京官前来，充当选补使，主持这一工作。王维以殿中侍御史的身份知南选，体现着朝廷的公信力。

行至襄阳，王维写了一首诗《哭孟浩然》。渡过汉江，又写了另一首：

楚塞三湘接，荆门九派通。江流天地外，山色有无中。郡邑浮前浦，波澜动远空。襄阳好风日，留醉与山翁。

——王维《汉江临泛》

这是王维离开河西后写得最好的一首诗。终于摆脱了长安那些无聊的应酬，在官场处处拘谨的他，到大自然中恢复了天才本性。面对大江与群山，心自由了，诗就自由了。

这首诗开篇气魄极大，颔联"江流天地外，山色有无中"更是佳句。诗中有大景，有小景，有小中见大之景，还有襄阳的人情。

此诗很容易让人想起孟浩然那首《望洞庭湖赠张丞相》，却比孟诗圆熟得多。但缺点也在于此，一圆熟就少了真情，诗的张力被化掉了。

王维继续南行，一路给各州郡的主官写诗，留下了一串"送某某太守"。这些诗中偶尔也有好句子，但少了真情，终归差点意思。

学剑不成的李白,在东鲁安下家来。他在瑕丘以东、泗水之畔买了一座房子,又置了百十亩地,连同一对儿女,一起交给了丹砂夫妇。

李白依旧四处交游,带着诗文向官员求汲引。成效几乎没有,副作用倒先来了。当地的老儒生对李白的行事和写诗风格都看不顺眼,李白更瞧不起他们。他还写了一首诗,对他们进行嘲讽:

> 鲁叟谈五经,白发死章句。问以经济策,茫如坠烟雾。足著远游履,首戴方山巾。缓步从直道,未行先起尘。秦家丞相府,不重褒衣人。君非叔孙通,与我本殊伦。时事且未达,归耕汶水滨。
>
> ——李白《嘲鲁儒》

"白发死章句",骂得真狠。"未行先起尘",也够辣。其实,这几句不仅能形容当时的腐儒,也适用于后世很多写诗论诗者。他们顶着学者名号,只知逐词逐字分析,却忘记了唐诗的气象与精神。

这首诗力度很到家,而鲁地是儒家大本营,李白这首诗等于捅了马蜂窝。儒生群起攻之,如此态势下,很多官员也不敢再跟李白来往。

无奈之下,李白只得前往附近的徂(cú)徕(lái)山,名为隐居,实乃暂避。徂徕山属泰山支脉,峰峦嵯峨,林木茂密,风景秀美,不少文人隐居于此。李白很快便与隐士们交上了朋友,经常聚饮,酣歌纵酒。他与孔巢父、韩准、裴政、张叔明、陶沔等人交往较多,并称"竹溪六逸"。

李白没有想到,正是这一段毫无功利心的交往,为他在鲁地积淀起了名声。这样的基础,是他在金陵、扬州和安州等地都未曾有过的。连《旧唐书》都称他是"山东人"。

其间,李白经过沂州时,一位友人捧出兰陵美酒款待。畅饮之余,李白写了一首诗:

兰陵美酒郁金香,玉碗盛来琥珀光。但使主人能醉客,不知何处是他乡。

——李白《客中作》

在李白众多写酒诗中,这是流传最广的一首。不只因为诗好,也是因为适合当广告。

有香,有色,有质感,有盛器,有温情。这是一个酒鬼对酒的真心赞美,让人读着都要醉了。

行到水穷处,坐看云起时

开元二十九年(741)春二月,王维在岭南铨选结束后,踏上归程。

这是他平生第一次到岭南,看到了从未见过的风景。铨选中,也见到了诸多被贬至岭南的官员,对其悲惨处境有了直观感受。多年前,红豆曾对他说起过这些事。他永远记得她当时的表情,那是一种掩藏在淡漠下的锥心之痛。那时他不明白,她到底经历了怎样的变故。

这些年,王维一直独身。赴河西时,幕府同僚也为他撮合过亲事,有的还把最美的营妓送到他的卧房,他都拒绝了。此行赴岭南又是如此。王维自称正在修佛,美女在怀的同僚们笑道:"摩诘兄,你看看我们,又有哪个不修佛呢?"

返程路过金陵,王维去秦淮河北岸的瓦官寺拜见了高僧璿（xuán）上人。一番清谈后，他解开了心结，写了一首诗，其中几句是：

少年不足言，识道年已长。事往安可悔，余生幸能养。誓从断臂血，不复婴世网。

——王维《谒璿上人》（节选）

这是王维的反思和发愿。四十一岁的他已然是中年心态。关于今后的岁月，他悟出了一个"养"字，决心戒除腥荤，不复为尘网羁绊。

当然，此去瓦官寺，王维还有另一个目的：赏画。

寺中大殿墙壁上有东晋顾恺之所绘的维摩诘经变像。顾恺之，小字虎头，人称"三绝"：才绝、画绝、痴绝。传说东晋兴宁年间，瓦官寺重修，僧众设会募捐，捐者无人超过十万钱。轮到顾恺之，他提笔写下捐百万钱。僧众请他兑现，他命人备好一面粉壁，孤身进入，闭门一月，画完一幅维摩诘像。最后点睛时，他对寺僧说："第一日观者，请施钱十万。第二日可五万。第三日，可任例责施。"这等于给瓦官寺造了一处景点，让寺僧收高额门票。以顾恺之的名声和才华，当日门窗一开，观看者便挤满了寺院，不多时得钱百万。

王维的名字，来自维摩诘，这让他别有一种亲近感。而与顾恺之相比，他的才与画都不差，差只差在了"痴"上。此一时，彼一时，世道如此，夫复何言？

在润州，王维遇见了大张旗鼓前往桂州赴任都督的邢济，为其写了一首诗，其中颔联曰："日落江湖白，潮来天地青。"

当时，润州江宁县也将迎来一位新县丞，那就是诗名堪与王维比肩的王昌龄。江宁为望县，县丞为从八品下，相比于之前职位，算是小小的升迁，任命状已于去年冬天发出。这年秋天，王昌龄将到达润州，写下那首著名的送别诗：

寒雨连江夜入吴，平明送客楚山孤。洛阳亲友如相问，一片冰心在玉壶。

——王昌龄《芙蓉楼送辛渐》

李白回到了泗水之畔的家。一双儿女尚幼，他不得不回来照料。

这段日子李白很寂寞。他深爱自己的儿女，也知道他们可怜，但他无法忍受家中琐事。那些鲁儒的敌意虽少了些，却依旧对他很冷淡。

大多数时间，李白都是一个人喝酒。晚上醉了，便沿着泗水畔唱歌，有时抬头望一望月亮，笑着叫声"明月"，便继续走，继续唱。

五月的风吹动他的头发和胡须，有时他觉得自己老了，有时又觉得还年轻。内心的焦灼以及身体里的荷尔蒙日渐堆积，使他无所适从。有时他在月光下舞剑，发出低沉的吼声。三五浣衣女盯着他看，他便将宝剑挥出了风声。

有一女子住在不远处，常来浣衣。她总一个人来，从不直视李白。李白见她容颜俏丽，心头一阵乱撞。他知道，她家院墙低矮，东窗下种了一棵海石榴，昨夜刚刚开了花。

鲁女东窗下，海榴世所稀。珊瑚映绿水，未足比光辉。清香随风发，落日好鸟归。愿为东南枝，低举拂罗衣。无由一攀折，引领望金扉。

——李白《咏邻女东窗海石榴》

这是李白写的一首情诗。那些天，他疯狂地迷恋她，每个醉酒之后的夜晚，都隔墙去看那棵石榴花。有时能听见她捣衣的声音；有时万籁俱寂，只听见自己的心跳。

一天又一天，石榴花谢的时候，李白忽然冷静了下来，再看那女子，似乎颜色平平。听说她有一个情人，正在戍守边塞。他叹一口气，写了一首《捣衣篇》，其中几句是："摘尽庭兰不见君，红巾拭泪生氤氲。明年若更征边塞，愿作阳台一段云。"

不过，李白到底有了女人。作为一个有点名气，还有些土地的读书人，他本就是不难找到女人的。这个女人姓刘，兖州当地人，出身底层。她不是李白的妻子，只是妾。

或许有人会问：许氏夫人已亡故，李白还未再娶妻，怎么先有妾了？

唐代人将娶妻看得极重，特别是对于寒微士人来说，更非同小可。他们所娶妻子往往都比自己门户高，以此作为阶层跃升的重要一步。而名门望族也乐意将女儿嫁给有潜力的士人，以女婿前程来加持家族影响力。也正因为将娶妻看得重，在唐代先纳妾后娶妻，甚至只纳妾不娶妻，都司空见惯。此前，乔知之纳窈娘为妾而终身未娶妻，就是一个例子。

李白纳刘氏，既有生理冲动的成分，也是希望她替自己照顾孩子。至于有无共同语言，他暂时并未考虑。

王维回到了长安，等待他的仍是清闲日子。

他依旧为官员们写赠诗，其中包括丁忧期满回朝任职的裴旻。但他夸赞的并非裴旻的剑法，而是功绩："见说云中擒黠虏，始知天上有将军。"无论对文官还是武将，当他愿意懂人时，会比谁都懂。

王维想隐居一段时间，地点选在了终南山。他请人建了几间茅屋，陈设极简，一如当年红豆在时。茅屋不远处，也有其他人的茅舍，比如崔兴宗、裴迪等。

崔兴宗是王维舅父的儿子，也在朝为官，二人早就相识。王维在诗中称崔兴宗为"内弟"——唐代"内弟"一词含义与如今不同，沿袭的是古代用法，"姑之子外兄弟也，舅之子内兄弟也"。

在中国诗歌史上，裴迪是一位大名鼎鼎的路人甲。他比王维小十七岁，关中人，出身名门，善诗文，少年成名。他是一个对隐居和出仕都心怀热情之人，此前年纪轻轻就与孟浩然一同在张九龄幕府中做事，而今又同王维一起隐居，并成为一生挚友。后来，他又在蜀中为官，与杜甫有不少交往。

在终南山，王维的诗步入了新境界。这大约也是出使岭南带来的启发。只有离朝廷远一点，他才能写出优秀的诗来。

中岁颇好道，晚家南山陲。兴来每独往，胜事空自知。行到水穷处，坐看云起时。偶然值林叟，谈笑无还期。

——王维《终南别业》

这是他此段时间的代表作。全诗不动声色，别具韵律，有不可穷尽之意。尤其是"行到水穷处，坐看云起时"一联，令后人叹为观止。那些山山水水，开始深入他的骨髓。

然而，王维的隐居又非与世隔绝。他依旧是朝中官员，有丰厚的俸禄。在与朋友交谈时，他偶尔也说起这种惬意。比如，有次在靠近兴庆宫的常乐坊，他给张諲（yīn）写了三首诗，诉说感受。后来又写一首：

终南有茅屋，前对终南山。终年无客长闭关，终日无心长自闲。不妨饮酒复垂钓，君但能来相往还。

——王维《答张五弟》

当王维享受盛世滋润时，李白却是满腔愤懑。他依旧没找到入仕门径，周围环境也并不友好。在鲁地任职的从弟李冽、朋友薛九等人，都被调任异地。李白觉得，他们是遭到了小人的谗毁，并写诗为其鸣不平。

州郡真正掌权的官员们，并不拿李白当一回事。李白心中不忿，当兖州刘长史调任时，李白在赠诗中进行讽刺，直斥其度量狭小，目不识珠。"鲁国一杯水，难容横海鳞。仲尼且不敬，况乃寻常人。"

看着身边唯唯诺诺的鲁儒，李白更加怀念鲁仲连。那是他的一位偶像、战国时的著名策士，其故乡离此地不远。他心折于鲁仲连危难时不避刀矢的侠气、出众的谋略以及功成不受赏的高蹈之姿，多次用诗文表达钦佩。那才是他的同路人，是读书人该有的样子。

这一年，李白对时间的恐惧尤为强烈，他重新拿起道书，渴望修道求仙。与朋友唱酬时，他慨叹："白露见日灭，红颜随霜凋。别君若俯仰，春芳辞秋条。"

李白又一次前往颍阳山居，拜会元丹丘，希望他能在修道方面给自己一些指点。元丹丘依旧热情款待，为李白讲解如何设置炼丹房，并留他多住几天。

秋日里，李白在镜子里看见自己的头发白了许多。他拿着炼丹用的镊子，对着镜子一根一根将白发拔下来，回想自己三十年来的经历，怆然暗惊。

木落识岁秋，瓶冰知天寒。桂枝日已绿，拂雪凌云端。

弱龄接光景，矫翼攀鸿鸾。投分三十载，荣枯同所欢。长吁望青云，镊白坐相看。秋颜入晓镜，壮发凋危冠。穷与鲍生贾，饥从漂母餐。时来极天人，道在岂吟叹。乐毅方适赵，苏秦初说韩。卷舒固在我，何事空摧残。

——李白《秋日炼药院镊白发，赠元六兄林宗》

这是他写给元丹丘的诗，却全是自己的感触。他的理想仍然炽热，渴盼像苏秦、乐毅那样建功立业，舒卷由我，可岁月岂肯轻易放过他？

元丹丘读罢眼眶一热，好好安慰了李白一番。他也告诉李白一个消息——他们的机会已经来临。

五十七岁的李隆基，深感自己的身体与精神大不如前，对道教的兴趣越来越浓，希望能够长生不老。这年正月，他下旨专门设置玄学科，考《老子》《庄子》《文子》《列子》四门，考试通过者给予及第身份；同时，在长安、洛阳以及天下各州修建玄元皇帝庙，供奉老子。而就在最近，元丹丘刚刚接到旨意，皇帝要见他且有任用，命他赶赴长安。

李白闻讯大喜，紧紧握住老友的手，为他写了一首《凤笙篇》。在他看来，能去长安为官，跟成仙又有什么两样呢？

这是大唐开元时代的最后一年。历史将翻开新的一页，李白的人生也将迎来转折点。

我辈岂是蓬蒿人

天宝元年（742），三月三日，上巳节，长安曲江。

这是一年中曲江最热闹的时刻，男男女女都来游春。相比从前,此时风光更为殊胜。开元年间,国力强盛,李隆基又于曲江边建起紫云楼等楼阁亭榭,花卉环周,烟水明媚。而为鼓励人们出游,共享大唐盛世,李隆基还专门下旨,放假、发钱,大兴公费旅游之风。当然,跟绝大多数优惠政策一样,福利总会先落在高官头上,而百姓只能捧个人场。李隆基发钱的范围是"自宰相至员外郎",每人"赐钱五千缗"。员外郎为从六品上,五千缗也是一笔大数目,寻常百姓可能一生都攒不了那么多钱。皇帝如此随意挥霍,也是盛世的派头之一。

王维的官位又升一级,任左补阙,从七品上,依旧是众人眼馋的清贵之官。他虽然尚未到"发五千缗旅游"的级别,但实际享受到的也不少。因为"补阙"跟他此前所任的"拾遗"一样,都属于皇帝侍臣,"近水楼台先得月"。

此刻,王维正陪李隆基在曲江宴饮,还奉旨写了一首《三月三日曲江侍宴应制》,结尾两句是:"从今亿万岁,天宝纪春秋。"文辞既美,气魄又大,直接夸到了皇帝心坎里。

也是从这一年开始,王维频繁写应制诗,他已经真正成为皇帝的近臣。此外,他也开始到门下省上班,写有《春日直门下省早朝》一诗,盛赞皇帝的恩德。

这年八月,李林甫加尚书左仆射,从二品,进一步把持朝中大权。史书称:

> 李林甫为相,凡才望功业出己右及为上所厚、势位将逼己者,必百计去之;尤忌文学之士,或阳与之善,啖以甘言而阴陷之,世谓李林甫"口有蜜,腹有剑"。

这是"口蜜腹剑"这个成语的来源。李林甫身为宰相,对那些有才华、有地位且可能威胁到自己的人,千方百计剪除,对文人下手尤为阴毒。

在如此恶劣环境之下,王维却让李林甫完全放下了提防之心。他除了为皇帝写诗,也与李林甫唱和。在《和仆射晋公扈从温汤》中,他称赞李林甫"谋犹归哲匠,词赋属文宗"。对于压根不会写文章的李林甫来说,能得到诗文国手的盛赞,无疑很开心。

这样的姿态,在旁人看来或近于谄媚,而王维觉得非如此不可。当然,他也从来不为自己辩解。

这一年,王维的朋友丘为春闱落第,王维为他写诗送行:

怜君不得意,况复柳条春。为客黄金尽,还家白发新。
五湖三亩宅,万里一归人。知尔不能荐,羞称献纳臣。
——王维《送丘为落第归江东》

在诗中,他表达了对丘为的同情以及自己的愧疚。"知尔不能荐,羞称献纳臣",这不是面子话,而是事实。补阙品秩虽不高,却有向皇帝荐才的义务。只不过他"不能荐"。

这里顺便一提,第二年丘为便中了进士,不知其中有没有王维的襄助。丘为也是唐代诗人中最长寿的一个,活了九十六岁。他有一个弟弟,也是王维的朋友,名叫丘丹,与李白的朋友丹丘名字相似,经常有人搞混。

这年八月,在泰山附近漫游的李白接到诏书,宣他入京。他欣喜若狂,知道是元丹丘举荐了自己,连忙回家与子女道别。

李白与刘氏的关系非常差。如果说在许氏夫人眼中,李白的才华可遮盖一切缺点的话,在刘氏眼里,李白则一无是处。他不顾家、不管孩子、赚不来钱,还四处欠酒债……抱怨也就成了家常便饭。或许,生活面前并无对错,但他们确实太不般配了。

听说李白入京面圣,刘氏也喜出望外。她杀掉了自己养大的母鸡,买来了新酿的米酒,满满做了一桌饭菜,为李白送行。在李白眼中,这样的饭菜粗糙了些,但两个孩子吃得很香。

那天,他喝了许多酒,心头狂喜压抑不住,出门时写了一首诗:

> 白酒新熟山中归,黄鸡啄黍秋正肥。呼童烹鸡酌白酒,儿女嬉笑牵人衣。高歌取醉欲自慰,起舞落日争光辉。游说万乘苦不早,著鞭跨马涉远道。会稽愚妇轻买臣,余亦辞家西入秦。仰天大笑出门去,我辈岂是蓬蒿人。
>
> ——李白《南陵别儿童入京》

这首诗的最后两句,被当作励志名言代代流传。而事实上,李白在诗中所表达的自信并不单纯,而是基于一股恨意。李白恨的是刘氏,打心底里鄙视刘氏。如果婚姻到了这个份儿上,非但谈不上一丝幸福,还能把人最坏的一面带出来。

题目中,告别对象只有"儿童",刘氏则以"愚妇"形象出现在内文里。诗中用了西汉时期朱买臣的典故:

会稽人朱买臣胸怀大志却长久贫困,被妻子崔氏瞧不起。后来崔氏改嫁,朱买臣则西赴长安,被汉武帝看中,一步登天。此后,朱买臣回到家乡任会稽郡守,当地人为了欢迎他而修路。他在修路的人群中看到了前妻崔氏和她改嫁的丈夫,于是停车,将二人拉回郡守官舍,安置于园中,每日供给饮食。一个月后,崔氏羞愧自杀。

朱买臣的发迹,历来被后世文人羡慕,此前骆宾王等都曾在诗中化用这一典故。但不得不说,这是一个残酷的故事。崔氏只是一个普通女子，她只想过平常日子，与朱买臣志向迥异，离婚本就难免——即便凉薄了些，也难称罪恶。但得志之后的朱买臣，将崔氏置于命运戏谑和众人嘲讽的中心，将其生生逼死。

李白也用这一首诗，将刘氏钉死在耻辱柱上。也许，不能脱离历史环境来要求李白，但读诗时这一重意思不可不知。

距离第一次踏入长安城，已经过了十二年。李白心潮激荡，当年在玉真公主别馆的苦雨中等候的那一幕，似乎就在昨天，但如今他的头发已白了一大片。

其实，李白此次进京，仍与玉真公主有关。此前，玉真公主向皇帝举荐元丹丘为西京大昭成观威仪，而元丹丘又举荐了李白。与上次不同的是，此次李白是奉诏前来，有馆舍可住。

等待召见期间，李白在城中晃荡。这一日，他在城东北大宁坊紫极宫外，遇见一紫袍老者，对方骑一青驴，信步而行，醉眼惺忪，却气度卓然。青驴前后，有十数人追随。这些人着装各异，有的是商贾模样，有的是贩夫走卒，相似的是，每人手中均持纸笔，对老者殷勤侍候。老者并不理睬，间或接笔在手，在别人扯平的纸上随意挥洒。每纸仅书数十大字，有草有隶，极尽潇洒之姿。得字之人便喜形于色，奔走而去。

李白很惊奇，他知道，这袭紫袍代表着三品高官。如此身份还喝醉乱走，当街狂书，当真可爱之极。若非身在长安，哪能见到这等人物？

他跟在老者身后走出里许，向酒家买来两碗美酒，双手各端一碗，快步向前，躬身递给老者一碗，将另一碗仰面喝下。

老者闻闻酒香，一口饮下，眯眼问："求字否？"

李白笑着摇了摇头。

"你可知我是何人？你又是何人？"

李白一叉手："某，蜀人李白，字太白。不知老丈是谁。"

老者略一打量，笑道："你可是奉诏入京的李白？来，将诗拿来！"

李白自囊中取出诗稿，恭敬呈上。老者随手一翻，正是《蜀道难》，一诗尚未读完，喟然长叹道："子谪仙人也！"

于是，跳下驴来，携了李白的手："走，跟老夫喝酒去！"

三杯饮下，李白才知眼前之人乃是大名鼎鼎的贺知章，官居秘书监，从三品。但因他经常在长安城中晃悠，而不在秘书省上班，人称"秘书外监"。

对于贺知章的诗名，李白自然知晓，但从未想过其行事如此放旷。否则，以自己的白丁身份，见了他是必须行跪拜礼的，又哪能一起饮酒？

当日把酒论诗，极为欢畅，一直喝到宵禁鼓响起。贺知章发现没带钱，却执意请客，便解下随身佩戴的金龟交予店家，与李白大笑出门而去。

经由贺知章传播，李白"谪仙人"之名不胫而走。而经其引荐，李白也很快得以进宫面圣。他迈入金銮殿，跪伏在地仰望御座上的皇帝，感觉自己渺小得如同蝼蚁。皇帝看看李白，笑道："卿是布衣，名为朕知，非素蓄道义，何以及此？"任李白为翰林待诏。

这句话，李白记了一辈子。皇帝说"布衣"二字，强调的是破格，既是表示尊崇，也是敲打他要知足：不管给你点儿什么，那都是我赏的。

翰林待诏也是李白一生唯一有过的职位——晚年所受伪职不算。他因此被世人称作"李翰林""李学士"或"李供奉"。

这里需要说说翰林学士。这是唐代历史中至关重要的一个职位。唐代皇帝很会使用学士，李世民时代有弘文馆学士，武则天时代有北门学士，李隆基此前还设置了集贤院学士。翰林学士更是声名赫赫,特别是在中晚唐时期,其因参与核心决策并为皇帝起草诏书,而被称为"内相"。所以很多人认为,皇帝对李白予以重用。

这其实是个误会。翰林院始于李隆基,于开元早期设立,其人员称"翰林待诏"或"翰林供奉"。"待诏"二字从字面理解是"等待诏命",这是一种使职,本身并无品阶。

盛唐时,待诏群体主要包括两类人。一类是"文章之士",大都有科举或制举出身,皇帝比较看好,日后将转任正式官职,甚至有机会参与决策;或者本身就已身居要职,加上待诏头衔只是点缀。他们所待诏的官署主要是门下省、集贤院等。比如,王绩此前曾待诏门下省,杨炯曾待诏弘文馆。另一类则是"杂流",主要凭借特殊技艺入选,如书、画、棋、医、僧道、天文、五行等。他们绝大部分没有科举出身,很可能一辈子当待诏,极少有机会转任正式官职。他们所待诏的官署是翰林院。

第二类待诏身份显然比第一类低。如果说第一类前途无量的话,第二类就是"前途无亮"。而李白属于第二类。

李隆基时期,翰林院中也有一小部分"文章之士"。为了进一步区分,开元二十六年(738),李隆基于翰林院南面专门设立了一座学士院。自此,翰林院(北院)中的人称为"翰林待诏"或"翰林供奉",学士院(南院)中的人则称"翰林学士"。李白正是北院中的人,跟翰林学士是两码事。

刚入职的李白搞不懂这个区别,他以为自己的理想要实现了,整日沉浸于喜悦中。

接下来的日子,他随侍皇帝左右,写了一系列赞美诗。但跟王维所写赞美诗不同,李白的很多诗中并无"应制"二字,可理解为是他主动写的,而非皇帝指定。

在随同皇帝赴骊山温泉宫(五年后改名华清宫)游玩后,李白给一位故交杨山人写了一首诗,讲述自己青少年时落魄,而今得遇明主,那些王公贵族也另眼相看的经历。他决心像诸葛亮、管仲、乐毅等名相一样倾尽全力,报效皇帝,功成之后再回山隐居。从诗中看得出他踌躇满志,认为自己有做宰相的可能。但即便此时,他仍将隐居作为终极理想。

李白喜欢长安的夜晚。虽然宵禁下无法任意走动,他还是夜夜起来看月亮。有时,他会爬到翰林院高高的房顶上,看着四周青灰色的屋瓦,如同海水般起伏无尽。

明月在天,夜凉如水。秋风过处,一阵又一阵寒砧入耳,枯黄的梧桐叶簌簌飞落。乌鸦的黑羽划过月光,头发丝渐渐沾了露水。

李白想起白日的喧闹连天,宫廷日复一日穷奢极欲,这需多少百姓膏血才可支撑?他望向北方,在目光尽头、冷月更冷之处,多少男儿抛妻别子戍守边塞,守望着身后热气升腾的大唐江山。

他胸中一片苍凉,轻声吟了一组诗,以春夏秋冬四季为题,其中一首是:

长安一片月,万户捣衣声。秋风吹不尽,总是玉关情。何日平胡虏,良人罢远征。

——李白《子夜吴歌》其三《秋歌》

无奈宫中妒杀人

天宝二年(743),王维心中有些乱。

这年,他的好友祖咏因故被贬。祖咏离开长安那天,王维有公事脱不开身,卢象等朋友一路相送,直至浐水边上的长乐驿。祖咏很伤心,他自知前程已到尽头,只好回河南的乡间别业,渔樵以终老了。

> 朝来已握手,宿别更伤心。灞水行人渡,商山驿路深。故情君且足,谪宦我难任。直道皆如此,谁能泪满襟。
> ——祖咏《长乐驿留别卢象裴总》

这首诗蘸满了血泪。诗中的"直道",应该是他被贬的缘由。他真的绝望了。这几乎是祖咏最后的亮相,之后不久他便去世了。王维闻讯,痛彻心扉。

这里说一下卢象。他跟王维一样,也是当年被张九龄提携的人,曾任左拾遗、左补阙、河南府司录参军、司勋员外郎等,是长安诗歌圈的核心代表。卢象流传下来的诗虽然不多,但在当时享有盛名,几乎是品位的代名词。稍晚点的《河岳英灵集》中对他的诗评价极高:"雅而平,素有大体,得国士之风。"

这一年,王维的另一位朋友殷遥也去世了。殷遥诗风闲雅,精通声律,曾任秘书省校书郎,去世时为忠王府仓曹参军。他死时,母亲尚在人世,一个女儿刚刚十岁。王维流着泪写了一首《哭殷遥》,又写了一首《送殷四葬》:

> 送君返葬石楼山,松柏苍苍宾驭还。埋骨白云长已矣,空余流水向人间。
> ——王维《送殷四葬》

这年七月,裴耀卿去世,终年六十三岁。王维想起二人在济州共事的日子,为其撰写《裴仆射济州遗爱碑》碑文。宰相的功绩刻入石头，也留在世人心中。其实，不光是济州，长安的百姓和文武百官也应该记住裴耀卿，没有他对漕运的改革，朝廷就不会那么快摆脱"乏食"之困。

只是，记住又如何呢？王维目睹了裴耀卿被李林甫所迫的窘境，而归身处不过是一抔黄土。

在哀悼裴耀卿的人群中，有个刚刚来京赶考的举子，他叫岑参，将于次年进士及第。

王维决心将母亲从蒲州接到长安。老夫人拜神秀的高足普寂为师，数十年修习佛法，褐衣蔬食，持戒安禅。王维知道，母亲更喜欢在城外居住，但自己在终南山的茅屋太小，也太简陋。于是，他开始物色更合适的地方。

此时，王维诗名更重，再加一支如神画笔，求他写文作画者不可胜计，他也早就实现了财务自由。这年晚些时候，有人向他推荐了一座别业，它位于蓝田辋川山谷，旧主乃是宋之问。此时，距宋之问被赐死已过了三十余年，别业多处破败，但王维一眼便看中了。那时他不会想到，辋川将成为他这一生的归宿。

李白步入了创作高峰期。这段时间，他写了大量诗篇，有些虽然只是走过场、说场面话，但这样的场面，是他从未经历过的。

此前，李白虽然也没少给官员赠诗，但所赠对象大多为州县佐吏，级别较低。而且，那时是为了干谒、求汲引，要仰着脸跟人交流，姿势很别扭。而今，他赠诗对象中有了将军、刺史等，不仅层次提升，交流也相对平等。翰林待诏的身份，为他打开了大唐高层社交圈，也提升了精气神。

同时，朝中无风三尺浪。那些明争暗斗、是非荣辱、升沉起伏，都比寻常百姓的日子放大了千百倍。这些所见所感，都将成为他一生写诗的重要资源。

这一时期,李白有两个故事流传甚广。

先说第一个:这年春日,兴庆宫中牡丹盛开,李隆基骑着"照夜白"御马,杨玉环乘步辇相随,梨园子弟摆好了阵势,大唐最红的歌手李龟年手捧檀板,马上要开唱。李隆基忽道:"赏名花,对妃子,何必用旧词?"于是,命李龟年持金花笺,宣李白前来。此时,李白已喝得酩酊大醉,被塞入轿子,抬进宫来。轿子里,李白吐得一塌糊涂。进宫后,内侍为他换了新衣,仍叫不醒他,只好将冷水淋在他的脸上,李白才悠悠醒转。

李白听明白了旨意,看了看满眼的牡丹花,立刻提笔写了三首《清平调》:

云想衣裳花想容,春风拂槛露华浓。若非群玉山头见,会向瑶台月下逢。

一枝红艳露凝香,云雨巫山枉断肠。借问汉宫谁得似,可怜飞燕倚新妆。

名花倾国两相欢,长得君王带笑看。解释春风无限恨,沉香亭北倚阑干。

——李白《清平调》

于是梨园子弟奏乐,李龟年应声而歌。杨玉环手持玻璃七宝盏,酌西凉州葡萄酒,含情而笑。李隆基吹奏玉笛,以笛声挑弄眼前的美人,"每曲遍将换,则迟其声以媚之"。杨玉环翩然起舞,李隆基心花怒放,对李白也另眼相看,"自是顾李翰林尤异于他学士"。

第二个故事是:李隆基派人召李白,李白已喝至半醉,入宫后，不打草稿，挥笔便写了十余首诗，李隆基很喜欢。有次，李白陪李隆基喝酒，在大殿上喝醉了，他伸出脚去，让高力士为其脱乌皮靴。高力士一向受宠，为此深恨李白，寻机报复。过了几日，他听见杨玉环吟诵李白的《清平调》，半真半假道："老奴本以为妃子会对李白恨入骨髓，看来妃子真是个老实人呀！"杨玉环不解："我为何要恨李翰林呀？"高力士道："他用赵飞燕来比喻妃子，是暗指妃子出身低贱。"杨玉环从此也恨上李白。每次李隆基想任用李白为中书舍人，她都加以阻挠。

这两个故事很符合民间口味，既有趣，又可疑。《旧唐书》中记载了李白醉后让高力士脱靴一事。《新唐书》则增加了高力士激杨玉环、杨玉环吹枕头风的桥段。在唐人李濬编的《松窗杂录》中，有宫中赏花、写《清平调》等情节。《新唐书》所增加的内容，大概源于此处。究其源头，很可能来自基于李白回忆所写的《李翰林集序》和《草堂集序》。

不管有无添油加醋，可以确定的是，李白在长安一直都在醉酒，姿态也是放纵的。

李白爱酒乃至酗酒早已是积习。不过，他在长安的饮酒生涯，却并非"习惯"和"喜欢"所能概括。也许我们无法揣测天才，但也不能把天才搞成"悬浮"状态，这样太背离常识和常情。

李白的醉酒和放纵，很可能是他打造"诗仙"人设的方法。从元丹丘、玉真公主、贺知章等人那里，李白对皇帝有了进一步了解。他意识到，皇帝对诗的鉴赏能力并不出众——其流传下来的诗水平都很差，而自己的诗风也与宫廷审美大相径庭，假如仅凭诗来引起皇帝注意，断非良策。而相比于诗歌，皇帝对"谪仙人"的标签更感兴趣。众所周知，皇帝此时沉迷道教，对神仙深信不疑。翰林院里有个名叫张果的术士——后来八仙传说中的张果老——多次受到皇帝接见，享受常人难以企及的待遇。皇帝甚至一度想把玉真公主许配给张果，这让世人惊掉下巴（这一记载存疑，研究发现玉真公主当时已经结婚）。

据不完全统计，相比高宗和武曌，李隆基对征聘道士尤其热心，从他在东宫直至天宝初，其征聘道士达七人九次之多。

打造"诗仙"人设，酒是绝佳道具，而醉酒后写诗，不仅能发挥李白汪洋恣肆的特长，也能规避不遵格律的短处，且与狂放奢靡的世风相契合，可以彰显大唐盛世风貌。另外，李白是布衣，所谓"英雄不问出处"往往只是一种安慰，但"神仙不问出处"则是一种共识。所以，李白会不醉不休，越喝越狂。

在博取皇帝欢心方面，李白其实已经成功了。客观而言，这三首《清平调》，在李白诗中不算最高水平，名花、美人、神仙之类比喻都很老套。这并非李白写得不好，而是他奉旨所写的本就是歌词，不能太生僻，假如让杨玉环理解不了，那就糟糕了。

酒后让高力士脱靴，向来被当成李白"不畏权贵"的体现。这是不是真的呢？

需要注意，高力士真的是"权贵"，而非普通宦官。他本姓冯，出身岭南潘州，乃传奇女英雄冼夫人之孙冯盎较疏远的一支。他身高六尺五寸，入宫后，武曌看好他的"黠惠"，知他为人谨细，能守机密，命其侍奉左右。后因小过抽了他一顿鞭子，赶出宫门。他便拜宦官高延福为义父，改名高力士，常出入武三思宅邸。过了一年多，武曌重新召他回宫，在内侍省宫闱局给他封了官——宫闱丞，从八品下。

高力士很早就认准了李隆基，"倾心奉之"，在扫平韦后、太平公主的政变中，高力士都发挥重要作用。李隆基从做太子开始，就高度重视高力士，即位后更对其一路加封，还专门打破太宗定下的"宦官不能授三品官"的规矩,于开元初年封其为右监门卫将军,从三品,知内侍省事。随着李隆基越来越注重享受,就放权给高力士。各地有表章上奏,必须先交给高力士,再给皇帝,"小事便决之"。说是"小事",但上奏皇帝的又能有多少小事?这已相当于部分宰相职能,等于在皇帝前面加设一道关口。中晚唐宦官专权,被称为"内相",源头便可追溯到李隆基因偷懒而设的这道关口上。

李隆基有句话,"力士当上,我寝则稳",反映了高力士的贴心。这也是含金量最高的贴心。当时,太子称高力士为"二兄",诸王、公主皆称其为"阿翁",驸马一辈称其为"爷"。即便李林甫专权跋扈之时,也不敢对高力士怎么样。

就是这样一个权贵,李白让他脱靴,后果会怎样?当然,靴子不难脱,却等于把高力士拼了一辈子所挣来的"将军"脸面,瞬间剥光,打回到侍候人的太监原形。这是太子也不敢干的事,李白敢这样吗?

这里有两种可能:一种是李白喝大了,再加上不明底细,得罪了高力士。假如是这种情况,他非但不可能有前程,甚至活命都难。另一种是此事纯属杜撰,出自李白的大言,或后来以讹传讹,乱入史册。

在长安日久,李白渐渐明白了自己的真实地位,深感沮丧。对皇帝,他怀着复杂的感情。他朦胧中记得,皇帝有一次曾亲手调制羹汤,给半醉半醒的他喝。关于这一幕,他有时觉得是莫大的荣光,有时又觉得算不得什么荣光,尤其是皇帝那种夸张的笑,好像正在喂养一种稀有的宠物。有时,他觉得皇帝只是暂时受到奸佞的蛊惑,早晚会重用自己……这种纠结使他更想喝酒。相比现实,酒中天地要美好多了。

李白酒友很多。贺知章已改任太子宾客,正三品,当时皇帝与太子关系微妙，贺知章的官当得不省心。汝阳王李琎（jīn）是宁王李宪之子，也是皇帝的侄子，擅打羯鼓，经常打鼓给皇帝听。不出意外的话，他跟他父亲一样，都难逃被圈养、混吃等死的结局。侍中李适之乃门下省长官，正二品，时称左相。他是太宗直系后裔，在禁军任职起家，做过河南尹、幽州节度使、刑部尚书，行政干练且懂军事，能力出众。不过，李适之很清楚，自己虽然名义上与右相李林甫同列，但大权都在李林甫手里，自己很可能会遭其暗算。于是整日饮酒，隐藏锋芒。崔宗之是李白的老朋友，时任侍御史，从六品下，之前李白总觉得高攀，如今感觉和他平等了一些。张旭为金吾卫长史，从六品上，他跟贺知章算半个老乡，二人早年便与张若虚、包融并称"吴中四士"。张旭草书乃是一绝，特别是狂草，他的楷书也很好，颜真卿曾向其请教笔法。焦遂跟李白一样，也是布衣，在长安混迹酒场已多年……

三年后，同为酒鬼的年轻人杜甫，用速写的形式，给这些人画了一幅群像：

> 知章骑马似乘船，眼花落井水底眠。汝阳三斗始朝天，道逢麴车口流涎，恨不移封向酒泉。左相日兴费万钱，饮如长鲸吸百川，衔杯乐圣称避贤。宗之潇洒美少年，举觞白眼望青天，皎如玉树临风前。苏晋长斋绣佛前，醉中往往爱逃禅。李白一斗诗百篇，长安市上酒家眠，天子呼来不上船，自称臣是酒中仙。张旭三杯草圣传，脱帽露顶王公前，挥毫落纸如云烟。焦遂五斗方卓然，高谈雄辩惊四筵。
>
> ——杜甫《饮中八仙歌》

这首诗写得极为精彩，让清醒的人看了都想去摸酒杯，让喝酒的人更是直欲醉倒。杜甫将李白的仙气匀给了其他人,"饮中八仙"自此名垂千古。

事实上,"饮中八仙"具体是哪八个人并不确定。杜甫诗中的苏晋曾任吏部侍郎,但早在开元二十二年(734)就已去世,纯属乱入。另有版本以裴周南代替他。而崔宗之也早已不是少年。当然,这可能并不重要。酒有了,仙有了,意思到了,管他是谁呢?

这段时间,李白所写诗歌的题材驳杂,其中还包括边塞诗和宫怨诗等。

明月出天山,苍茫云海间。长风几万里,吹度玉门关。汉下白登道,胡窥青海湾。由来征战地,不见有人还。戍客望边邑,思归多苦颜。高楼当此夜,叹息未应闲。

——李白《关山月》

《关山月》为古乐府题,这首诗写得气势雄浑,余韵悠长。有人据此说,李白热爱和平,反对战争。这么说不错,李白很多诗中都体现了这一主题,但不能将其绝对化。因为同一时期,他也写"愿将腰下剑,直为斩楼兰"、"笛奏梅花曲,刀开明月环"——这算是热爱战争吗?

李白的宫怨诗写得很出色。当时写宫怨诗最著名的是王昌龄,与他不同,李白走的是另一条路子。比如这一首:

姑苏台上乌栖时,吴王宫里醉西施。吴歌楚舞欢未毕,青山欲衔半边日。银箭金壶漏水多,起看秋月坠江波。东方渐高奈乐何!

——李白《乌栖曲》

贺知章对这首诗很是激赏，读罢大呼："此诗可以哭鬼神矣！"

西施是唐诗中的常见意象，人们总把她当成"红颜祸水"，写诗寄予兴亡之思。王维少年出道时，既写了"谁怜越女颜如玉，贫贱江头自浣纱"，翻出新意；也写了"艳色天下重，西施宁久微"，尊重传统。而在李白这首诗中，批评和劝谏都消失了，传统也消失了，只有两个字：欢乐。这就是一幅纵酒行乐图——秋月将坠，时光不多，来呀，快活呀！

对于长安诗歌圈来说，李白是一个绝对的异类。他以绝世才华随意突破诗的边界，纵横无忌。有人欣赏他的才华，有人诟病他的疏放，有人鄙视他的出身，有人视他为洪水猛兽……最顶层的诗歌圈谨慎而克制，与李白小心保持着距离。

李白也借宫怨诗抒发心声。他能感觉到皇帝对自己的疏远，这令他很失落。有时，他幻想像司马相如一样，凭一首《长门赋》赢回皇帝欢心；有时，他对日复一日的宴饮与逢迎感到厌倦，"乍向草中耿介死，不求黄金笼下生"；有时，他又为怀才不遇而不平，因被小人暗算而愤恨。某天，他在翰林院彻夜不寐，持酒自斟自饮，饮罢舞剑，头顶一钩残月，舞着舞着落下泪来，纵声吟道：

烈士击玉壶，壮心惜暮年。三杯拂剑舞秋月，忽然高咏涕泗涟。凤凰初下紫泥诏，谒帝称觞登御筵。揄扬九重万乘主，谑浪赤墀青琐贤。朝天数换飞龙马，敕赐珊瑚白玉鞭。世人不识东方朔，大隐金门是谪仙。西施宜笑复宜颦，丑女效之徒累身。君王虽爱蛾眉好，无奈宫中妒杀人。

——李白《玉壶吟》

我本不弃世，世人自弃我

天宝三载（744），朝廷中的氛围让李白愈加无法忍受。

就拿"改年为载"来说吧。李隆基突然下了一道诏书，决定不再用"年"，而用"载"。此后，这种叫法沿用了十二年，直到大唐经历过一次天崩地裂，"载"不动了为止。

为什么改呢？《尔雅》记载，周朝之后才以"年"纪年。此前，夏朝以岁纪年，商朝以祀纪年，唐虞则以载纪年。李隆基在诏书中说："（朕）历观载籍，详求前制。而唐虞之际，焕乎可述，用是钦若旧典，以协惟新，可改天宝三年为载。"意思是：朕翻遍了典籍，参考了前代治国经验，觉得上古唐虞（尧舜）时代最好，所以决定向古人学习，就改叫"天宝三载"吧。

大约是李隆基隔代遗传了他奶奶武曌的基因，总想通过改点什么，来往自己脸上贴金。比如，进入天宝时代，他还把行政单位的"州"改成了"郡"。但百姓的习惯没那么容易改，于是，史书出现了州郡混用的现象，经常把人搞晕。

李隆基的膨胀是肉眼可见的：你看大唐都繁荣成这样了，朕要是不自夸一下，那也太没有自信了吧？

李白是从民间来的，他虽不怎么接地气，但很清楚，百姓的日子并没有想象中那么好。李林甫大权独揽，那些拾遗、补阙、御史们已彻底沦为摆设，只有歌颂的声音才能传入皇帝的耳朵。

在李林甫威压之下，太子处境很尴尬。七年前，原太子李瑛被废杀，皇帝召李林甫进宫商议立储事宜。这样的事，本不是大臣应该开口的，说到皇帝心坎里去还行，而一旦跟皇帝想法不一致，就可能埋下杀身之祸——要么皇帝觉得你妄议他的"家事"，心怀叵测；要么太子将来即位后，认为你不推荐他，会打击报复。李林甫当然明白这个道理，但他急于上位，愿意"赌一把"。

因寿王李琩（chāng）的生母武惠妃最受皇帝宠爱，李林甫极力推荐李琩，但那时皇帝还没完全老糊涂，坚持立了"年长，且仁孝恭谨，又好学"的李玙（后改名李亨）。下错了注的李林甫很不安心，一有机会就在皇帝面前攻击太子，并利用手中权柄打击太子势力。而皇帝也不希望太子势力太强，威胁皇位，便装聋作哑。于是，太子的日子愈加艰难。

在这种背景下，身为太子宾客的贺知章心情郁闷，酗酒也更严重了，有次喝醉之后，他还闯入了皇宫。皇帝虽未降罪，但贺知章仍提出辞官，要回故乡越州，出家为道士，以旧居为道观。皇帝同意了，还赐其"镜湖剡川一曲"，将其子提拔为会稽郡司马，便于照料老父。贺知章临行之日，命皇太子以下百官送别，包括李林甫、李适之、韦坚、韩朝宗等人，都在长安城东的长乐坡赋诗赠别。此时，卢象任司勋员外郎，也写了赠诗。

那时还未出正月，北风呼啸。李白不在长安，而是在华清宫附近的昭应县阴盘驿，他听到消息，也为贺知章写了一首诗：

镜湖流水漾清波，狂客归舟逸兴多。山阴道士如相见，应写黄庭换白鹅。

——李白《送贺宾客归越》

虽是赠别，但李白诗中并未流露太多离愁别绪。他知道贺知章解脱了，"四明狂客"终于可以狂放于山水之中。长安啊，就连他自己也是早晚都要离开的。只可惜，他再也没有机会见到那位风华绝代的老友。就在这一年，贺知章去世，终年八十六岁。

二月，王昌龄从江宁回长安探亲，与李白相见。王昌龄的白发比上次相见又多了一些，但精神还好，见面就说李白入翰林已闻名天下，可喜可贺。李白苦笑一声。二人把酒言欢，一饮数日。

春花开了的时候，长安的离别特别多。有人归隐了，有人落第还乡，李白一一赠诗。虽说是送别人，却又像送自己，他在诗中写下："华亭鹤唳讵可闻，上蔡苍鹰何足道？君不见吴中张翰称达生，秋风忽忆江东行。且乐生前一杯酒，何须身后千载名。"

贺知章离开后，长安的酒场冷清了许多。元丹丘一年前就已辞官离去。李白经常独酌，别人独酌只喝一点，而他酌着酌着就醉了。他传下来四首《月下独酌》，其中两首是：

> 花间一壶酒，独酌无相亲。举杯邀明月，对影成三人。月既不解饮，影徒随我身。暂伴月将影，行乐须及春。我歌月徘徊，我舞影零乱。醒时同交欢，醉后各分散。永结无情游，相期邈云汉。
>
> 天若不爱酒，酒星不在天。地若不爱酒，地应无酒泉。天地既爱酒，爱酒不愧天。已闻清比圣，复道浊如贤。贤圣既已饮，何必求神仙。三杯通大道，一斗合自然。但得酒中趣，勿为醒者传。
>
> ——李白《月下独酌》其一、其二

李白也明白，自己不可能得到重用了。他想起司马迁在《报任安书》中所写："文史星历，近乎卜祝之间，固主上所戏弄，倡优所畜，流俗之所轻也。"而皇帝对自己的态度，亲昵也罢，冷落也罢，不正是像对待倡优一样吗？他自幼立志做侠客、做宰相，如今怎么就沦落成"狎客"了呢？

李白认定了有人在皇帝面前中伤自己。是谁呢？有人说是高力士、杨玉环，但李白认为是张垍——那个曾骗过他一次的前宰相之子。《李翰林集序》中称："上皇豫游，召白，白时为贵门邀饮。比至，半醉，令制出师诏，不草而成。许中书舍人。以张垍谗逐。"这是李白醉酒入宫的另一版本，只是把写诗变成了写出兵诏书，怎么看都有浓厚的小说色彩。

此时，张垍是皇帝身边的红人，他与其兄张均都是翰林学士。学士院与翰林院近在咫尺，李白与张垍"抬头不见低头见"，的确有点尴尬。张垍看到李白，表现出一副曾帮过他的样子，但李白不善伪装，对张垍视而不见。张垍有没有在皇帝面前进过谗言呢？或许有吧。但说皇帝要封李白为中书舍人，可信度实在太低。中书舍人有六人，正五品上，"掌侍进奏，参议表章"。这是个极其关键的岗位，负责草拟诏书，不仅要文笔好，还要经过长期的行政历练。张九龄曾做过这一职位，但在此之前，他担任过秘书省校书郎、左拾遗、左补阙、礼部员外郎、司勋员外郎等多个清要职位，还有张说的倾力培养。这绝不是会写诗就干得了的，像李白这种毫无从政经验的"布衣"，直接封中书舍人，乃是天方夜谭。

不管你信不信，但李白信了；也许李白也不信，只是这么说了；也许李白也没说，是记录时出了差错，导致以讹传讹。

春色渐深，李白无论如何不想再留在翰林院了。他向皇帝请辞，要回山隐居。皇帝同意，"赐金放还"。

这年春天，王维忙于修整他的辋川别业。

平日，他也去皇城办公，但精力并不放在工作上，只有奉旨写诗时才用些心思。比如，李隆基带着杨玉环以及一班侍从之臣，去游览玉真公主的山庄，他先写了一首诗，又命众人和诗。

王维身在其中，也写了一首。

玉真公主早年对王维有恩，此次又是奉旨作诗，但王维还是写得很节制，一点点铺陈出山庄的样子。在结尾处，他写道：

大道今无外，长生讵有涯。还瞻九霄上，来往五云车。
——王维《奉和圣制幸玉真公主山庄因题石壁十韵之作应制》

相比李白之前写的《玉真仙人词》，王维的这首诗迥然不同。李白写公主早已是仙人，可腾云驾雾、呼风唤雨，而王维落笔则在"大道""长生"，这才是皇帝最关注的点。对他来说，做神仙太清苦了，还是长生不老永远当皇帝好啊。

是王维太拘泥了吗？也许吧，宫廷审美本就注重节制和平衡。

王维是真正懂玉真公主的。她修的是道，他修的是佛，却都有一颗厌倦与超脱之心。

玉真公主生于大唐皇室，虽说是金枝玉叶，却也见多了家族中的流血事件。这些年，她与司马承祯、元丹丘、吴筠等著名道士交游，早就无心富贵，只志在修道。

但玉真公主深知，皇室步步深渊，即便心在方外，仍要谨小慎微。所以，面对比自己年轻很多的杨玉环，她依旧毕恭毕敬。这年晚些时候，她上书，求去公主号，将封邑归还皇室。李隆基开始不许，几番推让后才同意，为其赐名"持盈"。从此，天下便没有了玉真公主，只有持盈道人。

后世传言，王维和李白曾因玉真公主而争风吃醋，致使双方老死不相往来，基本是胡编乱造。假如玉真公主真想在诗人中找个知音，大概率会是王维，李白更适合做道友。

其实，此刻杨玉环的身份也是女道士。七年前，武惠妃去世，李隆基郁郁寡欢，后宫佳丽数千，却无中意者。有人进言说，他与武惠妃所生之子寿王李瑁的王妃杨玉环"姿质天挺，宜充掖廷"。于是，李隆基将其召入后宫。虽说大唐皇室在男女关系方面一向都不讲究，但如此明目张胆地夺走儿媳，还是有点说不过去。如此厮混了两年，李隆基便以为母亲窦太后祈福之名，让杨玉环出家做女道士，道号"太真"，就像武曌曾出家感业寺一样，对杨玉环进行洗白。所以，宫中一直称杨玉环为杨太真。直到天宝四载，李隆基先为寿王李瑁娶了新的王妃，才将当了五年女道士的杨玉环正式册立为贵妃。

春末夏初，位于长安城东新昌坊内的青龙寺里，人头攒动。王维、王缙、裴迪、王昌龄等人齐聚于此。

此时，身处人群中的王昌龄心事暗涌。他与王维是这个时代最著名的诗人，同出于太原王氏，功名出身也在伯仲之间——王维是进士头名，状元及第；他则是进士及第，两中制举。这些年来，王维在仕途上虽也有沉沦，但很快触底反弹，步步高升，如今已是御前红人；他却高开低走，一贬再贬，如今仍沉沦下僚。这样的对比，令他很尴尬。

就性格而言，王昌龄与王维截然不同，也不愿与王维走得太近。二人同时出现在这里，是因为雅集召集者是青龙寺的昙壁上人。青龙寺乃大唐密宗根本道场，昙壁上人德高望重，这个面子是必须给的。

这些年，随着仕途升沉，王昌龄在佛法上也多有参悟。此次雅集，他推举王维作序，其余人自然无异议。王维写了《青龙寺昙壁上人兄院集并序》，众人也各做一首五韵诗。其中，王维有两句是："眼界今无染，心空安可迷？"王昌龄则是："檐外含山翠,人间出世心。"一个是通透无碍,一个有出世之心,境遇不同,襟抱各异。

初夏时节,洛水风如暖酒,日光灿若银鳞。天津桥上,李白宿醉的眼皮分外沉重。他想起距离自己上次站于此处,已然过了十二年。

"子在川上曰:'逝者如斯夫,不舍昼夜。'"他默默念着,一声苦笑。

在翰林院,他前后度过两个年头。这是他距离权力核心最近的时刻,可又做了些什么呢?仔细想想,似乎只有一件事有点意义:离开长安前,他向皇帝谏言,救了一个人。

此人名叫郭子仪,比李白大四岁,出身太原郭氏,在武曌时应武举,中了武状元。后来,郭子仪在藩镇任职,因违反军法将被问斩。李白并不认识他,只是在皇帝身边恰巧听说此事。李白对"武状元"的名头很喜欢,觉得威武雄壮,非自己所能及,于是向皇帝求情。皇帝心思不在朝政上,只急着去见杨玉环,杀不杀一个人对他无关紧要,便顺口准了。李白也罢,皇帝也罢,没有人会想到郭子仪日后会成为大唐江山的定盘星。

出长安之前,李白给一位姓蔡的隐士写了一首诗,用燕人蔡泽拜相的典故,给予对方鼓励,也诉说了自己的心声:

我本不弃世,世人自弃我。一乘无倪舟,八极纵远舵。
燕客期跃马,唐生安敢讥。采珠勿惊龙,大道可暗归。故山有松月,迟尔玩清晖。

——李白《送蔡山人》

从入翰林院到"赐金放还",李白已名满天下。十二年前他来洛阳时,只有元演等寥寥几个朋友,如今他面对的则是连绵不断的流水席,让他连醒酒都来不及。

某次酒局中,有个高高瘦瘦的年轻人很殷勤,频频向李白敬酒。他一张黄脸,虽不善言辞,看样子却是酒场中的熟人。人们喊他"杜二",他便笑,然后举起杯,深情抿一口。

连续好几天,李白都在酒桌上见到了杜二。长安人都知道:"城南韦杜,去天尺五。"这杜二或许也是名门子弟,李白对他印象不错,却也只是不错而已。后人称他们这次见面是两曜(日、月)劈面相逢,那纯属"后人视角",当时李白还不是太阳,杜甫更加不是月亮,摇摇晃晃的酒杯里,没有丝毫要载入史册的迹象。

酒桌上,李白说过些日子要重游梁宋故地。杜二热烈响应,说愿意同游。李白笑着答应了。

又过几日,李白离开洛阳,前往汴州(今河南开封)拜访族祖李彦允,在那里住了些时日。就在汴州,李白又遇见了杜二。

杜二非常热情,尽地主之谊,请李白喝酒。李白虽然早就听说他叫杜甫,字子美,在家族中排行第二,其祖父乃"文章四友"中的杜审言,但直至此刻,才对其熟悉起来。李白了解到杜甫比自己小十一岁,其父曾任兖州司马,三年前已去世,不过他身上仍然留着州郡四品官子弟的习气,举手投足间有一种不自觉的张扬。杜甫的继祖母在汴州有宅第,她不久前去世,归葬偃师,杜甫刚为她办完丧事回来。

杜甫打听朝廷中的事,李白却不太愿意谈,那是他一道深深的伤,才刚刚结了痂。杜甫又跟李白谈诗,李白就随口说上几句,他此时感兴趣的话题是修道炼丹。

二人在梁宋一带漫游时,又遇见一条大汉。此人正是高适,字达夫，出身渤海高氏，乃将门之后。其祖父曾任左监门卫大将军、安东都护，正三品；父亲曾任韶州长史，正六品下。不过，高适之父去世很早，而高适已在宋州隐居多年，耕钓为生。九年前，他曾赴长安应试，铩羽而归。而后，常在农闲时，周游各地，投诗求汲引。六年前，高适听人说起幽州长史张守珪在塞外交战之事，写下了边塞诗名篇《燕歌行》：

汉家烟尘在东北，汉将辞家破残贼。男儿本自重横行，天子非常赐颜色。摐（chuāng）金伐鼓下榆关，旌旆逶迤碣石间。校尉羽书飞瀚海，单于猎火照狼山。山川萧条极边土，胡骑凭陵杂风雨。战士军前半死生，美人帐下犹歌舞。大漠穷秋塞草腓，孤城落日斗兵稀。身当恩遇常轻敌，力尽关山未解围。铁衣远戍辛勤久，玉箸应啼别离后。少妇城南欲断肠，征人蓟北空回首。边庭飘飖那可度，绝域苍茫无所有。杀气三时作阵云，寒声一夜传刁斗。相看白刃血纷纷，死节从来岂顾勋。君不见沙场征战苦，至今犹忆李将军。

——高适《燕歌行》

杜甫与高适早就相识，对其颇为客气，专程将他引荐给李白。李白听说过高适的诗，还知道他在前一年写过两首《玉真公主歌》，希望得到公主垂青，但并无回音。在杜甫热情张罗下，三人同游梁宋。

在中国文学史上，这三位大诗人联袂出游是一次盛事，屡屡被提及。然而回到当时现场，却并无盛大可言。三人皆是布衣，没有随从，高适素来贫寒，杜甫已家道中落，李白囊中虽有黄金，却还想留着日后修道用。三人大多时候都处于穷游状态，但心中无事，也就分外轻松，一路游梁园、登平台，极为快意。但三人也不总是穷游，偶尔也有官员做东。李白正处于他一生中名声最响的时刻；杜甫年纪虽轻，却也是官二代，在洛阳混过几年；高适则是当地熟面孔。这样的组合很受官员欢迎。比如，宋州刺史和单父县令邀三人一同在孟渚泽围猎，登宓子贱琴台，酒酣之后，三人都写了诗。李白写的是《秋猎孟诸夜归置酒单父东楼观妓》，其中写道："出舞两美人，飘飘若云仙。留欢不知疲，清晓方来旋。"显然是跟两名官妓玩耍了一个晚上。

畅游虽快意，但这个组合并不稳定。李、高二人年纪大，块头大，酒量也大，杜甫根本陪不了。更要命的是，二人喝酒之后，口气也大。三人饮酒，如果一人酒后吹牛，无伤大雅，旁人配合一下，还饶有趣味。但假如两人吹牛，旁边还有一个清醒的，那场面就尴尬了，特别是次日酒醒之后，每个人都觉得不自在。随着相处日久，伪装卸下，三人便出现了这样的场面。

李白最先感觉到厌倦，他听说杜甫打算去王屋山寻访道士华盖君，就催促他赶紧上路，并与他一同前往。而高适要南游楚地。三人也就散了。

这番游览，高、杜二人都写了不少诗，李白落笔较少。临别之日，高适写的赠别诗中提到了李白，其中有句曰："李侯怀英雄，肮脏乃天资。方寸且无间，衣冠当在斯。俱为千里游，忽念两乡辞。"

李白与杜甫一同北渡黄河，前往王屋山。李白对王屋山神往已久，因为开元年间，司马承祯曾奉李隆基之命，在此修建阳台宫。天宝元年（742），玉真公主还在此修建了灵都观，次年一度在此山居住，并主持了一场祈雨仪式，后来还真降了雨，缓解了旱情。百姓欣喜若狂，称为"公主雨"……

不过，当李杜二人到达王屋山后，才发现华盖君已死，司马承祯更已去世多年，玉真公主则远在长安。偌大的王屋山，唯见一座座空空的道观。

二人走入华盖君的炼丹房，室内仍有药香，阶前炉火已熄，只剩一膛死灰。

山上秋风呼啸，松声水声入耳，二人久立无言。

夜色渐渐沉下来，李白被一种铺天盖地的幻灭感笼罩着。无论入仕还是归隐，似乎一切意义都消失了。有生以来，他从未有过这样的感受。

无战是天心，天心同覆载

天宝四载（745）春，四十五岁的李白已正式成为一名道士。

从王屋山上下来之后，他急于抓住一根稻草，于是马不停蹄地赶往齐州，请北海道士高天师为自己授道箓。

高天师本名高如贵，在齐地享有盛名。授箓地点是在齐州紫极宫，即原来的玄元皇帝庙（此前李隆基下旨将诸州郡的玄元皇帝庙改名紫极宫）。授道箓是一个极其复杂的过程，不仅费时间精力，也很费钱。《隋书·经籍志》详细记述了相关过程："受者必先洁斋，然后赍金环一，并诸贽币，以见于师。师受其贽，以箓授之。仍剖金环，各持其半，云以为约。弟子得箓，缄而佩之。其洁斋之法，有黄箓、玉箓、金箓、涂炭等斋……"整体过程长达七到十四天，其间要长跪，几乎不吃东西，非常折腾，但李白凭借强健的体格和坚强的意志，挺了过来。

作为一名道士，当时可享受不少福利，比如免征赋税徭役，还常有信徒送给钱物等。但这些都不是李白所看重的，他想要的只是内心的安宁。

仪式结束后,他便带着剩余钱财,回到了瑕丘家中。儿子伯禽又长高一截,女儿平阳则已经是大姑娘了。而在获得李白许可之后,丹砂夫妇已单独生活。

刘氏早听说李白"赐金还山"的消息,便日日夜夜盼着,本以为李白会衣锦还乡,谁知他竟变成了一个道士。唯一欣慰的是,他还带了一些钱回来。在他离家的这几年,日子都快过不下去了。

然而,李白很快就把钱挥霍在了喝酒上。他甚至包下一座小酒楼,日日夜夜饮酒,连楼都不下。刘氏心灰意冷,哭嚎着离开了。

在孩子们无依无靠时,李白曾喜欢过的那位石榴姑娘搬进了他的家门。两年前,她的情人战死沙场,她流干了眼泪,只能接受命运的安排。

南阳郡临湍驿,王维与一位禅僧对谈数日。

此时王维刚获提拔,由从七品上的左补阙,升任从六品下的侍御史。在御史行列中,这已是较高级别。此次升迁后,他出京公干,在南阳郡遇到了这位老僧。

此僧非同小可,其法名神会,乃禅宗六祖慧能的嫡传弟子,今年已过六十岁。神会俗姓高,襄阳人,幼学五经、老庄、诸史,十四岁往韶州曹溪参谒慧能,经问答试难,师徒道合,两心相契,而后云游四方。开元年间,神会住洛阳荷泽寺,开创荷泽宗。慧能灭度后,南宗顿旨长期低迷,两京之间皆信奉神秀(已灭度)、普寂所传的北宗。洛阳位于嵩山脚下,乃北宗势力核心,神会于此处传法,堪比独入虎穴。而他非但传法,还于滑台(今河南滑县)大云寺召开无遮大会,宣讲南宗教义,公开诘难北宗,斥神秀、普寂为"师承是傍,法门是渐",由此激怒北宗,三遭性命之忧,虽得幸免,却被朝廷流放。

神会是六祖弟子中学识、勇气俱佳之士,为南宗传法立下赫赫功勋。王维闻神会名已久,在临湍驿向其求法。而对于神会而言,这也是一次传法的绝佳机会:王维诗名冠绝天下,若有他的信奉,岂非是最好的招牌?

《荷泽神会禅师语录》中记载了二人当时的对话,大体为:

王维问:"若为修道得解脱?"

神会道:"众生本自心净,若更欲起心有修,即是妄心,不可得解脱。"

王维一惊:"大奇。曾闻大德,皆未有作如此说。"

他又问:"作没时是定慧等?"

神会道:"言定者,体不可得。所言慧者,能见不可得体,湛然常寂,有恒沙巧用,即是定慧等学。"

当时,南阳太守寇洋也在场,谈了看法。王维又问了诸多问题,神会一一解答。

一个至刚至阳,一个至阴至柔,当世两大高人的对话禅机闪烁,若电光石火。

因为母亲崔氏就是普寂的弟子,乃北宗禅的忠实信徒,王维本人也深受影响,一个"修"字在他心中根深蒂固。尤其是红豆去后,他心头长年笼罩一片阴云。与神会一番交谈,让他从苦海中解脱出来。自此,王维倾心南宗禅法,成为唐代著名诗人中弘扬南宗禅的第一人。

五月,王维在长安。这年制举"高蹈不仕科"考试结束,高适来应考,名落孙山。王维写了一首诗《送高适(一作道)弟耽归临淮作》,内容无甚新意,却也代表交情。当然,也有人认为,此诗并非写给高适,而是写给一个名叫高道的人。

这年夏天，李白又来到齐州。此行是杜甫相邀，高适也接到邀请。意外的是，还有另一位故人在场。

齐州城气候炎热，日晒如火。即便是自幼生长于蜀地，以耐热自矜的李白，也满头大汗。行至城西北角，但见一片水泽，波光潋滟，莲叶田田，水中有一小岛，岛上有朱红凉亭，遥遥传来歌吹之声。李白定睛望去，只见亭中数人，杜甫在其间，正朝自己招手。

岸边早有小舟候着，舟行莲叶间，时有荷花拂面而过，此前的烦躁瞬间一扫而光。片刻登岛，但见数株巨柳，将整座岛蔽于柳荫之下。岛在湖心，亭在岛心，十数乐人于亭外拨弄丝竹，亭中人却在饮酒作乐。李白大步踏入，见亭中共四人：杜甫、高适坐于下首。主位上一人白面短须，四十多岁模样，一袭浅绯色袍子，不必说就是齐州司马李之芳，他是太宗后裔，也是此次聚会的东道主。另有一位紫袍老者坐在上首，须发皆白，目光炯炯。

李白心中一惊。除了贺知章，他从未见过这等气度的老者。作为三品高官，现身此地，他是谁？

杜甫刚想为李白引荐，紫袍老者忽道："李翰林，还记得当年渝州的李邕吗？"

李白恍然大悟，二十五年前，他向渝州刺史李邕献诗求汲引，未获接见，一气之下写了一首《上李邕》，口气非常无礼，难道——忙叉手道："小子无礼，莫非您是李公？"

杜甫笑道："太白兄，这正是新任北海太守李邕李公。"

李白又长揖道："小子当年冒犯李公，恕罪，恕罪。"

李邕纵声长笑："李翰林不必多礼，老夫当年也是迂腐，遗憾晚识你二十年。我倒是对你那句'大鹏一日同风起，扶摇直上九万里'喜欢得很，年轻人，要的就是这等气度！"

李白闻言，心花怒放。众人端起酒杯，好一番畅饮。喝到最后，连高适也已醉倒，只剩李白与李邕兀自纵酒畅言，只觉整个小岛化作一片荷叶，在晚风中摇摇晃晃。

二人感叹，假如能在二十五年前喝这场大酒该多好啊！如今，老的已然太老，少的也已不少，都经历了太多坎坷。

李白的经历无须赘言。李邕则因敢于说话、性格张扬，先后得罪了不少权臣，即便是几位名相，也难以容他。早年，姚崇就因事构其有罪，将李邕贬官。李邕与张说都善写雄文，素有盛名，且都爱财，靠给人写碑文赚钱无数，也都不把贪污受贿当回事。共同点如此之多，似乎应该投缘，然而二人关系极差。开元十三年（725），李隆基封禅泰山，李邕在汴州面圣，累献辞赋。李隆基很中意，但张说很生气，不久便查处李邕贪赃枉法，将其贬为钦州遵化县尉，一下子把李邕打到了南疆官场的最底层。好在李邕能力超强，又凭借在岭南立下战功，重返刺史行列。

李白素来崇拜信陵君，而李邕正是信陵君之类人物：喜欢养士，不拘细行，好纵酒驰猎。假如不贪污受贿，他的俸禄哪里够用？他此次到齐州，是应李之芳邀请，论辈分，李之芳是他的族孙。他与李白、杜甫、高适这次相聚，极为欢畅。

李白欢饮数日，又泛鹊山湖，登华不注峰，好好游览了一番齐州美景。而后，李之芳送李邕回青州，杜甫随同前往，李白回兖州，高适赴淮泗，欢聚也就散了。

在齐州期间，李邕说起一桩"女子杀人为夫报仇"事件，李白听后很感慨，写了一首《东海有勇妇》。这样的侠女，从来都令李白着迷，他直呼："十子若不肖，不如一女英。"

东海有勇妇，何惭苏子卿。学剑越处子，超腾若流星。捐躯报夫仇，万死不顾生。白刃耀素雪，苍天感精诚。十步两躩跃，三呼一交兵。斩首掉国门，蹴踏五藏行。

——李白《东海有勇妇》（节选）

这年八月，李隆基正式册封杨玉环为贵妃，杨氏亲属愈加显赫。

大唐边疆并不安宁。这年九月，契丹及奚族部落首领杀死了之前和亲的大唐公主，起兵反叛。陇右节度使皇甫惟明与吐蕃在石堡城大战，兵败，副将战死……这些坏消息陆续传回长安，但长安并无太大反应。在李林甫的掌控下，朝廷如同一部机器，按部就班处理着一切。对李林甫而言，皇甫惟明战败甚至是个好消息。一方面，李林甫素来与太子不合，而皇甫惟明是太子的人，由其掌控陇右道兵权，显然不是好事；另一方面，皇甫惟明是汉人，而在李林甫的计划中，藩镇兵权应当交给胡人，如今终于能搬掉这块绊脚石了。

王维延续着过去当御史的方式。依唐律，侍御史职责是"纠举百僚，推鞫狱讼"，但对于王维来说，"纠举"和"推鞫"都是不可能的。这段时间，他主要写应制诗。这年安西都护兼鸿胪寺卿夫蒙灵詧（chá）从长安回安西，王维就奉旨为其写诗送别：

上卿增命服，都护扬归旆。杂虏尽朝周，诸胡皆自郐（kuài）。鸣笳瀚海曲，按节阳关外。落日下河源，寒山静秋塞。万方氛祲息，六合乾坤大。无战是天心，天心同覆载。

——王维《奉和圣制送不蒙都护兼鸿胪卿归安西应制》

从中可以看到王维应制诗的特点：符合审美，滴水不漏，其中不仅有佳句,也能隐约表达一丝真实想法。比如,"无战是天心,天心同覆载"。他是在塞外生活过的,深知战争的残酷,有什么比不打仗更好的呢?

秋天,好友卢象由司勋员外郎被贬为齐州司马,王维在长安能说话的人又少了一个。

这年秋天,李白在兖州家中见到杜甫。杜甫穿了一件华贵的翠云裘,李白家境的寒碜让他暗暗心惊,但他并未表现出来。在兖州这片土地上,杜甫有很强的优越感,其父曾任兖州司马,当年他是这片土地上的少爷。

李白依旧一袭道袍,与杜甫遍登池台,饮酒论诗。二人还去寻访一位名叫范十的隐士,途中迷了路,杜甫不慎坠马,跌入荒草丛中,衣服和头发挂满了苍耳。秋日的苍耳坚硬多刺,很难摘除,杜甫的翠云裘起了毛,头发也掉了许多。李白在一旁哈哈大笑。不过,在范十的村居中,杜甫"报了仇",吃掉了一盘用苍耳幼苗制作的鲜美菜肴。三人就着被霜打后的梨子饮酒,直喝到酩酊大醉。

那一夜,李白与杜甫同榻而眠。他看着这个醉得不省人事的年轻人,心想:这兄弟挺不错呀。

这些日子,杜甫多次见到李白酒醉后拔剑起舞,大袖飘飘,心中生出一种感动。他看到了纵横无忌的才华,也感受到强烈的生命意识。他在文坛混了好多年,从未见过一人有李白这样的气度。他也体味到一种莫名的心酸,具体是什么还说不清楚,只觉得狂舞的李白像一个"空心人",他的心到底在何处呢?

杜甫写了一首《赠李白》:

秋来相顾尚飘蓬,未就丹砂愧葛洪。痛饮狂歌空度日,飞扬跋扈为谁雄。

——杜甫《赠李白》

李白看后笑笑，未置可否。不久，杜甫要走，李白与当地朋友一起，同他连饮数日。而后，在石门山送别，李白写了一首诗：

醉别复几日，登临遍池台。何时石门路，重有金樽开。秋波落泗水，海色明徂徕。飞蓬各自远，且尽手中杯。

——李白《鲁郡东石门送杜二甫》

这首诗在李白作品中称不上出色，写的主要是喝酒的事，却也绝非敷衍。在李白心中，那些酒喝得很畅快。而不光杜甫，连他本人都不过是飞蓬而已。此次别后，李白还写过另一首怀念杜甫的诗：

我来竟何事，高卧沙丘城。城边有古树，日夕连秋声。鲁酒不可醉，齐歌空复情。思君若汶水，浩荡寄南征。

——李白《沙丘城下寄杜甫》

相比上首诗，这首深情了很多。李白能感受到这位小兄弟的真情，再见面时，肯定还要多喝几杯。

安能摧眉折腰事权贵

天宝五载（746）春，王维以侍御史身份出使榆林、新秦

（今陕西神木以北）等郡。

这是王维人生第二次出塞，距离上次过了九年。不同于前一次的忐忑，此时的他心如止水。出长安一路向北，他从马车窗口向外看，景色渐渐黯淡下来，有与无、是与非，似乎都不再重要。

路过山间，松柏有青青之色，泉水是凄怆之音。再往北行，草原连绵不尽，还有黄河奔腾。携弓带矢的兵将走过，远远看见使节仪仗，会停下来望几眼。都是些陌生的面孔，眼睛里有一种疏离的冷。在边塞，他们待得太久了。

在新秦郡，王维看到满山松树，忽然想起卫州山头那棵红豆树。那么多年风霜雪雨，它还碧绿如初吗？

青青山上松，数里不见今更逢。不见君，心相忆，此心向君君应识。为君颜色高且闲，亭亭迥出浮云间。

——王维《新秦郡松树歌》

王维又到河西，见到了名将王忠嗣。在皇甫惟明战败之后，王忠嗣被任命为河西、陇右节度使，手握重兵。重游故地的间隙，王维还写了一篇《为王常侍祭沙陀鄴国夫人文》。这是替王忠嗣写的一篇外交应用文，也让"沙陀"这一民族引起很多中原士人的注意。那时无人能想到，一百多年后的沙陀铁骑，会成为大唐续命的一根稻草。

当王维回到长安时，发现朝廷又发生了变化：皇帝更宠爱杨贵妃了，对朝政几乎不闻不问，全盘交给李林甫。民间流传着歌谣："生男勿喜女勿悲，君今看女做门楣。"

在李林甫算计下，左相李适之先是被罢相，数月后又被贬为宜春太守。而代替李适之的陈希烈，是朝廷中的一大草包。他因善讲《老子》《庄子》而升官,专门制造各种祥瑞,以换取皇帝欢心。李林甫觉得跟这样的草包搭档,自己做事效率更高,也更安全。而李适之被贬,主要是因为他跟太子交好。此后李林甫继续发难,将太子妃韦坚等数十人贬官流放。

有人会问:对太子狠到这个地步,李林甫就不怕吗?

这里有个故事。李林甫之子李岫(xiù)担任将作监——从三品,相当于总建筑师。他因父亲权势过大而担心。有一次,他与李林甫游后园,指着干活的民夫说:"父亲您久为宰相,树敌太多,仇家满天下,如果一朝祸至,我们想要像这些民夫一样,恐怕也不能!"李林甫听后很不高兴:"大势已然如此,有什么办法呢!"

李林甫很明白,他是回不了头的。即便发出千年之前李斯那样的"黄犬之叹",也不过是自取其辱而已。在他看来,当时以太子为中心,以李适之、皇甫惟明、韦坚等为羽翼,在行政、军事、财务等领域,已形成了一股强大势力。李适之、皇甫惟明自不必说,作为太子妃兄长的韦坚,是一个在财政方面极具才华的人,他任水陆转运使时,极大改善了长安的漕运。李林甫认为,太子拥有这样的势力,已对自己构成了威胁,必须痛下杀手。这也是皇帝默许的。

在这一次政治清洗中,还有诸多官员被贬,李白的朋友崔成甫就在其中。

兖州,李白生了一场大病。

精神上的打击,加上过度饮酒,又吃了一些自己胡乱炼的丹药,再强壮的身体也顶不住了。多亏了那位石榴姑娘悉心照料,这年秋天,李白又爬起来了。

石榴姑娘没读过书,却看得透彻。她鼓励李白多去参加一些酒局，这样就没空炼丹药了。酒虽伤身，危害却比丹药轻多了。而且，炼丹很费钱，而李白跟官员们饮酒写诗，是可以赚钱的。

当然，这只是石榴姑娘的意思，不是李白的。

在病中，李白就想起此前与贺知章的约定。贺知章虽已亡故，但越中他还是要去的。身体一康复，李白就背起了行囊。几位朋友为他送行，一番痛饮后，李白写下一首长诗，大步向南而去。

> 海客谈瀛洲，烟涛微茫信难求。越人语天姥，云霓明灭或可睹。天姥连天向天横，势拔五岳掩赤城。天台四万八千丈，对此欲倒东南倾。我欲因之梦吴越，一夜飞度镜湖月。湖月照我影，送我至剡溪。谢公宿处今尚在，渌水荡漾清猿啼。脚著谢公屐，身登青云梯。半壁见海日，空中闻天鸡。千岩万转路不定，迷花倚石忽已暝。熊咆龙吟殷岩泉，栗深林兮惊层巅。云青青兮欲雨，水澹澹兮生烟。列缺霹雳，丘峦崩摧。洞天石扉，訇然中开。青冥浩荡不见底，日月照耀金银台。霓为衣兮风为马，云之君兮纷纷而来下。虎鼓瑟兮鸾回车，仙之人兮列如麻。忽魂悸以魄动，恍惊起而长嗟。惟觉时之枕席，失向来之烟霞。世间行乐亦如此，古来万事东流水。别君去兮何时还？且放白鹿青崖间，须行即骑访名山。安能摧眉折腰事权贵，使我不得开心颜！
>
> ——李白《梦游天姥吟留别》

这也是李白长诗代表作之一，其中神兽罗列，俨然异度空间，而结尾直抒胸臆，酣畅无比。

诸友先是目瞪口呆，稍稍思之，便一齐举杯，开怀大笑。他们明白，对于此前在长安的种种挫折，李白终于想通了。走便走吧，谁能指望小小的兖州留得住李白呢？

李白包袱里并无多少盘缠，依旧需要一边赶路，一边筹集路费。做翰林供奉的经历，让他献诗筹钱容易了些，但有时仍难免要"扮可怜"。行至宋州虞城县，天降大雪，李白囊中羞涩，向县令李锡献了一首诗：

> 昨夜梁园里，弟寒兄不知。庭前看玉树，肠断忆连枝。
> ——李白《对雪献从兄虞城宰》

这年冬天，西河郡守杜希望及妻子张氏双双去世。王维为其写了三首挽歌，将杜希望比作孔子的弟子、在西河享有盛名的子夏。年轻的岑参写了四首，称赞了杜希望的儿子，"多君有令子，犹注世人心"。

杜希望性格刚直，曾因拒绝对巡边的宦官行贿而遭中伤，被贬官。他在士林中口碑很好，曾举荐过崔颢等人。这里必须要提一下他的儿子，其名叫杜佑，后来成为一代名相以及著名历史学家，编撰了《通典》。而杜佑的孙子，就是"小李杜"中的杜牧。

这年，长安城流传着李颀的一首诗。李颀素有才名，进士及第多年，但仕途没有起色，一直担任县尉级小官。当时，房琯任给事中，正五品上，这是能接近皇帝的要职。李颀听了国手董庭兰演奏的胡笳，写了一首"乐评"诗，献给房琯。房琯为其传扬，李颀名声大噪。

> 蔡女昔造胡笳声，一弹一十有八拍。胡人落泪沾边草，汉使断肠对归客。古戍苍苍烽火寒，大荒沉沉飞雪白。先拂商弦后角羽，四郊秋叶惊摵摵。董夫子，通神明，深山窃听来妖精。言迟更速皆应手，将往复旋如有情。空山百鸟散还

合,万里浮云阴且晴。嘶酸雏雁失群夜,断绝胡儿恋母声。川为静其波,鸟亦罢其鸣。乌孙部落家乡远,逻娑沙尘哀怨生。幽音变调忽飘洒,长风吹林雨堕瓦。迸泉飒飒飞木末,野鹿呦呦走堂下。长安城连东掖垣,凤凰池对青琐门。高才脱略名与利,日夕望君抱琴至。

——李颀《听董大弹胡笳声兼寄语弄房给事》

这首诗容易让人想起李白。在长安时,他并未在上层诗歌圈引起多大反响,但他离开后,有人开始想念他。他的绝世才华和想象力,给长安带来了不同的东西,在时觉得扎眼,去后却难免遗憾。李颀的诗风明显受了李白的影响,但缺少李白诗中的光芒。李白谈神仙,李颀说妖精,就像一个"弱化"兼"黑化"版的李白。而即便如此,这首诗仍然受到欢迎。长安的审美,已在不知不觉中发生变化。

王维与李颀是有交往的。李颀也喜欢炼丹、饵食,王维还为他写了一首诗:

闻君饵丹砂,甚有好颜色。不知从今去,几时生羽翼。王母翳华芝,望尔昆仑侧。文螭从赤豹,万里方一息。悲哉世上人,甘此膻腥食。

——王维《赠李颀》

仙郎有意怜同舍

天宝六载(747)正月,李白听到一个消息,几乎晕倒。七十岁的李邕,在青州城中被杖杀。而与他一同被杀的,还有曾为刑部尚书、时任淄川太守的裴敦复。

罪魁祸首正是李林甫。他厌恶李邕爱说话、敢说话的性格，便再次查处贪赃枉法一案。此前，李邕曾送给左晓卫兵曹柳勣一匹马，而柳勣因"妄称图谶、交构东宫、指斥乘舆"罪下狱。在酷吏逼迫下，柳勣供认李邕与此案有牵连，于是朝廷派员赶赴青州，将李邕当场杖杀。皇甫惟明、韦坚等人都被赐死，李适之忧惧自杀……

李白对此恨得咬牙切齿，可又能怎样呢？他只能流着泪，将恨意埋在心底。

春天，李白第三次来到扬州，与当地朋友游玩几日。临别前，他写了一首《留别广陵诸公》，追忆少年时代散尽千金、广结豪客的经历。转眼二十年，功名未立，虽也曾在长安扬名，却终铩羽而归，"骑虎不敢下，攀龙忽堕天"。而今后的人生，也只能归于沧海了。

随后，李白前往金陵，重游故地。与二十多年前刚到金陵时一样，他这次也写了很多诗，但风格截然不同。即便同为咏物，当年鲜妍明丽，而今却多苍凉之色，且每每借古讽今，表达对朝廷的不满。他也到当年遇见段七娘的那座小宅去看过，宅子已倾颓，不知为何连树都已枯死。他在城中会友，参加友人的送别宴，有时一首小诗写完，便泪流成行。

金陵城西南有一高台，名曰凤凰台，传说曾有凤凰集于此处，附近之山也名为凤凰山。李白立于台上，想起少年时登黄鹤楼，心心念念都是吴指南，彼时看见崔颢之诗，自己无心相竞，转眼二十几年过去。"便在这里补上吧。"他提笔在手，写道：

　　凤凰台上凤凰游，凤去台空江自流。吴宫花草埋幽径，晋代衣冠成古丘。三山半落青天外，二水中分白鹭洲。总为浮云能蔽日，长安不见使人愁。

——李白《登金陵凤凰台》

这首诗显然受了崔颢《黄鹤楼》的影响，二人功力足以匹敌，而李白写得更晚，约束更多，难度自然也更大。

王维已升任库部员外郎，从六品上。这一职位容易让人想起他被贬时担任的济州司仓参军。其实，一个"仓"，一个"库"，看似相像，中间却是天差地别。这里的"库"是武库，库部员外郎属于兵部。

在唐代的职官体系中，员外郎和郎中并称郎官，因属于尚书省，俗称"尚书郎"，这是无可置疑的美职，比拾遗、补阙要高出很多。在尚书省郎官二十四司当中，库部不如吏部、兵部等，却比驾部、水部等要强，是个不好不坏、不忙不闲的岗位。

春天，中书舍人苑咸写诗赠尚书省同僚。这个苑咸素有才名，擅长书法，通晓音律，懂得梵文、梵音。他跟王维一样，当年也是由张九龄所荐，经皇帝亲临前殿策试，授官为太子校书，而后一路青云直上。张九龄去世后，苑咸又为李林甫所看重，成为其诗文和发言稿的主要代笔者之一。苑咸比王维小八岁左右，此时官职却比王维高，身居要职。在苑咸看来，他与王维都是当世才子，且有相似经历，所以感觉比较亲近。

王维给苑咸写了一首诗，题为《苑舍人能书梵字兼达梵音，皆曲尽其妙，戏为之赠》，标题很长，虽然说是"戏"，却是很明显的夸赞。结尾还说"故旧相望在三事，愿君莫厌承明庐"，祝福对方拾级而上，官至三公。苑咸很领王维的情，给他回了一首诗：

> 莲花梵字本从天，华省仙郎早悟禅。三点成伊犹有想，一观如幻自忘筌。为文已变当时体，入用还推间气贤。应同罗汉无名欲，故作冯唐老岁年。
>
> ——苑咸《酬王维》

在此诗序言中，苑咸说："王兄当代诗匠，又精禅理，枉采知音，形于雅作，辄走笔以酬焉。且久未迁，因而嘲及。"

虽是开玩笑的语气，但"当代诗匠"这一称呼是很正式的，也反映出王维的诗坛地位。

苑咸很欣赏和推重王维，他愿向李林甫着重推荐，使其进一步高升。而王维爱惜羽毛，进一步退三步，对苑咸小心应承，既不愿走得太近，也不想得罪对方以及其背后的李林甫。因为，李林甫此时不仅权势熏天，还网罗了罗希奭（shi）、吉温等一干酷吏，人称"罗钳吉网"，李邕等人就死在他们手下。纵使苑咸有意愿且有能力做王维的知音，王维也不会答应。

王维小心翼翼地与苑咸保持着距离，又回了一首诗：

> 何幸含香奉至尊，多惭未报主人恩。草木尽能酬雨露，荣枯安敢问乾坤。仙郎有意怜同舍，丞相无私断扫门。扬子解嘲徒自遣，冯唐已老复何论。
>
> ——王维《重酬苑郎中》

这首诗同样有序言。王维夸奖对方的同时，推说自己老了，对仕途不太关心。

王维跟苑咸的交往，就是他在长安官场中的一个缩影。在他的仕途生涯中，虽然官阶越来越高，但极少跟高官做朋友。跟他交好的卢象、綦毋潜、储光羲、钱起、祖咏等人，一生大多数时间都品阶不高,他们是比较纯粹的笔墨之交,共同组成了大唐最顶层的诗文圈子。

这一年,以舞剑著称的裴旻去世了。在人生后半段,他再也没能立下像样的战功。而流传下来的挽诗中,并无王维和李白的作品,反倒是有三首杜甫的诗。

一日,李白接到一张请帖,是高座寺僧人中孚派人送来的,邀李白前去饮茶。高座寺位于城南梅冈之上,是一座古寺,建于东晋永嘉年间,原名甘露寺。曾有西天竺高僧尸黎密在此据高座说法,因此改名高座寺。僧人中孚,俗姓李,为李白族侄,颇有风度,二人曾在不同场合遇见过。

中孚要请李白喝的茶很不寻常,乃是荆州玉泉寺的仙人掌茶。李白大喜。此前路过荆州,他便听说玉泉寺附近山中有钟乳石洞,洞中玉泉交流,其中有白蝙蝠饮泉水而长生,体白如雪。水边有仙茗,枝叶如碧玉,唯有玉泉寺高僧采来制茶。此茶清香滑熟,异于他香,饮之可还童振枯,延年益寿。

中孚已将茶叶取来,笑道:"翰林公请看,此茶小僧也仅得数十片。"李白打眼望去,但见那茶叶拳然重叠,其状如手,果然是"仙人掌茶"。

中孚前去烹茶,李白四下打量,目光落在一只碗上,便再也移不动了。那是一只鎏金银碗,在一众瓷碗中分外显眼,底部卧着两只鸳鸯,另有一只小兽……李白如遭雷击。

这只碗,他不仅见过,而且用过。二十多年来,这碗一直藏在他心底。

"她在这里。"他自言自语。

恍惚中,中孚为他舀上了茶。

"鎏金海兽水波纹银碗……"李白摩挲着银碗,喃喃不已。

"谁呀？"中孚一愣，旋即笑道："此碗是玉泉寺一位女檀越的，我们饮的茶便是她带来的。贫僧已为翰林公备好茶碗。"

李白心中怦怦乱跳，那茶喝在嘴里全无味道，心中只一个念头：她在哪里？

中孚求诗，李白随手写了一首，其中两句是"清镜烛无盐，顾惭西子妍"。中孚哈哈一笑："翰林公果然风流，饮茶都不能忘情。"

李白脸上一红，脑子里木木的。他多次想打听那位"女檀越"，却终于未能启齿。

当日，李白留宿高座寺。

夜间，圆月在天。李白拎了一坛酒，在寺外空地上独饮。不知何时，一个声音吟道："花间一壶酒，独酌无相亲。举杯邀明月，对影成三人……"

李白急转身，见一黄衫女子笑语盈盈，手持一拂尘，距他咫尺之遥。

李白一伸手抓住她的腕子："你……你……你是？"

黄衫女子笑道："李十二，你看我是谁？"她叹口气，伸手拂了拂他的头发："你也老了呀！"

"明月姐姐！"李白叫一声，眼泪瞬时流下。

黄衫女子只是笑，轻轻挣脱了他的手，在一旁坐了下来。

李白看她容颜依旧，月光下直如花朵一般，满心欣喜，又想起自己头发花白，有些自惭形秽。

二人便在月下饮酒。

李白心中想着"段七娘"，却不敢问，只问她何时来的金陵。

明月淡淡说起，离开昌明后，她走了很多地方。去过中原，还去了平生最厌恶的长安，又遍游名山，到荆州玉泉山中住了些日子……此来金陵，是受玉泉寺僧所托。

李白问她为何"厌恶长安"。

明月饮了一碗酒,笑道:"李十二在长安为贵妃写诗,天下谁人不知?"

李白叹道:"连你也来嘲讽我。"

明月自己斟上酒:"那污秽之地,咱们都不必提了。这些年,你还好吧?"

李白苦笑一声,道声"好"。

明月又道:"玉泉山的茶,据说可令白发复黑,可要我去为你求些?"

李白放声大笑:"纵使那是仙茶,又哪有今夜的酒好?"

明月满是笑意:"是了,如此好的明月,如此好的酒。不饮更待何时?"

这夜,李白大醉。这是最开心的一醉。醒来时,见自己睡在客房,不知昨夜之事是真是幻。而茶室中,那只银碗已不见踪影。

下山后,李白速速收拾行囊,离开金陵,向越中行进。

朦胧间,他记得明月说要去看大海。他热切地盼望与她重逢,但又害怕在金陵城中再与她相见,尤其是在想到段七娘那座宅子时。

路上,李白想起那夜明月念诵《金刚经》偈子的情景,心中诧异,身着道装的她,居然也信了佛法。

"一切有为法,如梦幻泡影。如露亦如电,应作如是观。"倘若有了此念,又哪里还有长生可求?

一路走走停停,倒也悠闲。而念头一起,李白对佛法的兴趣越来越浓。

路过湖州时,接待他的湖州司马姓迦叶,他本是西域人,一见李白便感到分外亲切。酒过三巡,迦叶笑问:"太白兄这等长

相,一看便是我们胡人,却偏偏一袭道袍。兄可否想过:你到底是何人?"李白大笑,当即写了一首诗:

  青莲居士谪仙人,酒肆藏名三十春。湖州司马何须问,金粟如来是后身。

——李白《答湖州迦叶司马问白是何人》

  这番回答,非儒非道亦非佛。"金粟如来"即维摩诘大士,也是王维名字的来源。然而王维尚不敢以此自称,李白倒先开了口。

  也是自这年起,李白开始自称"青莲居士"。几乎与此同时,他将目光放到了底层百姓身上,断断续续写出了一些关注百姓疾苦的诗篇。比如,这次旅途中就写了一首《丁都护歌》,为河道上的纤夫诉苦。这一转向,为他的诗开出一片新天地。

  到了会稽,李白先后写了三首诗怀念贺知章,"长安一相见,呼我谪仙人。昔好杯中物,今为松下尘"。然后继续畅游,登高山而望远海。他对朝廷的不满更加强烈,将李隆基比作秦始皇,"穷兵黩武今如此,鼎湖飞龙安可乘"——在边庭杀人如草,你还指望长生不老,做梦去吧。

  大海之滨,李白住了数日,看海浪翻滚,心中渐渐宁静下来。

几日同携手,一朝先拂衣

  天宝七载(748)三月,长安。兴庆宫大同殿的柱子上生出玉芝,"有神光照殿"。皇帝以为祥瑞,文武百官朝贺,遍赐酒宴歌舞。

王维就在朝贺的群臣当中。这几年，他一直在整修辋川别业，此前又在嵩山隐居过，所以很清楚所谓"玉芝"，只是一种白芝罢了。大同殿柱子上长白芝，道理很明了，是因为太潮湿——殿后便是"龙池"。那里原为平地，六十多年前，长安连降大雨，积水形成一个小池。后来，工匠又引入龙首渠的水，在此处形成一片数丈深的大池，终年水汽氤氲。这次的"神光"，应是水面反射的光影。

这些事，王维懂，同僚自然也懂。但六十四岁的皇帝迷恋祥瑞，祥瑞自然就越来越多。作为诗坛领袖，王维非但不能说破，还不能沉默。他当即写诗祝贺，最后两句是："共欢天意同人意，万岁千秋奉圣君。"这是皇帝最爱听的话。

这年皇帝将"千秋节"改为"天长节"。大约是觉得"千秋"再久也有尽头，像苍天那般长久才够尽兴。皇帝还写诗赐给宰相，王维又和诗一首，其中几句是："太阳升兮照万方，开阊阖兮临玉堂，俨冕旒兮垂衣裳。"垂衣裳而治天下，盛世气象多美好。

王维的诗总能写到皇帝和李林甫的心坎里去，这是他一路拾级而上的最大保障。其实，写诗的风险也不低，有的人就写出了灾祸。就在这年，皇帝驾临骊山，登朝元阁，命群臣赋诗。正字刘飞诗写得最好，但没有先拿给李林甫看，而是直接呈给了皇帝。李林甫很恼怒，将刘飞贬到汴州去当了县尉。

此时的王维谙熟官场规则，而其弟王缙也已升任大理寺丞，从六品上。兄弟二人相互照应，安全感倍增。

李白又回到金陵。对于这座古城，他有一种割舍不断的情愫。春天，李白收到了一封来自长安的信。写信的是杜甫，他已

在长安漂泊数年,至今仍未谋得一官半职。信中附了一首诗:

> 白也诗无敌,飘然思不群。清新庾开府,俊逸鲍参军。渭北春天树,江东日暮云。何时一樽酒,重与细论文。
>
> ——杜甫《春日忆李白》

李白心头一喜,暗道:"杜二这家伙,也算懂我了。"

此时李白手头还算宽裕。有很多日子,他是与歌妓一起度过的,同她们在一起,他觉得自己依然年轻,就像二十多年前那样。同时,他也常常想起东晋名相谢安。当年,谢安就在东山蓄妓,携妓出游。当国家需要他时,东晋简文帝说:"安石(谢安的字)必出。既与人同乐,亦不得不与人同忧。"李白希望自己也能像谢安那样,重新出山,谈笑之间,整顿天下。

这段时间,"东山妓"是他诗中的重要题材。比如:"谢公正要东山妓,携手林泉处处行。""安石东山三十春,傲然携妓出风尘。楼中见我金陵子,何似阳台云雨人?""携妓东土山,怅然悲谢安。我妓今朝如花月,他妓古坟荒草寒。"

只是,谢安是谢安,李白是李白,非但出身天差地别,连其妓也迥然不同。谢安的妓,是家妓,是自家蓄养的。而李白的妓,只是秦楼楚馆的歌妓,是拿钱雇来的。也有可能是她们蓄养李白——为了求一首诗,增添身价。

这年,老友崔成甫从被贬的湘阴来金陵办事,与李白相会。他写诗赠李白,李白也回赠一首:

> 我是潇湘放逐臣,君辞明主汉江滨。天外常求太白老,金陵捉得酒仙人。
>
> ——崔成甫《赠李十二白》

> 严陵不从万乘游，归卧空山钓碧流。自是客星辞帝座，元非太白醉扬州。
>
> ——李白《酬崔侍御》

孙楚楼头，秦淮河上，二人一起喝了很多酒，恍惚间仿佛又回到长安。不管心中有多少怨言，他们都是想念长安的。

稍晚些时候，李白去了一趟扬州，在那里见到另一位老友陆调，现任江阳县令。李白一直对陆调心怀感恩，十七年前，他在长安北门附近遭斗鸡徒围攻，多亏陆调带金吾卫前来，救了他一命。李白曾为其写诗，提及这段经历。陆调当年已是御史，如今却仅为六品县令，仕途显然不顺。二人一同畅饮，互相安慰，"大笑同一醉，取乐平生年"。

随后，李白又到庐江，见庐江刺史、吴王李祗（zhī），献上几首诗，拿到一笔盘缠。

这年夏天，高力士升任从一品的骠骑大将军，到了武散官的最顶端。他在长安修建私家寺院"宝寿寺"，寺内大钟铸成之日，专门举行了一场庆祝仪式。满朝文武聚集，击钟一杵，施钱百缗，有求媚者一连击了二十杵，少者也不少于十杵，这笔钱都流入高力士的私囊。王维没有去，众人皆知他修佛，他却不凑这个热闹。

百官谄媚高力士，无非是想加官晋爵，而王维无所求。官职于他，虽非轻若鸿毛，却不过一重保障而已。他是人畜无害的，想要的只是安稳。

这年，在王之涣过世六年后，其妻李氏也去世了。作为同宗中的名人，王缙为她撰写了墓志。从史料可知，王之涣死后，家境萧条，乃至家人无力使其夫妻合葬。王缙本以文辞享有盛名，但他给李氏所写的墓志行文草率，甚至连王之涣的名字都没有提，如此景象颇为值得玩味。

李林甫依旧跋扈，但王维已经看到了他的掘墓人。此人名叫杨钊，跟李林甫一样，原本也是个混混。其年轻时放荡无行，嗜酒好赌，人品很差，被亲族鄙视。因在家乡待不下去，他三十岁时前往西川从军，在屯田中表现出色，被授为新都县尉。任期满后，他依附蜀地大豪鲜于仲通，但久不得志。鲜于仲通读过一点书，有才智，剑南节度使章仇兼琼将其视为心腹。而章仇兼琼与李林甫不睦，担心遭其所害，得知杨玉环受宠后，他打算派鲜于仲通前往长安，结交杨家作为援助。这时，鲜于仲通推荐了杨钊。章仇兼琼一见其人便大喜，聘其为节度推官。随后，杨钊带着价值百万的蜀地财货进京，与杨家搭上了线。此前，杨玉环的父亲杨玄琰曾任蜀州（今四川崇州）司户参军，死于蜀中，杨钊作为同族中人曾往来其家，并与杨家二小姐有私情。

当然，杨钊能打动杨家，不只凭借财货和私交，关键是靠他出众的能力。杨玉环能完成从寿王妃到贵妃的"惊世一跃"，也绝非仅有美貌，她有着对于权力和人心的精准把握。此刻，她虽身为贵妃，却也感觉独木难支。"以色事人者，色衰而爱弛"，古来宠妃均离不开外戚，而杨家并无出众的男人。杨钊则补上了这一空缺。接下来，她不仅替章仇兼琼美言，还将杨钊推荐给皇帝。皇帝封杨钊为右金吾卫兵曹参军，正八品下。此后，他便侍宴禁中，处处投皇帝所好，又千方百计巴结李林甫。可以说，杨钊上位的手段，跟李林甫当年如出一辙，但他有杨贵妃这个最好的信息源和内援，所以势头更加迅猛。

这年六月，杨钊升任度支员外郎，兼侍御史，从六品上。这一官职跟王维同阶，但重要得多。在大唐的财政体系中，度支员外郎至关重要，是中央财政预算的第一个署名者。皇帝欣赏杨钊的才干，称他为"好度支郎"。此时，李林甫尚未意识到威胁，因为杨钊的巴结以及掖庭之亲,李林甫正想好好利用他,为自己剪除异己。杨钊也抓住机会,"逞其私志,所挤陷诛夷者数百家,皆钊发之",成为李林甫手中的一把利刃。

这年十一月,杨贵妃的三个姐姐分别被封为韩国、虢国、秦国夫人。"三人皆有才色,上呼之为姨,出入宫掖,并承恩泽,势倾天下。"

王维将一切看在眼里。对于做官,他真的厌倦了。这年,好友张五辞官归隐,王维为他写了一首诗:

送君尽惆怅,复送何人归。几日同携手,一朝先拂衣。
东山有茅屋,幸为扫荆扉。当亦谢官去,岂令心事违。

——王维《送张五归山》

君不能学哥舒,横行青海夜带刀

天宝八载(749)春,李白在金陵得知了张旭去世的消息,一声叹息。当然,张旭也算长寿了。当年酒友大多已谢世,其中,李适之贵为宰相都难求善终,这世道还能让人说什么呢?

李白情绪低沉。这段日子,他特别想念自己的儿女。离开兖州已快三年,不知孩子们怎么样了。

吴地桑叶绿,吴蚕已三眠。我家寄东鲁,谁种龟阴田?
春事已不及,江行复茫然。南风吹归心,飞堕酒楼前。楼东一株桃,枝叶拂青烟。此树我所种,别来向三年。桃今与楼齐,我行尚未旋。娇女字平阳,折花倚桃边。折花不见我,泪下如流泉。小儿名伯禽,与姊亦齐肩。双行桃树下,抚背复谁怜？念此失次第，肝肠日忧煎。裂素写远意，因之汶阳川。

——李白《寄东鲁二稚子》

李白是浪荡子，却非无情人。他寥寥数笔，勾画出家园模样，一幅桃花儿女图，催人泪下。三年过去，儿女如同野生，如今有谁人能怜惜？想到这里，不禁方寸大乱。

然而，他终究是浪荡子。即便思之如狂，依旧不愿回乡。幸运的是，朋友萧三十一正好要去兖州，李白赠诗给他，嘱他一定去自己家中看看。"我家寄在沙丘傍，三年不归空断肠。君行既识伯禽子，应驾小车骑白羊。"

长安，二月。这日，文武百官被领至国库参观，每人按级别被赏赐了一些财物。此后，赏赐成为皇帝的习惯动作，且越赏越多。

王维已升任库部郎中，从五品上，这意味着王维从绿袍换上了绯衣，步入高官行列。

王维经受过苦日子，做过司仓参军，也到过岭南和边塞，很清楚基层百姓和士兵的生活状况。他明白，国家再怎么强盛，也经不起如此挥霍。

最直接的问题出在杨钊身上。杨钊升官的核心就是两个字：聚敛。他窥察李隆基好恶，竭力聚敛钱财，讨其欢心。一年之内，他身兼十五项要职，升任给事中，兼御史中丞，专判度支事，而后，又获赐紫衣金鱼——三品高官的待遇。可以说，杨钊确实是李隆基所喜欢的那种人，也让其深深坠入盛世迷梦之中。在李隆基看来，大唐到了空前强盛时期，"视金帛如粪壤，赏赐贵宠之家，无有限极"。

这年春天，对于王维来说，有件开心的事是他读到了高适的诗集。这一诗集是睢阳太守张九皋献给皇帝的，由颜真卿作序赋诗，朝中名士遍览。张九皋是张九龄的弟弟，王维心想，高适终有出头之日了。

果然，这年六月，高适赴长安应考制举"有道科"，成功通过。制举乃天子门生，是极好的出身，但李林甫擅权，只给高适授官封丘尉。封丘为紧县，县尉为从九品上，对于普通举子来说，作为释褐官已然不错。但在四十六岁的高适看来，却是不小的打击。他一直自视甚高，多年沉沦草泽，本以为此次能改变命运，却只得到了一个县尉。

按照程序，新及第被授予官职者要感谢皇帝和宰相。高适也上了谢表，并给李林甫和陈希烈各写了一首诗。他知道李林甫惹不起，而陈希烈只是摆设。给李林甫的诗比较客气，除赞美之外，只表达了一丝遗憾。但给陈希烈的诗满腹牢骚：

幸沐千年圣，何辞一尉休。折腰知宠辱，回首见沉浮。天地庄生马，江湖范蠡舟。逍遥堪自乐，浩荡信无忧。去此从黄绶，归欤任白头。风尘与霄汉，瞻望日悠悠。
——高适《古乐府飞龙曲留上陈左相》（节选）

赴任途中经过洛阳，高适写诗赠友人："不知何时更携手，应念兹晨去折腰。"他提到"折腰"，不仅是用陶渊明"我不能为五斗米折腰向乡里小人"的典故，更是因为县尉作为最底层官员，折腰下拜乃最基本的日常动作，这让高适难以接受。但又能如何呢？他还是得去的。

这年六月，陇右节度使哥舒翰攻取吐蕃石堡城，俘获吐蕃兵四百，而唐士卒战死数万。比例如此悬殊，与石堡城的位置和地形息息相关。石堡城又名铁刃城，地处大唐和吐蕃交通要冲，三面险绝，仅一条小路可上。吐蕃只需派数百人，多储粮食，多积滚木礌石，便可据险而守。二十年前，信安王李祎曾率军攻占此处，后又为吐蕃所据。两年前，李隆基派前任陇右节度使王忠嗣攻打石堡城，遭到拒绝，王忠嗣上言："石堡险固，吐蕃举国守之，今顿兵其下，非杀数万人不能克，臣恐所得不如所亡，不如且厉兵秣马，俟其有衅，然后取之。"

王忠嗣希望李隆基考虑后果，而且要师出有名。但极度膨胀的李隆基听了很不爽，派另一大将董延光前往，命王忠嗣分兵相助，王忠嗣不敢抗旨，但对兵力有所保留。时任河西兵马使的李光弼曾劝王忠嗣，而王忠嗣的回答很是感人，他认为石堡城"得之未足以制敌，不得亦无害于国，故忠嗣不欲为之"。天子要处罚，无非是罢他兵权，去做一个金吾卫或羽林卫将军；再差些，也不过是去黔中道做个州郡上佐。怎能以数万士卒性命，来换一个官职呢？李光弼听了极为钦佩。

后来，董延光无法攻克石堡城，说是王忠嗣阻挠。李隆基震怒。李林甫乘机落井下石，指使人诬陷王忠嗣与太子交好，将拥兵尊奉太子。王忠嗣差一点被判处极刑，幸亏哥舒翰极力说情，其才免于一死，被贬为汉阳太守。随后，李隆基命哥舒翰率兵六万三千攻打石堡城。有了前车之鉴，哥舒翰岂敢不尽全力，结果是"惨胜"，一如王忠嗣当初所言。

这年冬天，李白在金陵与朋友王十二饮酒，谈及时事，很是愤慨。王十二走后，李白又独饮至深夜。窗外孤月高悬，寒风呼啸，他的心中似熊熊火烧。想起这两年来一连串血案，还有边塞数不尽的冤魂，以及自己不知何日才能再得起用……万般滋味涌上心头。

昨夜吴中雪，子猷佳兴发。万里浮云卷碧山，青天中道流孤月。孤月沧浪河汉清，北斗错落长庚明。怀余对酒夜霜白，玉床金井冰峥嵘。人生飘忽百年内，且须酣畅万古情。君不能狸膏金距学斗鸡，坐令鼻息吹虹霓。君不能学哥舒，横行青海夜带刀，西屠石堡取紫袍。吟诗作赋北窗里，万言不直一杯水。世人闻此皆掉头，有如东风射马耳。鱼目亦笑我，谓与明月同。骅骝拳跼不能食，蹇驴得志鸣春风。折杨黄华合流俗，晋君听琴枉清角。巴人谁肯和阳春，楚地由来贱奇璞。黄金散尽交不成，白首为儒身被轻。一谈一笑失颜色，苍蝇贝锦喧谤声。曾参岂是杀人者？谗言三及慈母惊。与君论心握君手，荣辱于余亦何有？孔圣犹闻伤凤麟，董龙更是何鸡狗！一生傲岸苦不谐，恩疏媒劳志多乖。严陵高揖汉天子，何必长剑拄颐事玉阶。达亦不足贵，穷亦不足悲。韩信羞将绛灌比，祢衡耻逐屠沽儿。君不见李北海，英风豪气今何在！君不见裴尚书，土坟三尺蒿棘居！少年早欲五湖去，见此弥将钟鼎疏。

——李白《答王十二寒夜独酌有怀》

天宝九载（750）二月，王维就攻占石堡城一事写了贺表《贺神兵助取石堡城表》，赞美皇帝"以道理国，以奇用兵……遂歼逆命之虏，果屠难拔之城"。

与李白"君不能学哥舒，横行青海夜带刀，西屠石堡取紫袍"的讽刺相对比，王维的贺表格外辣眼睛。但在当时，写贺表是文学之臣必须做的事，几乎逃不掉。即便是李白，在讽刺完哥舒翰之后，隔了几年也又向其献诗，称赞其攻取石堡城的功绩。

武将在打着明知不能打的仗，文臣在夸着明知不该夸的人，绝世天才明明心存鄙视，却依然要献诗以赞美。人间路越走越窄，盛世如此荒谬，又能苛责谁呢？

钱起终于中了进士，凭着那首"曲终人不见，江上数峰青"的绝唱，被授秘书省校书郎。但传奇不是一天写成的，其实，此前钱起已在京城飘零十余年，累年不第，他曾经写诗："献赋十年犹未遇，羞将白发对华簪。"

王维母亲崔氏去世。因丁母忧，他离开长安，屏居辋川别业，为母守孝。

这些年，王维为同僚家人写过许多挽诗，而母亲去世后，他只是流泪。红豆与母亲都一去不返，他又无子女，这世上只剩下他一个人。许多年后，他写了一首四言诗，描写自己的独居生活。其中前半部分，大约是他此时心境：

> 嗟予未丧，哀此孤生。屏居蓝田，薄地躬耕。岁晏输税，以奉粢盛。晨往东皋，草露未晞。暮看烟火，负担来归。我闻有客，足扫荆扉。箪食伊何，疈（pì）瓜抓枣。仰厕群贤，皤然一老。愧无莞簟，班荆席藁。泛泛登陂，折彼荷花。静观素鲔，俯映白沙。山鸟群飞，日隐轻霞。登车上马，倏忽云散。雀噪荒村，鸡鸣空馆。还复幽独，重欷累叹。

——王维《酬诸公见过》

李白的愤愤不平持续了一段时间，他又写了《战城南》《代马不思越》《胡关饶风沙》等诗，谴责朝廷的穷兵黩武。

这年五月，李白终于决定离开金陵，告别花天酒地的生活。不过，他并未直接回兖州看望儿女，而是去登庐山，一路行行止止，写了不少诗。

随后，李白迎来了人生第二段正式婚姻。同第一段婚姻一样,妻子仍是一位"相门之女",而李白的身份仍是"赘婿"。妻子姓宗,其祖父乃恶名昭彰的宗楚客。从武曌到韦后时期,宗楚客多次参与政治阴谋,贪赃枉法,害人无数,后被李隆基处死。这样的人家,按说会为士人所不齿,但李白并不在意。当然,换了其他"相门",他也难有机会。

这一年,李白已经五十岁,而宗小姐比他小二十余岁。宗小姐很喜欢李白的诗,特别是那首《梁园吟》,为了留住这首诗,她曾买下李白题诗的整面墙。另外,跟李白一样,她也信奉道教。两位"道友"拜了天地,幸福地生活在一起。

这段婚姻中,最大的受害者是身在兖州的石榴姑娘。她因出身平民之家,也未受过教育,跟李白在一起后,一直都未得到名分。正因为有她照顾家庭,李白才有机会外出游历。甚至,她还为李白生下了一个儿子,名叫天然,乳名颇黎。但李白从未将她的儿子与许氏夫人所生的平阳、伯禽同等看待,即便此前他所写的诗中,也只提到"二稚子"。在极其注重出身的唐代,李白的做法不会受到世人苛责,而石榴姑娘面对的只能是绝望。

白眼看他世上人

天宝十载(751)春,辋川,王维依旧为母守孝。他不在长安,但对于朝中之事并不陌生。

去年十一月,皇帝前往杨钊的山庄。这并非突发奇想,而是习惯动作,自天宝八载(749)起,每年十一月皆是如此。只是这一次,杨钊提出想改名。因为当时天下流传的图谶中有"金刀"二字,而"钊"字有可能触犯忌讳。

皇帝给他赐名"国忠"。自此,杨钊变成了杨国忠。皇帝对他的恩宠，也渐渐超过李林甫。一个突出表现是：这年正月，杨国忠与杨氏姐妹五家夜游，与广平公主一行争过西市门。杨氏奴仆挥鞭打中了公主的衣服，公主坠马，驸马程昌裔前去搀扶公主，被打数鞭。公主向父皇哭诉，皇帝为她杖杀了杨氏奴仆。公主赢了第一场，但第二场输得很惨：次日，皇帝下旨免了驸马程昌裔的官，不听其朝谒。一夜之间发生如此大的转折，让人想想就心惊胆战。至此，皇室成员更加理解，为何几年前玉真公主见到杨玉环就毕恭毕敬了。

与内忧相伴随的，还有外患。早在前一年，安禄山被封为东平郡王，开启了唐代将帅封王的历史。

在史书记载中，安禄山乃营州柳城胡人，本姓康，母亲姓阿史德，是个巫婆，以卜筮为业。传说她从突厥斗战神"轧荦（luò）山"处求子，受孕，孩子出生时光照穹庐，野兽尽鸣，"望气者见妖星芒炽落其穹庐"。母亲认为此子不凡，为其取名轧荦山。因他从小父亲早亡，随母嫁给突厥人安延偃，改名安禄山。

这些记载真假混杂，很大一部分是安禄山发迹后，为美化和神化自己而编造的。据考证，安禄山生于粟特胡寒门，其母不姓"阿史德"，他也不姓"康"，这二者均属贵族姓氏，是母子二人日后仿冒的。胡人拥有婚前性自由，所以安禄山只知其母而不知其父。他出生时的异象应为后人杜撰，就跟唐代皇帝出生时也有异象一样。轧荦山本来的意思是"光明神"，安禄山发迹后才改为"斗战神"，故意使词义发生转化。

整体来看，安禄山的一步步发迹，主要凭借"七种武器"：

第一，语言天赋。

安禄山自幼生长于杂胡之中，通六蕃语言，长大后做互市牙郎，为南北贸易定价。这不仅让他增长了见识，也养成了揣度人心的习惯。更重要的是，他找到了平生最重要的搭档。当时，一个名叫史窣干的人也做互市牙郎，他比安禄山大一天，也通六蕃语言。后来，他改名叫史思明。

第二，骁勇善战。

安禄山能脱颖而出，靠的是骁勇。身处边塞，打仗才是硬道理。他被幽州节度使张守珪任命为捉生将，每次只带几名骑兵，却能捉回数十个契丹人。张守珪很看重他，将其收为养子，予以重用和提拔。不过，安禄山的败绩也很扎眼。开元二十四年（736），张守珪派身为平卢讨击使、左骁卫将军的安禄山平定奚、契丹叛乱。安禄山恃勇轻进，大败。张守珪欲正军法，又舍不得，便将其押送京师。中书令张九龄要杀安禄山，却被皇帝拒绝，将其赦免。

第三，行贿谄媚。

死里逃生回到幽州后，安禄山祭出了生意人的法宝：贿赂。他对所有前往幽州视察的使者百计谄媚、重金贿赂，这些人回长安后都替他说话，皇帝也开始器重他。天宝元年（742），安禄山任平卢节度使、柳城太守；天宝二年（743），入朝奏对称旨，进骠骑大将军；天宝三载（744），任范阳节度使、河北采访使，仍领平卢军，地盘越来越大。

第四，演技出众。

面对皇帝时，安禄山扮演了一个愚蠢却忠诚的角色。他生得肥胖，体重三百三十斤，平时需要左右两人搀着才能走路，骑马时也要经常换马，否则马会累倒。皇帝指着他的大肚皮问："胡腹中何有而大？"他答："唯赤心耳！"他一有机会就对皇帝表白，"愿以身为陛下死"。他知道皇帝跟太子关系微妙，见了太子先是不拜，说"臣愚，知陛下不知太子，罪万死"，然后再拜。天宝六载（747），安禄山进封御史大夫。

面对杨贵妃时，安禄山扮演的是一个很傻很可爱的"舞林高手"。他比杨贵妃大十六岁，却请求给她当干儿子。皇帝答应后，他每次觐见都先拜贵妃后拜皇帝，说"蕃人先母后父"。同时，他展示了高超的胡旋舞水平，三百三十斤的身躯在皇帝和贵妃面前旋转如风。这引发了杨贵妃的兴趣，二人关系越来越亲密，乃至有了流言蜚语，连正史都写下："或与贵妃对食，或通宵不出，颇有丑声闻于外。"

面对李林甫时，安禄山扮演的则是胆小怕事的角色。安禄山倚仗皇帝之宠，初见李林甫时有些倨傲。李林甫为敲打安禄山，故意让正牌的御史大夫王鉷（hóng）跟其一起谒见。王鉷见了李林甫毕恭毕敬，安禄山的气势瞬间矮了一截。然后，李林甫又揣摩安禄山的心思，把他想说的话，一句一句都说了出来。安禄山大惊失色，他一向自认为善猜别人心思，却不知李林甫竟达到这等境地。李林甫再稍示优待，安禄山便极为感激，称其为"十郎"。安禄山回幽州后，留在长安的密探每次回来汇报，他都先问："十郎何言？"若有好话，他便手舞足蹈；反之，就哀叹："阿与，我死也！"这一幕流传出来，伶人李龟年常常以此为笑料，讲给皇帝听。李林甫自然也是满意的。

在这三个最需要讨好的人面前，安禄山主动把智商的优越感让给了对方，自己却捞到了最大的实惠。

第五，自我神化。

"轧荦山"这个名字本来并不出奇，胡人中很多人以此为名，但只有安禄山后来发达了。而且，他用从母亲那里学到的装神弄鬼的本事，不断神化自己。每逢盛大庙会，安禄山都打扮成祆（xiān）教战神，头戴虎皮帽，手持三叉戟，独自端坐在重床上，接见胡商。他的面前点着香火，摆满奇珍异宝，数百随从侍立左右，女巫们狂舞不止……盛大的仪式下，胡商们感觉眼前的安禄山就是战神下凡。而当时,胡商又是最迅捷的信息传播者,他们将这样的消息传遍四方,一直传到皇帝的耳朵里。也正因如此,皇帝才觉得安禄山"有异相",接见他时,专门为其设立了一个金鸡大帐。在胡人宗教中,金鸡帐是战神使用的。皇帝或许只想让安禄山开心,却也使他变成了官方认证的战神。

而且,安禄山的自我神化,绝非只是满足虚荣心,更在于实现野心。他所率领的军队是由多个游牧民族组成的,非常松散,但大都信奉祆教。他只有把自己变成"神",才能将其聚拢在一起,使军队为他所用。

第六,收买人心。

安禄山早早便修筑城池,积蓄兵器粮食,招兵买马。他收养了同罗、奚、契丹曳落河八千人作为义子,提拔了阿史那承庆、尹子奇、田承嗣等大将。而且,安禄山不遗余力延揽汉族士人为己所用,也称得上知人善任,当时墓志记载,他"外奖廉平,精择能吏,唯曰不足",形成了自己的一套文武班子。

第七,善于用药。

在整个唐朝,用药最出名的当然是孙思邈,而用药获利最大的则是安禄山。安禄山所用之药主要是两样:毒药和春药。

安禄山知道皇帝看重边功,便命人用一种名叫莨(làng)菪(dàng)子的植物种子酿成毒酒,再把契丹各部落酋长们骗来赴宴,使其喝下毒酒。待药力发作后,将其统统斩首,先后杀数千人,传首京师。皇帝不知内情,对安禄山一再加封,直至封王。

安禄山看到皇帝年老体衰,无力应对杨贵妃。于是,他搜罗了百粒"助情花",将此春药献给皇帝,一下子拉近了他与皇帝、贵妃的距离。

不过,皇帝李隆基也是一个用药高手,他在服用安禄山所献胡药的同时，也让安禄山对一种药上了瘾。李隆基所用的是道家的"散"。当时，从李隆基、杨贵妃到朝中大臣，几乎都在服散。而李隆基给安禄山所服之散，乃宫廷秘制，这种散造价昂贵，体验感极好，但副作用极大，需要及时"解散"——用正确方法解除副作用。解散时，需要用到温泉，所以，历史上有多处李隆基、杨贵妃和安禄山与温泉有关的记载，有的还到了不可描述的地步：

> 一日，贵妃浴出，对镜匀面，裙腰褪，露一乳，帝以指扪弄曰："吾有句，汝可对否？"乃指妃乳言："软温新剥鸡头肉。"妃未果对。禄山从旁曰："臣有对。"帝曰："可举之。"禄山对曰："滑润初来塞上酥。"妃子仰面笑曰："信是胡奴只识酥。"帝亦笑。

这段文字出自北宋刘斧的《青琐高议》，很可能是三人一起"嗑药"后的情形。这对君臣互相下药，互相拿捏，都认为自己是最聪明的那个，几年后却一个差点亡国，一个丢了性命，着实可笑可叹。

对于王维来说，朝中这些事都很遥远。听朋友们讲起时，他的表情总是淡漠的。他因母亲去世而伤心，以致形销骨立。他常想，假如长居辋川，再也不回朝廷，也不是坏事。

当然，只是想想罢了，王维并无辞官隐居的决心。他的好友卢象已被调回长安，任膳部员外郎。他的表弟崔兴宗隐居多年后，也打算重新出山为官。

这一日，王维与卢象等好友同游崔兴宗的别业，写了一首诗：

绿树重阴盖四邻，青苔日厚自无尘。科头箕踞长松下，白眼看他世上人。

——王维《与卢员外象过崔处士兴宗林亭》

"箕踞"是王维的姿态，"白眼"是他的表情。早年那个极其注重风度的公子形象，在他的诗中消失了。冷眼旁观之外，他连姿势也放旷起来。他还写了一首《青雀歌》，来表达自己的超然。

青雀翅羽短，未能远食玉山禾。犹胜黄雀争上下，唧唧空仓复若何。

——王维《青雀歌》

李白终于回到兖州，他是孤身回来的，宗氏夫人未同行。途中，李白去了一趟元丹丘在嵩山的山居。山居风景极佳，元丹丘又极热情，欲留李白常住。李白动了心，也当了真，打算将兖州的家整个搬过来。他在给元丹丘赠诗的序言中说："元公近游嵩山，故交深情，出处无间，嵒（yán）信频及，许为主人，欣然适会本意。当冀长往不返，欲便举家就之，兼书共游，因有此赠。"而诗中写道："拙妻好乘鸾，娇女爱飞鹤。提携访神仙，从此炼金药。"

可见，在他的搬家计划中，既有宗氏夫人，也有儿女。李白发自内心地盼望一家团聚。作为赘婿，他无法将儿女们带到宗氏夫人的娘家住处，而宗氏夫人也不会跟他去兖州。比较起来，移家嵩山算是一条折中路线。

但回到兖州后，计划搁置下来。李白依旧天天饮酒，且饮的多是闷酒、苦酒。身为浪荡子，他的心停不下来，整日怀念各地的老友，而老友也在继续凋零。

三月，崔宗之去世的噩耗传来，李白连醉数日。此前游南阳，崔宗之赠他一张孔子琴；在长安时，他们曾共饮千杯酒。此刻，他取琴在手，想弹奏一曲，却心乱如麻，总也不成调。于是喟然长叹，写了一首诗，有句曰："一朝摧玉树，生死殊飘忽。留我孔子琴，琴存人已殁。谁传广陵散，但哭邙山骨。"

数日后，李白又接到另一个消息，友人王昌龄被贬为龙标县县尉，从九品上，这是去年秋天的事。本来在江宁丞任上刚有一点希望的王昌龄，又被打到了最底层。为何如此欺人？李白痛心疾首，写了一首诗，寄去对朋友的安慰：

> 杨花落尽子规啼，闻道龙标过五溪。我寄愁心与明月，随君直到夜郎西。
>
> ——李白《闻王昌龄左迁龙标遥有此寄》

为了迎合皇帝开边的欲望，大唐的边将们不停制造战争。在南疆，南诏王阁罗凤本来跟大唐关系很好，但剑南节度使鲜于仲通故意挑起事端，激怒阁罗凤，战争爆发。鲜于仲通先胜后败，折兵六万。杨国忠替他遮掩，将兵败报作战功，又强征百姓当兵，致使遍地哭声。阁罗凤见朝廷毫无公道，只好刻碑于国门，言明不得已而叛唐，转身投靠吐蕃。从此，大唐南疆纷争不断。李白闻听此事，极为愤怒，写诗进行嘲讽。

五月，在大唐西疆爆发了另一场大战——怛（dá）罗斯之战。此战主将为高仙芝，他本是高句丽贵族，统领大唐安西军立下赫赫战功。他曾率军远征小勃律、揭师国，翻越崇山峻岭，俘其国王，使大唐在中亚的影响力达到顶峰。而高仙芝也有残忍的一面，比如，他在石国许诺投降后，攻破城池，屠杀老人和妇孺，掳走男丁，搜取财物。天宝十载正月，高仙芝入朝献俘，加官晋爵，然后返回安西。就在这一年，侥幸逃生的石国王子，向刚刚崛起的黑衣大食（阿拉伯帝国的阿拔斯王朝）求救，正在扩张的黑衣大食也想乘机袭取大唐安西四镇。高仙芝闻讯，以攻为守，主动出击。两军在怛罗斯城（今哈萨克斯坦塔拉兹市西）相遇，激战数日。这是东西方两大强国间的直接较量。高仙芝所率的是蕃汉联军，其中朝廷自有军队占比较少。交战中，联军主力葛逻禄部众突然反叛，与大食军夹击唐军，高仙芝战败，仅带数千人返回。因此战发生在葱岭以西，在大唐国内反响不大，但这意味着其向西扩张脚步的终止。同时，大批唐朝战俘进入中亚、西亚甚至欧洲，也让造纸术和印刷术传入西方，加速了西方文化发展。

秋天，李白再次辞家远游，方向是燕赵之地。经过汴州时，两位朋友于逖和裴十三为他设宴饯行，三人畅饮一番，李白写了一首诗：

太公渭川水，李斯上蔡门。钓周猎秦安黎元，小鱼兔䝙（jùn）何足言。天张云卷有时节，吾徒莫叹羝触藩。于公白首大梁野，使人怅望何可论。既知朱亥为壮士，且愿束心秋毫里。秦赵虎争血中原，当去抱关救公子。裴生览千古，龙鸾炳文章。悲吟雨雪动林木，放书辍剑思高堂。劝尔一杯酒，拂尔裘上霜。尔为我楚舞，吾为尔楚歌。且探虎穴向沙漠，鸣鞭走马凌黄河。耻作易水别，临歧泪滂沱。

——李白《留别于十一兄逖裴十三游塞垣》

诗中，李白豪言"且探虎穴向沙漠"，是有所指的，他的目标是范阳。当时，坊间传言安禄山蓄有异志，但皇帝并不相信。李白想探探安禄山的虚实，立一番功劳，以此叩开入仕之门。

在两位友人看来，李白此行很危险，否则也无须作"易水别"。只是，这真的可行吗？在李白的思维中，"可行性"从来都不是问题。一方面，他认为自己无所不能；另一方面，他习惯"大言"，做成什么样是另一码事。

事实上，安禄山的虚实早已有人探过。且不说朝廷的探子，高适在前一年冬天就刚刚去过一次范阳——身为封丘县尉，高适送新招募的士兵去居庸关里的清夷军。清夷军属安禄山辖下，抵达之后，高适受到了范阳幕僚的款待，连饮数日。在这期间的诗中，高适多次写下自己的失意，比如，"惆怅孙吴事，归来独闭门"、"自堪成白首，何事一青袍"。而关于安禄山是否谋反，高适只字未提。

返回封丘后，高适越来越受不了县尉的工作。李隆基奢靡浪费、穷兵黩武，杨国忠聚敛成性，这都需要大量钱财支撑。而征缴赋税的最终执行者，正是公务员体系中最底层的县尉。为了顺利完成任务，县尉既要对百姓百般刻剥，也要对长官处处逢迎。高适日日煎熬，弃官的念头在脑子里转了又转，他写了一首诗抒发愤懑，这也是他的代表作之一。

我本渔樵孟诸野，一生自是悠悠者。乍可狂歌草泽中，宁堪作吏风尘下！只言小邑无所为，公门百事皆有期。拜迎官长心欲碎，鞭挞黎庶令人悲。归来向家问妻子，举家尽笑今如此。生事应须南亩田，世情付与东流水。梦想旧山安在哉？为衔君命且迟回。乃知梅福徒为尔，转忆陶潜《归去来》。

——高适《封丘作》

燕山雪花大如席

天宝十一载（752）春，自邯郸城头远眺，四野荞麦青青。李白仰天大笑，似喜似悲。

其实，在广平城时，李白就已醉了，又骑在马上晃晃悠悠走了六十里。途中经过一片乱石冈，人言那便是古时赵国宫室所在。如今望去，但见乱石嶙嶙，白杨萧萧。旁边的残碑上，隐隐有些字迹。

李白心中酸楚，打马而行，直到看见"邯郸"二字，才兴奋起来，又去酒肆痛饮一番。站在城楼上，春风一吹，顿觉头重脚轻。他扶着栏杆，稳住身形，吟起诗来：

> 醉骑白花骆，西走邯郸城。扬鞭动柳色，写鞚春风生。入郭登高楼，山川与云平。深宫翳绿草，万事伤人情。
> ——李白《自广平乘醉走马六十里至邯郸，登城楼览古书怀》（节选）

众人纷纷望过来，谁都看得出，这个雄壮老者已然醉了。而他腰间那口剑很是显眼。此剑乃宗氏夫人家传之物，李白佩在腰间，心中想起廉颇、蔺相如、毛遂、平原君……那一个个名垂青史的人物，而今安在哉？赵国宫室已成废墟，更何况凡人肉身？功业又有何意义？或许真不如入山炼丹。

在邯郸，李白停留数日，不仅游赏各处名胜，还与当地名士聚饮，并去南亭观妓，到洪波台观兵，各处都写了诗。

有人会问：李白不是要去范阳"探虎穴"吗？为何不隐藏行迹、速去速回，反而处处流连、招摇过市？

那是普通人的脑回路，不是李白的。在他看来，"虎穴"要探,但游玩机会也不可错过。他依旧按照惯常的套路,周旋于酒宴间,并以此换取盘缠。在人们的赞扬和吟诵声中,此行变得无比张扬。

三月,长安,王维丁忧期满,重新出仕,任吏部郎中。吏部郎中与他此前所任的库部郎中品阶相同,但岗位更加重要。在尚书省六部二十六司中,除左、右司之外,吏部司排在第一级。所以,王维此次任职算是升迁。

甫一上任,王维就感觉到,朝中形势又变了。

此前,杨国忠就已开始算计李林甫。他将李林甫原来的亲信酷吏吉温收入帐下。在吉温策动下,先后剪除了萧炅(jiǒng)、宋浑等李林甫的羽翼,"林甫不能救也"。如今,杨国忠又向权臣王鉷开刀。王鉷时任户部侍郎兼御史大夫、京兆尹。其中,"户部侍郎"管财政,"御史大夫"管监察,"京兆尹"管整个长安城。身兼三职,绝对是实权派,史书称:

> (王鉷)权宠日盛,领二十余使。宅旁为使院,文案盈积,吏求署一字,累日不得前。中使赐赉不绝于门,虽李林甫亦畏避之。林甫子岫为将作监,鉷子准为卫尉少卿,俱供奉禁中。准陵侮岫,岫常下之。然鉷事林甫谨,林甫虽忌其宠,不忍害也。

王鉷所得到的宠幸和权势,连李林甫都有所忌惮。王鉷的儿子王准,经常欺负李林甫的儿子李岫,而李岫总是忍让。李林甫一直没有害王鉷,史书说是因为"鉷事林甫谨",很小心,很识趣,这很可能只是一个原因。另一个原因则是,在杨国忠崛起的背景下,李林甫有意构建三足鼎立的格局,让王鉷充当缓冲地带。然而，现在杨国忠开始"拆墙"。他以王铁之弟户部郎中王焊（hàn）与凶人邢縡（zǎi）谋逆之由，将王焊杖死于庙堂，赐王铁自尽，将其一家流配岭南，而后杀死。

李林甫见状，亲自出面为王铁辩解。另一个宰相陈希烈以往唯李林甫马首是瞻，但这次站到了杨国忠一边，坚称王铁该杀。王铁死后，杨国忠立刻占据了他的职位和差事，权势更盛。一手遮天十九年、总是陷害别人的李林甫，变得岌岌可危。他开始害怕，主动让出了自己兼任的朔方节度使一职，推荐由安禄山的堂兄弟安思顺代替。

时任集贤院直学士、礼部员外郎的崔国辅，是王铁的近亲，受此案牵连，被贬为竟陵司马。崔国辅是孟浩然生前的好友，他此番被贬，王维非常惋惜，却也无可奈何。

不久，李隆基下旨改吏部为文部，兵部为武部，刑部为宪部。王维变成了文部郎中。暮春时节，李隆基将地方进奉的樱桃赐给百官，王维自然有份。他写诗称颂圣恩：

芙蓉阙下会千官，紫禁朱樱出上阑。才是寝园春荐后，非关御苑鸟衔残。归鞍竞带青丝笼，中使频倾赤玉盘。饱食不须愁内热，大官还有蔗浆寒。

——王维《敕赐百官樱桃》

一如既往，这首诗格律详整，优越感似有似无。"大官"二字并非王维自命高官，而是指光禄寺太官署，"凡朝会宴享，九品已上并供其膳食"，吃多了樱桃上火的话，还能喝蔗汁去火。

秋风起时，李白到了幽燕地界。越往北行，胡风越盛，李白也越来越感到亲切。体内的胡人之血，一点点被唤醒。

旷野中，常有碧眼胡人打马走过，头戴虎皮冠，谈笑间，射落长空中的大雁。也有女子面如银盆，弯弓左右翻飞，鸟兽应声而倒，在马上洒落一串笑声……李白听后热血奔涌，立刻就想打马追上去。

在幽州，李白遇见一位朋友，此人名叫崔度，乃崔国辅之子，算是个晚辈。在崔度引荐下，李白认识了安禄山幕下一些低级官吏。不过，崔国辅被贬的消息很快传来，崔度向李白告辞，去竟陵照顾父亲。李白为其写诗送别。

李白住了一些日子，发现安禄山反象已彰。而且，以安禄山的实力，一旦造反，朝廷很难抵御，恐将天下大乱。

寒冬已至，天降大雪，李白心中忧虑，夜不能寐，写了一首长诗：

> 烛龙栖寒门，光耀犹旦开。日月照之何不及此？唯有北风号怒天上来。燕山雪花大如席，片片吹落轩辕台。幽州思妇十二月，停歌罢笑双蛾摧。倚门望行人，念君长城苦寒良可哀。别时提剑救边去，遗此虎文金鞞靫。中有一双白羽箭，蜘蛛结网生尘埃。箭空在，人今战死不复回。不忍见此物，焚之已成灰。黄河捧土尚可塞，北风雨雪恨难裁。
>
> ——李白《北风行》

李白想起此番出行前，妻子一再阻止，甚至吟诵了汉乐府名篇《公无渡河》。诗中有一狂夫，"被发提壶涉河而渡"，其妻追止之，不及，堕河而死。其妻乃号天嘘唏，鼓箜篌而歌曰："公无渡河，公竟渡河！堕河而死，将奈公何！"

当然，即便如此，宗氏夫人还是让李白出门了。她是相门之女，也是修道之人，不会太过勉强丈夫。但诗中的沉痛与无奈，

李白非常明白。身在幽州,他以《公无渡河》为题写了一首诗,自比为"狂夫"。又模仿妻子的口吻,写了一首情诗:

> 妾本洛阳人,狂夫幽燕客。渴饮易水波,由来多感激。胡马西北驰,香鬃摇绿丝。鸣鞭从此去,逐虏荡边陲。昔去有好言,不言久离别。燕支多美女,走马轻风雪。见此不记人,恩情云雨绝。啼流玉箸尽,坐恨金闺切。织锦作短书,肠随回文结。相思欲有寄,恐君不见察。焚之扬其灰,手迹自此灭。
>
> ——李白《代赠远》

许氏夫人在世时,李白曾多次以她的口吻写诗。而今,他又这样写给宗氏夫人。诗中女子是深情而可爱的,是否符合宗氏夫人形象,后人自然无从得知。这是李白的文字游戏,年过半百的他依旧天真,无论在生活、感情,还是对政治的理解上。

自以为拿到足够情报后,李白悄然离开幽州,疾行赶赴长安。他的马腿脚比较慢,赶到长安时已是十一月中旬。从春明门进入长安,他在酒肆中坐下,听到的第一件事就是李林甫已死,由杨国忠出任右相兼文部尚书。李白是深恨李林甫的,但对杨国忠也无好感。这些年,他深知民众饱受朝廷刻剥以及穷兵黩武之苦,这背后杨国忠要负极大责任。而更令李白震惊的是,此时安禄山也在长安,他率领其子安庆绪等人,大张旗鼓地进京献俘,受到皇帝隆重接待。

李白毕竟是做过翰林待诏的,知道要告安禄山谋反,普通衙门根本不敢受理。怎么办?他想到了在长安的朋友,次日前去打听,发现认为安禄山会反的大有人在,但皇帝全然不听。李白明白,自己莽撞告发根本无用,怎么办呢?

李白想到了哥舒翰。虽然几年前，他写诗讽刺过哥舒翰，但又不得不承认，哥舒翰在士人中的口碑还不错。一方面，哥舒翰读书识字，喜读《左氏春秋传》及《汉书》，疏财仗义；另一方面，当李林甫陷害王忠嗣时，他极力为之辩解，救了王忠嗣一命，堪称忠义。此时哥舒翰也在朝中，他与安禄山不合，已是天下皆知。史书记载了这年冬天的一件事：

> 哥舒翰素与安禄山、安思顺不协，上常和解之，使为兄弟。是冬，三人俱入朝，上使高力士宴之于城东。禄山谓翰曰："我父胡，母突厥，公父突厥，母胡，族类颇同，何得不相亲？"翰曰："古人云：'狐向窟嗥不祥，为其忘本故也。'兄苟见亲，翰敢不尽心！"禄山以为讥其胡也，大怒，骂翰曰："突厥敢尔！"翰欲应之，力士目翰，翰乃止，阳醉而散，自是为怨愈深。

这场冲突中，安禄山拉拢和咒骂哥舒翰的那两句话，成为研究二人血统及内心归属的宝贵资料。当时，高力士一个眼色，哥舒翰就不再作声，谁强谁弱一目了然。

为了亲近哥舒翰，李白为其写了一首诗《述德兼陈情上哥舒大夫》，其中有句为："丈夫立身有如此，一呼三军皆披靡。卫青谩作大将军，白起真成一竖子。"通过贬低卫青和白起，来歌颂哥舒翰攻克石堡城的功绩。

当然，这次献诗未能起到任何作用。李白在长安孤身饮酒过冬，又听到一个坏消息：那个学他的风格写诗的李颀，去世了。

弃我去者，昨日之日不可留

天宝十二载（753）二月，长安。李林甫家族堕入深渊。

杨国忠使人告李林甫勾结阿布思谋反。阿布思是谁？他是铁勒同罗部落首领，能征惯战，曾随哥舒翰攻取石堡城，被封朔方军节度副使。安禄山一直想吞并阿布思部落，但阿布思不从。天宝十一载（752），安禄山以征契丹之由，请旨命阿布思为副，意图谋害。阿布思被逼反叛，而后被安禄山设计害死，妻子儿女没为奴隶。在阿布思被安禄山害死之后，其反叛之事又沦为杨国忠陷害李林甫的说辞。李林甫的女婿谏议大夫杨齐宣怕受牵连，便附和杨国忠，出面指证。于是，死后尚未入土的李林甫，被剖开棺木，以庶人规格下葬。其家产被查抄，子孙皆被免官、流放岭南及黔中。曾令世人侧目的李林甫，沦落到这步田地。

李白仍在长安，在发现告发安禄山毫无希望之后，他仍不愿离开，而是与旧友一同游宴。想起从前的日子，他有时觉得委屈，感慨"我如丰年玉，弃置秋田草"。有时又希望达官贵人为自己引荐，好重新为国效力。比如，他给驸马独孤明的诗中写道：

> 是时仆在金门里，待诏公车谒天子。长揖蒙垂国士恩，壮心剖出酬知己。一别蹉跎朝市间，青云之交不可攀。倘其公子重回顾，何必侯嬴长抱关。
>
> ——李白《走笔赠独孤驸马》（节选）

这一日，李白行至长安城东七里的长乐坡，在一酒肆中坐下，酒菜尚未上来，却听见有声音甚是耳熟。四下张望，但见窗前阳光下围坐数人，其中一人竟是杜甫。

李杜二人分别转眼已八年。这些年，李白也曾收到杜甫的赠诗，但二人一直未能见面。李白遥遥望见他，立即坐了过去。杜甫甚是激动。众人听说是李翰林，纷纷敬酒，李白大笑，连饮数杯，面不改色。放眼打量杜甫，只见他面色黄黑，头上戴了一顶帷帽，虽可遮挡日光，但也显得脖子更细、身材更瘦了。

众人吵着让李白赋诗，李白笑道："这几年，杜二几度写诗赠我，我也不曾和他。今日便回赠一首。"店家早备好笔墨。李白挥笔写下：

饭颗山头逢杜甫，顶戴笠子日卓午。借问别来太瘦生，总为从前作诗苦。

——李白《戏赠杜甫》

众人齐声哄笑，杜甫有些尴尬，却知李白并无恶意，笑道："妙哉太白！且看我喝倒你！"

这首诗确实是"戏赠"。长乐坡下有原陕郡太守韦坚所开的广运潭，为全国漕运终点，附近地势高处有太仓，即李白诗中所言的"饭颗山"。诗中"瘦"和"苦"二字，写出了杜甫的身材和作诗特点，给杜甫的身体和灵魂都画出肖像，自然是妙的。只是，李白还不知道，杜甫在长安漂泊数载，日子过得颇为艰难，这个"瘦"的后面又有多少辛酸？当众如此开玩笑有些过分，但这就是李白，杜甫自然是懂的。

这首"戏赠"也引起后人猜测。比如，《旧唐书》就将问题看得很严重，称："天宝末诗人，甫与李白齐名，而白自负文格放达，讥甫龌龊，而有饭颗山之嘲诮。"后来进一步演化为所谓"饭颗之嘲"，成为李杜二人诗坛争霸的一个段子。其实，此时李白小有名气，而杜甫仍在圈子里沉浮，二人名声差距很大。而且，即便是李白，也仍算个边缘诗人，二人都离霸主之位十万八千里，岂能争得起来？朋友间一句玩笑，竟引来这么多口水。

这日李白竟真的醉倒了。醒时身在客栈，想起杜甫给他留了住址，却也不愿去寻。看得出，二人的日子都不好过，又何必互倒苦水呢？

王维仍在文部郎中任上。李林甫倒台后，文部郎中是否能有点实权，不当摆设了呢？

当然不行，因为杨国忠来了。

之前，李林甫一边对李隆基说天下太平无事，一边把公事带回家去办。他的"居家办公"，导致公权变成了私权，专权愈演愈烈。李林甫恶名昭彰，但也要承认他是有优点的，那就是强力和务实。晚年的李隆基沉迷于酒色丹药，已基本丧失积极作用，放权给李林甫是最省事的一条路。李林甫独掌大权近二十年，将原本有才华、有能力递补为宰相的高官清洗干净，整个朝廷也习惯了他的控制。李林甫像一只巨狼，身居大唐的权力巅峰，在他的威慑下公道崩坏、血案频发，但整个帝国依旧有条不紊地运转。当李林甫死去之后，问题就进一步暴露出来。

杨国忠是靠着杨玉环的引荐以及搞宫廷权斗起家的，刻剥民众是一把好手，但执政能力远不如李林甫。他想跟李林甫一样大权独揽，却又不肯放弃一些小的肥差，兼职很多，搞得连签字都签不过来。于是，杨国忠又耍起小聪明，把事情交给胥吏去做，并简化流程，于是贿赂风行，官场乌烟瘴气。唐代的官吏铨选原有复杂的流程，需"三铨""三注""三唱"，层层审核，速度较慢，但非常严谨。而杨国忠让胥吏在家中把名单拟好，将官员们召到尚书省，赶在一天内就都办完。后来，他干脆把所有候选人都召到家中，把左相陈希烈也叫来，让文部侍郎这样的紫衣高官一圈圈地跑。更过分的是，他让堂妹韩国、虢国、秦国三夫人在一旁垂帘看热闹，对每个人品头论足，将选官这样的大事搞得如同儿戏……

作为文部郎中，王维避无可避，目睹了整个选官闹剧。他看得出，即便是那些被选上的官员，脸上也流露出几分屈辱。

如果说李林甫是一只狼的话，杨国忠就是一头猪。他缺乏必要的掌控力，却一味贪得无厌，大唐江山在他的手中虚弱得如同纸扎的牛马一般。

杨国忠还对不附己者进行清洗，尚书省的郎官成为他动刀的对象。信安王李祎的长子李峘（huán）原任考功郎中，被外放为睢阳太守。送别那天，王维为李峘写了一首诗：

> 将置酒，思悲翁。使君去，出城东。麦渐渐，雉子斑；槐阴阴，到潼关。骑连连，车迟迟，心中悲。宋又远，周间之；南淮夷，东齐儿。碎碎织练与素丝，游人贾客信难持。五谷前熟方可为，下车闭阁君当思。天子当殿俨衣裳，大官尚食陈羽觞，彤庭散绶垂鸣珰。黄纸诏书出东厢，轻纨叠绮烂生光。宗室子弟君最贤，分忧当为百辟先。布衣一言相为死，何况圣主恩如天。鸾声哕哕鲁侯旗，明年上计朝京师。须忆今日斗酒别，慎勿富贵忘我为。
>
> ——王维《送李睢阳》

这首诗辞藻清丽，写得很走心，每一句都是妙语。王维安慰李峘，让李峘富贵时莫忘了自己这个朋友。这年秋天，李峘的弟弟李岘也被外放，任魏郡太守。兄弟二人隔河相对，均有政绩。

李白离开长安，经洛阳，回到梁园，与宗氏夫人重聚。宗氏夫人听他说完此行的经历，笑着摇了摇头。自己这位丈夫虽已白头，但身上那种狂妄与单纯，仍如少年一般。他这样的性格又怎能修得了道？

的确，李白心中依旧不安分。三入长安受挫，他甚是沮丧，但也有些看开了。他甚至觉得皇帝有点可怜，如今大权旁落，"君失臣兮龙为鱼，权归臣兮鼠变虎"。

不久，李白接到一封信，是宣州长史李昭写来的，邀他前往宣州游玩。论辈分，李昭也算是李白的从弟，李白很心动，他所神往的不只是那里的敬亭山、洞庭湖，还有谢朓留下的足迹。谢朓，字玄晖，南齐诗人，与"大谢"谢灵运同族，世称"小谢"，长于五言诗，对李白影响很大。于是，他与宗氏夫人再次道别，表示此去南方是为寻找安家之所，假如遇到合适的地方，便可举家前往。宗氏夫人并未多说什么，李白有些不好意思，写了一首诗，开头便说"去去复去去，辞君还忆君"；结尾处，描绘出一幅望夫石的画面，场景有些凄清。

李白走得很快，他在曹州与当地官员狂饮一番，便上路去了，临别时写道："飘飘紫霞心，流浪忆江乡。愁为万里别，复此一衔觞。"

这一日，李白行至长江边的横江浦。名曰"横江"，是因为长江流至芜湖后，折向东北，到和州历阳一段，近乎自南向北而流，好似横过来一般。李白望着滔滔江水，想起自己这几年的经历，写了《横江词六首》。

在宣州州治宣城，李白受到李昭的热情款待，李昭还将他引荐给宣城太守宇文审。这个宇文审乃是著名财臣宇文融之子，不久前，宇文审刚从长安来宣城上任，王维还为他写了送别诗，其中有句曰："地迥古城芜，月明寒潮广。"

老友崔成甫也来宣城看望李白。李白很开心，他的生活不仅有了依傍，还多了色彩。敬亭山位于宣城以北十里，他们一同登山，畅饮美酒。然而，崔成甫终究是要走的，李白为他写诗："此处别离同落叶，明朝分散敬亭秋。"

李白喜欢敬亭山，常常独自在山中晃荡。随着年岁越长，他更加明白，自己的灵魂根本无法从日常生活中获得平静，也不能从家长里短里得到抚慰。他喜欢热闹，但热闹之后，还是需要回归自然。所以，他大半生不是求仕、求仙，便是寻访名山。只有在名山之中，他才能找到久违的宁静：

众鸟高飞尽，孤云独去闲。相看两不厌，只有敬亭山。

——李白《独坐敬亭山》

李白还在宣城遇见了一位故人。那是他刚出蜀时，在峨眉山上见到的僧人仲濬。他曾跟仲濬学琴，下山时，仲濬还抚琴为他送行。转眼就是近三十年，他想到当年所读的《陈拾遗文集》，假如拿自己跟陈子昂比，又当如何？一念及此，心中怅然。

这年秋天，监察御史李华来宣城出使。李华与李白是旧相识，论辈分还是他的族叔。当日二人把酒畅谈，论及时事，颇多感慨。李白又想起自己一生飘零，至今仍是白身，心头抑郁不平。酒后，二人同登谢朓楼，李白挥笔写下一首佳作：

弃我去者，昨日之日不可留；乱我心者，今日之日多烦忧。长风万里送秋雁，对此可以酣高楼。蓬莱文章建安骨，中间小谢又清发。俱怀逸兴壮思飞，欲上青天揽明月。抽刀断水水更流，举杯消愁愁更愁。人生在世不称意，明朝散发弄扁舟。

——李白《陪侍御叔华登楼歌》

秋天，长安，一场盛大的告别仪式正在举行。所送之人名叫晁衡，原名阿倍仲麻吕，乃是一个日本人。

晁衡生于日本贵族之家，开元初年作为遣唐留学生来到大唐，入国子监太学，学习唐文化，三十多年过去，如今官居右补阙。这年，日本遣唐大使藤原清河一行来长安觐见，晁衡提出一同回日本。李隆基顺水推舟，命其以大唐使臣的身份跟随藤原一行回国，还加封晁衡为秘书监兼卫尉卿。右补阙是从七品上，秘书监和卫尉卿都是从三品，按常理说，升官没有这样升的。但这是在晁衡回国之前，李隆基为抬高出使规格所封的，只能算特事特办的虚衔，不能说明晁衡已成为大唐重臣。

告别之日，晁衡写了一首《衔命还国作》诗。朝臣们也有赠诗。作为大唐文坛领袖，王维郑重写了一首带有六百多字序言的诗，将晁衡比作"辞燕而未老"的乐毅以及"归魏而逾尊"的信陵君。这首诗写得极美：

积水不可极，安知沧海东？九州何处远，万里若乘空。向国唯看日，归帆但信风。鳌身映天黑，鱼眼射波红。乡树扶桑外，主人孤岛中。别离方异域，音信若为通。

——王维《送秘书晁监还日本国》

那时，大海是未知世界的代名词。王维诗中"鳌身映天黑，鱼眼射波红"，写出了大海的诡异莫测，瞬时流传开来。但没有人能想到，晁衡此行竟真的遇到飓风，发生了海难。他所乘之船被吹到安南（越南古名），侥幸生还。

隔了大半年，李白才听说海难的消息。此前在长安，他与晁衡一起喝过酒。在他印象中，晁衡虽有些呆头呆脑，但身上别有几分儒风与豪气，这方面超过了很多唐人。李白以为晁衡已葬身大海，为他写了一首悼亡诗：

日本晁卿辞帝都，征帆一片绕蓬壶。明月不归沉碧海，白云愁色满苍梧。

——李白《哭晁卿衡》

这是李白与王维为数不多的同一题材的诗。将二者放在一起，更能看出其风格迥然，怀抱各异。

西出阳关无故人

天宝十三载（754）春，李白在长江沿岸荡游。

坐不住，是李白的性格特点，也是生活需要。只有四处游历献诗，他才能得到足够多的馈赠。久留一地，不止生活成为死水，也会被别人所厌烦。旅途中，他遇见了元丹丘。二人开怀畅饮，李白写下："云物共倾三月酒，岁时同饯五侯门。"

这年五月，李白在扬州见到一位年轻人。此人名叫魏颢，本名魏万，在王屋山隐居，极其热爱李白的诗。为了寻访李白，魏颢先到兖州，见到了石榴姑娘以及李白的儿女；又到梁园，见到了宗氏夫人；而后至宣州……辗转数千里，终于见到了李白。李白见魏颢风度非凡，又听他带来了家中的消息，非常高兴。

李白就是这样的坦荡人，虽然魏颢比他年轻很多，但他依旧可以敞开心扉，与其欢饮数日。他的诗、他的故事，加上这样的气度，为他吸引了不少追随者。前一年，就有一个名叫任华的人到长安寻访李白，扑空后为其寄诗，称赞他："平生傲岸其志不可测，十年为客未尝一日低颜色。"

魏颢还为李白带来一本书，名曰《河岳英灵集》，乃是丹阳人殷璠所著，收录了二十四位盛唐诗人的二百三十四首诗。其中包括李白的十三首诗，而李白的名字排在第二位，第一位是常建。不过，殷璠明言，他最推崇的是王维、王昌龄、储光羲等，"粤若王维、王昌龄、储光羲等二十四人，皆河岳英灵也"。殷璠对李白的评价是："白性嗜酒，志不拘检。常林栖十数载，故其为文章，率皆纵逸，至如《蜀道难》等篇，可谓奇之又奇，然自骚人以还，鲜有此体调也。"魏颢以为，这"奇之又奇"评得妙哉。李白哈哈一笑："这还不是贺监（贺知章）的说法？"便不再看这集子，带着魏颢一起荡游去了。

二人后来在金陵分别，李白为魏颢写了一首长诗，称其："身着日本裘，昂藏出风尘。"

王维在长安，眼看着形势越来越险恶。

正月里，安禄山为巩固自己在李隆基心目中的地位，来长安祝贺新年。李隆基欲封安禄山为宰相，并令张垍草诏，但因杨国忠执意反对，改封其为尚书省左仆射。

不过，安禄山的另一个要求得到了满足，他被封为闲厩使和陇右群牧使，掌握了大唐最好的马场。在过去，这属于陇右和河西节度使哥舒翰的辖区。哥舒翰和安禄山早已闹翻，杨国忠选择拉拢哥舒翰，以便制衡安禄山。而李隆基这一任命，相当于在哥舒翰的辖区制造出一块"飞地"，安禄山借此机会，从马场挑走了几千匹一流战马，用于加强自己的骑兵。至此，安禄山的兵力已达到顶峰，他不仅掌握了大唐数量最庞大的野战军，还拥有最精锐的骑兵。放眼天下，已无人能与之争锋。

安禄山清楚，有杨国忠这样的敌人存在，自己在长安很危险。这年三月，他由水路昼夜兼程赶回范阳，在沿岸安排了大量纤夫，日行数百里，途经任何郡县都不下船，就怕杨国忠派人拘捕他。

至此，大唐权势最大的文臣和武将之间的矛盾已不可调和。太子也向李隆基进言"安禄山必反"，可李隆基仍然听不进去。

杨国忠仍然忙着清除异己。他虽未能扳倒安禄山，却借此机会清除了另一个威胁。一直以来，李隆基都跟张说的两个儿子关系密切。其中，张均曾在京畿和地方任职，颇有政绩，而今任刑部尚书，他早就有做宰相的野心，也有了这种资格；而张垍一直是宠臣，还是驸马都尉，负责为皇帝草诏，也是宰相的重要候选人。这一次，高力士向李隆基报告说，安禄山离开长安时非常不满，他知道自己离宰相曾仅一步之遥。李隆基大怒：诏书内容属于绝密，是谁泄密的呢？杨国忠说，一定是草诏的张垍或是他的兄弟故意泄密给安禄山。于是，李隆基将张垍兄弟贬为地方官。

王维依旧在文部郎中任上。这年，素有才名的诗人元结终于中了进士，独孤及中了制举，而皇甫冉、刘长卿落第。

高适开始熬出头了。自封丘尉辞官之后，高适于两年前赴河西，被河西节度使哥舒翰收入幕下。高适为哥舒翰写了很多诗，哥舒翰非常高兴，于天宝十三载上表，推荐高适为左骁卫兵曹，充幕府掌书记；同时，还表严武为节度判官。由从九品上的封丘县尉，到正八品下的左骁卫兵曹，高适连升数级。有了哥舒翰的提携，他的前途一片光明。

与高适一样，另一位出塞从军的诗人岑参也声名鹊起。这年，他们都在长安住了一段日子，而后陆续西行。高适回河西，岑参随封常清西征，留守轮台。在那里，岑参写出了《轮台歌奉送封大夫出师西征》《走马川行奉送封大夫出师西征》《白雪歌送武判官归京》等著名诗篇。

这年，朋友元二也奉命出使安西，王维在驿站为其置酒送行。当日清晨下起小雨，王维写出了一首千古绝唱：

渭城朝雨浥轻尘，客舍青青柳色新。劝君更尽一杯酒，西出阳关无故人。

——王维《送元二使安西》

这首诗成为离别诗的代表作，也被称为唐代绝句"压卷"作品之一。除此之外，与之齐名的还有李白的"白帝"、王昌龄的"奉帚平明"、王之涣的"黄河远上"。

秋天，王维回了一次位于蓝田的辋川别业。这段时间，他回去的次数少了许多。此前，李林甫是个务实之人，像王维这种只起装饰作用的官员，行动大都很自由。而杨国忠既大权独揽，又喜欢搞形式主义，自己明明在践踏规则，却要求别人必须守规矩，即便没事，也要坐到下班，还时常要求官员加班。这一日，王维在尚书省值夜班，写了一首诗：

建礼高秋夜，承明候晓过。九门寒漏彻，万井曙钟多。月迥藏珠斗，云消出绛河。更惭衰朽质，南陌共鸣珂。

——王维《同崔员外秋宵寓直》

李白回到宣州，日子过得较为自在。朋友温处士要回黄山白鹅峰旧居，李白为其送行时说："他日还相访，乘桥蹑彩虹。"然后，他很快就到了黄山，还看中了当地胡公所养一对白鹇，胡公答应把白鹇送给他,但想求一首诗。李白当即写下:"请以双白璧,买君双白鹇。白鹇白如锦,白雪耻容颜。"一堆"白"字,流露出空手套白"鹇"的喜悦。

在当涂,朋友殷佐明赠给李白一件五云裘。李白大喜,将殷佐明和五云裘好好夸赞了一番:"相如不足夸鹔鹴,王恭鹤氅安可方?瑶台雪花数千点,片片吹落春风香。"

李白又到了秋浦(今安徽贵池)。这年,他多次游秋浦,与秋浦县崔县令、柳县尉等官吏都混得很熟。李白真心喜欢那里,写下了一系列诗篇。这些诗呈现了不同风格,有的安静,有的沉痛,这是他思考人生的结果。其中,最著名的是《秋浦歌十七首》:

秋浦猿夜愁,黄山堪白头。清溪非陇水,翻作断肠流。欲去不得去,薄游成久游。何年是归日,雨泪下孤舟。

——李白《秋浦歌十七首》其二

白发三千丈,缘愁似个长。不知明镜里,何处得秋霜?

——李白《秋浦歌十七首》其十五

李白爱上了秋浦,从秋至冬都在那里游赏。

冬夜,下起了雪。他与几位朋友在清溪之畔,对雪饮酒。其中有位从桂阳来的客人,唱起古曲《山鹧鸪》。歌声袅袅,散入雪花。雪花又从窗口飞入,落入酒杯无影无踪。

李白端起酒杯,觉得心头温暖。

山河天眼里，世界法身中

天宝十四载（755）春，长安，王维升任给事中。给事中为正五品上，属门下省，按说权力不小，"掌侍奉左右，分判省事。凡百司奏抄，侍中审定，则先读而署之，以驳正违失"。但在杨国忠弄权之下，门下省已沦为摆设，给事中更成为摆设中的摆设。

李隆基依旧信任安禄山。这年二月，安禄山派副将何千年入奏，请求用番将三十二人代替汉将。这是安禄山清除异己、将范阳军队胡化的明显信号。杨国忠上言称安禄山反叛已露行迹，千万不能批准他的请求。李隆基不听。

同期，陇右节度使哥舒翰入朝，半路中风，只能留在长安，居家养病。原本就脆弱的武力平衡，被彻底打破。

朝中大事，王维看在眼里，却无能为力。朋友丘为离开长安，赴唐州任职，王维为他赠诗"四愁连汉水，百口寄随人"，很是感伤。

空闲时，他在长安近郊游玩。这一日，他与裴迪一起去新昌里寻访一位姓吕的隐士，不巧人家不在。他写了一首诗：

> 桃源一向绝风尘，柳市南头访隐沦。到门不敢题凡鸟，看竹何须问主人。城上青山如屋里，东家流水入西邻。闭户著书多岁月，种松皆老作龙鳞。
>
> ——王维《春日与裴迪过新昌里访吕逸人不遇》

谁都看得出王维对隐逸的向往，但他偏偏不肯辞官。他只做朝中的隐士，在自己的心里隐居。他依旧为皇帝写诗，赞美"云里帝城双凤阙，雨中春树万人家"；也到驸马家做客，称赞其宅邸"锦石称贞女,青松学大夫";还跟同僚应酬,推说"强欲从君无那老,将因卧病解朝衣";有的高官儿子去世,也请他作哀词,他都一一应承。

王维对于仕与隐的态度是一个谜,人们都在猜。但在王维心里,这一切都不重要。

在越来越强烈的末世感中,他对佛教有了更深的体悟,也成为长安城最重要的施主之一,经常为僧人提供食物。他与卢象来往密切,在《过卢四员外宅看饭僧共题七韵》中,他写道:"身逐因缘法,心过次第禅。不须愁日暮,自有一灯燃。"在佛法"一灯"指引之下,他希望能随遇而安,哪怕乱世来临。

夏日,王维与裴迪一起,去青龙寺拜见一位禅师。这年他五十五岁,自称"龙钟"老人,诗中充满了禅机。

龙钟一老翁,徐步谒禅宫。欲问义心义,遥知空病空。
山河天眼里,世界法身中。莫怪销炎热,能生大地风。
——王维《夏日过青龙寺谒操禅师》

李白一直在宣州。春天,他跟青阳县的几个文人一起以联句的方式,将当地的"九子山"改名为"九华山"。

李白还数次前往泾县,在他新朋友汪伦的别业中度过快乐时光,并且写了几首诗,其中一首流传千载:

李白乘舟将欲行,忽闻岸上踏歌声。桃花潭水深千尺,不及汪伦送我情。

——李白《赠汪伦》

很难说这首诗写得有多好,它只是自然流淌而出。顺手拈来的比喻,不觉刻意,只觉满心满眼都是情谊。

汪伦也成为李白"粉丝"的代表,关于他的身份,后人说法不一。南宋时,有人称汪伦是泾县桃花潭附近的村民,常酿美酒招待李白。清代袁枚《随园诗话》中则称:

> 汪伦者,泾川豪士也。闻李白将至,修书迎之,诡云:"先生好游乎?此地有十里桃花;先生好饮乎?此地有万家酒店。"李欣然至。乃告云:"桃花者,潭水名也,并无桃花;万家者,店主人姓万也,并无万家酒店。"李大笑。款留数日,赠名马八匹,官锦十端,而亲送之。李感其意,作桃花潭绝句一首。

相比于"村民"的说法,"豪士"更靠谱一些。毕竟,村民是不会有别业的,也不可能大摆酒宴歌席。而"十里桃花""万家酒店"的故事,也让这首诗多了噱头,增加了传播力。后来又有人考证,汪伦并非普通百姓,而是泾县县令。

这年,宣城太守换了人。新任太守名叫赵悦,李白此前在南阳时曾与之结交,也算故人。李白为赵悦赠诗,将其比作平原君赵胜:"三千堂上客,出入拥平原。"他还替赵悦起草了一纸写给杨国忠的书信,称赵"少忝末吏,本乏远途",全赖杨国忠推荐提拔,才得以"升腾晚官",并将杨国忠比作谢安,充满颂谀之词。

跟宣州的大小官吏,李白都非常熟稔。当涂县尉赵炎请人画了一幅壁画,李白为其题诗:"征帆不动亦不旋,飘如随风落天边。"已是妙笔,但他的诗情汪洋恣肆,写着写着就冲破了藩篱。比如,这首赞扬壁画的诗,最终结尾却是:"五色粉图安足珍,真山可以全吾身。若待功成拂衣去,武陵桃花笑杀人。"

武将赵国珍前往黔州都督府上任,经行此地,李白为其赠诗,想到赵将经行三峡,他就写了自己年轻时的经历:"廓落青云心,结交黄金尽。富贵翻相忘,令人忽自哂。"

如此作诗是明显跑题的,但无人计较,因为作者是李白。这也跟李白所经营的人设——"谪仙人"——一致,谁能指望一个仙人守规矩?

不过,李白并非总是如此不羁。狂放的背后,他有一颗赤诚之心。比如,他去南陵县五松山下游玩,夜晚借宿在一位姓荀的老妇家中。月光下,舂米之声入耳,荀媪捧出洁白如玉的雕胡饭招待他。李白忽然想到了当年韩信落魄时,正是漂母的饭救活了他,也激励了他。他想起自己浑浑噩噩的大半生,惭愧得举不起筷子。

> 我宿五松下,寂寥无所欢。田家秋作苦,邻女夜舂寒。
> 跪进雕胡饭,月光明素盘。令人惭漂母,三谢不能餐。
> ——李白《宿五松山下荀媪家》

秋天,安禄山上表,欲向皇帝献马三千匹,每匹配骑手两名,派二十二员番将押送。河南尹达奚珣闻讯大惊。

当时,安禄山的异志已尽人皆知,只是皇帝不信,臣下也无能为力。但是,秋天正值胡人用兵时节,此次安禄山派出的这支至少六千人的骑兵精锐,明显是偷袭长安的,达奚珣岂敢不报?他奏请皇帝让安禄山冬天再来献马,且只献马即可,不用派人押送。

至此,李隆基也意识到事情不对,开始疑心安禄山。其实,只要他脑子转过弯来,很多事就昭然若揭。此前,宦官收受安禄山贿赂的事件也被查出来，李隆基觉得没面子，找了个其他理由，将当事宦官杀死。又命宦官冯神威拿着诏书去范阳见安禄山，按照达奚珣的主意，制止其献马。还宣安禄山十月进京，到华清池沐浴，"朕新为卿作一汤，十月于华清宫待卿"。冯神威到范阳宣旨，安禄山并未下拜，表现得极其傲慢，说："马不献亦可，十月灼然诣京师。"而后再未露面。冯神威回到长安，哭着见李隆基："臣几不得见大家！""大家"是当时对皇帝的称呼之一。

安禄山谋反已箭在弦上，为何此刻李隆基还提起华清池？原因大概有两点：其一，李隆基、杨玉环以及安禄山在华清池有很多次私密接触，提及这里是打感情牌；其二，李隆基此前已让安禄山沉迷服散，而皇家的散别人解不了，华清池正是解散之地。提及此处，是提醒安禄山别忘了自己的小命儿还捏在皇帝手里。

中国历史上，人们常将"开元盛世"与"贞观之治"相提并论。就百姓生活安稳而言，两者有相似之处。但就皇帝个人能力而言，李隆基比李世民差了不少。尤其是在军事方面，李世民是真刀真枪打天下，而李隆基只搞过两次宫廷政变。眼下，马上要到兵戎相见之时，李隆基的无能就显露出来。他以为自己还能拿捏安禄山，岂料人家根本不甩他了。

安禄山谋反，证明了杨国忠的"正确"——你看，我早就说安禄山要反，你还不信！然而，"正确"又有何用？作为大唐权力最集中的宰相，他并无有效应对措施，甚至于还起了反作用。史书称：

> 安禄山专制三道，阴蓄异志，殆将十年，以上待之厚，欲俟上晏驾然后作乱。会杨国忠与禄山不相悦，屡言禄山且

反，上不听；国忠数以事激之，欲其速反以取信于上。禄山由是决意遽反。

安禄山瞧不起杨国忠，也与太子有矛盾，所以迟早是要反的。他本想等李隆基驾崩后再反，不想撕破脸，但在杨国忠的不断刺激下，他根本顾不上脸面了。

十月，綦毋潜辞掉著作郎官职，东归洛阳，王维为好友送行，写了一首《别綦毋潜》。著作郎为从五品上，文人做到这一职位已然不易，所以，綦毋潜辞官，是下了很大决心的。王维在诗中称赞了好友在仕途和文学上的成就，但并未表现出不舍。平时场面上应酬，难免要说些离愁之类客套话，而对真正的朋友，只要送上祝福就够了。

此去洛阳，也真的需要祝福。因为叛乱一触即发，而东都洛阳将受到直接冲击。

十一月，金陵，李白心急如焚。他听闻安禄山已反，十分担心留在梁地的宗氏夫人，还有在兖州的伯禽、平阳等亲人。

一个月前，安禄山于范阳起精兵十五万，号称二十万，烟尘千里，鼓噪震地。海内承平日久，百姓累世不识兵革，叛军所过之处，州县望风瓦解。李隆基在华清池得到急报后，开始还以为是讨厌安禄山者送来的假消息，得知消息属实，忙召群臣议事。杨国忠仍然沉浸在自己"正确"的喜悦中，放言：造反的仅安禄山一人，将士并不愿反，不过十几日，安禄山的人头定将送至长安。群臣听到他这番愚蠢论调，面面相觑，尽皆失色。

安西节度使封常清入朝，李隆基问其讨贼方略。封常清让皇帝不必担忧，并主动请缨前往东都洛阳。他说，只要开府库，募骁勇，渡河破贼，数日内可斩安禄山人头。李隆基大喜，封其为范阳、平卢节度使。封常清即刻赶往洛阳，募得六万人。

在大唐名将之中，封常清是一个传奇人物。史书称"常清细瘦目颣（lèi）脚短而跛"，他身体瘦小，眼睛有毛病，加上脚短又跛，是个残疾人。以如此差的身体条件，他却从小卒当起，变成了名将高仙芝的贴身侍卫，被提拔为判官，最终接替高仙芝为安西节度使。可以说，封常清是一个狠人，文韬武略皆出众，善于抓住机会，也愿意给文人机会——正是封常清赏识岑参的才干，并且提拔了他。

先天的身体缺陷和寒微出身，让封常清养成了大言的习惯。在过去，这是他吸引注意并取得成功的秘诀之一，所以在皇帝面前，他依旧如此。但身为名将，封常清很清楚自己所募之兵只是乌合之众，根本不是安禄山麾下精兵的对手，安慰皇帝是一码事，两军交兵是另一码事。所以，他根本不想引兵渡河，而是截断河阳桥，打算固守洛阳。

封常清的大言，给自己挖了一个大坑，也使李隆基误认为平叛不难。李隆基回宫后的第一件事，就是杀了安禄山的长子安庆宗，赐其妻荣义郡主自尽。这是他最直接的报复手段，然而如此轻易杀死人质，也导致失去了谈判的可能。随后，他任命朔方右厢兵马使、九原太守郭子仪为朔方节度使。以荣王李琬为元帅，右金吾大将军高仙芝为副帅，统诸军东征。又出内府钱帛，于京师募兵十一万，所得皆市井子弟。

大乱已至，李白无法分身。新收的弟子武谔愿意代他去接伯禽等人，李白非常感动，为武谔摆酒送行，写诗相赠。

武谔走后，李白很快也动身北上，赶赴梁地，一头扎入天下大乱中。

凝碧池头奏管弦

天宝十五载（756），正月，安禄山占据洛阳，自称大燕皇帝。

此前，放言"数日内可斩安禄山人头"的封常清，面对叛军铁骑连战连败。当然，不能说封常清太差，他毕竟是名将，多年来在安西独当一面。只可惜他此时所率领的不是安西精锐，而是仓促招募的新兵。他使尽浑身解数，洛阳仍然失守。河南尹达奚珣投敌。封常清撤退途中遇到高仙芝，二人交流战况后，均知无法与叛军正面交锋，只好退保潼关。

李隆基听说封常清兵败，下旨削去其官职，命其以布衣之身在高仙芝军中效力。高仙芝早年对封常清有知遇之恩，深知他能力出众，大敌当前，正需要这样的左膀右臂，便令其身穿黑衣，监督诸军。

安禄山派兵四出略地，李隆基有些慌了。他召集群臣商议，打算御驾亲征，并下诏令太子监国。杨国忠比李隆基更慌，他对韩国、虢国、秦国三位夫人说："太子一直痛恨我们杨家专横，他若得了天下，还有我们的命吗？"四人抱头痛哭，然后劝服杨贵妃，由她"衔土请命"，哭求李隆基。

"衔土"即口含泥土，意味着向皇帝请死，是一种视觉冲击力很强的"行为艺术"。李隆基明白其中关节，心下何忍？再说，他所谓的"亲征"只是说说而已，这辈子他哪里打过仗？事情就这样撂下了。

按说，有两位当世名将坐镇，又有潼关天险依傍，唐军足以止住颓势。而此时河北地区在经过了前期慌乱之后，也渐渐稳定下来，常山太守颜杲卿、平原太守颜真卿等地方官员积极组织抵抗，渐渐形成规模。

可是，李隆基的昏聩以及多年来偏信宦官的恶习，时不时冒出头来。宦官监军边令诚多次干预高仙芝军令，高仙芝不听。边令诚怀恨在心，便入朝上报李隆基，说高仙芝、封常清贪生怕死、屡战屡败，还截扣军饷。李隆基大怒，命边令诚带着圣旨，诛杀二人。

封常清临死之前上表《封常清谢死表闻》，痛陈自己对大唐的忠诚和兵败的不甘，他希望李隆基千万不可轻视安禄山。此表流传后世，读来字字滴血，感人肺腑。

而高仙芝死前，看着封常清的尸首被摆放在一张粗席子上，对着边令诚所率的一百名陌刀手，自陈冤屈，全军也皆以为冤。高仙芝长叹一声："封二，子从微至著，我则引拔子为我判官，俄又代我为节度使，今日又与子同死于此，岂命也夫！"

大唐的第一道长城，就这样毁了。

随后，李隆基又以哥舒翰为太子先锋兵马元帅，率领河西陇右兵马，镇守潼关。高适作为哥舒翰一手提拔起的文人，此刻也在军中，并由左拾遗转任监察御史，在潼关辅佐哥舒翰。这一年，高适五十三岁。

这一年，岑参四十二岁，仍在边塞，摄监察御史，领北庭支度副使。此前，岑参未随封常清入朝，所以并未直接受到牵连。

王维在长安，依旧任给事中。五十六岁的他对一切看得更淡，连诗都不常写了。他知道，天下即将大乱，可又能如何呢？

李白北行至梁地，带着宗氏夫人加入逃难人群。烟尘四起，人皆仓皇。李白挂念着平阳、伯禽等亲人：不知武谔是否找到了他们？他们此刻又身在何方？

李白将心中所想都写成了诗。北行路上，他写了一首《北上行》，感叹"杀气毒剑戟，严风裂衣裳"。南奔途中，又写了《奔亡道中五首》，慨叹田横、苏武、李陵等人被乱世改变命运，也自比鲁仲连，希望有朝一日，能扭转乾坤，拯救苍生。

这一路所见让李白极为痛心，此前一直颂扬的盛世，转瞬变成这般模样。他写了一首游仙诗《古风》表达自己的幻灭感："俯视洛阳川，茫茫走胡兵。流血涂野草，豺狼尽冠缨。"

三月，李白到达宣城。将宗氏夫人安置好后，他便在附近的当涂、溧阳一带游荡。在溧阳一座酒楼上，他与朋友饮酒，谈及张旭，不觉泪下。想起当年在长安纵酒时的盛况，还有此番逃难中的一幕幕，十余载过去，境遇已同云泥。李白挥笔写了一首《猛虎行》：

>　　朝作猛虎行，暮作猛虎吟。肠断非关陇头水，泪下不为雍门琴。旌旗缤纷两河道，战鼓惊山欲倾倒。秦人半作燕地囚，胡马翻衔洛阳草。一输一失关下兵，朝降夕叛幽蓟城。巨鳌未斩海水动，鱼龙奔走安得宁。颇似楚汉时，翻覆无定止。朝过博浪沙，暮入淮阴市。张良未遇韩信贫，刘项存亡在两臣。暂到下邳受兵略，来投漂母作主人。贤哲栖栖古如此，今时亦弃青云士。有策不敢犯龙鳞，窜身南国避胡尘。宝书长剑挂高阁，金鞍骏马散故人。昨日方为宣城客，掣铃交通二千石。有时六博快壮心，绕床三匝呼一掷。楚人每道张旭奇，心藏风云世莫知。三吴邦伯多顾盼，四海雄侠皆相推。萧曹曾作沛中吏，攀龙附凤当有时。溧阳酒楼三月春，杨花漠漠愁杀人。胡人绿眼吹玉笛，吴歌白纻飞梁尘。丈夫相见且为乐，槌牛挝鼓会众宾。我从此去钓东海，得鱼笑寄情相亲。

>　　　　　　　　　　　——李白《猛虎行》

从这首诗可以看出李白的痛心，因他亲眼看到生灵涂炭；但同时，也能感觉到他的激动。纵观李白的知识结构和价值观，他一直都梦想着有一个诸侯并起、以布衣取王侯的机会。从十八岁拜赵蕤为师的那天起，这一粒种子便已种下。他每每自比为博浪沙刺秦的张良和淮阴市上忍辱的韩信，希望能"刘项存亡在两臣"。如今天下大乱，他能寻到机会吗？

在宣州，李白与宗氏夫人暂时安顿下来。其时正满眼春光，经历逃难之后，更懂得平静日子的宝贵。他们时常到郊外登山，有时同携手，有时分前后，不说话也觉得自在。

宣城县令崔令钦，是李白在长安的旧相识。他的爱好是听教坊词曲，正在编写一部《教坊记》。这日，他于家中设宴，请李白夫妻二人前往。宗氏夫人本不愿出门，但此时身在别人屋檐下，不愿去也是要去的。

酒过三巡，望着满园春色，崔令钦感慨："这宣城什么都好，就是没有新词，少些意趣。还记得当年，李翰林三首《清平调》，传遍长安城，这一去多少年了！"

李白哈哈一笑："明府欲求新词，又有何难？"

早有人取来笔墨，李白挥手写了一首：

　　平林漠漠烟如织，寒山一带伤心碧。暝色入高楼，有人楼上愁。　玉阶空伫立，宿鸟归飞急。何处是归程？长亭更短亭。

——李白《菩萨蛮》

崔令钦起身来看，目瞪口呆："妙哉！妙哉！此种诗体，某前所未见，是翰林公自创的吗？"

李白大笑，从侍女手中拿过酒壶，自斟自饮，喝了三杯，又写一首：

> 箫声咽，秦娥梦断秦楼月。秦楼月，年年柳色，灞陵伤别。　乐游原上清秋节，咸阳古道音尘绝。音尘绝，西风残照，汉家陵阙。
>
> ——李白《忆秦娥》

此词虽妙，却发悲音。

崔令钦欲喝彩，张口却没发出声，只觉得一股悲怆弥漫了整个胸膛，怔了片刻，汩汩流下两行泪来，喉结滚动，哭嚎道："长安啊，长安！"

六月十二日，长安，清晨。

兴庆宫外，等待早朝的群臣挤作一团。今日上朝者只有平日十之一二。一袭绯色官袍的王维在人群中，听到人们小声议论："怎么宫门还不开？""会不会有什么事？"

等得太久，有些年老的官员站不住，蹲了下来。众人额上都是汗水，不知是因为太热，还是因为担忧。

以往，两百里外的潼关，每逢夜晚都会点起火来，向长安传递消息，名曰"平安火"。然而，自六月初九晚上起，潼关的平安火就再也没亮过。长安百姓人心惶惶，听说潼关已陷落，朝廷正在募集死士御敌。

朝中官员知道的当然多些。潼关确实已被攻陷，但主要原因不是叛军太强，而是李隆基和杨国忠太蠢。

即便在高仙芝和封常清冤死之后，唐军依旧有机会翻盘。当时，朔方节度使郭子仪和河东节度使李光弼先后击退叛军。叛军南下攻势也在雍丘（今河南杞县）被真源县令张巡挡住。特别是在颜杲卿、颜真卿等人鼓舞下，河北十余郡纷纷杀死叛将，重树大唐旗帜。只要哥舒翰能扼守潼关，安禄山就会陷入进退两难、四面受敌的境地。

然而，关键时刻，杨国忠又对哥舒翰起了疑心，怕他手握重兵，于己不利，于是千方百计，逼他出战。更离谱的是，李隆基也这样认为。哥舒翰此时重病在身，知道一旦出关野战，必败无疑。但想到高仙芝和封常清的下场，他"不得已，抚膺恸哭"。出战后，果然兵败被擒，投降安禄山。潼关天险化为乌有，唐军主力灰飞烟灭。而在河北抵抗的颜杲卿等人，也变成了孤军，此后陆续沦陷。颜杲卿不屈被杀。

消息传到长安，李隆基真的怕了。他找杨国忠商议对策。杨国忠又召集文武百官，直至此刻，他仍在撇清责任，说："今日之事，非宰相之过。"除此之外，他什么办法都没有。

两天过去，群臣渐渐绝望，大多数人不再上朝。一贯繁华的长安市上，也萧条起来。

王维也有些手足无措。他告诉自己，要平静，就像此前在诗中写的那样："山河天眼里，世界法身中。"纵使末世降临，又能如何？

太阳升起，只听勤政楼上一阵奏乐声。官员们抬头看时，但见李隆基端坐楼头，有宦官朗读圣旨，称将御驾亲征，并任命了一批官员。此后又激励百官一番，宣布退朝。

次日清晨，王维骑马走在去皇城的路上。初时尚且安静，但后来大街上越来越乱，有人大喊："圣人走了！""皇帝逃跑了，咱们也跑吧！"

王维心中一紧，又往前走出百十步，调转马头，往家奔去。

李隆基的确已经走了。不是亲征，而是逃走——当潼关失陷的消息传来后，杨国忠就打好了主意，李隆基也点头同意。在昨天对百官宣读圣旨之后，李隆基就从平日居住的兴庆宫搬去了北面的大明宫。他命龙武大将军陈玄礼连夜整顿六军，厚赐钱帛，又挑选九百匹健马。第二天黎明，李隆基带领"贵妃姊妹、皇子、妃、公主、皇孙、杨国忠、韦见素、魏方进、陈玄礼及亲近宦官、宫人"等，从城北禁苑西面的延秋门出发，直奔蜀地，逃命去了。

城北禁苑向来是禁区，与其他城区分割开来，加上宵禁，街上无人，这番出逃，除皇帝几个亲信之外，文武百官概不知晓。一些在宫外的妃子、公主、皇孙等，也被丢在城中。百姓更是一无所知。消息传开，长安城瞬时炸了。不出半日，满城都是逃难的人。

王维没有逃。他想不出自己能逃去哪里，去辋川别业吗？长安尚且不保，去那里又有何用？

他在佛堂静坐片刻，决定接受命运。

七月，李白在杭州、越州之间游荡，与朋友饮酒，向官员赠诗。从官员们口中，他知道朝廷发生了天翻地覆的变化。

比如，李隆基逃出长安，临行前，杨国忠想焚毁国库，被制止。李隆基说：如果叛贼来了什么都拿不到，就会搜刮百姓。不如留给他们，免得让百姓受苦。过咸阳西渭桥后，杨国忠命人放火焚桥，又被阻止。李隆基说：百姓也要逃生，为何断了他们的活路？

与杨国忠相比，皇帝还是有点良心的。

当日，行至马嵬驿，六军哗变。杨国忠被当场斩杀，"屠割支体，以枪揭其首于驿门外"。其子杨暄及韩国、秦国夫人也被杀死。六军将士还点名要杀杨贵妃。李隆基被逼无奈，命高力士将杨贵妃引到佛堂，用白绫缢死，尸体便葬在马嵬坡。而杨国忠逃走的妻儿连同虢国夫人，也被追杀至死。

权势熏天的杨家被"团灭"，长安陷落似乎找到了人"背锅"。禁军的愤怒宣泄完毕，便护送李隆基入蜀了。然而，李白明白，最应该承担责任的，只能是李隆基本人。而天下百姓的苦日子，才刚刚开始。

李白回到宣州。夫妻二人认为宣州仍不够安全，计划继续南行。李白一度想前往金陵，但走到浔阳便停下来，上了庐山，到屏风叠岭隐居。

这是李白神往之地，他不仅醉心庐山的美景，还觉得这里更适合炼丹。宗氏夫人也愿意住在此处，她希望潜心修道，而她的师父李腾空就住在庐山。

李腾空乃权相李林甫之女。生在富贵之乡的她，对于富贵浑然无感，自幼便心仪道术，行走四方。宗氏夫人此前便已拜她为师。李林甫死后，全家遭杨国忠迫害，而李腾空因出家而免遭劫难。她隐居庐山，又躲过了安史之乱。

在庐山，李白也成为李腾空的追随者。某次，宗氏夫人去寻师父，李白写了两首诗：

> 君寻腾空子，应到碧山家。水春云母碓，风扫石楠花。若爱幽居好，相邀弄紫霞。
>
> 多君相门女，学道爱神仙。素手掬青霭，罗衣曳紫烟。一往屏风叠，乘鸾著玉鞭。
>
> ——李白《送内寻庐山女道士李腾空二首》

你看，他对"相门女"的执念是多么深呀！

八月，王维陷于乱军之中。此前，安禄山未派兵直取长安，是因为没想到李隆基逃走得这么快。但长安早已大乱。王维将仆人遣散,一个人关上院门。

那些天,王维没有写诗,只是默默画一幅画。天气炎热,他画的却是雪中芭蕉。画完落款钤印,名曰《袁安卧雪图》。

叛军入城,长安沦为修罗场。安禄山为报儿子安庆宗被杀之仇,命部将孙孝哲对皇族大肆搜捕屠戮,在崇仁坊挖其心祭奠安庆宗。还向杨国忠和高力士的亲信,以及其他随李隆基入蜀的官员家眷举起屠刀,前后杀了八十三人,"诛及婴孩"。

叛军搜捕滞留长安的百官、宦者、宫女等,每获数百人,便派兵押解到洛阳。作为五品官,王维也在解送之列。到了洛阳,他被关押在菩提寺中。

这是菩提寺的一座侧殿,被用木板隔成若干空间。王维囚在其中,终日不发一言。

他决心不再说话,而且想说也说不了——被俘之前,他便服下哑药,还随身藏了一些。

为何要服哑药?王维认定叛军只能作乱一时,而大唐皇室终会回来。而身陷乱军中,哪怕说错一句话,都可能被当成罪状,或者当场被安禄山所杀,或者日后被李隆基追究。所以,还是哑了的好。

到了洛阳,他又悄悄服下泻药。于是,往日风度翩翩的王维,变成了一个又哑又臭的猥琐老头。这样的老头,谁愿意走近一步、多看一眼呢?

此举的确管用。王维一直待在那间小小的囚室中。虽然里面又脏又臭,身上爬满了虱子,饮食也很恶劣,但是很安静。

王维深信这是自己的一劫。他默念一切可以背诵的经文,让自己心如古井之水。

天渐渐凉了。某夜,一个身影掠过他的心头。"红豆——"

他睁开眼,几缕月光从窗棂间照入,只觉心中一疼。

这些年,他时常想起她,但从未对人说起。距离二人在卫州初识,已过了二十九年;距离红豆离开,也已过了二十五年。

她为何执意离开长安呢?她说,她的先人在长安殒命,除她之外被满门抄斩,但她一介平民,又做得了什么?为了与他撇清关系,她还策划了自己的假死。连他此番所服的哑药,也是她留下的……难道,她已经预见了这次长安的劫难?

王维越想越心惊,但也知道,这根本不可能。也许,自己只是想她了。一念及此,不禁笑了。

作为名门子弟,裴迪也被裹挟到洛阳。但因并无官职,他的行动较为自由。有时,他会打点一下守卫,来菩提寺探望王维。

在裴迪口中,王维得知太子李亨并未随李隆基入蜀,而是在马嵬之变后赶赴朔方节度使驻地灵武。目前,他已在灵武即位,遥尊李隆基为太上皇,组建了新的朝廷班子。李亨还改元至德,眼下已是大唐至德元载。天宝时代画上了句号。

这日,裴迪又来,对王维讲述了一起惨剧。

当年,安禄山在长安跟李隆基学会的不只是服散,还有对皇家音乐的兴趣。长安沦陷后,众多乐工被带到洛阳。安禄山在凝碧池摆下酒宴,命梨园乐师奏乐助兴。然而,未曾预料到的一幕发生了:

> 乐既作,梨园旧人不觉歔欷,相对泣下,群逆皆露刃持满以胁之,而悲不能已。有乐工雷海清者,投乐器于地,西向恸哭。逆党乃缚海清于戏马殿,支解以示众,闻之者莫不伤痛。

《明皇杂录》记载了这一幕。这是长安被俘者被押至洛阳后,极少见诸史册的反抗行为。只不过,反抗者不是居高官、享厚禄的大臣,而是区区一介乐工。

王维年轻时曾任太乐丞,与雷海清、李龟年等乐工非常熟稔,闻听此事潸然泪下。他忘了自己口不能言,轻声吟了一首诗。裴迪只听到王维嗓子沙沙作响,又哪里听得懂?王维颤抖着用一根草棍写了下来:

> 万户伤心生野烟,百僚何日更朝天。秋槐叶落空宫里,凝碧池头奏管弦。
>
> ——王维《菩提寺禁裴迪来相看说逆贼等凝碧池上作音乐供奉人等举声便一时泪下私成口号诵示裴迪》

题目如此之长,应是后来加上的,因为它的写作背景性命攸关。

为君谈笑静胡沙

至德二载(757),正月,浔阳,李白在永王李璘军中。

去年十二月,李白正在庐山研究炼丹术,忽然韦子春来访。在长安,李白与韦子春曾见过几面。当时,韦子春任著作佐郎,从六品上。而著作局属秘书省,李白与秘书监贺知章往来甚密,贺知章偶尔拉韦子春饮酒,李白知此人酒量颇豪,但其他方面并不了解。

韦子春衣着鲜亮,穿着便服,看不出官职几许。四名随从抬上来两箱礼物。二人饮酒叙旧。李白初时还意兴扬扬,大谈庐山风景之妙,但几杯酒下肚,便流露怀才不遇之感。

韦子春笑道:"听说翰林公上山之前写了一首诗,韦某非常佩服。其中几句是'昔别黄鹤楼,蹉跎淮海秋。俱飘零落叶,各散洞庭流'。这'蹉跎'二字,摧人心肝呀!"

李白一声苦笑,举起杯来。

韦子春也举杯喝下:"不过,蹉跎总还有命在,不像王江宁——那才可叹!"

王江宁便是王昌龄,字少伯,此前被贬为龙标县尉。李白忙问何出此言。

韦子春一声长叹。安史之乱后,王昌龄不放心远在关中的家人,欲从龙标返乡。不久前,他中途路过濠州(今安徽亳州)时,被刺史闾丘晓杀害……

李白目瞪口呆,旋即眼泪长流。他曾与王昌龄多次长谈,深知其才高自负,却又仕途坎坷,已经吃尽了苦,谁知最终竟为人所杀——少伯兄呀,苍天何其不公!

李白将杯中酒缓缓洒在地上,良久无语。

韦子春道:"依我看,王江宁此生最大的不幸还是'不遇'。否则,以他之才,若逢明主,定能大展宏图,何至殒命于闾丘晓这种虫豸手中。"

李白苦笑道:"少伯兄的不遇,我的蹉跎——更要多祭他几杯了。"

二人又饮了许多酒。

韦子春忽道:"若有机会让翰林公遂平生之志,公肯下山否?"

李白笑道:"长安某也去过,又哪有这等机会?"

韦子春微微一笑,对李白讲明了来意。

原来,李隆基入蜀后,下诏分封诸王,命其各自提兵平叛。其中,以太子李亨为天下兵马元帅,领朔方、河东、河北、平卢节度都使，南取长安、洛阳；永王李璘为山南东道、岭南、黔中、江南西道节度都使。但实际上，当时李亨远在灵武，已与蜀中音讯断绝，其他诸王则跟随李隆基左右，并未赴任。只有永王李璘赴任。等到李璘将大权握在手中，才知太子已在灵武即位。

那么，问题来了：李璘的官是李隆基封的，而不是李亨封的，还算不算数？李璘认为算，但李亨认为不算。

按说，李亨与李璘，不仅是兄弟，还情同父子。因李璘自幼失母，是李亨将其一手带大的，"常抱之以眠"。这一次，到了考验双方感情的时候。

李亨下诏，命李璘归蜀。意思很明显：如果你听，咱就不伤感情；如果不听，那就是抗旨，甚至谋反。结果"璘不从"。

帝王家的感情，从来都是经不起考验的。

李璘为何敢不听？因为他占据了江陵。江陵不仅是军事重镇，而且有钱。江淮一带的租税财赋聚于此地，堆积如山。用这些钱，李璘招募了数万兵马。他自幼长在深宫，没经历过大风大浪。他的儿子襄城王李玚，又是个好勇斗狠的角色，手下聚集了一帮人。他们认为，如今天下大乱，自己既有钱又有兵，还有太上皇的旨意，以及封疆数千里，正好可以占据江南，就像东晋一样，坐享半壁江山。

李璘挥军东下，直指大唐最富庶的城市——广陵，即扬州。同时广招人才。而为了提振军心，他迫切需要文章之士。韦子春当时正在李璘幕中，他听说李白隐居庐山，当即向李璘请命，上庐山来见李白。

至于韦子春有没有向李白讲述所有实情，如今已不得而知。但李白在给韦子春的赠诗中写道："谈天信浩荡，说剑纷纵横。谢公不徒然，起来为苍生。"分明将自己比作了即将出山的谢安，即东晋名相。

宗氏夫人不愿让丈夫蹚这摊浑水。但李白的架势，根本拉不住。他给妻子写了三首诗，其中一首是：

出门妻子强牵衣，问我西行几日归？归时倘佩黄金印，莫学苏秦不下机。

——李白《别内赴征三首》其二

他高兴得几乎要飞起来。

二人下得山来。此时李璘兵马已至浔阳，李白看见楼船高耸，枪戟如林，又受到李璘盛情款待，只觉得热血沸腾。

接下来的日子，李白为李璘写了一组诗，名曰《永王东巡歌十一首》。从这些诗中，看得出李白所希望的还是报国、北上平乱，但他的一些措辞很要命。比如这一首：

三川北虏乱如麻，四海南奔似永嘉。但用东山谢安石，为君谈笑静胡沙。

——李白《永王东巡歌十一首》其二

以往，李白在抒怀或赠诗中自比谢安，口气虽大点儿，但无大碍。但这一组诗带有公文性质，以如此口吻就不合适了。问题更大的还有"似永嘉"的说法。"永嘉之乱"后西晋灭亡，衣冠南渡。如今天下虽乱，与当时是有几分相似，但不同之处也很明显：当时正朔移至江南，而如今李亨已在灵武即位，且得到了李隆基的册文，是无可置疑的正朔。那么，就要慎言"似永嘉"了。

李白并未考虑太多，虽然李璘连个官职都未授给他，但眼前的盛景已经让他沉醉。他还给李璘幕府中的很多人写了诗。此时他不会想到，这一切都将作为呈堂证供。而一位老朋友已经在等他了。

那人正是高适。潼关失守后，高适赶回长安，听说圣驾西行，又纵马去追，终于在中途追上。高适痛陈潼关失陷之势，李隆基非常感慨，也很欣赏他，封其为侍御史。到达成都后，又擢为谏议大夫，正五品上。当李隆基分封诸王时，高适曾作为谏官予以劝阻。后来，李亨得知李璘抗旨并引兵东下，已露割据之心，专程召高适商议。高适对李亨详细分析了江东形势，认为李璘必败。李亨大喜，封高适任御史大夫（从三品）、扬州大都督府长史（从三品）、淮南节度使，与淮西节度使来瑱、江东节度使韦陟一起围剿李璘。

这是高适在官场的狂飙时段。半年间，他走完了其他文人一辈子都走不完的路，从正八品上的监察御史，跃升为从三品的朝廷大员，达到了诗人为官的顶峰。这固然与高适个人能力有关，但更重要的还是机遇使然。当时，皇帝无人可用，到了病急乱投医的地步。

野心勃勃的永王李璘，很快暴露出他的无能。他所率水军虽初时占据优势，震动江淮，但一遭到抵抗，尚未打硬仗，草台班子就崩溃了。李璘逃至江西，被乱军所杀。韦子春也死了。李白从丹阳南奔，逃命之余，写了一首诗，其中有句曰：

> 侍笔黄金台，传觞青玉案。不因秋风起，自有思归叹。
> 　　　　　　　　——李白《南奔书怀》（节选）

这里他还自比乐毅。仓皇逃命时，他对自己的评价依然这么高。

洛阳，王维的嗓子已被治好，他被迫接受安禄山所授之职，仍为给事中。

但谁都没想到，这年正月，安禄山死了。原来，安禄山起兵后，视力越来越差，终至双目失明。他身上又生恶疽，性情越来越暴躁，稍不如意，便鞭笞左右，动辄杀人。安禄山的核心谋士名叫严庄，在叛军中地位极高，时常遭到鞭笞，而近侍宦官李猪儿被打最多。安禄山之子安庆绪早已成人，而安禄山又宠幸小妾段氏，想立她所生之子安庆恩为后继者，安庆绪总是担心自己被杀。于是，这群受害者联合起来。严庄挑动了安庆绪，二人守在安禄山大帐外，李猪儿持刀进帐，猛砍安禄山肚子，安禄山流血数斗，方才死去。三人就在帐内挖坑将其深埋，对外称安禄山重病，立安庆绪为太子。安庆绪很快即位，尊安禄山为太上皇，而后发丧。然而安庆绪"性昏懦，言辞无序"，智商堪忧，怕众将不服，不愿见人。叛军大权落入严庄手中。

史思明作为安禄山的结义兄弟，在叛军中地位仅次于安禄山。严庄怕他不服，封其为范阳节度使，加封妫川王。而此前，安禄山从两京所抢夺的财物，都运回了范阳。至此，史思明拥强兵，据富资，益骄横，更加不理会安庆绪了。

那么，安禄山为何变成这副样子？可能是服散所致。当年，李隆基劝诱安禄山服散，而又不传给他解散之法，就是想控制他。结果安禄山不受控制，起兵造反。没了解药，服散的副作用日益明显，安禄山虽然攻破长安，却到死都没能住进去。

原本胜券在握的叛军，突然遭此巨变，给了唐军喘息之机。加上李璘之乱已平，唐军可以腾出手来，专心平叛了。

浔阳，李白在狱中。

李璘兵败，李白在逃回庐山途中，于彭泽被捕，被投入浔阳狱，罪名是"附逆作乱"。

在狱中，李白极为懊悔，而后越想越觉得自己冤枉。这分明是皇室内部的权力之争，自己只不过写了几首诗而已，怎么就"附逆作乱"了？

宗氏夫人四处奔走，设法营救李白。她打听到宰相崔涣正作为江淮宣慰使，来这里"收遗逸"，便托人让李白写诗献给崔涣，求他施以援手。李白先写了三首，而后又写数首，不光献给崔涣，连其手下的司马、判官等也予以赠诗。在给崔涣的诗中，他写得很惨：

星离一门，草掷二孩。万愤结习，忧从中催。金瑟玉壶，尽为愁媒。举酒太息，泣血盈杯。

——李白《上崔相百忧章》（节选）

当时高适为淮南节度使，手握重权。或许考虑到二人是朋友，不便直接向高适求救，李白采取了另一种方式。当时，有个名叫张孟熊的举子欲往淮南从军，李白就为他写了一首诗，让他拿着去拜谒高适。

秦帝沦玉镜，留侯降氛氲。感激黄石老，经过沧海君。壮士挥金槌，报仇六国闻。智勇冠终古，萧陈难与群。两龙争斗时，天地动风云。酒酣舞长剑，仓卒解汉纷。宇宙初倒悬，鸿沟势将分。英谋信奇绝，夫子扬清芬。胡月入紫微，三光乱天文。高公镇淮海，谈笑却妖氛。采尔幕中画，戡难光殊勋。我无燕霜感，玉石俱烧焚。但洒一行泪，临歧竟何云。

——李白《送张秀才谒高中丞》

诗前还有一段序言:"余时系浔阳狱中,正读《留侯传》。秀才张孟熊蕴灭胡之策,将之广陵,谒高中丞。余嘉子房之风,感激于斯人,因作是诗以送之。"

不难看出,这跟写给崔焕的诗是截然不同的风格。面对崔焕,李白不惜拿孩子说事,极力触发对方的同情心;而面对高适,李白仍希望保留一分体面。诗中既说了自己在浔阳狱中,又对高适好一番赞美,也承认了错误。结尾"一行泪",言及分别,想唤起当日同游梁宋的旧情,请对方出手相救。

值得注意的还有,这首诗称高适为"中丞",即御史中丞,正五品上。而事实上,高适此时官居御史大夫,比御史中丞高出许多。李白对官场很熟悉,犯这样的错误,可能是兵荒马乱中错听了音讯,也可能是高适升官的速度早已超出他的想象。凭借高适此时的地位,假如出面求情的话,李白大概率能就此脱困。然而纵观整个事件,高适似乎始终都未加以援手。

究竟是高适太谨慎、太讲规矩,还是其对李白本来就有意见,原因不得而知。这让李白直接感受到了世态炎凉,甚至使他对自己的"择友观"产生了怀疑,后来也在诗中多次提及,有无尽感慨。比如:"兄弟尚路人,吾心安所从?他人方寸间,山海几千重。""结交在相得,骨肉何必亲?甘言无忠实,世薄多苏秦。"

不过,李白还是盼到了"救星"。此前经崔焕帮忙,李白获得了一点自由。而后,朝廷又派来一位御史中丞、置顿使,名叫宋若思。宋若思对李白悉心营救,使其从狱中脱困。

宋若思为何会帮李白呢?这里有一段旧事。开元二十三年(735),李白前往江夏时,在船上遇到一位威猛老人,相谈甚欢。老人名叫宋之悌,乃是宋之问的三弟,正在流放路上。二人由此结交。而宋若思正是宋之悌的儿子,他念及先辈的交情,也欣赏李白的才华，于是仗义出手，救了李白一命。

李白出狱后，便在宋若思幕府中做参谋，为其撰写公文。宋若思被封为御史中丞后，又历任宣城太守、江西采访使，李白随其赴任，一度在武昌逗留。

其间，李白替人写了一些碑文。其中有一篇《武昌宰韩君去思颂碑》，是为武昌县令韩仲卿所写，盛赞其不畏强暴，不徇私情，又爱惜百姓，"未下车，人惧之；既下车，人悦之。惠如春风，三月大化，奸吏束手，豪强侧目"。在史书中，这位韩仲卿声名不显，但他的儿子后来赫赫有名，他叫韩愈，字退之。

九月，唐军在广平王李俶（后改名李豫）和郭子仪率领下，收复长安。十月，收复洛阳。

陈希烈、张均、张垍等曾任伪职的三百余人，身着白衣，涕泣请罪。郭子仪一面向李亨请旨，一面宽大处理，将他们释放。然而，圣旨来了，命将这三百余人押回长安，关押于大理寺狱、京兆狱等地。

王维也在其中，只不过，他被关押的地点是在宣阳里的杨国忠旧宅。

对于这些"贰臣"，李隆基和李亨的意见比较统一，就是严惩。他们痛恨这些官员不追随自己，反而投降叛军，要"尽诛其族，以令天下"。一时间，人心惶惶。

王维也听说了消息。死，是他想过的结局。他已经五十七岁了，学佛数十载，怕不怕死呢？他不知道。

这一日，王维被带进一座大宅，与他同去的还有两个人，一个叫郑虔，另一个叫张璪（zǎo）。这二人王维都认识，他们三人有个共同点：擅长画画。此行也是因画而来。

宅邸主人是当今中书令崔圆，杨国忠的继任者。这崔圆是个很善于抓机会的人，杨国忠当权时遥领剑南节度使，而崔圆任蜀郡大都督府左司马，代理剑南节度留后，替杨国忠打理蜀中事务。安史之乱后，崔圆命人探听杨国忠的口风，知道李隆基有入蜀之意，便星夜动工扩展城池，修建馆宇，储备器物。等李隆基一行到达成都，发现一切都已准备停当。李隆基很高兴，加封崔圆为中书侍郎、同中书门下平章事。李亨在灵武即位后，李隆基命崔圆与宰相房琯等人一同前去灵武，辅佐李亨。崔圆又重贿李亨最宠幸的宦官李辅国，获得信赖。收复长安后，李亨加封崔圆为中书令、赵国公。

崔圆很直接，他命王维、郑虔和张璪共同为自己画一幅壁画，若画得好，便可免死。三人喜出望外，使尽浑身解数，"运思精巧，颇极能事"。画成之日，崔圆非常满意，又将三人押了回去。

十一月，李亨下诏，以礼部尚书李岘、兵部侍郎吕諲（yīn）为详理使，与御史大夫崔器共同审理陈希烈等贰臣的罪状。

这个李岘，前面曾提到过，他是信安王李祎之子，王维为他写过赠诗。而关于该宽还是该严，这三个人意见并不一致，李岘主张宽贷，而崔器主张严惩。在李岘斡旋之下，朝廷调整了政策，将"尽诛其族，以令天下"改成了"六等定罪"，区别对待。

是哪六等呢？史书称："重者刑之于市，次赐自尽，次重杖一百，次三等流、贬。"看起来分得清楚，其实却仍然严酷。前两等都是死刑，第三等"重杖一百"，严格落实的话也等于死刑。很快，达奚珣等十八人被斩于城西南独柳树下；陈希烈等七人赐自尽于大理寺；达奚挚等二十一人于京兆府门前受重杖而死。

除此之外，还命所有贰臣"免冠徒跣，抚膺号泣，以金吾府县人吏围之，于朝谢罪"，用公开羞辱的方式，以期达到"人所共弃"和以儆效尤的效果。

不可避免，王维也经受了这些羞辱。只不过，弟弟王缙及时将王维写给裴迪的那首"凝碧池头奏管弦"诗献给了李亨，证明其一直心存社稷。李亨看后，"嘉之"。王缙见皇帝口风松动，又表示愿用自己刑部侍郎的官职来替王维赎罪。李亨有点感动，宽恕了王维。

那么，崔圆此前的承诺兑现了吗？这在王维身上没显现出来，但郑虔和张璪确实被免除了死罪，流放江南。

张均、张垍皆任伪职，其中，张均还担任安禄山的中书令。李亨想免二人死罪，李隆基不同意。于是，李亨伏在地下流着泪说：

"臣非张说父子，无有今日。臣不能活均、垍，使死者有知，何面目见说于九泉！"

看来，李亨也是念旧情的。

李隆基命人扶起李亨，答应将张垍长流岭南，而张均"必不可活，汝更勿救"。张说的两个儿子，就这样画上了句号。

冬天，李白在舒州宿松（今安徽宿松）卧病。

虽然宋若思为李白"推复清雪，寻经奏闻"，说他"实审无辜"，但一直没有回音。李白仍是戴罪之身，朝廷的惩处一直没下来，这是他的心病。但此时，他仍关心北方战事。

此前，叛军南下江淮的步伐，在睢阳长期受阻。张巡、许远以寡敌众，苦苦守城，先后与叛军交战四百余次。但因外无援兵、内无粮草，睢阳最终陷落。张巡手下大将南霁云一度杀透重围，向当地主帅河南节度使贺兰进明求救，但贺兰进明拒绝发兵。城破后，张巡、许远、南霁云等人不屈被杀。

李亨认为谏议大夫张镐文武全才，封其为中书侍郎、同平章事，又兼河南节度、采访等使，代替贺兰进明。张镐闻听睢阳被围，传令濠州刺史闾丘晓出兵营救。闾丘晓却担心兵败祸及自身，不肯进兵。等到张镐到达任上，睢阳已陷落三日。

张镐大怒，召来闾丘晓，要处以军法。闾丘晓跪地求饶："家有老母要养，但求留我性命。"张镐一声冷笑："王昌龄的老母又有谁来养？"当即传令，将闾丘晓乱棍打死。

消息传出，大快人心。

张镐为王昌龄报了仇，李白心存感念，也希望自己能得到张镐的赏识，报效国家，于是为其写了两首长诗。其中一首是：

> 本家陇西人，先为汉边将。功略盖天地，名飞青云上。苦战竟不侯，富年颇惆怅。世传崆峒勇，气激金风壮。英烈遗厥孙，百代神犹王。十五观奇书，作赋凌相如。龙颜惠殊宠，麟阁凭天居。晚途未云已，蹭蹬遭逸毁。想像晋末时，崩腾胡尘起。衣冠陷锋镝，戎虏盈朝市。石勒窥神州，刘聪劫天子。抚剑夜吟啸，雄心日千里。誓欲斩鲸鲵，澄清洛阳水。六合洒霖雨，万物无凋枯。我挥一杯水，自笑何区区。因人耻成事，贵欲决良图。灭虏不言功，飘然陟蓬壶。惟有安期舄（xì），留之沧海隅。
>
> ——李白《赠张相镐二首》其二

诗中，李白自称是李广之后，简要介绍了自己的身世，表达了胸中志向。遗憾的是，并未等来张镐的回音。而朝廷的处罚下来了，他被判长流夜郎。

九天阊阖开宫殿

至德三载（758），正月，长安。李亨下诏，"责授"王维为太子中允，正五品上。

这一官职与安史之乱前王维所任的给事中品阶相同，但重要性差一些，属于降职，所以叫"责授"。不过，如此洗脱罪名，还从轻处理，已经是天大的恩典。为谢恩，王维写了《谢除太子中允表》，其中称：

> 臣进不得从行，退不能自杀，情虽可察，罪不容诛……伏谒明主，岂不自愧于心？仰厕群臣，亦复何施其面……臣得奉佛报恩，自宽不死之痛，谨诣银台门冒死陈请以闻。无任惶恐战越之至。

他还写了一首诗：

> 忽蒙汉诏还冠冕，始觉殷王解网罗。日比皇明犹自暗，天齐圣寿未云多。花迎喜气皆知笑，鸟识欢心亦解歌。闻道百城新佩印，还来双阙共鸣珂。
> ——王维《既蒙宥罪旋复拜官伏感圣恩窃书鄙意兼奉简新除使君等诸公》

表中的羞愧与诗里的欢喜，交织在一起，让人感觉格外怵目。

王维的心情并不好。有很长一段时间，他沉浸在苦恼中。很多朋友宽慰他，其中就包括年轻诗人杜甫——此时杜甫年逾不惑，但在五十八岁的王维眼里仍是年轻人。杜甫还为王维写了诗，题为《奉赠王中允维》，称赞他身陷敌营，坚贞不移，"一病缘明主，三年独此心"，结尾建议他"穷愁应有作，试诵白头吟"，也算尽心了。

这里要注意的是，跟后人的想象不同，当时舆论对于王维等人的遭遇更多是同情，而非谴责。这不是场面话，在私下往来的书信中，人们也这样谈论。因为，"忠臣不事二主"的观念是中晚唐才开始萌芽的，到宋朝才大行其道。而盛唐沿袭的仍是南北朝以来的观念，君臣之间存在一定契约关系。李隆基带人偷偷离开长安，弃百官于不顾，属于先行违约，大臣放弃义务乃是情有可原。在这样的背景下，别说是才华横溢的王维，就是陈希烈被处死，都有很多人给以同情。

二月，四十八岁的李亨下诏改元，将"至德三载"改为"乾元元年"。多年折腾，盛唐气象一去不返，终于不再玩"载"的文字游戏了。

三月，王维升任中书舍人，品阶不变，地位升高。经过休养，他的身心渐渐平复。

这日早朝过后，中书舍人贾至写了一首《早朝大明宫呈两省僚友》。这首诗写得很好，其中有句曰："共沐恩波凤池上，朝朝染翰侍君王。"此诗点染出一片升平气象，用意也很明显，就是"颂圣"。而"呈两省僚友"，表明了请人和诗。"凤池"指中书省，前面加一个"共"字，说明在场不止一人。王维同为中书舍人，在很大程度上，这首诗就是奔着他去的。

王维虽与贾至同为中书舍人，但此时地位明显不同。论年龄，贾至比王维小十七岁，属于后辈。不过，此前李隆基入蜀，贾至随行，被封起居舍人、知制诰。起居舍人为从六品上，级别不太高；可知制诰是替皇帝拟旨的官职，身份非比寻常。而且，贾至出身也好，其父曾任谏议大夫、知制诰，终于礼部侍郎。父子两代掌制诰，非同小可。面对这位似乎前途无量的政治新星，身带"污点"的王维岂能不回应？

> 绛帻鸡人送晓筹，尚衣方进翠云裘。九天阊阖开宫殿，万国衣冠拜冕旒。日色才临仙掌动，香烟欲傍衮龙浮。朝罢须裁五色诏，佩声归向凤池头。
> ——王维《和贾舍人早朝大明宫之作》

这首诗写得气格雄浑，富贵典雅，音韵铿锵，如凤鸣朝阳，令人看后感觉沐浴在无限尊荣之中。

还有两位重要诗人写了和诗，一个是杜甫，时任门下省左拾遗，从八品上；另一个是岑参，时任中书省右补阙，从七品上。杜甫有句曰："欲知世掌丝纶美，池上于今有凤毛。"岑参曰："花迎剑佩星初落，柳拂旌旗露未干。"两诗皆佳。

这次写诗行为轰动一时，也是安史之乱后一次重要的"颂圣行动"。两京都已收复，皇帝又回到宫中，李亨迫不及待地要听到赞美，但天下人都知道，叛乱远未画上句号。

浔阳，李白踏上流放之路。

之前，他为减轻罪责，写了一组《上皇西巡南京歌十首》，将李隆基入蜀逃命美化为"西巡"。这组诗称赞起李隆基来很卖力，很多地方与史实相悖，大约想以此冲抵此前给李璘写的那组诗，但并未起到什么效果。

李白与宗氏夫人泣别时，内弟宗璟也赶到浔阳相送。他叮嘱宗璟好好照顾姐姐，为其写了一首诗：

> 君家全盛日，台鼎何陆离！斩鳌翼娲皇，炼石补天维。

> 一回日月顾,三入凤凰池。失势青门傍,种瓜复几时?犹会众宾客,三千光路岐。皇恩雪愤懑,松柏含荣滋。我非东床人,令姊忝齐眉。浪迹未出世,空名动京师。适遭云罗解,翻谪夜郎悲。拙妻莫邪剑,及此二龙随。惭君湍波苦,千里远从之。白帝晓猿断,黄牛过客迟。遥瞻明月峡,西去益相思。
>
> ——李白《窜夜郎于乌江留别宗十六璟》

这首诗李白写得非常动情,他没有太自夸,而是称赞了妻子的门第。熟悉历史的人都知道,宗家虽三次入相,但并未留下好名声。而李白不在乎,"我非东床人,令姊忝齐眉",他认为自己有点配不上妻子。

这一路上,李白没少喊冤,也不停写诗。自打入狱那天起,他一直说自己是被李璘所迫。至于他到底是被逼无奈,还是在政治上太幼稚,主动跳入旋涡,只要读他的诗,大体都能看得出来,已无太多争论必要。

李白的诗主要赠给沿途官员,希望他们帮自己一把,好早点免罪回家。比如,"我愁远谪夜郎去,何日金鸡放赦回?"但这样的忙,岂是一般人帮得了的?

这年五月,李白路过武昌,与当地官员史钦同登黄鹤楼,写了一首诗:

> 一为迁客去长沙,西望长安不见家。黄鹤楼中吹玉笛,江城五月落梅花。
>
> ——李白《与史郎中钦听黄鹤楼上吹笛》

此时,张镐已罢相。李亨认为他"不切事机",命其出任荆州大都督府长史，很快又改授太子宾客。江夏属荆州地界，李白到江夏后，张镐虽然不在，却也命人给李白送来罗衣，还赠了诗。李白也写诗回赠。

在江夏，李白还游览了修静寺、鹦鹉洲等名胜。修静寺乃李邕旧宅，李白想到李邕当年惨死，而自己也被流放，又想起汉末狂处士祢衡，不胜感慨。

这些日子，李白虽在流放中，但行动比较自由，押解他的公差也很客气。毕竟，他诗名已著，又无恶名，所到之处均有官员设宴招待，公差得了不少好处，也就予他方便了。

九月，王维官复原职，重为给事中。

此时朝廷班底发生很大变化。原来的宰相房琯、崔圆皆被罢相，中书舍人贾至也被贬出长安。这是李亨新一轮的政治洗牌。这位当了十八年太子，趁着战乱才擅自登基的皇帝，跟父亲李隆基的关系越来越恶化。房琯、崔圆、贾至等人，都是李隆基从成都派去灵武辅佐李亨的，李亨也将他们视为父亲的人。此时政局稍微稳定了一点，他便对这些人不再信任。高适也被贬为太子少詹事，剥夺实权。这倒不是李亨的主意，而是宦官李辅国觉得高适"敢言"，恐对己不利，还是贬了的干净。

王维未受任何影响。与安史之乱前相比，他更加不关心朝政。在写给皇帝的谢表中，他早已明言"臣得奉佛报恩，自宽不死之痛"，如今可以名正言顺地奉佛了。

这年冬天，王维再次给李亨上表，请求将蓝田的辋川别业献出，作为寺院。在此之前，禅宗祖师神会被请入皇宫大内供养。神会年岁已老，他是王维修佛过程中的引路人，嘱托王维为其师六祖慧能撰写碑文。王维欣然答应，撰写了《六祖能禅师碑铭》，写得极为用心。这也成为后世研究慧能生平最原始的材料。

过洞庭时，李白迟迟无法移步。面朝八百里烟波，他痴痴望着。

这一路溯江而上，恰与他三十四年前出川时的路线相反，所闻所见迥异当年，心绪更加不似少年时。面对浩浩汤汤的洞庭湖，他又觉得时间并未流走。当年与吴指南、丹砂同游洞庭的场景，似乎就在昨天。

湖风吹动，须发飘拂。看着水中倒影，李白哈哈一笑，又长叹一声，转身去寻当年亲手埋葬吴指南之地。花了大半日，终于寻到，这些年过去，那坟茔早已平了，唯见三棵松树亭亭如盖。

李白悲不自胜，将带来的酒食祭品摆好，俯身一阵哭号。两名解差心下不忍，到远处去了。

这番哭，直哭得天昏地暗，日月无光。李白深知自己辜负了故友，这么多年过去，仍然让其孤零零长眠异地。此前有的是时间，他却从未想到履行诺言，带故友骨骸还乡。而这次是戴罪之身，此事更加无法办到。

李白也觉得自己愧对父母、愧对光阴。出川之后他从未返乡，丝毫未尽孝道，此番获罪还可能殃及家人，当真面目全无……

这日过后，他病倒了。刚刚好些，又听闻好友崔成甫去世的消息，差点栽倒在地。崔成甫留有诗集《泽畔吟》二十章，李白为其作序。而后，直上三峡去了。

朝辞白帝彩云间

乾元二年（759），春，四月。

李白行至夔州奉节（今重庆奉节），收到天下大赦的消息。他被赦免，可以回家了。

这一刻，他有些恍惚。当夜久久未能入睡。次日醒来，但见解差已经备好了船，即将顺流而下。天边一片朝霞，红灿灿照人心扉。

李白手舞足蹈，脱口吟了一首诗：

> 朝辞白帝彩云间，千里江陵一日还。两岸猿声啼不住，轻舟已过万重山。

——李白《早发白帝城》

其实，天下大赦的诏书三月下旬就已发布。这当然不是为李白而发，而是因为旱灾。李亨在诏书中说："其天下见禁囚徒，死罪降流，流已下一切放免。"

因灾而赦，是唐代的常规动作。但当时还有个重要背景，那就是唐军刚刚经历了一场大败。这一败，基本是自找的。

需要一提的是，安庆绪虽然待人接物智商堪忧，但打仗很有天分。在洛阳被击败后，他收集散军，用计击败了名将李光弼，然后在相州邺城驻扎下来。

李亨派出以郭子仪为首的九位节度使，率军围攻安庆绪。安庆绪固守邺城，九位节度使围城三个月，仍然攻不下来。随后，郭子仪等引漳河水灌城，城中形势恶化，眼看就要失守。这时，史思明率兵来救，在离邺城五十里处扎营。因兵力悬殊，史思明不敢直接与唐军交战，却日夜骚扰，断了唐军粮道。

围城的唐军存在一个致命问题，就是缺乏统帅。郭子仪虽一直担任天下兵马副元帅，但此战李亨并未明确他为主帅，而是派来一个名叫鱼朝恩的宦官担任观军容宣慰处置使。有皇命加持，不谙兵事的鱼朝恩变成了实际主帅。唐军没有统一指挥，又被断粮道，人心渐渐散了。

三月初六，六十万唐军列好阵势，准备与叛军决战。史思明也率精兵五万前来，唐军见其兵少，以为只是游军，未予重视。史思明挥军急进，唐军匆忙出战，各有损伤。大战正在进行，突然刮起大风，飞沙走石，敌我难辨。作为后军的郭子仪正在列阵，见状先行撤退。于是两军皆溃。唐军向南逃，叛军向北跑。大风一直刮到半夜，唐军损失惨重，两万匹战马只剩三千，丢弃甲杖如山。这种崩溃持续了十余日，溃卒一路剽掠，当地百姓纷纷跑入山谷避难，各地方官则快马加鞭逃往南方。

这一战，让唐军优势化为乌有。一度飘飘然的李亨开始明白，想尽快结束安史之乱，已经不可能了。

相州之败，也极大影响了朝廷对贰臣的处置方式。

此前，朝廷对于贰臣和叛军降将，采取了两种完全不同的手段。一方面，对贰臣一律从严，虽说"六等定罪"，但处罚基本都很重——王维是特例。另一方面，对叛军降将却极度宽容。比如，严庄是安禄山谋反的主要帮凶，他走投无路降唐后，却被赐铁券兼赐衣，任命为九卿之中的司农卿。

李亨想通过严惩贰臣来宣泄恨意，同时以"忠义"标准重新整顿官僚队伍。对降将宽容则是做个姿态，希望更多叛军将领能够投降。说到底，哪有什么正义可言，"挑软柿子捏"而已。

李亨的想法很好，但严惩贰臣产生了副作用。因为很多贰臣至今仍在叛军中担任要职，一听说要严惩，他们决意顽抗到底。

李亨本以为能凭借优势兵力，忽略这部分人的意愿，结果"相州兵败"给了他沉重一击。

李亨本来就不是个铁腕的人，只是假装强硬而已，经此一败便软了下来——赦了，都赦了，还能怎样呢？

政策转向如此之大，让朝廷沦为"宽严皆误"的笑柄。那些坚决贯彻皇帝严惩政策的官员，更是成了过街老鼠。比如，审理贰臣案的御史大夫崔器，立即身陷万人唾骂，在正史中最终被归为"酷吏"，与索元礼、来俊臣为伍。这真是莫大的讽刺。

而此时，安史叛军内部也发生巨变。相州解围后不几日，史思明便以为安禄山报仇之名，杀死了安庆绪以及孙孝哲、崔乾祐等大将。他即位大燕皇帝，成为叛军新的首脑。

春日，蓝田。王维仍在给事中任上，却已很少上朝，平时住在辋川别业。

这座苦心经营十数载的别业，在他去世之后，将全部捐给寺院。母亲早已去世，他也无任何子嗣，弟弟王缙家资巨富，用不着他操心。

已经五十九岁，身体不好，该做些准备了。王维这样想着，埋头整理诗集。

其实，这件事他多年前就着手做了，但是长安陷落时，诗与画都散失许多。他一度对此痛心疾首，但在被囚于洛阳菩提寺的日子里，他渐渐想通了。

这一生，他诗名冠绝天下，从皇帝、王公贵族到平民百姓，追捧者遍及四海。然而，又有什么意义呢？他们真懂他的心思吗？再说了，在那些诗里，他又表达过多少心声？

这样想着，王维一声苦笑。这时节，他正整理《辋川集》，刚刚写下序言：

余别业在辋川山谷，其游止有孟城坳、华子冈、文杏馆、斤竹岭、鹿柴、木兰柴、茱萸沜、宫槐陌、临湖亭、南垞、欹湖、柳浪、栾家濑、金屑泉、白石滩、北垞、竹里馆、辛夷坞、漆园、椒园等，与裴迪闲暇，各赋绝句云尔。

王维想念裴迪。此前在洛阳，正是靠着裴迪为他传出诗来，他才免于被皇帝严惩。如今，裴迪已在朝为官，虽说依旧会来辋川，但到底次数少了。

这本《辋川集》所记的，正是他和裴迪所写的诗。虽多为咏物写景，可毕竟是他的心声。数数一生所写之诗，这本集子大约是最纯粹的了。

空山不见人，但闻人语响。返景入深林，复照青苔上。
——王维《鹿柴》

木末芙蓉花，山中发红萼。涧户寂无人，纷纷开且落。
——王维《辛夷坞》

这些诗凝练、空灵、静穆，是人境，亦是禅境。这是王维数十年修为的体现。裴迪虽然也写了一些，但两相对照，有云泥之别。

此刻，王维吟了几首，搁笔望向窗外。春风过处，树影婆娑。

辋川很安静。偶尔，钱起会来看他。钱起现任蓝田县尉，是此处的地方官，也是他的后辈诗友。二人时常写诗唱答。

不过，王维很清楚，有的诗是只能给裴迪看的。只有面对裴迪时，他才愿意袒露自己的心扉，包括一些阴暗面。比如：

> 酌酒与君君自宽，人情翻覆似波澜。白首相知犹按剑，朱门先达笑弹冠。草色全经细雨湿，花枝欲动春风寒。世事浮云何足问，不如高卧且加餐。
>
> ——王维《酌酒与裴迪》

这首诗便是二人饮酒后，王维随手所写的，本意是安慰有些失意的裴迪。谁知，裴迪看后大笑，说：这哪里是你随手所作，分明是多年来一贯的想法嘛。你根本不相信什么感情，也不愿意对百姓尽义务，只想躲在自己的屋子里，混吃等死……

王维听后很生气，但很快便笑了。是啊，"白首相知犹按剑"，两个人相知一辈子，却仍然要按剑提防，不知谁会骤起杀心——这又是怎样的"知音"呢？

从记事起，母亲就训练他的一举一动，教他如何为自己制造光环。他出身名门大姓，虽家境寒素，但一出道便是偶像，年龄大些更是成为高士。这数十年来，他一直都被捧着，但他的心中始终横着一把剑，战战兢兢，从未放下。

这样的话，也只有裴迪会对他说。

有段日子，王维在思考隐居的意义，并多次表达观点。比如：

> 陶潜任天真，其性颇耽酒。自从弃官来，家贫不能有。九月九日时，菊花空满手。中心窃自思，傥有人送否。白衣携壶觞，果来遗老叟。且喜得斟酌，安问升与斗。奋衣野田中，今日嗟无负。兀傲迷东西，蓑笠不能守。倾倒强行行，酣歌归五柳。生事不曾问，肯愧家中妇。
>
> ——王维《偶然作六首》其四

千百年来，陶渊明一直都是隐者的标杆。但王维不赞同陶弃官隐居的方式，他认为这不仅会让日子过得狼狈，也对不起家中的妻儿老小。

在《与魏居士书》中，王维进一步写道：

> 近有陶潜，不肯把板屈腰见督邮，解印绶弃官去。后贫，《乞食》诗云"叩门拙言辞"，是屡乞而多惭也。尝一见督邮，安食公田数顷。一惭之不忍，而终身惭乎？此亦人我攻中、忘大守小、不（阙）其后之累也。

"一惭之不忍，而终身惭乎？"这一问够犀利。而且，王维认为陶渊明的隐居是"人我攻中、忘大守小"，这种为负气而隐，达不到无我之境，并不高明。

或许，这就是体制内"高士"的思维。一边为自己只拿高薪不干活而找台阶下，一边显示出衣食无忧的优越感。一般人这么说，难免会被戳穿。但王维是自带光环的，从他口中说出来，人们便觉得思路清奇。

裴迪对此是免疫的。他只是笑笑，劝王维多饮几杯酒，或许可以更懂陶渊明。

李白并未直接回家，而是东下江陵，往来于江夏与汉阳之间。

八月，李白在江夏为江夏太守韦良宰写了德政碑，还为其写长诗《经乱离后天恩流夜郎忆旧游书怀赠江夏韦太守良宰》。这首诗长达千字，内容驳杂，倾吐了李白从入狱到被流放的苦水，辩解自己入李璘幕是"空名适自误，迫胁上楼船"。其中，还追述自己一生经历，并夹杂着对韦良宰诗歌的赞美，称其"清水出芙蓉，天然去雕饰"，希望其举荐自己。

韦良宰很高兴，对李白盛情款待，但举荐是行不通的。随后，李白应一位裴姓御史的邀请，前往岳阳，重游洞庭湖。

在岳阳，李白遇见了贾至。半年多之前，贾至还作为当红政治明星，邀请王维一同为皇帝写颂诗，如今他已被连贬两次，任职岳州司马，可谓断崖式降职。这一老一少各以文章自负，此时相见，各怀心事。在当地官吏簇拥下，二人同游龙兴寺，泛舟洞庭湖，写诗唱答。

同游者中，还有一人是李白的族叔，原刑部侍郎李晔。他因有事触怒当权宦官李辅国，被贬为岭南县尉，一贬到底。这样的组合，这样的遭际，令人深感人生如寄。李白写了一组诗，其中一首是：

南湖秋水夜无烟，耐可乘流直上天。且就洞庭赊月色，将船买酒白云边。

——李白《陪族叔刑部侍郎晔及中书贾舍人至游洞庭五首》其二

在洞庭湖上，李白起了回家之念，但听闻荆州发生叛乱，归途已被截断，于是继续南行，到达零陵（今湖南零陵）。

这日，一位青年僧人前来拜会。李白见其拜帖，吃了一惊，但见帖上字迹如落花飞雪、飘风骤雨，赶忙迎出门去。这僧人法名怀素，二十三岁，乃是钱起的侄子。他自幼家贫，出家为僧，修佛之余，锐意草书。

这一番畅谈，好不惬意。李白对于书法造诣颇高，当年他的好友贺知章、张旭，均为当世草书大家；而今，他从怀素笔下，看到了另一种风神。怀素又请李白前往自己家中做客，李白欣然前往。

走了约半个时辰,到得城外一处破庙。怀素作势"有请",李白心下诧异,进得门来,但见此庙破败已久,连神像都残缺不全,地上晾着无数芭蕉叶,有的青翠欲滴,有的则已泛黄。怀素默默从一座神像后搬出两坛酒来,又取来一只烧鸡、两只破碗,正色道:"李翰林,贫僧做东,尽君一醉。"

李白接过碗来,叹一口气:"你倒真是个'贫僧',"又道,"却不知你喝不喝?"

怀素一笑:"贫僧不食腥荤,酒却是要喝的。"

李白大喜。他是富家子,这一生虽跌宕起伏,没少吃苦,却也极少这般寒碜,望着眼前这个和尚,他只觉得亲切。

酒过三巡,怀素大叫一声,从神像后取出笔墨,就地或坐或卧,于芭蕉叶上肆意挥洒。李白瞪大了眼睛,望着疯魔一般的怀素,他比当年张旭酒后还要狂上几分,甚至有些神似舞剑器的公孙大娘。李白也抓起一支笔,写下一首诗:

少年上人号怀素,草书天下称独步。墨池飞出北溟鱼,笔锋杀尽中山兔。八月九月天气凉,酒徒词客满高堂。笺麻素绢排数箱,宣州石砚墨色光。吾师醉后倚绳床,须臾扫尽数千张。飘风骤雨惊飒飒,落花飞雪何茫茫!起来向壁不停手,一行数字大如斗。恍恍如闻神鬼惊,时时只见龙蛇走。左盘右蹙如惊电,状同楚汉相攻战。湖南七郡凡几家,家家屏障书题遍。王逸少、张伯英,古来几许浪得名。张颠老死不足数,我师此义不师古。古来万事贵天生,何必要公孙大娘浑脱舞。

——李白《草书歌行》

二人就此结交。这首诗让怀素名声大振,数年后,他成为与张旭齐名的书法家,合称"颠张狂素"。

在永州,李白还见到了卢象。多年前,二人在长安就已相识,但一直并无交情。当时,卢象是长安诗歌圈的核心人物。而李白无论出身、诗风,还是行事风格,均与长安诗歌圈迥然不同,也根本与他们坐不到一起。只是,安史之乱爆发时,卢象在洛阳为官,被迫出任伪职。后来朝廷追究起来,卢象被一贬再贬,如今任永州司户参军,降至仕途谷底。

此情此景,卢象与李白的身份差别,似乎不那么悬殊了。二人相互赠诗。李白的诗是仿照长安趣味写的,有着肉眼可见的客套。

这一年,长安诗歌圈的另一代表人物储光羲去世。他同样出任过伪职,史书说他是"贼平贬死"。

一生几许伤心事

乾元三年(760),春。李白从零陵至巴陵,望着春山春水,但觉一片伤心。他写了一首诗,有句曰:"古之伤心人,于此肠断续。予非怀沙客,但美采菱曲。"

他六十岁了,花甲之年,身体已然垂暮,总忍不住回想从前的事,往事一幕一幕,在水波中荡漾。

到达江夏,李白与官员朋友们宴饮。其中南陵县令韦冰是京兆人,是李白的故交。其子韦渠牟刚刚十一岁,喜欢写诗,韦冰拿了其一首写铜雀台的绝句,请李白指教。李白大加赞赏,表示愿把"古乐府之学"传授给韦渠牟。韦冰大喜。李白还对韦冰写诗相赠:

胡骄马惊沙尘起，胡雏饮马天津水。君为张掖近酒泉，我窜三巴九千里。天地再新法令宽，夜郎迁客带霜寒。西忆故人不可见，东风吹梦到长安。宁期此地忽相遇，惊喜茫如堕烟雾。玉箫金管喧四筵，苦心不得申长句。昨日绣衣倾绿尊，病如桃李竟何言。昔骑天子大宛马，今乘款段诸侯门。赖遇南平豁方寸，复兼夫子持清论。有似山开万里云，四望青天解人闷。人闷还心闷，苦辛长苦辛。愁来饮酒二千石，寒灰重暖生阳春。山公醉后能骑马，别是风流贤主人。头陀云月多僧气，山水何曾称人意。不然鸣笳按鼓戏沧流，呼取江南女儿歌棹讴。我且为君槌碎黄鹤楼，君亦为吾倒却鹦鹉洲。赤壁争雄如梦里，且须歌舞宽离忧。

——李白《江夏赠韦南陵冰》

"我且为君槌碎黄鹤楼，君亦为吾倒却鹦鹉洲。"何其狂放！一生中，李白多次提及黄鹤楼与鹦鹉洲，这是他的郁郁心结。前者是修仙者，后者为狂处士，都是李白为自己所贴的标签。而"赤壁争雄"只能在梦中了。

在江夏，李白还见到了颜真卿。颜真卿比李白小八岁，以书法闻名天下，安史之乱中更因勇抗叛军而为世人称道。他此前曾任浙江西道节度使，后召为刑部尚书，此时正在返京途中。李白极为兴奋，笑着写下："堂上三千珠履客，瓮中百斛金陵春。"

一次宴会上，李白遇见了蜀僧晏上人，他将从江夏前往长安。对于从家乡来的僧人，李白感觉甚是亲切，想起自己当年出蜀，从峨眉山下来时的情景。那时，他曾写过一首《峨眉山月歌》，如今要再写一首：

我在巴东三峡时，西看明月忆峨眉。月出峨眉照沧海，与人万里长相随。黄鹤楼前月华白，此中忽见峨眉客。峨眉山月还送君，风吹西到长安陌。长安大道横九天，峨眉山月照秦川。黄金狮子乘高座，白玉麈（zhǔ）尾谈重玄。我似浮云殢（tì）吴越，君逢圣主游丹阙。一振高名满帝都，归时还弄峨眉月。

——李白《峨眉山月歌送蜀僧晏入中京》

中京，便是长安。至德二载（757）十二月，李亨改益州为南京，改凤翔为西京，改长安为中京。益州和凤翔的升格，是因为李隆基曾逃往益州，而李亨曾在凤翔驻跸。后又在上元二年（761）将中京改回西京。皇帝就是这样，只管用文字游戏来强调自己的正统性，全然不顾给百姓带来的麻烦。

这首诗是李白才华的绝佳体现。他从高处俯瞰人间，将过去、现在与未来依次展现——二十多年前峨眉的月亮、此刻黄鹤楼头的月亮、此后长安盛大法会的月亮，以此来表达对晏上人的祝福。这首诗写得飘逸、潇洒、华贵而又感伤。

提笔时，他展颜一笑，心中默念："明月姐姐，你看得见吧——"

他依稀觉得，自己真的老了，未来是属于晏上人这般年轻人的……

闰四月，改元上元，是为上元元年。

其时大雨如注，经久不歇，良田被毁，米价高涨，"人相食，饿死者委骸于路"。

五月，王维升任尚书右丞，正四品下，这是尚书仆射的主要助手，负责协调具体事务。就职权范围而言，这是个很有实权的岗位，但交给王维这种几乎不上朝的人做，就变成了虚设。此时，宦官李辅国干政，王维这种官员正是他最喜欢用的。

当然，王维也并非完全不做事。这年六月，他上表举荐了一名官员，那人正是他弟弟王缙，时任蜀州刺史。这种表，按说不好写，但王维是大手笔，写得很高明，这篇《责躬荐弟表》也流传下来。

文中，王维不为自己辩解，坦然承认"臣年老力衰，心昏眼暗，自料涯分，其能几何？久窃天官，每惭尸素"；随后，进一步将自己与弟弟对比，从五个方面贬低自己，抬高弟弟；接着，打感情牌，唤起同情心，"臣又逼近悬车，朝暮入地，阒（qù）然孤独，迥无子孙。弟之与臣，更相为命，两人又俱白首，一别恐隔黄泉。倘得同居，相视而没，泯灭之际，魂魄有依"；最后，亮明了价码，"伏乞尽削臣官，放归田里，赐弟散职，令在朝廷"，愿用自己的官，来给弟弟换个京官，而且品级不用太高，散职即可。

王维的荐表发挥了作用，这年九月王缙回京，而接替他原职的正是高适。

这大约是王维在朝中最后一次力争了。他上朝的次数变得更少，只在非出场不可的时候才露面，比如，李亨的第十二个儿子李侹（shào）去世时。李侹乃张皇后所生，李亨对他尤其钟爱，一度危及太子地位。李侹死后被封为恭懿太子，王维为其写了五首挽诗。

在辋川，王维心中并不宁静。裴迪已经离开长安，以侍御史身份前往蜀中。王维更加孤单，望着镜子里白发苍苍的自己，他常常觉得陌生。二十年前，他就自称是老人了，然而当衰老真正到来时，他又觉得茫然。这些年，为求宁静，他总是念经，此刻却又恍惚了。他心里，到底还有放不下的东西。

> 宿昔朱颜成暮齿，须臾白发变垂髫。一生几许伤心事，不向空门何处销。
>
> ——王维《叹白发》

秋天，李白东下浔阳，泛舟彭蠡，登庐山。他为时任殿中侍御史的朋友卢虚舟写了一首诗：

> 我本楚狂人，凤歌笑孔丘。手持绿玉杖，朝别黄鹤楼。五岳寻仙不辞远，一生好入名山游。庐山秀出南斗傍，屏风九叠云锦张，影落明湖青黛光。金阙前开二峰长，银河倒挂三石梁。香炉瀑布遥相望，回崖沓嶂凌苍苍。翠影红霞映朝日，鸟飞不到吴天长。登高壮观天地间，大江茫茫去不还。黄云万里动风色，白波九道流雪山。好为庐山谣，兴因庐山发。闲窥石镜清我心，谢公行处苍苔没。早服还丹无世情，琴心三叠道初成。遥见仙人彩云里，手把芙蓉朝玉京。先期汗漫九垓上，愿接卢敖游太清。
>
> ——李白《庐山谣寄卢侍御虚舟》

这首诗生龙活虎，遒劲有力，有风云，又有仙气，怎么看都不像是花甲老人所写。

此时，宗氏夫人已不在庐山。李白被流放夜郎后，宗氏夫人便随弟弟宗璟前往洪州——宗璟在那里做个小官。李白去看望妻子，见宗璟家并不富裕，他盘桓数日，便到附近云游去了。

经由兵乱，夫妻二人原本在北方的家产已荡然无存，如今没有积蓄，又无收入来源，只能靠给官员赠诗，才能有些进账。而兵乱后，许多郡县境况大不如前，官员打赏起来也小气许多。李白一生放荡不羁，全没想过晚景凄凉。在给一位有些交情的县令所写的诗中,他说:"山翁今已醉,舞袖为君开。"

到底年岁不饶人。他自称"山翁"虽不是第一次,但如今的舞姿明显吃力了一些。

红豆生南国,春来发几枝

上元二年(761),春。王维在辋川。

他的身体一天天衰弱下去,朋友们劝他搬回长安,他摇了摇头。

钱起不放心,派了一名仆役前来服侍,也被王维打发了回去。

这些日子,他的诗写得更少,文章也不作了,只在室内打坐,诵《维摩诘经》,有精神时也画上几笔。或者,拄着拐杖立在门前,看花儿次第绽放。

> 老来懒赋诗,唯有老相随。宿世谬词客,前身应画师。
> 不能舍余习,偶被世人知。名字本皆是,此心还不知。
> ——王维《偶然作六首》其六

"宿世谬词客,前身应画师。"这是老了之后,他对自己的定位。

相比于诗,他此时更喜欢画。这并非是他对自己的诗失去信心,而是觉得诗这种形式已经到了尽头。这一生,他写尽了各种体裁和题材,也不断求新求异,但还是深感诗的无力。尤其是面对如今的乱世,写诗又有什么意义呢?

在生命最后的日子,他时常想起红豆。假如当时随她一起远走高飞,又将是怎样的人生?

宗氏夫人要继续跟随师父李腾空修道,李白将她一路送上庐山。然后,他又来到宣州。

李白已六十一岁,他把宣州当成了终老之地。平阳、伯禽等儿女们此时也在江南,但他不想去依靠他们。这辈子,他在孩子身上投入的精力太少,不想老了以后再给他们添负担。再说了,他想过的那种日子,孩子们也负担不起。

他在宣州各县间游荡,照旧献诗、游宴。一日在山间行走,看见漫山遍野的杜鹃花,耳边也一片鸟声,他脱口吟了一首诗:

蜀国曾闻子规鸟,宣城还见杜鹃花。一叫一回肠一断,三春三月忆三巴。

——李白《宣城见杜鹃花》

吟完诗,他觉得有些奇怪:自己明明心情不错,为何却说"断肠"呢?

略一沉吟,他决定再去一趟金陵。

李璘之乱后,金陵更为破败。李白颇多感叹,在秦淮河畔一处客栈住了下来。一次诗会上,他偶遇远房外甥高镇,二人交谈甚是投契,同到酒肆欢饮。

席间,李白才知高镇一直未中进士,生活极为贫困。李白想帮他一把,但自己也囊中羞涩,别的不说,连此刻这一餐的酒钱都没有。好在,李白腰间所佩之剑乃是一高官所赠,颇值些钱财,当即解剑换酒,共高镇一醉。

马上相逢揖马鞭,客中相见客中怜。欲邀击筑悲歌饮,正值倾家无酒钱。江东风光不借人,枉杀落花空自春。黄金逐手快意尽,昨日破产今朝贫。丈夫何事空啸傲,不如烧却头上巾。君为进士不得进,我被秋霜生旅鬓。时清不及英豪人,三尺童儿重廉蔺。匣中盘剑装鳍(cuò)鱼,闲在腰间未用渠。且将换酒与君醉,醉归托宿吴专诸。

——李白《醉后赠从甥高镇》

此诗乃醉后所写,依旧豪气逼人。这很容易让人想起当年贺知章金龟换酒与李白同醉的佳话,还有李白在元丹丘处写的"五花马,千金裘,呼儿将出换美酒"的豪言。只可惜,他不是三品秘书监,甚至也不再年轻,只是一个"黄金逐手快意尽,昨日破产今朝贫"的老人。这世界对少年总是宽容,"莫欺少年穷"是因为他们还有未来,还有不确定性;而对老年穷却可以任意欺之,即便不欺,也仅剩一个"怜"字。

这就是李白的尴尬。

当然,他还未到山穷水尽之境,他还有名声以及众多故人。比如,在金陵,他就遇见了曾任监察御史、今为广德县令的韩云卿,并与其通宵宴饮。韩云卿也有文名,他的侄子便是韩愈。

一日下午,李白正沿秦淮河畔漫步,忽有琴声传来,曲调似在哪里听过。但见前方有亭,一群人正在围观。走近些,又有歌声。歌曰:

红豆生南国,春来发几枝?愿君多采撷,此物最相思。

——王维《相思》

这诗句节奏明快,委婉含蓄,语浅而情深。李白心中一动。待到近前,但见一人抚琴,一人唱歌。弹琴的是个小姑娘,十四五岁,穿了一袭绛色衫子,容颜殊丽,似在哪里见过。

未及细看,注意力已被歌者吸引。那是个老者,身形颀长,一双老眼极为浑浊,声音却甚是清亮。一曲甫定,掌声如雷。

李白大吃一惊,脱口叫道:"李乐师,你怎么在这里?"

老者早看见了李白,笑道:"李翰林,你老可安好啊!"

二人把臂大笑。

老者正是李龟年,当年,李白醉后所写的《清平乐》,正是由李龟年唱给李隆基听。二人虽然一个在翰林院,一个在梨园,却也算得上搭档。这一点,当年曾让李白颇为不忿,但如今他很怀念那时的盛世气象,看见故人也无比亲切。

收了乐器,三人找了一处酒楼坐下。说起往事,唯有叹息。当年长安陷落后,李龟年流亡江南,以在达官贵人的酒宴上唱歌为生。

"翰林公,你可知老朽今日所唱之诗,是何人所作?"李龟年手捻胡须问道。

李白微微一笑。此诗他虽未听过,但大致可猜到出自何人之手。孟浩然早已作古,能写出此等境界,除他本人之外,当世唯一人而已。

"唉,正是当今尚书右丞王摩诘。"李龟年叹道:"长安陷落前几日,他忽然找到老朽,传给我几支曲子。你也知道,老朽跟乐曲打了一辈子交道,在大唐也算个有头面的人,但平生最佩服的,还是王摩诘。乐曲里有一首《相思》,有曲而无词。王摩诘让我帮他寻那个晓得这首诗句的人。这些年,我走遍了整个江南,这次终于在金陵寻到了。"

李白忙去看那姑娘,越看越觉得似曾相识,更加心惊。

他想问一下那姑娘的姓名,向她打听一个人,但开不了口。他呆呆坐着,连酒都忘了喝。

那日，他失魂落魄，浑不知是怎样散场的。回到客栈，只觉空空荡荡，独自喝了一夜的酒。

次日醒来，日已高起。掌柜的敲门，送来一只锦盒，说是清晨一女孩送来的，人早已去远了。

李白哆哆嗦嗦接过，颤抖着双手打开，其中是一只银碗、两枚金饼。银碗有些泛灰，那是岁月的痕迹，碗底卧着两只鸳鸯、一只海兽。那金饼却是新的，在日光下幻出一片黄光。

七月，王维瘦成了一堆干柴。

当然，这是大唐最风雅的干柴。无论文坛、乐坛，还是画坛，无人会忽视他的存在。

有人花重金买了一幅画，上面是乐人演奏的一幕场景，名曰《按乐图》。图上并无题识，他在长安遍寻高人，却无人知晓。随后，那人辗转到辋川，趁王维精神好时前去请教。王维看了一眼，徐徐道："这是《霓裳羽衣曲》第三叠第一拍。"

那人一头雾水，心道："这怎么可能？"于是专程请乐队演奏，到这一拍时停下来，场景果然与画中人的口型、手势完全一致。于是对王维佩服得五体投地。

对于这些敬佩，王维已毫不在意。他收到了李龟年的信，在最后的时刻，感受到生命的温柔。

相比于长安的酷暑，辋川略清凉些。王维眼望着南方，听着风吹动树叶的声音，头顶日光如无数金针，又似繁花万朵。他想看八月的桂花、九月的菊花、十月的黄叶、冬日的白雪……这世界美妙如斯，而一切终归寂灭。

他死在了那个夏日。身边是一册《金刚般若波罗蜜经》，手里有一颗红豆，松松地握在掌心，却至死都不曾放开。

八月，李白仍在金陵。

自从李龟年和绛衣女孩去后，他一直精神萎靡，恍如失了魂魄。再饮酒时，右手颤抖得厉害，几乎连酒杯都端不稳。这让他更加沮丧，以往即便重病，他的手也稳若磐石。

一个消息令他稍稍振奋。这个月，李光弼从长安返回河南行营，这是朝廷对叛军再次动兵的信号。

这年二月，李光弼遭遇了一场大败。当时，宦官鱼朝恩逼迫李光弼强攻洛阳，李光弼不得已发兵，与史思明战于邙山，大败而归。河阳、怀州等地失守，长安震动，一度戒严。此败罪魁祸首乃是鱼朝恩，加上此前的相州之败，他已使唐军折兵数十万，但李亨却不治其罪，反而罢免了郭子仪和李光弼的兵权。这样的操作，令人觉得既可笑又可悲。

不过，"反向操作"的不止李亨，叛军也是如此。击败唐军不到一个月，史思明之子史朝义便弑杀父亲，并派人到范阳杀死了原来的太子史朝清。这一番动作，实在太过猖獗，就隐秘性而言，也远不如此前的安庆绪，这直接导致史朝义众叛亲离。在范阳，不同派别的叛军相互攻杀，死者数千人；在洛阳，史朝义也威信全无。

可以说，整个安史之乱，就是"谁比谁更作死"的权力的游戏，是历史的黑色幽默，代价是民众血流成河。

李白将剩下的一枚金饼兑换成铜钱，买了一匹马、一把剑，决心去投奔李光弼。他想用军功来照耀自己生命的终点。

一袭白衣的他，牵马负剑立于船上，望着无尽江水。自己与吴指南、丹砂一起下三峡的那一幕，仿佛就在昨天，只是倏忽一下白了头。这滔滔逝水里，人终究是蜉蝣啊。

然而，他到底老了，走出不远便已病倒。重燃的生命火焰，一下子便枯萎了。他满心悲怆，返回金陵，与朋友们告别，还写了一首诗,题为《闻李太尉大举秦兵百万出征东南懦夫请缨冀申一割之用半道病还留别金陵崔侍御十九韵》。这一次高调的作别,也是他公开的谢幕。

他要回宣州养病。朋友们各表心意,为他凑了一笔盘费。

这年,作为大唐腹心的江淮地带,遭遇了严重的饥荒,吃人惨剧再现。李亨下诏,去掉自己的尊号,还去掉了年号,只称元年,大赦天下。

李白溯江西行,看着两岸萧条,心中悲戚。抵达宣州后,他在当涂住下。当涂县令李阳冰是他的一个族叔,愿意收留他。

李白很感激,他没有什么可回报的,只能为李阳冰写下长诗,其中有句曰:

小子别金陵,来时白下亭。群凤怜客鸟,差池相哀鸣。各拔五色毛,意重泰山轻。赠微所费广,斗水浇长鲸。弹剑歌苦寒,严风起前楹。月衔天门晓,霜落牛渚清。长叹即归路,临川空屏营。

——李白《献从叔当涂宰阳冰》(节选)

"小子"已六十一岁,如此年岁再"弹剑",当真"苦寒"彻骨。

李白所患的是"腐胁疾",这是一种因过度饮酒而引发的脓胸穿孔症。整个宣州的医生都束手无策,只是苦劝他千万不可再饮酒。

李白一声苦笑,整日困在房内已经很煎熬,再不能饮酒,活着又有什么意思?他牵挂的是,自己的诗集尚未整理完。他深知时日无多,将手稿托付给李阳冰。李阳冰答应为他整理完毕。

年底,李阳冰在当涂任期已满,需赴长安等候铨选。临行前,他为李白长租了一处宅院,留下一笔钱财,并派人请来了宗氏夫人。

李白甚是感动。他桀骜一世,目空王侯,李氏族谱只是他的名刺、饭碗或通行证,内心深处,他对此一直是将信将疑的。他从未想到,最后的日子里,能从一个族叔那里得到慰藉。

宝应元年(762),李白在病中。

院中石榴花开时,宗氏夫人告诉他,太上皇驾崩了。李白点了点头,想起当日金銮殿上李隆基封他为翰林的情景,笑了一笑。石榴花尚未谢,宗氏夫人又说,皇帝驾崩了。李白又点点头,李亨呀,庸主而已,有什么可说的?

一个月死两个皇帝,这样的月份,古来不多。但李白更想好好看看眼前的石榴花,它那样灿烂,看得心中暖暖的。

秋风起时,李白的病好了些。他拄着拐杖,带着一皮囊酒,行至大江边。江风鼓荡,吹得袍袖纷飞。

他走一会儿,坐一会儿,笑一会儿,哭一会儿。他吟诵自己写的诗,一首《笑歌行》:"笑矣乎,笑矣乎。君不见曲如钩,古人知尔封公侯。君不见直如弦,古人知尔死道边……"一首《悲歌行》:"悲来乎,悲来乎。主人有酒且莫斟,听我一曲悲来吟。悲来不吟还不笑,天下无人知我心……"

不知走出多远,不知身在何处,不知今夕何夕,只看见明月在天,照得心中光明,他才停下来。

他向明月举起酒囊,笑道:"李十二这一生,是可笑,还是可悲?是直,还是曲?是大鹏,还是蜉蝣?明月姐姐,你说呢?"

明月无声,四野苍茫。

李白一口一口,把酒饮尽,将酒囊掷入大江,放声用蜀音歌了一曲:

> 大鹏飞兮振八裔，中天摧兮力不济。余风激兮万世，游扶桑兮挂石袂。后人得之传此，仲尼亡兮谁为出涕。
>
> ——李白《临路歌》

这是李白的最后一首诗。

他去世于何时，不得而知。只知广德二年（764）正月，李白被推举，朝廷封其为左拾遗，但此时他已去世，葬于当涂。

第六章　盛世的诗圣

盛世与诗圣，有一种奇妙的关联。

从读音上看，盛世颠倒过来，与诗圣相同。

从意义上看，诗圣的出现，是因为他既经历过盛世，也经历了盛世的颠倒。

史上治乱循环，多少盛衰荣枯，但只有唐代有诗圣。唐代诗人经治乱交替者甚多，但只有杜甫能成为诗圣。为什么？

日月山川，天地江湖。古往今来，人生百态。杜甫的诗，是大地上的山水，是人心里的悲喜。从五言到七言，从古体到近体，从绝句、律诗到排律，他无一不精。他是唐诗真正的集大成者。

从王维的诗中，看到的是技巧的极致；从李白的诗中，看到的是才华的极致；而从杜甫的诗中，看到的是没有极致。诗似乎无穷无尽，再无一物不能入诗，再无一人不能入诗。于是，诗也便成了史。

这个伟大的天才，怀着崇高的目标，把自己接触到的一切，用心血凝成诗行，然后，他又像匠人一般，穷尽一生敲敲打打，磨了又磨、改了又改，只为两个字：不朽。

上元二年（761），六十一岁的王维在长安去世。五十岁的杜甫在动荡的蜀中，过着短暂的安稳日子。

在成都草堂，他写了不少诗。江上春水暴涨时，他提笔写下：

> 为人性僻耽佳句，语不惊人死不休。老去诗篇浑漫与，春来花鸟莫深愁。新添水槛供垂钓，故着浮槎替入舟。焉得思如陶谢手，令渠述作与同游。
>
> ——杜甫《江上值水如海势聊短述》

首联名垂千古，被后人当成杜甫自己的"创作谈"。

其实，跟李白一样，老杜也是一个狂生、一个酒徒，但他总是很认真。这首诗中，他说自己老了，以后就随随便便写诗了。其实，他根本做不到。

这一生啊，从小到老，命运对他一直很随便，但他从来都不是个随便的人。

检书烧烛短，看剑引杯长

开元五年（717），郾城。

剑在空中飞，光华若匹练，如雷霆在天，如江海在地，如风云瞬息万变，如急雨射人双眼……

一个男孩将这一幕看在眼里，着实被惊呆了。

他想写一首诗，就像祖父那样援笔立成，但他什么也没写出来。他还小，才六岁。这次，他记住了那位舞剑者的名字——公孙大娘。他无法预料，自己真正为她写诗，要等五十一年之后了。

七岁，他写了第一首诗，咏凤凰。周围人很惊奇。按说，像骆宾王那样咏鹅，才是合乎常情的。在儒家思想中，凤凰是祥瑞，预示天下太平，这似乎也是他献给自己的一个好彩头。不过，以他的家世来说，一开口就咏凤凰，也并非完全不可理解。

他叫杜甫，字子美，生于巩县（今河南巩义），祖籍京兆杜陵。他这一支曾徙居襄阳，远祖杜预乃一代名将，也是经学家。他曾祖父杜依艺任巩县县令，后人也就在巩县定居下来。而他祖父是"文章四友"之一的杜审言，杜审言去世时，杜甫尚未出生，但他受祖父影响甚深，打心底里认为写诗就是家传的本事。杜甫的母亲姓崔，出身清河崔氏，在他幼年就已去世。继母姓卢，出身范阳卢氏。而抚养他长大的，是二姑。从小，他就跟随二姑住在洛阳仁风里。

杜甫出身官宦世家，家族传世的不仅是诗书，还有一股血气。

武曌时期，杜审言被贬为吉州司户参军。这个老狂生一向自命不凡，连很多朝廷高官他都不放在眼里，哪看得上州县的猥琐小吏？于是，同僚很快就被他得罪尽了。吉州司马周季童受人蛊惑，将杜审言下狱，准备杀他。杜审言的次子杜并，年方十六，决心为父报仇。他趁一次宴会之机，抽出匕首将周季童刺成重伤，他自己也当场被杀。周季童非常后悔，临死前说："吾不知审言有孝子！"

当时，私力复仇为时风所尚。杜审言因此获救，回到洛阳。杜并的事迹流传甚广，苏颋还为他写了墓志。其实，杜审言的曾祖杜叔毗也是这样一号人物，其兄杜君锡被同僚曹策所害，杜叔毗便手刃曹策于京城，然后从容面缚请戮。

杜家母系一族也有故事。杜甫外祖母的父亲，是太宗之孙李琮。武曌时，李琮受叛乱牵连，被拘于河南狱，其妻被拘于司农寺。杜甫的外祖母就穿着布衣草鞋，整日往来两处送饭，世人称她"勤孝"。而李琮的儿子行远、行芳被发配边地。行远成年，将被杀，而行芳尚小，可免死。行芳抱着哥哥痛哭，请求替兄受死，未得许可，二人最终一同被处死，世人称其为"死悌"。

这些义勇与血色，笼罩在杜氏一族头上，是累累伤痕，也是节义之光。

杜甫出生那年，李隆基即位。他是与盛世同行的。由于血缘和教育等多重因素，他对大唐王朝有着特殊的感情。他有条件读书，也有社交之便。十四五岁，他就有了一点名气，开始与洛阳文坛名流交往。洛阳尚善坊有岐王李范的宅邸，少年杜甫时常去凑热闹。岐王宅里开的是流水席，终日丝竹歌舞不绝，而杜甫最爱听李龟年唱歌，对他那清亮的嗓音入了迷。

十九岁，杜甫出门远游，在郇瑕（今山西临猗一带）结识了韦之晋、寇锡。二十岁，杜甫赴金陵、苏州，又到越中。肤白如玉的越女、清凉可人的鉴湖，给他留下深刻的印象。

二十四岁，杜甫在洛阳参加了人生第一次科举考试。这年，贾至、李颀等及第，而杜甫落榜了。对于年少气盛的他来说，这是一次打击。但他还不懂得发愁，第二年便到齐赵之地漫游去了。

杜甫到齐地，属于省亲，父亲杜闲任兖州司马，他完全是一副少爷派头，"放荡齐赵间，裘马颇清狂"。而为了让他玩得痛快，兖州监门胄曹苏预陪他一同出游。这苏预后改名苏源明，也是个人物，他自幼家贫，刻苦攻读，终于改变命运。这番出游，断断续续花了几年时间，其间杜甫又结识了高适、张玠（jiè），二人俱为豪侠之士。

直到这一时期，杜甫的诗才流传下来。其中最出名的一首，是他登泰山时所作。

岱宗夫如何？齐鲁青未了。造化钟神秀，阴阳割昏晓。荡胸生层云，决眦入归鸟。会当凌绝顶，一览众山小。

——杜甫《望岳》

身临泰山之巅,杜甫情绪高涨,把此前落第的阴影摆脱得干干净净。

三十岁,杜甫回到洛阳,在洛阳以东、偃师西北的首阳山下,筑起一座庄院——陆浑庄。首阳山上埋着杜预和杜审言,他们是杜甫一生的偶像。

这年,杜甫结了婚。妻子杨氏是司农少卿杨怡的女儿,两家门当户对。妻子比他小十一岁,这样的年龄差,在当时是正常的。

这年,伊水、洛水等河流泛滥,毁坏庄稼无数,连洛阳的天津桥也被冲毁。杜甫的弟弟杜颖正在齐州临邑做主簿,负责防汛,写信来诉说压力。杜甫忙写诗安慰他。

陆浑庄附近,有宋之问生前所建的陆浑别业。杜甫经常路过那里,还写了一首《过宋员外之问旧庄》。对于宋之问的为人,杜甫实在喜欢不起来,但其毕竟是祖父的朋友,也不好多说什么。

新婚燕尔,日子幸福而又安稳。杜甫的诗虽未完全成熟,却已有不少佳句出来:

林风纤月落,衣露静琴张。暗水流花径,春星带草堂。检书烧烛短,看剑引杯长。诗罢闻吴咏,扁舟意不忘。

——杜甫《夜宴左氏庄》

"检书烧烛短,看剑引杯长。"如此安静,又如此豪兴。这样的生活,使他一生都在追忆。即便走出千里万里,念念不忘的仍是陆浑庄。

不久,父亲杜闲去世。家中的经济支柱倒掉,而杜甫又没有经济独立,未来一下子变得不确定了。

天宝元年（742），杜甫的二姑在洛阳仁风里去世。杜甫悲痛万分，到洛阳为她服丧、作墓志。

在洛阳，一晃两年。杜甫混迹于秘书监李令问、驸马郑潜曜等达官显贵的圈子。作为一个尚未及第的文人，与上层人物社交是一种刚需。然而，对于权贵们的奢靡，他有所不满，在部分诗句中，会表达一点腹诽。

天宝三载（744），某次席间，杜甫遇见了李白，瞬间被其强大的气场所征服。这些年，杜甫走南闯北，对洛阳文坛也很熟悉，但从未见过如此天才。李白那双碧蓝色的眼睛里，有太多谜一样的东西。他一心要结交这位朋友，以至进退失据，一见面便向李白赠诗，却以发牢骚的方式起头："二年客东都，所历厌机巧。野人对腥膻，蔬食常不饱。"他觉得自己很坦诚，全没想到对方感不感兴趣。

二人约好同游梁宋，随后也恰巧遇见，杜甫还邀了高适加入。三人这番畅游，光耀史册。天宝四载（745），杜甫又邀二人同游齐州，与李邕相会，交情进一步加深。

那年，当杜甫往兖州寻访李白时，他觉得对方已经是自己最好的朋友了。

朝扣富儿门，暮随肥马尘

天宝五载（746），杜甫来到长安。父亲去世后，他感觉到肩上的担子，而要挑起这副担子，非去长安不可。

凭着在洛阳积攒的人脉，杜甫很快就混入了长安上层社交圈，与汝阳王李琎、驸马郑潜曜等交往。杜甫为他们赠诗，还给郑潜曜去世的岳母写了神道碑。他也经常参加他们的酒局。酒酣之时，李琎说起当年与李白、贺知章一同纵酒的日子，颇多感喟。

杜甫无尽神往，趁着酒意，挥笔写下《饮中八仙歌》。

对于长安圈子来说，他还是个新人，又是凭他人记忆所写，不免犯了常识性错误。但他对当时状态的描摹极其传神，也写出了"八仙"的仙气。李琎看后连连点头，又一声叹息。

这叹息让杜甫一惊。他听说，李琎是李隆基面前屈指可数的红人，其父乃宁王李宪，与李隆基有手足之情，当年又将太子之位让给了李隆基。他因何叹息？杜甫猜测是因为李林甫，但其权势再盛也是臣子，又能奈皇室如何？

很快，杜甫就见识到了李林甫的可怕。

天宝六载（747）正月，李邕在青州被杖杀，杜甫闻讯目瞪口呆。要知道，李邕素来推崇杜审言，待杜甫极厚，二人是忘年交。对这样久负盛名的老臣，李林甫岂能说杀便杀？随后一连串血案接踵而至：皇甫惟明、韦坚被赐死，李适之忧惧自杀……

接下来，杜甫见识到更荒谬的一幕。

这年正月，李隆基下诏举行制举，"广求天下之士，命通一艺以上皆诣京师"。然而，李林甫担心草野之士将底层意见反映给皇帝，便让考试走了个过场，将标准定得无限高，以致所有考生无一人及第，李林甫则借机向皇帝庆贺"野无遗贤"。这是中国考试史上绝无仅有的一次闹剧。而对于这样的笑话，李隆基装聋作哑。

悲惨的是，杜甫就是考生之一，与他同时落第的还有另一位诗人，名叫元结。这一事件的过程，就是元结事后自己写出来的。

这次落第，给杜甫造成了巨大打击，尤其是精神上。应试之前，他觉得自己跟李琎、郑潜曜等人交往，只是个行卷的过程，心里并无多少压力。而落第之后，他感觉自己瞬间成了权贵席间的清客，沦为混吃混喝之徒。倘若以李白强大的内心，或许能看淡一些；但杜甫是官宦子弟，内心比较脆弱。而且，在长安日久，经济压力更为凸显，杜甫想不跟从权贵都不行——他并无独立谋生的能力。

煎熬，就这样猝不及防地来临了。

随后几年，杜甫仍漂在长安。他并未写出多少好诗，只在想念李白时，遥遥寄去了一首《春日忆李白》。他也抽空回了一趟偃师的陆浑庄。时任河南尹韦济与杜甫是世交，也是一位长辈，韦济来看望了他几次，杜甫为其写了赠诗。

不久，韦济升任尚书左丞，杜甫又在长安为其写诗《赠韦左丞丈济》。这首诗写得既恭敬又卑微，前面都是称赞，后面却说自己年老途穷，"有客虽安命，衰容岂壮夫。家人忧几杖，甲子混泥途"。这年，他才三十七岁，却把自己说得跟老人一样。这样的句子，是他此前从未写过的。类似的表达，王维中年时也有，但其背后是一片出世之心，杜甫这里则是"悲惨"二字。

后来，杜甫又给韦济写了一首诗，题为《奉赠韦左丞丈二十二韵》，分量却重了数倍。

纨绔不饿死，儒冠多误身。丈人试静听，贱子请具陈。甫昔少年日，早充观国宾。读书破万卷，下笔如有神。赋料扬雄敌，诗看子建亲。李邕求识面，王翰愿卜邻。自谓颇挺出，立登要路津。致君尧舜上，再使风俗淳。此意竟萧条，行歌非隐沦。骑驴十三载，旅食京华春。朝扣富儿门，暮随肥马尘。残杯与冷炙，到处潜悲辛。主上顷见征，欻然欲求伸。青冥却垂翅，蹭蹬无纵鳞。甚愧丈人厚，甚知丈人真。

每于百僚上，猥诵佳句新。窃效贡公喜，难甘原宪贫。焉能心怏怏，只是走踆踆。今欲东入海，即将西去秦。尚怜终南山，回首清渭滨。常拟报一饭，况怀辞大臣。白鸥没浩荡，万里谁能驯？

——杜甫《奉赠韦左丞丈二十二韵》

这是杜甫的满腔愤懑，也是数年"京漂"体验的总结。用杜家最擅长的排律写来，别具动人力量。

他写了少年时的风华正茂，还有如今的穷困潦倒。一句"朝扣富儿门，暮随肥马尘"中有多少眼泪，与"致君尧舜上，再使风俗淳"放在一起，更多了黑色幽默的效果。

当然，杜甫不搞黑色幽默，他的性格和知识结构，已决定了他会一条路走到黑。

两次落第后，杜甫不再参加科考。他选了另外一条求仕之路——献赋。

当时，献赋也是常规路径，但成功率比科考更低。比如，孟浩然曾献赋，但如泥牛入海。杜甫好好做了一番准备，还专程回了一趟洛阳，详细考察了位于积善坊的太微宫，寻找创作灵感——太微宫是一所道观，供奉老子，里面有吴道子所作的壁画。

天宝九载（750），杜甫又在长安向张垍赠了一首长诗，称赞对方才高势大、恩遇无比。这是求汲引的意思。与对待李白的敷衍态度不同，张垍似乎真帮了杜甫的忙。或许在张垍眼中，杜甫只是地位低些，而李白是商贾之子，根本不配与自己扯上关系。

天宝十载（751），李隆基朝献太清宫、太庙，祭祀南郊。四十岁的杜甫写了《朝献太清宫赋》《朝享太庙赋》《有事于南郊赋》等三大礼赋，投进延恩匦。这延恩匦本为武曌所设。杜甫此次献赋时机很好，又投李隆基之所好，竟然有了回音。史书称："帝奇之，使待制集贤院，命宰相试文章。"

对于杜甫来说，这不啻天降甘霖。集贤院素为李隆基所重，而今杜甫可待制其中，并参加宰相亲自主持的考试，不正是大好机会吗？考试那天，宰相李林甫、陈希烈出题，集贤院诸学士临场监考。杜甫从容挥洒，自信发挥不错。

然而，这次考试结果并非立竿见影，只是将杜甫的名字报给吏部备案，允许其参加候缺选官。杜甫很失望。是哪里出了问题？大约就是李林甫那里。当年，杜甫曾参加那场"野无遗贤"的考试，倘若这次他得以扬名，岂非成了对那次考试结果的证伪？这是李林甫不愿看到的。

杜甫不想干等着。不久，高仙芝入朝，他献诗《高都护骢马行》。他素来爱马，更希望得到高仙芝垂青。他听说，岑参已在边塞找到出路，他也想寻个机会，但机会并未来临。

闲暇时，杜甫去乐游原上参加权贵酒局。乐游原地势高，可俯瞰长安城，他想随便写诗捧个场，但一开口便发悲音，吟到最后一声叹息："此身饮罢无归处，独立苍茫自咏诗。"

这年四月，朝廷大举募兵讨伐南诏。有关这场战争，杨国忠能蒙骗皇帝，却掩不了悠悠众口。杜甫眼看百姓骨肉离散，写下了一首长诗：

> 车辚辚，马萧萧，行人弓箭各在腰。耶娘妻子走相送，尘埃不见咸阳桥。牵衣顿足拦道哭，哭声直上干云霄。道旁过者问行人，行人但云点行频。或从十五北防河，便至四十西营田。去时里正与裹头，归来头白还戍边。边庭流血成海水，武皇开边意未已。君不闻，汉家山东二百州，千村万落生荆杞。纵有健妇把锄犁，禾生陇亩无东西。况复秦兵耐苦

战,被驱不异犬与鸡。长者虽有问,役夫敢申恨?且如今年冬,未休关西卒。县官急索租,租税从何出?信知生男恶,反是生女好。生女犹得嫁比邻,生男埋没随百草。君不见,青海头,古来白骨无人收。新鬼烦冤旧鬼哭,天阴雨湿声啾啾。

——杜甫《兵车行》

这是杜甫纪事诗名篇的开始。由此,他找到了一种新的表达方式。

这一日,杜甫与岑参兄弟一同到长安西南的渼陂游玩。一年前的怛罗斯之战,高仙芝兵败,被召回长安。岑参随之回京,一直闲居,与杜甫早已相识。岑参的曾祖父乃是贞观名相岑文本,其父亲也做过刺史。

渼陂是一个大湖,山光水影,景致绝佳。三人正载酒泛舟,风云突变,电闪雷鸣,杜甫心惊胆战,抓紧船板,生怕一不小心葬身鱼腹。岑氏兄弟却极兴奋,风涛最大时,他们在船上载歌载舞,狂饮不休。这让杜甫大开眼界,心想:岑参确实是个不要命的主儿,想来那些边塞诗也是这样写出来的。当日,杜甫写了一首诗,当作游记,开头便是:"岑参兄弟皆好奇,携我远来游渼陂。"

生活上,杜甫愈加窘迫。这年秋天,长安连日降雨,四处墙倒屋塌。他所租住的旅馆长满青苔,门外积水生出小鱼。他偏又生了病,眼看连床榻旁也长出了青苔。为了能得到周济,他抱病给别人写贺诗,下笔火热,心头悲凉。

深秋时,杜甫的病好了些,岑参又邀他游慈恩寺。这次同游的除二人外,还有高适、储光羲和薛据。慈恩寺在进昌坊,乃玄奘大师所立,寺中有塔,名大雁塔。雁塔题名,历来为新科进士风雅之事。此次同游四人中，储光羲、薛据、岑参是进士及第，而薛据又中制举。高适也中制举。杜甫是靠献赋。五个人路数略有不同，而杜甫路数最小众，名气最小，日子也最苦。

高适已四十八岁，不久前刚辞掉封丘尉，如今尚未找到出路。储光羲一年前刚升任监察御史，算是美职，但他进士及第已二十年。这种升职速度，与好友王维相比，绝对是"龟速"。薛据境况好些，但他为人耿直，仕途上也吃了不少苦。

五个郁闷之人，一同登塔赋诗，这一刻算是"失意阵线联盟"。

高适诗中表现出进取之意，他抛了县尉的官职，当然想找个更高的职位。岑参和储光羲则谈起佛法。岑参虽然年轻，却见过边庭的杀人如草。薛据的诗遗失了。五人中，他与储光羲当时名声最大，后来却渐渐被湮没。

杜甫所写，与四人全然不同，气魄最大。其中有句曰："秦山忽破碎，泾渭不可求。俯视但一气，焉能辨皇州。"后来有人说，这是他以诗人的敏感，看出了大唐帝国的巨大隐患，这样或能说通。但若说他料定安禄山定会谋反，那就太牵强了。

天宝十一载（752）冬，李林甫病逝。次年二月，其全家被彻底清算，子孙有官者被除名、流放岭南及黔中，坐贬者五十多人。

对于杜甫来说，李林甫害他不浅，甚至让他一度"破胆"。其有这样的下场，他当然快意。但李林甫家都是坏人吗？也不是，且不说其女李腾空一心修道，便是李林甫另一个女儿的丈夫杜位也是杜甫的族弟，与杜甫交好，杜甫曾在杜位的曲江园林中过年。当此情景，难免感慨。

对随即当权的杨国忠，杜甫并不佩服。这年三月三日，杜甫在曲江游春，看杨氏兄妹骄奢淫逸，车马仆从、锦绣珠玉数不胜

数,再看自己破衣烂衫,不禁气血上涌。当日,写了一首长诗:

三月三日天气新,长安水边多丽人。态浓意远淑且真,肌理细腻骨肉匀。绣罗衣裳照暮春,蹙金孔雀银麒麟。头上何所有?翠微匎(è)叶垂鬓唇。背后何所见?珠压腰衱(jié)稳称身。就中云幕椒房亲,赐名大国虢与秦。紫驼之峰出翠釜,水精之盘行素鳞。犀箸厌饫久未下,鸾刀缕切空纷纶。黄门飞鞚不动尘,御厨络绎送八珍。箫鼓哀吟感鬼神,宾从杂沓实要津。后来鞍马何逡巡,当轩下马入锦茵。杨花雪落覆白蘋,青鸟飞去衔红巾。炙手可热势绝伦,慎莫近前丞相嗔!

——杜甫《丽人行》

这首诗似褒实贬,倘若杨国忠看了,怕是要杀人的。

与此同时,杜甫还在构思另一首诗,是写给京兆尹鲜于仲通的。此人原系杨国忠的引荐者,现在"反主为客"变成了他的跟班。杜甫写了一首《奉赠鲜于京兆二十韵》,诗中充满谀美之词,将杨国忠比作平津侯,希望鲜于仲通帮助引荐。

有人疑惑:杜甫这样一面骂,一面夸,不会人格分裂吗?

其实,对于生长在"大一统"中的许多穷困文人来说,人格分裂属于基本功。骂是心声,夸是谋生,没有前者无以传世,离开后者无以存身。这种滋味不好受,但也只能忍了。

但使残年饱吃饭

天宝十三载(754)春,杜甫回了一趟陆浑庄,将妻儿接到长安，在城南杜曲住下来。

敢这么做，并非杜甫的境遇有了多大改善，而是实在忍受不了分离之苦。在长安，他有几个好朋友，认为他们或许能关照些。杜曲是杜家同姓聚居地，或许也能照应些。然而，他很快就发现，自己着实太乐观了。

杜甫最亲密的朋友，名叫郑虔，是一个温文尔雅的胖子。他出身荥阳郑氏，按辈分是驸马郑潜曜的叔叔。他多才多艺，论水平，普天下仅次于王维。他曾将自己的诗书画一同献给李隆基，李隆基在末尾题道："郑虔三绝。"这是最权威的官方认证。

郑虔也精通音律，曾任太常寺协律郎。天宝九载（750），朝廷在国子监下增设广文馆，以郑虔为博士。

不过，郑虔的挣钱能力很差。他自幼家贫，苦心向学，如今做了广文博士，仍无多少俸禄。对于这个广文馆，朝廷一开始就没打算好好办，只在国子监西北角辟了几间房屋，学生也是庶人子弟。但郑虔与杜甫相互欣赏，是极好的酒友。

> 诸公衮衮登台省，广文先生官独冷。甲第纷纷厌粱肉，广文先生饭不足。先生有道出羲皇，先生有才过屈宋。德尊一代常坎𡒄，名垂万古知何用！杜陵野客人更嗤，被褐短窄鬓如丝。日籴太仓五升米，时赴郑老同襟期。得钱即相觅，沽酒不复疑。忘形到尔汝，痛饮真吾师。清夜沉沉动春酌，灯前细雨檐花落。但觉高歌有鬼神，焉知饿死填沟壑？相如逸才亲涤器，子云识字终投阁。先生早赋归去来，石田茅屋荒苍苔。儒术于我何有哉，孔丘盗跖（zhí）俱尘埃。不须闻此意惨怆，生前相遇且衔杯！
>
> ——杜甫《醉时歌》

二人时常饿肚子,特别是杜甫,常有"饿死"之忧。但只要有了一点钱,他们就会一起喝几杯。最低的生活保障与最高的精神交流,融会在一起,格外怵目,也让人倍感温馨。而他们生活的时代,竟是万人称道的盛世。

杜甫的另一位朋友是苏源明——当年随杜甫一起荡游齐赵的监门胄曹,现在已今非昔比。苏源明做过京官,也做过东平太守这样的地方大员,有了一定家底。但若说多发达,却也称不上。如今,他的官职是国子司业,从四品下,为国子祭酒的副职、国子监二把手。此时的国子监大不如前,科考及第人数下降,近乎清水衙门。所以,苏源明虽时常接济杜甫和郑虔一些酒钱,但数目终究有限。

这年秋天,长安又降大雨。雨水连绵六十多日,物价飞涨。杜甫一家沦为贫民,所住房屋严重漏雨。他还得了疟疾,终日卧病。穷愁中,杜甫写了《秋雨叹三首》,有句曰:"雨中百草秋烂死,阶下决明颜色鲜。著叶满枝翠羽盖,开花无数黄金钱。"

这里写的是决明子,一种可明目的中药,开黄色小花。看花如数钱,杜甫于无奈中幽他一默,也是豁达。

杜甫是懂药的。这些年,他在长安的谋生手段之一,就是卖药——先去采买点中药,然后转手卖给熟悉的达官贵人,从中赚点差价。其实,达官贵人们哪里缺药?无非是卖些面子而已。

到初冬时,日子已挨不下去。杜甫给在京兆府咸阳、华原两县任县丞、县尉的朋友写诗,诉说自己的饥寒交迫:"赤县官曹拥才杰,软裘快马当冰雪。长安苦寒谁独悲?杜陵野老骨欲折。""饥卧动即向一旬,敝裘何啻联百结。君不见空墙日色晚,此老无声泪垂血!"这是赤裸裸求人可怜了。

杜甫甚至到了乞食的地步。某次,杜甫到一个名叫杜济的从孙家,杜济举止间有些冷淡,惹得杜甫动了气。

杜甫又到附近一个名叫王倚的青年家中。王倚与杜甫并无深交，他在宣阳坊的四方客栈当伙计，杜甫曾在那里住过一阵，因而相识。王倚日子也不宽裕，但见杜甫脸色极差，身体枯槁，还是出去赊了米，又割肉沽酒，好一番款待。杜甫非常感动，写了一首长诗《病后遇王倚饮赠歌》，满满都是感激之情。其中两句朴素至极，却直入人心："但使残年饱吃饭，只愿无事常相见。"

长安实在住不下去，杜甫将家搬到了东北二百里外的奉先。妻子杨氏夫人的一位近亲，正担任奉先县令。其时，杜甫长子宗文五六岁、次子宗武三四岁，这番搬家，他心中悲戚愤懑，草草安顿，又返回长安。

看看前途无望，他又向皇帝献《封西岳赋》《雕赋》，自称已写诗文千余篇，"沉郁顿挫，随时敏捷"，可跟扬雄、枚皋媲美。

天宝十四载（755）春，一个名叫蔡希曾的都尉自长安返回陇右。杜甫托他给高适带去一首诗，题为《送蔡希曾都尉还陇右因寄高三十五书记》。"高三十五书记"就是高适，他在家族排行第三十五。当年慈恩寺塔赋诗后不久，他就投到了哥舒翰麾下，如今任陇右节度使幕府掌书记。此时，哥舒翰虽已入朝，但高适并未跟来。诗中有句："身轻一鸟过，枪急万人呼。"这是赞美蔡希曾的。

十月，杜甫终于等来了朝廷的任命——河西尉。但他拒绝了。按说，河西属次赤县，河西尉或为从八品下，作为释褐之职已相当不错。但杜甫对自己评价很高，在向皇帝献赋时，他曾委婉表达：想当个从五品上的著作郎——他祖父杜审言死后被追赠的官职。这显然属于漫天要价了，不仅不合规矩，也不切实际。

当然，杜甫的拒绝还有另一个原因：他是官宦子弟，对县尉的日常工作很清楚；他又从高适那里知道了很多细节，尤其是在杨国忠的赋敛政策下，县尉刻剥百姓更苦。这是杜甫不愿干，也干不了的。

很快，杜甫得到另一任命：太子右卫率兵曹参军，从八品下。这与河西尉相比，官阶相同，却是京官，也是闲职。杜甫虽仍然不太满意，却也可以接受。而且，以他的境遇，能早一日拿俸禄，就要早一日，一家老小等着养活。

> 不作河西尉，凄凉为折腰。老夫怕趋走，率府且逍遥。耽酒须微禄，狂歌托圣朝。故山归兴尽，回首向风飙。
>
> ——杜甫《官定后戏赠》

虽有些自嘲，但毕竟释褐了。这年，杜甫四十四岁，已在长安混迹十年。

十一月，杜甫打点行装，回奉先探家。这一路，他想起自己的前半生。本以为凭"布衣之志"，能像当年的开国名臣一样，取富贵，成名相，实际却长年碌碌无为。路过骊山，遥闻仙乐飘飘，皇帝终日骄奢淫逸，百姓却置身水火。唯一庆幸的是，自己终于有了个官职，这次回家也算带回一点喜讯，有了俸禄，妻儿老小就不用挨饿了。谁知，天黑前赶到奉先城，刚走到家门口，先听到了哭声。原来，一个幼子刚被饿死……他肝肠寸断，抱着孩子骨瘦如柴的尸身，跪倒在地，哭声传遍整条街巷。

此前，他在诗中多次说"饿死"，多少带了些夸张成分。毕竟，他和妻子都出身官宦人家，不用缴纳赋税。他从未想过，这样的惨剧竟然真的降临在自己家，落到了孩子头上。

他写了一首长诗《自京赴奉先县咏怀五百字》，记下整个过程，开出五言古诗新境界，淋漓沉痛，字字是血。其中，最著名的一句是："朱门酒肉臭，路有冻死骨。"

大唐的悲剧也拉开序幕。十一月，安禄山在范阳起兵，消息火速传遍全国。

一日，杜甫遇见一名老兵，对方刚从范阳逃回，讲了些安禄山谋逆之事。杜甫心有感触，写了一组边塞诗。此前，他写过一组《前出塞》，这一组便是《后出塞》，其中有句："落日照大旗，马鸣风萧萧。"

不过自古以来，关中易守难攻，身处其间，人们很难想象安史之乱即将带来的影响。

天宝十五载（756），正月，杜甫仍留在奉先与家人团聚，还抽空访友、饮酒、作诗。不久，他返回长安，到太子右卫率府上班。

夏日，叛军逼近长安，杜甫闻讯而走，回到奉先家中。然后，他带妻儿北迁至白水（今陕西白水），投奔在当地做县尉的舅舅崔十九。

潼关失守后，杜甫继续携家北迁。表侄王砅（lì）也在白水避难，两家便合在一起。开始时，杜甫还有马可骑，但很快马就被抢走。难民如潮，杜甫跟家人失散，多亏王砅回头来寻，直寻出十余里，方才找到杜甫。王砅又将马让给他，自己一手提刀，一手牵缰绳，保着他与家人团聚。杜甫深深感念，十几年后，专门写诗记下此事。

当时连降大雨，一路河水暴涨，满眼民不聊生。道路泥泞不堪，又需昼夜赶路，小女儿又饿又累，直咬杜甫。他担心哭声引来虎狼，只能用手捂住孩子嘴巴。就这样，到了一个叫同家洼的地方，朋友孙宰住在那里，他连夜敲开孙宰家大门，受到了热情招待。孙宰端来吃的，又烧热水给他泡脚。孩子们沉沉睡去，孙宰怕他们饿坏，将其叫起来吃饭。

杜甫望着油灯，心中充满感激。

史书对皇帝的逃亡往往记载详细,对普通人的悲欢却不落一字。大唐的诗人们,也极少提及这番细节,似乎这些不配入诗。就像王维自始至终,只留一首"万户伤心生野烟"。唯有杜甫一支笔,画出一幅流民图。

休息了几天,杜甫又携家经华原、三川,到达鄜(fū)州(今陕西富县),在羌村安顿下来。

但杜甫毕竟为朝廷命官,心里是有朝廷的。听闻李亨在灵武即位,改元至德后,他简单收拾了一下行李,计划北出芦子关,向西北直奔灵武。这一路行程千里,近大漠边塞,人烟稀少,徒步而行,难度可想而知,但他还是上了路。此时,叛军势力已至鄜州以北,杜甫走出不远,便被俘获,押至早已沦陷的长安。

这一次,杜甫沾了官卑名微的光。加上他白发苍苍、形容枯槁,根本入不了叛军的眼。所以,被押回长安后,杜甫仍有行动自由。

转眼,中秋节到了。杜甫望着一轮明月,想着妻子拖儿带女,在鄜州无依无靠,眼泪簌簌落下。

今夜鄜州月,闺中只独看。遥怜小儿女,未解忆长安。香雾云鬟湿,清辉玉臂寒。何时倚虚幌,双照泪痕干。

——杜甫《月夜》

他心中思念妻子,却写妻子思念自己,勾画出一幅月下美人图,将慈母形象立了起来。这年,杨氏夫人三十三岁,她本为大家闺秀,如今却遍尝悲辛,还遭遇幼子饿死之痛。相比于杜甫,她对盛世的感慨或许更深。

就"给妻子写诗"这件事来说,李白最为热衷,他说不尽甜言蜜语,也懂得花式哄人。杜甫木讷了些,但情义似乎更真。

这首诗在技巧上,与王维的《九月九日忆山东兄弟》有异曲同工之妙,都是反客为主。只不过,彼时王维是少年,而此时杜甫早已自称老翁。他的诗里、他的眼里,都是有泪的。

长安一片恐怖气氛。安禄山部将孙孝哲对皇族大开杀戒,动辄挖心。往日的金枝玉叶,如今成了孤魂野鬼,四处躲藏。一日,杜甫在街角发现一少年,对方衣衫褴褛,身上却佩着一块青玉,一看便是宗室子弟。杜甫将他拉到暗处,叮嘱其不要到大街上来。少年一直在啜泣,杜甫只能安慰他,说太子已然即位,朔方军兵强马壮,听说回纥铁骑也将发兵,长安不久即可光复。他又让少年把玉佩藏起来,免遭杀身之祸。少年哭泣着谢过,杜甫也无能为力,只好转身走开。当日,他写了一首诗:

长安城头头白乌,夜飞延秋门上呼。又向人家啄大屋,屋底达官走避胡。金鞭断折九马死,骨肉不得同驰驱。腰下宝玦青珊瑚,可怜王孙泣路隅。问之不肯道姓名,但道困苦乞为奴。已经百日窜荆棘,身上无有完肌肤。高帝子孙尽隆准,龙种自与常人殊。豺狼在邑龙在野,王孙善保千金躯。不敢长语临交衢,且为王孙立斯须。昨夜东风吹血腥,东来橐(tuó)驼满旧都。朔方健儿好身手,昔何勇锐今何愚。窃闻天子已传位,圣德北服南单于。花门剺(lí)面请雪耻,慎勿出口他人狙。哀哉王孙慎勿疏,五陵佳气无时无。

——杜甫《哀王孙》

感时花溅泪,恨别鸟惊心

至德二载(757)大年初一,杜甫在长安,有家回不得,甚是孤寂。

幸好,几位新结识的年轻朋友请他喝酒,其中有苏端、薛复、薛华等。薛华还唱了一首自己的诗,杜甫开心起来,觉得此诗堪与李白相比。他也写了一首,有句曰:"坐中薛华善醉歌,歌辞自作风格老。近来海内为长句,汝与山东李白好。"

杜甫本就喜欢交友。沧桑的面貌,以及不吝写诗赠人的风格,使他人缘很好。而且,多年身世飘蓬、衣食无着,使他练就了社交的本事。这一生,他屡遭困厄,却总有朋友周济,实非偶然。

这年春天,杜甫心情抑郁,对着春鸟春花,时常泪流不已。

国破山河在,城春草木深。感时花溅泪,恨别鸟惊心。烽火连三月,家书抵万金。白头搔更短,浑欲不胜簪。

——杜甫《春望》

"感时"与"恨别",是他抑郁的原因。假如当时也在乎"发际线"的话,他的苦恼或许会再多一点。

他一步步踱到曲江。过去,曲江有大唐最绚烂的春天,而今只剩一片凄凉。

少陵野老吞声哭,春日潜行曲江曲。江头宫殿锁千门,细柳新蒲为谁绿?忆昔霓旌下南苑,苑中万物生颜色。昭阳殿里第一人,同辇随君侍君侧。辇前才人带弓箭,白马嚼啮黄金勒。翻身向天仰射云,一笑正坠双飞翼。明眸皓齿今何在?血污游魂归不得。清渭东流剑阁深,去住彼此无消息。人生有情泪沾臆,江水江花岂终极!黄昏胡骑尘满城,欲往城南望城北。

——杜甫《哀江头》

四年前，杜甫在此写下《丽人行》，讽刺杨氏一门权势熏天，现在这满门都做了鬼。对于杨玉环，他仍有些同情，大概是看李隆基的面子。"明眸皓齿今何在？血污游魂归不得。"两句反差极大，读来惊心动魄，这也为后来白居易的《长恨歌》提供了灵感。

杜甫还交了一位高僧朋友，就是大云寺主持赞公。赞公对他很好，让他住在寺里，供给饮食，赠予履巾。对于穷得一无所有的杜甫来说，这几乎是救命之恩。

杜甫明白，长安不是久留之地，于是决意逃走。而恰在此时，他遇到了一位老友。这日，他在驸马郑潜曜家的园林中闲逛——郑潜曜早已逃走，园林大门敞开，近乎公园，人人可进——忽然看到了一个熟悉的身影，赶步上去，那人躲躲闪闪，直到杜甫喊出了他的名字，才悄悄探出头来。

果然是郑虔。二人紧紧握住手，郑虔先哭了出来。原来，他从洛阳悄悄逃出，又不知该去哪里，便回了长安。杜甫心道：这位老友当真迂腐，这不等于从龙潭逃入虎穴吗？不过，能活着见面总是好的。郑虔满脸菜色，身体却依旧肥胖，这让杜甫心中好奇。他赶紧出去找了些吃食，还带来了酒。对着酒杯尚未开言，郑虔已泪流满面。

郑虔不愿离开长安，杜甫只能与他挥泪而别。这年四月，杜甫溜出了城西的金光门。

此时，皇帝李亨已移驾凤翔。杜甫一路向西，翻山越岭，"眼穿当落日，心死著寒灰"。他急切又满怀忧思，听到的消息好坏参半。

此前，李亨在灵武匆匆即位，朝廷近乎草台班子。这时，一个人物走上政坛，他叫李泌（bì）。李泌是个神童，从小便受到

李隆基赏识,与李亨为友。年轻时,他写过一首诗:

> 天覆吾,地载吾,天地生吾有意无。不然绝粒升天衢,不然鸣珂游帝都。焉能不贵复不去,空作昂藏一丈夫。一丈夫兮一丈夫,千生气志是良图。请君看取百年事,业就扁舟泛五湖。
>
> ——李泌《长歌行》

这诗有点干巴,但慷慨激昂,颇具气势。

从诗中可见,李泌是个既有志于治国,又醉心于修道之人。放眼大唐,有很多这样的矛盾结合体,其中,李白喊得最响亮,而李泌做得最成功。

李亨即位后,派人请来李泌,欲任其为宰相。李泌连连推辞,只愿做"帝王友",而不愿为官。他为李亨制定了战略,朝廷制度也渐渐完备。

李亨下旨征召各路兵马。大将李嗣业、郭子仪等纷纷率兵前往灵武。回纥、吐蕃等也表示,愿发兵助李亨讨伐安禄山。为解决财政问题,李亨又任命第五琦为监察御史、江淮租庸使,逐渐打通了钱粮之路。

建宁王李倓(tán)是李亨第三子,"性英果,有才略"。马嵬之变后,李倓表现亮眼,颇得军心。李亨打算任命他为天下兵马大元帅,统帅诸路兵马东征。李泌却出来劝阻,力主以广平王李俶为元帅——因为李俶是长子。李泌说的一句话很重要:

> 广平未正位东宫。今天下艰难,众心所属,在于元帅。若建宁大功既成,陛下虽欲不以为储副,同立功者其肯已乎!太宗、上皇,即其事也。

李俶目前还不是太子，假如李亨想传位给他，就要让他做元帅。否则，一旦李俶做了元帅，立下大功，李亨那时若不立其为储君，其手下大将必不会同意——就可能出现同室操戈甚至叛乱。无论李世民还是李隆基，都是例子。

这句话，切中了大唐皇室的命门。其他人未必看不到，只是不敢说。只有像李泌这种，既是皇帝亲信，又无心仕途之人，才能说出口，皇帝也才会信。否则，很容易堕入万劫不复之地。

李亨点了点头。建宁王李俶也是明白人，专门向李泌致谢，说这也是自己的想法。

一日，李亨与李泌一同巡视军队。诸军窃窃私语："衣黄者，圣人也。衣白者，山人也。"李亨将此转告李泌："若非艰难之际，本不敢以官职来屈君之志，君可否先穿上紫袍，消除众军疑虑？"李泌不得已，从之。李亨看后笑道："既然穿上紫袍，岂能没有名称？"于是从怀中取出圣旨，封李泌为侍谋军国、元帅府行军长史。自此，李泌成为军国大事名正言顺的操盘者。

很快，宰相房琯上疏，请求亲自领兵收复长安、洛阳。房琯素有盛名，又是李隆基专程派来灵武册立李亨的，李亨对他表现得很信赖，委以重任。房琯挑选了几个助手，自以为胜券在握，率兵五万，进军长安。在咸阳东面的陈陶斜，房琯摆出了一个古代的车战阵，以两千乘牛车居中，两侧布置骑兵和步兵。如此阵势，在春秋时或可一战，到了随后的战国都会被轻易打垮，何况放在唐朝，简直就是笑话。安禄山手下大将身经百战，见此情形笑出声来。他们顺风鼓噪，借势放火，战牛受惊，四散奔逃，踏得唐军尸横遍野。这一战死伤四万多人。房琯想坚守不出，李亨又派宦官邢延恩催促出战。房琯只得率残部战于青坂，又遭大败。

有人疑惑：李泌文韬武略，为什么李亨不派他领兵出战，也不派其他大将，而单派华而不实的房琯呢？

这的确是个问题。史书并未给出答案，分析起来有几种可能：

第一，李亨就是一个庸主，他根本没看出房琯在打仗方面是草包，也没想到会败得如此彻底。第二，李亨觉得房琯是李隆基的人，因此明知他不行，也派他领兵，要通过兵败来掩悠悠众口。而在房琯兵败后仍逼其再战，就是想做掉他。但此时，唐军战力不多，拉这么多人陪葬，似乎不合常理。第三，这一战李泌可能持反对意见，但李亨一意孤行。

一个背景不得不提：虽然李泌为李亨制定了整个反攻战略，但他们之间有明显的分歧。最突出的一点，就在收复两京的时间上。李泌主张由李光弼自太原出井陉，郭子仪自冯翊入河东，牵制叛军主力。然后，采取游击战法，消耗叛军有生力量。等到第二年，以建宁王李倓为范阳节度大使，从塞外直击范阳，切断叛军后路。这是一条"斩草除根"之计。其优点是可永绝后患，缺点是收复两京排在后面，急不得。而李亨希望早点收复两京，回到长安，才能名正言顺地当皇帝。但这一计划的缺点是太早进入决战，胜负难料，而且即便收回两京，叛军力量仍强，倘若其收缩回河朔根据地，据险而守，便将后患无穷。

假如将此时与楚汉相争做个类比的话，李泌算是张良的"低配版"，而李亨连刘邦的一点渣渣都比不上。

安史之乱以后留下烂摊子，正是从李亨的目光短浅开始的。房琯所执行的，其实也是李亨的政策，所以纵然李泌反对，也制止不了。房琯逃生后，向李亨负荆请罪，李泌也为他说情，便平安无事了。

房琯惨败的消息，杜甫在长安早已听闻，还写了《悲陈陶》《悲青坂》等诗，诉说自己的痛心。长安城中，"都人回面向北啼，日夜更望官军至"。

此后不久，李璘之乱起于江东。好在，李璘是无能之辈，很快便被平定。

年初，安禄山死了。但李亨身边，宦官李辅国和宠妃张良娣也兴风作浪。二人欲害李俶和李倓兄弟，挑拨之下，李亨赐死李倓。用人之际，自断一臂，昏庸得令人无语。李俶也因此而战战兢兢。李亨大半生都在品尝的恐惧，就这样传导给了儿子。

杜甫赶到凤翔，已是暮春。一些故友看着面目黝黑、衣衫褴褛的他，又惊又喜。李亨闻讯也接见杜甫，给予表扬。此前，杜甫所担任的太子右卫率兵曹参军，就是李亨的东宫僚属，而今，更多了几分亲近感。五月十六日，李亨封杜甫为左拾遗，从八品上。相对于之前的官职，虽只升了一级，却清要得多，成了皇帝近臣。

生活稍稍安稳下来，杜甫就写了一首诗，记述这段时间的经历。开头便是"去年潼关破，妻子隔绝久"，他从不掩饰对妻儿的想念；接下来是"麻鞋见天子，衣袖露两肘"，如画面立在眼前；倒数第二联"汉运初中兴，生平老耽酒"表达了对"中兴"的期待，也自认是酒鬼，有几分可爱。

对于杜甫来说，拾遗这个职位比较称心。他一心"致君尧舜上，再使风俗淳"，只有离皇帝近了，才能实现理想。他想认真干下去，报答皇恩，但他想不到，风暴已经在等着他了。

五月，房琯被罢相。这与陈陶斜之败脱不了干系，却也与贺兰进明进谗言，以及房琯放纵门客有关。房琯经常称病不上朝，在家大摆筵席，听董庭兰弹琴。官员们想见他，竟然需要经过董庭兰。于是，很快就有御史奏称，董庭兰贪污受贿，房琯因此被罢为太子少师。

董庭兰乃一代国手。高适曾为他写："莫愁前路无知己，天下谁人不识君。"李颀则写:"董夫子,通神明,深山窃听来妖精。"他是真的受贿,还是被房琯政敌攻击,目前已不得而知。通过史料,只知他半生清苦。可一近官场,清与不清,谁又能说得清?

杜甫与房琯是布衣之交,一向钦佩房琯为人。身为左拾遗,他替房琯说话,措辞激烈,认为皇帝不应因小过而罢宰相。李亨大怒,命三司推问杜甫之罪,几乎要将其斩首。幸亏新任宰相张镐相救:"若治杜甫之罪,恐会绝言路。"皇帝才没追究。随后,杜甫呈状谢罪,承认自己"智识浅昧,向所论事,涉近激讦,违忤圣旨",但仍认为房琯并无大错。

看得出,杜甫骨子里是个极倔强之人。他志气大、口气大,但在政治上幼稚,处理政事的能力有多强,也要画个问号。

身处危局,房琯这样的人能否当宰相,明眼人都看得出来,杜甫为什么不懂?他是眼光差,还是有私心?李亨虽是庸才,却在政治斗争里过了大半辈子,他最怕的就是"结党",否则也不至于要杀杜甫。而杜甫显然不适合官场。这是他一生离政治最近的一次,从此,便被皇帝冷落,留下了终身遗憾。

闰八月,杜甫请假探亲,获批。行前,中书舍人贾至、给事中严武等人为他饯行,岑参也在其中。

当时,战事吃紧,马匹都在军中。杜甫回家无马,只好徒步。这一路单程六七百里,直走得风尘仆仆。行至二百多里,到达邠州。杜甫写诗向镇守邠州的大将李嗣业借马,卖惨道:"青袍朝士最困者,白头拾遗徒步归。"

李嗣业,京兆长陵人,身长七尺,膀阔腰圆,膂力过人,善用陌刀,每战必为前锋,所向披靡,多次立功西域。而且,他善于养马。李亨在灵武即位后,李嗣业率兵驰援,对所过郡县秋毫无犯。

就品阶而言，杜甫跟李嗣业差得太远。杜甫仅为从八品上，而李嗣业数年前就已是骠骑大将军（武散官），从一品；后又被封特进（文散官），正二品。但李嗣业很给面子，爽快地借了马。

杜甫边赶路边写诗，平安抵达鄜州羌村。

这是一个偏僻的小村庄，杨氏夫人带着儿女在此生活了近一年。邻居们都已熟识，他们对杜甫的事早有耳闻，只是，有官民身份之别，不便打扰，都隔着墙头观望。后来，邻居又送酒上门，杜甫心中感动。

峥嵘赤云西，日脚下平地。柴门鸟雀噪，归客千里至。妻孥怪我在，惊定还拭泪。世乱遭飘荡，生还偶然遂！邻人满墙头，感叹亦歔欷。夜阑更秉烛，相对如梦寐。

晚岁迫偷生，还家少欢趣。娇儿不离膝，畏我复却去。忆昔好追凉，故绕池边树。萧萧北风劲，抚事煎百虑。赖知禾黍收，已觉糟床注。如今足斟酌，且用慰迟暮。

群鸡正乱叫，客至鸡斗争。驱鸡上树木，始闻叩柴荆。父老四五人，问我久远行。手中各有携，倾榼浊复清。苦辞酒味薄，黍地无人耕。兵革既未息，儿童尽东征。请为父老歌，艰难愧深情。歌罢仰天叹，四座泪纵横。

——杜甫《羌村三首》

《羌村三首》充满了深情。这世道，人命如草，连生还都像是偶然。杜甫写出了对妻子儿女的爱与愧。作为朝廷命官，对厚道的父老乡亲，他何尝没有愧意？然而，他此刻能做的，也只有"请为父老歌"。此处没有掌声，只有"仰天叹""泪纵横"。

若说句公道话：如此自作孽的大唐，配不上这么好的百姓。

家庭和乡村都能涵养元气。在仕途中栽了跟头的杜甫，渐渐恢复过来。他开始写自己人生中的又一大篇章《北征》，此诗共一百四十句，写自己所见、所感、所思。此前骆宾王、卢照邻也都有长诗，但杜甫无论从选材还是内涵方面，都远远胜之。齐梁以来，宫体诗的桎梏至此被彻底粉碎。诗与散文合二为一，波澜壮阔，摇曳多姿。

与此同时，收复长安之战打响。李亨听从郭子仪建议，借来了回纥兵。李俶为元帅，郭子仪为副帅，率兵十五万，向东进击。为避开叛军铁骑，战场选在了南部山麓。唐军进至城南香积寺附近，与叛将安守忠、李归仁等所率主力相遇，双方展开大战。一开始，唐军战况不利，辎重被抢。面对叛军，唐军有太多一败即溃的经历。危急关头，李嗣业挺身而出。他脱掉铠甲，手持陌刀，大呼奋进，"当其刀者，人马俱碎"。他以这样的战神气概，连杀数十人，稳住阵脚。又率陌刀兵排成一排，"如墙而进，身先士卒，所向摧靡"。受他鼓舞，唐军奋勇向前，击垮叛军。

这一战被称为"香积寺之战"。李嗣业和他所率的陌刀兵，成为扭转战局的关键。作为唐军重武器的陌刀，也由此名垂史册，乃至被后人神化。

九月二十八日，唐军克复长安。最初，李亨为克复两京，与回纥约好，"克城之日，土地、士庶归唐，金帛、子女皆归回纥"，从官方层面提前允许了回纥人抢劫。

长安光复，回纥叶护要求践约。李俶早已与叶护结为兄弟，此时到叶护马前下拜，说："如果大掠长安，那么洛阳之人必定死守，很难攻取。恳请攻下洛阳后，再行践约。"叶护答应了。百姓欢呼雀跃。

这就是所谓的"王师"，百姓的生命财产只是他们谈判的价码。给判个"缓刑"，百姓都要感恩戴德。

一个月后，洛阳收复。洛阳全城百姓凑齐了万匹罗锦贿赂回纥人，才没有被洗劫。

李泌见大局已定，请求辞官回衡山。李亨苦苦挽留，但李泌深知，留下恐有杀身之祸，李辅国、张良娣定会从旁加害。而且，还有可能殃及李俶。李亨见留不住人，也就准了，传旨在衡山为李泌修建房屋，给予三品官待遇。

十一月，杜甫携家离开鄜州，重返长安。十二月，李隆基也回到长安。对贰臣的追究，拉开序幕。

杜甫自己并无这方面的担心，只是替好友郑虔忧虑。虽然郑虔早就逃回长安，但依然被列入问责名单、关押起来。后来，他被贬为台州司户，数年后死在那里。这一次，杜甫未能赶去送行，只好写了一首诗：

> 郑公樗（chū）散鬓成丝，酒后常称老画师。万里伤心严谴日，百年垂死中兴时。苍惶已就长途往，邂逅无端出饯迟。便与先生应永诀，九重泉路尽交期。
> ——杜甫《送郑十八虔贬台州司户伤其临老陷贼之故阙为面别情见于诗》

"老画师"一句，很容易让人想到王维的"前身应画师"。算起来，王维那首诗，比杜甫这首要晚几年。不知他有没有从郑虔的命运中，悟到点什么。

"垂死"与"中兴"放在一起，一切只在不言中。

郑虔就是这样一个老实人，老老实实活着，老老实实受辱，老老实实死去。虽然，他那么有才华。

有客有客字子美

至德三载（758）春，长安。

杜甫仍任左拾遗，在门下省上班。得知王维被责授太子中允，杜甫赶紧写了赠诗。对他来说，王维是一位前辈高人，虽然其年龄与李白相同，但气场迥异，难以亲近。

二月，改元乾元。中书舍人贾至作诗，称颂中兴，王维、杜甫、岑参等和之，一时传为美谈。

这段日子，杜甫的心情比较平和，日子也较为安稳。身处皇城，他成了自己过去羡慕的台省官。在朝中，有贾至、严武、岑参等人往来，并不孤单。作为皇帝近臣，他有时也能得到赏赐。比如，去年腊八，他就收到了皇帝所赐的"口脂面药"，用于护肤和防冻。小东西不值钱，却让杜甫倍感荣耀，还专门写了诗。

唯一的苦恼是缺钱。拾遗俸禄不高，杜甫家中人口又多，加上通货膨胀，尤其是米价暴涨，生活压力很大。他经常跑当铺，靠典当衣服度日，稍有点钱便想去喝酒。

> 朝回日日典春衣，每日江头尽醉归。酒债寻常行处有，人生七十古来稀。穿花蛱蝶深深见，点水蜻蜓款款飞。传语风光共流转，暂时相赏莫相违。
> ——杜甫《曲江二首》其二

这期间，他跟朋友毕曜交往密切。两家住得不远，分别是巷子南北两头，但平时难得一见——因为杜甫家贫，没有马。他倒不是走不了路，而是身为台省官，走路可能失面子，惹长官动怒。有时起得晚了，赶不及上班，别人看不过去，愿把驴借给他，他却又怕下雨路滑……芝麻绿豆大的事，在别人看来，全

是说不出口的尴尬,他却一一写入诗中:

> 偪侧(即逼仄)何偪侧,我居巷南子巷北。可恨邻里间,十日不一见颜色。自从官马送还官,行路难行涩如棘。我贫无乘非无足,昔者相过今不得。实不是爱微躯,又非关足无力。徒步翻愁官长怒,此心炯炯君应识。晓来急雨春风颠,睡美不闻钟鼓传。东家蹇驴许借我,泥滑不敢骑朝天。已令请急会通籍,男儿性命绝可怜。焉能终日心拳拳,忆君诵诗神凛然。辛夷始花亦已落,况我与子非壮年。街头酒价常苦贵,方外酒徒稀醉眠。速宜相就饮一斗,恰有三百青铜钱。
>
> ——杜甫《偪侧行赠毕曜》

这就是杜甫的"细"。他的诗能记录下细节,包括当时的物价——斗酒三百钱。

这种带点傲娇的烦恼并未持续太久,清算就开始了。杜甫早已被划为房琯一党,这年六月,房琯被贬为邠州刺史,严武被贬为巴州刺史,杜甫被贬为华州司功参军。在此之前三个月,贾至已被贬为汝州刺史。

其实,早在凤翔"廷争忤旨"之后,杜甫的仕途已经悬了起来,至此才算"靴子落地"。华州司功参军属七品官,比起左拾遗来,俸禄应能稍多些,但前途已经没有了。

离开长安前的那夜,杜甫与朋友孟云卿通宵饮酒,次日一早,出金光门。令人奇怪的是,华州(今陕西渭南华州区一带)明明在长安东面,杜甫却出了西门。至于原因,如今已不得而知,但显而易见,他会想起自己当初逃出此门赶去凤翔之事。才不过一年,已天上人间走了一个来回。

在华州，杜甫时常处于希望幻灭的状态。而公务还是要做的，比如替上司郭刺史代笔，写些文书。他也写了几首咏马和鹰的诗，表达心境。不过，即使自己过得不好，他也不忘安慰朋友。此前，高适从大权在握的淮南节度使，被调至太子詹事分司东都，沦为闲职。杜甫为他写了一首《寄高三十五詹事》。

这年重阳节，杜甫比较开心。他舅家姓崔，不乏崔姓亲友，其中某人在蓝田有一座庄园，邀请他去那里过重阳节。庄园距王维的辋川山居不远，亲友也与王维相识，杜甫这日登高畅饮，只可惜未见到王维。当然，王维深居简出，杜甫也是懂的。

老去悲秋强自宽，兴来今日尽君欢。羞将短发还吹帽，笑倩旁人为正冠。蓝水远从千涧落，玉山高并两峰寒。明年此会知谁健？醉把茱萸仔细看。

——杜甫《九日蓝田崔氏庄》

冬日，杜甫回到洛阳，探访阔别多年的陆浑庄故居。

第二年春天，途经蒲州时，他见到了少时好友卫八，写了一首诗：

人生不相见，动如参与商。今夕复何夕，共此灯烛光。少壮能几时，鬓发各已苍。访旧半为鬼，惊呼热中肠。焉知二十载，重上君子堂。昔别君未婚，儿女忽成行。怡然敬父执，问我来何方。问答乃未已，儿女罗酒浆。夜雨剪春韭，新炊间黄粱。主称会面难，一举累十觞。十觞亦不醉，感子故意长。明日隔山岳，世事两茫茫。

——杜甫《赠卫八处士》

质朴、舒缓、情深、苍茫。二十年未见的故友，半生未淡的情义，俨然一坛陈酒，读罢便令人醉了。

二十年不见，孩子们都已长大，一家人聚在一起，便是最好的。明天会更好吗？谁也不知道。

很快，相州之战爆发。杜甫连忙往关中赶。这一路，他途经新安（今河南新安）、石壕村（今属河南三门峡市陕州区）等地，由潼关返回华州，目睹诸多惨剧。

> 暮投石壕村，有吏夜捉人。老翁逾墙走，老妇出门看。吏呼一何怒！妇啼一何苦。听妇前致词，三男邺城戍。一男附书至，二男新战死。存者且偷生，死者长已矣！室中更无人，唯有乳下孙。有孙母未去，出入无完裙。老妪力虽衰，请从吏夜归。急应河阳役，犹得备晨炊。夜久语声绝，如闻泣幽咽。天明登前途，独与老翁别。
>
> ——杜甫《石壕吏》

这首诗，无须太多解释。《新安吏》《石壕吏》《潼关吏》，并称"三吏"；《新婚别》《垂老别》《无家别》，并称"三别"。杜甫写出了百姓的血泪。战争之下，最惨的永远是老百姓，会被榨取最后一丝骨髓。他对百姓充满同情，但心中也有矛盾，所以每每在诗句中留下"光明的尾巴"。人性是复杂的，每个人都有当英雄的心，可感可佩，但不可煽动。杜甫的尺度把握得很好。作为一个官员，已经很可贵了。

杜甫回到华州，听说大将李嗣业在相州中箭身亡，瞬间泪流满面。杜甫敬佩李嗣业，不仅是因为他曾借给自己马，更在于他的忠勇无敌。去年秋冬，李嗣业率军经过华州，杜甫还曾为其写了两首诗。在洛阳，他又见到李嗣业的军队，便再次作诗。都知道"将军难免阵前亡",但死在这样的战斗中着实冤枉。相州之战,唐军以绝对优势兵力输给叛军,让彻底平息安史之乱的希望成为泡影。

这段时间,杜甫也写了一些有感于战事的诗。比如《洗兵马》:"安得壮士挽天河,净洗甲兵长不用。"愿望很美好,但也很遥远。

"大兵之后,必有凶年。"这年夏天,关中闹起饥荒。杜甫决定弃官,带着一家老小,迁往秦州(今甘肃天水)。

何以去秦州?因为秦州相对平静。那里地处长安以西约八百里,与关中有陇山阻隔。陇山高两千多米,又称陇阪,山路九转,据说七日才可翻过,乃是天然屏障。即便关中陷落,秦州也能据此再抵挡一阵。而且,那里粮食收成较好,易于谋生。

而换个角度想,问题就来了。军队况且难以翻越陇阪,杜甫带着一家老小,又谈何容易?但杜甫一家就这样翻过去了。后人重走此路,每每对这家人心生佩服。但其实,他们值得佩服的还在后面。

抵达秦州,杜甫在城中寻了一处茅屋,将全家安顿下来。他在城中闲逛,发现这里羌汉杂居,别有气象。作为通向西域的门户,秦州有不少招待使节的驿馆,还有成片的番帐,人去人来,口音各异,颇为热闹。

这几年,杜甫一直在做官,而今重新做回平民,有一种莫名的轻松。但同时,没了俸禄,一家人生活成了问题。他打算干回卖药的老本行,但因对秦州官场不熟,赚钱并不容易。

秋日阴雨,一家人挤在茅屋里,门前杂草丛生,触目皆是凄凉。杜甫心想,城里怕是住不下去,还是去乡下吧,花销少些,再开荒种点草药,也好换些钱米。

恰在这时,杜甫在城中遇见一个名叫杜佐的族侄。杜佐也来秦州避乱，但他善于经营，在此地已有产业，还在城南六十里的东柯谷建了草堂。听说东柯谷环境甚佳，杜甫也想移居那里。

很快，杜甫又遇见一位故人——大云寺主持赞公和尚。在长安时，赞公和尚救助过杜甫，二人颇有交情。赞公是一名僧官，因获罪被贬来秦州。如今，赞公的寺院离城甚远，杜甫随他走了许久才到。看着老僧佝偻的身形，杜甫只觉得悲凉。

熟悉秦州状况后，杜甫开始隐隐担忧，之前他光是顾虑安史叛军，而现在看，秦州也有威胁。这里已是边关，过去陇右道军队驻扎于此，可保无恙。但安史之乱后，军队被调入关中，此地防守薄弱，已在吐蕃威胁之下。他日吐蕃兵来，秦州旦夕可破，还是早日离开为好。

心里想着，脚步未停。这期间，杜甫足迹遍及四周名胜，还分别给高适、岑参、严武、贾至等寄了诗。他最挂念的是李白。此前早已得知李白被流放，后又听闻朝廷下了大赦圣旨，他感慨万分，写道：

> 凉风起天末，君子意如何。鸿雁几时到，江湖秋水多。
> 文章憎命达，魑魅喜人过。应共冤魂语，投诗赠汨罗。
> ——杜甫《天末怀李白》

对于李白的流放路线，杜甫显然并不清楚，只能凭猜测来写，但感情是真挚的。他还为李白写了其他三首，包括《梦李白二首》以及《寄李十二白二十韵》，其中有句："笔落惊风雨，诗成泣鬼神。"

在秦州时间虽短，但杜甫思考甚多，也写了一系列诗篇，将其编为《秦州杂诗》。其中，既有对军国大事的反思，也有对人生的感悟。随后，又写了一些《遣兴》诗，其中一首写贺知章，

"爽气不可致,斯人今则亡"。然后又写孟浩然:

> 吾怜孟浩然,裋(shù)褐即长夜。赋诗何必多,往往凌鲍谢。清江空旧鱼,春雨余甘蔗。每望东南云,令人几悲咤。
>
> ——杜甫《遣兴五首》其五

杜甫与孟浩然有无直接交集,不得而知。他早年在吴越漫游时,孟浩然正好也在吴越,不知两人是否遇见过。开头一句"吾怜孟浩然",让人想起李白的"吾爱孟夫子",两句对照,令人感慨。李白写的是状态最好的孟浩然,而杜甫写的是孟浩然的困顿不堪,连过冬的衣服都没有。李白是最懂酒的,杜甫是最懂穷的,一生散淡的孟浩然成了一面镜子。

十月,杜甫收到一封信,同谷县(今甘肃成县)县令发来邀请。杜甫便与朋友道别,携家前往。同谷位于秦州西南二百六十里处,山路难行,一家人赶着大车,过赤谷、铁堂峡、寒峡……终于艰难抵达。他先在栗亭住了几日,而后搬到凤凰村。

杜甫向来自比凤凰,七岁开口即咏此,如今来到凤凰村,会有家一般的温暖吗?并没有。在这里,杜甫的日子过得比在秦州更难。那位邀他前来的县令,并未给予什么帮助。也许人家只是客套一下,杜甫竟当了真,于是对方便采取冷处理。但这样一来,杜甫的日子就冷得透透的。

> 有客有客字子美,白头乱发垂过耳。岁拾橡栗随狙公,天寒日暮山谷里。中原无书归不得,手脚冻皴皮肉死。呜呼一歌兮歌已哀,悲风为我从天来。
>
> ——杜甫《乾元中寓居同谷县作歌七首》其一

这是杜甫的"同谷七歌"之一。七首诗一唱三叹，回环往复，神似汉代张衡的《四愁诗》，但更奇崛、更刻骨。

在同谷，杜甫待不下去，十二月一日再次离开，携家赴蜀。他知道，高适正在彭州（今四川彭州）任刺史，比起其他人来，高适要可靠多了。

这一年，杜甫有四次行程，穿行半个大唐。其中三次携家远行，历尽坎坷。而从秦州往同谷，一路多山；从同谷到成都，一路多水。蜀道艰难，他们一家人就这样跋涉着。山中栈道摇摇晃晃，下面是咆哮的嘉陵江水。空中都是水汽，石头湿滑，一着不慎，就会跌下悬崖。杜甫不觉恍惚，不知是否行于人世。他本以为这些年已多次历险，但到此才明白，这一路才是生死边缘。

清江下龙门，绝壁无尺土。长风驾高浪，浩浩自太古。危途中萦盘，仰望垂线缕。滑石欹谁凿，浮梁袅相拄。目眩陨杂花，头风吹过雨。百年不敢料，一坠那得取。饱闻经瞿唐，足见度大庾。终身历艰险，恐惧从此数。

——杜甫《龙门阁》

路上，他写了很多诗，这些诗为中国山水诗开出了更大境界。此前的谢灵运、谢朓，多游山玩水，下笔清丽，间或谈玄，给人"两张皮"之感；孟浩然继承陶渊明一脉，写山水有所进境，悠远古澹，浑然而就；王维的部分山水诗也极佳，较前者更圆熟，但熟到极致，便生桎梏；李白一生爱山，也写《蜀道难》，但写着写着便飞起来，终究少了点"地气"。而杜甫这一路所见所感，让生命与山水融合为一。这些路，他不得不走，这些山，他不得不翻，且将全家性命押了上去。这样的人生经历，其他任何诗人都不曾有过。

年底，杜甫终于到达成都。一家人破衣烂衫，穿行于繁华市间。

杜甫写了这段路上的最后一首诗《成都府》，描绘出一片天堂般的景色。这是他快乐心情的写照，也是献给成都地方官的第二份礼物。早在前一站的鹿头山，他已在一首诗的结尾赞美时任成都尹裴冕。听了这两首赞歌，裴冕应该会开心的。

不要怪杜甫功利，这是当时很多诗人的习惯，杜甫深谙此道。而且，他是真的"人在矮檐下，不敢不低头"。

算上从秦州到同谷那一段路，杜甫全家徒步行程一千多里，才来到这片"天府之国"。他感慨："自古有羁旅，我何苦哀伤。"他太希望能安安稳稳过日子了。

万里桥西一草堂

乾元三年（760）春，杜甫在成都，全家寄住草堂寺。寺在城西七里，浣花溪畔。

这是裴冕安排的，杜甫此前写的诗起了作用。公道而论，裴冕算不上好官，他虽勤于政事，但不识大体。李亨当初登基时，裴冕曾经拜相，他为筹军费卖官鬻爵，也未筹来多少钱。后来他被罢相，被封为冀国公、成都尹，充剑南西川节度使。因为裴冕名声一般，所以诗人的赞美显得更加值钱。

全家住寺院，免不了看寺僧脸色，但所幸有主政官员表态，杜甫的处境能略好些。

高适闻听杜甫前来，写诗问候，称其为"招提客"。杜甫赧然一笑，青年时期，他曾于诗中写自己"已从招提游"，谁知中老年后，竟一再成为"招提客"。他也给高适写诗作答，自承日子还过得去,有故人送米、邻居赠菜。

这位故人是谁?大约就是裴冕。提名姓显得太直白,便委婉了些。这年春天,杜甫开始营建自己的草堂。

> 浣花流水水西头,主人为卜林塘幽。已知出郭少尘事,更有澄江销客愁。无数蜻蜓齐上下,一双鸂(xī)鶒(chì)对沉浮。东行万里堪乘兴,须向山阴上小舟。
>
> ——杜甫《卜居》

看得出,杜甫心情不错,兴致很高。在这首诗的结尾,他提到"须向山阴上小舟",是乘兴而作。不知他有没有想到,顺流东下,终将是他的命运。

草堂建得热闹,有一位王姓司马是他的表弟,出资相助;有两位县令分别送了桃树苗和竹子;两位县尉送了松树和桤(qī)树……草堂坐西向东,屋后还挖了一条沟渠护院。对于人生地不熟的杜甫来说,这么多热心人帮忙,他岂能不高兴?但不难想象,假如没有裴冕带头襄助,官员们的心怕是怎么都"热"不到这种地步。

暮春时节,草堂初步落成。多年漂泊的杜甫,终于又有了自己的宅院,心中感慨可想而知。他写了一首诗《堂成》,其中一联是:"暂止飞乌将数子,频来语燕定新巢。"此刻,他想一直住下去,终老于此。

住进草堂不久,杜甫就被吓了一跳。连日阴雨后,浣花溪水暴涨,漩涡滚滚,他担心草堂被冲垮。但后来一看,雨过天晴,景色依旧,并没多大事,便也放下心来——自己这个北方人,到底少见多怪了。

此前,裴冕已被调回京城,援助断了,杜甫的日子马上就难过起来。

> 万里桥西一草堂，百花潭水即沧浪。风含翠篠（xiǎo）娟娟净，雨裛（yì）红蕖冉冉香。厚禄故人书断绝，恒饥稚子色凄凉。欲填沟壑唯疏放，自笑狂夫老更狂。
>
> ——杜甫《狂夫》

有了住处，杜甫就有心境看竹赏花。他也有些抱怨，那些高官厚禄的朋友书信少了，接济也跟不上，孩子们吃不饱饭了。最后两句有点负气的意思，这一负气就可爱起来。说起"狂夫"，人们想到的总是李白，其实杜甫也狂，这首《狂夫》就写得妙。

"厚禄故人"为何"书断绝"？不知道。但这段时间，朝中并不安宁。

太上皇李隆基和皇帝李亨父慈子孝的局面并未持续太久。早年，李隆基对李亨处处提防、动辄暴击，让父子关系蒙上了浓重阴影。若非李亨赴灵武"自行登基"，只怕永无出头之日。此次，李隆基回长安，李亨多次提出"避位还东宫"，李隆基均不答应。看似一团和气，但何尝不是试探？李隆基一直住在兴庆宫，登楼即能见百姓，常有百姓跪拜，口呼万岁；李隆基还召将军郭英乂等上楼赐宴；有剑南奏事官经过楼下时下拜起舞……这些事可小可大，往小里说是李隆基寂寞，喜欢热闹；往大里说则是收揽民心，结交大将，勾连地方——这让李亨怎能安心？

于是，李亨的亲信太监李辅国出头，矫诏牵走了兴庆宫原有的三百匹马，仅留十匹。作为搞政变的老手，李隆基看出端倪，却也只能对高力士抱怨："我儿被李辅国挑拨，不能孝顺到老了。"随后，李辅国又命六军将士向李亨号哭叩头，请太上皇移居西面的太极宫。李亨流泪不语。

这时，李辅国怕了。他知道，夹在两个皇帝之间，稍微有点动静，自己都会丧命。怎么办？好在，李亨及时病倒。李辅国继续矫诏，率军五百，各挺刀剑，逼李隆基迁居太极宫。李隆基大惊，差点栽倒。高力士挺身而出，大喝："李辅国何得无礼！"令其下马，而后安抚将士，让众人收起刀剑。这样，李隆基搬离了兴庆宫，而宫中免于流血。

从此，李隆基近于被幽禁，李亨坐稳了皇位。高力士被流放，陈玄礼被勒令退休，玉真公主也搬出皇宫，改居玉真观。但最大获益者是李辅国，他掌握了禁军兵权，也给"宦官典兵"开了个坏头。这一传统成为套在大唐皇室颈上的绞索，一直延续到帝国灭亡。

杜甫虽然困顿，却与左邻右舍渐渐熟了起来。北邻是一位辞官的县令，爱饮酒，能写诗，常戴一顶白头巾。南邻姓朱，是一位隐士，很好客，常戴乌角巾。有二人做伴，杜甫过得也算畅快。杜甫还见到了两位画师，一位叫韦偃，是长安旧相识，擅画马，堪与韩干匹敌；另一位叫王宰，擅画山水。杜甫给他们写诗，以求其画，装点草堂。

有空时，杜甫也四处游览。有次，他专程去了武侯祠。

丞相祠堂何处寻？锦官城外柏森森。映阶碧草自春色，隔叶黄鹂空好音。三顾频烦天下计，两朝开济老臣心。出师未捷身先死，长使英雄泪满襟。

——杜甫《蜀相》

诸葛亮生前获封"武乡侯"，死后追谥"忠武侯"，后世以"武侯"称之。他是杜甫一生的偶像。写此诗时，杜甫心情沉重，做宰相何尝不是他的理想？但现在看，已无实现可能。

过了些时候，杜甫向高适写诗求助。高适立马派人送来钱粮。不久，高适转任蜀州刺史。

杜甫前往蜀州游玩，途中，遇见了一个人——裴迪。裴迪是王维一生最好的朋友，他年龄比王维小十七岁，比杜甫也小六岁。裴迪本就长于社交，与杜甫聊起来，颇为相投。他们同游当地的新津寺，一起赋诗，杜甫顺道寄了诗给已回长安任职的王缙。对于王氏兄弟，他始终存着好感。

而后，杜甫到蜀州，见了高适。久别重逢，二人都很动情。上元二年（761）正月，杜甫在成都收到了高适的一首诗。

人日题诗寄草堂，遥怜故人思故乡。柳条弄色不忍见，梅花满枝空断肠。身在远藩无所预，心怀百忧复千虑。今年人日空相忆，明年人日知何处。一卧东山三十春，岂知书剑老风尘。龙钟还忝二千石，愧尔东西南北人。

——高适《人日寄杜二拾遗》

正月初七为"人日"。身为蜀州刺史，高适勉强算得上封疆大吏，比起人生中的高点扬州大都督府长史、淮南节度使，自然差了些，但在文人中仍是翘楚。问题在于，高适几时把自己当过文人？他是将门子弟，自觉文韬武略，但遭忌被贬。这首诗，是高适晚年诗作中最动人的一篇，写自己壮志难酬，百感交集，充满了不确定感。

但即便如此，跟杜甫相比，双方仍形成强大反差。"二千石"的待遇，自汉代以来就是高官的门槛，无论高适"愧"或"不愧"，对杜甫这个"东西南北人"——流离失所之人——都具有秒杀效果。这首诗，杜甫一直没有回，再回已是十年后。

由春至夏，杜甫在草堂过得较为平静。他习惯了成都的气候，对浣花溪涨水已见怪不怪。他写了很多诗，包括《绝句漫兴九首》《江畔独步寻花》《春夜喜雨》等。

二月已破三月来，渐老逢春能几回。莫思身外无穷事，且尽生前有限杯。

——杜甫《绝句漫兴九首》其四

黄师塔前江水东，春光懒困倚微风。桃花一簇开无主，可爱深红爱浅红？

——杜甫《江畔独步寻花》其五

好雨知时节，当春乃发生。随风潜入夜，润物细无声。野径云俱黑，江船火独明。晓看红湿处，花重锦官城。

——杜甫《春夜喜雨》

从这些诗中，看得见杜甫的深情。虽然偶尔也谈玄务虚，但绝大多数时候，他都爱这个世俗的人间，爱实打实的细节。他知道自己正在老去，却没有像李白和王维那样寄心于佛道，而是亲近一草一木。只要生活允许他从容，他便是从容的。

他有些像陶渊明了，写下："花径不曾缘客扫，蓬门今始为君开。"但他终究不是，他总忘不了家国。他抽空去了一趟青城山，在那里得知族弟杜位的消息。杜位乃是李林甫的女婿，此前长流岭南新州十年，最近刚移居江陵。杜甫为他写了诗，有句曰："干戈况复尘随眼，鬓发还应雪满头。"

八月，大风大雨。杜甫草堂房顶的茅草被风卷走，他去追时，茅草却又被附近儿童抱走。杜甫捶胸顿足，无计可施，床头屋漏，彻夜难眠。

八月秋高风怒号，卷我屋上三重茅。茅飞渡江洒江郊，高者挂罥（juàn）长林梢，下者飘转沉塘坳。南村群童欺我老无力，忍能对面为盗贼。公然抱茅入竹去，唇焦口燥呼不得，归来倚杖自叹息。俄顷风定云墨色，秋天漠漠向昏黑。布衾多年冷似铁，娇儿恶卧踏里裂。床头屋漏无干处，雨脚如麻未断绝。自经丧乱少睡眠，长夜沾湿何由彻！安得广厦千万间，大庇天下寒士俱欢颜，风雨不动安如山。呜呼！何时眼前突兀见此屋，吾庐独破受冻死亦足！

——杜甫《茅屋为秋风所破歌》

这首诗已是千古绝唱，历来被视为杜甫胸怀的写照。此时，杜甫的日子虽非最难，却又开始变差。那段时间，成都尹更换频繁。大将花惊定为非作歹，纵兵大掠。士兵看到妇女手腕上戴着金器，便砍断其手腕抢走，令人闻之色变。杜甫认识花惊定，某次跟随宴饮时，乐队里有长安梨园旧人，演奏了宫中之曲。杜甫听完，给花惊定写了一首诗：

锦城丝管日纷纷，半入江风半入云。此曲只应天上有，人间能得几回闻？

——杜甫《赠花卿》

这首诗明面上是夸奖乐曲奏得妙，实际却是在提醒花惊定僭越了，听了与自己身份不相称的曲子。一介文人，寄人篱下，能做到这一点也属不易。

冬天，杜甫的生活条件继续恶化，已无处赊酒。这时，成都府少尹徐九送来一份厚礼。杜甫既惊喜又纳闷，后来才知，高适要来代理成都尹了。

很快，高适到达成都。杜甫邀他到草堂，畅饮一番。酒酣之际，杜甫想起当年与高适、李白同游梁宋故地，心中有无尽感叹。

不见李生久，佯狂真可哀。世人皆欲杀，吾意独怜才。敏捷诗千首，飘零酒一杯。匡山读书处，头白好归来。

——杜甫《不见》

李白家在蜀中，曾于匡山读书，而今杜甫也来到蜀地。当年同游的三个人，都已白了头。他希望李白能回来，无论多少人想杀李白，而李白始终在他心中。

不堪人事日萧条

宝应元年（762），大唐山河动荡。

河东、朔方、北庭等各道行营接连发生军乱，皇帝李亨一味姑息，为藩镇割据埋下祸根。乱局下，李亨重新重用郭子仪，封其为汾阳王，统领朔方、河中、北庭等军，因为只有他才镇得住骄兵悍将。郭子仪辞行时，一再请求，才见到皇帝。李亨已下不了床，只能在卧室对郭子仪托以重任。

三月，经李辅国举荐，元载入相，领度支使、转运使。四月，李隆基崩于神龙殿，终年七十八岁，是为玄宗。病重的李亨听说父亲已死，松了口气，传诏太子李豫监国，随后去世，终年五十二岁，是为肃宗。

这对父子明争暗斗了一辈子，斗到最后，大权落入宦官之手。李亨在位时，本是张后与李辅国相勾结，后来矛盾激化，李辅国与另一名宦官程元振率军杀死张后，扶李豫登基。随后，李辅国更加猖狂，明言："大家但居禁中，外事听老奴处分。"李豫外示尊重，称其"尚父"，但暗中布局，以程元振架空其兵权。后来，李辅国被刺客刺死。

一个月内死了两个皇帝，这样的事古来少有，但对普通百姓来说，算不了什么大事。杜甫在成都的日子也未受太大影响。此前，严武被任命为成都尹，兼御史大夫、剑南节度使。严武与杜甫是朋友，比杜甫年轻十几岁。这些年，二人同被划为房琯一党，也因此更亲近。这样一来，杜甫的日子又好过了。严武还专程率队来杜甫草堂，杜甫写诗记下此事，风光了一把。

不过，杜甫的情绪有些低落。对于玄宗，他一直存着好感。对于各地的军乱，他也记挂心头，特别是吐蕃屡有动作，已威胁到成都西山。他在诗中写：

西山白雪三城戍，南浦清江万里桥。海内风尘诸弟隔，天涯涕泪一身遥。唯将迟暮供多病，未有涓埃答圣朝。跨马出郊时极目，不堪人事日萧条。

——杜甫《野望》

西山，又称雪岭。三城，乃松（今四川松潘）、维（今四川理县西）、保（今四川理县新保关西北），这三城是蜀中屏障，为防吐蕃而立。杜甫从边关想到家人，又想到朝廷，身心俱疲。

初夏时节，有人送杜甫一篮子樱桃。他想起过去在大明宫皇帝赐食樱桃之事，又发了一通感慨。

六月，朝廷召回严武，以高适为成都尹、西川节度使。应该说，严武这段时间待杜甫不薄，在治理和军事方面，也表现出一定能力，这番回朝，是有希望拜相的。杜甫一路相送，直送到绵州。绵州刺史姓杜，在沿江一座酒楼摆下酒宴。杜甫也参加宴饮,还跟杜刺史论起辈分,称人家为"族孙"。一介平民,这样有底气论辈分的机会并不多。

送君千里,终须一别。杜甫又送出绵州三十里,在奉济驿与严武道别,写诗说:"江村独归处,寂寞养残生。"二人是有真感情的。

然而,此时剑南兵马使徐知道反叛,发兵守住要道,严武和杜甫分别遇阻。杜甫回不了成都,只好暂居绵州。在那里,他游览了城南一座越王楼,写下《越王楼歌》。后人认为此诗取法王勃《滕王阁诗》,但水平明显差了一截。他还看到当地人拉网截江捕鱼,一网数百条。唐人爱吃鱼鲙,他便写了鲙的做法,也写了鱼的可怜。"饔(yōng)子左右挥双刀,脍飞金盘白雪高。""小鱼脱漏不可记,半死半生犹戢(jí)戢。大鱼伤损皆垂头,屈强泥沙有时立。"生逢乱世,他总有恻隐之心。

杜甫在绵州无亲无故,知道此地不可久留,听说汉中王李瑀(yǔ)在梓州,便想去投奔。李瑀是宁王李宪第六子,汝阳王李琎的弟弟,安史之乱前,杜甫在长安与其有旧。于是,他先写了三首诗寄给李瑀,拉一拉关系。有句曰:"百年双白鬓,一别五秋萤。忍断杯中物,只看座右铭。"这三首诗,每首都写饮酒,分明是讨酒喝的意思。

得到回应后,杜甫前往梓州。此时兵已成贼,一路心惊胆战,他写道:"马惊不忧深谷坠,草动只怕长弓射。"

在梓州城边住下,杜甫寄书回成都草堂。妻子很快回了信,催他回去。杜甫心中感慨:

客睡何曾著,秋天不肯明。卷帘残月影,高枕远江声。
计拙无衣食,途穷仗友生。老妻书数纸,应悉未归情。

——杜甫《客夜》

此诗写得沉痛，人过中年读来更懂其中况味。他又写《客亭》，有句曰："多少残生事，飘零似转蓬。"

杜甫频繁参加官府饭局，一次次为官员赠诗，渐渐积累了些盘缠。入秋后，他回了一趟成都。当时，徐知道兵败身死，但成都仍不安宁。于是，他将全家接到梓州。

然而，李瑀被贬蓬州（今四川仪陇一带），暂时指望不上。梓州有个别驾姓严行二，对杜甫非常热情。杜甫知道严二乃当地豪杰，人脉甚广，连忙为其赠诗，写道："把臂开樽饮我酒，酒酣击剑蛟龙吼。""垂老遇君未恨晚，似君须向古人求。"二人迅速成为朋友。杜甫骑了一匹青骡，严家仆人拿粟米喂骡，让杜甫感叹有钱真好。

秋冬时，严武已回长安。岑参本为虢州长史，如今有了新职务，任天下兵马大元帅李适（kuò）的掌书记——李适乃皇帝李豫的长子，正统兵平乱。

冬日，杜甫自梓州东行六十里，来到射洪。他登上金华山，找到了陈子昂当年读书的学堂遗迹。陈子昂的名字，在杜甫心中分量极重。论私，陈子昂与他祖父杜审言颇有交情；论公，他对陈子昂的风骨甚是服膺；论缘分，陈子昂曾任右卫胄曹参军、右拾遗，他曾任右卫率府兵曹参军、左拾遗，也算相当。多年来，他一直想寻访陈子昂遗迹，而今终于站在这里。

在射洪，杜甫写了几首诗，有句曰："东征下月峡，挂席穷海岛。万里须十金，妻孥未相保。"他很想东下出峡，只是太缺钱了。

随后，杜甫又去通泉县，看了郭元振做县尉时的故宅，写诗赞道："壮公临事断，顾步涕横落。"他还见到了薛稷画的鹤，也赋了诗。

这段时间，杜甫开辟出一条用绝句写诗论的路子，写出了

《戏为六绝句》。他嘴上说"戏",其实很正经。

> 庾信文章老更成,凌云健笔意纵横。今人嗤点流传赋,不觉前贤畏后生。
>
> ——杜甫《戏为六绝句》其一

这六首诗环环相扣,点评了庾信、"初唐四杰"等人,表明态度。他是肯为"王杨卢骆"说话的。千百年来,这些句子被无数人引用,成为评论里的绝佳点缀。

白日放歌须纵酒

宝应二年(763)春,梓州。五十二岁的杜甫听说安史之乱平定,手舞足蹈,涕泗横流。

> 剑外忽传收蓟北,初闻涕泪满衣裳。却看妻子愁何在,漫卷诗书喜欲狂。白日放歌须纵酒,青春作伴好还乡。即从巴峡穿巫峡,便下襄阳向洛阳。
>
> ——杜甫《闻官军收河南河北》

所有读过这首诗的人,都会被杜甫的兴奋所感染。安史之乱持续约八年,他的仕途以及最好时光均为之摧毁。如今飘零异域,怎能不想念陆浑庄的家园?

但安史之乱真的平定了吗?准确来说,是止住了——安禄山、史思明和他们的儿子已死,但祸根深埋。

这年正月,史朝义众叛亲离,自缢身亡。他的首级被叛将李怀仙献给唐将仆固怀恩，而后传至京师。仆固怀恩本为铁勒族人，出身将门，投在朔方军，为郭子仪旧部。在大唐向回纥借兵过程中，仆固怀恩发挥作用，地位凸显，成为后期平定叛军的实际统帅。但此时，宦官程元振大权在握，并因私怨害死了山南东道节度使来瑱。各藩镇统兵者惴惴不安。仆固怀恩也担心自己"贼平宠衰"，决心树党固宠，养敌自重。于是，他向朝廷建议招降叛将，授以藩镇之职。由此，薛嵩、田承嗣、李怀仙等叛将仍镇守河北，仅改换旗帜，成了唐朝节度使而已。而河北诸地大权，仍在他们控制下。为了防备他们，朝廷又在河北周围设置藩镇，使得节度使星罗棋布，直接造成藩镇割据的局面。

皇帝李豫接受这样的建议，或是受到了蒙蔽，但根本而言，还是仗打不动了。而且，跟他爹李亨一样，他也是个庸主。

有些人可能觉得奇怪：为什么李豫当年做天下兵马大元帅，由郭子仪辅佐，平定叛军时显得英明神武，怎么一当皇帝就成庸主了？其实，何止李豫？不少帝王都是这样，借着血脉身居高位，有实力派托举，只要不实际执政，就不会暴露无能。天长日久，还会产生自己无所不能的幻觉。然而，一旦大权独揽，就会昏招迭出，陷万民于水火。

这个春天，此前被流放黔中的高力士遇赦，北归途中，遇见新流放之人，才知道玄宗已死。高力士向北号啕大哭，呕血而亡。李豫念高力士有功，追赠其为扬州大都督，为玄宗陪葬泰陵。

杜甫念着洛阳，但根本回不去。即便是成都草堂，他也回不去，此刻仍在梓州淹留。

不过，随着大乱平定，不少人离开梓州，或赴成都，或归长安，或出三峡……杜甫参加了一场场送行，心中五味杂陈。有次送人回京，他写了一首诗，有句曰："若逢岑与范，为报各衰年。"其中的"岑"便是岑参，此时任太子中允，正五品上。想起自己当年曾与人联名保荐岑参为右补阙，而今地位却如此悬殊，岂能不感慨？

这年，杜甫以梓州为中心，在阆州、盐亭、绵州、汉州、涪城等地漫游。此行绝非只游山玩水，他还拜访当地官绅，乘机打秋风，也为回成都积些盘缠。

七月，改元广德。吐蕃趁陇右空虚，大举入侵，占领秦、成、渭三州，杀入大震关，攻陷兰、廓等州，尽有陇右之地。杜甫在旅途中闻讯，很是震惊，却也暗自庆幸，多亏当日离开秦州，否则此刻全家已落入险境。

十月，吐蕃兵至奉天、武功，京师震骇。李豫下诏，以李适为关内元帅，郭子仪为副元帅，出镇咸阳御敌。但郭子仪被置于闲职太久，旧部离散，受命时仅二十余骑。他派人入朝搬兵，被程元振阻拦，不予召见。吐蕃长驱直入，李豫狼狈而逃。吐蕃入长安，纵兵大掠。

与此同时，吐蕃也发兵攻蜀，直抵西山，三城被围。杜甫心中忧虑，但听说高适被任命为西川节度使，一直练兵御边，又非常振奋。他写诗称赞高适："才名旧楚将，妙略拥兵机。"然而不久，蜀兵战败，三城失守。关于此事，高适和杜甫观点迥异。高适认为，三城地处无人之乡，军事价值不大，且运粮不易，早该削减戍军；而杜甫认为，这三城乃成都门户，高适作为蜀中最高指挥官，应认识到这一重要性。后来，高适忽视三城防务，又仓促应战，致使三城失守，杜甫十分不满。在这件事上，杜甫公私分明。他和高适感情深厚，且一直受其照顾，但不认同就是不认同，他并不含糊其词。

李豫仓促逃离，官吏四散，扈从人员一度连饭都吃不上。后来，他遇到了宦官鱼朝恩所率领的神策军，才安定下来。这鱼朝恩本是李亨的宠臣，至此跟李豫密切联系在一起。随后，程元振被弹劾，群臣皆欲杀之，而李豫不忍心，将其削职归田。

吐蕃离开长安，李豫方才回来。郭子仪率城中百官迎驾，李豫公开表示自责："用卿不早，故及于此。"但他还是将兵权交给了鱼朝恩，"总禁兵，权宠无比"。经过安史之乱，皇帝最信任的只剩下了宦官。

阆州刺史姓王，与杜甫有交情。杜甫在阆州住了些日子。年底，他接到杨氏夫人的家书，说女儿病了，他连忙赶回梓州。

此时，梓州刺史名叫章彝，因东川节度使空缺，他兼任东川留后。章彝待杜甫不错，这也是杜甫一家人暂居梓州的重要依托。但在杜甫心目中，章彝并无节度一方之才。他曾替阆州王刺史给皇帝写过一纸奏表，其中提到东川留守难孚众望。这也是杜甫的耿直，一介白衣，全家寄人篱下，却仍如此敢言，且是白纸黑字。

这日，章彝率兵三千，大张旗鼓围猎。杜甫也陪同前往，写了一首《冬狩行》。此诗开头写得壮烈："夜发猛士三千人，清晨合围步骤同。禽兽已毙十七八，杀声落日回苍穹。"但写着写着就跑了偏："草中狐兔尽何益，天子不在咸阳宫。"这分明是说，章留后兵强马壮，为什么不去打吐蕃，或勤王救驾，在这里对着犀牛、黑熊等禽兽耍什么威风？

这一时期，杜甫还陪章彝野游山寺，写诗时也有讽意。这个"讽"，有人说是讽刺，有人说是讽谏，但不管怎样，都很难顺耳，而章彝并未怪他。

随后，杜甫带领全家离开梓州，章彝还隆重设宴为他送别。杜甫又写了诗：

我来入蜀门，岁月亦已久。岂唯长儿童，自觉成老丑。

常恐性坦率，失身为杯酒。近辞痛饮徒，折节万夫后。昔如纵壑鱼，今如丧家狗。

——杜甫《将适吴楚，留别章使君留后，兼幕府诸公，得柳字》（节选）

有岁月之感伤，也有谨小慎微，活脱脱一个卑微的中老年养家糊口者。

从这首诗的题目可见，杜甫是想东赴吴楚的，但他并未直接前行，而是先带全家到了阆州，在那里过了年。

窗含西岭千秋雪

广德二年（764）春，杜甫在阆州。

初时，他不知皇帝已回京，便写了《伤春五首》等诗，抒发家国之恨、身世之悲。此刻，他的一个幻想破灭了，那便是"中兴梦"。此前，初次收复长安，他跟随贾至，一同写诗颂"中兴"，殊不知很快就被贬出长安，唐军也遭相州之败。这次，吐蕃竟轻易攻破长安。这大唐都城变成什么了？

开元盛世是再也不复返了。杜甫写了两首诗追忆往昔，其中第二首名垂千古：

忆昔开元全盛日，小邑犹藏万家室。稻米流脂粟米白，公私仓廪俱丰实。九州道路无豺虎，远行不劳吉日出。齐纨鲁缟车班班，男耕女桑不相失。宫中圣人奏云门，天下朋友皆胶漆。百余年间未灾变，叔孙礼乐萧何律。岂闻一绢直万钱，有田种谷今流血。洛阳宫殿烧焚尽，宗庙新除狐兔穴。伤心不忍问耆旧，复恐初从乱离说。小臣鲁钝无所能，朝廷记识蒙禄秩。周宣中兴望我皇，洒血江汉身衰疾。

——杜甫《忆昔二首》其二

后来，杜甫得知皇帝回京，还获悉另一喜讯——朝廷将剑南东西川合为一道，由严武出任节度使。他很高兴。此前，他要东下吴楚而非回成都，是认为成都在吐蕃兵锋下，很不安全。但此刻，吐蕃兵已退，且他相信严武有能力御边。

身在阆州，杜甫还接到一则新任命，朝廷封他为京兆府司功参军。这与他弃官时的华州司功参军相比，好了一点点，但并无太大吸引力。毕竟彼时他就难以养家，何况今日身在千里之外？所以，他做了决定，携家回成都草堂。

离开阆州前，杜甫去祭拜房琯墓，写了祭文。房琯一年前去世，葬于阆州，朝廷追赠太尉。杜甫仕途的转折点，就是替房琯鸣不平，由此也被归为房琯一党。立于墓前，他百感交集。说起来，杜甫向来目光老辣，对人对事常有独到判断，但唯独到了房琯这里，就出现严重偏差。对这个名不副实、行事迂腐之人，他一直评价很高，着实让人纳闷。

正值二月，桃花汛发，嘉陵江涨起大水。一家人冒风涛而行，杜甫触景生情，写了几首诗，有句曰："汩汩避群盗，悠悠经十年。""何日干戈尽，飘飘愧老妻。"

临近成都，杜甫想起久别的草堂，又将与严武见面，不觉兴起，一口气写了五首诗。

常苦沙崩损药栏，也从江槛落风湍。新松恨不高千尺，恶竹应须斩万竿。生理只凭黄阁老，衰颜欲付紫金丹。三年奔走空皮骨，信有人间行路难。

——杜甫《将赴成都草堂途中有作先寄严郑公五首》其四

这些诗里，既有他想象中草堂的一草一木，也夹杂着对严武的赞美。写文字的人都明白，要将这二者融合为一，难度不小。但杜甫很清楚，此次回到成都，只能依靠严武了——诗中的"黄阁老"就是严武，此时身兼黄门侍郎。杜甫写惯了赞美题材，也早已习惯卖惨，且严武又是好友，二人有感情，写来更顺手。而从百姓角度看，他也希望严武解除边患。于是，这些诗呈现出多重感情的交融，读来别具感染力。

暮春时节，杜甫返回草堂。当时，严武已上任，而原本镇蜀的高适被召还长安，任刑部侍郎，后转左散骑常侍，加银青光禄大夫，进封渤海县侯，食邑七百户。其中，左散骑常侍为正三品。高适字达夫，如今确实飞黄腾达，成为大唐立国以来唯一封侯的诗人。杜甫为他寄了一首诗：

汶上相逢年颇多，飞腾无那故人何。总戎楚蜀应全未，方驾曹刘不啻过。今日朝廷须汲黯，中原将帅忆廉颇。天涯春色催迟暮，别泪遥添锦水波。

——杜甫《奉寄高常侍》

这首诗说不上多好，但胜在一个"真"字上。杜甫追忆了二人的交情，也称赞了高适文武双全以及官居高位，这是私交的体现；但颔联处笔锋一转，隐隐透出对高适在蜀中丧师失地的批评，算得上公心。褒贬间不避讳，看得出性情，也看得出二人是真朋友。

他是真心关注国计民生的。也是这时候,他在成都游先主庙、武侯祠、后主祠,而后登上西门城楼,写下名篇《登楼》:

花近高楼伤客心,万方多难此登临。锦江春色来天地,玉垒浮云变古今。北极朝廷终不改,西山寇盗莫相侵。可怜后主还祠庙,日暮聊为梁甫吟。

——杜甫《登楼》

在草堂,心情好,他看见什么都愿写上两笔。比如:"迟日江山丽,春风花草香。""江碧鸟逾白,山青花欲燃。"而他最喜欢的,还是自己种的四棵小松树,即"新松恨不高千尺"中的"新松"。看见它们生长的样子,他觉得人生还有希望。

这年夏天,他写了四首绝句,其中一首是:

两个黄鹂鸣翠柳,一行白鹭上青天。窗含西岭千秋雪,门泊东吴万里船。

——杜甫《绝句四首》其三

六月,应严武之邀,杜甫加入其幕府,做节度参谋。节度参谋是幕府使职,无品阶。严武又上表,荐杜甫为尚书省郎官。结果,杜甫被授予检校工部员外郎,这也是他被后人称作"杜工部"的原因。工部员外郎乃从六品上。郎官,素来是美职,但"检校"二字,在唐朝说法甚多:初唐时指的是未实授的官职,入朝之后可转为实职;中晚唐变成虚职,只是名号,但有品阶,可作发俸禄的标准。而杜甫所处的时代,正处于过渡期。他的检校工部员外郎到底属于哪一种,以及朝廷是何时任命下来,后世学者意见不一。

但无论如何，凭杜甫和严武的交情，待遇都不会差。在幕府，杜甫陪伴应酬，写了不少诗，但写得最好的，都与工作无关。比如《丹青引赠曹将军霸》，写了画马名家曹霸的一生：当年，曹霸多次被玄宗召见，曾修补凌烟阁画像；而今乱世漂流，沦落到替路人画像糊口，还被俗人轻视和嘲弄。如此境遇，直如天渊。这里面，也有杜甫对盛世的怀念。

正如杜甫所料，严武确能御边。他于九月、十月连战连捷，大破吐蕃。

但没多久，杜甫就感觉到郁闷。他与严武本为好友，此时却有了尊卑之分。虽然严武不太计较，但杜甫每日一早终须去拜见。杜甫在诗中写："浣花溪里花饶笑，肯信吾兼吏隐名？""吏隐"二字，算是自嘲。他当然忘不了，大唐最著名的"吏隐"高手，是已故的王维。但王维晚年多数时候，都是"只拿工资不干活"，所以隐得很舒心，这是杜甫比不得的。杜甫还写："已忍伶俜十年事，强移栖息一枝安。"寄人篱下感已深。

这期间，杜甫收到了老友苏源明去世的噩耗，怆然泪下。少年时，他与苏源明一同荡游齐赵；中年时，他和郑虔穷困潦倒，每每是苏源明接济他们酒钱；而今，郑虔早已死于台州，苏源明又死在长安的饥荒里，只剩自己流落蜀中……

意外的是，弟弟杜颖来成都探望兄嫂，小住了几天，然后返回齐州。手足之情，令杜甫深深感动，为此写了三首诗。

贾至任礼部侍郎，知东都举。杜甫闻讯，也寄了诗。当年的朋友历经贬谪后，再登高位，自己却成了年轻友人的幕僚，岂不唏嘘？

幕僚的工作很忙，严武又以"恣行猛政"而著称，所以杜甫的日子并不轻松。而他又是个从未长期上班的人，身处其间，苦闷与日俱增。他忍不住，给严武写了《遣闷奉呈严公二十韵》，直言:"束缚酬知己,蹉跎效小忠。"

想来,敢这样向严武抱怨的人,应该不多。因为此前曾任梓州刺史、东川留后的章彝,就是被严武所杀。而严武杀这样一个高官,史书竟连具体原因都没写,只说"小不副意,赴成都,杖杀之。由是威震一方"。

杜甫请假回草堂住了些日子,但终究还得上班。冬至到了,他写了一首诗,本意是遣闷,但一落笔竟满心凄凉:

冬至至后日初长,远在剑南思洛阳。青袍白马有何意,金谷铜驼非故乡。梅花欲开不自觉,棣萼一别永相望。愁极本凭诗遣兴,诗成吟咏转凄凉。

——杜甫《至后》

飘飘何所似,天地一沙鸥

永泰元年(765),正月。六十二岁的高适在成都去世,被追赠礼部尚书,谥号"忠"。史书称他:"有唐已来,诗人之达者,唯适而已。"

隔了些日子,杜甫才得知消息,作诗为老友一哭。

此时,杜甫仍在严武幕中,但已萌生退意。比如,在草堂中除草,他也会感慨:"白头趋幕府,深觉负平生。"

春暖花开时节,他又一次请假,着手修理房屋。去年,一位姓王的录事参军曾答应赞助一笔修理费,一直没有给,他便写诗去催。加上做了大半年幕僚,也攒了些钱,便将草堂扩建了些。

他是真心爱草堂的,在一番番漂泊后,将其当成了桃花源。

> 农务村村急,春流岸岸深。乾坤万里眼,时序百年心。茅屋还堪赋,桃源自可寻。艰难贱生理,飘泊到如今。
> ——杜甫《春日江村五首》其一

一接触土地,人心就长草。所以种田时,最是思乡。而杜甫念念不忘的,仍是"便下襄阳向洛阳"。

杜甫从幕府辞了职。纵观做参谋的日子,他一直都不快乐。面对严武,有些尴尬自不必说,跟同事的关系也很疏远。其实,换位思考,也好理解。以他跟严武的关系,其他人自然心怀戒备。且他诗才又高,难免遭人忌。他还写了一首诗,叙说心中的憋屈:

> 男儿生无所成头皓白,牙齿欲落真可惜。忆献三赋蓬莱宫,自怪一日声辉赫。集贤学士如堵墙,观我落笔中书堂。往时文彩动人主,此日饥寒趋路旁。晚将末契托年少,当面输心背面笑。寄谢悠悠世上儿,不争好恶莫相疑。
> ——杜甫《莫相疑行》

将这首诗与王维那首《酌酒与裴迪》对照来看,会觉得更有意思。杜甫说"当面输心背面笑",王维说"白首相知犹按剑",都是诗人的小心思。但也有明显不同,假如为诗句配上表情的话,杜甫只是嘲笑,王维则是冷笑。

对严武治蜀的方式,杜甫也有些看不惯。史书称:"武在蜀颇放肆,用度无艺,或一言之悦,赏至百万。蜀虽号富饶,而峻掊(póu)亟敛,闾里为空。"又称严武"最厚杜甫,然欲杀甫数矣"。后人考证,说严武要杀杜甫并不可信,但二人关系已渐趋紧张。

随后,严武生病,杜甫隐隐担心:这样下去,成都又要乱了。

恰在此时,检校工部员外郎的任命下来了,还赐穿绯衣、佩银鱼袋,这是格外的恩典。杜甫很振奋,下定决心,携家东下出峡,绕道荆襄,入朝赴任。

当时,自蜀中入长安主要有两条路:第一条是北行出剑阁,越秦岭,距离较短,但多为山路,行途甚艰。杜甫是走过山路的,从秦州辗转至成都,这种经历一辈子不想有第二次。第二条是沿江东下,溯汉水,改由陆路入长安,或经洛阳自潼关入长安。这条路远,但多为舟行,适合老人,也较轻松。此前,无论陈子昂还是李白,出川都选了第二条路。已届老年的杜甫,也是如此。

雇好的船,停在万里桥。此地距草堂不远,杜甫的妻儿陆续上了船,只有他还在与左邻右舍话别。严武病重,无法相送,但幕府中来了不少人。往日的芥蒂,自然忘不掉,但杜甫还是很感动。这一生,除洛阳外,成都是让他最开心的地方,连长安都比不得。他还在这里苦心营建了草堂。而今,却要挥手道别了。

有人觉得不解:杜甫早就知道要东下,为何还在草堂上花那么多心思?把钱攒起来,留着日后用,不好吗?这是一个千古疑案。或许,就像杜甫曾游览的武侯祠一样,他就想在成都留点东西,供后人瞻仰。换言之,他是把草堂当公园来建的。

从万里桥上船入岷江,数日后来到嘉州(今四川乐山),杜甫见到一位堂兄,盘桓数日,欢聚畅饮。随后接着上路,到犍为县清溪驿停泊歇息,也写了诗。而身处清溪驿,他怎能不忆起李白出蜀时的那句"夜发清溪向三峡"?

而后,杜甫又经戎州(今四川宜宾)、渝州,到达忠州。在忠州,他跟当地刺史搭上关系,称呼人家"族侄"。这位"族侄"

也表示了礼貌，设宴款待，但也只此而已。杜甫带领全家上岸，想得到更多优待，却碰了一个"软钉子"，一家人只能寄居佛寺。他长叹一声："空看过客泪，莫觅主人恩。"全家继续顺流而下，途中他又写了一首诗：

> 细草微风岸，危樯独夜舟。星垂平野阔，月涌大江流。名岂文章著，官应老病休。飘飘何所似，天地一沙鸥。
> ——杜甫《旅夜书怀》

夜色之中，危樯之下，望着天上星、水中月，飘零之叹油然而生。杜甫唯一的欣慰或许在于，他这个"官"，休也未休。天地间的沙鸥，仍有方向可寻。

重阳节前，杜甫一家抵达云安（今重庆云阳）。重阳当日，他与当地官绅一同登高，写下诗句："万国皆戎马，酣歌泪欲垂。"那一刻，他所念仍是国事。

此前，仆固怀恩引诱吐蕃、党项等数十万人马入侵，长安差点又一次陷落。鱼朝恩统领禁军，迭出昏招，欲送皇帝李豫前往河中躲避，被文臣冒死制止。郭子仪再与回纥结盟，率军抵御，终于击破吐蕃。其间，仆固怀恩暴毙。长安解严后，为酬谢回纥兵，府库送了个空空荡荡。

严武死后，诸将相互攻杀，蜀中大乱。假如杜甫留在成都，也将陷于其中。

他写了《三绝句》记述兵乱："前年渝州杀刺史，今年开州杀刺史。""二十一家同入蜀，唯残一人出骆谷。""闻道杀人汉水上，妇女多在官军中。"句句都是百姓之血，而他并不回护官军。

在云安，杜甫病了，赶不了路，滞留于此。那段时间，他先后见到运送严武、房琯灵柩的船只过境，泪流满面。

云安气候温暖，冬天不像冬天，进了腊月门，便有春日的气息。杜甫心有所待，这日精神好些，写了三首清丽之诗。自打离开草堂，他好久都清丽不起来了，只盼着明年病好，早日回长安去。

今朝腊月春意动，云安县前江可怜。一声何处送书雁，百丈谁家上濑船。未将梅蕊惊愁眼，要取椒花媚远天。明光起草人所羡，肺病几时朝日边。

——杜甫《十二月一日三首》其一

白帝城高急暮砧

永泰二年（766）正月，杜甫在云安，结识了当地的严县令。县令让他一家十口住在自己的水阁中，还安排了用人。

杜甫享受着这短暂的惬意。诗中写："呼婢取酒壶，续儿诵文选。"让侍女去取酒，自己则辅导儿子读《昭明文选》。云安多杜鹃鸟，昼夜鸣叫，使他总是思乡。

这一时期，长安也稳定下来。刘晏、第五琦等财臣施展手段，分理天下财赋，让朝廷的财政危机有所缓和。宦官鱼朝恩权势极盛，虽然只能动动笔、读点书，却自谓才兼文武，无人可以争锋。宰相元载也想专权，向皇帝李豫申请："百官凡论事，皆先白长官，长官白宰相，然后奏闻。"李豫竟批准了。刑部尚书颜真卿直言：这样做会阻塞言路，当年权相李林甫都不敢提这种要求，陛下若不早醒悟，再后悔就晚了。元载因此深恨颜真卿，说他诽谤，将其贬为峡州别驾。

一个宦官，一个权相，在朝中暗暗对峙。后来，鱼朝恩在国子监升座讲《易经》，借机讽刺宰相不堪大任。当时，王维之弟王缙也是宰相，闻言脸带怒气，元载却只是微笑。鱼朝恩是人精，对人说："怒者常情，笑者不可测也。"四年后，他果然死在元载手中。

暮春时节，杜甫身体渐好，不想再耽搁，携家离开云安，前往夔州。两地之间，水路二百四十里，顺流而下只需两天。路上他写了一首小诗：

> 江月去人只数尺，风灯照夜欲三更。沙头宿鹭联拳静，船尾跳鱼拨剌鸣。
>
> ——杜甫《漫成一首》

唐代的夔州城，是从汉代白帝城基础上扩建而成的。此前李白写夔州，也直称其为白帝城。杜甫在夔州停留了不到两年，住了四个地方：西阁、瀼（ràng）西、东屯和赤甲。

到夔州后，杜甫一家便寄居西阁。他写了一首《客堂》，描述自己的状态，有些句子值得注意。比如，"栖泊云安县，消中内相毒。"杜甫所患的是"消渴之疾"，即糖尿病；"台郎选才俊，自顾亦已极。"对于当上尚书省郎官，他比较满意；"平生憩息地，必种数竿竹。"看得出他对竹子的偏爱；"尚想趋朝廷，毫发裨社稷。"他的入朝报国之心，仍然炽热，只是对身体有些担心。

糖尿病患者喝水多，杜甫格外关注水。夔州无井，当地人用竹筒引来山泉喝，一根根竹筒首尾相连，绵延百丈，在杜甫看来颇为惊异。竹筒太长，常出问题。有次当地居民相争，杜甫家忽然断了水，他赶忙雇一个名叫阿段的人去查看情况。到了半夜，水才恢复正常。杜甫写诗赞阿段，也表达自己的喜悦："病渴三更回白首，传声一注湿青云。"

白帝城南有白帝山，山顶有白帝庙，庙内有明良殿。殿内有塑像，正中是刘备，左为关羽、张飞，右为诸葛亮。明良殿右侧又有武侯祠，祠中有诸葛亮。白帝庙外是滚滚长江。

杜甫时常到白帝城游览，写下了诸多诗篇，最好的是这一首：

城尖径仄（zè）旌旆愁，独立缥缈之飞楼。峡坼云霾龙虎卧，江清日抱鼋鼍游。扶桑西枝对断石，弱水东影随长流。杖藜叹世者谁子，泣血迸空回白头。

——杜甫《白帝城最高楼》

他还去看了著名的八阵图：

功盖三分国，名高八阵图。江流石不转，遗恨失吞吴。

——杜甫《八阵图》

当年，刘备不听诸葛亮之劝，执意伐吴，结果败于陆逊之手，令蜀汉大伤元气，遗恨千古。作为诸葛亮的粉丝，杜甫睹物思人，感慨万分。

对于夔州风土人情，杜甫很不认同，认为是"形胜有余风土恶"。男子自幼读书甚少，轻生逐利，但个个是驾船好手。大约是居民里男女比例悬殊，很多女子没有出嫁，常年干体力活，脸上常带泪痕。每逢天旱，当地人便会求雨，由巫师作法。杜甫不以为然。

夏天，夔州极热，家中养的鸡乱飞，园里的菜也不长，杜甫心烦意乱，还得强打精神去应酬。他怎么可能不应酬呢？这既是他的生活，也是生计。好在，无论走到哪里，他总能交到朋友。比如,离他住处四五里,就有个做过县尉的柳先生,二人常来常往。

入秋后,天气凉爽了些,杜甫的活动也变得频繁。一个姓杨的殿中监去成都拜见剑南西川节度使杜鸿渐,路过夔州,与杜甫见面。他拿出一幅张旭的草书图和"画鹰十二扇",杜甫看了很兴奋,还写了诗。早年,他曾在《饮中八仙歌》里写张旭,如今早已物是人非。他想起故人,特别是郑虔和将军曹霸,写道:"郑公粉绘随长夜,曹霸丹青已白头。天下何曾有山水,人间不解重骅骝。"

这年秋天,杜甫写了《八哀诗》,为王思礼、李光弼、严武、李琎、李邕、苏源明、郑虔、张九龄等八人作传。这里面,既有将相,也有故人,他带着深情和思考一一写来。此后又写《诸将五首》,对朝廷遣将用人失当处一一评点。

同期作品中,最为世人称道的是他的《秋兴八首》。感时伤世、悲秋叹老等情绪,在他心中酝酿,如葡萄美酒般汩汩而出:

玉露凋伤枫树林,巫山巫峡气萧森。江间波浪兼天涌,塞上风云接地阴。丛菊两开他日泪,孤舟一系故园心。寒衣处处催刀尺,白帝城高急暮砧。

——杜甫《秋兴八首》其一

闻道长安似弈棋,百年世事不胜悲。王侯第宅皆新主,文武衣冠异昔时。直北关山金鼓振,征西车马羽书迟。鱼龙寂寞秋江冷,故国平居有所思。

——杜甫《秋兴八首》其四

昆吾御宿自逶迤,紫阁峰阴入渼陂。香稻啄余鹦鹉粒,碧梧栖老凤凰枝。佳人拾翠春相问，仙侣同舟晚更移。彩笔昔游干气象，白头吟望苦低垂。

——杜甫《秋兴八首》其八

这组诗笔力雄健，而又妙入毫颠；格调高古，而又清丽绝伦。分明是一组史诗，却有美丽而悲哀的气质。用今天的眼光来看，这些诗运用了蒙太奇手法，有纵览全局的航拍，也有微距写真，他分明是在含泪雕琢了，却并无顾影自怜之态。

这是杜甫创作的又一高峰期。他还写了《咏怀古迹五首》，写了庾信、宋玉、王昭君、刘备和诸葛亮，几乎每一首都画出了人物神髓，读来荡气回肠："庾信平生最萧瑟，暮年诗赋动江关。""摇落深知宋玉悲，风流儒雅亦吾师。""一去紫台连朔漠，独留青冢向黄昏。""武侯祠屋常邻近，一体君臣祭祀同。""三分割据纡筹策，万古云霄一羽毛。"写这些诗，显然不仅仅凭才华，而是在心中磨了又磨，每一个字上都有老茧。

臧否人物，是杜甫的一大爱好。这期间写成的《解闷十二首》中，他还写了孟浩然和王维。

复忆襄阳孟浩然，清诗句句尽堪传。即今耆旧无新语，漫钓槎头缩颈鳊。

——杜甫《解闷十二首》其六

不见高人王右丞，蓝田丘壑漫寒藤。最传秀句寰区满，未绝风流相国能。

——杜甫《解闷十二首》其八

在他心里，孟浩然的诗是"清诗"，王维的人是"高人"。

"清"字可人而又堪怜,"高"字钦慕而有距离。最简单的形容词里,是他最深的用心。

对年轻人,杜甫时常鼓励。在夔州,他遇到了朋友之子苏徯,写诗赞对方年轻有为;他也夸奖外甥李潮的小篆,夸得都夸张了。

这年十一月,改元大历。

杜甫一生漂泊,几乎每到一地,都能跟行政主官建立良好关系。冬天,夔州都督柏茂琳到任,杜甫向其赠诗,迅速结交。他这十口之家,在夔州也算有了依傍。

他经常参加柏府宴饮。有次酒后骑马回家,想起年轻时纵马飞驰的样子,不觉忘形,在城外陡坡飞奔起来,从马上跌下,受了伤。当地官绅携酒前来探望,他写了一首《醉为马坠,诸公携酒相看》,自嘲"人生快意多所辱"。他不是一个败兴的人,跟大家高高兴兴地喝了一场大酒,一直喝到太阳落山。

这大半年,杜甫住在西阁中。五十五岁的他写了大量诗篇,渐达炉火纯青之境。冬夜,他走出阁子,看着满天繁星,听着滚滚江声,想着天下兴亡,而自己一日日衰朽,一天天途穷,不知道今生还能不能走到长安。

岁暮阴阳催短景,天涯霜雪霁寒宵。五更鼓角声悲壮,三峡星河影动摇。野哭千家闻战伐,夷歌数处起渔樵。卧龙跃马终黄土,人事依依漫寂寥。

——杜甫《阁夜》

无边落木萧萧下

大历二年（767），杜甫在夔州。立春这日，他写了一首诗：

> 春日春盘细生菜，忽忆两京梅发时。盘出高门行白玉，菜传纤手送青丝。巫峡寒江那对眼，杜陵远客不胜悲。此身未知归定处，呼儿觅纸一题诗。
>
> ——杜甫《立春》

唐代的"生菜"，不是今天的生菜，而是韭菜。开元、天宝年间，两京流行在立春时互赠韭菜。"青丝细菜，出自纤手，盛以玉盘，互相馈送"，这是杜甫亲身经历过的。而今，身在巫峡，独对寒江，忆及过往，不胜悲凉。当然，杜甫本身就喜欢韭菜，多年前他就写过："夜雨剪春韭，新炊间黄粱。"

接下来的日子，过得较单调。好在杜甫朋友多，能扯上边的亲戚也不少，夔州虽弹丸之地，也能不时遇到几个。杜氏本望族，舅家崔氏更是天下屈指可数的大姓。而但凡有人来，他都要饮酒，酒后便写诗。比如：

> 江浦雷声喧昨夜，春城雨色动微寒。黄鹂并坐交愁湿，白鹭群飞大剧干。晚节渐于诗律细，谁家数去酒杯宽。惟吾最爱清狂客，百遍相看意未阑。
>
> ——杜甫《遣闷戏呈路十九曹长》

他已到了"晚节渐于诗律细"的阶段，芝麻绿豆大的事，也能写出好句子。

春暖花开，他将家从西阁搬到了赤甲。不过，在赤甲未住多久，很快又迁居瀼西草堂。草堂是租的，这次搬家主要是生计所需——瀼西土地宽平，便于耕种，还有果园四十亩以及数亩菜地。

夔州盛产柑橘，价格颇高，向来是入朝贡品。但世事荒谬，一旦特产成了贡品，当地人就不愿为此太劳神，因为官吏盘剥，费力不讨好。杜甫跟都督柏茂琳交好，自然无人敢来分一杯羹。他的果园里就有不少柑橘树，他想多卖些钱，充作盘缠。除此之外，柏茂琳还将一百顷公田委他代管。公田位于白帝城东北，也有一些赚头。

夔州的气候，杜甫一直不适应，早年的疟疾不时冒头。这年春天，他肺病又犯了，"死"这个字，浮上心头。他写诗抒发感慨："壮年学书剑，他日委泥沙。""身世双蓬鬓，乾坤一草亭。"他习惯用"乾坤"这类大词，比如"乾坤一腐儒""乾坤水上萍"等。

当然，杜甫绝非一个总是愁眉苦脸的人。只要心情略好些，他就会走动起来。瀼西草堂附近，有个叫杜崇简的人隐居，算起来是杜甫的族孙，杜甫常去找他喝酒。

有两个喜讯传来：一是家事，他收到家信，弟弟杜观已到江陵，不久后就能到夔州；二是国事，他听说河北各藩镇节度使入朝，这意味着安史之乱后遗症正在解决，"天下太平"似乎有望。他很开心，一口气写了十几首诗。

后来，杜观果然到夔州，住了一段日子，便回蓝田接家人去了。但第二件喜事，杜甫似乎听错了，史书并无相关记载。不仅如此，在鱼朝恩和元载等人操控下，朝廷也丝毫没有好转迹象。王缙贪婪的一面暴露出来，爱财与信佛交织在一起，假如王维泉下有知，不知做何感想。皇帝李豫受元载、王缙等人影响，也笃信佛教，还宠信胡僧不空，朝政大乱。

夏天，都督柏茂琳经常派人给杜甫送瓜送菜。杜甫的日子虽不宽裕，但毕竟是检校工部员外郎，有一定身份，陆续雇了阿段、伯夷等多个仆人。天气炎热时，他还吃上了槐叶冷淘——这种用槐叶汁和面做成的凉面，在长安很流行。他一口下去，往事又上心头。

秋天，杜甫又一次搬家，搬到了白帝城东北十余里的东屯，这里距离那百顷公田近些，可省些奔波。

这日，蔬菜吃完了，杜甫让小厮去采些苍耳嫩苗，吃了一餐。他又想起当年跟李白在范十隐士家吃苍耳的事，笑着摇了摇头。

杜甫虽跟柏茂琳交好，但不爱去州府衙门。对他这种无权无势又无钱的人来说，小吏的嘴脸是看不得的。他说："不爱入州府，畏人嫌我真。"一个"真"字让人无言。

当然，夔州也有有趣的人。李文嶷就是一个，他带有秘书省官衔，因此被称为"李秘书"，家族排行十五，又称李十五。他跟杜甫也算亲戚，对佛经颇有研究，当时暂住始兴寺。这年秋收前，杜甫家中缺粮，向李文嶷借米。恰逢李文嶷在寺内讲《止观经》，他听了一会儿，有些感想，但家人等米下锅，只好走了。

> 不见秘书心若失，及见秘书失心疾。安为动主理信然，我独觉子神充实。重闻西方止观经，老身古寺风泠泠。妻儿待米且归去，他日杖藜来细听。
>
> ——杜甫《别李秘书始兴寺所居》

这一时期，杜甫的唱酬之作中有一首特别的诗，是写给元结的。

元结比杜甫小七岁，在唐代诗人中，他是一个特殊的存在。跟高适一样，他也立有战功，升任道州刺史、容管经略使，为一方大员；但在为官过程中，元结比高适更有性格，也更有为民情怀。他有点像是高适与杜甫的结合体，其诗中多反映社会现实和民间疾苦。

广德二年（764），元结到任道州刺史，见原本四万余户的道州，在兵乱后只剩下不足四千户，且大多贫困潦倒。而他上任不到五十日，朝廷派来催缴赋税的符牒竟多达二百多封，封封都说："失其限者，罪至贬削。"因道州属舂陵故地，他写了一首《舂陵行》，有句曰："朝餐是草根，暮食仍木皮。出言气欲绝，意速行步迟。追呼尚不忍，况乃鞭扑之。"同年，当地蛮人又攻破州县，但并未屠城，也未杀伤太多百姓，至道州边鄙而退。元结又写了一首《贼退示官吏》，于序言中说："贼又攻永破邵，不犯此州边鄙而退。岂力能制敌与？盖蒙其伤怜而已。诸使何为忍苦征敛。"百姓太穷，连强盗都不好意思来抢，朝廷官员还要横征暴敛吗？

元结不仅写诗替百姓鸣不平，还上表皇帝，要求免除当地"租税及租庸使和市杂物十三万缗"，后来又上表请求其他减免，李豫都同意了。可见，李豫虽是庸主，但不是坏人。在元结苦心经营下，当地经济有所恢复，"流亡归者万余"。

杜甫看了元结的《舂陵行》和《贼退示官吏》之后，极为感动，写了一首《同元使君舂陵行》，序中称："感而有诗，增诸卷轴。简知我者，不必寄元。"当年，他与元结一起科举落第，如今也不指望元结能看到这首诗，只是说说自己的感慨罢了。

杜甫生于官宦之家，但对贫苦百姓素有爱心。这年，有个晚辈吴郎携家眷从蜀中来夔州，杜甫安排他们住在瀼西草堂中。草堂西邻住着个妇人，孤身一人，时常挨饿。草堂有枣树，妇人之前常去打枣，杜甫从来不闻不问。吴郎住进去后，在枣树外加上了篱笆，杜甫听说后很不满，专门给吴郎写了一首诗：

> 堂前扑枣任西邻，无食无儿一妇人。不为困穷宁有此？只缘恐惧转须亲。即防远客虽多事，便插疏篱却甚真。已诉征求贫到骨，正思戎马泪盈巾。
>
> ——杜甫《又呈吴郎》

这个吴郎此前曾任州府司法参军，可能是职业习惯，遇事较真。但无论如何，也不该为难这个"无食无儿""贫到骨"的妇人呀。有些人专爱体谅当权者，看似"格局"，实则媚权。对底层人的理解和体谅，从来都最见人性光辉。

这年重阳前夕，吴郎去东屯看望杜甫，杜甫约他次日一同登台饮酒。不料吴郎爽约，杜甫登台独酌，数杯饮罢，感慨万千。他想起，过去重阳这日，皇帝要给朝臣赐茱萸；还想到跟苏源明、郑虔一同饮酒的那些日子，那时穷，如今依旧穷，好友却皆已作古了。他作诗数首，其中有一首《登高》：

> 风急天高猿啸哀，渚清沙白鸟飞回。无边落木萧萧下，不尽长江滚滚来。万里悲秋常作客，百年多病独登台。艰难苦恨繁霜鬓，潦倒新停浊酒杯。
>
> ——杜甫《登高》

后人论诗，称这首诗"如海底珊瑚，瘦劲难名，沉深莫测，而精光万丈，力量万钧……自当为古今七言律第一，不必为唐人七言律第一也"。

那段日子，杜甫很忙，收完了官田中的稻子，又去收柑橘。收成不错，然而，突然间，他耳朵聋了，腿脚也变得无力。好在过了些日子，一只耳朵渐渐康复，他心情也略微好转。

冬日，杜甫在夔州一位官员家中，看了一场精彩绝伦的剑器舞。舞者乃临颍李十二娘，为公孙大娘弟子。杜甫想起六岁那年在郾城看公孙大娘舞剑器的场景，那日的一切历历在目，而自己已风烛残年。

昔有佳人公孙氏，一舞剑器动四方。观者如山色沮丧，天地为之久低昂。㸌如羿射九日落，矫如群帝骖龙翔。来如雷霆收震怒，罢如江海凝清光。绛唇珠袖两寂寞，晚有弟子传芬芳。临颍美人在白帝，妙舞此曲神扬扬。与余问答既有以，感时抚事增惋伤。先帝侍女八千人，公孙剑器初第一。五十年间似反掌，风尘澒（hòng）洞昏王室。梨园弟子散如烟，女乐余姿映寒日。金粟堆南木已拱，瞿唐石城草萧瑟。玳筵急管曲复终，乐极哀来月东出。老夫不知其所往，足茧荒山转愁疾。

——杜甫《观公孙大娘弟子舞剑器行》

这首诗前有一段序言，感慨颇多。诗中写过去光芒万丈，衬得当下黯淡无光。一直到宴罢回家，他都有些恍惚。

不久，杜甫接到了弟弟杜观的信，他已将家眷接到江陵。杜甫大喜，决心明春出峡东下。这段日子，他很注意跟江陵的亲友联系。而此前，当柏茂琳派人到江陵问候阳城郡王、荆南节度使卫伯玉时，杜甫就专门写了一首赞美卫伯玉的诗给捎过去。他一点点做着准备，希望旅途能顺利一些。

这年冬至，他又写了一首诗：

年年至日长为客，忽忽穷愁泥杀人。江上形容吾独老，天涯风俗自相亲。杖藜雪后临丹壑，鸣玉朝来散紫宸。心折此时无一寸，路迷何处见三秦。

——杜甫《冬至》

今人每逢冬至，查找相关诗句时，总会看到这一首。但引用时又颇踌躇，因为这首诗中的"穷愁"实在太浓，丝毫没有过节的喜气。这就是杜甫当时的心境，对此时此地，他已心生厌倦，只盼着早日向长安去了。

亲朋无一字，老病有孤舟

大历三年（768）正月，杜甫在夔州。

正月初七为人日，他写了两首诗，其中第二首很能体现他的兴致：

此日此时人共得，一谈一笑俗相看。尊前柏叶休随酒，胜里金花巧耐寒。佩剑冲星聊暂拔，匣琴流水自须弹。早春重引江湖兴，直道无忧行路难。

——杜甫《人日二首》其二

此前，杜甫收到弟弟杜观的信，说已在荆州西北的当阳（今湖北当阳）住下，请他携家前去。他下定决心，将瀼西草堂那四十亩果园赠给了一位朋友。

正月中旬，杜甫带着家人离开夔州。在夔州，他住了不到两年，却写了四百三十多首诗。因唐代云安也属夔州所辖，倘若加上在云安所写，那便是四百六十多首。这共两年多里，他创作的诗篇占了一生诗集的三分之一。这无疑是他的创作高潮期。

出夔州，过巫山、峡州，江陵渐近，杜甫内心十分激动。此时，他有一个族弟也在江陵，就是他一直挂念的杜位——李林甫的女婿，曾遭连坐流放，如今在卫伯玉幕府中任行军司马。

在江陵，李之芳、郑审等设宴款待，杜甫便住了下来。家人暂住当阳，他则在江陵交游。有个小友王郎将赴成都西游，杜甫为他写了一首诗：

王郎酒酣拔剑斫地歌莫哀，我能拔尔抑塞磊落之奇才。豫章翻风白日动，鲸鱼跋浪沧溟开。且脱佩剑休裴回，西得诸侯棹锦水。欲向何门趿珠履，仲宣楼头春色深。青眼高歌望吾子，眼中之人吾老矣。

——杜甫《短歌行赠王郎司直》

打眼望去，此诗很像李白所写，只是结尾一句不像——李白或许不会轻易服老。

入夏，卫伯玉派一名姓向的吏员去长安领皇帝端午所赐的衣物。杜甫想起过去自己也在赐衣之列，感慨道："卿到朝廷说老翁，漂零已是沧浪客。"

那段时间，住在当阳的家人生活窘迫。杜甫在江陵不愁地方喝酒，却找不到人借钱，于是赶赴武陵（今湖南常德一带），自言："耳聋须画字，发短不胜篦。""暮年漂泊恨，今夕乱离啼。"看得人心痛。世情本来如此，寄人篱下，初来或可得到礼遇，但日子一久就难免遭嫌弃。

到了秋天，他的日子更难，写长诗《秋日荆南述怀三十韵》，让人不忍卒读：

> 苦摇求食尾，常曝报恩腮。结舌防谗柄，探肠有祸胎。苍茫步兵哭，展转仲宣哀。饥籍家家米，愁征处处杯。休为贫士叹，任受众人咍（hāi）。
>
> ——杜甫《秋日荆南述怀三十韵》（节选）

江陵是不能再住了，杜甫携家乘船南下，前往九十里外的公安（今湖北公安）。

此次南下，或为权宜之计，或是杜甫所做的一个重要决定。因为若赴长安，就应从江陵北上襄阳，至洛阳，再入关中，这也是他一直筹划的路线。然而此刻穷困潦倒，身体也已衰朽，他可能觉得，已无力带领全家进京了。

抵达公安，县尉颜十等请杜甫喝酒，其中有个叫卫大郎的年轻人，谈吐不俗，杜甫写诗相赠。

转眼便是晚秋，杜甫心中孤寂，随口吟了一首诗，后两联是："南渡桂水阙舟楫，北归秦川多鼓鼙。年过半百不称意，明日看云还杖藜。"吟罢不禁苦笑，怎么有些像李白了呢？当年李白写："欲渡黄河冰塞川，将登太行雪满山。""人生在世不称意，明朝散发弄扁舟。"诗意颇相近，但杜诗显然更无奈，也更凄苦。李白晚年也曾游湖南，但他是孤身一人，而杜甫带着一家老小，处境显然不同。

在公安，他得知李之芳病逝，写诗哭之。

其间，在杜甫的应酬诗中，有一首是写给李晋肃的。李晋肃是较远支的宗室子弟，而杜甫家跟宗室也有亲戚关系，于是称其为李二十九弟。此诗并不出众，但李晋肃有一个出众的儿子名叫李贺，字长吉，未来他会被称为"诗鬼"。

公安是个小地方，不能久居。这日清晨启程离去，杜甫写了一首诗：

> 北城击柝复欲罢，东方明星亦不迟。邻鸡野哭如昨日，物色生态能几时。舟楫眇然自此去，江湖远适无前期。出门转眄已陈迹，药饵扶吾随所之。
>
> ——杜甫《晓发公安》

他的身体已离不开药了。这首诗里，没有过多悲戚，而是呈现出随遇而安的淡然。

此行目的地是岳州。南下途中，杜甫看见沿岸乡村皆已凋敝，很多田地无人耕种，大风吹来，漫天沙尘。他眯缝着眼睛，心想，江南水乡何以至此？那天夜里，邻舟有人吹筚篥，呜呜咽咽，是一首塞外曲子。他一只耳朵听力尚好，侧耳倾听，一宿无眠。

舟行至岳州水域，已是冬日，潇湘洞庭一片风雪。天寒地冻，世乱民穷，为交租税而卖儿鬻女者随处可见，四野一片哀号。币制也很混乱，铜钱、铁钱、铅锡钱，还有泥钱，错杂使用。他写了一首《岁晏行》，直指"苛政猛于豺虎"。

到岳州城下，一家人栖身船上，几近绝境。杜甫却写诗："图南未可料，变化有鲲鹏。"这是一句大言，大得虚无缥缈，让人读罢心中一酸。

当地官绅闻讯前来，杜甫也不客气，向其索酒御寒。岁末将至，他要在岳州过年了。

其间，他与岳州裴刺史一同宴饮，登岳阳楼。他写诗称赞裴刺史有文采，且重才，对待自己一如当年陈蕃之于徐孺子。这是老套的比喻，但谁听了都会开心。

应酬之外，杜甫自己也写了一首《登岳阳楼》，成为千古名篇。

昔闻洞庭水，今上岳阳楼。吴楚东南坼，乾坤日夜浮。亲朋无一字，老病有孤舟。戎马关山北，凭轩涕泗流。

——杜甫《登岳阳楼》

这首诗很容易让人想起孟浩然那首《望洞庭湖赠张丞相》，二者都意境博大，气吞万里。但孟浩然谒见张说，既想求仕，又想隐居，内心犹豫不决，所写的只是半首好诗；而杜甫即将走到人生终点，看尽世态炎凉，心中却仍念家国，下笔千头万绪，更胜一筹。

落花时节又逢君

大历四年（769）正月，杜甫离开岳州，过南岳，经洞庭湖，沿湘江南下。

至潭州（今湖南长沙）时近清明。潭州有贾谊故宅，文人至此，少有不发感慨。杜甫写了两首诗，一首怀贾谊，另一首写自己：

此身飘泊苦西东，右臂偏枯半耳聋。寂寂系舟双下泪，悠悠伏枕左书空。十年蹴鞠将雏远，万里秋千习俗同。旅雁上云归紫塞，家人钻火用青枫。秦城楼阁烟花里，汉主山河锦绣中。春去春来洞庭阔，白蘋愁杀白头翁。

——杜甫《清明二首》其二

此诗非律非古，后人称为"七排"。想来杜甫此刻，病魔缠身，右臂因中风而偏枯，一只耳朵早就聋了，他不愿受太多约束，随意挥洒几笔，却也更为酣畅。

在另一首诗中，他写到了褚遂良，那位高宗时的骨鲠宰相，其当年也曾被贬潭州，而后一贬再贬，一路向南，再也未能回到长安。

杜甫在潭州短暂盘桓，而后继续向南，直奔衡州（今湖南衡阳）。衡州有回雁峰，王勃在《滕王阁序》中曾言："雁阵惊寒，声断衡阳之浦。"杜甫携家舟行至此，一路见处处衰败，时时传来哭声，当真"哀鸿遍野"。

他写了《咏怀二首》，追忆自己一生所经历的变乱。"开元盛世"他见过，而今更加怀念太宗李世民的"贞观之治"。想来，"开元盛世"是建立在一个好的底子上的，而今底子已坏，若无太宗那种拨乱反正之能，这天下不知还有几分希望。

此赴衡州，杜甫要去投奔时任湖南都团练观察使、衡州刺史的老友韦之晋。但到衡州后，才知韦之晋已调任潭州刺史，自己扑了个空。他想在衡州稍做歇息，再回潭州，结果噩耗传来，韦之晋已在潭州病逝。杜甫闻讯大恸，老友日渐凋零，他整颗心都沉了下去。

夏日，杜甫还是回到潭州，这也是北归必经之路。虽然抱病，他还是会参加当地官员的聚会，写"计拙百僚下，气苏君子前"之类客套话。有人来看他，他也倾吐真情，说说处境之尴尬："去留俱失意，把臂共潸然。"送行时，则写："乱离难自救，终是老湘潭。"

八月初五，是玄宗诞辰。开元二十七年（739），张说出面，设此日为千秋节。而玄宗驾崩后，千秋节也顺势取消。这一天，杜甫仍旧感慨，他怀念的不只是过去，也是那个永远不再回来的盛世大唐。

在潭州，他见了很多人，有故友，也有新知，但大多已是年轻人。其中，有老友张玠之子张建封，他写诗勉励对方，后来张建封也成为中唐名臣、封疆大吏。

还有一人，名叫苏涣。他自幼为盗，善用白弩，在巴蜀横行，劫富济贫，人称"白跖"。杜甫当年写"草动只怕长弓射"，写的大概就是商人对苏涣们的恐惧。不过，这苏涣并非恶人，也能写诗，后来折节读书，进士及第。新任潭州刺史崔瓘很看重他，还为他向朝廷申请了"御史"头衔。

这日，苏涣乘轿子到江边登舟拜见杜甫，拿着自己写的诗，前来求教。其中，有一首写捅马蜂窝：

毒蜂成一窠，高挂恶木枝。行人百步外，目断魂亦飞。长安大道边，挟弹谁家儿。右手持金丸，引满无所疑。一中纷下来，势若风雨随。身如万箭攒，宛转迷所之。徒有疾恶心，奈何不知几。

——苏涣《变律》其二

杜甫看后，心下一奇。这个年轻人，跟自己平日所见皆不一样，其身上有强悍的匪气，却也有单纯的静气，这让他想起李白，但苏涣又比李白硬多了。他无缘得见陈子昂，但想来陈子昂大约就是这种气质，是一种认准之后就蹈死不回的道心。

杜甫与苏涣一番长谈，甚是欢喜。随后，苏涣又数次前来，杜甫也为他写了《苏大侍御访江浦赋八韵记异》，序言写得很有意思：

苏大侍御涣，静者也。旅于江侧，凡是不交州府之客，人事都绝久矣。肩舆江浦，忽访老夫舟楫，而已茶酒内。余请诵近诗，肯吟数首，才力素壮，词句动人。接对明日，忆其涌思雷出，书筐几杖之外，殷殷留金石声。赋八韵记异，亦见老夫倾倒于苏至矣。

杜甫夸人的句子随处可见，但看得出，他是真心欣赏苏涣的，还用了"倾倒"二字。他不会知道，四年后，苏涣煽动哥舒翰之子、循州刺史哥舒晃占据岭南谋反，又两年，兵败被杀。

大历五年（770）正月，五十九岁的杜甫仍在潭州。正月十一，他翻检过去的信札，看到十年前高适写给他的那首《人日寄杜二拾遗》，不禁潸然泪下。那是老友的深情之作，而自己尚未和诗，心中抱愧，颤巍巍写了一首：

> 自蒙蜀州人日作，不意清诗久零落。今晨散帙眼忽开，迸泪幽吟事如昨。呜呼壮士多慷慨，合沓高名动寥廓。叹我凄凄求友篇，感时郁郁匡君略。锦里春光空烂熳，瑶墀侍臣已冥莫。潇湘水国傍鼋鼍，鄠（hù）杜秋天失雕鹗。东西南北更谁论，白首扁舟病独存。遥拱北辰缠寇盗，欲倾东海洗乾坤。边塞西蕃最充斥，衣冠南渡多崩奔。鼓瑟至今悲帝子，曳裾何处觅王门。文章曹植波澜阔，服食刘安德业尊。长笛谁能乱愁思，昭州词翰与招魂。
> ——杜甫《追酬故高蜀州人日见寄》

此前高适说"愧尔东西南北人"，而今杜甫叹"东西南北更谁论"，凄凉又多一层。当然，与高适那首诗相比，杜甫此诗多了些客套。但写给活人跟写给逝者，本身就是不同心境。"死者为大"，客套点无妨，诗中情谊仍是真的。同时，杜甫把这首诗寄给了汉中王李瑀和昭州（今广西平乐）刺史敬超先。这二人，是他跟高适为数不多仍在世的朋友了。

杜甫所寄之人中并无岑参，因为岑参已去世。此前，岑参一度被任命为嘉州刺史，但不久便被罢官，后旅居成都并卒于成都，终年五十五岁。

寒食后一天，名为小寒食。杜甫写了一首诗，有句曰："云白山青万余里，愁看直北是长安。"这是化用前人句子。多年前，沈佺期曾写："两地江山万余里，何时重谒圣明君。"二者相比，沈佺期当时还有期待，而杜甫如今只剩"愁"了。

在潭州，杜甫还遇见一位故人——李龟年。跟王维和李白不同，杜甫与李龟年并无太多交情。当年，他在洛阳岐王宅里听李龟年唱歌时，还只是十几岁的少年，而今四十多年过去，自己满头白发，李龟年则更老了。

此刻，李龟年腰身并不佝偻，只是身形瘦小了许多，嗓音还是清亮的。杜甫在纸上写了一首诗，让侍者递给李龟年。李龟年看了一眼，微笑颔首，眼泪却已落下。

　　岐王宅里寻常见，崔九堂前几度闻。正是江南好风景，落花时节又逢君。

　　　　　　　　　　　　　　——杜甫《江南逢李龟年》

四月，潭州兵乱，湖南兵马使臧玠杀潭州刺史崔瓘。杜甫正在城中，儿子带着他躲过飞箭，穿过乱军，绕远路回到船上。然后，一家人避乱衡州。

在衡州，杜甫跟衡州刺史兼御史中丞杨济联系上，得知有几路兵马正筹划赴潭州平乱。而他也为这些大员们赠了诗。

稍做停留，杜甫携家溯耒水而上，前往郴州，投奔一个叫崔伟的舅舅。到达耒阳境内的方田驿，值江水上涨，停留数日。此时，船上已断粮。耒阳聂县令闻讯，不仅送来书信慰问，还送来了烤牛肉和白酒，为杜甫一家救了急。安下心神后，杜甫专程去四十里外的耒阳县城向聂县令道谢，还写了诗。

这一段经历，后来在传说中走了样。有人说杜甫在耒阳落水淹死；有人说他饥饿之后，吃牛肉、喝白酒导致撑死……都是不靠谱的。

后来，杜甫并未前往郴州，听闻潭州局势已定，便回棹北归。此时，他心里想的是尽快赶到襄阳，不管还能不能到长安，至少是要回故乡的。但到了潭州，他又住了下来。他病得越来越重了，直到秋末冬初时，才决心解缆北归。

躺在潭州驶往岳阳的船上，杜甫听着窗外的风声，写了一首长诗《风疾舟中伏枕书怀三十六韵奉呈湖南亲友》。这是他流传下来的最后一首诗。

这个冬日，还未到岳阳，杜甫便去世于舟中，终年五十九岁。一年后，杨氏夫人去世，终年四十九岁。

杜甫便葬在岳阳，儿子宗文、宗武无力将其灵柩迁回故土。直至四十多年后，宗武之子杜嗣业才将杜甫遗骨归葬于偃师首阳山下。杜嗣业还请当时的才子元稹写了《唐故工部员外郎杜君墓系铭并序》，其中写道：

> 嗣子曰宗武，病不克葬，殁，命其子嗣业。嗣业贫，无以给丧，收拾乞匄（gài），焦劳昼夜，去子美殁后余四十年，然后卒先人之志，亦足为难矣。

可见，穷困潦倒的杜嗣业真是尽力了。

写这篇文章时，元稹虽只有三十五岁，却也经历宦海沉浮。再隔了数十年岁月回望杜甫，他对杜诗深有领悟：

至于子美，盖所谓上薄风骚，下该沈宋，古傍苏李，气夺曹刘，掩颜谢之孤高，杂徐庾之流丽，尽得古今之体势，而兼人人之所独专矣。使仲尼考锻其旨要，尚不知贵其多乎哉。苟以为能所不能，无可不可，则诗人以来，未有如子美者。

若泉下有知，那个老狂生只怕又要拉上郑虔，去饮一杯浊酒了。

图书在版编目（CIP）数据

大唐诗人行：王维、李白、杜甫们的诗意江湖 / 薛易著. -- 北京：北京联合出版公司, 2024. 8. （2025.2重印）-- ISBN 978-7-5596-7696-2

Ⅰ. I247.5

中国国家版本馆CIP数据核字第2024NK1589号

大唐诗人行：王维、李白、杜甫们的诗意江湖

著　者：薛　易
出 品 人：赵红仕
选题策划：后浪出版公司
出版统筹：吴兴元
编辑统筹：梅天明　宋希於
特约编辑：李子谦
责任编辑：肖　桓
营销推广：ONEBOOK
装帧设计：昆　词
装帧制造：墨白空间

北京联合出版公司出版
（北京市西城区德外大街83号楼9层 100088）
天津中印联务有限公司印刷　新华书店经销
字数330千字　889毫米×1194毫米　1/32　18.5印张
2024年8月第1版　2025年2月第2次印刷
ISBN 978-7-5596-7696-2
定　价：92.00元

后浪出版咨询（北京）有限责任公司　版权所有，侵权必究
投诉信箱：editor@hinabook.com　fawu@hinabook.com
未经书面许可，不得以任何方式转载、复制、翻印本书部分或全部内容
本书若有印、装质量问题，请与本公司联系调换，电话010-64072833